Rainer M. Schröder
Die Bruderschaft vom Heiligen Gral
Das Labyrinth der schwarzen Abtei

Weitere Bücher von Rainer M. Schröder im Arena Verlag:

Die Bruderschaft vom Heiligen Gral. Der Fall Akkon
Die Bruderschaft vom Heiligen Gral. Das Amulett der Wüstenkrieger
Die Lagune der Galeeren
Das Geheimnis des Kartenmachers
Die wundersame Weltreise des Jonathan Blum
Das Geheimnis der weißen Mönche
Mein Feuer brennt im Land der fallenden Wasser
Die wahrhaftigen Abenteuer des Felix Faber
Felix Faber   Übers Meer und durch die Wildnis
Das Vermächtnis des alten Pilgers
Das geheime Wissen des Alchimisten
Der Schatz der Santa Maravilla
Das unsichtbare Siegel
Land des Feuers, Land der Sehnsucht
Im Rausch der Diamanten
Jäger des weißen Goldes
Die Rose von Kimberley
Insel der Gefahren
Rotes Kap der Abenteuer

Rainer M. Schröder

Die Bruderschaft vom Heiligen Gral

Das Labyrinth der schwarzen Abtei

Roman

*In Liebe
meiner Frau Helga,
dem heiligen Gral
meines Herzens*

In neuer Rechtschreibung

2. Auflage 2007
© 2007 by Arena Verlag GmbH, Würzburg
Alle Rechte vorbehalten
Lektorat: Frank Griesheimer
Umschlagillustration und Vignetten im Innenteil: Klaus Steffens
Karten: Georg Behringer
Gesamtherstellung: Westermann Druck Zwickau GmbH
ISBN 978-3-401-5880-1

www.arena-verlag.de

*»Was kein Auge gesehen
und kein Ohr gehört hat
und was in keines Menschen Herz
gedrungen ist:
All das hat Gott denen bereitet,
die ihn lieben.«
(Anselm Grün, nach dem 1. Korintherbrief 2,9)*

*»Die göttliche Vorsehung hat es so geordnet,
dass einem jeden geschenkt wird,
nach seiner Art und Weise zu dem Ziel zu gelangen,
das in seinem Wesen angelegt ist.«
(Thomas von Aquin)*

*»Der Wählende trägt die Schuld,
Gott ist schuldlos.«
(Platon)*

Prolog
Die Saat des Bösen
August 1306

1

Kein noch so kläglicher Strahl Tageslicht drang in den Kerker, der zum verzweigten System unterirdischer Gewölbe auf der Ile de la Cité* gehörte. Und ob Winter oder Sommer, das dicke Mauerwerk der Königsburg, das tief in den Inselgrund reichte, blieb stets unverändert kalt und feucht. Auch der stechende Geruch von Moder, heißem Pech, Fäkalien, Ruß und Schweiß hielt sich zu allen Zeiten an diesem düsteren Ort, als hätte sich das Gestein bis ans Ende aller Tage damit vollgesogen. Denn die Reihe der Unglücklichen, die in diesen Kerker zur Tortur verschleppt und von erfahrenen Folterknechten gequält wurden, riss nie ab, egal wer in den Jahrhunderten seit der Errichtung der Inselfestung in Paris regierte. Rupin Turville, der in dieser Spätsommernacht des Jahres 1306 der Tortur unterzogen wurde, war nur einer in jener schier endlosen Kette von Opfern vor ihm und nach ihm.

Das schauerliche Verlies war ein lang gestrecktes Kellergewölbe mit mehreren tiefen Mauernischen und lag halb in Dunkelheit getaucht. Die hohen Wände aus dicken, roh behauenen Steinquadern warfen ihre schwarzen Schatten gnädig über einen Großteil der entsetzlichen Folterinstrumente, mit denen die Kammer reichlich ausgestattet war. Denn von den acht Pechfackeln, die in den Ecken und Nischen der Fol-

---

* Insel inmitten der Seine, im Herzen von Paris, auf der sich die Kathedrale Notre-Dame erhebt. Im Mittelalter war die Flussinsel auch Ort der Königsburg. Dieses Palais de la Cité war eine weitläufige Anlage mit zahlreichen Gebäudetrakten, Festungstürmen, Söllern, Zinnen und Verliesen.

terkammer aus schweren, spiralförmigen Eisenbändern ragten, brannte nur eine einzige. Es war die Fackel schräg oberhalb der Streckbank und ihre gelbliche, blakende Flamme tanzte unruhig hin und her. Mal wich sie wie entsetzt zurück und leckte über das rußgeschwärzte Gestein der Kerkerwand, mal bog sie sich mit breit lodernder Feuersbrunst nach vorn, als bäumte sie sich auf, um sich dann im nächsten Moment zu ducken wie unter unsichtbaren Schlägen.

Es war ein wirrer Flammentanz, und er schien den qualvollen Zuckungen des ausgemergelten, schwarzbärtigen Mannes namens Rupin Turville zu folgen, der mit zerfetzten Kleidern und zum Reißen gespannten Gliedern auf das Gitter der Streckbank gebunden lag. Doch die Flamme hatte so wenig Mitgefühl mit den Leiden des Gefolterten wie der hohlwangige Folterknecht, der zu einer Eisenzange gegriffen hatte und sich nun damit am Becken mit den glühenden Kohlen zu schaffen machte. Und den beiden vornehm gekleideten Männern, die mit einigen Schritten Abstand der unbarmherzigen Tortur mit unbewegter Miene beiwohnten, war Mitleid schon von Natur aus so fremd wie einem Herz aus Stein. Nichts weiter als die Zugluft des nahen Luftschachtes war für den unruhig flackernden Feuerschein verantwortlich, der über den fast nackten, schweißüberströmten Körper des Gequälten fiel.

Der von exzessiver Trunksucht schwer gezeichnete Mann auf der Streckbank erwies sich jedoch als überraschend zäh, wie Sjadú insgeheim zugeben musste. Viel zäher, als er für möglich gehalten hatte. Obwohl der Bursche längst dem billigsten Fusel haltlos verfallen war und den Dreck der Gosse sein Zuhause nannte, so steckte in diesem Rupin Turville offenbar noch immer ein Rest jenes überragenden Templerstolzes und jener unerschütterlichen Todesverachtung, die man den Kriegermönchen dieses mächtigen Ritterordens bekanntlich nachsagte. Kein vornehmes Geschlecht, das sich nicht der

Ehre rühmte, wenn einer der Ihrigen die begehrte Clamys trug, den weißen Mantel mit dem blutroten, achtspitzigen Tatzenkreuz der Templer. Und auch Rupin Turville hatte vor vielen Jahren einmal jenen weißen Mantel der Tempelritter getragen.

Doch seine glanzvolle Ritterzeit lag mehr als ein Jahrzehnt zurück. Sie hatte mit seinem Ausstoß aus dem Orden geendet, weil er bei einem wüsten Zechgelage von hinten über einen jungen Sergeanten[*] hergefallen war und diesen wegen einer spöttischen Bemerkung mit einem Steinkrug totgeschlagen hatte.

Ja, Rupin Turville hatte trotz seines langen Abstiegs in die Gosse wahrhaftig noch einen Rest Templerstolz in sich bewahrt und bäumte sich mit aller Willenskraft gegen das Unabänderliche auf! Aber an dem Schicksal, das er, Sjadú, der erhabene Erste Knecht des Schwarzen Fürsten, seinem Opfer vorbestimmt hatte, würde das nicht das Geringste ändern.

Im Gegenteil, sagte Sjadú sich im Stillen, ein wenig Widerstand machte das Ganze am Ende nur noch glaubwürdiger, und allein darauf kam es letztlich an. Wilhelm von Nogaret, die hagere Gestalt an seiner Seite, *musste* diesen Köder schlucken. Zu viel hing davon ab, nicht zuletzt sein eigenes Schicksal, als dass sein Plan scheitern durfte! Nogaret musste anbeißen!

Wilhelm von Nogaret war zurzeit der wohl einflussreichste Berater des französischen Königs. Ein von allen gefürchteter Mann, der nicht die geringsten Skrupel kannte und den es nach noch mehr Macht gelüstete. Er schreckte vor keinem noch so abscheulichen Komplott zurück, wenn es nur seinem König und ihm Nutzen brachte. Sein fanatischer Eifer für Philipp IV. kannte keine Grenzen.

---

[*] Männer, die zwar zum Orden gehörten und nicht weniger überragende Krieger waren, aber wegen ihrer niederen, nicht ritterbürtigen Abstammung nicht Tempelritter werden konnten.

Zudem brannte in diesem königlichen Rat ein abgrundtiefer Kirchenhass, wie Sjadú ihn sich stärker gar nicht hätte wünschen können. Es hielt sich das Gerücht, er sei der Sohn von Katharer*-Eltern. Das würde einiges erklären, zumindest weshalb er einen solch flammenden Hass auf die Kirchenoberen hegte und für seinen nicht weniger berechnenden König zu jeder Schandtat bereit war. Denn beides hatte er hinreichend unter Beweis gestellt!

Als König Philipp, auch »Philipp der Schöne« genannt, vor Jahren mit dem damaligen Papst Bonifazius VIII. in erbittertem Streit lag, hatte Nogaret die Fehde höchstpersönlich und sehr direkt für seinen gekrönten Herrn geregelt – indem er nämlich kurzerhand in das Schlafgemach des vierundachtzigjährigen Papstes eingedrungen war und dem alten Mann derart übel mit Fausthieben zugesetzt hatte, dass dieser wenig später an den Folgen dieses Attentates gestorben war. Und dass dessen Nachfolger ihm schon nach nur sieben Monaten auf dem Heiligen Stuhl ins Grab gefolgt war, sollte auch auf Nogarets Konto gehen. Es hieß, er habe dem neuen Papst, der dem König von Frankreich so ungelegen gewesen war wie zuvor Papst Bonifazius, vergiftete Feigen servieren lassen.

Und diese Skrupellosigkeit, die Wilhelm von Nogaret auszeichnete und die ihn nicht einmal vor dem Stellvertreter Christi auf Erden zurückschrecken ließ, machte ihn zu genau dem richtigen Mann, den er, Sjadú, brauchte, um endlich über die geheime Bruderschaft der Gralsritter zu triumphieren und in den Besitz des heiligen Kelchs zu gelangen. Denn das Große Werk, die Zerstörung des Heiligen Grals, wartete darauf, in der schwarzen Abtei der Judasjünger vollzogen zu werden, auf dass der Fürst der Finsternis seine Alleinherrschaft auf Erden antreten und von Nacht zu ewiger Nacht über die Menschheit reagieren konnte!

---

* Mittelalterliche Sekte, die von der Inquisition verfolgt wurde.

Wenn erst der Heilige Gral, der Kelch des letzten Abendmahls Jesu mit seinen Jüngern, der Bruderschaft entrissen war, dann könnte das Große Werk vollbracht werden. Dann würde es niemand mehr wagen, ihm seine ranghöchste Stellung unter den Judasjüngern streitig zu machen. Und als erhabener Erster Knecht, der als Einziger vom Atem des Schwarzen Fürsten der Finsternis getrunken hatte, auf dass sein Leben sich nun nicht mehr in Jahrzehnten, sondern in Jahrhunderten bemaß, würde seine Macht größer sein als die von einem Dutzend Königen!

Noch war das ehrgeizige Ziel nicht erreicht, aber es war endlich zum Greifen nahe gerückt! Nach der schändlichen Niederlage, die ihm die Gralsritter im Herbst 1291 nach dem Fall von Akkon[*] zugefügt hatten und die fast sein Schicksal besiegelt hätte, hatte er sich für viele bitterlange Jahre zu eiserner Geduld und Selbstbeherrschung gezwungen, damit sein teuflischer Plan zur Vernichtung der Gralsritter reifen und sich entwickeln konnte. Mit großer Raffinesse hatte er sich unter dem Namen Jean-Mathieu von Carsonnac eine falsche Identität zugelegt und ein altes, reiches Adelsgeschlecht erfunden, dessen Stammbaum angeblich im fernen Zypern wurzelte und auch einer kritischen Nachprüfung standhielt. In dieser Zeit hatte er nicht nur ein wahres Vermögen für ein standesgemäßes Anwesen und ein herrschaftliches Leben vor den Toren von Paris ausgegeben, sondern fast noch einmal so viel Gold verschwendet, um zum Hofe König Philipp des Schönen Zugang zu erlangen und sich allmählich das Vertrauen des königlichen Rats Wilhelm von Nogaret zu erschleichen. Und nun, anderthalb Jahrzehnte nachdem er sich angstschlot-

---
[*] Mächtige Kreuzritterfestung und Hafenstadt mit vierzigtausend Einwohnern im Heiligen Land, die im Jahre 1291 nach mehrwöchiger Belagerung vom übermächtigen Heer der muslimischen Mamelukenstreitkräfte eingenommen wurde und endgültig den Untergang des Kreuzritterreiches in Palästina markierte. Siehe auch Band 1 der Trilogie »Der Fall von Akkon« sowie Band 2 »Das Amulett der Wüstenkrieger«.

ternd vor dem Thron des Schwarzen Fürsten zu Boden geworfen, sein Versagen eingestanden und nur dank seines genial perfiden Einfalls noch einmal Gnade vor seinem Gebieter gefunden hatte, nun rückte sein heimtückischer Plan in die entscheidende Phase!

Sjadú nickte dem Folterknecht knapp zu, als dieser die Eisenzange aus der Glut des Kohlenbecken zog und ihm einen fragenden Blick über die Streckbank hinweg zuwarf.

»Fang unten mit den Fußsohlen an!«, befahl er ihm. »Er soll einen Vorgeschmack von dem bekommen, was ihn erwartet, wenn er sich weiterhin uneinsichtig und störrisch zeigt.«

Wilhelm von Nogaret verzog keine Miene. Der schmale, dünnlippige Mund in dem wie gemeißelt wirkenden, scharfkantigen Gesicht verlor ebenso wenig seinen mitleidlosen, harten Ausdruck wie seine kalten Augen. Er zupfte jetzt jedoch das parfümierte Spitzentuch, das er in weiser Voraussicht in den Kerker mitgebracht hatte, aus dem weiten Ärmel seiner Brokatjacke und führte es unter die scharf gekrümmte Nase. Er war nur zu gut mit den Abläufen der Folter vertraut und wusste, was jetzt kam.

Der gellende Schrei des einstigen Templers ging in ein abgehacktes Wimmern über, als der Folterknecht schließlich von ihm abließ und die Eisenzange mit der gezackten Greifklaue am vorderen Ende wieder zurück in die Glut des Kohlenbeckens stieß.

»Allmächtiger, stehe mir bei!«, flehte Rupin Turville mit erstickter Stimme und verdrehte den Kopf, um Sjadú und Wilhelm von Nogaret in sein Blickfeld zu bekommen. »Warum lasst . . . Ihr . . . mich foltern, Ihr vornehmen Herren? . . . Wer seid Ihr, dass Ihr mich in den Kerker . . . des König verschleppt habt? . . . Was habe ich . . . ein armseliges Nichts der Straße . . . Euch bloß getan? . . . In Christi Namen . . . was wollt Ihr nur von mir?«

»Die Wahrheit!«, gab Sjadú kalt zur Antwort.

Wilhelm von Nogaret gab einen Seufzer von sich, der eine Spur von Enttäuschung und auch Langeweile in sich trug. »Mir scheint, der Bursche wird die Erwartungen nicht erfüllen, die Ihr in mir geweckt habt, Jean-Mathieu.« Er seufzte erneut. »Bedauerlich! In der Tat, sehr bedauerlich, mein Bester. Ich hegte schon die Hoffnung, Ihr könntet die Lösung für so manch drückendes Problem liefern, das mich und Seine Majestät seit Langem umtreibt.«

»Wartet!«, rief Sjadú, innerlich aufs Höchste alarmiert. Er fürchtete, das Interesse jenes Mannes zu verlieren, auf den der König hörte wie auf keinen anderen. Wenn das geschah, wurde nicht nur sein Plan zunichtegemacht, sondern dann war auch er verloren. Der Fürst der Finsternis würde ihm keine weitere Chance zubilligen und einen anderen zu seinem erhabenen Ersten Knecht ernennen. Nicht einmal auf das Labyrinth der Sühne, diese grausame Strafe, durfte er dann noch hoffen. Nein, erbarmungslos vernichten würde ihn sein Gebieter, mit einem feurigen Atemstoß von der schwindelerregenden Plattform seines Thrones fegen und ihn hinab in den fürchterlichen Gebeineschlund der Verfemten schleudern! »Habt noch einen Moment Geduld. Ich versichere, dass Ihr es nicht bereuen werdet! Lasst es mich mit guter Zurede versuchen, damit diese sündige Seele zur nötigen Einsicht gelangt und auf den Weg der Läuterung zurückfindet.«

Wilhelm von Nogaret zögerte kurz, nickte aber dann großmütig und ein wenig herablassend, als gewährte er ihm eine übergroße Gunst. »Nur zu, versucht Euer Glück. Einige Minuten länger werden meine anderen Staatsgeschäfte wohl noch warten können.«

Ein falsches Lächeln trat auf das Gesicht des ranghöchsten Judasjüngers, das sich durch makellose Ebenmäßigkeit und Schönheit auszeichnete und damit die perfekte Maske für das abgrundtief Böse war, das sich dahinter verbarg.

»Ich weiß Eure Großzügigkeit zu schätzen. Seid einmal mehr versichert, dass nicht nur Seine Majestät der König weiß, was er an Euch hat«, sagte Sjadú schmeichelnd und trat dann zu dem Unglücklichen auf dem Gitter der Streckbank. »Und nun zu dir, Rupin Turville!«

Der einstige Ordensritter sah mit blutunterlaufenen Augen und flehendem Blick zu ihm auf. »Bei der Jungfrau Maria, allen Heiligen und der heilbringenden Auferstehung unseres . . .«, begann er mit brechender Stimme.

»Schweig!«, fuhr ihm Sjadú sofort ins Wort, gab seiner Stimme jedoch schon im nächsten Moment einen sanften, scheinbar ernsthaft besorgten Klang, als er fortfuhr: »Mein Sohn, wir sind in Sorge um dein ewiges Seelenheil. Schrecken dich nicht die vielfältigen Qualen der Hölle, die einen reuelosen Sünder ob seiner abscheulichen Verfehlungen mit Sicherheit erwarten? Willst du nicht endlich dein Gewissen reinigen? Hier und jetzt tätige Reue durch das gottgefällige Geständnis der Wahrheit üben, so schrecklich sie auch sein mag, und damit deine Seele vor den endlosen Torturen des Fegefeuers bewahren? Du musst es einfach wollen, wenn du deine unsterbliche Seele retten und das ewige Leben im Himmel gewinnen willst! Ich weiß, dass du es willst. Es fehlt dir nur noch der letzte innere Anstoß, um dich von den sklavischen Ketten des Bösen zu befreien und ins reinigende Licht aufrichtiger Reue und Läuterung zu treten! Lass uns deshalb gemeinsam beten, dass sich dein verstocktes Herz dem gnadenreichen Zuruf Gottes öffnet und du reuevoll zurückkehrst auf den Pfad der Redlichen und Wahrhaftigen!«

Sjadú griff nach der gefesselten Rechten des Gefolterten und beugte sich ganz nah über ihn, als wollte er tatsächlich leise mit ihm um Kraft und göttlichen Beistand beten. Doch was er ihm sogleich leise in Ohr zischte, war alles andere als ein frommes Gebet um göttlichen Beistand.

»Rede, Kerl!«, fauchte er ihn so leise an, dass weder der Folterknecht noch Wilhelm von Nogaret etwas davon mitbekam. »Mach endlich dein Maul auf! Wen willst du mit deinem lächerlichen Schweigen beeindrucken? Glaubst du Einfaltspinsel vielleicht, du könntest es mit dem Folterknecht des Königs aufnehmen? Nicht eine Nacht wirst du durchhalten! Früher oder später wirst du reden, das schwöre ich dir! Der Mann dort drüben am Becken versteht sein Handwerk, darauf kannst du Gift nehmen. Er hat noch gar nicht richtig angefangen, dir seine hohe Kunstfertigkeit in der Handhabung der Tortur zu beweisen. Also gestehe endlich und spucke aus, was ich von dir hören will! Aber nicht das übliche Gerede will ich hören, sondern dass du Zeuge dieser schändlichen Zeremonien gewesen bist und selbst daran teilgenommen hast! Du weißt genau, wovon ich spreche. Ich habe dir in der Taverne lang und breit davon erzählt, und sage nicht, du warst da schon zu betrunken, um dich noch darauf besinnen zu können. Und nenne gefälligst Namen, verstanden? Du wirst dich doch an einige deiner einstigen Gefährten und Ordensoberen erinnern können. Wenn du deine Sache gut machst, lasse ich dich laufen! Ich gebe dir das Wort eines Ehrenmannes und schwöre es dir auch beim Kreuz Jesu!« Er lachte bei dieser Beteuerung innerlich höhnisch auf, hatte er für das eine doch so viel Verachtung übrig, wie er das andere aus tiefster Seele hasste und verabscheute. »Du bist zu unbedeutend, um uns nach deinem Geständnis noch länger von Nutzen sein zu können.«

Er machte nach dieser Lüge eine kleine Pause, um dann mit eisiger Stimme die Drohung hinzuzufügen: »Aber wenn du dich weigerst, werde ich dafür sorgen, dass du die Hölle schon hier auf Erden erlebst! Und deine Qual in diesem Kerker wird sich nicht in einigen wenigen Stunden höllischer Schmerzen bemessen, sondern in schier endlosen Tagen und Wochen der Folter, darauf gebe ich dir mein Wort! Man wird dir die Haut bei lebendigem Leib abziehen, dich mit kochendem Pech traktieren, dir Daumenschrauben und den spanischen Stiefel anlegen und dir noch vieles andere mehr antun, wovon du jetzt noch nicht einmal den Schimmer einer Ahnung hast, glaube es mir! Also, wofür entscheidest du dich?«

Damit ließ Sjadú die Hand des Mannes los, richtete sich wieder auf und fragte mit nun wieder lauter, trügerisch teilnahmsvoller Stimme: »Sag, hat dich unser gemeinsames Gebet gestärkt und dir die Kraft zur Wahrheit und seelischen Läuterung geschenkt, Rupin Turville?«

Tränen grenzenloser Verzweiflung liefen dem einstigen Tempelritter über das zerfurchte Gesicht. »Ja, mein Herr«, schluchzte er mit kraftloser, stockender Stimme. »Ich . . . ich bin um meines ewigen Seelenheils willen bereit, meine . . . meine zahllosen Sünden zu gestehen und von . . . von abscheulichen Dingen und Geschehnissen zu berichten . . . bei denen ich sowohl Zeuge als . . . als auch Mitwirkender war . . .«

Ein zufriedenes, kaum merkliches Lächeln nistete sich in den Mundwinkeln des Judasjüngers ein. »Nur zu, guter Mann! Befreie deine Seele von der drückenden Last deiner Sünden. Ich bin sehr zuversichtlich, dass du die Kraft dafür findest – wo du doch nun gestärkt bist von meinem geistigen Beistand!«, erwiderte er mit bösartigem Hohn, der dem königlichen Rat verborgen blieb.

Rupin Turville begann mit stockender Stimme zu reden. Anfänglich klangen seine Anklagen blass und reichlich wirr. Doch je länger er von jenen Geschehnissen berichtete, die Sjadú in Gegenwart des königlichen Beraters hören wollte, desto fester wurde nicht nur seine Stimme, sondern auch seine Geschichte gewann an innerer Festigkeit, und die Beschreibung der geheimen Zeremonien wurde immer detaillierter. Er steigerte sich mit jeder Minute. Immer Neues fiel ihm ein, das er noch hinzufügen musste. Und schließlich nannte er die Namen all derjenigen, von denen er wusste, wie er höchst eifrig versicherte, dass sie sich dieser frevelhaften Schandtaten und ungeheuerlichen Gottlosigkeiten schuldig gemacht und andere dazu angehalten hatten.

Im Gesicht des königlichen Rats rührte sich kaum ein Muskel, während es immer flüssiger aus Rupin Turville heraussprudelte. Doch Sjadú entging nicht, dass Wilhelm von Nogaret sehr aufmerksam zuhörte.

Als Rupin Turville schließlich nichts mehr hinzuzufügen wusste und erschöpft schwieg, stellte Wilhelm von Nogaret ihm bezeichnenderweise keine bohrenden Nachfragen, sondern wollte von ihm nur noch eines wissen: »Schwörst du auf die Bibel und beim Heil unseres Erlösers, dass du die Wahrheit gesprochen hast?«

Das Gesicht des geschundenen Mannes verzog sich zu einer Grimasse, in der Sjadú unschwer die innere Qual seines Opfers widergespiegelt sah. »Ja, ich schwöre es!«, stieß Rupin Turville schluchzend hervor, und die Tränen der Scham über seinen Verrat liefen ihm über das bärtige Gesicht.

Wilhelm von Nogaret verlor augenblicklich das Interesse an dem Unglücklichen. Er wandte sich abrupt ab und gab dabei Sjadú ein knappes Handzeichen, ihm zu folgen. Schweigend verließen sie die Folterkammer und stiegen hinter der Tür die Steintreppe hoch, und Sjadú war zu klug, um ihn mit Fragen zu bedrängen. Dabei brannte es ihm auf den Fingernägeln zu erfahren, zu welch gewagten Schritten Nogaret nun bereit war.

Erst als sie das Stockwerk mit der Folterkammer längst hinter sich gelassen hatten und sich schon auf der hell erleuchteten Treppe oberhalb der Kellergewölbe befanden, brach Wilhelm von Nogaret sein Schweigen. Er blieb plötzlich auf einem Treppenabsatz stehen, legte Sjadú seine Rechte vertraulich auf die Schulter und bedachte ihn mit einem anerkennenden Lächeln.

»Ich habe schon seit Langem gewusst, dass Ihr ein Mann nach meinem Geschmack seid und dass Euer Geist jene seltene eisige Schärfe besitzt, die zu kühnen Unternehmen befähigt. Und nun habt Ihr mich von Eurer gewagten Idee restlos überzeugt, Jean-Mathieu«, sagte er, und in seinen Augen brannte jenes fanatische Feuer, das stets in ihm aufflammte, wenn es um ein Komplott zugunsten seines Königs ging. »Mir scheint, dass jetzt der passende Zeitpunkt gekommen ist, Seine Majestät und nur ihn allein von Euren höchst faszinierenden Überlegungen in Kenntnis zu setzen. Nach den turbulenten Ereignissen der letzten Wochen dürfte er für derartige Anregungen in empfänglicher Stimmung sein.« Ein feines Lächeln umspielte seinen dünnlippigen Mund. »Und wer könnte Eure betörend scharfsinnigen Gedanken besser vortragen als Ihr selbst?«

Sjadú wusste, dass es Wilhelm von Nogaret in Wirklichkeit darum ging, sich beim König nicht in die Nesseln zu setzen. Dessen Stimmung wechselte nämlich häufig und schnell von einem Extrem ins andere. Und wie Philipp der Schöne auf das, was sein königlicher Rat ihm vortragen und anraten wollte, reagieren würde, war nicht abzuschätzen.

Aber all das kümmerte Sjadú nicht. Und im Notfall standen ihm zu seinem Schutz dunkle, erschreckende Mächte zur Verfügung, von denen nur die verfluchten Gralsritter wussten. Nein, was allein zählte, war, dass der König ihn anhören würde. Fünfzehn Jahre hatte er auf diesen Tag hingearbeitet. Und nun war es so weit! Nogaret verschaffte ihm die Unterredung mit dem König von Frankreich, aber nicht in Hörweite seines schwatzsüchtigen und intriganten Hofstaates, sondern es würde ein geheimes Gespräch sein. Und wenn alles nach Plan verlief, würde sich eine Sturmflut unvorstellbaren Ausmaßes erheben und für immer die Welt verändern – und zwar von Nacht zu ewiger Nacht!

2

»König Falschmünzer! ... König Falschmünzer! ... Verflucht soll er sein, der König der Falschmünzer!«

Die schwüle Sommernacht um den königlichen Palast auf der Flussinsel und in den angrenzenden Stadtvierteln auf beiden Ufern war bis auf das Kläffen einiger streunender Hunde ruhig und ohne besondere Vorkommnisse. Doch Philipp der Schöne, der sich grollend in seine prunkvollen Privatgemächer zurückgezogen und sich von seinen Bediensteten jedwede Störung strikt verboten hatte, hörte im Geiste wieder das schrille Geschrei und die lästerlichen, unflätigen Flüche des aufgebrachten Pöbels.

Einen gut gefüllten Weinpokal in der schlanken Hand, ging der König rastlos in den langen Zimmerfluchten auf und ab. Aber der edle Tropfen wollte ihm nicht schmecken. Er konnte es nicht verwinden, dass seine Untertanen, dieses undankbare Gassenvolk von Paris, vor wenigen Wochen doch tatsächlich die Ungeheuerlichkeit besessen hatte, sich gegen ihn zusammenzurotten und die Stadt in einen blutigen Aufruhr zu versetzen!

Gut, er hatte schon seit Längerem alle paar Jahre den Anteil an Gold und Silber in seinen Münzen verschlechtert. Und in diesem Sommer hatte er den Gehalt an Edelmetall noch einmal so stark verringert, dass jede Münze nur noch ein Drittel ihres vorherigen Wertes besaß – und sich dadurch alles drastisch verteuert hatte. Zwar hatte er vorsorglich das Nachwiegen seiner Münzen bei schwerer Strafe verboten und die Öfen, in denen die Münzen verfälscht worden waren, zertrümmern lassen. Aber diese Maßnahmen hatten ihn doch nicht vor dem Zorn seiner Untertanen bewahrt. Denn dass jede Ware nun plötzlich dreimal so teuer geworden war wie zuvor, hatte auch der Dümmste aus dem Volk ohne Nachwiegen der Münzen schnell gemerkt.

Aber was war ihm denn zum Wohle Frankreichs und der Sicherung seiner Herrschaft anderes übrig geblieben? Zum Teufel noch mal, er hatte doch nur getan, was jeder andere Herrscher auch tat! Der aufwendige Hofstaat mit seinem nicht enden wollenden Reigen teurer Feste, das rasant wachsende Heer der Staatsbediensteten, die kostspieligen und leider nicht sehr erfolgreichen Kriege, die regelmäßigen Zahlungen für notwendige Bündnisse und Schenkungen, der Bau neuer Festungen, Paläste und anderer Bauwerke sowie die Mitgiften für seine zu verehelichenden Töchter – all das verschlang Jahr für Jahr Unsummen. Die Ausgaben wuchsen beängstigend schnell, ohne dass die Einnahmen auch nur annähernd mit ihnen Schritt hielten. Früher einmal hatten die Gelder, die aus Staatsgütern, Warensteuern, Zöllen sowie dem Verkauf von Titeln, Vieh und Leibeigenen in die königliche Kasse flossen, noch zur Deckung der Staatsausgaben genügt. Aber diese Zeiten gehörten längst der Vergangenheit an. Es half auch nicht viel, immer mehr Adelspatente zu verkaufen, die Juden bis aufs Blut zu schröpfen und der französischen Geistlichkeit immer neue Abgaben aufzuerlegen. Das Geld zerrann ihm förmlich zwischen den Fingern, und er musste immer neue Schulden bei den Templern und italienischen Bankhäusern machen, um mit diesen Geldern wenigstens die größten Löcher in der Staatskasse zu stopfen. Seine Staatsfinanzen waren dermaßen zerrüttet, dass er sich doch wahrhaftig gezwungen gesehen hatte, die Arbeiten am Louvre, seinem neuen festungsartigen Königspalast vor den Mauern der Stadt auf dem rechten Seineufer, einstellen zu lassen!

Der Pöbel, diese dumpfe abstoßende Masse ungebildeten Volkes, besaß natürlich keine Einsicht in die Notwendigkeiten, mit denen sich ein König bei seinen Staatsgeschäften auseinandersetzen musste! Deshalb waren sie ja auch Untertanen und hatten königliche Entscheide in Demut und mit dem angemessenen Gehorsam hinzunehmen! Immerhin hatte ihm die Salbung mit dem heiligen Öl von Reims nicht nur königliche, sondern auch eine religiöse Weihe verliehen!

Und doch hatte sich der Pöbel erdreistet, gegen ihn – ihren von Gott geweihten König! – krawallschlagend auf die Straße zu gehen und zu revoltieren! Das aufgebrachte Volk hatte nicht nur Wagen mit Lieferungen für seinen königlichen Haushalt überfallen und deren Fracht in den Kot der Straße gezerrt, sondern das Gesindel hatte auch die Münze angezündet sowie Beamte der Krone erstochen und ihre Häuser geplündert. Es war zu blutigen Straßenschlachten gekommen, und dann hatte sich der Mob sogar hier vor seiner Königsburg zusammengerottet! Trotz seiner Leibgarde hatte er sich in seinem eigenen Palast so sehr bedroht gefühlt, dass er keinen anderen Ausweg gesehen hatte, als in die gewaltige Stadtburg der Tempelritter zu flüchten. Bei ihnen war er so sicher gewesen wie an keinem anderen Ort der Welt.

Es waren dann auch die Ordensritter und nicht seine eigenen Soldaten gewesen, die dem Aufstand der Straße im Nu und ohne großes Aufheben ein Ende bereitet hatten. Denn so gefürchtet sie als todesmutige Krieger auch waren, es galt ihnen doch auch die Liebe und der Respekt der einfachen Leute. Das war der Lohn dafür, dass es die Templer waren, die sich seit zweihundert Jahren nicht nur in Paris der Hungernden und Armen annahmen und sich sogar schützend vor jene kleinen Leute stellten, die in finanzielle Bedrängnis gerieten und denen deshalb der Schuldturm drohte. Und nun hatte er, der König von Frankreich, hinter ihren mächtigen Mauern Schutz suchen müssen – Schutz vor seinem eigenen Volk!

Die Wut, die eben noch dem Aufruhr gegolten hatte, richtete sich plötzlich, getränkt mit dem ätzenden Gift der Missgunst und dem Empfinden tiefer Demütigung, auf den Orden der Tempelritter.

Hatten sich die Ordensoberen, diese weiß gewandeten hochmütigen Ritter, nicht selbstgefällig damit gebrüstet, dass sie im Handumdrehen vollbracht hatten, wozu seine eigenen Soldaten nicht fähig gewesen waren? Hatten sie hinter seinem Rücken nicht vielleicht sogar über ihn gelacht und ihren Spott getrieben, weil er sich zu ihnen hatte flüchten müssen wie ein hilfloses, verängstigtes Kind, das unter dem Rock der Mutter Zuflucht suchte? Und womöglich hatten sie ihn sogar verflucht, weil er nach der Niederschlagung der Revolte als Vergeltung und Zeichen seiner Härte kurzerhand achtundzwanzig Menschen aus dem Volk hatte hinrichten und ihre Leichname vor den Toren der Stadt an die Bäume hängen lassen.

Blinder Zorn überwältigte ihn bei diesen finsteren Mutmaßungen, die ihn wie der Eiter eines aufplatzenden Geschwürs mit Übelkeit erfüllten, und in einem jähen Wutausbruch schleuderte er den Kristallkelch in den kalten, klaffenden Rachen des Kamins, vor dem er stehen geblieben war. Mit hellem Klirren zerschellte er an der rußgeschwärzten Kaminwand und verwandelte sich in einen Regen aus unzähligen Kristallsplittern, während der dunkle Rotwein wie Blut über das Mauerwerk spritzte.

»Verdammt soll diese eingebildete Templerbande sein, die sich für vornehmer und mächtiger als ihr König dünkt!«, fluchte er. Sein Herz raste, und er hatte das Gefühl, nicht genug Luft zu bekommen. Mit hastigen Schritten durchquerte er das Prunkzimmer, riss zwei bodenlange Flügeltüren auf und stürzte hinaus auf den luftigen Bogengang, von dem aus er einen Großteil von Paris überblicken konnte.

Heftig atmend und mit geballten Fäusten, trat er an eines der offenen Bogenfenster, lehnte sich auf die breite, steinerne Balustrade, starrte über den still dahingleitenden Fluss und suchte im Dunkel der Nacht nach den hohen Türmen der Templerburg.

Templer*burg*?

Bittere Galle stieg in ihm hoch, als ihm in diesem Moment erst so richtig zu Bewusstsein kam, was für eine Untertreibung dieses Wort in Wirklichkeit darstellte. Denn bei dem *Vieux Temple*, dem ersten Haus des Ordens in Paris auf dem rechten Ufer der Seine, handelte es sich nicht um eine Burg im üblichen Sinne, sondern um ein ganzes Stadtviertel! Allein zum inneren Tempelbezirk, der sowohl von hohen, mit Zinnen und Wehrtürmen bestückten Mauern als auch von einzigartigen, päpstlichen Privilegien vor jeder weltlichen Macht geschützt wurde, gehörten neben den beiden gewaltigen Turmburgen, dem *Tour de César* und dem *Donjon du Temple*, Dutzende von anderen, eindrucksvollen Gebäuden, unter anderem auch eine prächtige Kirche mit einer Rotonde und einer Basilika, die nach dem Vorbild der Heiligen Grabeskirche gebaut worden war. Und der Orden gebot nicht nur über einen eigenen Hafen an der Seine, sondern ihm gehörte in Paris noch so viel ungenutztes Land, dass der Präzeptor[*] des Pariser Tempels vor gut zwei Jahrzehnten damit begonnen hatte, das Land in Parzellen aufzuteilen und eine rasch wachsende Neustadt zu gründen. Aber das alles reichte ihnen noch lange nicht, kauften sie doch ständig neues Land auf und dehnten ihre Macht als Grundherrn auch dank zahlreicher Schenkungen immer weiter aus. Bald würden sie die wahren Herren von Paris sein, wenn es mit ihrem Machtzuwachs so weiterging!

Er stutzte.

---

[*] Ordensobere, vergleichbar mit einem Abt

Waren sie nicht vielleicht schon längst die wahren Herren? Befahlen sie denn nicht schon heimlich über die zweihunderttausend Einwohner zählende Stadt, wie die rasche Niederschlagung des Aufruhrs gegen ihn bewiesen hatte? Ja, womöglich steckten sie sogar hinter dieser schändlichen Erhebung! Wie hätte es ihnen andernfalls auch gelingen können, so geräuschlos und schnell und ohne großes Blutvergießen wieder für Ruhe zu sorgen? Konnte es sein, dass sie heimlich versuchten, seine Macht zu untergraben und ihn in ihre Abhängigkeit zu bringen? Was seine Finanzen betraf, so hatten sie ihn ja gewissermaßen schon in der Hand. Denn sie wussten so gut wie er, dass er weder willens noch in der Lage war, irgendwann auch nur einen Teil der enormen Gelder zurückzuzahlen, die er sich in den letzten Jahren bei ihnen geliehen hatte.

Leise Schritte, die sich in seinem Rücken näherten, holten König Philipp aus seinen dunklen, argwöhnischen Gedanken. Er brauchte sich nicht umzudrehen, um zu wissen, wer es da wagte, seinem strikten Befehl zuwiderzuhandeln und seine übellaunige Ruhe zu stören. Der Gang dieses Mannes, der sich so leise federnd und zugleich doch voller Selbstbewusstsein über das Parkett bewegte, war unverkennbar der seines Vertrauten Wilhelm von Nogaret.

»Was immer es ist, es wird bis morgen warten müssen, Nogaret! Und hat man Euch nicht mitgeteilt, dass ich von *keinem* gestört zu werden wünsche?«, rief er ihm über die Schulter hinweg zu.

»Das hat man, Sire«, erwiderte Wilhelm von Nogaret. »Aber das Anliegen, das mich zu Euch bringt . . .«

»Seit wann missachtet Ihr die Befehle Eures Königs?«, fiel ihm Philipp ins Wort.

»Was Euch in Unkenntnis meines Anliegens als Missachtung Eurer Befehle erscheint, ist in Wirklichkeit meine bedingungslose Hingabe für die Belange Eurer Majestät! Befehlt, dass man mich auf die Richtstätte führt, Sire, und ich werde meinen Kopf gehorsam unter das Schwert des Henkers beugen, wenn es Eurer Wille ist und zum Wohle Eurer Regentschaft geschieht, mein König!«, versicherte Wilhelm von Nogaret mit jener wohldosierten Spur von Pathos, für die sein Herr so empfänglich war. Gleichzeitig beugte er das Knie und senkte willfährig den Kopf, als erwartete er jeden Moment, dass ihm der Schwerthieb des Henkers den Kopf vom Rumpf trennte.

Philipp wandte sich nun zu ihm um und tat die schmeichlerischen Worte mit einer scheinbar ungeduldigen Handbewegung ab. Doch sie hatten ihre Wirkung nicht verfehlt. Wilhelm von Nogaret war mehr als nur ein scharfsinniger königlicher Rat, der sein Vertrauen genoss wie kein anderer. Er wusste, dass diese kühne, allseits gefürchtete Gestalt ihm in geradezu fanatischem Eifer treu ergeben war und vermutlich sogar tatsächlich sein Leben für ihn hingeben würde.

»Lasst den Unsinn und kommt hoch!«, befahl er ihm. »Ich weiß, was ich an Euch habe – auch wenn Ihr meine Nerven gelegentlich ein wenig über Gebühr strapaziert.«

Wilhelm von Nogaret tat wie befohlen.

»Also gut, was gibt es denn so unaufschiebbar Wichtiges, dass Ihr meint, dafür meinen Unwillen riskieren zu können?«, fragte der König.

»Einen ungeheuerlichen Skandal, der die gesamte Christenheit bis in ihre Grundfesten erschüttern wird, wenn er ans Licht des Tages kommt! Ihr müsst unverzüglich davon erfahren und die Gunst der Stunde nutzen, bevor andere einflussreiche Kreise Wind davon bekommen, die Führung in dieser höchst brisanten Angelegenheit an sich reißen und Entscheidungen treffen, die wohl kaum in Eurem Interesse liegen dürften!«, teilte ihm Nogaret mit. »Es handelt sich um ein abscheuliches Verbrechen der Gottlosigkeit, das jedoch in Eurer waltigen Waffe sowohl gegen Eure erklärten als auch gegen Eure heimlichen Feinde werden kann! Aber hört dazu erst einmal Jean-Mathieu von Carsonnac an. Ihr werdet es nicht bereuen, ihm für einige Minuten ein offenes Ohr geliehen zu haben, Sire.« Er deutete dabei hinter sich ins Prunkgemach.

König Philipp stutzte und furchte ungnädig die Stirn, bemerkte er doch erst jetzt die hochgewachsene Gestalt, die Nogaret mitgebracht hatte und die in respektvollem Abstand zu ihnen neben der hinteren Durchgangstür seines Gemaches stand. Der Mann, der einen eleganten dunkelroten Seidenumhang mit schwarzen Paspelierungen trug und ein Bild makelloser Schönheit abgab, war ihm nicht ganz unbekannt. Mit Sicherheit war er ihm auf einigen der vielen Hoffeste und wohl auch bei so mancher Jagd begegnet, aber mehr als Belanglosigkeiten hatte er mit ihm nie ausgetauscht.

»Ihr führt einen mir Fremden ohne meine vorherige Erlaubnis in meine Privatgemächer? Bei Gott, Euer Verhalten ist äußerst kühn, Nogaret!« Ein drohender Unterton schwang nun in seiner Stimme mit. »Ich hoffe für Euch, dass Ihr einen guten Grund habt, meine Gunst auf eine so harte Probe zu stellen! Es muss schon ein wirklich sehr triftiger sein, wenn ich Euch diese Eigenmächtigkeit nachsehen soll!«

»Seid versichert, dass ich dies wohl bedacht habe, Sire!«, beteuerte Wilhelm von Nogaret. Und nachdem er ihn noch leise über Jean-Mathieu von Carsonnac ins Bild gesetzt und auf das Gespräch mit ihm vorbereitet hatte, schloss er mit den Worten: »Hört ihn an. Und wenn Ihr hinterher nicht mit mir einer Meinung seid, dass Euch das Schicksal in dieser Stunde den größten Trumpf zur Vernichtung Eurer Widersacher in die Hände spielt, verdiene ich nicht länger Eure Gunst und meine Stellung als königlicher Rat Eurer Majestät!«

Ein sichtlich überraschter Ausdruck trat auf das Gesicht des Königs. »Bei Gott, Ihr spielt mit hohem Einsatz, Nogaret! Jetzt habt Ihr mich tatsächlich neugierig gemacht, was es mit diesem ungeheuerlichen Skandal bloß auf sich hat, der zugleich der größte Trumpf im Kampf gegen meine Feinde sein soll.« Sein Blick ging hinüber in die Tiefe seines Privatgemaches zu dem Fremden, den sein Vertrauter mitgebracht hatte. Er wedelte kurz mit der Hand und forderte Nogaret auf: »Also dann, sagt ihm, er soll nähertreten und sprechen!«

3

Von der starken Anspannung und Unruhe, die Sjadú in den langen Minuten des Wartens quälten, fand sich äußerlich nicht der geringste Hinweis. Keine fahrigen Bewegungen der Hände, kein unruhiges Wechseln des Standbeins und kein nervöses Mienenspiel. Aufrecht, ruhig und scheinbar die Gelassenheit in Person, so stand er neben der Tür und wartete darauf, dass der König ihm die Gunst gewährte, ihn anzuhören.

Doch hinter dieser perfekten Fassade der Selbstbeherrschung lauerte die nagende Furcht, die Eitelkeiten, den Machthunger und die Skrupellosigkeit des Königs falsch eingeschätzt zu haben und so kurz vor seinem Ziel mit seinem Plan doch noch zu scheitern. Denn Philipp IV. war ein Mann mit gefährlichen Charakterzügen, wie ihn seine Erinnerung ermahnte.

Einerseits hatte der König von Frankreich ohne die geringsten Gewissensbisse Papst Bonifazius verteufelt, verfolgt und durch Nogaret zu Tode gebracht, und mit dem jetzigen Stellvertreter Christi, Papst Clemens, dem er mit Geld und Erpressung auf den Heiligen Stuhl verholfen hatte, sprang er um wie mit einem dienstpflichtigen Vasallen. Er hatte ihn sogar gezwungen, seine Residenz nicht in Rom, sondern in Frankreich aufzuschlagen, um ihn besser unter Kontrolle halten zu können.

Aber andererseits schien der König auch ein Mann starken Glaubens zu sein, der zweimal die Woche fastete, ein härenes Hemd unter seinem kostbaren Königsgewand trug und sich von seinem dominikanischen Beichtvater sogar regelmäßig geißeln ließ. Er umgab sich auch nicht mit Mätressen oder Lustknaben, wie es so viele andere gekrönte Häupter und sogar Kirchenfürsten völlig schamlos taten und es nicht einmal zu verbergen suchten, weil sie jede Form der Ausschweifung aufgrund ihres hohen Standes als ihr verbrieftes Recht betrachteten.

Und dann war da noch jene andere Zwiespältigkeit, die den König von Frankreich kennzeichnete und sich mit seinem Beinamen »Philipp der Schöne« verband. Zu Recht pries man die Anmut seiner Züge, den Glanz seiner rötlich blonden Lockenpracht, die klaren Augen, die fast milchhelle, glatte Haut seines Gesichtes, die würdevolle Haltung seiner hohen Gestalt und die Eleganz seiner Manieren. Aber es gab auch diese Stunden dunkler Anwandlungen, finsterer Grübelei und erschreckender Wutausbrüche, die sogar den abgebrühtesten Höfling in Angst und Schrecken versetzen konnten. Nicht von ungefähr trug Philipp der Schöne noch einen zweiten, sehr viel weniger schmeichelhaften Namen, den man jedoch nur hinter seinem Rücken und einzig im Kreise von Freunden auszusprechen wagte, auf deren Schweigen man blind vertrauen konnte. »Metuendissimus« nannte man ihn, »Philipp den Furchtbarsten«. Nicht wenige verglichen ihn auch mit einem Habicht, der jäh aus luftiger Höhe auf seine ahnungslose Beute herabstürzt und seine furchtbaren Krallen in sein Opfer schlägt, bevor es weiß, wie ihm geschieht.

Und ausgerechnet diesen unberechenbaren Mann musste Sjadú nun als Komplizen gewinnen, um endlich den entscheidenden Schlag gegen den mächtigen Orden der Templer und die geheime Bruderschaft der Gralsritter zu führen! Ein fast schwindelerregend gewagtes Vorhaben, das jedoch der überragenden Stellung und besonderen Fähigkeiten eines erhabenen Ersten Knechtes wahrlich würdig war!

Gerade ertappte sich Sjadú bei dem Gedanken, dass er die verfluchten Gralsritter dennoch lieber im Kampf mit der blanken Klinge in die Knie gezwungen hätte, als Wilhelm von Nogaret ihm bedeutete, zu ihnen hinaus auf den Bogengang zu treten. Festen Schrittes folgte er der Aufforderung des königlichen Rates. Jetzt also galt es!

Nach den üblichen Bezeugungen des Respektes und der Ergebenheit überraschte Sjadú den König, indem er seine Ausführungen mit den Worten begann: »Sire, erlaubt mir, zuerst ein wenig von Eurer kostbaren Zeit darauf zu verwenden, über die mächtigen Herren Tempelritter und ihre Loyalität gegenüber Eurer Majestät zu reden!«

Philipp machte ein verblüfftes Gesicht. Dann zog er die Stirn in Falten und sagte zu Wilhelm von Nogaret gewandt: »Hattet Ihr nicht von einem ungeheuerlichen Skandal gesprochen, von dem Ihr Kenntnis erhalten habt und über den Ihr mich unverzüglich ins Bild setzen müsst, weil es rasche Entscheidungen zu treffen gilt?«

»Ja, das waren meine Worte, und so verhält es sich auch, Sire«, bekräftigte Wilhelm von Nogaret. »Nur habt einige Augenblicke Geduld, mein König, und hört an, was er zu sagen hat.«

»Das eine hängt mit dem anderen unzertrennlich zusammen, Majestät«, fügte Sjadú hinzu.

Philipp der Schöne schüttelte, sichtlich verwirrt, kurz den Kopf, zuckte dann die Achseln und antwortete mürrisch: »In Gottes Namen, fahrt fort! Aber seid gewarnt, mein Herr von Carsonnac: Meine königliche Geduld ist schnell erschöpft, wenn man mir mit diesen hochmütigen Ordensrittern in den Ohren liegt!«

Sjadú hätte den König nur zu gern daran erinnert, dass er doch erst vor zwei Jahren den Großmeister der Templer gebeten hatte, ihn als Ehrenmitglied aufzunehmen – und dass der Konvent der Kriegermönche es doch wahrhaftig abgelehnt hatte, ihm, dem König von Frankreich, diese erbetene Ehre zu erweisen. Wie sich doch die Zeiten und die Ansichten eines Menschen ändern konnten!

Und so neigte er nur ergeben den Kopf und konzentrierte sich darauf, Salz in die klaffende Wunde zu streuen, die der König von den wahren und eingebildeten Demütigungen der Tempelritter davongetragen hatte.

»Wie kann es mit rechten Dingen zugehen, dass so gut wie jeder Fürstenhof der Christenheit mit einem wachsenden Berg von Schulden zu kämpfen hat, Sire, während die Tempelritter immer mehr Reichtümer anhäufen und zu den Finanziers von so manchem König werden, ohne dass ihr enormes Vermögen darunter Schaden nimmt?«

»Fürwahr eine gute Frage, auf die auch ich gern eine Antwort wüsste!«, knurrte der König grimmig.

»Nicht nur, dass der Templerorden ein schlagkräftiges Heer unterhält und sich eine eigene Flotte leisten kann«, fuhr Sjadú im Tonfall einer Anklage fort. »Auch nicht genug damit, dass er in allen Ländern große Häuser und Güter besitzt und sich die Zahl seiner Komtureien[*] mittlerweile wohl auf mehrere Tausende beziffert. Nein, dieser unglaublich reiche Orden, der sich in Frankreich wohl am stärksten ausgebreitet und in diesem Land mehr als anderswo unermessliche Reichtümer angehäuft hat, dieser Orden mit seinen hochmütigen Herren im weißen Mantel entzieht sich dank immer neuer päpstlicher Privilegien Eurer Königsgewalt, Eurer Gerichtsbarkeit und Euren rechtmäßigen Steuern. Ein Templer kann die abscheulichsten Verbrechen begehen, doch kein Fürst, kein König darf Hand an ihn legen und ihn dafür zur Rechenschaft ziehen – das darf allein der Papst.«

---

[*] Niederlassungen des Ordens, bei denen es sich meist um eine Burg oder einen stattlichen Gutshof mit großem, umliegendem Landbesitz handelte. Sie unterstanden dem örtlichen Komtur (Landmeister), der dort die Befehlsgewalt ausübte.

Das Gesicht des Königs verdunkelte sich. Es schmeckte ihm ganz und gar nicht, so direkt und unverblümt daran erinnert zu werden, dass sich der Orden der Templer seiner Macht gänzlich entzog. Jeden Bischof seines Landes konnte er zum Heeresdienst zwingen und ihn mit Abgaben belegen, nicht jedoch die Tempelritter. Sie gehorchten keinem Fürsten, sondern führten selbstherrlich Kriege und schlossen Bündnisse, ganz wie es ihnen beliebte! Und die Päpste hielten seit zweihundert Jahren ihre schützende Hand über sie!

»Der Teufel soll diese ganze Pfaffenbande holen, die sich Stellvertreter Christi nennt und sich in ihrem Größenwahn anmaßt, über gottgeweihten Königen zu stehen!«, zischte Philipp kaum hörbar, und seine Verachtung schloss auch den derzeitigen Papst Clemens mit ein, dem er selbst auf den Petristuhl verholfen hatte.

Sjadú hatte es sehr wohl mitbekommen, gab sich jedoch den Anschein, dass ihn diese lästerliche Verwünschung nicht erreicht hatte. Er spürte den tief sitzenden Groll, ja fast schon Hass, den Philipp der Schöne hegte, und er war entschlossen, dieses Feuer in ihm zu schüren, bis es stark genug war, um den Orden zu vernichten. Gelang das, war die geheime Bruderschaft in ihren Reihen des mächtigen Schutzes durch die Tempelbrüder beraubt, und der Heilige Gral konnte ihr endlich entrissen werden!

»Und was würden Eure scharfsichtigen Augen sehen, Sire, wenn Ihr Euch wie ein Vogel über Paris in die Lüfte erheben könntet?«, setzte Sjadú seine Hetztirade gegen den Orden fort, um sogleich selbst die Antwort auf seine Frage zu geben. »Ich will es Euch sagen, Majestät! Ihr würdet sofort das gewaltige Areal bemerken, das die Villeneuve-du-Temple[*] vor den Mauern Eurer Hauptstadt einnimmt. Und wer nur von einem Stadtteil spricht, der muss mit Blindheit geschlagen sein oder will einem Sand in die Augen streuen. Denn das Gelände,

---
[*] Neustadt des Tempels

das dem Tempel gehört, umfasst mittlerweile gut ein Drittel von ganz Paris!«

Der König presste die Lippen zusammen, als müsste er an sich halten, diesem Mann nicht in die Rede zu fahren, die ihm das Gefühl vermittelte, bloßgestellt zu sein.

»Zudem ist es eine gewaltige, ummauerte Festung, wie es sie nur einmal im ganzen Abendland gibt!«, fuhr Sjadú unbeirrt fort. »Kein Ort der Welt gilt als sicherer als die Templerburg, und nirgendwo lagern mehr unermessliche Schätze an Gold und Juwelen als hinter den Mauern des Tempels!« Er machte eine dramatische Pause, bevor er leise in die angespannte Stille hinein fragte: »Ist der Orden der Tempelritter nicht schon längst ein Staat in Eurem Staat, Majestät? Und dünkt er sich nicht schon längst mächtiger als jeder König? Ja, stehen die Templer in Wirklichkeit nicht über allen gekrönten Häuptern und sind selbstherrlicher als jeder noch so mächtige Fürst?«

Wilhelm von Nogaret zuckte kaum merklich zusammen und hielt den Atem an. Diese gefährlichen rhetorischen Fragen, die ihre bittere Antwort schon unausgesprochen in sich trugen, würden dem König kaum gefallen – und konnten Jean-Mathieu von Carsonnac unter Umständen gar den Kopf kosten!

Philipp der Schöne war sprachlos über diesen ungeheuerlichen Affront. Noch nie hatte jemand es gewagt, ihm so dreist ins Gesicht zu sagen, dass nicht er der wahre Herrscher Frankreichs sei!

Doch bevor der König sich fassen und zu einer Entscheidung kommen konnte, wie diese grobe Unverfrorenheit angemessen zu ahnden sei, setzte Sjadú seine Ausführungen auch schon fort. Und nichts wies in seiner Stimme oder Miene darauf hin, dass er fürchtete, sich die Gunst des Königs mit seinen letzten Bemerkungen verscherzt zu haben und nun in Sorge um sein Leben sein zu müssen.

»Es scheint, diesen stolzen Rittern mit den weißen Mänteln, die das Gelübde der Armut geleistet haben und doch an Reichtum alle Fürsten und Päpste weit übertreffen, sind keine Grenzen gesetzt. Doch warum seltsamerweise nur denen, Sire? Warum vermehrt sich nur in *deren* Händen das Geld, als befänden sie sich im Besitz eines geheimen Zaubers? Und wenn sie wirklich einen dunklen Zauber in ihren Ordensmauern hüten, welcher Art ist dieser Zauber? Kennen sie vielleicht das alchimistische Geheimnis, wie man Eisen in Gold verwandelt? Mit welch dunkler Macht haben sie einen teuflischen Pakt geschlossen? Eine fürwahr erschreckende Vorstellung!«

Der König, der schon mit zorngeröteter Miene den Mund geöffnet hatte, vergaß bei der Erwähnung eines geheimen Paktes mit dunklen Mächten augenblicklich, dass er Jean-Mathieu von Carsonnac seine königliche Wut und Willkür hatte spüren lassen wollen.

Sjadú lachte kurz und voller Ingrimm auf. »Aber noch viel beunruhigender dürfte die Frage sein, was sie mit ihrem unermesslichen Reichtum und ihrer bedrohlichen militärischen Macht anfangen werden, wo das Heilige Land an die Muslime verloren gegangen ist und zurzeit wohl keine Aussicht auf einen neuen Kreuzzug besteht. Der Orden der Deutschritter drängt mit seinen Truppen kraftvoll nach Osten und hat dort seine neue Aufgabe gefunden. Und die Johanniter haben sich auf Rhodos ihr eigenes Reich erkämpft. Nur die Templer, die mächtigste aller Ritterschaften, verharren noch in Untätigkeit. Doch wie lange noch und warum? Welche geheimen Pläne schmieden sie? Sicher ist, dass sie wieder herrschen werden wollen, so wie sie es im einstigen Königreich Jerusalem getan haben. Doch wer wird ihr Opfer sein? Worauf haben sie ihr geheimes Augenmerk gerichtet? Gegen wen wird sich der mächtigste, schlagkräftigste und reichste aller Ritterorden wenden? Wen wird ihr gottloser Verrat treffen und vom Thron stürzen?« Jede Frage kam so scharf und gezielt wie ein Schwerthieb von seinen Lippen.

Der plötzlich hellwache, fast erschrockene Ausdruck auf dem Gesicht des Königs verriet Sjadú auch sofort, dass er sich spätestens jetzt der ungeteilten Aufmerksamkeit Philipps des Schönen gewiss sein konnte.

»Ihr nehmt mehr als nur kühne Worte in den Mund, indem Ihr es wagt, im Zusammenhang mit den Templern von Verrat und Teufelspakt zu reden, Jean-Mathieu von Carsonnac!«, stieß der König hervor und rang sichtlich erregt nach Atem.

Sjadú hielt seinem stechenden Blick mühelos stand. Jetzt hatte er den König da, wo er ihn haben wollte.

»Es bedarf keiner Kühnheit, die Tempelritter des drohenden Verrates zu verdächtigen, wenn man weiß, dass sie sich längst viel schändlicherer Verbrechen schuldig gemacht haben! Verrat und Umsturz werden sich gegenüber ihren abscheulichen geheimen Zeremonien und ungeheuerlichen ketzerischen Verbrechen wie kleine Verfehlungen ausnehmen!«

»Ihr bezichtigt den Orden der Templer der Ketzerei?«, stieß der König ungläubig und elektrisiert zugleich hervor.

»Es ist weit mehr als eine bloße Bezichtigung, Sire. Wir haben Beweise für unsägliche Schandtaten!«, brach nun Wilhelm von Nogaret sein langes, abwartendes Schweigen. Die Sache lief gut, und da hielt er es für an der Zeit, sich wieder angemessen in Szene zu setzen und seinen König wissen zu lassen, dass die Aufdeckung dieses abscheulichen Verbrechens zu einem Gutteil ihm zu verdanken war. »Einen Zeugen habe ich persönlich vernommen und dabei meine schlimmsten Befürchtungen weit übertroffen gefunden! Andernfalls hätte ich es auch nicht gewagt, die Ruhe Eurer Majestät zu stören.«

Der König packte ihn mit festem Griff am Arm. »Welcher Art sind die Ketzereien, Nogaret?«, verlangte er zu wissen. Und das erregte Aufblitzen seiner Augen war ein deutlicher Hinweis darauf, dass ihn die Nachricht mehr mit grimmiger Genugtuung erfüllte als mit Abscheu. Ihm war anzusehen, dass er schon jetzt überlegte, wie er das Wissen zu seinem größtmöglichen Vorteil einsetzen konnte. »Sprecht! Von wem habt Ihr Eure Informationen und wie hieb- und stichfest sind sie?«

Wilhelm von Nogaret kam der Aufforderung des König nur zu bereitwillig nach und berichtete in großer Ausführlichkeit von der Vernehmung des einstigen Templers und was dieser schließlich gestanden hatte. Und Sjadú ließ es sich nicht nehmen, gelegentlich einiges beizusteuern, damit die Saat des Bösen schnell tiefe Wurzeln schlug.

Als die beiden Männer ihren Bericht beendet hatten, schwieg Philipp der Schöne für einen langen Moment. Stumm, die Lippen geschürzt und mit einem bösartig zufriedenen Ausdruck in den Augen, starrte er hinüber zu den Türmen der Templerburg. Dabei nickte er mehrmals mit dem Kopf, als hörte er eine innere Stimme, die zu ihm redete.

Und dann sagte er fast genüsslich: »Bei Gott, vor Ketzerei muss selbst der Papst seine Waffen strecken!«

Sjadú wusste sofort, was dem König soeben durch den Kopf gegangen war. Und dem galt es, Nahrung zu geben, damit die Versuchung unwiderstehlich wurde. »Ketzerei fällt unter die Gewalt der Inquisition. Und in einem solchen Fall, wo die päpstliche Gerichtsbarkeit offenbar schläft, kann der weltliche Arm die Anklage übernehmen.«

»So ist es, und keiner versteht sich auf die Inquisition so gut wie die Dominikaner, mit denen Ihr doch in bestem Einverständnis steht, Sire«, warf Wilhelm von Nogaret geschickt ein.

»Es dürfte jedoch ratsam sein, vollendete Tatsachen zu schaffen und erst nach sorgfältiger Planung und Vorbereitung mit einem großen, vernichtenden Schlag gegen den Orden vorzugehen, bevor der Papst Wind von der Aktion bekommt und eingreifen kann«, legte Sjadú dem König und seinem Vertrauten nahe. »Zudem ist Clemens Papst allein von Euren Gnaden, Majestät, und ein Weichling, der es kaum wagen wird, sich gegen Euch zu stellen. Nur ist strikte Geheimhaltung eines solchen Vorhabens vonnöten, wenn der Orden zerschlagen werden und keiner der ketzerischen Tempelritter seiner gerechten Strafe entkommen soll.«

»Ja, das muss das Ziel sein! Denn wenn dem Orden das Verbrechen der Ketzerei nachgewiesen werden kann und es darüber zu seiner Auflösung kommt, dann haben die Tempelritter jegliches Recht an Gut und Geld verloren!«, bemerkte Wilhelm von Nogaret nicht ohne Hintersinn. »Alle Gelder und Besitztümer des Ordens werden in dem Fall an die Krone fallen!«

Der König holte tief Luft und lehnte sich kurz gegen einen der steinernen Bogenpfeiler, als hätte diese Vorstellung ihn für einen Augenblick schwindelig werden lassen.

»Majestät, Ihr seid der standhafte Bewahrer des wahren Glaubens, der hell leuchtende Stern unter den katholischen Fürsten!«, erklärte Wilhelm von Nogaret pathetisch. »Im Namen der Christenheit, geht auch jetzt tapfer voran und wacht in dieser dunklen Stunde der Heimsuchung über die Reinheit des Glaubens! Schlagt dem teuflischen Dämon der Blasphemie, der sich im Gewand des Templerordens in unserer Mitte erhoben und wie ein Krebsgeschwür im Leib der Christenheit ausgebreitet hat, beherzt den abscheulichen Kopf ab! Lasst die Ketzer im weißen Mantel auf dem Scheiterhaufen brennen!«

Im nächsten Moment funkelte das wilde Feuer der Heimtücke in den Augen des Königs, als er die Faust ballte und in Richtung der Templerburg den Schwur tat: »Bei Gott, das werden sie! Und nicht einer soll verschont werden!«

Sjadú nickte mit ausdrucksloser Miene, während wilder Jubel seine

Brust fast zu sprengen drohte. Es war getan! Die Saat des Bösen war ausgebracht, war bei Wilhelm von Nogaret und König Philipp auf fruchtbaren Boden gefallen und würde zur Zeit der Ernte fürchterliche Früchte tragen!

Erster Teil
Verstreut in alle Winde
12./13. Oktober 1307

1

♣ Der Gasthof *A la Rose Noire**, der sich am Westrand des Waldes von Andelys furchtsam unter den hohen und dicht stehenden Bäumen zu ducken schien, lag an der Landstraße von Rouen in der Normandie nach Paris.

McIvor von Conneleagh, der Gralsritter aus dem schottischen Hochland, saß an einem langen, derben Holztisch, der direkt vor dem schweren Kamin aus Feldsteinen stand. Weniger als zwei Schritte trennten ihn von den lodernden Flammen, und nach dem beschwerlich langen und regentrüben Oktobertag im Sattel genoss er die Hitze, die das prasselnde Feuer hinter ihm ausströmte. Sie drang mühelos durch den feuchten Templermantel und verschaffte seinen müden, schmerzenden Knochen Linderung. Seine Stimmung war niedergedrückt, ja fast so düster wie die Rose im Namen des Gasthofes und im schon reichlich verwitterten Holzschild, das draußen über dem Eingang hing und an seinen rostigen Ketten im launenhaften Herbstwind quietschend hin- und herschaukelte.

Der hühnenhafte Templer mit der verbeulten Eisenklappe über dem rechten Auge hatte die Schankstube ganz für sich. An diesem Abend war er der einzige Reisende, der im *A la Rose Noire* über Nacht Station machte. Und die letzten einheimischen Zecher, eine achtköpfige Gruppe junger Burschen, die wohl als Knechte auf den umliegenden Gehöften in Brot

---
* »Zur Schwarzen Rose«

und Arbeit standen, waren gerade unter lautem Gejohle aus der Schenke gewankt, als er vor dem Gasthof aus dem Sattel gestiegen war.

Bei seinem Eintreffen hatte er es als angenehm empfunden, die Schenke nicht mit einer Schar lärmender Bauern und Knechte teilen zu müssen. Mittlerweile wünschte er jedoch, es wären noch andere Gäste zugegen. Denn dann hätte die dickleibige und breithüftige Tochter des Schankwirts anderes zu tun gehabt, als ihn zu umschwirren wie eine Motte das Licht und ihn mit immer neuen Fragen in ein Gespräch verwickeln zu wollen. Ihm war zu dieser späten Abendstunde nicht nach geschwätziger Gesellschaft und schon gar nicht nach weiblicher Aufmerksamkeit zumute.

Seit er vor zwei Tagen im Morgengrauen an einem einsamen Küstenabschnitt der Normandie von Bord eines englischen Schmugglerschiffes gegangen war, das ihn im Schutz der Nacht über den Kanal gebracht hatte, hatte er die lichten Stunden des Tages im Sattel verbracht. Er wollte jetzt nichts weiter, als in Ruhe vor dem herrlich warmen Kaminfeuer den Krug mit heißem Gewürzwein zu leeren, danach oben in einer Kammer auf ein halbwegs weiches Lager zu sinken und dann so schnell wie möglich in einen hoffentlich tiefen, traumlosen Schlaf zu fallen. Nicht einmal nach Essen stand ihm der Sinn. Dafür war es auch schon viel zu spät, musste mittlerweile doch schon die letzte Stunde vor Mitternacht angebrochen sein. Aber die Ruhe, nach der ihn verlangte, schien ihm nicht vergönnt zu sein.

»Na, mundet Euch unser Gewürzwein, Tempelritter?«, fragte ihn die Wirtstochter, die schon einige Jahre jenseits der zwanzig sein musste und stark schielte. Dabei stützte sie sich mit der rechten Hand auf die Kante der Tischplatte und beugte sich weit zu ihm hinüber, als hätte sie es darauf abgesehen, dass ihr hervorquellender Busen jeden Moment aus dem sehr locker geschnürten Mieder sprang. Sie war auf den Namen Clotilde getauft und wurde jedoch von ihrem Vater, wahrlich nicht ohne Berechtigung, nur »Fettklößchen« gerufen.

McIvor von Conneleagh zuckte wortlos die Achseln, setzte den Steingutbecher an die Lippen und versuchte, ihre Gegenwart einfach zu ignorieren. Er hoffte, dass sie es leid wurde, auf ihre Fragen nur ein Achselzucken oder ein mürrisches Grunzen als Antwort zu erhalten, und ihn endlich in Ruhe ließ. Aber diese Hoffnung erfüllte sich nicht.

»Gebt nur zu, dass er Euch herrlich süffig die Kehle hinunterfließt«, bedrängte sie ihn. »Es ist, als würde einem ein Engel auf die Zunge strullern, nicht wahr? Und ratet mal, von wem das Rezept ist. Jawohl, es ist von mir!«

Sie zwinkerte ihm mit plumper Vertraulichkeit zu, um ihn dann mit gesenkter Stimme und eindeutiger Zweideutigkeit wissen zu lassen: »Ich verstehe mich aber nicht nur auf den besten Gewürzwein weit und breit, mein Herr Ritter, sondern auch auf so manch anderes, was den Sinnen eines Mannes großes Vergnügen bereitet!«

Jetzt reichte es McIvor von Conneleagh. Die dreiste Beharrlichkeit, mit der dieses schieläugige Fettklößchen namens Clotilde ihm mit ihrem einfältigen Geschwätz auf die Nerven ging, war schon unerträglich genug. Aber ihr Versuch, ihm nun auch noch ihre käuflichen Dienste als Tavernendirne schmackhaft zu machen, brachte das Fass zum Überlaufen. Er weckte in ihm nämlich einen bitteren, mühsam zu zügelnden Zorn, der viel mit der langen, hinter ihm liegenden Reise zu tun hatte – und mit dem Tod zweier Menschen, die er geliebt hatte wie niemanden sonst in seinem Leben. Eine Liebe, die ihn bei aller Stärke und Innigkeit jedoch nicht davor bewahrt hatte, diese beiden ihm teuersten Menschen in tiefe Verzweiflung zu stürzen und großes Unglück über sie zu bringen.

Ganz langsam setzte der Schotte den dicken Steinbecher ab, und genauso betont langsam hob er den Kopf. Und schon in dieser spürbar beherrschten Bewegung lag eine unausgesprochene Drohung, die durch seine äußere, nicht gerade anmutige Erscheinung noch unterstrichen wurde. Denn es lag nicht allein an seiner bärenhaften Gestalt und der Eisenklappe, die über der rechten Augenhöhle von einem breiten, mit silbernen Fäden durchzogenen Lederriemen an ihrem Platz gehalten wurde, dass er aussah wie ein wüster Wikingerkrieger. Da war auch noch die weißliche Narbe, die sich von der rechten Stirn quer über die Nase und bis hinunter zum kantigen Kinn über sein Gesicht zog. Dazu kamen die zahlreichen Narben auf der vorderen, kahl geschorenen Schädelhälfte, die viel Ähnlichkeit mit einer von Schwert- und Beilhieben zerkratzten Eisenkugel besaß. Und das rötliche, strohdicke Haar der hinteren Kopfhälfte war im wulstigen Nacken zu einem gerade mal handlangen Zopf zusammengeflochten. Dieser wirkte durch die dichte Umwicklung mit einem schmalen Lederband, das wie der Riemen der eisernen Augenklappe gleichfalls von einem Geflecht silbriger Fäden durchzogen wurde, wie ein metallener Sporn, der ihm aus dem Hinterkopf ragte.

McIvor von Conneleagh nahm Clotilde mit seinem linken Auge scharf ins Visier, als er ihr nun mit unverhohlenem Grollen in der Stimme antwortete: »Wenn ich an ihm auch nichts halbwegs Engelhaftes finden kann, so ist Euer Gewürzwein doch angemessen heiß und hat den rechten Biss. Nur würde er mir wohl noch um einiges besser schmecken, wenn ich ihn endlich ungestört von lästigen Fragen und aufdringlicher Gesellschaft genießen könnte!«

Das schieläugige Lächeln, das wohl verführerisch sein sollte, gefror augenblicklich auf dem fleischig runden Gesicht der Wirtshaustochter. Im nächsten Moment schnappte sie sichtlich empört nach Luft und suchte nach einer passenden, schlagfertigen Entgegnung, ohne jedoch die richtigen Worte finden zu können. Dabei ging ihr Mund dreimal auf und zu, ohne dass ihr auch nur ein Laut über die Lippen kam. Gleichzeitig schoss ihr das Blut dermaßen heftig ins Gesicht, dass seine dunkelrote Farbe leicht mit der einer reifen Tomate hätte wetteifern können.

Und während Clotilde noch um Fassung rang, vernahm McIvor den Hufschlag von mehreren Pferden, die sich der Herberge rasch aus Nordwesten näherten. Er hörte das Klirren von Waffen, und sein geübtes Ohr sagte ihm, dass es sich dabei um sechs oder sieben gut bewaffnete Reiter handelte. Sofort fragte er sich, wer diese Reiter wohl sein mochten und was sie veranlasste, noch zu so später Nachtstunde unterwegs zu sein. Sie mussten einen guten Grund haben oder von bösen Absichten geleitet sein, dass sie sich den Gefahren einer dunklen Landstraße aussetzten, deren übler Zustand schon bei Tage von jedem Reiter und Fuhrmann ein höchst wachsames Auge verlangte.

Hinter dem Ausschank tauschte der gleichfalls alarmierte Wirt mit seiner Frau einen besorgten Blick. Mit einer Flinkheit, die McIvor dem krummbeinigen und dickbäuchigen Mann nicht zugetraut hätte, kam er hinter dem primitiven Verschlag hervor, eilte nach vorn zur schweren Bohlentür und steckte den Kopf in die Nacht hinaus.

Der Schotte warf einen schnellen Blick über die Schulter schräg nach hinten. Er galt seinem kostbaren Gralsschwert mit der edlen Damaszenerklinge, die vor langer Zeit von der unübertroffenen Meisterhand eines geweihten Waffenschmieds und Mitglieds der geheimen Bruderschaft der Arimathäer geschmiedet und geschliffen worden war. Er hatte die Waffe, deren Knauf ebenso wie die Enden der Parierstange in fünfblättrigen Rosenknospen auslief und deren Blatt ein Templerkreuz mit einer Rose zierte, mitsamt dem schweren Schwertgehänge und seinem dreckigen Kleidersack in der Ecke neben dem Kamin gegen die Wand gestellt. Und er überlegte nun, ob er aufspringen und sich den Waffengurt vorsichtshalber wieder umschnallen sollte. Er zögerte. Denn sein Verstand sagte ihm, dass es sich bei der Reiterschar kaum um räuberische Halunken handeln konnte. Denn wer einen nächtlichen Überfall im Sinn hatte, würde nicht so dumm sein, sich dem Ort seiner geplanten Schandtat im donnernden Galopp zu nähern und damit sein Kommen frühzeitig anzukündigen.

Clotilde war offensichtlich dermaßen empört über seine schroffe Zurückweisung, dass sie dem Geräusch der herangaloppierenden Reitergruppe keine Beachtung schenkte.

»Also, das ist ja wirklich . . .!«, brach es schließlich wutschnaubend aus ihr hervor. Ein weiteres Ringen nach Atem verhinderte jedoch, dass sie den Satz beenden konnte. Und so sollte es McIvor denn auch erspart bleiben, in den Genuss einer Kostprobe ihres reichhaltigen Wortschatzes an Obszönitäten und Verwünschungen zu kommen.

Und in diesem Moment rief der Wirt von der Tür her: »Donnerschlag, du wirst es nicht glauben, wer da zu dieser nächtlichen Stunde noch angeritten kommt, Weib! Es ist der Bailli[*] aus der Stadt, der Herr Clermont von Amboise, der mit fünf von seinen Amtmännern zu uns will!« Verwundert schüttelte er den Kopf. »Aber was kann denn bloß der Grund sein, dass er sich um diese Zeit auf die Landstraße begibt? Und wo mag er mit seinen Schergen nur hinwollen? Wirklich merkwürdig. Eines ist jedoch sicher, Weib: Es muss um wichtige königliche Geschäfte gehen, wenn ein Herr wie Clermont von Amboise in einer so unerquicklichen Nacht das warme Bett mit dem harten Sattel vertauscht!«

»Zerbrich dir nicht den Kopf über Angelegenheiten, die dich nichts angehen und von denen du sowieso nichts verstehst, Claude!«, riet ihm seine Frau mit spitzer Zunge. »Geh lieber hinaus und hilf dem Bail-

---

[*] Zur Zeit König Philipps IV. war dies ein örtlicher Vertreter des Königs mit umfassender Machtkompetenz, der in einem bestimmten Gerichtsbezirk die Aufgabe hatte, die Interessen seines Herren gegenüber dem Adel, aber auch gegenüber der nichtadligen Bevölkerung zu vertreten und durchzusetzen.

li und seinen Männern, falls sie bei uns eine Rast machen oder gar hier nächtigen wollen. Ein Geschäft, das wir gut gebrauchen könnten.«

McIvor von Conneleagh entspannte sich. Das Schwert konnte stehen bleiben, wo es stand, und er war sehr erleichtert, dass er sich wieder seinem Wein zuwenden konnte. Und was immer den königlichen Beamten bewog, noch zu dieser Nachtstunde mit seinen Männern unterwegs zu sein, interessierte ihn nicht.

Wenig später stiefelte der Bailli mit seinen Männern in die Schankstube. McIvor schaute nur kurz auf und warf einen flüchtigen Blick auf die Gruppe. Er registrierte mit dem geübten Blick des erfahrenen Kämpfers, dass alle sechs Männer ein Schwertgehänge umgeschnallt trugen und auch noch einen Dolch im breiten Ledergürtel stecken hatten. Sie machten den Eindruck, als rechneten sie damit, in dieser Nacht womöglich von ihren Waffen Gebrauch machen zu müssen. Wer von ihnen Clermont von Amboise war und das hohe königliche Amt des Bailli innehatte, darüber brauchte sich McIvor nicht einen Moment in Spekulationen zu ergehen. Es war natürlich der stämmige, rotgesichtige Mann mit den herrischen Gesichtszügen, den der Wirt umschwänzelte und den er mit hündischer Ergebenheit nach seinen Wünschen fragte. Eine kleine Ledertasche, deren langen Gurt sich der Bailli quer über die Brust gehängt hatte, baumelte an seiner rechten Hüfte.

McIvors Interesse an jenen Männern war so gering, dass er ihnen nicht mehr als diesen einen, flüchtigen Blick schenkte. Dann griff er zum Krug, um seinen leeren Becher aufzufüllen und weiter seinen trübsinnigen Gedanken nachzuhängen. Und er war so in seine kummervollen Erinnerungen versunken, dass er das plötzlich einsetzende Getuschel der Männer nicht bewusst wahrnahm.

Erst als sich polternde Stiefelschritte seinem Tisch näherten und der Bailli mit seinen Schergen davor stehen blieb, hob er den Kopf.

»Los, steh auf und mach den Tisch frei!«, herrschte Clermont von Amboise ihn an.

Verblüfft setzte McIvor den Becher ab, den er gerade zum Mund hatte führen wollen. Ein Bailli mochte ein mächtiges Amt im Namen des Königs ausüben, aber nur ein Dummkopf wagte es, einem Tempelritter nicht den Respekt zu zollen, der ihm als Mitglied dieses mächtigen Ordens gebührte. Und dass Clermont von Amboise einen Templer vor sich hatte, bekleidet mit dem weißen Mantel, auf dem das rote Tatzenkreuz prangte, war ja wohl nicht zu übersehen!

»Euch scheint es an Schlaf zu mangeln, dass Ihr Euch in Eurem Ton . . .«, begann der Schotte bissig und dachte nicht im Entferntesten daran, dass er irgendetwas zu befürchten hatte. Ein Tempelritter hatte nur seinen Ordensoberen und dem Papst zu gehorchen, keinem sonst! Und das wusste jedes Kind in Frankreich und auch in jedem anderen christlichen Land.

»Halt das Maul, du Strauchdieb!«, fiel ihm da einer der Schergen ins Wort, dessen platte, nach oben gerichtete Nase viel Ähnlichkeit mit einem Schweinsrüssel besaß. »Tu gefälligst, was der Bailli dir befohlen hat, und verzieh dich irgendwo dahinten in die Ecke! Wir wollen den Tisch, verstanden? Das ist jetzt unser Platz, bis unsere Kameraden eintreffen. Also troll dich, Kerl, sonst machen wir dir Beine! Du hast deinen Templerarsch lange genug am Feuer gewärmt!«

»Davon wird er noch lange zehren müssen, dieser verfluchte Hund von einem Templer«, rief einer der anderen Männer. Dem noch jungen Burschen fehlten, bis auf den rechten Schneidezahn, oben alle Zähne, was seiner Oberlippe einen schiefen Zug nach links unten verlieh.

»Du sagst es, Gautier!«, rief ein dritter mit kehliger Stimme. »Und wenn er das nächste Mal Feuer unter seinem Arsch spürt, wird es ihm das Fleisch von den Knochen brennen!«

»Wollen wir es hoffen, Louis!«, pflichtete ihm Clermont von Amboise bei und schenkte dem Schotten einen verächtlichen Blick.

McIvor war wie vor den Kopf geschlagen. Er konnte nicht glauben, was er da hörte. Kein Scherge eines königlichen Bailli wagte bei klarem Verstand, einen Tempelritter dermaßen zu beleidigen! Nicht mal im Zustand der Trunkenheit!

»Warum nehmen wir den verfluchten Götzenanbeter nicht gleich mit, Bailli?«, fragte der Mann mit der Schweinsnase und trat schnell links um den Tisch herum, sodass er McIvor den Weg zu seinem Schwertgehänge neben dem schweren Kamin versperrte. »Dann haben wir den ersten dieser schändlichen Bande schon mal sicher in Gewahrsam!« Und noch während er diesen Vorschlag machte, riss er sein Schwert aus der Scheide und setzte McIvor die Klinge auf die Brust.

»Ja, lasst uns den einäugigen Hund in Eisen legen!«, drängte das Schiefmaul namens Gautier. »Worauf warten wir noch? Es ist doch gleich Mitternacht!«

»Ja, warum eigentlich nicht?«, pflichtete ihm Clermont von Amboise bei. »Die Stunde, zu der die königliche Order auszuführen ist, ist ja so gut wie gekommen.« Dabei klopfte er mit seiner Hand bedeutsam auf die Ledertasche, die an seiner Hüfte baumelte. »Wäre wirklich eine Schande, wenn der Kerl sich noch rechtzeitig aus dem Staub machen könnte. Also dann, an die Arbeit, Männer! Legt ihm Fesseln an!«

»Na los, hoch mit dir, du verdammter Ketzer!«, schrie die Schweinsnase den Tempelritter an. »Du hast gehört, was der Bailli befohlen hat!«

Ein böser Traum hätte McIvor nicht mehr verstören können als dieser unglaubliche Wortwechsel. Wovon, in Gottes Namen, redeten die Kerle? Waren sie denn völlig von Sinnen, ihn einen Ketzer und Götzenanbeter zu nennen? Und was hatte es bloß mit der königlichen Order auf sich, von der Clermont von Amboise gesprochen hatte? Konnte es sein, dass er es mit den verfluchten Iskaris, den Anbetern des Schwarzen Fürsten der Finsternis, zu tun hatte? Er verwarf den Gedanken sofort, kaum dass er ihm wie ein Blitz durch den Kopf geschossen war. Nein, das war unmöglich! Einen Judasjünger hätte er aus solcher Nähe schon an der kalten Leblosigkeit seiner Augen und an dem üblen Geruch erkannt, den er gewöhnlich verströmte. Hier drohte ihm aus einer anderen, gänzlich unbekannten Richtung eine ernste Gefahr!

Fieberhaft überlegte McIvor, was er tun konnte, um diesem Albtraum ein schnelles Ende zu bereiten – und seine Haut zu retten. Er musste schnell handeln, wenn er noch eine Chance zur Flucht haben wollte. Für Fragen, was man ihm und seinen Ordensbrüdern vorwarf und was es mit dem königlichen Befehl auf sich hatte, war jetzt keine Zeit. Denn den Worten der Schergen nach erwarteten sie bald Verstärkung.

Er bereute nun bitterlich, dass er sein Schwertgehänge beim Eintreffen im Gasthof abgeschnallt und außer Reichweite neben dem breiten Kamin an der Wand abgestellt hatte. Die einzige Waffe, die ihm jetzt noch blieb, war der Einsatz seiner göttlichen Segensgabe, die er zusammen mit seinen Freunden Gerolt, Maurice und Tarik bei ihrer zweiten Weihe zum Gralshüter im unterirdischen Heiligtum von Akkon nach dem Trank aus dem heiligen Kelch erhalten hatte. Der alte, weißhaarige Abbé Villard, der einstige Obere der geheimen Bruderschaft, hatte ihm als ganz eigene, göttliche Gabe die Fähigkeit zugeteilt, Herr über das Feuer in jedweder Form zu sein. Eine magische Kraft, die jedoch erst langsam in ihm hatte wachsen und reifen müssen und die ihm nur zur Verfügung stand, wenn er in Ausübung seines heiligen Amtes handelte. Aber nun, nach gut sechzehn Jahren als Gralsritter, fügte jene Kraft sich seinem Willen fast so sehr, wie Abbé Villard es einst vermocht hatte.

»Ich weiß nicht, was in Euch gefahren ist und was Euch zu diesen absurden Anschuldigungen veranlasst, aber ich will mich Eurem Willen fügen, Bailli Clermont von Amboise«, gab sich McIvor scheinbar folgsam, wenn auch mit grimmiger Stimme, und erhob sich langsam von der Bank. Dabei streckte er die Hände in einer Geste der Kapitulation vom Körper, um jeglichen Verdacht schon im Keim zu ersticken, er könnte plötzlich nach seinem Dolch greifen wollen. Denn Schweinsnase folgte jeder seiner Bewegungen argwöhnisch mit der Klinge seines Schwertes, als wartete er nur auf einen Anlass, ihn niederzustechen. »Ich vertraue auf Gott, dass sich Eure Anschuldigungen sehr rasch als das herausstellen werden, was sie sind – nämlich irrwitzige, haltlose Unterstellungen! Und dann erwarte ich von Euch eine gebührende Entschuldigung für Eure Beleidigungen, mein Herr!«

»Du und deinesgleichen, ihr werdet bekommen, was ihr für eure ungeheuerliche Blasphemie verdient!«, bellte der Bailli. »Und das ist der Gang auf den Scheiterhaufen!«

»Und jetzt halte endlich das Maul und dreh dich . . .«, fuhr Schweinsnase ihn an, während er die Klingenspitze unter McIvors Kinn federn ließ.

Er kam jedoch nicht mehr dazu, seine Aufforderung zu beenden. Denn in diesem Augenblick hatte McIvor seine geballte innere Kraft und Konzentration auf das hell lodernde Feuer im Kamin gerichtet.

Herr, stehe mir bei! Dein göttlicher Wille geschehe!, betete er in Gedanken.

Augenblicklich barsten mehrere dicke, glühende Holzscheite hinter ihm im Feuer. Es klang wie eine gewaltige Explosion, als würde mit den Holzscheiten auch der Kamin aus schweren Feldsteinen zerspringen. Ein Regen aus sprühenden Funken und zahllosen kleinen Glutstücken schoss jäh aus der Feuerstelle. Der feurige Regen verdichtete sich in McIvors Rücken zu drei keilförmigen Glutbündeln, die von unten kommend an ihm vorbeizischten und sich beim Aufsteigen kurz vor dem Bailli und dessen Schergen breit auffächerten.

Gellendes Geschrei erhob sich in der Schankstube, als den Männern dieser Regen aus stiebenden Funken und Glutstücken entgegenschlug, ihnen die Haut verbrannte sowie Haar und Kleidung ansengte. Sie taumelten zurück und rissen die Arme vor das Gesicht, um sich vor diesem feurigen Hagel zu schützen.

Auch die drei Wirtsleute, die das Geschehen bis dahin mit hämischer Neugier verfolgt hatten, stimmten in das schrille Geschrei ein und stürzten in panischer Angst in die Sicherheit der vorderen Schankstube zurück.

McIvor nutzte den Moment und sprang nach links, um sein Gralsschwert an sich zu bringen. Er wusste, dass Erschrecken und Verstörung nur von kurzer Dauer sein würden. Der Bailli und seine Schergen machten den Eindruck hartgesottener Gesellen. Sie würden den Glutregen kaum mit magischen Kräften in Verbindung bringen, sondern dicke Harzknoten im Feuerholz als Grund für diese Explosion vermuten und nach dem ersten Schrecken sofort zu ihren Waffen greifen, um von allen Seiten über ihn herzufallen.

Und genauso geschah es auch. Kaum hatte McIvor sein Schwert aus der Scheide gerissen, als auch seine Gegner blankzogen. Und Schweinsnase, der ja schon sein Schwert in der Hand gehalten hatte, stach als Erster nach ihm.

»Ersaufe in deinem verfluchten Templerblut!«, schrie er, während er mit gestrecktem Schwertarm auf ihn zusprang, um ihn mit seiner Klinge aufzuspießen.

»Und du bereue schnell deine Sünden, denn gleich stehst du vor Gott und wirst Rechenschaft ablegen müssen!«, schrie McIvor mit kaltem Zorn zurück, parierte dabei geschmeidig den groben, einfallslosen Stich nach seinem Unterleib, riss die eigene Klinge blitzschnell hoch und rammte ihm das Blatt mitten durch die Brust. Für ein Bedauern, dass ihm angesichts dieser Übermacht keine andere Wahl geblieben war, als Blut zu vergießen und diesem Mann das Leben zu rauben, blieb ihm keine Zeit. Und noch während er sein Schwert aus dem Leib des tödlich getroffenen Schergen herauszog, stieß er mit einem kräftigen Stiefeltritt den Tisch um, um sich Platz für den Kampf mit den anderen Männern zu verschaffen.

Diese Geistesgegenwart rettete McIvor vermutlich das Leben. Denn der umstürzende Tisch fiel genau jenen beiden Männern vor die Füße, die ihn von rechts hatten angreifen wollen. Einer von ihnen wurde nun von dem klobigen, schweren Tisch zu Boden gerissen und geriet dabei seinem Gefährten in den Schwertarm, sodass auch dieser strauchelte und mit zu Boden ging.

Wildes Geschrei und Waffengeklirr erfüllten die Schankstube. Es war der Bailli, mit dem McIvor im nächstem Moment die Klinge kreuzte. Clermont von Amboise wusste sein Schwert zu führen, doch der überragenden Kraft des hünenhaften Tempelritters hatte er nichts entgegenzusetzen. Und ehe er sich versah, hatte McIvor ihm mit einem wuchtigen Hieb die Waffe aus der Hand geschlagen – und ihm eine tiefe Wunde an der rechten Schulter zugefügt. Die Klinge durchtrennte dabei auch den breiten Gurt der Ledertasche, die zu Boden fiel. Mit einem erstickten Aufschrei und schmerzverzerrter Miene taumelte Clermont von Amboise zurück, taumelte gegen die Holzbank eines hinter ihm stehenden Tisches und presste seine Hand auf die stark blutende Schulterwunde.

Der Kampf war wenige Augenblicke später entschieden, als McIvor dem Schergen mit dem fast zahnlosen Oberkiefer einen bösen, aber nicht tödlichen Hieb versetzte. Er stach ihm die Klinge über dem Ellbogen durch den Schwertarm. Die schwere Waffe entglitt sofort der erschlaffenden Hand des Mannes, und mit nackter Todesangst in den Augen wich er hastig vor dem Tempelritter zurück.

»Der Einäugige muss mit dem Teufel im Bund sein! Er wird uns alle niedermetzeln! Retten wir uns!«, schrie einer der noch unverletzten Männer. In seiner panischen Angst ließ er sogar sein Schwert fallen und stürzte davon, als wäre tatsächlich der Leibhaftige hinter ihm her.

Der Bailli und der Rest seiner Männer folgten ihm mit nicht minder großem Entsetzen auf dem Fuße. Sie konnten gar nicht schnell genug aus der Schankstube kommen und rannten sich dabei an der Tür fast gegenseitig über den Haufen. Sie nahmen sich nicht einmal die Zeit, ihre Pferde aus dem Stall zu holen, sondern flüchteten in die Schwärze des nahen Waldes.

Eine fast unwirkliche Stille kehrte im Schankraum ein, der mit einem Schlag wie leer gefegt war. Von den Wirtsleuten ließ sich keiner blicken. Sie hatten längst Reißaus genommen und sich irgendwo im Haus verkrochen, zitternd vor Angst.

McIvor atmete tief durch und stand für einen kurzen Moment reglos in dem wüsten Durcheinander von umgestürzten Bänken, Hockern und Tischen. Scherben aus Steingut, verschütteter Wein und Blut befleckten die breiten Bretter des Bodens rund um den Kamin. Er schmeckte einen bitteren, sauren Geschmack in seinem Mund, als sein Blick zu dem Toten ging.

Nicht, dass er jemals einem ordentlichen Kampf abgeneigt gewesen wäre, auch nicht, wenn der Gegner in der Überzahl gegen ihn antrat. Das gehörte nun mal zu einem Leben als Tempelritter, und insbesondere wenn es gegen die heimtückischen Iskaris ging, die dem Herrn der Unterwelt zu ewiger Herrschaft über die Erde verhelfen wollten, kannte er nicht die geringste Gnade. Wer sich so wie sie dem Bösen mit Leib und Seele verschrieben hatte, den Heiligen Gral vernichten und die Menschheit unter die sklavische Knute des Teufels bringen wollte, verdiente nichts anderes als den Tod!

Er hatte viele Schlachten in seinem Leben geschlagen und in seiner hitzköpfigen Jugend auch so manchen persönlichen Kampf ausgetragen. Aber dieses Blutvergießen bekümmerte ihn. Warum nur hatten sie ihm den Kampf aufgezwungen? Und vor allem, was hatte sie dazu bewogen, ihn, einen Tempelritter und Kriegermönch, der Ketzerei und Götzenanbeterei zu bezichtigen?

Sofort fiel ihm nun wieder ein, dass der Bailli bedeutsam auf seine Ledertasche geklopft hatte, als er von der Stunde gesprochen hatte, zu der die königliche Order auszuführen sei. Schnell ließ er sein Schwert zurück in die Scheide gleiten und bückte sich nach dieser Tasche. Er öffnete die silberne Schließe und fand im Innern des flachen Lederetuis ein dickes, gefaltetes Schreiben. Das Deckblatt trug ein rotes Wachssiegel. Es war aufgebrochen und zum Teil schon vom Pergament gebröselt, aber doch noch immer deutlich als das des Siegelbewahrers des französischen Königs zu erkennen.

Hastig faltete McIvor die Blätter auseinander und begann zu lesen. Schon nach den ersten Zeilen verwandelte sich seine Fassungslosigkeit und Verstörung in einen eisigen Schrecken, als er begriff, was er da in den Händen hielt – und was König Philipp gegen den Orden der Tempelritter im Schilde führte.

»Heilige Muttergottes, stehe uns bei!«, entfuhr es ihm unwillkürlich, und ein Schauer lief durch seinen Körper.

Es handelte sich um ein langes, mehrseitiges Schriftstück, dem noch ein zweites, wiederum einst versiegeltes und nun aufgebrochenes Schreiben beigelegt war. Datiert waren beide Order auf den 13. September 1307, also fast auf den Tag genau vor einem Monat. Und in dem ersten, längeren Dokument, das sich an jeden Bailli, Seneschall, Vogt, Schöffen und städtischen Rat des Königreiches wandte, wurden diese Adressaten darauf hingewiesen, dass sie – bei Androhung der Todesstrafe! – das kürzere, versiegelte Beiblatt erst in der Nacht vom 12. auf den 13. Oktober öffnen durften.

McIvors Blick flog nur so über die Zeilen. Das erste Schreiben begann sehr weitschweifig, indem der König scheinheilig betonte: *»Nachdem Wir hierüber mit dem Heiligsten Vater Rat gepflogen und mit Unseren geistlichen und weltlichen Großwürdenträgern die Sache sorgfältig erwogen, haben Wir angefangen, die zum Ziel führenden Wege einzuschlagen. Aber je umfangreicher und tiefer Wir die Sache verfolgten, umso schlimmere Gräuel haben Wir gefunden. Da Wir nun über Unsere königliche Würde hinaus zur Verteidigung des christlichen Glaubens von Gott dem Herrn eingesetzt sind, haben Wir auf Veranlassung des vom Papst zum Inquisitor der Ketzerei bestellten Wilhelm von Paris, der Uns um Unterstützung durch den weltlichen Arm ersuchte, beschlossen, dass die einzelnen Personen des genannten Ordens in Unserem Bereich ohne Ausnahme gefangen genommen, gefangen gehalten und dem Urteil der Kirche vorbehalten werden.«*

Die Templer ein Orden von Ketzern, die auf den Befehl des Königs und des Papstes dem Großinquisitor von Frankreich ausgeliefert werden sollten?

McIvor rang nach Atem und las rasch weiter, ohne dabei allerdings jedem Wort Aufmerksamkeit zu schenken. Denn er wusste, dass die Zeit drängte. Doch er bekam vom weiteren Inhalt der beiden Schreiben noch genug mit, um zu wissen, was ihnen, den Templern, im Morgengrauen des 13. Oktober landesweit bevorstand. Gewisse Passagen und Satzfetzen sprangen ihm dabei förmlich in die Augen, und jeder Halbsatz, ja jedes dieser Worte empfand er wie einen brennenden Schlag ins Gesicht. Wie angespuckt fühlte er sich.

». . . grauenhafte Verruchtheit . . . abscheuliche Infamie . . . eine gänzlich unmenschliche, ja der Menschheit fremde Sache kam uns durch mehrere

vertrauenswürdige Personen zu Ohren . . . und tauchte uns in tiefsten Schrecken, ließ uns erzittern in heftigstem Entsetzen«, las er sowie andere unglaubliche Sätze wie: »*. . . angesichts so zahlreicher und so schrecklicher Verbrechen, die die göttliche Majestät verletzen, den katholischen Glauben und die ganze Christenheit zu zerstören drohn . . . Es schmerzt jeden Vernünftigen, Menschen zu sehen, die sich außerhalb von Natur und Gesetz stellen, eine Rasse zu sehen, die ihre Abkunft vergisst, vergleichbar den vernunftlosen Tieren, ja, was sage ich, die durch ihre schreckenerregende Bestialität die Vernunftlosigkeit der Tiere übertrifft. Diese Menschen haben ihren Schöpfer verlassen, haben sich von Gott zurückgezogen und opfern dem Dämon!*«

Mit einem lästerlichen Fluch auf den Lippen überflog er den Rest der infamen königlichen Order. Später würde Zeit genug sein, diese verleumderischen Schriftstücke in Ruhe zu studieren. Jetzt musste er sehen, dass er so schnell wie möglich von diesem Ort wegkam und sich einen möglichst großen Vorsprung vor etwaigen Verfolgern verschaffte. Er faltete die Blätter hastig wieder zusammen und wollte sie schon wieder zurück in die Ledertasche stecken, als ihn der Gedanke durchzuckte, dass es nicht klug war, auch die Tasche mitzunehmen. Es konnte für ihn und seine Ordensbrüder nur von Vorteil sein, wenn der Bailli nicht wusste, dass er Kenntnis von dem königlichen Anschlag auf den Templerorden hatte. Deshalb legte er die Ledertasche so in das Kaminfeuer, dass sie zwar zum Großteil darin verbrennen, aber mit einem kleinen Reststück am Ansatz des langen Ledergurtes dem Feuer doch widerstehen würde. Und wer immer dann den verkohlten Rest zu Gesicht bekam, würde hoffentlich davon ausgehen, dass die Tasche während des kurzen, aber doch heftigen Kampfes von einem Stiefeltritt unabsichtlich ins Feuer befördert und dort mitsamt den königlichen Briefen ein Opfer der Flammen geworden war.

Hinter der kantigen, narbenreichen Stirn des Schotten jagten sich die Gedanken. Im Morgengrauen des neuen Tages sollten überall im Land die Komtureien des Ordens besetzt und alle Templer gefangen genommen werden! Das bedeutete, dass seine Freunde Gerolt, Maurice und Tarik in tödlicher Gefahr schwebten, aber auch Antoine von Saint-Armand, der derzeitige Obere der geheimen Bruderschaft, sowie alle anderen, die zum Orden der Templer gehörten!

Er musste sie warnen, um jeden Preis! Bis nach Paris war es zwar noch ein höllisch weiter und beschwerlicher Ritt. Aber wenn er sich aus dem Stall des Gasthofes ein zweites Pferd zum Wechseln mitnahm und wie der Teufel die Nacht hindurch ritt, konnte es ihm vielleicht mit ein wenig Glück doch noch gelingen, in Paris einzutreffen, bevor dort die Falle des Königs zuschnappte und es für keinen von ihnen ein Entkommen mehr gab! Und da der große Templerbezirk mit der wehrhaften Ordensburg vor den Mauern der Stadt lag, deren Tore immer erst bei Sonnenaufgang geöffnet wurden, brauchte er sich nicht zu sorgen, wie er dort noch vor dem Morgengrauen hineingelangen konnte!

McIvor betete zu Gott, dass Gerolt, Maurice und Tarik sich zurzeit auch tatsächlich in der Ordensburg von Paris aufhielten. Denn es lag schon viele Monate zurück, seit er sie das letzte Mal gesehen hatte. Und da waren sie zu seinem tiefen Bedauern fast in bitterem Streit auseinandergegangen. Aber an diesen unseligen und völlig unnötigen Zwist zwischen ihnen wollte er jetzt keinen Gedanken verschwenden.

Schon wollte er aus der Schankstube stürmen, als ihm einfiel, dass er auf keinen Fall in seinem Ordensgewand nach Paris reiten und das Augenmerk der königlichen Häscher durch seine Clamys auf sich ziehen durfte, die sich bestimmt schon überall im Land in dieser Nacht zum Zuschlagen sammelten. Er brauchte daher Kleidung, in der er keinen Verdacht erregte. Und die würde ihm der Tote mit der Schweinsnase liefern!

McIvor beeilte sich, dem Mann seinen dunklen, wollenen Umhang und das Obergewand abzunehmen. Beides stopfte er in seinen Kleidersack. Er würde sich später irgendwo abseits der Landstraße umziehen und seine Templerkleider dort zurücklassen. Jetzt galt es, so rasch wie möglich seinen Hengst zu satteln, ein zweites Pferd zum Wechsel an die Handleine zu nehmen und schnellstens hinaus auf die Landstraße zu kommen.

Niemand ließ sich blicken, als McIvor wenige Minuten später, auf dem Rücken seines Apfelschimmels und eine kräftige Fuchsstute an der Leine hinter sich herführend, aus der Stalltür hinaus in die Nacht sprengte. In wildem Galopp jagte er über die dunkle Landstraße. Er musste jetzt alles auf eine Karte setzen, buchstäblich Leib und Leben, wenn er es noch rechtzeitig bis nach Paris schaffen wollte. Er betete zu Gott, dass er nicht zu spät kam, um das Verhängnis aufzuhalten – und dass er seine alten Weggefährten dort in der mächtigen Ordensburg auch tatsächlich antraf.

Tief über den Hals seines Tieres gebeugt, flüsterte er die Schwurworte, mit denen Maurice von Montfontein, Gerolt von Weißenfels, Tarik el-Kharim und er einst hoch über den Dächern von Akkon im Angesicht der brennenden Hafenstadt ihre Freundschaft besiegelt und sie sich gegenseitig unverbrüchliche Treue bis in den Tod geschworen hatten. Und er wiederholte sie in dieser klammen, wolkenverhangenen Nacht immer wieder wie eine Beschwörungsformel.

»Füreinander in fester Treue! ... Füreinander in fester Treue!«

2

♣ Über Paris hing noch das tiefschwarze Tuch der Nacht, als Tarik el-Kharim den Versuch aufgab, vor der Laudes* noch ein wenig Schlaf zu finden. Es brachte nichts, dass er sich auf seinem harten Lager weiterhin rastlos von einer Seite auf die andere wälzte. Die Unruhe in ihm war einfach zu stark, als dass er zurück in den Schlaf finden konnte, denn seine Gedanken fanden keine Ruhe und hielten ihn wach. Unablässig beschäftigten sie sich damit, wie er die Herausforderung, die ihn beim Aufstehen an seinem Stehpult vor dem Fenster wieder erwartete, bloß meistern sollte. Aber alles war besser, als sich ruhelos hin- und herzudrehen. Und so warf er die Decke zurück, schwang sich mit einem Ruck aus dem Bett und fuhr in sein Obergewand.

Schnell hatte er der Glut im Kamin Flammen entlockt, einige dicke Scheite aufgelegt und die dicke Wachskerze auf seinem Stehpult entzündet, die nun ihr helles Licht über seine Schreibecke am Fenster warf. Pergamente, Tintenfass, Federkiele sowie Streusand standen bereit zur Arbeit, die er sich auferlegt hatte. Und rechts oben auf der schrägen Platte des Pultes lag aufgeschlagen das heilige Buch der Muslime, der Koran. Nun wartete die neunte Sure darauf, dass er für das Arabische die richtige französische Übersetzung fand, und obwohl er als Levantiner im Heiligen Land mit dem Arabischen quasi als

---

* Eine der sieben täglichen monastischen Gebetszeiten, auch Horen genannt. Der Lobpreis der Laudes wird von Mönchen damals wie heute bei Anbruch des Tages gebetet.

zweite Muttersprache aufgewachsen war und das Französische nicht weniger perfekt beherrschte, fiel ihm die Arbeit mit jedem Tag schwerer, als in eine Schlacht gegen einen übermächtigen Gegner zu ziehen.

Vor mehr als einem halben Jahr hatte er sich entschlossen, den Koran zu übersetzen. Nur wenige wussten von diesem gewagten Unternehmen, eigentlich nur eine Handvoll, nämlich Gerolt, Maurice, McIvor und Antoine von Saint-Armand. Und während Antoine daran nichts Verwerfliches hatte finden können, solange Tarik darüber strengstes Stillschweigen bewahrte, waren seine Freunde alles andere als angetan von seinem Vorhaben gewesen.

Besonders Gerolt und der stets hitzköpfige Maurice hatten sich darüber empört, dass er dem heiligen Buch der ungläubigen Muslime, die sie, die Christen, seit Jahrhunderten bis aufs Blut bekämpften, so viel Ehre erweisen wollte. Tarik erinnerte sich noch genau an den heftigen Wortwechsel, den es damals hier in seinem Zimmer darüber gegeben hatte.

»Hast du vergessen, wie viel Christenblut unter ihren Schwertern, Lanzen und Streitäxten in den letzten Jahrhunderten geflossen ist und dass sie uns aus dem Heiligen Land, der Heimat unseres Erlösers, vertrieben haben?«, hatte Maurice ihm erregt vorgeworfen. »Und zum Dank dafür willst du ihnen einen französischen Koran schenken? Du musst nicht recht bei Sinnen sein, Tarik!«

»Ich will nicht den *Muslimen* einen französischen Koran schenken, sondern dafür sorgen, dass auch diejenigen, die des Arabischen oder des Lateinischen nicht mächtig sind, sich ein genaueres Bild von der Lehre des Propheten Mohammed machen können. Denn am Anfang aller Katastrophen steht immer ein Mangel an Wissen und Nachdenken!«, hatte er seinem Freund kühl erwidert. »Das Eigene für kostbar zu erachten und es mit allen Kräften zu schützen und zu bewahren, schließt doch nicht aus, dass man sich auch mit dem Fremden beschäftigt und sich bestens darin auskennt. Denn erst dann kann man doch das Fremde verstehen und aus diesem Wissen für das Eigene Nutzen ziehen!«

»Unsinn!«, hatte Maurice hervorgestoßen und dabei eine wegwischende Handbewegung gemacht.

Er, Tarik, war in seiner Begründung jedoch unbeirrt fortgefahren: »Und was eine dieser gerade von mir erwähnten Katastrophen betrifft, nämlich unsere Vertreibung aus dem Heiligen Land, so haben wir ja als Kriegermönche, die mit den Gesetzen des Krieges nur zu gut vertraut sind, wohl kaum erwarten können, dass die Muslime unsere Kreuzzüge einfach tatenlos hinnehmen. Zudem wäre es wohl nicht zum Verlust des Königreichs gekommen, wenn sich alle Ritterorden damals einig gewesen wären und mit vereinter Friedens- wie Kriegspolitik gegen die Mameluken zusammengestanden hätten. Stattdessen haben sie alle ohne Ausnahme, die Johanniter wie die Deutschritter und auch unser Orden, ihr eigenes Süppchen kochen wollen und waren sich gegenseitig spinnefeind. Kein Wunder, dass wir letztlich den Kürzeren gezogen haben. Außerdem . . .«

»Nur mal langsam!«, hatte ihn Gerolt unterbrochen. »Du hast wohl vergessen, dass die Muslime schon Jahrhunderte vor dem ersten Kreuzzug über die damals christlichen Länder im Orient hergefallen sind! Auf ihren blutigen Eroberungszügen sind sie bis nach Griechenland und Italien eingefallen und schließlich sogar bis tief in Frankreich eingedrungen. Wenn mich meine Erinnerung nicht täuscht, war das im achten Jahrhundert, mein Freund! So sehen die historischen Tatsachen aus! Und erst als die Muslime es christlichen Pilgern immer schwerer machten, Jerusalem und die anderen heiligen Stätten aufzusuchen, und sie zu vielfältigen Arten der Unterdrückung griffen, um auch noch den letzten christlichen Gemeinden das Leben schwer zu machen, erst da erging im elften Jahrhundert der Aufruf zum ersten Kreuzzug!«

Maurice hatte da sofort nachdrücklich genickt. »Jawohl, so und nicht anders ist es gewesen! Und du scheinst auch vergessen zu haben, dass die Mauren noch immer einen Gutteil der spanischen Halbinsel besetzt halten und wir uns dort im Zuge der *Reconquista** erbitterte Gefechte mit den Muslimen geliefert haben! Und zum Dank dafür willst du jetzt hier monatelang über den Koran gebeugt hocken und ihn ins Französische übertragen? Bei allem, was recht ist, aber manch einer würde das ganz anders nennen – nämlich Verrat am Christentum, ja Ketzerei!«

Bei diesen harten Worten war Tarik blass geworden. Er hatte das Gefühl gehabt, als hätte ihm Maurice damit die Freundschaft aufgekündigt. Und das hatte ihn mehr geschmerzt, als wenn Maurice ihm einen Fausthieb versetzt hätte.

»Nun halt mal die Luft an, Maurice!« McIvor hatte sofort für Tarik Partei ergriffen. »Richtig schmecken tut es mir auch nicht, was Tarik da vorhat, das will ich freimütig zugeben. Aber ich bin sicher, dass er dafür überaus redliche Gründe hat und dass sein fester Glaube über alle Zweifel erhaben ist, meine Freunde! Ihn also der schwächlichen Nachsicht gegenüber den Muslimen oder gar der Ketzerei, des Verrats an unserem Glauben zu verdächtigen dürfte sogar einem verdammten Hitzkopf wie dir niemals über die Lippen kommen! Dafür wirst du dich bei ihm entschuldigen – und zwar auf der Stelle!«

Dazu war Maurice nicht bereit gewesen. Er hatte sich darauf versteift, doch nur das gesagt zu haben, was andere Ordensbrüder Tarik vorgeworfen hätten, wenn sie von seiner heimlichen Arbeit Wind bekämen. Gerolt hatte ihm beigepflichtet. Und das wiederum hatte

---

* Das spanische Wort »Reconquista« bedeutet Wiedereroberung der unter maurischer Herrschaft stehenden Gebiete in Spanien.

McIvor noch mehr erbost, sodass es zu einem regelrechten Streit zwischen ihnen gekommen war.

Antoine hatte später zu schlichten versucht, um wieder ein kameradschaftliches Einvernehmen zwischen ihnen herzustellen. Aber so ganz geglückt war es ihm nicht. Und damit sich die Gemüter erst einmal abkühlten, hatte Antoine dafür gesorgt, dass jeder von ihnen für eine Weile eigene Wege ging. Und seitdem hatte Tarik seine Freunde, mit denen er in den vergangenen fünfzehn Jahren unzählige Gefahren bestanden und fröhliche Feste gefeiert hatte, nicht wiedergesehen. Sie fehlten ihm, mehr als er jemals für möglich gehalten hätte. Und er fragte sich nun, ob vielleicht auch eine gute Portion Ärger bei Maurice mit im Spiel war, weil überraschenderweise er, Tarik, es gewesen war, den Antoine von Saint-Armand unter ihnen als seine rechte Hand ausgewählt hatte. Er hatte sich wahrlich nicht danach gedrängt, und das war wohl auch offensichtlich gewesen. Aber dennoch ...

Ein schwerer Stoßseufzer entrang sich seiner Brust, als er sich nun dazu zwang, nicht länger zu grübeln, sondern sich auf die vor ihm liegende Arbeit zu konzentrieren. Es fiel ihm schwer, auch weil ihm die Suren mit jedem Tag mehr Kopfzerbrechen bereiteten. Je mehr er sich mit dem Koran beschäftigte, desto zwiespältiger stand er ihm gegenüber. Denn einerseits bewunderte er die Sprachfülle, die vielfältigen Aufrufe zu Milde, Gnade und gerechtem Tun sowie den großen Reichtum an Weisheit in diesem Buch, das der Prophet Mohammed gute sechs Jahrhunderte nach Christi Tod formuliert hatte und in dem auch Jesus selbst sowie Abraham, Mose, Maria und andere, die jedem guten Christen teuer waren, einen ehrenvollen Platz erhalten hatten. Aber andererseits stieß er vielerorts im Koran auf Schriftstellen, die rücksichtslose Gewalt gegenüber Andersgläubigen predigten. Im Unterschied zu Mohammed, der oft genug selbst zum

Schwert gegriffen und blutige Kriege geführt hatte, hatte Jesus, der Erlöser, niemals zu Gewalt aufgerufen, im Gegenteil. Und doch war der Koran, so zwiespältig Tarik ihm auch gegenüberstand, ein faszinierendes und kraftvolles Buch.

Er griff zur Feder und fragte sich plötzlich, aber wahrlich nicht zum ersten Mal, wie es überhaupt dazu hatte kommen können, dass im Namen Jesu und des Kreuzes dennoch so viele Kriege geführt worden waren – und er sich davon hatte anstecken lassen und selbst zum Kriegermönch geworden war. Und sofort fiel ihm wieder ein, was der alte Abbé Villard einst zu ihnen, den vier neu berufenen Gralshütern, voller Bedauern gesagt hatte. Die Worte hatten sich ihm damals unvergesslich eingeprägt und saßen wie ein Dorn in seiner Seele:

»Es ist eine der großen Tragödien der Menschheit, dass sich Juden, Christen und Muslims gegenseitig bekämpfen, statt zu begreifen, dass sie alle doch denselben Gott anbeten. Und sie sollten sich besser darauf besinnen, wie viel sie miteinander verbindet, als ihre vergleichsweise geringen Unterschiede zu betonen, die größtenteils kulturell bedingt sind. Immerhin gilt Jesus den Muslims als ein bedeutender Prophet. Auch Maria, Mose und Abraham nehmen in der Lehre der Korangläubigen eine herausragende Rolle ein. Der Hass zwischen den Religionen ist daher eine beklagenswerte Tragik und hat nichts mit Gott zu tun, sondern einzig mit Verblendung, irdischen Machtgelüsten auf beiden Seiten und gegenseitigem kulturellen Unverständnis.«

Wie wahr diese Worte des Abbé doch waren! Hass war wie ein fruchtbarer Schoss, er gebar nur immer neuen Hass. Und er überdauerte Jahrhunderte, wie die Geschichte lehrte, ohne dass die Menschheit daraus lernte. Er blendete Generation um Generation und überzog die Welt mit fanatischer Wut und Vernichtung. Wann nur würden die Menschen endlich begreifen, wie sinnlos und unmenschlich dieses gegenseitige Verteufeln und Zerfleischen war? War denn die Welt nicht groß genug, dass alle in Frieden leben konnten, wenn auch vielleicht nicht immer miteinander, so aber zumindest doch nebeneinander und ohne Blutvergießen?

Tarik seufzte erneut, weil er zwar das Dilemma längst erkannt hatte, in welchem er sowohl als Templer wie als Gralsritter steckte, aber nicht wusste, wie er es lösen konnte, ohne seinem Gelübde und seinem heiligen Amt untreu zu werden. Er tröstete sich wieder einmal mit der Zuversicht, dass Gott ihm eines Tages die Augen für die Antwort auf diese Frage öffnen würde. Dann tunkte er die Federspitze in das Tintenfass und begann damit, über die richtige französische Entsprechung für den Anfang der neunten Sure zu sinnieren.

Er versank dermaßen in der Welt des Korans, dass er gar nicht mitbekam, wie schnell die Zeit dabei verstrich. Erst als von jenseits der hohen Umfassungsmauern des weiträumigen Templerbezirks herrische Stimmen, ein lautes Hämmern gegen die Bohlen des doppelflügeligen Haupttores vor der Zugbrücke sowie das Klirren von Waffen zu ihm in die Kammer drangen, blickte er von seinen Papieren auf. Im Osten dämmerte schon der neue Tag herauf, doch über dem Templerviertel und der Stadt lag noch trügerische Ruhe.

Sein erster Gedanke galt der Laudes, zu der gleich die Kirchenglocke rufen musste. Dann jedoch trieb ihn die Neugier ans Fenster. Er öffnete es und beugte sich weit hinaus, um in Erfahrung zu bringen, was der Lärm zu dieser frühen Morgenstunde zu bedeuten hatte und wer da Einlass verlangte. Von seinem Fenster aus hatte er jedoch ein nur sehr begrenztes Blickfeld, das nicht bis zum Haupttor reichte. Doch dann sah er einen Trupp Fußsoldaten, der im Eilschritt auf die mächtige Ordensburg mit ihren vier hohen Rundtürmen an den Außenkanten und den beiden etwas schlankeren und kleineren Türmen vor dem Portal zuhielt.

Es waren zweifellos Soldaten des Königs, wie Tarik unschwer erkennen konnte. Und nachdem Philipp der Schöne erst vor wenigen Monaten zu den Templern geflohen war und sich bei dem Aufstand gegen ihn ihrer Loyalität und tatkräftigen Hilfe hatte versichern können, kam ihm erst gar nicht der Gedanke, dass ihr Erscheinen Ungutes bedeuten könnte. Und mit einem Achselzucken schloss er das Fenster wieder und kehrte hinter sein Schreibpult zurück.

Er hatte jedoch kaum den Satz beendet, den er vor der Unterbrechung begonnen hatte, als lautes Stiefelgepolter, wüste Flüche und scharfe Kommandos durch den Treppenaufgang der Ordensburg schallten.

Sofort trieb es Tarik, nun doch beunruhigt, hinaus auf den breiten Gang. Dort lief er Antoine von Saint-Armand in die Arme. »Wisst Ihr, was dieser Aufruhr zu bedeuten hat?«, rief er ihm zu.

Der alte Gralshüter, der mit seinem grauen Bart und Haupthaar eine gewisse Ähnlichkeit mit Abbé Villard besaß, war bleich wie eine frisch gekalkte Wand.

»Der König hat seine Soldaten geschickt, um uns Templer verhaften zu lassen!«, stieß Antoine hervor. »Jeden von uns, ohne Ausnahme! Und nicht nur hier in Paris, sondern in ganz Frankreich und auch in allen anderen Ländern!«

»Unmöglich!«, rief Tarik. »Ihr müsst da etwas falsch verstanden haben!«

»Ich wünschte, es wäre so!«, gab Antoine zur Antwort. »Doch ich habe es mit eigenen Ohren gehört, als der königliche Rat und neue Siegelbewahrer, Wilhelm von Nogaret, soeben die Order des Königs im Angesicht unseres Großmeister Jacques von Molay verlesen hat!«

Sprachlos sah Tarik ihn an.

»Wir werden der Ketzerei, der Götzenanbetung und noch anderer entsetzlicher Verbrechen beschuldigt, die ich gar nicht auszusprechen wage! Papst und König wollen uns der Inquisition überantworten!«

»Wir und Ketzer und Götzenanbeter? Das ist doch einfach lächerlich!«

»Doch so lautet die Anschuldigung!«

»Aber das können wir nicht einfach tatenlos hinnehmen!«, rief Tarik empört. »Wir werden diesem König zeigen, was es heißt, sich mit dem Orden der Templer anzulegen und uns Rittern solche infamen Verbrechen anzuhängen! Warte, ich hole mein Schwert!«

»Nein, das wirst du nicht tun, Tarik!«, widersprach Antoine und hielt ihn am Arm fest. »Unser Großmeister hat den unmissverständlichen Befehl erteilt, den Soldaten keinen Widerstand zu leisten und sich der Verhaftung nicht zu widersetzen. Was immer der König auch im Schilde führen mag, er wird damit nicht durchkommen. Denn jeder weiß, dass er nicht das Recht besitzt, über uns zu Gericht zu sitzen. Das vermag allein der Papst. Zudem wird sich schnell herausstellen, wie haltlos die Anschuldigungen sind, die man gegen uns vorbringt. Also beuge auch du dich dem Befehl des Großmeisters, der jetzt auch der meinige ist! Zudem wäre Widerstand völlig sinnlos, wimmelt es doch auf unserem Gelände längst nur so von Soldaten!« Dann senkte er die Stimme, bevor er fortfuhr: »Und was den Heiligen Gral betrifft, so brauchst du dir um ihn keine Sorgen zu machen. Er ist im schwarzen Ebenholzwürfel eingeschlossen und so gut verborgen, dass kein Ungeweihter ihn jemals finden wird, und wenn man noch so intensiv und ausdauernd nach ihm suchen sollte! So, und jetzt komm! Jacques von Molay hat befohlen, dass wir uns alle unten im großen Saal versammeln.«

»Aber mein Gralsschwert werde ich ihnen nicht aushändigen!«, zischte Tarik wild entschlossen. »Gebt mir wenigstens einen Augenblick, es zu verstecken!«

»Gut, aber beeil dich! Und vernichte auch alle Seiten deiner Übersetzung und den Koran! Alles ins Feuer! Schnell!«, raunte er ihm zu. »Das könnte dich jetzt den Kopf kosten!«

Wenige Augenblicke später kehrte Tarik wieder zu Antoine auf den Gang zurück. Wild brannte der Schmerz in ihm, dass er den Schweiß von einem halben Jahr Arbeit den Flammen hatte übergeben müssen. Mit Bitterkeit und Zorn reihte er sich mit Antoine in den Strom der anderen Ordensbrüder ein, die sich alle dem Befehl ihres Großmeisters beugten, nicht zu den Waffen zu greifen, sondern ihr Schicksal in die Hand des Papstes und Gottes zu legen. Aber ihren zornigen Gesichtern und so manch leisem Fluch war zu entnehmen, wie schwer es ihnen fiel, in dieser Situation Gehorsam zu leisten.

Ein noch sehr junger Tempelritter, bei dem der Flaum auf der Oberlippe und um das Kinn herum gerade erst in einen spärlichen Bartwuchs überging, schien den Ernst ihrer Lage jedoch gänzlich zu verkennen. Denn als er neben Tarik durch die breite Tür in den großen, hohen Saal mit der kunstvollen Gewölbedecke schritt, hörte der Levantiner ihn zu einem anderen Ordensbruder leise und mit dem sprichwörtlichen Hochmut eines Templers sagen:

»Was soll diese Komödie? Der König hat sich wohl zu oft geißeln lassen und muss den Verstand verloren haben, dass er es wagt, sich mit uns anzulegen! Der Papst wird ihm die Exkommunikation androhen, wenn er davon erfährt! Ich sage dir, wir werden schnell wieder in Freiheit sein. Und dann wird man den König nicht mehr ›Philipp den Schönen‹, sondern ›Philipp den Lächerlichen‹ nennen!«

Tarik wollte ihm schon einen derben Rippenstoß verpassen, doch in diesem Moment fiel sein Blick auf den groß gewachsenen, elegant gekleideten Mann, dessen Gesicht von makelloser Schönheit war und der auf der Stirnseite des Saals neben dem königlichen Siegelbewahrer Wilhelm von Nogaret stand. Und während der Siegelbewahrer ihm mit offensichtlicher Vertrautheit etwas ins Ohr flüsterte, verfolgte dieser das Eintreffen der Ritter mit dem wachsamen und beutehungrigen Blick eines Raubtieres.

Nichts hätte Tarik einen größeren Schreck einjagen können als diesen Mann an der Seite von Wilhelm von Nogaret zu sehen, den er wie keinen anderen Menschen auf der Welt fürchtete. Und im selben Moment wusste er auch, dass sie alle in viel größerer Gefahr schwebten, als er soeben noch für möglich gehalten hätte. Und diese Gefahr galt ebenso dem Heiligen Gral! Denn der Mann dort drüben war kein anderer als der ruchlose und machtvolle Iskari Sjadú, der erhabene Erste Knecht des Fürsten der Finsternis!

Tarik schauderte, als hätte plötzlich ein eisiger Wind die Luft im Saal gefrieren lassen. Und sein nächster Gedanke galt seinen Freunden.

Maurice, Gerolt, McIvor – wo seid ihr? Rettet euch – und rettet den Heiligen Gral!

3

♣ Nicht ein einziges Mal hatte McIvor sich auf seinem wilden Ritt durch die Nacht eine Atempause gegönnt. Aber insgesamt achtmal hatte er auf der Strecke die Pferde gewechselt, um wenigstens ihnen, indem er sie von seinem nicht gerade geringen Gewicht befreite, Gelegenheit zu geben, ein wenig neue Kraft zu schöpfen. Doch so unbarmherzig er auch gegen sich und gegen die tapferen Tiere gewesen war, es hatte doch nicht gereicht, um noch vor dem Morgengrauen in Paris einzutreffen.

Die hohen Wehrmauern der Stadt und ihre Wachtürme wuchsen erst dann vor ihm auf, als die bleiche Herbstsonne im Osten schon eine gute Handbreite über dem Horizont stand. Und ebenso ausgelaugt wie er selbst war sein Apfelschimmel, den nichts mehr bewegen konnte, schneller als in einem müden Trab über die Landstraße zu trotten. Die völlig ermattete Fuchsstute hatte er schon vor einer Stunde auf einer Lichtung zurückgelassen.

McIvor standen Tränen der Erschöpfung und der bitteren Enttäuschung in seinem linken Auge, weil es ihm trotz aller Anstrengung nicht gelungen war, früher in der Stadt einzutreffen. Das Wissen, dass er um gute zwei Stunden zu spät kam, um seine Freunde und auch alle anderen Ordensbrüder vor dem infamen Komplott des Königs gegen die Templer zu warnen, drückte ihn nieder wie eine unsäglich schwere, bleierne Last. Auch wenn er nicht wusste, was inzwischen mit ihnen geschehen war und wo man sie gefangen hielt, so war ihm doch klar, dass ihn eine fast unlösbare Aufgabe erwartete, wenn er sie vor den grausamen Mühlen der Inquisition bewahren und den Heiligen Gral retten wollte.

In müdem Schritt trottete er auf seinem Hengst durch die Pforte St. Michel, wo die Torwachen an diesem Tag, Freitag den 13. Oktober[*], in doppelter Stärke als gewöhnlich Posten bezogen hatten. Sie bedachten ihn mit einem scharfen, argwöhnischen Blick, der insbesondere seinem Schwert galt. Doch seine gewöhnliche, reichlich mit Dreck beschmutzte Kleidung ließ offensichtlich nicht den Verdacht in ihnen aufkommen, dass sich darunter ein Tempelritter verbergen konnte. Jedenfalls ließen sie ihn passieren, ohne ihn anzuhalten und ihm unangenehme Fragen zu stellen.

Gleich hinter dem Stadttor St. Michel lenkte McIvor sein Pferd nach rechts in die Rue des Jacopins und gelangte Augenblicke später auf die breite Grand Rue. Diese war eine der Hauptverkehrsadern, die schnurgerade mitten durch das linke Seineufer schnitt und in ihrer Verlängerung auf die Brücke Petit Pont und von dort hinüber auf die Ile de la Cité führte. Auf dieser linken Seite des Flusses hatten die fast zehntausend Studenten des Lateinischen in den Seitenstraßen ihre bescheidenen Quartiere[**].

Die übliche frühmorgendliche Geschäftigkeit der Händler, Fuhrleute, Handwerker, Bettler, Dienstboten und Bauern aus dem Umland hatte an diesem Tag auf den Straßen und Plätzen der Stadt ein völlig anderes, aufgeregtes Gesicht. Überall standen die Menschen in kleinen und großen Gruppen zusammen, und es gab nur ein einziges Thema, das die Bevölkerung von Paris an diesem Morgen mit einer merkwürdigen Mischung aus erregter Ungläubigkeit, Furcht und

---

[*] Seit diesem Tag des Jahres 1307 gilt im Christentum ein Freitag, der auf den 13. des Monats fällt, bei abergläubischen Menschen als ein Unglückstag.

[**] Diesen Lateinstudenten verdankt das auch heute noch sehr belebte Quartier Latin seinen Namen.

Sensationsgier diskutierte – nämlich die Verhaftung aller Tempelritter und die fast unglaublichen Anschuldigungen, die König und Papst gegen diesen mächtigen Orden vorbrachten.

Wie ein Lauffeuer hatte die Nachricht von der überfallartigen Besetzung des Templerbezirks durch königliche Truppen in der Stadt die Runde gemacht. Und dass die Tempelritter, deren Kampfkraft und Todesverachtung seit zwei Jahrhunderten legendär war, dies ohne Gegenwehr zugelassen hatten, war eine weitere Sensation und allen ein Rätsel. Viele aus der breiten Schicht der armen Leute, die stets auf die barmherzige Hilfe der Templer hatten zählen können, wollten darin ein Zeichen für die Unschuld der Ordensmänner sehen. Doch dieser Teil der Bevölkerung, der den ungeheuerlichen Beschuldigungen wenig Glauben schenkte, wagte kaum seine Stimme zu erheben. Zu groß war die Furcht, schnell in den Verdacht zu geraten, mit Ketzern zu sympathisieren und dann auch zu Opfern der Inquisition zu werden. Und so beherrschten die Stimmen jener Männer und Frauen die erregten Diskussionen, die schon immer voller Neid auf diesen Orden gewesen waren und sich an seiner immer größeren Macht und dem Hochmut seiner Ritter gestoßen hatten.

Während McIvor der Grand Rue in Richtung Seine folgte und dabei nur sehr langsam vorankam, weil so viele Menschen auf die Straße geeilt waren und in dicken Trauben zusammenstanden, bekam er von ihren aufgeregten Gesprächen so manch eine schadenfrohe und bösartige Bemerkung mit.

»Geschieht diesen arroganten Weißmänteln recht, dass sie jetzt im Kerker sitzen!«

»Ich habe ja schon immer vermutet, dass es bei denen nicht mit rechten Dingen zugeht!«

»Nach außen haben sie Keuschheit gelobt, aber im Geheimen haben sie es miteinander wie die Tiere getrieben!«

»Und bei ihrer Aufnahme in den Orden sollen sie den Hintern ihres Oberen geküsst haben!«

»Sie haben noch viel Abscheulicheres getan! Nämlich das Kreuz bespuckt und Jesus Christus, unseren Heiland, verspottet und verleugnet! Verflucht sollen sie sein!«

»Und diese Ketzer sollen einen Götzen anbeten, den sie Baphomet nennen!«

»Allein schon dafür gehören sie auf den Scheiterhaufen!«

»Ja, brennen sollen diese hochmütigen Herren Ritter!«

»Aber erst sollen die Folterknechte der Inquisition an ihnen ordentliche Arbeit leisten, bevor der Henker das Feuer unter ihnen lodern lässt!«

McIvor stieg dabei die Zornesröte ins Gesicht. Und mehr als einmal musste er schwer an sich halten, um nicht vom Pferd zu springen und diesen Verleumdern mit seiner Faust das Schandmaul zu stopfen. Er versuchte, sein Ohr für diese völlig unwahren Beschuldigungen zu verschließen, aber es wollte ihm nicht gelingen.

Mit finsterer Miene überquerte er den linken Seinearm auf der Petit Pont und gelangte auf die Flussinsel Ile de la Cité. Er hatte keinen Blick für das atemberaubende, monumentale Bauwerk der Kathedrale Notre-Dame. Er wandte seinen Blick vielmehr nach links und schickte einen geflüsterten, für ihn ungewöhnlich obszönen Fluch zur hoch aufragenden Königsburg hinüber. Und dann verließ er die Flussinsel, die mit ihrer Königsfestung, den majestätischen Kirchen und anderen Bauwerken wie ein versteinertes Schiff im Strom ruhte, über die Brücke, die ihn auf das rechte Seineufer brachte.

McIvor wusste, dass es völlig unsinnig war, sich hinüber zum Tempelbezirk zu begeben. Auch gab er sich nicht der Illusion hin, dort irgendetwas zu erfahren, was ihm helfen konnte, in Kontakt mit seinen Freunden und Gralshütern zu treten. Das große Areal des Templerviertels war schon seit Stunden fest in der Hand königlicher Soldaten und seine Kameraden saßen längst in irgendwelchen dunklen, feuchten Kerkerzellen. Und dennoch trieb es ihn dorthin. Er musste sich einfach mit eigenen Augen davon überzeugen, dass es tatsächlich so geschehen war.

Der Weg durch das Gewirr verwinkelter Gassen mit ihren schmalbrüstigen und hoch aufgeschossenen Häusern auf beiden Seiten erwies sich als beschwerlich. Die engen Straßen, die sich durch das dichte Häusermeer wanden und an vielen Stellen kaum genug Platz für ein Fuhrwerk boten, befanden sich in einem katastrophalen Zustand. Sie waren schlammig und überall mit einem dicken Brei aus Küchenabfällen sowie menschlichen und tierischen Exkrementen bedeckt. Dazu gesellten sich die Kadaver verendeter Ratten, Katzen und Hunde. Und allerlei lebendes Getier streunte in diesem Morast herum und suchte nach Nahrung. Das galt sogar für die wenigen großen Straßen, die mit Steinen gepflastert waren. Und dementsprechend stechend war auch der Gestank, der einem überall entgegenschlug. Nur wenige Bürger der Stadt verfügten über eine Senkgrube oder Latrine. Und so kippte man eben alles auf die Straßen und Gassen. Deshalb musste man besonders in den frühen Morgenstunden auf der Hut sein. Denn es konnte passieren, dass jemand aus dem Obergeschoss eines Haus seinen Nachttopf aus dem Fenster hielt und seinen Inhalt von oben auf die Straße kippte, völlig unbekümmert, wer sich gerade dort unter dem Fenster aufhielt.

Einmal entging McIvor dem ekeligen Guss aus einem dieser Nachtgeschirre nur ganz knapp. Einige Spritzer der dunklen Brühe trafen noch die Hinterläufe seines Pferdes. Und dann hatte er endlich den weitläufigen Bezirk der Templeranlage erreicht. Wie erwartet sah er überall Soldaten postiert, nicht nur vor den Toren, sondern auch entlang der hohen Wehrmauer, die den ausgedehnten Bezirk mit seiner Vielzahl von Gebäuden umschloss.

An einer Hausecke und mit gehörigem Abstand zur bewachten Anlage stieg er von seinem Pferd und gab sich den Anschein, den Sattel zurechtzurücken und den Gurt fester zu ziehen. Dabei blickte er immer wieder verstohlen zur Ordensburg hinüber, die für ihn jetzt in unerreichbarer Ferne lag. Ohnmächtiger Zorn und tiefer Kummer ob seines Versagens erfüllten ihn, während er sich fragte, wohin man seine Freunde verschleppt hatte und wie es ihnen in der Gefangenschaft wohl ergehen mochte. Tonlos sprach er ein Gebet für sie, denn das war alles, was er zurzeit für sie tun konnte. Er schwor sich jedoch, nichts unversucht zu lassen, um herauszufinden, wo man Gerolt, Maurice und Tarik eingekerkert hatte und wie er es anstellen konnte, sie zu befreien – und mit ihnen den Heiligen Gral in seine sichere Obhut zu bringen. Doch um den göttlichen Quell ewigen Lebens machte er sich im Augenblick viel weniger Sorgen als um das Schicksal seiner Freunde. Er vertraute darauf, dass sie und Antoine von Saint-Armand dafür gesorgt hatten, dass der heilige Kelch gut verborgen in seinem Versteck ruhte.

Als er nicht länger so tun konnte, als bedurfte sein Sattelzeug weiterer Aufmerksamkeit, ohne den Argwohn der Wachen zu erregen, kehrte er in die Stadt zurück. Sein Pferd führte er am Halfter hinter sich her. Er hielt Ausschau nach einem Mietstall, wo er es unterstellen und ihm die verdiente Ruhe gönnen konnte. Es musste dringend trocken gerieben werden sowie Wasser und Futter erhalten. Und ihn selbst verlangte es danach, sich in die hinterste, dunkelste Ecke einer Schenke zu setzen, den quälenden Durst seiner völlig ausgetrockneten Kehle zu löschen, irgendetwas zu essen und sich dann in einer Kammer auf eine Bettstelle fallen zu lassen.

Doch kaum hatte er hinter der Porte du Temple die erste Seitengasse passiert, als jemand von hinten leise »Psst! . . . Seid Ihr es, McIvor?« zischte und an seinem Umhang zupfte.

Aufs Höchste alarmiert und mit der Hand sofort auf dem Griff seines Schwertes, fuhr der Schotte herum. Augenblicklich verwandelte sich seine Anspannung in freudige Überraschung, als er sah, wer ihn angesprochen und nach seinem Umhang gegriffen hatte. Es war kein anderer als Hauptmann Raoul von Liancourt! Seine Freunde und er kannten ihn seit der Belagerung und dem Fall von Akkon, wo sie oft Seite an Seite gegen die Mameluken gekämpft hatten.

Raoul von Liancourt hätte vom Alter her fast McIvors Vater sein können. Der breitschultrige Templer stammte aus dem Küstenland der Normandie. Bei der Schlacht um Akkon hatte er sich auf der Höhe seiner Kraft befunden. Doch nun, sechzehn Jahre später, hatte seine einst stattliche Erscheinung viel von ihrer kraftvollen Ausstrahlung verloren. Das Alter und die langen Jahre des Kampfes in Outremer[*] hatten sichtbare Spuren hinterlassen. Sein Oberkörper beugte sich schon erheblich nach vorn. Die breiten, einst geraden und muskulösen Schultern hingen wie erschlafft herab. Der Vollbart glich einem verfilzten Vlies aus grauer Wolle. Das Haupthaar hatte sich stark gelichtet. Und sein Gesicht zeigte mit seinen tiefen Linien, Falten und grauen Tränensäcken die Müdigkeit des Alters.

»Heilige Muttergottes, Ihr seid es wirklich, Eisenauge!«, flüsterte der Hauptmann sichtlich bewegt. »Dem Himmel sei Dank, dass Ihr dem Netz des Königs entkommen seid!«

»Ein Glück, das offenbar auch Euch vergönnt gewesen ist! Was bin ich froh, hier auf Euch zu treffen, Hauptmann!«, gab McIvor mit leiser Stimme zurück. Und dann fragte er hastig: »Wo können wir reden?«

»Kommt mit!«, raunte Raoul von Liancourt ihm zu. »Gleich dort drüben in der kleinen Gasse Rue Chevaliers führt Pierre, mein Neffe mütterlicherseits, neuerdings die kleine, aber ehrbare Taverne *Au Faisan*

---

[*] Outremer bedeutet im Altfranzösischen »jenseits des Meeres, Übersee« und war eine der Bezeichnungen für die Kreuzfahrerstaaten in der Levante, im Heiligen Land.

*Doré**. Dort könnt Ihr Euer Pferd versorgen lassen und es auch unterstellen. Sowohl Euer Apfelschimmel als auch Ihr selbst seht aus, als hättet Ihr den schwersten Ritt Eures Leben hinter Euch!«

»Womit Ihr den Nagel auf den Kopf getroffen habt«, bestätigte McIvor und fügte bitter hinzu: »Leider hat alle Anstrengung mich nicht davor bewahrt, einige Stunden zu spät in Paris einzutreffen.«

Raoul von Liancourt furchte die Stirn. »Zu spät?«, flüsterte er verständnislos. »Zu spät wofür?« Dann kam ihm ein Verdacht, wie McIvor seinem Gesicht ablesen konnte. »Wollt Ihr etwa sagen, Ihr habt von dem perfiden Anschlag des Königs auf unseren Orden gewusst?«

McIvor ließ erst einen Straßenhändler passieren, der sich mit seinem Bauchladen ganz in ihrer Nähe einen Weg durch das Gewimmel auf der Rue de la Porte du Temple erkämpft hatte. »Das erkläre ich Euch gleich, Hauptmann«, antwortete der Schotte ihm dann mit sehr gedämpfter Stimme. Bevor er sich ans Erzählen und Ausfragen machte, musste erst einmal ordentlich für seinen Leib und für den seines tapferen Pferdes gesorgt werden. Zugleich aber war er auch erleichtert, dass Raoul von Liancourt einen sicheren Unterschlupf für ihn wusste. Denn in so gefährlichen Zeiten, wie sie jetzt für jeden noch in Freiheit befindlichen Templer angebrochen waren, konnte man für solch ein Gottesgeschenk gar nicht dankbar genug sein!

»Gut, ich werde mich in Geduld üben. Aber Ihr vergesst fortan besser den Hauptmann, wenn Ihr mir wohlgesinnt seid!«, ermahnte ihn Raoul mit kaum vernehmbarer Stimme und sah sich dabei besorgt um. »Raoul reicht völlig. Denn wie die Dinge stehen, werde ich wohl die längste Zeit diesen Rang bekleidet haben. Und nun lasst uns zusehen, dass wir Euer Pferd versorgen und uns in die private Hinterstube meines Neffen setzen, damit wir über alles reden können, ohne unser Leben aufs Spiel zu setzen!«

---

* »Zum goldbraunen Fasan«

»Das ist ein Wort!«, brummte McIvor und ließ sich von dem stark gealterten Hauptmann der Templertruppe zur Taverne von dessen Neffen führen.

Die Schenke *Au Faisan Doré* war recht klein, machte aber tatsächlich einen sauberen und anständigen Eindruck. Und dasselbe galt auch für Pierre Gernaut selbst, einen stämmigen Mann von gut dreißig Jahren, und dessen hübsche, rotwangige Frau Bernice. McIvor wurde nicht mit einer einzigen Frage belästigt, und es gab auch keine besorgten oder gar ängstlichen Blicke, als Raoul ihnen zuraunte, dass das Pferd seines Freundes dringend trocken gerieben und versorgt werden musste, dass dieser vielleicht für einige Zeit eine der kleinen Kammern unter dem Dach belegen würde und er, Pierre, bitte achtgeben möge, dass niemand sie in der Hinterstube störte oder sich vor der Tür aufhielt. Auch brauchte Raoul seine Verwandten nicht erst aufzufordern, ihrem unbekannten Gast eine ordentliche Mahlzeit aufzutischen. Pierre Gernaut sah mit dem geübten Blick des langjährigen Wirtes, wonach es dem sichtlich erschöpften, durchgeschwitzten Fremden jetzt verlangte.

Wenig später saß McIvor in der Hinterstube auf der bequemen Eckbank, und dann schleppte Pierre auch schon einen bauchigen Steinkrug heran, gefüllt mit bestem Gerstestarkbier, zwei Becher sowie ein großes Holzbrett, auf dem sich ein Kanten frisches Brot, herrlich duftender Räucherspeck, abgehangener Schinken, fetter Käse, mehrere gebratene Hühnerschenkel und eine Schale mit dicken Sauergurken den Platz gegenseitig streitig machten.

»Lasst es Euch munden, mein Herr!«, wünschte Pierre und fügte dann noch mit Nachdruck hinzu: »Und seid versichert, dass wir alles tun werden, was in unserer Macht steht, damit Ihr in unserem Haus vor Nachstellungen aller Art sicher seid. Der Freund meines Onkels ist auch mein Freund!«

»Der Allmächtige vergelte Euch Eure Güte, Pierre Gernaut!«, antwortete McIvor gerührt. »Und mein Name ist McIvor, guter Mann. McIvor mit nichts davor und nichts dahinter.«

Der Wirt lächelte. »Gott hat uns schon jetzt mehr als reich gesegnet. Und nun greift zu!« Damit nickte er ihm noch einmal zu und zog die Tür hinter sich ins Schloss.

McIvor kippte den ersten Becher Starkbier auf einen Zug hinunter. Dann langte er kräftig zu. Selten hatte ihm ein Essen besser geschmeckt als in dieser Stunde.

»Erzählt erst Ihr, Raoul!«, forderte er sein Gegenüber mit vollem Mund auf. »Denn das, was ich Euch zu berichten habe, wird vermutlich mehr Zeit in Anspruch nehmen als Eure Geschichte, wie Ihr es angestellt habt, Euch der Verhaftung in unserer Ordensburg zu entziehen.«

»Das ist wirklich schnell erzählt«, pflichtete Raoul ihm bei und stellte seinen Becher ab. »Ich verdanke meine Freiheit einem überaus glücklichen Zufall.«

»Fügung gefällt mir besser«, warf McIvor ein, griff zum Messer und säbelte sich eine dicke Scheibe vom Speck ab.

»Nun, genau genommen verdanke ich sie einem Vergehen gegen unsere Ordensregel, die es uns verbietet, die Nacht außerhalb der Templerburg zu verbringen, es sei denn, es liegen dafür überaus triftige Gründe vor«, korrigierte sich Raoul und verzog das Gesicht zu einer bitteren Miene. Denn nach der Katastrophe, die im Morgengrauen über ihren Orden hereingebrochen war, gab es keinen mehr, der sich dafür wohl jemals interessieren und von ihm Rechenschaft für dieses Vergehen verlangen würde. »Zuvor aber müsst Ihr wissen, dass mein Neffe erst vor wenigen Tagen diese Taverne hier eröffnet hat und daher noch neu in der Stadt ist. Bis dahin hatte er einen kleinen Bauerngasthof bei Saint Denis geführt. Er wollte jedoch schon lange nach Paris ziehen und hier eine Taverne haben. Das war eigentlich von Jugend an sein erklärtes Ziel gewesen, und das hat er nun auch erreicht. Dafür hat er hart gearbeitet und sich zusammen mit seiner guten Frau lange Jahre jeden Sou vom Mund abgespart.«

Nickend biss McIvor in eine der Gurken und wartete geduldig darauf, dass Raoul zum Kern seiner Geschichte kam. Es würde, bei allem Hunger, schon eine gute Zeit dauern, bis er alles vertilgt hatte, was Pierre ihm aufgetischt hatte. Und er hatte nicht die Absicht, auch nur etwas davon übrig zu lassen.

»Gestern nun hatte ich mit ihm und seiner Frau den Erwerb der Schenke gebührend feiern wollen«, setzte Raoul seine Ausführung fort. »Aber ich kam nicht so früh aus unserem Ordenshaus, wie ich gehofft hatte. Es war jedenfalls schon sehr spät, als ich hier eintraf, und wie der glückliche Zufall es wollte, traf ich in der Schenke auf keine anderen Gäste. Es braucht nun mal seine Zeit, bis so ein neues Geschäft richtig anläuft.«

»Fürwahr«, bestätigte McIvor und machte sich mit Heißhunger über die Hühnerschenkel her.

»Und wie es nun mal ist, wenn man eine ganz besondere Zäsur im Leben gebührend feiert und in angenehmer Gesellschaft nicht darauf achtet, wie kräftig man dabei einem guten Wein zuspricht . . . nun ja, Ihr wisst selbst, wie das ist! Man vergisst darüber nicht nur die Zeit, sondern irgendwann auch mal die Kontrolle über seine Gliedmaßen«, sagte Raoul ein wenig verlegen und gab ihm damit zu verstehen, dass er stockbetrunken gewesen war und sich nicht mehr auf den Beinen hatte halten können. Und das bedeutete für einen Templer schon etwas, hieß es doch nicht ohne Grund im Volksmund, dieser oder jener könne »saufen wie ein Templer«. »Jedenfalls wachte ich heute Morgen bei Sonnenaufgang oben in einer Gästekammer auf, mit einem dicken Brummschädel, aber – dem Himmel sei Dank! – nicht in Ketten, sondern in Freiheit.«

McIvor grinste mit fettglänzendem Mund. »Das nenne ich eine wahrhaft glückliche Fügung, die eines Templers würdig ist«, sagte er mit gutmütigem Spott. »Vom Suff gerettet! Darauf wollen wir trinken!« Er hob seinen Becher und stieß mit ihm an.

»Es ist ungeheuerlich, was der König gegen uns vorbringt!«, platzte es dann aus Raoul hervor, kaum dass er sich mit dem Handrücken über den Mund gewischt hatte. »Eine schändliche Infamie, die nichts Vergleichbares kennt! Es kommt mir noch immer wie ein grässlicher Albtraum vor! Aber sagt, habt Ihr denn überhaupt schon gehört, was für Verbrechen man uns zur Last legt und dass wir als angebliche Ketzer der Inquisition überantwortet werden sollen?«

McIvors Miene verfinsterte sich. Er spuckte ein Stück Knorpel aus und nickte. »Auch mir fehlen die Worte für diese Ungeheuerlichkeit. Und was die Anschuldigungen angeht, so bin ich darüber bestens im Bilde – und zwar schon seit letzter Nacht.«

»Also doch! Hat mich mein Gefühl vorhin also nicht getrogen!«

»Ich habe mein Wissen sogar aus erster Hand! Hier ist die Order des Königs!«, sagte McIvor, zog den Verhaftungsbefehl mit dem königlichen Siegel unter seinem Obergewand hervor, knallte das Schriftstück auf den Tisch – und spie voller Abscheu auf die Wachsreste des königlichen Siegels.

»Heiliger Erzengel!«, stieß Raoul hervor und glaubte, seinen Augen nicht trauen zu dürfen. »Das ist die Order? Allmächtiger, wie ist dieses Dokument bloß in Eure Hände gelangt?«

Nun war es an McIvor, ihm seine Geschichte zu erzählen, wie er letzte Nacht in jenem Landgasthof mit dem Bailli und dessen Schergen aneinandergeraten war, den Kampf mit ihnen für sich entschieden hatte und in den Besitz der königlichen Verhaftungsorder gelangt war. Dabei erwähnte er jedoch mit keinem Wort, wozu ihn seine geheime Segensgabe befähigte und welche Rolle das Feuer in diesem Gefecht gespielt hatte.

»Sprecht nicht von Versagen! Ihr habt Euch nicht das Geringste vorzuwerfen, McIvor!«, redete ihm Raoul sofort zu, als der Schotte sich am Ende seines Berichtes in quälenden Selbstvorwürfen erging. »Ihr habt alles getan, was ich Eurer Macht stand. Noch jetzt ist Euch anzusehen, dass Ihr Euch nicht eine Minute geschont habt! Es hatte einfach nicht sein sollen.« Er machte eine kurze Pause, bevor er nach einem schweren Seufzer des Bedauerns fortfuhr: »Doch nicht auszudenken, was alles möglich gewesen wäre, wenn Euch die Order nur wenige Stunden früher in die Hände gefallen wäre! Vielleicht hätte dann die Katastrophe verhindert werden können, wenn wir Zeit genug gehabt hätten, all unsere Männer in Kampfbereitschaft zu versetzen und uns im Festungsbezirk zu verschanzen. Weiß Gott, dann hätten es sich die königlichen Truppen zehnmal überlegt, ob sie es darauf ankommen lassen wollten, mit uns die Klinge zu kreuzen!« Die Schultern des Templerhauptmanns, die sich für einen kurzen Moment gestrafft hatten, sackten jedoch sogleich wieder herab. »Aber alles ›Wenn‹ und ›Aber‹ und ›Hätte‹ führt zu nichts. Das Rad der Zeit lässt sich nun mal nicht zurückdrehen.«

Auch McIvor dachte nicht daran, sich jetzt weiter mit der sinnlosen Frage zu beschäftigen, was unter günstigeren Umständen möglich gewesen wäre. Ihm brannte eine ganz andere Frage unter den Nägeln.

»Habt Ihr von weiteren Ordensbrüdern gehört, die wie wir der Verhaftungswelle entkommen sind? Was wisst Ihr vor allem über meine besten Kameraden – Gerolt von Weißenfels, Maurice von Montfontein und Tarik el-Kharim?«, fragte er mit großer, innerer Anspannung und fürchtete zugleich die Antwort, die Raoul ihm geben würde.

Der Hauptmann zögerte kurz, dann sagte er bedauernd: »Nun, was den Levantiner betrifft, den sich Antoine von Saint-Armand zu seiner rechten Hand erkoren hat, so habe ich Euch nichts Gutes zu berichten. Er ist mit Sicherheit ins Netz der königlichen Häscher geraten. Denn ich habe gestern, bevor ich die Ordensburg verließ, noch kurz mit ihm gesprochen. Er war sehr in Eile und wollte zurück in sein Zimmer, wo irgendeine wichtige Arbeit auf ihn wartete, die ihn seinen eigenen Worten nach bis spät in die Nacht in Anspruch nehmen würde.«

Ja, die vermaledeite Übersetzung des Korans ins Französische, die zu diesem unseligen Streit geführt und unsere Freundschaft bitterlich getrübt hat!, schoss es McIvor kummervoll durch den Kopf, und sogleich fragte er weiter: »Und was ist mit Gerolt und Maurice?«

»Was jenen Hitzkopf angeht, der in all den Jahren, die ich ihn nun schon kenne, nichts von seinem Jähzorn, seiner Streitsucht und seinem Hang zu . . . nun, zu ungehörigen Eigenmächtigkeiten in Bezug auf die hübschen Vertreterinnen des weiblichen Geschlechts verloren zu haben scheint, so weiß ich über seinen Verbleib nichts Genaues«, gab Raoul zur Antwort, und seine Miene verriet dabei, dass er nicht allzu große Sympathien für Maurice von Montfontein hegte. »Ich weiß nur, dass er sich vor einigen Monaten wieder einmal etwas hat zuschulden kommen lassen, ohne jedoch erfahren zu haben, um was genau es dabei gegangen war. Ich weiß nur, dass Bruder Antoine ihn zur Strafe der Burg verwiesen und ihm irgendeine Art von Bußgang auferlegt hat.«

McIvor lachte unwillkürlich auf. Das klang wirklich ganz nach Maurice. »Dann wird er ihn wohl kaum im Habit* des Templers losgeschickt haben, richtig?«, fragte er hoffnungsvoll. Denn das könnte seine Rettung bedeuten.

Raoul nickte. »Ich gehe fest davon aus, denn ein Mann wie Antoine von Saint-Armand lässt einem Ordensbruder, der sich eines Vergehens schuldig gemacht hat, wohl kaum den weißen Ordensmantel für seinen Bußgang!«

»Wenn dem so ist, dürfte sich das als Segen für ihn herausstellen.

---
* Ordenskleid

Und gebe Gott, dass Maurice auch wirklich ohne Clamys losgezogen ist! . . . Und was ist mit Gerolt?«

»Den hat Bruder Antoine im August mit der Aufgabe betraut, bei einer neuen Komturei unseres Ordens vor den Toren von Köln nach dem Rechten zu sehen«, teilte Raoul ihm mit. »Es scheint dort bei größeren Bauprojekten zu finanziellen Unregelmäßigkeiten gekommen sein. Meines Wissens hält er sich noch immer dort auf. Wie diese Komturei jedoch heißt und wo genau sie liegt, das entzieht sich leider meiner Kenntnis. Und das ist schon alles, was ich über Eure alten Freunde aus Akkon sagen kann. Euch vier scheint es in alle vier Winde verstreut zu haben. Beten wir zu Gott, dass der eine oder andere der Verhaftung entkommen ist. Zwar ist die Weisung, jeden Tempelritter gefangen zu nehmen, offenbar in alle Christenländer ergangen. Aber wie ich die eigenwilligen deutschen Fürsten kenne, wird es ihnen gar nicht schmecken, ausgerechnet von Philipp dem Schönen einen solchen Befehl erhalten zu haben, auch wenn er angeblich mit dem Einverständnis des Papstes ausgestellt worden ist. Jedenfalls werden sie sich gewiss Zeit mit seiner Ausführung lassen, und das dürfte für Euren Freund von großem Vorteil sein.«

So sah es auch McIvor. Dass Tarik so gut wie sicher inhaftiert war, traf ihn schmerzlich. Aber für Maurice und vor allem für Gerolt bestand noch Hoffnung. Und er brauchte nicht lange zu überlegen, um zu wissen, was er unverzüglich zu tun hatte, nämlich nach Gerolt suchen!

»Könnt Ihr mir ein gutes, ausgeruhtes Reitpferd besorgen?«

Raoul nickte. »Das ist schnell getan. Aber in Eurer jetzigen Verfassung könnt Ihr Euch unmöglich sofort wieder in den Sattel schwingen!«

»Ein paar Stunden Schlaf werde ich mir wohl schon gönnen müssen, das habt Ihr richtig erkannt«, räumte McIvor widerstrebend ein.

»Aber ich will noch heute aufbrechen, spätestens zur zweiten Mittagsstunde. Ich habe keine Zeit zu verlieren und möchte nicht noch einmal um lausige zwei Stunden zu spät eintreffen, wo es doch um das Leben meiner Freunde und Ordensbrüder geht.«

»Ihr müsst wissen, was Ihr Euch zumuten könnt. Es ist mir überhaupt ein Rätsel, wie Ihr und Eure drei Freunde es bloß schafft, um etliche Jahre jünger auszusehen, als Ihr es in Wirklichkeit seid«, sagte der Hauptmann und bedachte ihn nun mit einem höchst nachdenklichen Blick. »Auch scheint Ihr seit Akkon nicht das Geringste an Kraft und Ausdauer und geradezu jugendlicher Leistungsfähigkeit verloren zu haben. Könnt Ihr mir Euer Geheimnis verraten, wie Ihr das bloß anstellt?« Und scherzhaft fügte er noch hinzu: »Fast könnte man meinen, Ihr alle hättet aus dem Jungbrunnen des ewigen Lebens getrunken!«

Der Schotte schenkte ihm ein entwaffendes Lächeln. »Das ist auch uns wahrlich ein Mysterium, Raoul! Es ist Gott allein, dem wir alles verdanken, was wir sind und was wir vermögen«, antwortete er und log dabei noch nicht einmal. Denn genau so verhielt es sich ja auch. Sie hatten bei ihrer zweiten Weihe zu Gralsrittern im unterirdischen Heiligtum von Akkon ein Mal und dann hier in der Pariser Templerburg zwei Mal aus dem Heiligen Gral getrunken, und damit war ihre Lebensspanne jedes Mal um eine ihnen noch unbekannte Zahl von Jahrzehnten verlängert und damit auch der Prozess ihrer Alterung bedeutend verlangsamt worden, wie Abbé Villard ihnen versichert hatte. Ob sie auch ein Alter von mehr als zweihundert Jahren erreichen würden, so wie es Abbé Villard beschieden gewesen war, wusste keiner von ihnen. Und nach dem, was der Abbé ihnen über die langen Jahrzehnte der Einsamkeit und des steten Verlusts lieber Menschen erzählt hatte, die nicht wie sie aus dem heiligen Kelch getrunken hatten, war das auch nichts, was zu erstreben, sondern allein mit starkem Glauben und völliger Hingabe an ihr heiliges Amt zu ertragen war.

»Aber da ist noch etwas, worum ich Euch bitten muss«, wechselte McIvor geschickt das Thema.

»Nur zu! Sprecht!«

»Traut Ihr es Euch zu, und habt Ihr überhaupt die Möglichkeit, während meiner Abwesenheit in Erfahrung zu bringen, wo genau man Tarik eingekerkert hat?«

»Selbstverständlich traue ich es mir zu!«, erklärte er. »Ich bin zwar in der Normandie geboren, aber hier in Paris aufgewachsen. Und ich werde schon Mittel und Wege finden, an die nötigen Informationen heranzukommen. Kerkerwärter sind eine sehr geschwätzige Bande. Da braucht es nicht viel an Wein oder Bier, um ihnen die Zunge zu lösen! Ich werde mich der Sache annehmen, Ihr habt mein Wort drauf!« Dann bildete sich eine steile Furche auf seiner Stirn, als er begriff, was unausgesprochen in der Frage des Schotten mitschwang. »Ihr habt doch nicht etwa allen Ernstes vor, Euren Freund aus einem königlichen Kerker zu befreien? Es mag ja eine leichte Sache sein, Kerkerknechte zum Reden zu bringen. Aber jemanden aus einem Verließ des Königs herauszuholen, der unter der scharfen Bewachung der Inquisition steht, das dürfte ein unmögliches Vorhaben sein!«

Darüber wollte McIvor jetzt nicht nachdenken. »Mit Gottes Hilfe ist nichts unmöglich, Raoul!«, gab er zur Antwort, leerte den Becher und erhob sich mit einem energischen Ruck. »Aber vertagen wir die Debatte darüber bis zu meiner Rückkehr. Denn zuerst einmal muss ich Gerolt und Maurice finden – koste es, was es wolle! Und der Teufel soll mich holen, wenn ich sie nicht finde, und wenn ich bis ans Ende der Welt reiten muss!«

4

Die auf Hochglanz polierten Helme, Brustpanzer, Schulterplatten, Beinschienen und das dreiteilige Armzeug funkelten im warmen Licht der Herbstsonne, als das Hornsignal ertönte und die beiden Kontrahenten mit eingelegten Lanzen aus Fichtenholz ihren Pferden die Sporen gaben. Rasch wechselten die Ritter aus dem Trab in den Galopp über und nahmen ihren Gegner durch den Sehschlitz in ihrem Helm ins Visier, während sie aufeinander zupreschten. Eine Mittelplanke aus schweren Balken teilte das Kampffeld in zwei Bahnen auf, was verhindern sollte, dass die Pferde miteinander kollidierten.

Von der primitiven Tribüne schallten nun laute Anfeuerungsrufe über das umfriedete Turnierfeld, zu dem die große Wiese direkt hinter dem Marktplatz von Weißenfels an diesem milden Oktobertag geworden war. Gleich dahinter führte ein breiter, steiniger Weg hinauf zur gleichnamigen Burg, die sich auf einer felsigen Hügelkuppe über dem Eifelland erhob.

Markward von Weißenfels, seit einigen Jahren endlich Herr der Burg und eines weiten Umlandes, hielt den Schild mit seinem Wappen in der Linken und die Turnierlanze mit festem, sicherem Griff in der rechten Armbeuge. Mit dem Selbstbewusstsein eines Mannes, der jede Kränkung sofort mit dem Schwert ahndete und in seinem Machtbereich niemanden zu fürchten hatte, hielt er auf seinen Gegner zu. Dies war sein dritter Kampf im Lanzenstechen.

Das Stechen war nach einer langen Reihe von anderen Kampfspielen und Schaureiten der Höhepunkt dieses ersten von ihm veranstalteten Turniers. Das Tjostieren, wie der Zweikampf mit der Lanze genannt wurde, verlangte ein höchst exaktes körperliches Zusammenspiel zwischen Pferd und Reiter, das zum harmlosen, aber doch spektakulären Zersplittern der Lanze führen sollte.

Markward von Weißenfels hegte keinen Zweifel daran, dass er auch diesmal seine Lanze an der Rüstung seines dritten Kontrahenten brechen und ihn womöglich gar aus dem Sattel stoßen würde, so wie es ihm schon bei seinem ersten Stechen gelungen war. Damit würde er nicht nur seinen Ruhm als Ritter mehren, sondern auch die Furcht vor seinem Können als Krieger.

Zwar wusste auch der heranjagende Raimund von Eggerscheid, der sich nun mit ihm beim Tjost messen wollte, eine Lanze trefflich zu führen. Aber der Bursche würde sich hüten, ihn vor seinen Männern und Vasallen zu blamieren, indem er ernsthaft versuchte, ihm die Stirn zu bieten, indem er ihn hinter den Sattel setzte oder ihn gar in den Dreck des Turnierplatzes warf. Dieser Raimund von Eggerscheid wusste aus eigener Erfahrung nur zu gut, was jenen blühte, die Markward von Weißenfels eine Kränkung zufügten oder sich gar gegen seine Herrschaft aufzulehnen wagten. Und Markward bedauerte, dass er jetzt nur mit einer Lanze aus leicht splitterndem Fichtenholz gegen ihn antrat, deren Spitze zudem noch durch einen Aufsatz, das Turnierkrönlein, an Schärfe und Gefährlichkeit verloren hatte. Nur zu gern hätte er dem aufmüpfigen Ritter die scharfe Spitze einer richtigen Lanze aus hartem Eschenholz in den Leib gejagt, um ihn für alle Zeit loszuwerden. Früher oder später musste er ihn sich sowieso vom Hals schaffen, wenn er Ruhe vor ihm und seinen Getreuen haben wollte. Denn Raimund hatte sich ihm im letzten Jahr nur mit knirschenden Zähnen unterworfen, und sicher sann er schon längst darüber nach, wie er das Joch derer von Weißenfels abwerfen konnte. Aber dazu würde er es nicht kommen lassen. Raimund musste bald den Tod finden. Er selbst trat dabei besser gar nicht in Erscheinung, damit daraus nicht noch mehr Hass und Rachsucht gegen ihn erwuchsen. Zudem hatte er für derlei delikate Aufgaben verschwiegene und skrupellose Männer, die diese Arbeit bereitwillig für ihn ausführten, wenn ihnen dafür nur ein Beutel klingender Münzen winkte.

Aber das hatte noch Zeit. Jetzt galt es erst einmal, Raimund von Eggerscheid erneut vor Augen zu führen, wer hier Herr und wer Unterworfener war. Denn nun trennte sie nur noch ein Dutzend Pferdelängen voneinander.

Markward von Weißenfels lachte höhnisch auf, als er sah, wie die Lanze seines Gegners sich scheinbar genau auf seine Brust richtete. Zumindest mochte es von der Tribüne aus so aussehen. Doch in Wirklichkeit war der Winkel zwischen Pferdehals und Lanze viel zu spitz, als dass ihn das Fichtenholz seines Kontrahenten treffen konnte.

Der Bursche kennt seinen Platz! Gut macht er das! Mal sehen, vielleicht lasse ich ihn ja doch am Leben!, fuhr es ihm durch den Kopf und hob sein schlankes Fichtenholz.

Im nächsten Moment trafen die Reiter an der Mittelplanke im Galopp aufeinander. Und während Raimunds Lanze haarscharf an ihm vorbeischoss, brachte Markward seine abgestumpfte Waffe mitten ins Ziel. Sie barst unter lautem Splittern am Brustpanzer seines Kontrahenten. Raimund wankte bedrohlich im Sattel, tat ihm jedoch nicht auch noch den Gefallen, vom Pferd zu stürzen, sondern ließ blitzschnell seine Lanze fallen und hielt sich am hohen Horn seines Turniersattels fest. Und dann waren sie auch schon aneinander vorbei.

Stürmischer Applaus und Gejohle schallten von der Tribüne über den Platz. Markward nahm den Jubel mit Genugtuung und huldvoller Geste entgegen, ließ sein Pferd tänzeln und ritt dann zu seinem jüngeren Bruder Gisebert hinüber, der schon einen mit Wein gefüllten Pokal für ihn bereithielt.

Kaum hatte der Herr von Burg Weißenfels den schweren Helm abgenommen und sich nach dem Weinpokal gebeugt, als Gisebert ihm auch schon zurief: »Du bleibst besser im Sattel, Bruder! Da ist noch ein Ritter, der dich zum Stechen herausgefordert hat!«

Markward zog die buschigen Brauen hoch. »So? Und wer ist es, der jetzt gegen mich antreten will?«

Gisebert zuckte die Achseln. »Keiner hier kennt ihn. Es ist ein durchreisender, französischer Ritter, der von unserem Turnier gehört hat. Er nennt sich Maurice von Montblanc. Es ist dieser Kerl dort drüben, dieser schwarze Ritter!« Und damit wies er hinüber auf das andere Ende der Schranken, wo erst vor wenigen Augenblicken Raimund von Eggerscheid zum Stechen angeritten war.

Markward wandte sich um und sah, dass sein Bruder den fremden Herausforderer wahrlich nicht ohne Grund als »schwarzen Ritter« bezeichnet hatte. Denn der Mann saß nicht nur auf einem schwarzen Pferd, sondern auch der Helm und die sträflich leichte Panzerung von Oberkörper, Schulter und Armen war in einem matten Schwarz gehalten. Dasselbe galt auch für den lederbezogenen, wappenlosen Schild, über dessen Kreidegrund schwarze Farbe aufgetragen worden war.

»Dieser Franzose will gegen mich im Stechen antreten? Nun denn, soll er es versuchen!«, stieß Markward grimmig hervor, wusste er doch, dass seine Ritterehre es ihm verbot, eine solche Herausforderung nicht anzunehmen. »Ich werde ihn in den Staub werfen!« Schnell nahm er einen kräftigen Schluck Wein, packte die neue Fichtenlanze, die Gisebert ihm reichte, und lenkte sein Pferd an den Anfang seiner Kampfbahn.

Augenblicke später verkündete der Herold den Namen des fremden Ritters, der den Herrn von Weißenfels zum Stechen gefordert hatte.

Wieder ertönte das Hornsignal des Bläsers, der damit das Kampffeld für die vierte Tjost des Nachmittags freigab.

Als Markward anritt und sah, dass sein französischer Herausforderer Linkshänder war, lachte er innerlich siegesgewiss auf. Wer bei der Tjost seine Lanze mit der linken Hand führte, musste sie dabei quer über den Hals des Pferdes legen. Das verringerte nicht nur die Reichweite der Waffe beträchtlich, sondern brachte auch beim Aufeinandertreffen erhebliche Nachteile mit sich. Denn wer als Linkshänder von der gegnerischen Lanze getroffen wurde, hatte auch bei einem nicht gänzlich gelungenen, gegnerischen Stoß große Mühe, sich im Sattel zu halten.

»Komm nur! Gleich wirst zu Staub fressen, Franzmann!«, stieß Markward mit grimmiger Vorfreude auf seinen vierten Sieg hervor.

In gestrecktem Galopp jagten die beiden Ritter an der Mittelplanke entlang und aufeinander zu. Dreck und Grasnarben flogen unter den trommelnden Hufen der Pferde in die Luft.

Und dann, wenige Sekunden vor dem Aufeinandertreffen, vollführte der schwarze Ritter ein atemberaubendes Manöver, das Markward einen jähen Schreck einjagte. Von den Zuschauern auf der Tribüne kam ein lauter, erregter Aufschrei, als hätten sich die Stimmen der Menge zu einer einzigen vereint.

Markward konnte nicht glauben, was für ein unglaubliches Kunststück der Franzose so kurz vor ihrem Zusammenprall vollführte. Der schwarze Ritter warf seine Lanze mit der linken Hand in die Luft, als handelte es sich dabei um einen kurzen, leichten Stecken, fing sie mit der rechten Hand auf und legte sie mit einer unglaublich geschmeidigen Bewegung unter der Armbeuge ein. Noch nie in seinem Leben hatte Markward etwas so Kunstfertiges gesehen. Ja, er hatte nicht einmal geahnt, dass ein Reiter im vollen Galopp zu solch einem Manöver überhaupt fähig war! Und hätte man ihm davon erzählt, er hätte es für die dreiste Lüge eines Aufschneiders gehalten.

Der Herr von Burg Weißenfels hatte keine Zeit, sich von seinem Erschrecken zu erholen. Denn im nächsten Moment befanden er und sein Gegner sich auch schon in Reichweite ihrer Lanzen.

Markward verfehlte den Brustpanzer des fremden Ritters um mehrere Handbreiten. Seine Lanze stieß ins Leere. Dagegen fand die Waffe seines Herausforderers ihr Ziel und zersplitterte, wie es eine gelungene Tjost vorsah. Der Stoß jagte ihm einen stechenden Schmerz durch die Brust, und nur mit allergrößter Mühe vermochte er einen Sturz von seinem Pferd zu vermeiden.

Lautes Geschrei, in das sich so manches schadenfrohe Gelächter mischte, schallte von den Brettern der Tribüne über den Turnierplatz. Das war eine Tjost, die ganz nach dem Geschmack der Leute war, vor allem der einfachen Bauern, Knechte und Vasallen des Burgherrn.

Kaum hatte Markward das Gleichgewicht im Sattel wiedergefunden, als wilder Zorn in ihm aufflammte. Er riss sein Pferd herum, stieß sein Visier hoch und brüllte mit lauter, herrischer Stimme über den Platz, dass der fremde Ritter ihn getäuscht und daher auch kein Recht habe, sich als Sieger zu fühlen. Und auf der Stelle fordere er als Revanche ein zweites Stechen mit diesem Herrn Maurice von Montblanc, damit dieser zeigen könne, ob er ihm auch ohne hinterlistige Täuschung gewachsen sei!

Der Burgknecht, der bei dem Turnier die Rolle des Herolds übernommen hatte, griff dann auch sofort zu seinem Horn und blies es schnell zweimal, bevor sich auf der Tribüne Protest erheben konnte. Und damit erklärte er die Tjost für unentschieden. Ein leises Murren war zu vernehmen, aber niemand wagte es, die Richtigkeit dieser Entscheidung laut infrage zu stellen.

Auch der schwarze Ritter erhob keinen Einspruch. Gelassen saß er im Sattel und bedeutete dem Burgherrn und der Menge, dass er gegen ein zweites Stechen nichts einzuwenden hatte, ließ sich eine neue Lanze reichen und führte sein Pferd wieder zurück zum Startpunkt seiner Kampfbahn.

Indessen brachte Markward sein Pferd ganz nahe an das Zelt heran, wo er sich für das Stechen die Rüstung hatte anlegen lassen und wo auch sein Bruder einen Vorrat an Lanzen für die Tjost bereithielt.

»Nicht das verdammte Fichtenholz!«, zischte er Gisebert nun zu, als dieser schon nach einer der gewöhnlichen Turnierlanzen greifen wollte. »Gib mir die Lanze aus Eschenholz! Und komm bloß nicht auf den Gedanken, ein Krönlein auf die Spitze zu setzen!«

Gisebert machte ein erschrockenes Gesicht. »Ja, aber . . .«, begann er.

»Halte mich nicht wie ein jammerndes Weib mit Geschwätz auf!«, fuhr Markward ihm schroff über den Mund. »Nun mach schon! Her mit dem Eschenholz! Hier bin ich Herr, falls du das vergessen haben solltest! Und ich denke nicht daran, mich von einem dahergelaufenen Fremden blamieren zu lassen! Der Schweinehund wird was erleben! Ich werde diesen elenden Franzosen aufspießen wie ein Mastschwein am Schlachttag!«

Schnell tat Gisebert, wie sein herrischer, rachsüchtiger Bruder ihm befohlen hatte, und drückte ihm anstelle einer Fichtenlanze verstohlen eine Lanze aus hartem Eschenholz in die Hand.

Markward sprengte mit der gefährlichen Waffe davon und hielt sie dabei auch noch tief unten am Leib seines Pferdes, damit niemand auf der Tribüne Gelegenheit bekam, einen Blick auf die Lanze zu werfen.

Wieder blies das Horn zur Tjost, und sofort setzten sich die Reiter an beiden Enden der Kampfbahnen, die durch Fahnenstangen mit bunten Bannern markiert waren, in Bewegung.

Diesmal war Markward hellwach und auf der Hut. Ein zweites Mal würde er sich von dem schwarzen Ritter nicht täuschen und um den Sieg bringen lassen! Dieser Maurice von Montblanc mochte noch so gut und trickreich mit der Lanze umzugehen wissen, er würde bei dieser Revanche dennoch den Kürzeren ziehen. Denn die Eschenholzlanze war ein gutes Stück länger als die aus Fichtenholz. Der Franzose würde noch von Glück reden können, wenn er diese Tjost schwer verletzt überlebte. Doch Markward würde alles daransetzen, dass er ihn in wenigen Augenblicken tot im Dreck liegen sah!

Wildes, ungewöhnlich lautes Geschrei begleitete diesmal die kurze Spanne zwischen dem Anritt und dem Aufeinanderprallen der beiden Reiter.

Markward spürte, wie sein Herz schneller schlug, als wollte es sich dem jagenden Rhythmus seines galoppierenden Pferdes anpassen. In seinen Ohren pochte und rauschte das Blut. Die Zähne zusammengebissen und die Augen zu schmalen Schlitzen verengt, trieb er seinem Pferd die Sporen in die Seite. Je höher seine Geschwindigkeit beim Aufeinandertreffen war, dessen tiefer würde sich seine Lanze in den Leib des Franzosen bohren – und desto schwerer würde die Verwundung ausfallen.

Der schwarze Ritter flog ihm entgegen. Diesmal hatte er seine Lanze schon beim Anritt unter der rechten Armbeuge eingelegt. Damit war die Tjost für Markward eigentlich schon entschieden. Doch er irrte.

Als er meinte, dem Franzosen im nächsten Moment die eisenharte Spitze seiner Lanze in den Leib rammen zu können, rutschte dieser nach rechts aus dem Sattel. Für einen winzigen Augenblick hatte es den Anschein, als hätte der Reiter das Gleichgewicht verloren und müsse in der nächsten Sekunde vom Pferd fallen. Doch da knickte das linke Bein des Ritters scharf nach hinten ein, und die Sporen des linken Stiefels verhakten sich an der hohen Rückenlehne des Turniersattels, die dem Reiter beim Aufprall zusätzlichen Halt geben sollte. Gleichzeitig zog der linke Arm den Schild bis fast vor den Helm hoch und streckte sich der Körper des nach rechts aus dem Sattel hängenden Mannes, scheinbar entgegen allen Gesetzen der Schwerkraft. Aus dieser unglaublichen Schieflage, die eine unglaubliche Kraft und Körperbeherrschung verlangte, schoss seine Lanze nach vorn.

Im Bruchteilen von Sekunden begriff Markward, dass seine heimtückische List mit der Lanze aus Eschenholz ihn nicht davor bewahren würde, auch diese zweite Tjost vor aller Augen zu verlieren. Ein Schrei unbändiger Wut entrang sich seiner Kehle, der sogleich in einen brennenden Schmerzes überging, als seine Waffe den Herausforderer weit verfehlte und ihn der Stoß des schwarzen Ritters mit aller Wucht in Höhe des Brustbeines traf. Und es lag so viel Kraft in diesem Lanzenstoß, dass er sich diesmal nicht mehr im Sattel zu halten vermochte. Wie von einem Katapult geschleudert, flog er vom Rücken seines davongaloppierenden Pferdes. Hart schlug er auf dem Boden auf, und für einen Augenblick fürchtete er, das Bewusstsein zu verlieren. Sein Schädel dröhnte, als hätte jemand in ihm einen riesigen Gong mit einer Keule angeschlagen. Nur mühsam wälzte er sich im aufgewühlten Erdreich der Turnierwiese auf den Rücken und stieß mit zitternder Hand das Helmvisier auf.

Im selben Augenblick fiel der Schatten des schwarzen Reiters auf ihn, der nun ebenfalls das Helmvisier nach oben schob und ihm sein Gesicht enthüllte.

Ungläubig starrte Markward von Weißenfels zu ihm hoch. Er wurde bleich wie Kreide, glaubte er doch, ein Gespenst im Sattel des Pferdes sitzen zu sehen. Denn der schwarze Ritter, der sich als Franzose ausgegeben und ihn unter dem Namen Maurice von Montblanc herausgefordert hatte, war sein jüngster Bruder Gerolt, den er seit einer Woche gut verscharrt im Wald bei Manderscheid gewähnt hatte!

»Nein, du hast keinen Geist oder Wiedergänger vor dir!«, stieß Gerolt voller Verachtung hervor, und er ahnte, was in diesem Moment in seinem tyrannischen Bruder vorging. »Dein Meuchelmörder, den du mir letzte Woche nachgeschickt hast, damit er mich mit seiner Armbrust hinterrücks tötet, hat seine Sache schlecht gemacht. Doch ich habe Gnade mit ihm gehabt und ihn nicht nur leben lassen, sondern ihm auch noch ein paar Silberstücke gegeben, damit er dir meinen blutbefleckten Templermantel mit dem angeblichen Einschussloch zum Beweis bringt, dass er mich auch wirklich umgebracht hat. Nun, zumindest diese Aufgabe hat er offenbar gut ausgeführt, wie ich deinem Gesicht entnehmen kann.«

Noch immer sprachlos vor ungläubigem Entsetzen, starrte Markward zu ihm auf. Ihn würgte Übelkeit.

Zorn und Trauer mischten sich jetzt auf Gerolts Gesicht. »Was hast du bloß befürchtet, als ich letzte Woche nach zwanzig Jahren Abwesenheit vor dir stand? Warum hast du mich sofort wie einen räudigen Hund davongejagt? Hast du vielleicht geglaubt, ich wäre gekommen, um irgendwelche Forderungen zu stellen? Wovor, zum Teufel, hattest du solche Angst, dass du mich noch nicht einmal eingelassen, mir eine warme Mahlzeit und ein Gespräch unter Brüdern gegönnt hast?«, verlangte er voller Bitterkeit von ihm zu wissen. »Ich kam mit guten, redlichen Absichten. Nichts weiter als ein Besuch des Ortes meiner Geburt und Jugend sollte es sein. Aber du hast dich in all den Jahren nicht geändert, Markward. Du bist der gewissenlose Lump geblieben, der du schon damals warst!«

Er wartete auf eine Antwort, doch es kam keine. Und als er sah, dass nun Gisebert und mehrere Burgknechte zu ihnen über die Turnierwiese rannten, schloss er seine Anklage hastig mit den verächtlichen Worten: »Dass du ein Tyrann und skrupelloser Burgherr bist, der sich in den letzten beiden Jahrzehnten großen Landbesitz zusammengerafft hat und die Bauern bis aufs Blut ausbeutet, habe ich schon vorher gewusst. Doch ich habe nicht geahnt, dass sich hinter der Maske des selbstherrlichen Burgherrn die große Angst verbirgt, dass sich deine Unterworfenen irgendwann gegen dich erheben und du alles verlierst. Und eines Tages wird es so kommen, auch wenn du mit noch so blutiger Hand dein kleines, elendes Reich zu erhalten versuchst! Ich könnte dich jetzt verfluchen, weil du nicht einmal davor zurückgeschreckt hast, deinen eigenen Bruder umbringen zu lassen. Aber das kann ich mir sparen, denn verflucht bist du wohl schon lange! Und du wirst ernten, was du an Hass gesät hast!«

Damit riss Gerolt sein Pferd herum, gab ihm die Sporen und galoppierte davon. Der nahe Wald hatte ihn schon verschluckt, als Gisebert mit der Schar Burgknechte seinen am Boden liegenden Bruder erreicht hatte.

5

Die dichten dunklen Wälder des hügeligen Eifellandes rund um Burg Weißenfels waren Gerolt auch nach zwanzig Jahren noch immer so vertraut wie zur Zeit seiner Jugend. Nichts prägt sich wohl tiefer in die Seele eines Menschen ein als das, was er in seiner Jugend erlebt, geliebt und erlitten hat. In diesem wogenden Meer mächtiger Wälder und tiefer, geheimnisvoller Seen, die von dunklem Felsgestein umschlossen wurden, hatte er damals Ruhe vor seinem trunksüchtigen, prügelfreudigen Vater und vor seinem Bruder Markward gefunden, der diesen oftmals noch mit seinen Quälereien übertrumpft hatte. Gisebert war nicht viel besser gewesen, aber doch immer nur ein Kuscher und Mitläufer, der getan hatte, was Markward ihm zu tun oder lassen befohlen hatte.

Alle drei, sein Vater und seine Brüder, hatten ihm das Leben jeden Tag aufs Neue schwer gemacht. Und es war richtig gewesen, dass er im Alter von gerade mal vierzehn Jahren davongelaufen war, sich auf eigene Faust bis ins Heilige Land durchgeschlagen hatte und dort dann Knappe eines Templers und schließlich mit achtzehn, nur wenige Monate vor dem Fall von Akkon, selbst zum Tempelritter geschlagen worden war.

Gerolt schwor sich, nie wieder nach Burg Weißenfels zurückzukehren. Dort mochte das Schicksal seinen Lauf nehmen, wie es wolle, es würde ihn nicht mehr interessieren. Und fast reute es ihn, dass er vor einer Woche auf der Rückreise von Köln nach Paris den spontanen

Entschluss gefasst hatte, seinen Brüdern in der Eifel einen kurzen Besuch abzustatten. Wie hatte er bloß so einfältig sein können, zu glauben, Markwards Charakter könne sich in den vergangenen zwanzig Jahren zum Besseren verändert haben?

Gerolt lenkte seine schwarze Stute über die verschlungenen Waldpfade, über denen schon das Dämmerlicht lag. Wenn in einer guten Stunde über den Turnierplatz vor der Burg noch der Schein der Abendsonne fiel, würde hier, so tief im hohen Wald, schon Dunkelheit herrschen.

Gerolts Ziel war eine Lichtung, wo einst ein Köhler seine bescheidene Behausung errichtet hatte. Doch der Mann musste Heim und Arbeit in diesem Wald schon vor Jahren aufgegeben haben und weitergezogen sein. Denn mittlerweile war die Hütte halb in sich zusammengefallen. Unkraut, Dornengestrüpp und allerlei Kleingetier hatten von der Ruine Besitz ergriffen. Kein guter Ort, um die Nacht zu verbringen, was er auch nicht vorhatte. Aber dort erwartete ihn Gebhard Kalden, der Schwiegersohn des Trierer Plattners[*], von dem er sich die leichte Turnierrüstung gegen einen hübschen Batzen Geld ausgeliehen hatte. Der Waffenschmied hatte darauf bestanden, dass Gebhard ihn begleitete, weil er sichergehen wollte, die teure Ausrüstung auch wirklich wiederzusehen. Zudem brauchte Gerolt auch jemanden, der ihm dabei zur Hand ging, die Turnierrüstung mit ihren vielen ledernen Verschnürungen an- und abzulegen.

Während Gerolt sich beeilte, auf dem schnellsten Weg zur Lichtung mit der Köhlerruine zu kommen, beschäftigte ihn unablässig die Frage, warum sein ältester Bruder ihm nach seinem unverhofften Auftauchen auf der Burg Weißenfels nach dem Leben getrachtet hat-

---

[*] Plattner hießen jene Waffenschmiede, die mit großem handwerklichen Können Helme, Brustpanzer (der auch Harnisch oder Kürass genannt wurde), Arm- und Beinzeug sowie andere Teile einer Ritterrüstung herstellten.

te. Nichts, rein gar nichts hatte Markward von ihm zu fürchten gehabt! Das Erbrecht regelte doch eindeutig, dass nur der Älteste Haus und Hof oder Burg und Titel des Vaters erbte. Gerolt hatte als Drittgeborener auf nichts davon Anspruch. Also was hatte Markward bloß dazu getrieben, ihm diesen Meuchelmörder mit der Armbrust nachzuschicken? Hatte er einfach nicht ertragen können, dass er, der stets Unterlegene und Gepeinigte, das fast Unmögliche vollbracht hatte, in den mächtigen Orden der Tempelritter aufgenommen worden zu sein und damit ein Ansehen zu genießen, das sich mit dem seines Bruders nicht messen konnte? Konnten Missgunst und Wut darüber bei ihm so groß gewesen sein, dass er nicht gezögert hatte, seine Ermordung aus dem Hinterhalt in Auftrag zu geben? Er würde die Antwort darauf wohl nie erfahren, denn er gedachte, sich an seinen Schwur zu halten und seinen Fuß nie wieder in diesen Teil des Eifeler Landes zu setzen.

Die Lichtung tauchte vor ihm auf, und mit sichtlicher Erleichterung eilte ihm Gebhard Kalden entgegen, kaum dass er ihn aus dem Saum des Waldes kommen sah. Der kräftige Braune und das gescheckte Packpferd, das die Turnierausrüstung samt Schild und gewöhnlichem Schwert zurück nach Trier tragen würde, warteten schon gesattelt und aufbruchsbereit im langen Schatten der Ruine.

Gebhard war ein junger Mann von schlanker, sehniger Gestalt und mit schmalen Schultern. Auf den ersten Blick traute man es ihm gar nicht zu, dass er den schweren Beruf eines Plattners ausübte. Was ihm noch an grober Muskelkraft fehlte, machte er jedoch durch die Präzision seiner Arbeit und durch Ausdauer mehr als wett, wie sein Schwiegervater versichert hatte.

»Wie ist es gelaufen, Herr?«, wollte er sofort wissen, während er Gerolt aus dem Sattel half und sofort mit flinken Fingern begann, ihn aus seiner Rüstung zu befreien.

»Ich habe zwei Lanzen mit dem Burgherrn gebrochen und ihn bei der zweiten Tjost aus dem Sattel geworfen«, antwortete Gerolt mit einiger Genugtuung.

Gebhard lachte. »Na, das dürfte ihm nicht geschmeckt haben! Habt Ihr denn für Eure Siege auch einen Pokal oder ein hübsches Preisgeld gewonnen?«

»Bei manchen Siegen verliert man mehr, als es zu gewinnen gibt«, antwortete Gerolt rätselhaft, und um weiteren Fragen vorzubeugen, fügte er gleich noch hinzu: »Belassen wir es dabei und sehen wir zu, dass wir noch vor Einbruch der Dunkelheit den nächsten Gasthof erreichen.«

Dem Gesicht des jungen Plattners war deutlich anzusehen, dass er nur zu gern gefragt hätte, was der Tempelritter mit seiner äußerst merkwürdigen Antwort bloß gemeint hatte. Doch er beherrschte seine Neugier. Vielleicht würde der Templer ja später im Gasthof bei einem guten Trunk gesprächiger sein. Und so konzentrierte Gebhard sich darauf, ihm beim Ablegen von Rüstung und Unterzeug zur Hand zu gehen, alles sorgfältig in Tücher zu wickeln und in Säcke verstaut dem Packpferd auf den Rücken zu schnüren.

Gerade wollte Gebhard das Leihschwert in die Lederschlaufe des Pferdes einhängen, als aus dem Wald das laute Geräusch von brechenden, trockenen Ästen zu ihnen auf die Lichtung drang.

Gerolt wusste augenblicklich, was das zu bedeuten hatte. Da schlich sich jemand an die Lichtung heran! Markward hatte ihn verfolgen lassen! Zwar hatte er damit gerechnet, dass sein Bruder versuchen würde, ihn zu stellen und sich für die Demütigung zu rächen. Aber er war sich sicher gewesen, nicht nur einen genügend großen Vorsprung gehabt, sondern auch einen Weg eingeschlagen zu haben, wo sie ihn niemals vermuten würden. Ein fataler Irrtum, der ihn jetzt sein Leben kosten konnte!

»Mach, dass du verschwindest!«, rief Gerolt dem jungen Plattner zu, als im nächsten Moment auch schon sieben Reiter aus dem Unterholz am Waldsaum hervorbrachen, und riss ihm das Leihschwert aus der Hand. »Es geht ihnen nur um mich. Und wenn sie mit mir fertig sind, was sie einige Zeit und Mühe kosten wird, das schwöre ich dir, bist du schon über alle Berge. Rette dein Leben und mach, dass du davonkommst!«

Das ließ sich Gebhard nicht zweimal sagen. Er packte das Führungsseil des Packpferdes, sprang in den Sattel seines Braunen und galoppierte davon.

Gerolt wünschte, er könnte seine göttliche Segensgabe gegen die heranstürmende Reitergruppe einsetzen, zu der auch seine beiden Brüder gehörten, wie er nun sah. Aber er wusste, dass sie sich ihm verweigern würde. Denn ein Gralsritter konnte, mit ganz seltenen Ausnahmen, nur dann über seine magische Kraft verfügen, wenn er sie zur Ausübung seines heiligen Amtes benötigte. Und er hatte seinen Bruder nicht im Dienst als Gralshüter herausgefordert, sondern diese Situation aus Zorn und Eigennutz heraufbeschworen! Damit blieben ihm nur sein Können als Schwertkämpfer und die langjährige Erfahrung eines Tempelritters, der schon viele Schlachten geschlagen hatte. Aber diesmal standen ihm keine Ordensbrüder und schon gar keine Männer wie Maurice, McIvor und Tarik zur Seite. Diesmal stand er allein – und auf verlorenem Posten.

Nein, er machte sich keine Illusionen. Er vergeudete auch keinen Gedanken daran, zu seinem Pferd hinüberzulaufen und sein Heil in der Flucht zu suchen. Er würde ihnen im Wald nicht entkommen. Sie würden ihn jagen, einkreisen und letztlich wie ein Wildschwein bei einer Treibjagd abstechen. Da zog er den Tod in einem aufrechten Kampf und mit dem Schwert in der Hand allemal vor. Und leicht würde er es ihnen, weiß Gott, nicht machen. Sie würden für ihr schändliches Tun einen gehörigen Blutzoll zahlen, dafür würde er sorgen!

Doch kaum hatte Gerolt das Schwert aus der Scheide gerissen und Kampfstellung eingenommen, als Markward seinen Männern zubrüllte: »Vergesst nicht, ich will den Hund lebend! Zehn Silberstücke für den, der ihn zuerst von den Beinen holt! Und wer ihn um sein Leben bringt, bekommt es mit mir persönlich zu tun!«

»Ihr habt gehört, was mein Bruder befohlen hat!«, schrie sofort Gisebert, der ihn schon von Kindesbeinen an sklavisch nachgeäfft hatte. »Wir wollen diesen Betrüger vor den Vogt bringen! Wir haben nämlich erfahren, dass er sich nicht nur Maurice von wer weiß wo nennt, sondern sich auch als unser Bruder ausgegeben hat, der doch längst tot ist. Also los, nehmt ihn in die Zange!«

Du Ratte!, dachte Gerolt zornig. Diese Perfidie passt wirklich zu dir und Markward!

Die Reiter fächerten sich auf der Lichtung auf und begannen, ihn vorsichtig zu umkreisen. Dabei ließen sie die Schwerter stecken und griffen zu den mitgeführten langen Knüppeln. Und da sie vorhin auf dem Turnierplatz gesehen hatten, über welch überragende Geschicklichkeit, Körperbeherrschung und Schnelligkeit er verfügte, wagten sie es nicht, ihm vor das Schwert zu kommen.

Sie verständigten sich durch Zurufe, wollten den Kreis um ihn herum Stück für Stück enger ziehen. Markward achtete dabei mit Argusaugen darauf, dass er nicht ausbrechen und in den Wald flüchten konnte. Und wem immer es gelingen würde, ihm nahe genug für einen Schlag zu kommen, der würde blitzschnell von seinem Prügel Gebrauch machen, bevor ihr Opfer herumfahren und den Knüppel mit einem Schwerthieb abwehren konnte.

Gerolt fluchte, hatte er sich den Kampf nun wirklich anders vorgestellt. Der Ankündigung, ihn vor den Vogt bringen zu wollen, schenkte er keinen Glauben. Das war nichts als eine Lüge, mit der Markward seinen Männern Sand in die Augen streuen wollte. Niemals würde er zulassen, dass ein Richter über ihn zu Gericht saß und ihm Gelegenheit bot, sich von der Anschuldigung reinzuwaschen und zu beweisen, dass er tatsächlich Gerolt von Weißenfels und Tempelritter war. Markward hatte ihm nur einen anderen Tod zugedacht, als hier auf der Lichtung im offenen Schwertkampf zu sterben!

Diesen versuchte Gerolt nun trotzdem zu erzwingen. Doch so verzweifelt er sich auch bemühte, es wollte ihm nicht gelingen. Jedes Mal wichen die zwei, drei Reiter, die ihn von vorn bedrängten, sofort zurück, wenn er sie anzugreifen versuchte. Und dann nutzten die Lumpen in seinem Rücken die Gelegenheit, um ihn ihre Knüppel schmerzhaft spüren zu lassen.

Bald brannten ihm Arme, Schultern und Rücken. Und er begann schon zu taumeln, als einer der Burgknechte seine Chance gekommen sah, sich die versprochenen zehn Silberstücke zu verdienen. Er trieb sein Pferd mit einem Satz voran und schwang seinen Prügel.

Gerolt ahnte den Angriff von hinten mehr, als dass er ihn aus den Augenwinkeln bewusst wahrnahm. Sofort wirbelte er herum und versuchte noch, sich unter dem Schlag wegzuducken. Es gelang ihm jedoch nur zum Teil. Die Keule des Burgknechtes traf ihn noch in der Drehung und krachte über seinem linken Ohr gegen seinen Hinterkopf. Ihm war, als hätte ihm der Mann den Schädel eingeschlagen. Ein glutheißer Schmerz raste durch seinen Kopf zu den Augen und explodierte dort zu einem grellen Lichtblitz, dem schon ein Wimpernschlag später pechschwarze Dunkelheit folgte, als wäre jäh die Finsternis einer mond- und sternenlosen Nacht über die Lichtung gefallen. Bewusstlos stürzte er zu Boden.

6

Als Gerolt stöhnend erwachte, nahm er zuerst die stechenden Schmerzen wahr. Doch es hämmerte nicht nur in seinem Schädel, sondern ihn quälte auch ein wütendes Stechen und Beißen im Nacken, in seinen Armen und in seinen Beinen.

Jemand schlug ihm mit der flachen Hand rechts und links ins Gesicht. Und dann hörte er die höhnische Stimme seines Bruders: »Nun mach schon die Augen auf, Kleiner! Hast dich lange genug ausruhen können! Und ich dachte, ihr Weißmäntel könntet mehr vertragen. Aber vermutlich hat man dich bei denen auch nur genommen, weil eure Sache im Heiligen Land sowieso schon verloren war.«

Nur mit großer Mühe schaffte es Gerolt, die Lider zu heben. Das Bild seines Bruders, der vor ihm hockte, verschwamm anfangs. Doch dann kehrte die Schärfe wieder zurück, und er sah, dass er sich im Burghof befand, der völlig ausgestorben vor ihm lag. Die Nacht war mittlerweile hereingebrochen, und unten im Dorf flossen wohl Wein und Bier in Strömen. Denn von dort drangen schon trunkenes Gelächter und Gejohle, Gesang und die Musik der Spielleute zu ihnen herauf.

Als Nächstes wurde ihm bewusst, dass man ihn auf dem Hof in den Stock geschlagen hatte. Üblicherweise eine Strafe für kleinere Vergehen, an welcher schon ihr Vater Gefallen gefunden hatte. Die Hölzer mit ihren Ausbuchtungen für den Hals sowie für die Hand- und Fußgelenke waren jedoch so stark gespannt, dass der schmerzhafte

Zug schon fast dem einer Streckbank gleichkam. Und als Nächstes spürte er, dass man ihm ein dickes Stück Knebelholz tief in den Mund gepresst hatte. Feste Stoffstreifen, die um seinen Kopf gewickelt und um die Enden des Holzes festgebunden waren, sorgten dafür, dass der Knebel sich nicht lockern konnte.

»Was ist, werter Herr Ritter? Warum auf einmal so schweigsam?«, verhöhnte Markward ihn. Dann schlug er sich auf die Schenkel, als hätte er sich selbst einen überaus köstlichen Witz erzählt. »Teufel auch, da habe ich doch völlig vergessen, dass man dir buchstäblich das Maul gestopft hat! Also gut, dann will eben ich das Reden übernehmen. Ich denke mal, du wirst ein guter Zuhörer sein.«

Hilflos und wehrlos, aber voller Todesverachtung funkelte Gerolt ihn mit kaltem Blick an. Markward würde in seinen Augen keine Angst finden. Vielleicht Schmerz, womöglich irgendwann einmal auch unsägliche Qual, aber niemals Angst oder gar ein Flehen um Gnade!

»Es war ausgesprochen einfältig von dir, dass du versucht hast, mich bei der Tjost bloßzustellen, du dreckiger Bastard!«, fuhr er fort, und unverhüllter Hass loderte dabei in seinen Augen auf. Denn er wusste so gut wie Gerolt, dass dieser es nicht nur versucht hatte, sondern dass es ihm zweimal gelungen war. »Aber dafür wirst du mit deinem Leben bezahlen. Ich habe mir schon etwas ausgedacht, und es wird einige Zeit dauern, bist du deinen letzten Atemzug getan hast. Aber das hat noch etwas Zeit. Und auf das Eingreifen unseres Vogtes brauchst du erst gar nicht zu hoffen. Der kehrt erst Mitte nächster Woche in unseren Bezirk zurück. Wir werden also ausreichend Zeit miteinander verbringen können. Ich hoffe, du freust dich schon darauf. Immerhin haben wir nach zwanzig Jahren, in denen du mir deinen Anblick erspart hast, doch so einiges nachzuholen, findest du nicht auch?« Er grinste ihn voller Verschlagenheit und Bösartigkeit an.

Gerolt versuchte, einen Fluch auszustoßen, doch er brachte nur erstickte, würgende Laut hervor.

»Ja, ich habe dich schon verstanden. Du kannst es so wenig erwarten wie ich. Aber du wirst dich noch etwas gedulden müssen, du Bastard. Denn ich will mir natürlich nicht das große Fest da unten entgehen lassen. Immerhin habe ich es mich einiges kosten lassen, damit das Gesindel sich ordentlich besaufen und sich den Wanst vollschlagen kann. Aber da ich gerade von Bastard gesprochen habe, will ich dir noch etwas mitteilen, womit du dir die langen Stunden des Wartens bis zu meiner Rückkehr vertreiben kannst. Du bist ein dreckiger Bastard, Gerolt! Ja, das bist du! Es war Eike, unser Waffenmeister, der damals unsere Mutter geschwängert und dich gezeugt hat, verflucht sollen sie beide sein. Die Mutter hat es dem Vater auf dem Sterbebett gebeichtet, und er hat es mir anvertraut – leider erst, als du schon auf und davon warst! Ja, so und nicht anders sieht es mit deiner angeblich ritterbürtigen Herkunft aus!«

Gerolt zweifelte nicht einen Augenblick daran, dass Markward die Wahrheit sprach. Er hatte nicht vergessen, wie schwer sein Vater ... sein *Zieh*vater ihrer Mutter das Leben bis zu ihrem viel zu frühen Tod gemacht und wie oft er sie im Suff grün und blau geprügelt hatte. Kein Wunder, dass sie heimlich in den Armen eines anderen Trost und Liebe gesucht hatte. Nie würde er deshalb schlecht von ihr denken. Und ihre Wahl hätte auch auf keinen Besseren fallen können, hatte er Eike doch als gut aussehenden Mann von stattlicher Gestalt, mit vollem, blondem Lockenschopf und einem warmherzigen, einnehmenden Wesen in Erinnerung. Wenn er, Eike, sein leiblicher Vater war, und daran zweifelte er nicht, konnte er nur stolz auf ihn sein!

Im Licht dieser Offenbarung bekam plötzlich vieles in seiner Erinnerung eine völlig neue Bedeutung. Denn sofort erinnerte er sich daran, dass der Waffenmeister an ihm einen Narren gefressen und sich ganz besonders seiner Erziehung angenommen hatte. Eike und nicht sein Ziehvater war es auch gewesen, der ihn mit großer Geduld in das Waffenhandwerk eines Ritters eingeführt und ihm beigebracht hatte, wie man die Stärken und Schwächen eines Gegners erkannte, wie man parierte, Finten schlug, seine Flanken schützte und noch so vieles andere mehr. Auch hatte er sich fast jedes Mal, wenn er, Gerolt, ihn in der Waffenkammer bei der Pflege und Ausbesserung der Schwerter, Spieße, Streitäxte und Lanzen aufgesucht hatte, die Zeit genommen, ihm spannende Geschichten zu erzählen und ihn an all seinem Wissen teilhaben zu lassen. Und nur dank Eikes langjähriger, geduldiger Führung und Ausbildung war er auf seinem weiten, gefährlichen Weg ins Heilige Land und in den ersten Schlachten als Knappe immer wieder dem drohenden Tod entronnen!

Markward schien zu spüren, dass er mit seiner scheinbar vernichtenden Mitteilung bei Gerolt das genaue Gegenteil von dem erreicht hatte, was er beabsichtigt hatte, nämlich Stolz und tiefe Dankbarkeit anstelle von Scham und Bestürzung.

Er spuckte ihn an. »Warte nur, du wirst schon noch von mir bekommen, was ein Bastard wie du verdient hat!«, stieß er hasserfüllt hervor, schlug ihm seine Faust mit aller Kraft ans Kinn und raubte ihm zum zweiten Mal in wenigen Stunden das Bewusstsein.

7

In seiner schmerzerfüllten Benommenheit war ihm, als umhüllte ihn ein dunkler, wabernder Nebel, dessen auf- und abtanzende Schleier eine Vielzahl von Geräuschen mit sich trugen. Aus ihnen drangen Flötentöne hervor, kurze abgerissene Stücke von Melodien, dazu Stimmen. Und dann überlagerte sie auf einmal ein raues Knirschen, das sich nach Sand und kleinen Steinen anhörte, die unter schweren Stiefeln zermalmt wurden. Seine Sinne schärften sich augenblicklich und in Erwartung dessen, was nun kommen musste – nämlich noch mehr Qualen.

Es ist Markward!, ging es Gerolt durch den Kopf. Und in die brennenden Schmerzen, die von seinen Gelenken und seinem Nacken ausgingen und mittlerweile von seinem ganzen Körper Besitz ergriffen hatten, mischte sich ein anderer, viel tiefer gehender Schmerz. Es war der Kummer, dass er seine Kameraden Tarik, Maurice und McIvor nun nicht mehr wiedersehen würde und dass sie auch noch im Streit auseinandergegangen waren. Vertan die Chance, sich auf ihre kostbare Freundschaft und die unverbrüchliche Treue zu besinnen, die sie sich einst in Akkon geschworen hatten, und sich wieder zu versöhnen. Und wie unsinnig und kleinlich der Anlass doch gewesen war, der zu dieser bitteren Auseinandersetzung geführt hatte! Was hatte Maurice und ihn nur geritten, sich dermaßen darüber zu empören, dass Tarik eine Übersetzung des Korans ins Französische niederschreiben wollte? Und auch wenn sie sein Vorhaben für überflüssig hielten, so hatten sie doch kein Recht gehabt, ihm solch heftige Vorwürfe zu machen und ihm indirekt sogar Verrat an der heiligen Mutter Kirche vorzuwerfen. Wie sehr es ihn jetzt reute, dass es wegen einer derart nichtigen Angelegenheit zu einem Zerwürfnis zwischen ihnen gekommen war und jeder von ihnen auf Anraten von Antoine es vorgezogen hatte, fortan erst einmal eigene Wege zu gehen! Sie hätten spätestens ...

Gerolt vermochte den Gedanken nicht mehr zu Ende zu führen, denn in diesem Augenblick zupfte eine Hand an seinem rechten Ohr, und eine Stimme fragte spöttisch: »Meditierst du, Bruder? Oder willst du nur herausfinden, wie lange du es noch im Stock aushältst? Sieht verdammt ungemütlich aus, wenn du mich fragst!«

Die Stimme holte Gerolt jäh aus seinem Zustand schmerzerfüllter Reue. Für einen winzigen Moment fürchtete er, dass ihm seine Sinne einen bösen Streich spielten oder er diese dunkle, raue Stimme nur in seinem Kopf hörte.

Von wilder Hoffnung, zugleich aber auch von der Angst beherrscht, schon unter Halluzinationen zu leiden, riss er die Augen auf – und erblickte zu seiner unbändigen Freude tatsächlich McIvor! Der Schotte saß vor ihm im Schneidersitz, als drohte ihnen nicht die geringste Gefahr. Die linke Hand ruhte auf dem Griff seines schweren Gralsschwertes, das er mit leichtem Druck parallel zum Boden hielt.

Ein breites Grinsen stand auf seinem narbenreichen Gesicht. Dann schüttelte er den Kopf und sagte scheinbar betrübt: »Du bist mir ein guter Freund, Gerolt! Da komme ich endlich einmal nach Burg Weißenfels, wo dann auch noch großartig gefeiert wird und es reichlich zu trinken und zu essen gibt, und was ist? Statt mich gebührend bewirten zu lassen, hockst du hier einsam und verlassen im Stock und hast mir nichts anzubieten! Dabei habe ich immer gedacht, dass bei solch einem Turnierfest der Sieger beim Tjost stets einen Ehrenplatz erhält – und mit ihm seine Freunde. Aber das scheint hier bei Euch in diesem Eifeler Hinterland anders zu sein. Oder kann es sein, dass du deinen ältesten Bruder reichlich unversöhnlich gestimmt hast, als du ihm beim Stechen zwei peinliche Niederlagen beschert hast? Das muss ein reichlich nachtragender Bursche sein, dieser Markward.« Spott funkelte in seinem linken Auge.

Gerolt konnte nicht glauben, dass McIvor nicht sofort damit begonnen hatte, ihn von Stock und Knebel zu befreien, sondern in aller Seelenruhe kostbare Zeit damit vergeudete, sich über seine missliche Lage lustig zu machen. Und er ruckte nun mit dem Kopf, soweit die hölzerne Zange es zuließ, hin und her, verdrehte wild die Augen und stieß grimmige, erstickte Laute aus, um ihm verstehen zu geben, was er jetzt gefälligst zu tun hatte.

»Keine Sorge, von den beiden tumben Torwachen haben wir nichts zu befürchten. Die liegen gut verschnürt wie zwei Rollbraten in der Wachstube des Torhauses«, beruhigte ihn McIvor mit breitem Grinsen, während er nun endlich zu seinem Dolch griff und die Bänder durchtrennte, die den Knebel fest an seinem Platz hielten. »Und der Rest der fröhlichen Bande lässt sich unten im Dorf volllaufen. Also lass es uns gemach angehen. Eile treibt die Kamele nicht, wie der gute Tarik jetzt wohl sagen würde.«

Gerolt rang heftig nach Atem. »Du . . . verrückter . . . Highlander!«, stieß er abgehackt hervor. »Wo hast du bloß . . . dein Hirn gelassen? Das muss in irgendeinem Hochmoor versackt sein! . . . Nun mach schon! . . . Hol mich aus dem Stock! . . . Wir müssen so schnell wie möglich von hier fort!«

»Na, das nenne ich doch wahren freundschaftlichen Dank, der einem so richtig das Herz wärmt! Da trägt man doch gern seine Haut für einen Freund zu Markte!«, zog McIvor ihn mit unbekümmerter

Gelassenheit auf, beeilte sich jetzt jedoch, die dicken Eisenstifte aus ihren Halterungen zu ziehen, um die Hölzer aufklappen und seinen Ordensbruder aus dem Stock befreien zu können.

Gerolt fiel sofort rücklings in den Dreck, weil ihm die Glieder im ersten Moment den Dienst versagten. Mühsam richtete er sich auf und rieb sich die schmerzenden Gelenke. »Ich brauche noch einen Moment, um auf die Beine zu kommen«, murmelte er. »Sieh du indessen zu, dass du mein Pferd im Stall findest und sattelst. Es ist eine schwarze Stute mit einer rautenförmigen Blesse auf der Stirn. Du wirst sie bestimmt schnell finden!«

McIvor deutete eine spöttische Verbeugung an. »Stets gern zu Diensten, mein Herr«, frotzelte er. »Und darf ich Euch auch Euer geweihtes Schwert bringen?«

»Nein, das haben sie mir gottlob nicht abnehmen können. Ich habe es in einer eingefallenen Köhlerhütte im Wald versteckt!«, teilte ihm Gerolt hastig mit. Er hatte seine Waffe dort unter einem Haufen alten Reisigs und verfilzten Gestrüpps zurückgelassen, weil Markward das Schwert mit seinen auffälligen goldenen Enden an Griffstück und Parierstange womöglich wiederkannt und damit sofort gewusst hätte, um wen es sich in Wirklichkeit bei dem schwarzen Ritter handelte, der ihn zur Tjost herausgefordert hatte. »Und nun beeil dich schon . . . *bitte!*«

»Und dort hast du wohl auch deine Clamys zurückgelassen«, sagte McIvor. »Gut, dass wir nicht auch noch unverdächtige Kleidung für dich auftreiben müssen!«

»Wieso sollte ich unverdächtige Kleidung tragen?«, fragte Gerolt verständnislos, und erst jetzt fiel ihm auf, dass der Schotte nicht in den Habit des Tempelritters gekleidet war.

McIvor blieb stehen. »Wenn du das fragst, hast du wohl noch nicht davon erfahren, was der König Philipp unserem Orden angetan hat.«

»Und was sollte das sein?«

»Er hat uns Tempelritter sozusagen für vogelfrei erklärt! Aber davon erzähle ich dir später.«

Fassungslos blickte Gerolt ihm nach, als McIvor nun zum Mietstall eilte, um sein Pferd zu finden und zu satteln. Er konnte nicht glauben, was McIvor soeben gesagt hatte. Das konnte gar nicht sein! So etwas war ein Ding der Unmöglichkeit!

Aber würde der Schotte so etwas Ungeheuerliches sagen, wenn es nicht der Wahrheit entsprach? Und ein schlechter Scherz konnte es nicht sein. Denn nicht einmal betrunken würde sich McIvor, der derben Sprüchen und Scherzen nun wahrlich nicht abgeneigt war, zu solch einer üblen Geschmacklosigkeit hinreißen lassen! Es musste also stimmen.

Als McIvor mit der schwarzen Stute am Zügel wieder aus dem Stall kam, humpelte ihm Gerolt schon entgegen. »Wir Templer sind vogelfrei?«, stieß er verstört hervor und hielt sich am Sattel fest. »Ist das wirklich wahr?« Er klang regelrecht beschwörend, weil in ihm noch ein Funke Hoffnung brannte, dass sich die Behauptung irgendwie doch als unwahr herausstellen würde.

»Es ist die bittere Wahrheit! Der König – auf ewig verflucht soll der Hundesohn sein! – hat befohlen, dass jeder Tempelritter zu ergreifen, einzukerkern und der Inquisition zu übergeben ist, und zwar überall im christlichen Abendland!«, knurrte McIvor und half ihm in den Steigbügel.

»Aber warum?«, fragte Gerolt.

»Weil wir angeblich Ketzer sind, Sodomie betreiben, einen Götzen namens Baphomet anbeten, auf das Kreuz spucken und unseren Erlöser verhöhnen!«, stieß McIvor mit ohnmächtiger Wut hervor. »Aber all das erzähle ich dir gleich in aller Ausführlichkeit. Denn allmählich wird sogar mir hier der Boden zu heiß. Mein Pferd steht dort drüben im Dunkel des Torhauses. Also nehmen wir Abschied von diesem ungastlichen Ort, und sehen wir zu, dass wir dein Gralsschwert holen und dann aus der Gegend verschwinden.«

Niemand rief sie an oder versuchte, sie aufzuhalten. Unbemerkt gelangten sie aus der Burg, schlichen sich im trockenen Graben auf die Rückseite der Befestigungsanlage und befanden sich wenig später im Schutz des finsteren Waldes.

Trotz der nächtlichen Dunkelheit hatte Gerolt schnell den schmalen Weg gefunden, der sie zur Lichtung mit der verfallenen Hütte des Köhlers führen würde. Und nun drängte er seinen Freund, ihm alles zu erzählen, was er über diesen unglaublichen Anschlag des französischen Königs auf ihren Orden und diese empörend absurden, haarsträubenden Anschuldigungen wusste.

McIvor begann seinen zornigen Bericht mit den Ereignissen im Gasthof *A la Rose Noire* und wie er dabei in den Besitz der königlichen Order gelangt war. Erschüttert hörte Gerolt zu, als sein Freund ihm von seinem mörderischen, jedoch leider erfolglosen Ritt nach Paris erzählte und ihn über das informierte, was er dort gesehen und gehört und wen ihm ein glücklicher Zufall gleich hinter dem Templertor über den Weg geführt hatte.

Es freute Gerolt, als er hörte, dass Hauptmann Raoul von Liancourt der landesweiten Verhaftungswelle entkommen war und Unterschlupf bei seinem Neffen gefunden hatte. Doch die Bestürzung, Tarik im Kerker und der Inquisition ausgeliefert zu wissen, überwog alle anderen Gefühle.

»Aber all die Einzelheiten und was uns der König sonst noch anhängen will, kannst du morgen bei Tageslicht schwarz auf weiß nachlesen, falls dir der Sinn danach steht. Mir ist beim Lesen regelrecht übel geworden, speiübel sogar!« Er machte eine kurze Pause. »Was mit Maurice ist und ob auch er sich in Freiheit befindet, weiß ich nicht mit Sicherheit zu sagen«, fügte McIvor am Schluss noch hinzu. »Zumindest besteht Hoffnung, dass es so sein könnte. Denn wie ich von Raoul erfahren habe, hat Antoine ihn der Ordensburg verwiesen und ihm einen längeren Bußgang auferlegt. Und den hat er wohl kaum im Templermantel angetreten!«

Gerolt lachte kurz auf. »Ja, ich weiß davon. Maurice hat sich mal wieder einen bösen Schnitzer erlaubt. Du kennst ihn ja und seine Frauengeschichten. Er kann es einfach nicht lassen, irgendein junges, hübsches Ding mit seinem verdammten Charme zu umgarnen und ein Techtelmechtel anzufangen! Daran hat kein Mönchsgelübde und kein guter Vorsatz etwas ändern können. Der Geist ist willig, doch das Fleisch ist schwach! Ich hoffe nur, er steckt noch immer in diesem Kloster, von dem aus er mir in die Komturei Gravenbruch bei Köln geschrieben hat!«

»Du hast ein Schreiben von ihm erhalten und weißt, wo er steckt?«, stieß McIvor freudig hervor.

Gerolt nickte. »Er hat mir aus einem Benediktinerkloster namens St. Michel geschrieben, das sich in irgendeinem abgelegenen Tal nordöstlich von Metz befindet. Der nächste Ort heißt Bressonville und liegt an einem kleinen Fluss, der Nied heißt, wenn ich seine Klaue richtig entziffert habe. Dieses Kloster soll jedoch ein gutes Stück näher an der Saar als bei Metz sein.«

»Umso besser! Wenn das Wetter nicht umschlägt, können wir das Gebiet nordöstlich von Metz gut in zwei strammen Reittagen erreichen, wenn nicht sogar noch eher! Gebe Gott, dass er noch immer dort ist und niemanden hat wissen lassen, dass unter seinem Bußgewand ein Tempelritter steckt!«

»Ich bin sicher, dass wir ihn dort noch antreffen werden. Es scheint ihm im Gästehaus des Klosters nämlich außerordentlich gut zu gehen«, teilte Gerolt ihm mit. »Die Mönche machen ihm das Leben überaus angenehm und lesen ihm jeden Wunsch von den Augen ab, wie er mich in seinem Brief mit dem ihm eigenen Spott hat wissen lassen. Also von Bußgang und kargem Leben nicht die Spur!«

»Das sieht dem Burschen ähnlich!«

»Er soll übrigens irgendeine Art von Wunder gewirkt haben.«

»Ein Wunder? Maurice, der verdammte Schwerenöter und Hitzkopf?« McIvor machte ein ungläubiges Gesicht. »Was soll das denn für ein Wunder gewesen sein? Hat er vielleicht irgendeiner Dorfdirne wieder zur Jungfräulichkeit verholfen?«, spottete er dann mit seinem Sinn fürs Derbe.

Gerolt zuckte die Achseln. »Was das betrifft, so bin ich aus seinen Zeilen nicht ganz schlau geworden. Jedenfalls wollen ihn die Mönche nicht mehr gehen lassen, insbesondere der Abt. Aber um Genaueres darüber zu erfahren, werden wir ihn schon selber fragen müssen.«

»Tod und Teufel, das werden wir!«

Wenig später erreichten sie die Lichtung mit der verfallenen Hütte. Sie legten jedoch nur eine kurze Rast ein. Gerade lange genug, dass Gerolt vom Pferd springen, sein kostbares Gralsschwert aus dem Versteck holen und es rasch vom Dreck reinigen konnte. Seine Templerkleidung ließ er jedoch wohlweislich dort zurück.

Zu McIvors Verblüffung brachte sein Freund mit dem Schwert auch noch einen dicken, gut armlangen Prügel mit aus der Ruine. Gleich hinter dem mit Lederbändern umwickelten, oberen Griffstück verdickte sich der Prügel aus Eichenholz schon zu mehr als Faststärke, schwoll weiter an und ging an seinem unteren Ende in eine handlange Eisenkappe über.

»Allmächtiger, seit wann schleppst du solch einen unhandlichen Totschläger mit dir herum?«, wunderte sich McIvor. »Der muss ja fast so viel wie ein Bidenhänder wiegen!«

»So ein dicker Prügel kann ganz nützlich sein, aber nicht nur als

Totschläger«, erwiderte Gerolt mit einem Grinsen, klemmte sich das Griffende fest unter den linken Arm, packte die eiserne Kappe – und drehte sie mit einem kraftvollen Ruck in dem darunterliegenden, hölzernen Gewinde auf.

McIvor glaubte, seinen Augen nicht trauen zu dürfen. »Bei allen Heiligen, die Keule ist ja innen hohl und voller Goldstücke!«, stieß er fassungslos hervor. »Wie viele stecken da drin?«

Gerolt lachte. »Es sind genau fünfzig Münzen, Schotte. Und von reinstem Gold!«

»Bei den Trompeten von Jericho, das ist ja ein Vermögen! Wo hast du bloß das viele Gold her?«

»Von dem Schatzmeister der Komturei Gravenbruch. Der Kerl wollte mit dem Gold auf und davon, als ich mir in der Komturei die Rechnungsbücher für die Neubauten kommen ließ. Aber er war nicht schnell genug, und jetzt sitzt er im Gefängnis und wartet auf seine gerechte Strafe«, erklärte Gerolt, während er die Kappe wieder zuschraubte, die goldschwere Keule am Sattelgurt befestigte, sich das Schwertgehänge umhängte und sich dann wieder auf sein Pferd schwang. »Die Idee mit der ausgehöhlten Keule hier ist jedoch nicht auf meinem Mist gewachsen. Die kam vom dortigen Waffenmeister, als ich mir Sorgen machte, wie ich so viel Gold bloß heil nach Paris bringen sollte.«

»Dem Himmel sei Dank für diesen Geldsegen! Der wird uns noch von Nutzen sein, wenn es darum geht, Tarik zu befreien. Denn meine Reisekasse ist so gut wie erschöpft. Und Maurice, wo immer er auch stecken mag, hat bestimmt keinen einzigen Sou mit auf seinen Bußgang bekommen, so wie ich Antoine kenne.«

»Hoffen wir, dass wir Tarik mit dem Gold freibekommen, Eisenauge«, sagte Gerolt, und dann setzten sie auch schon ihren Ritt durch die Nacht fort.

»So, und jetzt bist du an der Reihe, mir zu berichten, was dir auf Burg Weißenfels widerfahren ist!«, forderte der Schotte ihn auf, als sie es endlich wagen konnten, ihre Pferde in einen ruhigen Trab fallen zu lassen. »Du kannst von Glück reden, dass ich kurz entschlossen einen Abstecher dorthin gemacht habe, als man mir in der Komturei sagte, du seiest schon vor einer guten Woche wieder gen Paris aufgebrochen. Gott muss mir die Eingebung in den Kopf gesetzt haben, die ich selbst erst für reine Zeitverschwendung hielt. Denn du hattest doch nie einen Zweifel daran gelassen, dass du niemals wieder auf die Burg deines Vaters zurückkehren wolltest!«

»Der Herr sei gelobt, dass er dich zu mir geführt hat!«, sagte Gerolt mit einem schweren Seufzer. »Wann bist du überhaupt auf Weißenfels eingetroffen?«

»Kurz bevor deine Brüder und ihre Handlanger mit dir, gefesselt und geknebelt, aus dem Wald zurückgekommen sind«, sagte McIvor. »Die Zeit hatte gerade gereicht, um von dem aufgeregten Gerede der Leute über den geheimnisvollen schwarzen Ritter namens Maurice von Montblanc genug aufzuschnappen, um zu wissen, dass nur du dieser Mann sein konntest. Tja, und dann habe ich mich wieder verdrückt und eine Weile abgewartet, bis ich es wagen konnte, auf der Burg nach dir zu suchen. Und alles andere will ich jetzt von dir hören. Du musst ja einige imposante Kunststücke beim Tjost vollführt haben, wenn es stimmt, was ich mitbekommen habe.«

Gerolt winkte verlegen ab. »Es war weniger spektakulär, als du es wohl gehört hast.« Und weil er seinem Freund und Ordensbruder nichts verschweigen wollte, weihte er ihn am Ende seines Berichts auch darin ein, was Markward ihm über seine wahre Herkunft offenbart hatte. »Ich bin also ein Bastard, McIvor, und hätte nie zum Tempelritter geschlagen werden dürfen.«

»Pah!«, machte der Schotte und warf die freie Hand abfällig in die

Luft. »Mach dir nichts draus! Wenn der verfluchte König seinen infamen Willen bekommt, kümmert es sowieso keinen mehr, aus welchem Stall du kommst, weil dann keiner von uns jemals wieder den weißen Mantel tragen wird. Und ritterbürtig oder nicht, du bist nicht eine Unze weniger ein wahrer Templer als ich oder jeder andere, den ich kenne! Aber was noch viel schwerer wiegt, ist, dass du ein geweihter Gralshüter bist! Nie wärst du zu diesem heiligen Amt berufen worden und hättest deine göttliche Segensgabe erhalten, wenn es nicht der Wille des Allmächtigen gewesen wäre. Also vergiss ganz schnell den Unsinn mit dem Bastard und erwähne das Wort erst gar nicht mehr. Es ist so unbedeutend wie der Furz eines Esels!«

Die Worte des Freundes taten Gerolt gut, und es drängte ihn nun, auf ihren unseligen Zwist zu sprechen zu kommen und ihm zu sagen, wie sehr er ihr Zerwürfnis bereute.

»Wir haben uns lange nicht gesehen, McIvor«, begann er und überlegte kurz, wie er fortfahren sollte.

Der Schotte hielt seine Worte für eine indirekte Frage, und bevor Gerolt zu seinem drängenden Anliegen kommen konnte, antwortete ihm McIvor: »Nun ja, Antoine hatte mich nach England geschickt, wie du weißt. Ich sollte in der Tempelburg von London Kontakt mit unserem Ordensbruder Alistair von Galloway aufnehmen, der zu unserer geheimen Bruderschaft der Gralshüter gehört. Leider habe ich ihn verpasst, war er doch nur zwei Tage vor meinem Eintreffen zu einer Reise nach Spanien aufgebrochen. Aber da ich nun schon mal auf der Insel war und Antoine mir deutlich zu verstehen gegeben hatte, dass ich mir mit meiner Rückkehr nach Paris ruhig einige Monate Zeit nehmen sollte, habe ich Ähnliches getan wie du.«

Gerolt wusste sofort, wovon McIvor sprach. »Du bist in deine schottische Heimat gereist, um das Grab deiner geliebten Annot zu besuchen«, sagte er mitfühlend. Ihm und seinen Freunden Maurice und Tarik war die traurige Geschichte durchaus bekannt. Der Schotte hatte sich in seiner Jugend unsterblich in die Tochter eines einfachen Pächters verliebt. Das Mädchen hieß Annot, und er hatte sie durch ihren Freitod im Loch Conneleagh verloren. Malcom, ein adliger Jugendfreund von McIvor, hatte sie aus purer Bösartigkeit geschändet, um diese Verbindung zu hintertreiben. Als McIvor sich in seinem Schmerz und seiner blinden Wut dazu hatte hinreißen lassen, Malcom in einem ungleichen Messerkampf zu töten, war er von seinem Vater verstoßen worden. Nach einigen wüsten Jahren, in denen er auch sein rechtes Auge verloren hatte, war er schließlich zur Besinnung gekommen und hatte das monastische Gelübde der Armut, der Keuschheit und des Gehorsams im Orden der Templer abgelegt, um ein neues Leben zu beginnen und als Kriegermönch für seine Schuld Sühne zu leisten.

»Ja, ich wollte endlich Annots Grab aufsuchen, um dort zu beten und ihr nahe zu sein«, bestätigte McIvor nun. »Aber mir ging es auch darum, meine Mutter wiederzusehen, der ich durch all das, was damals geschehen ist und was ich zu verantworten habe, so großen Kummer bereitet habe. Meine Hoffnung, sie noch lebend anzutreffen, erfüllte sich gottlob auch. Aber sie war dem Tode schon näher als dem Leben. Wie glücklich, ja fast schon erlöst sie war, als ich nach so vielen Jahren plötzlich vor ihr stand.«

»Dem Himmel sei Dank, dass euch das Wiedersehen noch rechtzeitig vergönnt gewesen ist! Und dass dein Vater dir alles verziehen und dich nicht so davongejagt hat, wie es mein ältester Bruder mit mir gemacht hat!«

McIvor schüttelte betrübt den Kopf. »Was das betrifft, irrst du dich, Gerolt. Mein Vater hat mir nichts verziehen, und Malcoms Familie schon erst recht nicht. Ich konnte mich in den Wochen, die meiner Mutter bis zu ihrem Tod noch blieben, nur heimlich und nur spät in der Nacht zu ihr ins Haus schleichen. Und wenn ihr Beichtvater und der alte Stallmeister Gregory, der mich als Kind das Reiten gelehrt hat, nicht zu mir gehalten und sich mit mir verschworen hätten, ich hätte meine todkranke Mutter nicht einmal zu Gesicht bekommen. So jedoch konnten wir viele kostbare Nachtstunden miteinander verbringen, gelobt sei Jesus Christ!«

»In Ewigkeit, amen«, murmelte Gerolt. Und danach schwiegen sie für eine ganze Weile, jeder seinen eigenen Gedanken nachhängend.

Schließlich brach Gerolt das Schweigen. »Da ist noch etwas, das ich mir jetzt unbedingt von der Seele schaffen muss, mein Freund«, sagte er. »Ich schulde dir und Tarik eine Entschuldigung. Denn es erfüllt mich schon lange mit Kummer und Scham, dass wir uns damals wegen Tariks Koranübersetzung in die Haare geraten sind! Ich verstehe es heute überhaupt nicht mehr. Bitte verzeih mir, was ich damals in meinem einfältigen Ärger gesagt habe!«

»Sprich nicht davon, Gerolt! Diese Sache hat auch mich lange bekümmert. Aber es gibt nichts zu verzeihen, denn ich trage dir und Maurice schon längst nichts mehr nach!«, versicherte McIvor sofort. »Wie könnte ich auch, wo ich doch selbst meinen Teil dazu beigesteuert habe, dass es zu dieser Verstimmung zwischen uns gekommen ist. Komm, schlag ein, mein Freund! Füreinander in fester Treue, Gerolt!« Und damit streckte er ihm die Rechte hin.

Freudig und bewegt schlug Gerolt ein. »Ja, füreinander in fester Treue, McIvor!«, wiederholte er feierlich und tauschte mit ihm einen kräftigen und langen Händedruck, der ihre Versöhnung besiegelte.

»Damit soll diese dumme Geschichte ein für alle Mal begraben sein!«, erklärte McIvor energisch. »Es wird auch allerhöchste Zeit, dass wir uns auf das besinnen, was uns unsere Freundschaft und Waffenbrüderschaft als Gralshüter bedeutet – und vor allem auf die schwere Aufgabe, die jetzt vor uns liegt!«

»Ja, wir müssen Tarik aus dem Kerker holen und den Heiligen Gral in unsere Obhut bringen!«

»Und ich weiß nicht, welche von diesen beiden Aufgaben die schwerere sein wird«, knurrte McIvor sorgenvoll. »Aber zuerst mal holen wir unseren wundertätigen Bußgänger Maurice aus diesem Kloster St. Michel!«

8

Maurice hatte allergrößte Mühe, sich seine Verärgerung über den unerwarteten Besuch der drei Männer zu so früher Morgenstunde nicht anmerken zu lassen. Ihren frommen Gruß mit derselben Freundlichkeit zu erwidern kostete ihn einiges an Überwindung und Schauspielkunst.

Mitten aus den schönsten Freuden des Lebens hatten sie ihn gerissen! Die Hitze stand ihm noch im Gesicht. Am liebsten hätte er lauthals geflucht und sie zum Teufel gewünscht. Aber damit hätte er sich eine Blöße gegeben, die seinem höchst angenehmen Aufenthalt in diesem Kloster vermutlich ein jähes Ende bereitet hätte. Und dann wäre ihm wohl nichts anderes übrig geblieben, als sich wieder das kratzige Bußgewand überzuwerfen und bettelnd auf die Landstraße zurückzukehren. Eine Vorstellung, die ihm wenig behagte. Und sie gefiel ihm noch viel weniger, als er an den prachtvollen, sinnesfreudigen Leib von Dauphine Dampierre dachte, die hinter der Tür seines Schlafgemaches das Bett für ihn warm hielt und ihm vor wenigen Augenblicken noch den Himmel auf Erden bereitet hatte.

Bei den drei frühmorgendlichen Besuchern handelte es sich um den Klosteroberen von St. Michel, den Abt Antonius, sowie den Cellerar[*] Pachomius und den Pater Rusticus, der über das Scriptorium[**] des Klosters die Oberaufsicht führte.

---
[*] Kellermeister in einem Kloster
[**] Schreibsaal in Klöstern, wo vor Erfindung des Buchdrucks religiöse und wissenschaftliche Werke durch Abschreiben vervielfältigt wurden

Der Abt Antonius überragte die beiden anderen Mönche mit seiner hageren, hoch aufgeschossenen Gestalt gut um Haupteslänge. Er besaß ein schmales, asketisches Gesicht, das von Altersmüdigkeit und vielfachen Sorgen gezeichnet war. Ein schütterer Haarkranz umschloss seine Mönchstonsur. Der Cellerar Pachomius war hingegen von völlig anderer Statur, nämlich untersetzt und mehr als nur wohlbeleibt. Mondrund war auch sein fleischiges Gesicht mit den lebhaft blitzenden Augen, kurz und dick der Hals und kräftig die Schultern. Was nun die Erscheinung von Pater Rusticus, dem Scriptor, anging, so fiel an ihm zuerst sein eulenartiges Gesicht mit den großen, tief liegenden Augen und den grauen Tränensäcken darunter auf. Er machte den Eindruck, als ob er zu lange bei schlechtem Talglicht am Schreibpult heilige Schriften kopierte. Vom Körperbau her war er eher schmächtig, nur seine großen Füße wollten nicht recht zum Rest seines Körpers passen.

Maurice unterdrückte einen schweren Seufzer und schickte sich mit einem erzwungenen Lächeln in das Unausweichliche, während er den langen Morgenrock aus bernsteinfarbener Seide in der Taille zuknotete. Er hatte ihn sich beim Eintreffen der Männer hastig über den nackten Körper geworfen, weil er in der gebotenen Eile das knöchellange, grauwollene Nachtgewand, mit dem man ihn bedacht hatte, in dem ganzen Durcheinander nicht hatte finden. Welch ein Glück, dass sich vor einiger Zeit ein hoher Prälat in das armselige Kloster verirrt und bei seiner Abreise diesen herrlichen Morgenrock als Geschenk zurückgelassen hatte. Gott allein wusste, was dieser Mann sich dabei gedacht hatte, sich für die ihm erwiesenen Wohltaten mit solch einem unpassenden Kleidungsstück zu bedanken. Aber Maurice war der Letzte, der sich darüber beklagen wollte. Nach den bitterkargen Wochen, die er auf seinem Bußgang hinter sich gebracht hatte, war er dankbar für das gute Leben, das man ihm hier bereitete. Und er fand es auch für seinen Stand als Abkömmling eines hohen, adeligen Geschlechts und als Tempelritter nur angemessen, dass man ihn im Gästehaus des Klosters nicht in einer einfachen Kammer untergebracht, sondern ihm das helle, freundliche Schlafgemach zugewiesen hatte. Und zu diesem gehörte noch ein privater Vorraum, der über einen eigenen Kamin verfügte und mit bequemen Sitzmöbeln ausgestattet war. Und in diesem Vorzimmer stand er jetzt mit seinen frühmorgendlichen Besuchern.

Er wusste, was ihn erwartete, und ihm blieb allein die Hoffnung, dass sich das Gespräch mit dem Abt und seinen beiden Vertrauten nicht wieder bis weit in den Vormittag hinzog. So viel vergeudete Zeit, die er auf angenehmere Weise in seinem Schlafzimmer hätte verbringen können, würde ihn dann bitter reuen.

»Verzeiht, dass Ihr mich noch in diesem Aufzug antrefft«, sagte Maurice nun mit einem um Nachsicht bittenden Lächeln. »Aber ich war so ... so versunken in meiner Hingabe, dass ich darüber völlig die Zeit vergaß – und wohl auch die Tatsache, dass wir uns schon zu dieser Stunde verabredet hatten.«

Abt Antonius warf seinen Begleitern einen bedeutsamen Blick zu. »Sicher habt Ihr die ganze Nacht im Gebet verbracht und Euch keine Ruhe gegönnt«, sagte er dann an Maurice gewandt und bedachte ihn mit einem wohlgefälligen Lächeln. »Ich glaube, Euch ansehen zu können, wie sehr Eure Hingabe an Euren Kräften gezehrt hat.«

Maurice machte eine verlegene Geste. »Ihr kommt der Wahrheit damit sehr nahe, ehrwürdiger Vater Abt«, antwortete er und seufzte. »Manche Nacht verlangt von einem aufrechten Mann alles, was er zu geben hat!«

Pater Rusticus nickte eifrig. »Wie recht Ihr sprecht! Der Teufel schläft nie, und gar vielfältig und heimtückisch sind die Anfechtungen und Einflüsterungen des Bösen, derer ein Mann Gottes sich zu erwehren hat!«, bekräftigte er und schlug hastig das Kreuz, als könnte er selbst ein Lied von derartigen Anfechtungen singen.

»Habe ich es nicht geahnt, dass unser Bruder wohl wieder eine schwere Nacht hinter sich hat und erst einer anständigen Stärkung bedarf, bevor wir uns der hohen, geistlichen Speise zuwenden können?«, meldete sich nun der dicke Cellerar frohlockend. »Nun, ich habe gut dafür gesorgt, dass Euer geschwächter Leib schnell wieder zu neuen Kräften gelangt, auf dass wir unser Gespräch von gestern munter fortsetzen können.« Und wie bestellt, klopfte in diesem Augenblick jemand draußen auf dem Gang an die Tür. »Ah, das wird der Küchenbruder sein!«

Der Cellerar öffnete die Tür, und ein junger Mönch trat zu ihnen ins Zimmer, beladen mit zwei Körben, die reichlich mit guten Speisen gefüllt waren. Darunter befand sich zur großen Freude von Maurice auch ein Krug mit dem besten Wein, den das Kloster zu bieten hatte. Der junge Bruder schürte auch das Feuer im Kamin und legte Holz auf, bevor er sich wieder zurückzog.

Maurice ließ sich nicht lange bitten, sondern nahm am Tisch in einem der bequemen Scherensessel Platz, die mit Polsterkissen versehen waren, und langte kräftig zu. Diese Stärkung konnte er jetzt weiß Gott gut gebrauchen, so ausgehungert wie Dauphine nach dem war, was ein Mann einer leidenschaftlichen Frau an Sinnesfreuden bieten konnte.

»Lasst uns einen Becher mit ihm trinken und auch ein wenig von dem Brot und dem guten Käse essen, Vater Abt!«, schlug der Cellerar vor, dem beim Anblick des Weines und der anderen Köstlichkeiten sichtlich das Wasser im Munde zusammenfloss. »Es gehört sich nicht, einem solch werten Gast beim Essen zuzuschauen und ihn dadurch in Verlegenheit zu bringen.«

»Nun denn, in Gottes Namen!«, brummte der Abt. Ihn lockte offenbar nichts von dem, was auf dem Tisch stand. »Gießt uns einen Becher voll ein, Pachomius!«

Nun wirkte auch der eulengesichtige Rusticus ein wenig aufgemuntert, als der Cellerar flink zwei weitere Becher fast randvoll füllte.

Indessen sah Maurice dem Abt an, dass dieser voller Ungeduld darauf wartete, das Gespräch mit ihm dort wieder aufzunehmen, wo sie es gestern Abend kurz vor der Komplet* abgebrochen hatten. Und nach einigen wenigen Minuten des Anstandes hielt es den Klosteroberen auch nicht länger.

Er räusperte sich. »Esst nur munter weiter!«, fordert er Maurice auf. »Doch erlaubt mir, dass ich noch einmal rekapituliere, wo wir gestern Abend unsere angeregte Disputation leider abbrechen mussten.«

»Wir waren gerade bei Maria und Joseph und der Frage angelangt, wie alt sie eigentlich waren, als sie sich verlobten und den heiligen Bund der Ehe eingingen«, sagte Maurice, griff zum Wein und spülte mit einem ordentlichen Schluck des süffigen Roten ein Stück frisch gebackenes Brot, dick mit Käse belegt, hinunter.

»In der Tat!«, rief der Abt. »Nun, dann lasst mich vorbringen, was ich aus den heiligen Schriften, die ich studieren durfte, gelernt und zu meiner Überzeugung gemacht habe.«

Auffordernd nickte Maurice ihm zu und füllte sich Wein nach.

»Nun, wie schon in der erkenntnisreichen Schrift der *Historia Josephi* nachzulesen ist . . .«, begann Antonius.

»Und das seit gut neunhundert Jahren«, warf Maurice da sofort beiläufig ein.

Das brachte ihm ein anerkennendes Nicken des Abtes ein, und

---

* Abend- und Schlussgebet, das letzte der sieben Stundengebete (Horen) des Tages

auch die beiden anderen Mönche zeigten sich einmal mehr beeindruckt, wie groß das theologische Wissen ihres werten Gastes war. Antonius setzte noch einmal neu an. »Also wie gesagt, in selbiger Schrift wird überzeugend dargelegt, dass Maria zur Zeit ihrer Verlobung wohl im Alter von zwölf Jahren gewesen sei, so wie es eben Sitte im alten Israel war. Heimgeführt hat Joseph sie dann nach dem üblichen Jahr Verlobungszeit. Doch die . . .« Er stockte kurz und räusperte sich noch einmal, bevor er fortfuhr: ». . . die eheliche Gemeinschaft wurde in dem Sinne, wie es unter Eheleuten gemeinhin der Fall ist, zwischen ihnen nie vollzogen.«

»Weil Joseph nach der *Historia Josephi* schon ein Greis von neunzig Jahren war und er längst seine Zeugungskraft verloren hatte«, ergänzte Maurice, der sich in seiner Zeit als Klosternovize einmal durch ebendiese Schrift hatte quälen müssen.

Bei der Erwähnung männlicher Zeugungskraft legte sich eine leichte Röte der Verlegenheit über die knöchernen Wangen des Abtes. »Ja, so muss es sich verhalten haben. Joseph, der Nährvater unseres Heilandes und Erlösers, hat die ersten vierzig Jahre seines Lebens nun mal als Junggeselle gelebt, hat dann geheiratet und war dann neunundvierzig Jahre verehelicht gewesen, so ist es überliefert. Und ein Jahr nach dem Tod seiner Frau hat er dann Maria, die Muttergottes, in sein Haus genommen.«

»Erlaubt mir, dass ich Euch und dem Verfasser dieser Schrift zu widersprechen wage, ehrwürdiger Vater Abt!«, meldete Maurice mit vollem Mund Widerspruch an.

Antonius runzelte die Stirn. Doch alle beugten sich gespannt vor, was ihr Gast nun gegen diese jahrhundertealte Kirchenlehre vorbringen mochte.

»Ich denke mal, uns allen ist klar, was der anonyme Biograf der Heiligen Familie mit seinem Bericht bezweckt hat«, schmeichelte Maurice seinen Zuhörern, insbesondere dem wenig gebildeten Cellerar und auch dem Scriptor. Er hatte nämlich guten Grund zu der Annahme, dass sie mitnichten so genau wussten, worum es dem Verfasser der *Historia Josephi* gegangen war. »Das hohe Alter Josephs sollte ein unschlagbarer Beweis dafür sein, dass seine leibliche Vaterschaft völlig auszuschließen ist und damit Marias Jungfräulichkeit bei ihrer Empfängnis durch den Heiligen Geist über jeden Zweifel erhaben ist.«

»Sicher«, bestätigte Antonius ein wenig verwirrt, während Rusticus und Pachomius sich beeilten, scheinbar wissend zu nicken. »Aber wo ist Euer Einwand?«

Nun begann Maurice, die fromme Legende zu zerpflücken, und er musste an sich halten, um es nicht mit Spott in der Stimme zu tun. »Vordergründig mag es ja sehr hilfreich für einen Prediger sein, einen neunzigjährigen Greis als Marias Ehemann vorweisen zu können, wenn er im Volk den Glauben an ihre jungfäuliche Unberührtheit stärken will. Aber in Wirklichkeit ist solches Reden nur als Erguss eines wahrhaft schlichten Gemüts zu bezeichnen . . .«

Hier zog der Abt scharf die Luft ein.

»Und über die Dummheit hinaus schaden diese törichten Geschichten auch dem Glauben – und sie setzen vor allem Joseph herab!«, fuhr Maurice schnell fort. »Denn was soll an einem Greis von neunzig Jahren so vorbildlich sein?«

Die drei Mönche stutzten.

»Einen Mann, der in so hohem Alter natürlich keine Schwierigkeiten mehr mit seinem Geschlechtstrieb hat, kann man ja wohl schlechterdings glaubhaft als nachzueiferndes Vorbild mannhafter Züchtigkeit darstellen!«, führte Maurice seine Ausführungen weiter, während er sich eine dicke Weintraube nach der anderen in den Mund steckte. »Wirklich Vorbild kann Joseph doch nur dann sein, wenn er sehr wohl noch über Trieb und Zeugungskraft verfügt, diese aber einer heiligen Disziplin unterworfen hat!« Seine Gedanken schweiften kurz zu Dauphine und seiner eigenen diesbezüglichen Schwäche ab. Doch er beruhigte sein schlechtes Gewissen damit, dass er nun mal kein Heiliger wie Joseph war, und verdrängte diese unangenehmen Gedanken rasch wieder. »Mit einem hinfälligen Greis verheiratet gewesen zu sein schädigt auch Marias tugendhaften Ruf! Denn nur ein hartherziges, berechnendes Luder, das auf den schnellen Tod des Ehemannes hofft und schon das Erbe im Auge hat, nimmt einen Neunzigjährigen zum Mann! Deshalb hege ich seit Langem die Überzeugung, dass der heilige Joseph in seinen besten Jahren war, als er sie zur Frau nahm, und dann auf seine Weise den Willen Gottes mit vorbildlich mannhafter Zucht erfüllte!«

Seinen Worten folgte ein kurzes, verblüfftes Schweigen. Und dann redeten die drei Mönche alle auf einmal und mit vor Erregung geröteten Gesichtern.

»Was für eine treffliche Beweisführung! Ihr habt die Dinge ins rechte Licht des Glaubens gerückt!«, lobte der Cellerar.

»Der Herr selbst muss es ihm offenbart haben!«, rief Rusticus begeistert. »So wie der Allmächtige in seiner unermesslichen Güte und Barmherzigkeit durch ihn das Wunder der Rettung gewirkt hat!«

»Ihr seht mich erschüttert und zutiefst beschämt!«, gestand Antonius und griff nach der Hand von Maurice.

»Nicht doch, nicht doch, ehrwürdiger Vater Abt!«, wehrte Maurice scheinbar verlegen ab.

»Fünfzig lange Jahre habe ich in der Gewissheit gelebt, dass es so und nicht anders war, wie es in der *Historia Josephi* berichtet wird. Und nun kommt Ihr und öffnet mir Herz und Augen für die wahre Heiligkeit Mariens und Josephs!« Fast traten dem Abt Tränen in die Augen. »Selten habe ich weisere, tiefgründigere Worte aus studiertem Mund gehört, geschweige denn von einem Mann von Eurer blühenden Jugend!«

»Er ist kein einfacher, bettelnder Pilger!«, verkündete der eulengesichtige Scriptor. »Aber waren wir uns dessen nicht schon vom ersten Tag an sicher?«

Pachomius nickte heftig, sodass sein mehrfach gefalteter Kinnlappen auf und ab wogte. »Ihr sagt es, Bruder Rusticus. Und denkt doch nur, was er uns gleich an unserem ersten Abend über Marias Empfängnis durch das Ohr dargelegt hat! Noch nie ist mir ein Mann der Kirche begegnet, der die häretische Auffassung der Gnostiker, Christus habe seinen Leib in schon vollkommen ausgebildeter Gestalt aus dem Himmel auf die Erde mitgebracht und sich gar nicht mit Marias Fleisch vermischt, so überzeugend in Grund und Boden disputiert! Über welch einen atemberaubenden Reichtum geistlichen Wissens er doch verfügt!«

»Zu viel der Ehre, meine werten Brüder! Nichts von dem, was Ihr mir in Eurer Güte zuschreibt, steht mir zu«, erklärte Maurice. Fast taten ihm die drei Mönche leid und er schämte sich sogar ein wenig seiner Eitelkeit. Es war nicht schwer, diese miserabel ausgebildeten Mönche mit seinem theologischen Wissen in den Schatten zu stellen, wenn man schon von Kindesbeinen an eine exzellente Ausbildung genossen und Zugang zu allen wichtigen theologischen Schriften erhalten hatte. Zudem hatte er auch das Glück gehabt, in der Zeit seines Klosternoviziats in die Hände eines wahrlich hochgelehrten Novizenmeisters geraten zu sein. Dass jener Mann dann auch dafür gesorgt hatte, dass man ihm schon nach weniger als einem Jahr sehr deutlich nahegelegt hatte, die Abtei umgehend zu verlassen, weil er mit seinem hitzigen Temperament und mangelhaften Gehorsam nicht für das strenge monastische Leben hinter Klostermauern geeignet sei, das stand auf einem anderen, weniger rühmlichen Blatt.

Pachomius wollte so viel Bescheidenheit jedoch nicht gelten lassen. »Gebt nur zu, ein studierter Mann der Theologie zu sein! Was wäre es für ein Gewinn für unser Kloster, Euch in unserer Gemeinschaft zu wissen! Einen wie Euch als Prior und Novizenmeister, das würde das Kloster zu neuer Blüte führen!«

»Meine Brüder, sind wir denn nicht alle Pilger auf Gottes Erde, jeder Gläubige auf seine Weise?«, sagte Maurice ausweichend. Insgeheim fühlte er sich jedoch geschmeichelt. Gleich Prior und Novizenmeister in einem! Wenn das nicht ein rasant steiler Aufstieg für einen bettelnden Bußgänger war, als der er nach St. Michel gekommen war!

»Sagt, wo habt Ihr studiert?«, bedrängte ihn der Cellerar und nutzte die allgemeine Aufregung, um sich schnell noch einmal den Becher zu füllen. »Gewiss habt Ihr in Paris an der Sorbonne bei den klügsten Köpfen der Theologie Eure Ausbildung erhalten!«

»Nun ja, meine Jahre in Paris haben mich sehr wohl . . .«

»Seid Ihr geweiht?«, stellte Rusticus schon die nächste Frage.

Maurice nickte mit ernster Miene. »Das bin ich in der Tat. Und der mir die Hand auflegte und mir die höchste Weihe erteilte, die wohl zu vergeben ist, war wahrlich ein Mann, auf dem der Segen Gottes in einem Maße lag, wie es in der Geschichte der Menschheit nur ganz wenigen Sterblichen vergönnt ist.«

»Ihr habt bei einem Heiligen studiert und von ihm die Weihen erhalten?«, stieß der Abt hervor. Seine erwartungsvolle Miene verriet, dass er sich erhoffte, über diesen Mann noch mehr zu erfahren.

Maurice überlegte, ob er es guten Gewissens wagen konnte, Abbé Villard einen Heiligen zu nennen. Doch die Antwort auf die Frage des Abtes blieb ihm erspart. Denn in diesem Moment kam eine größere Reitergruppe im Galopp in den Klosterhof gesprengt, und laute, erregte Stimmen drangen zu ihnen in den Oberstock des Gästehauses herauf.

»Was ist das für ein Lärm?«, rief der Abt sofort, verärgert über die unziemliche Störung unten auf dem Hof, und er befahl dem Cellerar: »Seht nach, wer da gekommen ist und was dieser gottlose Krawall zu bedeuten hat!«

Pachomius erhob sich schwerfällig aus seinem Scherensessel, trat hinüber ans Fenster, das an der Längsseite des Gästehauses zum Hof hinausging und stieß es auf, um einen besseren Blick auf die Reiter zu haben.

»Es ist der Großbauer!«, rief er mit deutlicher Verwunderung in der Stimme. »Aber er wollte doch die ganze Woche über auf der Messe in Metz sein und dort für mich noch so einige Geschäfte erledigen! Er ist in Begleitung von einer Handvoll seiner Knechte. Der Himmel mag wissen, was er bloß . . .«

»Welcher Großbauer?«, unterbrach ihn der Abt äußerst unwirsch. »Wir haben derer mehrere in der Gegend. Also von wem redet Ihr?«

»Von Charles Dampierre, ehrwürdiger Vater!«

9

Maurice verschluckte sich beinahe vor Schreck, als er aus dem Mund des Cellerars den Namen des Großbauern Charles Dampierre hörte, der in zweiter Ehe mit der sinnesfreudigen Dauphine verheiratet war. Zum Teufel, wie konnte es sein, dass er schon Tage früher als erwartet aus Metz zurück war und mit einer Gruppe kräftiger Knechte nach St. Michel geritten kam? Das verhieß nichts Gutes!

Charles Dampierre war ein Klotz von einem Mann, mit dem nicht gut Kirschen essen war, wie er wusste. Dauphine hatte ihm so einige unerquickliche Geschichten über ihn erzählt. Er führte sein großes Anwesen mit harter, strenger Hand und war vom Ehrgeiz zerfressen, noch mehr Land und Vieh zu besitzen. Nichts anderes trieb ihn um. Für die natürlichen Bedürfnisse seiner jungen Frau hatte er dagegen wenig Verständnis und noch viel weniger Zeit. Und was seine ehelichen Pflichten anging, so vernachlässigte er sie in einem geradezu sträflichen Maße. Kein Wunder, dass Dauphine ihm Hörner aufsetzte und sich anderswo suchte, was er ihr verweigerte. Fast konnte man ihn mit dem heiligen Joseph gleichsetzen, auch wenn er mit Dauphine endlich einen Stammhalter, den kleinen Robert, gezeugt hatte.

Jetzt war höchste Eile geboten, wenn er dem drohenden Unheil und den Fäusten des Großbauern noch rechtzeitig entkommen wollte! Gut standen die Chancen dafür nicht. Aber der Teufel sollte ihn holen, wenn er es nicht wenigstens versuchte. Denn was ihn erwartete, wenn der Grobian ihn hier auf frischer Tat mit seiner Frau erwischte, darüber brauchte er nicht erst lange Vermutungen anzustellen. Nicht einmal die Mönche würden ihn vor der gewalttätigen Wut des Großbauern retten können.

Mit einem jähen Satz, der den Abt und den Scriptor erschrocken zusammenfahren ließ, sprang Maurice von seinem Platz auf. Und beinahe hätte er dabei den Tisch umgerissen. Es gelang ihm gerade noch, den schon bedrohlich sich neigenden Weinkrug zu fassen und ihn vor dem Umkippen zu bewahren.

»Was habt Ihr?«, fragte der Abt besorgt.

Maurice verzog das Gesicht zu einem gequälten Lächeln, was ihm angesichts seiner prekären Lage nicht schwerfiel. »Verzeiht meine ungehörige Eile, ehrwürdiger Vater Abt!«, stieß er hastig hervor. »Aber ich sehe mich gezwungen, Euch für eine Weile allein zu lassen. Mich hat nämlich plötzlich ein heftiges Rumoren in den Gedärmen befallen, das mich unverzüglich zurück in mein Schlafgemach und dort auf das Nachtgeschirr zwingt!«

»Nun, derartig drängenden, menschlichen Bedürfnissen gilt es natürlich ohne Verzug Folge zu leisten«, sagte der Abt verständnisvoll.

»Das muss der frische, wohl ein wenig zu fette Käse sein!«, sagte der Scriptor und schüttelte mit ärgerlicher Miene den Kopf. »Dabei habe ich Bruder Jacobus schon mehrmals gesagt . . . .«

Was der eulengesichtige Mönch seinem Mitbruder, der wohl für die Käsezubereitung zuständig war, gesagt hatte, bekam Maurice schon nicht mehr mit. Denn da war er schon hinüber ins Schlafgemach geeilt und hatte die Tür hinter sich geschlossen.

Dass Dauphine das Eintreffen der Reiter nicht liebestrunken verschlafen, sondern die raue Stimme ihres Mannes unter all den anderen unten im Hof erkannt hatte, war offensichtlich. Sie war sofort aus dem Bett gesprungen und hatte zu ihrer Kleidung gegriffen, die vor dem Bett über den Boden verstreut lag. Ihr Untergewand aus gebleichtem Leinen verhüllte schon ihren herrlich geformten Körper mit den üppigen Brüsten, und sie zog sich gerade ihr schwarzes Wollkleid über den Kopf, als Maurice ins Zimmer stürzte und hastig von innen den Eisenriegel vorschob.

Grenzenlose Angst zeichnete ihr herzförmiges Gesicht. Aus ihrem zerzausten kupferfarbenen Haar fielen ihr mehrere Strähnen in die Stirn, und die Lippen ihres sinnlichen Mundes zitterten. »Er wird mich umbringen!«, flüsterte sie voller Entsetzen. »Uns beide wird er umbringen! Ich weiß, wozu er fähig ist!«

»Dazu muss er uns erst mal erwischen!«, gab er leise zurück. »Und noch ist Zeit, um das zu verhindern!«

»Aber nur wie, in Gottes Namen?«

»Es wird deinen Mann und seine Knechte einige Zeit und Mühe kosten, die Tür bei vorgelegtem Riegel aufzubrechen! Und sicher wird der Abt vorher Protest erheben und das zu verhindern suchen. Zudem hat das Zimmer gottlob zwei Türen!«, erinnerte Maurice sie. Und während er sich den seidenen Morgenrock vom nackten Leib riss und sein Bußgewand unter dem Bett hervorzog, fuhr er hastig fort: »Du nimmst diese Tür dort drüben, die hinaus auf die Hinterstiege führt! Sie bringt dich direkt unten zur Seitentür. Von dort bist du mit wenigen schnellen Schritten im Obstgarten. Mit etwas Glück wird dich niemand bemerken. Und dann ist es nicht mehr weit bis zur kleinen Pforte in der Klostermauer, durch die ich dich gestern Nacht hereingelassen habe.«

Dauphine nickte stumm, fasste aber sichtlich wieder Hoffnung.

»Am besten läufst du, so schnell du kannst, zum Haus deiner treuen Schwester, das doch gleich hinter dem kleinen Waldstück liegt, wie du mir erzählt hast. Sie wird dich nicht verraten, sondern bestätigen, dass du die Nacht wieder einmal bei ihr verbracht hast, wo doch bald mit ihrer Niederkunft zu rechnen ist. Vielleicht zerstreut das nicht ganz den bösen Verdacht deines Mannes, aber er wird sich doch zähneknirschend damit zufriedengeben müssen. Denn er hat nichts in der Hand, womit er dir deine Untreue beweisen kann. Du siehst, es kann also noch alles gut ausgehen, wenn du nur schnell bist und nicht die Nerven verlierst! Ich mache mich derweil aus dem Fenster davon und schnappe mir eines der Pferde, während die Kerle hier oben beschäftigt sind.«

»Ja, so werde ich es machen! Gebe Gott, dass ich unbemerkt bis zur Pforte komme, dann ist die größte Gefahr gebannt!«, flüsterte Dauphine und griff zu ihrem großen, schwarzen Tuch, um damit wie in der Nacht ihren Kopf zu verhüllen.

Als Maurice ihr leise die Seitentür öffnete, drückte sie ihm einen letzten Kuss auf die Lippen. »Danke, dass du meinen Sohn vor dem Tod bewahrt hast, Geliebter! Und danke für all das andere Wunderbare!« Und dann huschte sie hinaus in den kurzen Gang, der direkt in die Hinterstiege überging.

Nun hatte auch Maurice keine Zeit mehr zu verlieren. Für einen kurzen Moment war er versucht gewesen, zu den drei Mönchen ins Vorzimmer zurückzukehren, dem Großbauern gleich mit Unschuldsmiene entgegenzutreten und sich empört zu geben, sollte dieser irgendwelche Anschuldigungen gegen ihn vorbringen. Aber das war ein riskantes Spiel, das nur dann aufging, wenn auch wirklich niemand Dauphines Flucht bemerkte. Und so gering die Wahrscheinlichkeit auch sein mochte, dass jemand sie sah und zu fassen bekam, bevor sie durch die Pforte in der Klostermauer ins Freie entkommen konnte, so wollte er doch besser nicht darauf vertrauen und sein Leben nicht unnötig aufs Spiel setzen. Zudem war jetzt sowieso die Zeit kommen, um sich von St. Michel zu verabschieden. Zwar hätte er es lieber auf weniger schäbige Art getan und sich bei Abt Antonius noch gebührend für dessen Gastfreundschaft bedankt, aber leider verwehrten ihm die bedrohlichen Umstände einen solch würdigen Abschied.

Maurice hörte, wie Charles Dampierre und seine Knechte in das Vorzimmer polterten, und beeilte sich, das rückwärtige Fenster zu öffnen. Jetzt galt es, Fersengeld zu geben und sich rasch eines ihrer Pferde zu bemächtigen. Um nicht als Pferdedieb gejagt zu werden, wollte er das Tier, sowie er sich seines Lebens wieder sicher war, irgendeinem Bauern übergeben, damit dieser es zu seinem rechtmäßigen Besitzer zurückbrachte. Er würde einfach behaupten, Charles Dampierre habe es ihm freundlicherweise ausgeliehen und es sei so mit ihm abgesprochen.

Und mit diesem guten Vorsatz raffte er sein langes Bußgewand hoch, stieg aus dem Fenster und kletterte auf das darunterliegende Vordach. Es gehörte zu einem kleinen, später errichteten Anbau, in dem Klostergäste wie Kaufleute mit größeren Gepäckstücken ihr Hab und Gut aufbewahren konnten.

Sein Blick ging dabei sofort nach links, wo sich der Obsthain an der Klostermauer entlangzog und sich in seiner Breite bis fast an das Gästehaus erstreckte. Zu seiner Erleichterung erhaschte er noch einen letzten Blick auf Dauphine, als sie gerade wie ein schwarzer Schatten durch die schmale Pforte in der hohen Umfassungsmauer der Klosteranlage huschte. Gottlob, sie war unbemerkt entkommen! Und in Gedanken wünschte er ihr alles Glück der Welt, obwohl er wusste, dass ihr mit einem Mann wie Charles Dampierre wohl auch in Zukunft wenig davon vergönnt sein würde.

Gerade wollte Maurice den Fensterrahmen loslassen, sein Augenmerk auf das vor ihm liegende Dach richten und sich zum Sprung hinunter in den Hof bereit machen, als ihn von dort eine Stimme anrief und ihn wie unter einem Peitschenhieb zusammenfahren ließ.

»Was soll das werden? Gehst du schlafwandeln, oder hast du noch nie von Türen gehört, Bußgänger?«

10

Um ein Haar hätte Maurice am Fenster den Halt verloren, als er die Stimme hörte und jäh herumfuhr. Er glaubte, seinen Augen nicht trauen zu dürfen, als er unter sich McIvor und Gerolt erblickte. Sie saßen hoch zu Ross und führten in ihrer Mitte ein drittes, gesatteltes Pferd mit sich. Wie ein Spuk erschien ihm dieser Anblick, und doch waren es wirklich seine Kameraden.

»Euch hat der Himmel geschickt!«, stieß er hervor.

»Dessen bin ich mir nicht so sicher, denn da müsste seine Nachsicht mit deinen verfluchten Eskapaden ja geradezu unerschöpflich sein, du elender Schürzenjäger!«, erwiderte McIvor knurrig. »Glaube ja nicht, wir hätten die Frau nicht bemerkt, die sich da eben in aller Eile und Heimlichkeit aus dem Haus gestohlen und sich drüben beim Obstgarten durch die Pforte verdrückt hat! Uns streust du keinen Sand in die Augen, Spitzbart!«

»Um darüber ein ernstes Wort zu reden, ist später noch Zeit genug! Sehen wir erst mal zu, dass wir schnell von hier wegkommen!«, drängte Gerolt und lenkte das dritte Pferd unter die Dachkante. »Und jetzt spring schon, Maurice!«

Mit einem beherzten Satz sprang Maurice und landete zielsicher im Sattel des Pferdes. »Freunde, auf euch ist wirklich Verlass, wenn man dick in der Tinte sitzt! Damit habt ihr eine Menge gut bei mir!«, versicherte er und grinste nun wieder fröhlich in die Runde.

McIvor verzog das Gesicht. »Was du nicht sagst! Wenn man dich so reden hört, könnte man glauben, das hier wäre dein erster übler Ausrutscher!«

»Genug davon!«, rief Gerolt und nahm die Zügel seines Pferdes auf. »Wir sollten schnellstens einige Meilen zwischen uns und die Männern bringen, die Maurice ans Fell wollen!« Damit gab er seiner Stute die Sporen und preschte hinter dem Gästehaus hervor.

Zwei Mönche, die auf der anderen Seite des Hofes gerade aus einer Werkstatt des Wirtschaftstraktes traten, blieben mit offenen Mündern stehen, als sie die drei Reiter im wilden Galopp quer über den Hof kommen sahen. Und dann schlugen sie beide das Kreuz, als hätten sie etwas Erschreckendes gesehen, was einem Mönch eigentlich nicht vor die Augen kommen durfte. McIvor, der hinter Maurice ritt, konnte die Reaktion der Klosterbrüder nur zu gut verstehen. Denn Maurice, dessen grauweißes Bußgewand im Galopp weit hochgerutscht war und seinen Unterleib samt nacktem Hintern entblößte, musste für jeden Mönch ein verstörendes Bild abgeben.

Der kleinwüchsige Portarius, der im Durchgang der breiten Klosterpforte damit beschäftigt war, mit einer Schaufel mehrere noch dampfende Pferdeäpfel zusammenzuschaben, reagierte nicht weniger entsetzt, als die drei Gralshüter auf ihn zujagten. Mit einem spitzen Aufschrei ließ er die Schaufel fallen, sprang zurück und presste sich, als würde er seine Kreuzigung erwarten, mit weit ausgebreiteten Armen an die Mauer. Und im nächsten Moment donnerten sie auch schon mit einem solch wilden Tempo durch den Torweg, dass der Wind in ihrem Rücken seine fleckige Kutte flattern ließ.

»Woher habt ihr das Pferd für mich!«, rief Maurice, während sie an den abgeernteten Feldern von St. Michel vorbeipreschten und sich beeilten, aus dem abgelegenen Tal und auf die Landstraße nach Bressonville zu kommen.

»Redlich bei einem Pferdehändler erstanden!«, rief Gerolt über die Schulter zurück.

Und von McIvor tönte es: »Nicht etwa spitzbübisch requiriert, wie du es vermutlich gemacht hättest!«

Maurice verkniff sich einen Protest. Nach allem, was er sich in St. Michel geleistet hatte und zur nächsten Beichte tragen musste, erschien es ihm klüger, den Mund für eine Weile nicht zu vollzunehmen.

Als sie sich außer Sichtweite der Abtei befanden, legten sie eine kurze Rast ein. Gerolt und McIvor hatten für den Fall, dass Maurice nichts als sein raues Bußgewand bei sich hatte, für die notwendige Kleidung sowie für Stiefel gesorgt. Und an ein solides Schwert für ihn hatten sie auch gedacht.

Als Maurice die schlichten Kleidungsstücke und die ramponierten Stiefel sah, die er nun anziehen sollte, machte er ein verdrossenes Gesicht. »Etwas weniger abgetragen hätten die Sachen schon sein können, Kameraden!«, maulte er. »Ihr hättet mir doch gleich Templersachen aus der nächsten Komturei mitbringen können! Und warum seid ihr bloß ohne eure Clamys gekommen? Sich mit Templern anzulegen, hätte keiner von dem Bauernvolk gewagt!«

»Du irrst, Maurice! Du wärst vielmehr im nächsten Gefängnis gelandet – und wir mit dir. Denn der König hat seit dem 13. Oktober zur allgemeinen Jagd auf uns Templer geblasen!«, teilte Gerolt ihm grimmig ihm mit.

»Du machst wohl einen schlechten Scherz!«, stieß Maurice hervor, jedoch sah er seinem Freund an, dass diesem ganz und gar nicht nach Scherzen zumute war.

»Es ist so, wie Gerolt gesagt hat!«, bestätigte McIvor mit finsterer Miene. »Und jetzt red nicht lange, sondern zieh die Sachen an, und mach, dass du wieder in den Sattel kommst. Die Gefahr ist noch lange nicht gebannt. Später werden wir dir mehr erzählen.«

Maurice war wie vor den Kopf geschlagen, mit bleichem Gesicht fuhr er in die gebrauchten Kleider. Die knappe, ungeheuerliche Mitteilung seiner Freunde war ein Schock, wie er größer nicht hätte sein können. Er brannte darauf, mehr zu erfahren. Denn wie sehr er sich auch den Kopf zermarterte, er fand keinen Grund, der solch ein unglaubliches Vorgehen des Königs gerechtfertigt hätte. Und hatte denn Philipp der Schöne ihrem Ordensgroßmeister Jacques von Molay nicht erst vor wenigen Jahren die große Ehre erwiesen, ihm die Patenschaft über seinen Sohn Robert anzutragen? Doch so groß seine Verstörung und die brennende Unruhe in ihm auch waren, endlich Näheres zu erfahren, er hielt sich an die Weisung seiner Kameraden und unterließ jegliches ungeduldige Nachfragen, auch nicht bei den kurzen Rasten, die sie im Laufe des Tages einlegten.

Erst als ihr wilder Ritt eine knappe Stunde vor Einbruch der Dunkelheit weit hinter Metz in einem ehrbaren Landgasthof endete und sie ihre erschöpften Tiere versorgt hatten, erfuhr Maurice, was sich im Morgengrauen des 13. Oktober in Frankreich zugetragen hatte und welche Anklagen der König gegen den gesamten Templerorden vorbrachte.

Sie konnten in der großen Schankstube ungestört reden, denn auch einige Spielleute verbrachten in diesem Haus die Nacht. Und sie unterhielten die nicht sehr zahlreichen anderen Gäste im vorderen Teil mit ihren Späßen und Spottliedern auf Adel und Kirchenfürsten. Niemand beachtete sie hinten in ihrer Ecke.

Maurice war von all dem, was er da hörte, so erschüttert, wie es auch seine Freunde gewesen waren. Zumal als er von Tariks bitterem Schicksal erfuhr. Und es dauerte lange, bis sie sich von dem Thema lösen konnten und ihnen der Sinn nach anderen Gesprächen stand. Dabei half ihnen der Wein, an dem sie an diesem Abend nicht sparten. Es mochte vieles geben, was sie schwer bedrückte und was sie mit ohnmächtigem Zorn und Bitterkeit zu beklagen hatten. Aber sie verschlossen doch auch nicht die Augen davor, dass sie trotz allem auch etwas zu feiern hatten – nämlich ihre Freiheit und das Glück, wieder zusammengefunden zu haben!

Maurice hatte genug Charakterstärke und Einsicht in seine eigene Schwäche, um gleich bei der ersten passenden Gelegenheit auf den Zwist zwischen ihm und McIvor zu sprechen zu kommen. Zerknirscht gestand er seine unrühmliche Rolle bei diesem unseligen Streit ein und bat McIvor, ihm seine unbedachten Worte in seinem großen schottischen Herzen nachzusehen und ihm die Hand zur Versöhnung zu reichen, was dieser nur zu gern tat. Und damit war die Sache zwischen ihnen aus der Welt geschafft.

Nachdem dann McIvor und Gerolt kurz berichtet hatten, was ihnen seit ihrem letzten Zusammensein so alles widerfahren war, wollten sie nun seine Geschichte hören. Dabei interessierte sie ganz besonders, was es denn mit diesem Wunder auf sich hatte, das er in seinem Schreiben an Gerolt erwähnt hatte, ohne jedoch nähere Einzelheiten preiszugeben.

Maurice zuckte ein wenig verlegen die Achseln. »Nun, diese Geschichte ist auch mir ein wenig rätselhaft, jedoch ist sie schnell erzählt«, begann er. »Es war am späten Nachmittag meines Eintreffens in jenem Kloster, aus dem ich heute ein wenig überstürzt abreisen musste...«

»Ja, und was für eine ›Abreise‹ das war! Nämlich mit flatterndem Bußgewand und nacktem Arsch!«, warf McIvor spöttisch ein.

Maurice zog es vor, nicht darauf einzugehen. Er wusste selbst, was für ein Bild er am Morgen im Hof von St. Michel abgegeben hatte. Es war keines, an das er sich lange zu erinnern wünschte.

»Ich war müde und durstig und hielt deshalb als Erstes auf den nächsten Brunnen zu, um meinen Durst zu stillen«, fuhr er rasch fort.

»Ganz in der Nähe stand ein Fuhrwerk, und sein Besitzer, ein Bauer namens Charles Dampierre, unterhielt sich auf der anderen Seite des Gefährts mit dem Cellerar des Klosters und zwei anderen Mönchen. Keiner von beiden bemerkte indessen, dass der kleine, dreijährige Sohn von Dauphine und Charles . . .«

»Ah, Dauphine heißt also die Schöne, mit der du deinen Bußgang gekrönt hast!«, rief Gerolt und schüttelte den Kopf. Nicht, dass er frei von derartigen Anfechtungen gewesen wäre, aber er war doch stets davor zurückgeschreckt, ihnen nachzugeben. Möglich auch, dass ihm dazu einfach der nötige Mut gefehlt hatte, wie er sich sogleich im Stillen eingestand.

Maurice stieg eine verlegene Röte ins Gesicht, die gewiss nicht vom Wein herrührte. »Manchmal drängt es mich einfach . . .«, begann er, brach jedoch ab. »Ach, was soll ich noch groß darüber reden? Ihr wisst zu gut, dass manches einfach nicht zum Besseren wird, wie sehr man sich auch darum bemüht. Aber lasst mich weitererzählen, Freunde! Ich ging also auf den Brunnen zu und sah zu meinem Erschrecken, dass ein kleiner Junge auf den Brunnenrand geklettert war und nun über die Holzplatte kroch, mit der die Brunnenöffnung abgedeckt war. Ehe ich noch einen Warnruf ausstoßen und das Kind erreichen konnte, barst auch schon das morsche Holz unter dem Jungen, und er fiel in den tiefen Brunnen. Ich stürzte sofort hin und wollte zum Seil greifen, um mich damit in die Tiefe hinabzulassen. Doch der Seilbalken war leer. Und bevor ich mir selbst richtig bewusst wurde, was ich da tat, schwang ich mich auch schon über den Brunnenrand, griff in das Mauerwerk – und fand darin, dank meiner göttlichen Segensgabe als Gralshüter, auch tatsächlich Halt.«

»Tod und Teufel, du hast von deiner Gnadengabe Gebrauch machen können, obwohl die Sache doch gar nichts mit dem Heiligen Gral zu tun hatte?«, stieß McIvor aufgeregt hervor. »Von Antoine haben wir gehört, dass so etwas nur in ganz besonderen Ausnahmefällen möglich sein soll.«

»Jedoch hat er uns leider nicht erklärt, woran solche Ausnahmesituationen zu erkennen sind«, bemerkte Gerolt bedauernd. »Denn das zu wissen wäre mehr als nützlich!«

Maurice nickte. »Ich kann es euch auch nicht sagen, nur dass ich aus einem unerfindlichen Grund in diesem entscheidenden Moment das Gefühl hatte, es einfach zu vermögen. Gott allein weiß, warum ich ausgerechnet in dieser Situation von der Segensgabe Gebrauch machen konnte. Vielleicht weil das kleine Kind sich noch im Zustand völliger Unschuld befand.«

»Oder weil der Allmächtige diesem Jungen in seinem späteren Leben eine ganz besondere Aufgabe zugedacht hat, die irgendwie mit dem Heiligen Gral zu tun hat«, bot Gerolt eine weitere Vermutung an.

»Das also ist das Wunder, das du im Kloster gewirkt hast!«, sagte McIvor mit breitem Grinsen.

»Ja, denn wie der Zufall es wollte, haben zwei der Mönche, unter ihnen der Cellerar, mitbekommen, wie ich mit dem Kind auf dem Arm den Schacht wieder hochgestiegen bin«, führte Maurice seinen Bericht fort. »Zwar lag der Brunnen da schon im Schatten des Abends, aber sie haben doch gesehen, dass ich mich in das Gestein krallen konnte. Natürlich habe ich nach dem Herausklettern sogleich behauptet, überall vorspringende Kanten benutzt und eine besonders große Kraft in meinen Fingern zu haben. Das hat sie jedoch nicht davon abgehalten, sofort von einem Wunder zu sprechen und mich zu nötigen, eine Weile bei ihnen zu bleiben und ihre Gastfreundschaft in Anspruch zu nehmen. Und während Charles Dampierre, dieser grobe Klotz, mehr Zeit darauf verwandt hatte, seinen kleinen Sohn auszuschimpfen und ihm eine Tracht Prügel zu verabreichen, als mir zu danken, war es dann am nächsten Tag seine Frau Dauphine, die mir unter Tränen der Dankbarkeit die Hände geküsst hat.«

»Wenn es doch nur dabei geblieben wäre«, knurrte McIvor. »Aber nein, du musstest natürlich dafür sorgen, dass daraus dann noch ganz andere Küsse und Zuneigungsbeweise wurden!«

»Es war kein Vorsatz, Kameraden! Der Herr ist mein Zeuge!«, beteuerte Maurice sofort aufs Heftigste und führte zu seiner Verteidigung an: »Sie hat mir ihr Herz ausgeschüttet! Sich bei mir ihren Kummer und ihre Einsamkeit von der Seele geredet und mir völlig freiwillig anvertraut, wie sehr ihr Mann sie vernachlässigt und dass er nur seinen Hof und seine Geschäfte im Kopf hat! Da habe ich sie trösten wollen, nichts weiter! Aber dann hat eben eins zum andern geführt!«

McIvor schnaubte. »Ja, mal wieder! Wie das eben so mit dir ist, Maurice. Wenn Tarik jetzt hier mit uns am Tische säße, hätte er sofort einen passenden Spruch für dich parat! So etwas wie ›Lass deine Augen geschlossen, wenn du dein Herz in Sicherheit wissen willst!‹.«

Maurice gab sich beschämt und senkte den Kopf über seinen Becher. Dabei murmelte er etwas vor sich hin, was jedoch keiner verstehen konnte.

»Ich glaube, Tarik würde jetzt etwas ganz anderes dazu einfallen«, griff Gerolt den Hinweis des Schotten auf. »Nämlich ein Spruch wie dieser: ›Ist das Kamel erst einmal davongerannt, taugt auch der beste Strick nichts mehr.‹«

Trocken lachte McIvor auf, denn er verstand sofort, was Gerolt damit sagen wollte. »Recht hast du! Geschehen ist geschehen, und es bringt nichts mehr, wenn wir uns noch länger mit seinem Liebesabenteuer aufhalten. Wir haben wirklich Wichtigeres zu besprechen. Und zwar, was wir nun tun sollen – und was Vorrang hat: Tariks Befreiung oder der Heilige Gral!«

Für einen langen Augenblick legte sich Schweigen über die kleine Runde. Niemand wollte der Erste sein, der sagte, dass der Heilige Gral stets und unter allen Umständen Vorrang haben müsse. Einem jeden von ihnen hätte dieser harte Satz, so richtig er auch sein mochte, wie nach Verrat an ihrem Freund in den Ohren geklungen. Doch jemand musste es sagen, denn ihr heiliges Amt verlangte es, und ausweichen konnten sie dieser Entscheidung nicht.

Es war Gerolt, der es schließlich aussprach. »Der Heilige Gral! Er wird immer vor allem anderen Vorrang haben. Jeder von uns weiß das, auch Tarik. Und ich bin sicher, dass er auch nichts anderes von uns erwartet und uns sogar die Freundschaft aufkündigen würde, wenn wir unser Gelübde als Gralshüter missachten.«

McIvor und Maurice nickten stumm und niedergedrückt.

»Aber obwohl dem so ist, schlage ich dennoch vor, dass wir zuerst Tarik aus dem Kerker holen!«, fuhr Gerolt zur Überraschung seiner Freunde fort und fügte scheinbar paradox hinzu: »Und zwar gerade, *weil* der heilige Kelch Vorrang hat!«

Verständnislos sahen die beiden ihn an.

»Das klingt mir nach der Quadratur des Kreises!«, sagte McIvor mit gerunzelten Brauen. »Das musst du einem einfachen Gemüt aus den schottischen Hochmooren erst einmal erklären.«

»Dabei ist es doch so einsichtig«, versicherte Gerolt. »Der Heilige Gral liegt noch immer in unserer Ordensburg in einem sicheren Versteck, dessen bin ich mir sicher. Und wenn es anders wäre, kämen wir eh zu spät.«

Maurice pflichtete ihm bei. »Bestimmt haben sich die Iskaris längst Zugang zur Ordensburg verschafft und wie wild nach dem heiligen Kelch gesucht. Aber ich glaube nicht, dass sie ihn gefunden haben. Um auf das Versteck zu stoßen, müssten sie den gewaltigen Bau erst Stein für Stein abtragen!«

»Und was ist mit der Folter?«, fragte McIvor leise.

»Nicht ein einziges Wort über Ort und Art des Versteckes wird Antoine und Tarik über die Lippen kommen, und wenn man sie auch noch so bestialisch foltert!«, erklärte Maurice mit felsenfestem Vertrauen in die Standhaftigkeit ihrer Ordensbrüder. »Beide werden eher unter Qualen sterben, als Verrat am Heiligen Gral zu üben! Dafür lege ich meine Hand ins Feuer!«

»Ich auch«, sagte McIvor trocken.

Gerolt nickte. »Gut, darin sind wir uns also einig! Und da der heilige Kelch unser aller Überzeugung nach zurzeit nicht in akuter Gefahr ist, gebieten es doch die Logik und die Verpflichtung, die aus unserer Berufung erwächst, dass wir zuerst Tarik zu befreien versuchen. Denn zu viert können wir mehr zum Schutz des Heiligen Grals bewirken als nur zu dritt. Und jeder von uns weiß aus Erfahrung, was es für einen Unterschied macht, wenn man als Gralshüter einer großen Gefahr und vor allem einer Bande von Iskaris nicht nur zu dritt, sondern zu viert gegenübersteht.«

Und schon im nächsten Moment knallte der Schotte seine behaarte Pranke auf die dicke Holzplatte des Tisches, dass es krachte und die Becher und Weinkrüge auf der Platte tanzten. Die anderen Gäste bekamen jedoch nichts davon mit, lärmten sie doch vorn am Ausschank noch viel lauter.

»So machen wir es!«, rief McIvor mit einem wilden, tatendurstigen Funkeln im Auge. »Beim Schwert des Erzengels Gabriel, wir holen Tarik aus dem Kerker! Los, her mit euren zarten Pfötchen und schlagt ein!«

Maurice klatschte ihm da auch schon seine flache Hand mit ordentlicher Wucht auf den breiten Handrücken, der augenblicklich die von Gerolt folgte. Und ohne dass es einer Absprache zwischen ihnen bedurfte, kam es wie aus einem Mund: »Füreinander in fester Treue!«

Zweiter Teil
Der Vorhof der Hölle

1

In die steinkalte, feuchte Finsternis des Kerkers mischte sich sehr zögerlich ein schwaches Grau. Es war, als schreckte sogar das Licht des neuen Tages davor zurück, in diesen schauerlichen Ort einzudringen und das menschliche Elend und die Qual zu enthüllen, die sich hinter den Gittern der Zellen fanden.

Tarik kauerte in einer Ecke des Kerkers und verfolgte, wie das Tageslicht langsam jenseits der Eisenstäbe über den Dreck des Ganges kroch und dabei über den halb verfaulten Kadaver einer Ratte hinwegglitt. Die Zelle selbst würde es nicht erreichen, nicht einmal zur hellsten Mittagsstunde, wenn die Sonne im Zenit stand. Denn das stinkende Loch, in das man ihn zusammen mit sechs anderen Ordensbrüdern gesperrt hatte, verfügte über keine Öffnung, durch welche Licht fallen konnte.

In diesem grauenvollen Reich der Kerkerwärter und Folterknechte, das diese selber höhnisch den »Vorhof der Hölle« nannten, gab es für die Gefangenen nur die Stunden finsterster Nacht und den Dämmerschein des Tages, der mal heller und mal schwächer ausfiel. Und so erdrückend sie alle die nächtliche Schwärze auch empfanden, so fürchteten sie doch noch viel mehr die lange Zeit des Dämmerscheins während des Tages. Denn in diesen Stunden kamen sie, die königlichen Kommissare und die Inquisitoren der Dominikaner, um sich ihre Opfer zu holen und sie der Folter zu unterziehen. König Philipp wollte Geständnisse sehen, um dem Volk und dem Papst nachträglich die Rechtfertigung schwarz auf weiß vorlegen zu können. Und seine willfährigen Beamten mühten sich gemeinsam mit den Vertretern der Inquisition redlich, ihm diese Geständnisse in reicher Fülle zu verschaffen.

Niemand wusste, zu welcher Stunde die Wärter kamen und wen es dann traf, vor die königlichen Kommissare und die Patres im schwarz-weißen Habit der Dominikanermönche geschleppt und der Folter unterzogen zu werden. Wobei diese unbarmherzigen Männer von Kirche und Krone nie das hässliche Wort Folter in den Mund nahmen. So gnadenlos sie ihre wehrlosen Opfer auch quälten, stets sprachen sie nur von »peinlicher Befragung«. Als hätte das Brennen und Strecken, das Reißen und Sieden, das Zerquetschen und Häuten auch nur im Entferntesten etwas mit einer Befragung zu tun. Ganz zu schweigen vom Wahrheitsgehalt der Antworten, die dabei aus den Gequälten herausgepresst wurden! Bisher hatte es noch keinen aus ihrem Verließ getroffen, aber das Wimmern und Schreien und die verzweifelten Gottesanrufe aus anderen Zellen ließen sie nicht vergessen, dass auch ihre Stunde jederzeit kommen konnte – und kommen würde.

Der Kerker, den Tarik mit seinen Templerbrüdern teilte, war ein quadratischer Raum mit einer gewölbten Decke. Die Wände und das Gitter zum Gang hin maßen jeweils sechs Schritte in der Länge. Der Boden, spärlich bedeckt mit einer Lage Stroh, in dem es von Ungeziefer nur so wimmelte, fiel von der hinteren Wand zum Gitter hin leicht ab. Die Neigung diente dazu, das Ausmisten zu erleichtern, wenn es denn einmal geschah, und damit vor allem der Urin der Gefangenen in die Kloakenrinne abfließen konnte, die gleich hinter dem Gitter in den Steinboden eingelassen war. Denn um ihre Demütigung und ihr Elend noch zu steigern, hatte man ihnen Fäkalienkübel verwehrt, in die sie sich erleichtern konnten. So musste nun jeder möglichst nahe an die Eisenstäbe treten und sich entblößen, wenn er den Drang seiner Blase oder seines Darms nicht länger beherrschen konnte. Und nicht selten machten sich die Wärter einen Spaß daraus, gerade dann mit einer Pechfackel im Gang zu erscheinen und die Erniederigung der einst stolzen Tempelritter mit ihren hämischen Kommentaren zu begleiten.

Tarik fragte sich mit Bangen, wann er wohl an der Reihe sein würde, vor die Inquisition geführt zu werden und im Angesicht der Folterinstrumente Antworten auf die Anschuldigungen geben zu müssen. Würde er dann die nötige Kraft und den Widerstand aufbringen, um trotz aller Schmerzen, die sie ihm zufügten, bei der Wahrheit zu bleiben und kein falsches Geständnis abzulegen? Oder würde er unter der Folter zerbrechen und alles sagen, was die Inquisitoren hören wollten?

Seit ihrer Einkerkerung quälten ihn diese Fragen. Wie ein böses Geschwür wuchs die Angst in ihm, diese Prüfung nicht zu bestehen und jammervoll zu versagen. Und fast wünschte er sich, dass sie ihn endlich holen kamen. Denn dann würde die Ungewissheit ein Ende haben und er wissen, was er an körperlicher Qual zu erdulden vermochte und ob er stark genug war, ihr zu widerstehen – notfalls auch bis zu seinem letzten Atemzug.

Was ihn fast genauso stark beschäftigte, war die Sorge um seine Gefährten Gerolt, Maurice und McIvor sowie die Frage, ob wenigstens sie der Verhaftung entkommen waren. Er klammerte sich an die Hoffnung, dass dem so war. Nicht, weil er sich Rettung von ihnen erhoffte. Wie sollte diese auch möglich sein, so schwer bewacht wie sie waren! Zudem hatte er einige Gesprächsfetzen ihrer Wärter aufgeschnappt und daraus erfahren, dass man alle verhafteten Tempelbrüder über eine Vielzahl von königlichen Gefängnissen und Verließen verteilt hatte, um den Kontakt unter ihnen zu unterbinden. Und was die hohen Würdenträger ihres Ordens anging, so wurden diese sogar in Einzelhaft gehalten. Soweit Tarik wusste, saßen nur einige von ihren Ordensoberen hier bei ihnen in diesem Gefängnis ein, und einer davon war ausgerechnet ihr Großmeister Jacques von Molay.

Nein, was Tarik sich von seinen Freunden erhoffte, war, dass sie, sofern sie dem Netz des Königs entkommen waren, unentdeckt blieben und Mittel und Wege fanden, um den Heiligen Gral vor dem Zugriff der Iskaris zu bewahren. Der Anblick des Judasjüngers an der Seite von Wilhelm von Nogaret hatte ihn am Morgen seiner Verhaftung mit Entsetzen erfüllt und ihm augenblicklich die Gewissheit eingegeben, dass Sjadú und seine teuflische Bande irgendwie ihre Hände im Spiel hatten – und dass hinter dem Anschlag auf ihren Orden das geheime Ziel der Iskaris stand, aus diesem Zustand der Wehrlosigkeit der Templer und der Gralshüter heraus nun endlich den heiligen Kelch an sich bringen zu können.

Wenn doch nur auch Antoine zu den Brüdern gehört hätte, mit denen man ihn in diesen Kerker gesperrt hatte! Dann hätte er ihn fragen können, wie gut der Heilige Gral wirklich in der Ordensburg versteckt war. Und ob sie sicher sein konnten, dass die Suche der Iskaris vergeblich sein würde. Aber zu allem Unglück hatte man sie beim Eintreffen im Gefängnis in verschiedenen Zellen untergebracht. Womöglich hatte man auch Antoine in Isolierhaft genommen. Zwar gehörte er nicht zu den wirklichen hohen Würdenträgern ihres Ordens. Aber als jemand, dem zu seinem geheimen Amt als Gralshüter nach außen hin die Oberaufsicht über alle größeren Bauvorhaben übertragen worden war, nahm er doch einen recht bedeutenden Rang ein. Und der konnte die Inquisitoren sehr gut dazu bewogen haben, auch ihn in Einzelhaft zu nehmen.

Die Gewissheit, dass die Iskaris seit ihrer Verhaftung fieberhaft im Templerbezirk nach dem Heiligen Gral suchten, saß wie ein Dorn in seiner Seele. Es würde sie zweifellos viele Tage intensiver Suche kosten, um alle Gebäude vom Keller bis unter das Dach und in ihnen jeden Raum, jede Kammer, jeden Winkel sorgfältig zu überprüfen und jedes Stück Mauerwerk abzuklopfen, ob dort irgendwo die begehrte Beute zu finden sein würde.

Aber wenn diese Suche erfolglos blieb, worum er zu Gott betete, würde Sjadú dann nicht damit beginnen, in den Gefängnissen nach ihnen, den Gralshütern, zu suchen, um zumindest sie in seine Gewalt zu bringen und sie zu zwingen, das Versteck zu verraten? Und über die Mittel dazu verfügte er! Dabei brauchte er gar nicht zur Folter zu greifen, stand ihm doch die wahrhaft teuflische Wirkung des schwarzen Trankes zur Verfügung.

Gerolt hatte ihnen berichtet, in welch tief liegende Gedanken und Seelengründe die Iskaris bei demjenigen vorzudringen vermochten, der unter dem Einfluss dieser Substanz stand. Und das Tückische daran war noch, dass diese köstlich schmeckende Flüssigkeit kaum von dunklem, edlem Wein zu unterscheiden war! Fast hätte Gerolt damals preisgegeben, wo der Ebenholzwürfel mit dem Heiligen Gral verborgen gewesen war. Sie mussten ihnen also nur dieses diabolische Gebräu eintrichtern und das Unheil würde fast zwangsläufig seinen Lauf nehmen. Deshalb konnte Tarik nur hoffen, dass Antoine den Quell göttlicher Kraft an einen Ort gebracht hatte, der ihm nicht bekannt war. Denn dass es mehrere Verstecke in der Ordensburg gab, davon hatte er ihnen erzählt, ohne jedoch nähere Einzelheiten zu verraten. Aus gutem Grund, wie sich nun zeigte!

Die Gesichter seiner Freunde und das seinige waren dem erhabenen Ersten Knecht des Schwarzen Fürsten und einigen seiner Gefolgsleute von mehreren Begegnungen bekannt. Wann also würde Sjadú hier in diesem Gefängnis auftauchen und auf ihn stoßen?

Tarik versuchte, Trost und Kraft im Gebet zu finden, und nirgends konnte ein Gläubiger auf besseren geistlichen Zuspruch stoßen als im Psalter. Schier unerschöpflich war der Reichtum der Psalmen, in denen man in jeder Situation des Lebens die richtigen Worte fand, die an Gott zu richten waren – auch heftige Worte des Zorns, der verzweifelten Gottverlassenheit und der Anklage, dass der Allmächtige den Menschen in seiner Not scheinbar allein ließ und sich in Schweigen hüllte. Und doch, auch in diesen Versen bitterster Vorwürfe fehlten letztlich nie der Lobpreis Gottes und der unzerstörbare Glaube, bei aller Rätselhaftigkeit seines Waltens auch noch im tiefsten Unglück auf seine grenzenlose Barmherzigkeit und Liebe vertrauen zu dürfen.

Kaum hatte Tarik leise die ersten Psalmenverse gebetet, als polternde Stiefelschritte auf der Treppe zu hören waren, die zur Wachstube der Wärter im Untergeschoss führte. Schlüssel klirrten, dann schepperte ein Gitter, und sogleich riss der gelbliche Schein einer hell lodernden Pechfackel die grauen Schleier des dämmrigen Lichtes im Gang vor ihrem Zellengitter auf.

Tarik fuhr genauso zusammen wie seine sechs Leidensgefährten. Bei ihnen handelte es sich jedoch nicht um Ritter, sondern um Servienten. Diese einfachen, dienenden Brüder im braunen Mantel verrichteten in ihren angestammten Berufen als Handwerker, Stallknechte, Fuhrleute und in vielen anderen Tätigkeiten die alltäglichen Arbeiten im Orden.

Ihnen allen war die Angst anzumerken, dass die Wärter kamen, um einen von ihnen zu holen. Tarik hörte, wie in der anderen Ecke des Kerkers einer der Servienten, ein junger Mann von vielleicht gerade mal achtzehn, neunzehn Jahren, sich würgend übergab. Und auch er, Tarik, spürte Übelkeit in sich aufsteigen.

»Herr, stehe uns bei!«, stieß der Mann, der links von Tarik an der Mauer kauerte, leise und mit zitternder Stimme hervor. Andere nahmen das Stoßgebet mit derselben flehentlichen Inbrunst auf und ließen es fast zu einem Chor der Verzweifelten werden.

Es waren die beiden Wärter Guy Rutebeuf und Hugo Tennard, mit denen sie es zumeist zu tun hatten. Beide Männer waren von bulliger Gestalt und hatten ihren Beruf als Kerkerknechte nicht gerade aus Mitgefühl mit den Gefangenen ergriffen.

Aber während der krummbeinige, knollennasige Guy Rutebeuf doch immer wieder mal so etwas wie einen Funken Mitgefühl erkennen ließ und sich mit obszönen Verhöhnungen sehr zurückhielt, war Hugo Tennard aus einem ganz anderen Holz geschnitzt. Dieser glubschäugige, grobschlächtige Wärter, dem ein ekelerregender Gestank aus seinem Mund mit den völlig verfaulten Zähnen drang, besaß einen bösartigen Charakter. Er ließ keine Gelegenheit ungenutzt, um sie zu verhöhnen, zu demütigen und ihre Angst vor der Folter zu schüren.

»Haben die stolzen Tempelbrüder auch wohl geruht?«, begrüßte er sie an diesem Morgen und steckte die Pechfackel neben dem Gitter in das Eisenrund der dafür vorgesehehenen Halterung. »Ich hoffe doch sehr, dass die Nacht in diesem prächtigen Gemach nicht weniger erquicklich und erholsam war als die bisherigen. Denn mir scheint, dass der Tag für den einen oder anderen von euch recht mühsam sein dürfte. Man verlangt nach euch! Ach was, man brennt förmlich darauf, einen kleinen Plausch mit euch zu halten und dabei das Feuer im Kohlenbecken ordentlich zu schüren.«

»Lass sie, Hugo!«, brummte Guy Rutebeuf, der einen mit Wasser gefüllten Holzeimer heranschleppte und sich unter den anderen Arm einen Brotlaib geklemmt hatte. »Sie haben schon genug an ihrem Elend zu tragen. Da musst du nicht auch noch deinen Senf dazugeben.«

»Nur nicht so zimperlich, mein lieber Rutebeuf!«, gab Tennard spöttisch zurück, sprachen sich die beiden Wärter doch nur mit ihrem Nachnamen an. »Hast du vergessen, dass wir es mit Templern zu tun haben, die sich doch immer für was Besseres gehalten haben? Diese eingebildete Bande verträgt einen harten Stiefel. Die kennt nichts anderes. Und man soll den Schweinen geben, was sie brauchen, sage ich immer.«

»Tu, was du nicht lassen kannst«, brummte Rutebeuf und gab ihm mit einer gelangweilt wirkenden Geste zu verstehen, dass es die Sache nicht wert war, sich darüber in die Haare zu geraten. Und wohl um nicht in Verdacht zu geraten, er hege Sympathien für Ketzer und Götzenanbeter, fuhr er die Gefangenen nun selbst grob an: »Erhebt euch von euren Ärschen, wenn ihr uns kommen seht! Na los, holt euch eure Morgenration ab, ihr Templergesindel! Und her mit den Wasserkannen! Wer nicht spurt, kann Kohldampf schieben und das Schwitzwasser von den Wänden lecken, verstanden?«

Tennard lachte hämisch, als die Inhaftierten sich aufrappelten und zu ihnen ans Gitter kamen. »Recht so, Rutebeuf! Das sind die holden Klänge, zu denen dieses Pack am liebsten tanzt! Wollen doch nicht, dass unser Vorhof der Hölle in Verruf gerät!«

Rutebeuf packte den Holzeimer und goss Wasser in die Blechkannen, die die Gefangenen möglichst tief zwischen die Gitterstäbe pressten, um so viel wie möglich von dem kostbaren Nass aufzufangen. Da der Wärter den Eimer beim Ausgießen jedoch mit einer raschen, völlig achtlosen Bewegung einfach über die ihm hingehaltenen Kannen hinwegzog, ging vieles dabei verloren und ergoss sich in die Abflussrinne. Mit derselben Nachlässigkeit riss er Stücke vom Brotlaib. Und anstatt sie zu verteilen, warf er den Männern die unterschiedlich großen Brocken vor die Brust.

Dem jungen Servienten, der sich beim Poltern der Wärterstiefel übergeben hatte, zitterten die Hände so stark, dass er sein Brotstück nicht zu fassen bekam. Es entglitt ihm und landete außerhalb der Zelle auf dem Gangboden. Sofort ging er in die Knie, streckte seinen rechten Arm durch das Gitter und versuchte, sein Brotstück zu erreichen.

Tennard ließ sich die Gelegenheit nicht entgehen, ihnen einmal mehr seine Macht und Bösartigkeit zu demonstrieren. Sofort vereitelte er den Versuch, indem er dem jungen Mann auf den Unterarm trat und ihn mit brutalem Stiefeldruck am Boden festhielt. Der Servient biss die Zähne zusammen, konnte aber einen erstickten Aufschrei des Schmerzes nicht unterdrücken.

»Zu spät, Bübchen! Hier wird nicht durch das Gitter nachgegriffen wie ein Affe!«, höhnte er. »Das wird dich lehren, das nächste Mal aufmerksamer zu sein!«

Rutebeuf warf ihm einen verdrossenen Blick zu, sagte jedoch nichts. In diesen Zeiten musste man achtgeben, was man sagte und wie es gegen einen ausgelegt werden konnte.

»Wie heißt du, Tollpatsch?«, wollte Tennard von dem Servienten wissen. »Na los, sag uns sofort deinen Namen, oder ich mache Brei aus deiner Hand!«

»Jean-Claude . . . Jean-Claude Arnout«, stieß der junge Ordensbruder gepresst und unter Schmerzen hervor.

Die Augenbrauen des Wärters hoben sich. »Was höre ich da? Jean-Claude Arnout?«, wiederholte er den Namen genüsslich und schnalzte mit der Zunge. »Der ist mir doch soeben erst zu Ohren gekommen!«

Und damit wandte er sich Rutebeuf zu. »Was ist, kommt er dir nicht auch bekannt vor, mein Bester? Mir war so, als hätte ich eben diesen Namen gehört, als der Kerkerobermeister die Liste jener Auserwählten verlesen hat, die heute eine Verabredung mit der Inquisition haben. Ist es nicht so, Rutebeuf?«

Dieser nickte und bestätigte lustlos: »Ja, der Name Jean-Claude Arnout ist gefallen. Er steht auf der Liste.«

»Nein!«, schrie der junge Servient entsetzt auf und bettelte völlig sinnlos: »Bitte, nicht! ... Verschont mich! ... Lasst mich hier, meinetwegen auch bis zu meinem Tod! ... Was kann ich denn schon wissen? Ich bin doch nur ein Servient! Der Geringste und Unbedeutendste von allen! Gerade erst ein halbes Jahr bin ich Ordensbruder!«

»Genau das wird es wohl sein, was dich Flaumbärtchen für die Herren der Inquisition so interessant macht«, sagte Tennard ungerührt. »Nach einem halben Jahr wirst du sicherlich noch nicht vergessen haben, was für schändliche Zeremonien ihr bei eurer Aufnahme in den Orden vollzieht.«

»Aber doch nicht wir einfachen Servienten!«, schrie Jean-Claude Arnout in panischer Angst.

»Halt das Maul!«, herrschte Tennard ihn an, löste das Schlüsselbund von seinem Gürtel und warf es Rutebeuf zu. »Wir nehmen ihn gleich mit. Das erspart uns einen Gang. Schließ du auf und sorg dafür, dass sich die Bande bis ganz nach hinten an die Wand verzieht!«

Stumm tat Rutebeuf wie ihm geheißen.

Jean-Claude Arnout schrie, bettelte, wand sich unter dem unerbittlichen Stiefel Tennards, trat wild um sich und umklammerte mit der freien Hand in verzweifelter Todesangst einen der Gitterstäbe. Doch nichts davon bewahrte ihn vor dem Schicksal, das die Inquisition ihm zugedacht hatte. Halb betäubt von Faustschlägen und einem Tritt an den Kopf, den Tennard ihm schließlich versetzte, wurde er vom Gitter weggerissen und von Rutebeuf hinaus auf den Gang geschleift. Seine Schreie hallten noch lange in dem Gewirr der düsteren Gänge und Treppen nach, bis eine dicke, zufallende Bohlentür sie endlich jäh abschnitt.

Stunde um Stunde warteten Tarik und seine Mitgefangenen darauf, dass die Wärter Jean-Claude Arnout zurückbrachten. Sie wagten jedoch nicht, darüber zu reden, was jetzt mit ihm geschah. Auch nicht über irgendetwas anderes. Worüber hätten sie auch guten Gewissens reden können? Jedes Gespräch, das nicht um die Inquisition kreiste, wäre ihnen taktlos und schäbig vorgekommen. Was ihnen blieb, war die Flucht in Gebete und Litaneien, deren betäubender, gedankenauslöschender Monotonie sie sich dankbar auslieferten.

Jean-Claude Arnout kehrte nicht wieder zu ihnen zurück. Was mit ihm geschehen war, erfuhren sie am Abend aus einem kurzen Wortwechsel zwischen Rutebeuf und Tennard, als diese die karge Abendration brachten, die wie am Morgen nur aus etwas Brot und Wasser bestand.

»Das hat man davon, wenn man gleich mehrere Befragungen vornimmt, aber nicht genug erfahrene Folterknechte hat, die ihr Handwerk verstehen!«, hörten sie Tennard sagen, als er mit Rutebeuf die Treppe heraufkam.

»Das muss wirklich ein Anfänger gewesen sein!«

»Und was für einer! Ein elender Schlächter war das, der sich nur aufs Abstechen versteht! Das hätte selbst ich besser gekonnt! Lässt diesen Jammerlappen Arnout schon nach einer lausigen Stunde der Tortur unter seinen Pfuscherhänden krepieren!«, erregte sich Tennard. »Zum Teufel jagen müsste man so einen Stümper!«

Worauf Rutebeuf ihm prophezeite: »Und ich sage dir: So wie der junge Kerl nicht der erste Templerhund gewesen ist, den diese eilig zusammengetrommelten Nichtskönner von Folterknechten schneller zu Tode gebracht haben, als die Inquisition ihre Fragen stellen konnte, so wird er auch nicht der letzte sein! Es werden noch Dutzende ihr Leben lassen, da gehe ich jede Wette ein!«

Ein kalter Schauer jagte Tarik den Rücken hinunter und drang ihm bis ins Mark. Er fürchtete nicht den Tod im Kampf. Doch das hier war etwas ganz anderes, unbeschreiblich Grauenvolles, bei dem der Tod eine Erlösung, ein guter Freund sein würde. Wann nur würde dieser Freund ihn erwarten? Und würde er kommen, noch während er unter der Folter lag – oder nachdem Sjadú ihn zum Verrat gebracht hatte?

2

Paris empfing die drei Gralsritter mit tristem Himmelsgrau, launischen Winden und heftigem Herbstregen. Das schlechte Wetter passte zu ihrer niedergedrückten Stimmung. Sie hatten schon innerhalb von fünf Tagen in den Mauern der Stadt sein wollen. Doch obwohl sie jeden Tag beim ersten Morgenlicht aufgebrochen und manchmal sogar bis weit in die Dunkelheit hinein geritten waren, wann immer der Zustand der Landstraßen dieses Wagnis vertretbar gemacht hatte, so hatten sie ihr ehrgeiziges Ziel um gute zwei Tage verfehlt. Und das waren zwei lange Tage mehr, die Tarik der Inquisition ausgeliefert war und die den Judasjüngern zur Verfügung stand, um nach dem Versteck des Heiligen Grals zu suchen. Zwei Tage mehr auch, die sie mit schmerzenden Knochen im Sattel saßen und sich unablässig den Kopf darüber zerbrachen, wie denn bloß der Plan aussehen könnte, der zur Befreiung ihres Freundes führen sollte. In ein verantwortungsloses Abenteuer, bei dem der Ausgang ungewiss war, durften sie sich nicht stürzen. Vor ihrer Berufung in den geheimen Orden der Gralshüter waren sie vor keinem noch so waghalsigen Unternehmen zurückgeschreckt. Das hatten sie geglaubt ihrem Ruf als Elite der Kriegermönche schuldig zu sein. Aber diese Zeit gehörte der Vergangenheit an. Nun ging es nicht allein um ihr Leben und um irgendeine Schlacht, die im Verlauf der Menschheitsgeschichte doch meist nur zu einer Fußnote wurde. Die große Verantwortung ihres heiligen Amtes verlangte seit ihrer Weihe ganz andere Entscheidungen, deren Folgen verheerendes Unheil über die Erde bringen konnten, wenn es die falschen waren. Und dieses Wissen lastete schwer auf ihnen.

»Ich habe noch nie etwas für große Städte übrig gehabt«, sagte McIvor verdrossen, als sie am späten Nachmittag das Stadttor St. Denis passierten und durch die völlig aufgeweichten, schlammigen Straßen des rechten Seineufers ritten. »Aber für Paris habe ich immer eine besonders große Abneigung gehabt. Diese Leute tragen mir die Nase zu hoch. Sie meinen, was Besseres zu sein, nur weil sie mit dem König innerhalb derselben Wehrmauer leben. Das tun aber auch die Ratten und all das andere Ungeziefer, das die Stadt bevölkert!«

»Ja, das Volk von Paris ist hochmütig wie die Templer, könnte man fast sagen«, bemerkte Gerolt spöttisch und hielt seine Stimme dabei gesenkt.

»Das mit ›innerhalb derselben Wehrmauer‹ wird sich wohl sehr bald ändern«, sagte Maurice. »Nachdem der König im Handstreich all unsere Güter, Ländereien und unser Vermögen eingezogen hat, sind seine maroden Staatsfinanzen ja buchstäblich über Nacht saniert und seine gigantischen Schulden bei unserem Orden getilgt. Nun kann er wieder außerhalb der Stadt fleißig an seinem neuen Königspalast, dem Louvre, weiterbauen lassen.«

»Dass er aus dem Dreck, dem Gestank und der Enge herauswill, ist auch das Einzige, was ich an dem gekrönten Lumpen und Heuchler gelten lasse!«, knurrte McIvor.

»Hüte deine Zunge, Eisenauge!«, ermahnte ihn Gerolt, als ein vorbeikommender Fuhrmann sichtlich aufhorchte und sie im Vorbeirattern nicht eben freundlich musterte. »Wenn wir unter uns sind, brauchst du sie ja nicht im Zaum zu halten. Aber du tust uns und Tarik keinen Gefallen, wenn deine Verwünschungen auf das falsche

Ohr treffen und wir alle wegen Majestätsbeleidigung im nächsten Gefängnis landen!«

»Habe ich einen Namen genannt?«, verteidigte sich der Schotte, zeigte jedoch sogleich Einsicht. »Aber gut, heben wir uns die guten Wünsche für den Hochwohlgeborenen für später auf.«

»Ich denke, wir haben in den letzten Tagen genug von der verbalen Gülle kosten dürfen, die du über ihn ausgegossen hast«, sagte Maurice mit einem leichten Naserümpfen. »Wie wäre es also, wenn du deine regen Geistesgaben zur Abwechslung mal in den Dienst einer wirklich wichtigen, drängenden Sache stellen würdest? Etwa indem du eine Idee ausbrütest, die uns endlich mit unserem Plan weiterbringt?«

McIvor warf ihm einen spöttischen Blick zu. »Aber natürlich doch! Wer wollte zurückstehen, nachdem du schon so viele hinreißende Vorschläge beigesteuert hast!«, gab er zur Antwort.

»Freunde, was soll das?«, ging Gerolt ärgerlich dazwischen. »Ich weiß, wir alle sind erledigt, triefen vor Regen und sind mit unseren Überlegungen nach einer langen Woche des Brütens noch immer keinen Schritt weitergekommen. Aber ist das Grund genug, um sich gegenseitig so zu reizen? Auf diese Weise kriegen wir Tarik nie frei, das sage ich euch schon jetzt! Wir sind unserem Freund ein ganz anderes Betragen schuldig. Oder sehe ich das vielleicht falsch?«

Beide machten sie schuldbewusste Gesichter.

»Wo du recht hast, hast du recht«, murmelte Maurice, und zu McIvor gewandt fügte er hinzu: »War nicht so gemeint, Eisenauge. Es muss an dem verdammten Wetter liegen.«

Der Schotte schlug ihm mit freundschaftlicher Derbheit auf die Schulter. »Nichts für ungut, Spitzbart! Es gibt zum Glück nur sehr Weniges, was ein guter Krug Wein und ein warmes Feuer nicht wieder ins rechte Lot bringen könnten. Beides wird gleich in der Schenke von Raouls Neffen unsere Lebensgeister wecken, das verspreche ich euch! Und dann wird uns auch einfallen, wie wir Tarik heraushauen können. Wäre doch gelacht, wenn dem nicht so wäre!«

Maurice grinste. »Das ist ein Wort!«

Sie bahnten sich ihren Weg auf der Rue Neuve St. Mesri durch das hastende Gedränge der Menge. Jeder hatte es eilig und wollte so schnell wie möglich aus dem Regen heraus. Und dann konnten sie endlich nach rechts in die Rue Chevaliers einbiegen, wo sie auch schon gleich das regenglänzende Schild der Taverne *Au Faisan Doré* mit seinem goldbraunen Fasan begrüßte. Jetzt die erschöpften Pferde gut versorgen, die nassen Umhänge zum Trocknen aufhängen und dann schnellstens in die warme Hinterstube der Schenke!

Als Raoul sah, wen McIvor von seiner Reise mitgebracht hatte, bekreuzigte er sich. »Dem Herrn sei Dank, dass Ihr wohlbehalten zurück seid und Eure Freunde in Freiheit angetroffen habt! Ich habe mir schon große Sorgen um Euch gemacht und das Schlimmste befürchtet!«, gestand er und tauschte mit Gerolt und Maurice eine herzliche Begrüßung.

»Tod und Teufel, fast hätte ich Euch nicht wiedererkannt, Haupt...« Mitten im Wort brach McIvor ab, fiel ihm doch augenblicklich wieder ein, dass ihnen der Rang ihres Ordensbruders besser nicht mehr über die Lippen kam, und korrigierte sich: »... Raoul! Ihr seht nicht nur um Jahre jünger aus, sondern als hättet Ihr nie etwas anderes als die Arbeit in einer Taverne gekannt!«

Auch Maurice und Gerolt waren verblüfft, wie verändert Raoul von Liancourt aussah. Wäre er ihnen auf der Straße begegnet, hätten sie in ihm nicht den Hauptmann wiedererkannt, unter dessen Führung sie so manches Gefecht ausgetragen hatten. Raoul hatte sich nämlich den langen Vollbart abrasiert und nur den struppigen Teil auf der Oberlippe stehen gelassen, dessen Enden nun buschig an den beiden Seiten des Mundes entlangfielen und bis ans Kinn hinabreichten. Dabei hatte er es jedoch nicht belassen, sondern sich den Rest seines Bartes und das Haupthaar rossbraun gefärbt. Was seine Kleidung betraf, so umschloss jetzt ein alter, speckiger Wams seinen Oberkörper. Darunter hatte er sich eine nicht minder abgewetzte, kurze Lederschürze um die Hüften gebunden. Und auf dem Kopf trug er eine bauschige, waldgrüne Wollkappe, deren weit überhängende Stofffalte kaum noch etwas von seinem linken Ohr sehen ließ.

Raoul verzog das Gesicht. »Man muss sich den veränderten Zeiten anpassen, wenn es einen nicht gerade dazu drängt, Bekanntschaft mit gewissen Herren des Dominikanerordens zu machen«, gab er leise zurück. »Ich habe viele Jahre in Paris verbracht und kenne die Gefahr, plötzlich auf der Straße von jemandem erkannt zu werden, der mir nicht grün ist. Aber nun kommt. Ich denke, wir haben uns viel zu erzählen!«

»Hoffentlich auch Ihr uns!«, sagte McIvor und warf ihm einen fragenden Blick zu. Er hoffte, dass es dem Hauptmann in den fast zwei Wochen seiner Abwesenheit gelungen war, etwas Hilfreiches über ihren eingekerkerten Freund herauszufinden, insbesondere den Ort, wo er gefangen gehalten wurde.

Raoul nickte. »Ich denke schon. Aber nicht hier im Stall. Lasst uns damit warten, bis wir in der Hinterstube sitzen!«, bat er.

Schnell führte er sie hinüber in die Taverne, machte Maurice und Gerolt mit seinem Neffen und dessen Frau bekannt und begab sich mit ihnen in das geräumige Hinterzimmer, wo sie keine unliebsamen Augen und Ohren zu befürchten hatten. Das Feuer im Kamin, der sich den Abzug mit der offenen Feuerstelle drüben in der Schankstube teilte, war rasch entfacht und erfüllte den Raum mit wohliger Wärme.

Als der Wirt zwei Krüge mit Wein und eine herzhafte Mahlzeit brachte, zog McIvor sofort seine Geldbörse hervor und schob ihm mehrere Silberstücke zu. Es war mehr als genug Geld, um Kost und Logis für eine gute Woche zu bezahlen.

»Ihr sollt nicht glauben, wir wollten Euch die Haare vom Kopf fressen und Euren Weinkeller leeren, ohne Euch dafür zu bezahlen! Nein, wir wissen Eure Redlichkeit und Euren Mut gebührend zu schätzen!«, versicherte er ihm. »Und jeder gute Dienst, besonders ein solcher, wie Ihr ihn uns zu leisten wagt, verdient seinen entsprechenden Lohn!«

»Ich danke Euch!«, antwortete Raouls Neffe hocherfreut über den üppigen Vorschuss, konnte er ihn doch gut gebrauchen. »Aber auch ohne diese Geste hättet Ihr bleiben können, solange Ihr es für notwendig erachtet!«

»Ein guter Mann, den Euch der Herr als Euren Neffen geschenkt hat!«, sagte Maurice anerkennend und hob seinen Becher. »Lasst uns darauf trinken, dass die Welt nicht nur von hündischen Duckmäusern und Halunken bevölkert ist, sondern auch so manchen Tapferen aufzuweisen hat, der sich selbst in unbequemen Zeiten seinen Sinn für Gerechtigkeit bewahrt und seinen aufrechten Gang nicht verliert!«

Unter beifälligem Nicken hoben sie ihre Becher und tranken auf das Wohl der Wirtsleute, deren mutige Gastfreundschaft es ihnen ein wenig leichter machte, sich in Paris aufzuhalten und die schweren Aufgaben zu lösen, die sie erwarteten.

»Und nun erzählt, was Ihr in der Zwischenzeit habt in Erfahrung bringen können!«, drängte McIvor den Hauptmann, kaum dass er seinen Becher mit einem langen, durstigen Schluck geleert hatte.

»Seit einigen Tagen gehen hoffnungsvolle Gerüchte in der Stadt um, aber es gibt auch gute, gesicherte Nachrichten!«, begann Raoul zu berichten. »Einige hohe Würdenträger unseres Ordens haben sich der Verhaftung doch noch entziehen können. So hat der Präzeptor von Frankreich, Gerhard von Villiers, noch rechtzeitig flüchten können. Und auch Imbert Blanke, dem die Auvergne unterstand, ist die Flucht gelungen! Und man hat gesehen, dass am Abend vor der Verhaftung drei große Fuhrwerke die Stadt verlassen haben, deren offensichtlich geheime Ladung mit Stroh abgedeckt war. Und es saßen Templer auf den Kutschböcken, begleitet von einer Eskorte unserer Ordensbrüder. Ich hoffe, es war ein Gutteil unseres Geldes, das die Männer weggeschafft haben. Was ich nur nicht begreife, ist, dass unsere Oberen dann doch zumindest so etwas wie einen Verdacht gehabt haben müssen, welch großes Unheil für unseren Orden in der Luft liegt.«

»Das alles freut uns zu hören«, sagte Gerolt und meinte es auch so. Doch seine Freunde und er waren an ganz anderen Informationen interessiert. »Aber . . .«

»Wartet!«, fiel ihm Raoul aufgeregt ins Wort. »Das ist noch nicht alles! Es gibt ernsten Widerstand gegen den Verhaftungsbefehl des Königs! König Eduard II. von England soll kein Wort von dem glauben, was Philipp gegen den Orden vorbringt, und ihm auch einen entsprechenden Brief zurückgeschrieben haben. Es heißt, er denke gar nicht daran, nun auch in England jeden Templer einkerkern zu lassen. Auch aus anderen Fürstentümern Europas kommt Einspruch, so in Portugal und einigen spanischen Gebieten! Und der Papst soll regelrecht getobt haben, als er von der Verhaftung unserer Ordensbrüder erfuhr. Philipp ist ein verdammter Lügner! Denn sein ruchloser Handstreich war offensichtlich ganz und gar nicht mit ihm abgesprochen, so wie er es in seiner Order behauptet hat und wie es dann überall auf den Plätzen und Straßen verlesen wurde. Papst Clemens soll sich sogar mit dem Gedanken tragen, gegen die Eigenmächtigkeit des Königs vorzugehen und ihn zu zwingen, alle gefangenen

Tempelbrüder seiner Obhut zu übergeben. Denn wenn einer über uns richten darf, dann doch nur er allein!« Voller Begeisterung, dass die Sache für den Orden womöglich noch nicht ganz verloren war, hatte Raoul diese Neuigkeiten vorgetragen.

»All das gibt zweifellos einen kleinen Funken Hoffnung, was den Bestand unseres Ordens angeht«, sagte Gerolt nun. »Obwohl ich doch nicht glaube, dass sich der König ausgerechnet vom Papst sein Spiel aus der Hand nehmen lässt. Clemens ist doch kaum mehr als eine Marionette, an der Philipp die Fäden zieht. Nein, das dürfte nur ein kraftloses und letztlich vergebliches Aufbegehren gegen die Macht des Königs sein.«

McIvor nickte mit finsterer Miene. »So sehe ich es auch! Aber all das ist im Augenblick nicht das, was uns auf den Nägeln brennt, Raoul! Wir haben vielmehr gehofft, von Euch etwas über den Verbleib unseres Kameraden Tarik zu erfahren!«

»Natürlich! Verzeiht!«, entschuldigte sich Raoul. »Was Euren Freund, den Levantiner betrifft, so kann ich Euch leider nicht allzu viel berichten. Aber mit ganz leeren Händen komme ich zum Glück auch nicht.«

»Nun erzählt schon!«, drängte Maurice. »Spannt uns nicht auf die Folter! Wisst Ihr, wo er eingekerkert ist? Habt Ihr vielleicht irgendwie mit Tarik Kontakt aufnehmen können?«

Doch Hauptmann Raoul war kein Mann, der gleich mit der Tür ins Haus fiel. Wenn es eine Geschichte zu erzählen gab, die ihm des Erzählens wert schien, wollte er sie nicht einfach überspringen.

»Ihr wisst, dass ich schon vor meiner Zeit im Heiligen Land viele Jahre hier in Paris als Templer verbracht habe, nicht nur in meiner Jugend, sondern auch später als Tempelritter«, begann er bedächtig und merkte gar nicht, wie Maurice die Augen verdrehte und seine beiden Freunde ähnlich gequälte Gesichter machten. »In dieser Zeit traf ich auf einen jungen Landmann namens Julien Langres, der sich ernsthaft mit dem Gedanken trug, unserem Orden als Servient beizutreten, und mich in dieser Sache um Rat bat. Aber der gute Mann steckte in dem großen Dilemma, sein Herz kurz zuvor auch an eine junge Frau aus anständigem Haus verloren zu haben und sich nicht entscheiden zu können, ob seine Sehnsucht nach einem Leben als Ordensbruder größer war als seine Liebe zu dieser Frau!«

»Ein Dilemma, das mancher von uns gut nachempfinden kann«, bemerkte McIvor trocken und warf Maurice dabei einen vielsagenden Blick zu.

Raoul sah es nicht und fuhr auch sogleich fort: »Ich habe mir damals viel Zeit genommen, um herauszufinden, ob er sich für das Ordensleben eignete und ob er fähig war, dafür seine Liebe zu opfern. Ich kam schließlich zu dem Ergebnis, dass dem nicht so war, riet ihm daher eindringlich ab und vermochte ihn auch zu überzeugen. Und weil ich in den Wochen unserer Gespräche Zuneigung zu ihm gefasst hatte, half ich ihm dabei, hier in Paris in Brot und Arbeit zu kommen. Ich schickte ihn mit einer Empfehlung von mir zum Kommandanten der Wachsoldaten, denen die Bewachung der königlichen Gefängnisse obliegt. Dort nahm man ihn dann auch auf, er heiratete die Frau, die sein Herz so sehr entflammt hatte und später die Mutter seiner drei prächtigen Söhne wurde, und er hat es auch nie bereut, sich für dieses Leben entschieden zu haben.«

»Eine wirklich herzbewegende Geschichte«, brummte Maurice, der es nicht erwarten konnte, dass Raoul endlich zum Kern der Sache kam. »Aber was hat dieser Julien denn nun mit Tarik zu tun? Tut er vielleicht in genau jenem Gefängnis Dienst, wo unser Freund gefangen gehalten wird?«

Hauptmann Raoul erlaubte sich nun ein Lächeln, in dem eine Spur von Zufriedenheit mit dem Ergebnis seiner riskanten Ermittlungen lag. »Ihr habt es erfasst! Ich habe den Mann, der inzwischen zu einem beachtlichen Rang in dem Regiment aufgestiegen ist, ausfindig gemacht und es gewagt, ihn darum zu bitten, nach dem Namen von Tarik zu forschen. Es bedurfte einigen guten Zuredens, um ihn dazu zu bewegen, aber er hat mir den Gefallen nicht verweigert. Euer Freund sitzt im Petit Chatelet ein, drüben auf dem linken Seineufer!«

Gerolt, Maurice und McIvor wussten, von welchem Gefängnis er sprach. Sie hatten sofort den alten, festungsartigen Steinklotz vor ihrem geistigen Auge, der sich mit seinen dicken Mauern aus grauem Stein direkt am Ufer und der kleinen Brücke zur Ile de la Cité über dem Wasser der Seine erhob. Und ihnen sank das Herz, hatten sie doch gehofft, man habe Tarik vielleicht in der Templerburg eingesperrt, wo sie beste Ortskenntnisse besaßen, oder in einem Gefängnis, das weniger stark bewacht war als das Petit Chatelet.

»Wie sehr könnt ihr dem Wachsoldaten Julien Langres vertrauen? Wird er bereit sein, uns zu helfen, in das Chatelet zu kommen?«, fragte Gerolt.

»Nicht für alles Geld der Welt!«, erklärte Raoul ohne jedes Zögern und machte damit ihre Hoffnung zunichte. »Nichts kann ihn dazu bringen, sich auf etwas einzulassen, womit er nicht nur sein Leben aufs Spiel setzt, sondern auch das seiner ganzen Familie.«

»So jemanden hätten wir aber bitter nötig gehabt!«, seufzte McIvor und spülte die Enttäuschung mit einem ordentlichen Schluck Wein hinunter.

»Ich weiß, aber es war schon schwer genug, ihm diesen einen Gefallen abzuringen und herauszufinden, ob es in seinem Gefängnis einen Templer namens Tarik el-Kharim gibt und in welchem Kerker er einsitzt«, versicherte Raoul. »Und wenn er gewusst hätte, was der wahre Zweck meiner Frage war, hätte er wohl nicht einmal das für mich getan, sondern mich womöglich ans Messer geliefert. Ich habe vorgegeben, diesem Gefangenen nur einen Kassiber zuschmuggeln zu wollen und deshalb wissen zu müssen, in welcher Zelle genau er einsitzt und welchen Wärter ich deswegen ansprechen muss. Nein, diese Hoffnung könnt Ihr begraben. Wir werden andere Mittel und Wege finden müssen, um Tarik aus dem Chatelet zu holen. Nur fragt mich nicht, wie diese aussehen sollen. Ich habe mir schon vergeblich den Kopf darüber zerbrochen.«

»Da befindet Ihr Euch in allerbester Gesellschaft«, murmelte Maurice.

Ratloses, bedrücktes Schweigen legte sich über die Runde der vier Ordensbrüder.

Plötzlich ging ein Ruck durch Gerolts Körper, und er schlug mit der flachen Hand auf den Tisch. »Verdammt, irgendwie werden wir diesen gordischen Knoten schon noch durchschlagen, davon bin ich fest überzeugt! Rom wurde auch nicht an einem Tag erbaut! Immerhin sind wir einen Schritt weiter, auch wenn es nur ein kleiner ist, und wissen jetzt zumindest, wo sich sein Kerker befindet.«

Ein schiefes Lächeln huschte über McIvors Gesicht. »Da ist was Wahres dran. Ich bin auch immer dafür, einen halb leeren Weinkrug lieber einen halb vollen zu nennen!«

Maurice kratzte sich mit gefurchter Stirn den spitz auslaufenden Kinnbart, als wäre ihm ein Gedanke gekommen, den zu verfolgen es sich lohnte. »Da du gerade von Bauen gesprochen hast, Gerolt: Was haltet ihr davon, wenn wir uns erst mal einen genauen Plan von den Räumlichkeiten des Petit Chatelet verschaffen?«, schlug er vor.

»Natürlich! Das liegt doch auf der Hand!«, rief McIvor begeistert. »Ohne eine genaue Skizze der Anlage und der Zellentrakte können wir sowieso nichts ausbrüten!«

Auch Gerolt war sofort Feuer und Flamme. »Dass dieser Julien Langres, der es im Wachregiment zu etwas gebracht hat, seine Stellung und die Zukunft seiner Familie nicht aufs Spiel setzen will, ist wohl verständlich. Aber es sollte doch nicht so schwer sein, unter dem einfachen Gefängnispersonal jemanden zu finden, der weniger Skrupel kennt und uns für einen hübschen Batzen Geld liefert, was wir brauchen!«

»Vor allem unter den Wärtern, die in den Gefängnissen die Drecksarbeit erledigen müssen!«, rief Maurice eifrig. »Jeder weiß doch, mit welch kargem Lohn diese Leute abgespeist werden. Kein Wunder, dass sich darunter viel grobes Volk und Gesindel befindet, das nie etwas Anständiges gelernt hat und sich mit so einer elenden Anstellung zufriedengeben muss.«

Gerolt nickte. »Ich bin zuversichtlich, dass wir nicht lange brauchen, um einen Wärter aufzutreiben, der sich auf die Schnelle ein paar Silberstücke verdienen will.«

»Ich weiß auch schon, wo wir den richtigen Mann finden können!«, meldete sich nun Raoul wieder zu Wort. »Viele der Wärter aus dem Petit Chatelet versaufen den Großteil ihres Lohns, wenn ihr Dienst beendet ist, in unmittelbarer Nähe des Gefängnisses. Ihre bevorzugten Schenken liegen gleich schräg gegenüber in der Rue de la Bucherie und der Rue de la Huchette!«

McIvors Auge blitzte vergnügt auf. »Dann schlage ich vor, dass wir uns auf einen Zug durch jene Tavernen begeben und sehen, wie trinkfest diese Bande ist!«

»Das hättest du wohl gern, doch schlag es dir gleich wieder aus dem Kopf!«, beschied Gerolt ihn sofort. »Du wirst nicht mit von der Partie sein, wenn wir uns drüben auf dem linken Seineufer in den Tavernen umsehen und Augen und Ohren offenhalten! Denn dafür müssen wir einen klaren und *nüchternen* Kopf bewahren!«

»Nun mal ganz langsam! Wer hat denn davon gesprochen, dass ich vorhabe, mich wüster Zecherei hinzugeben?«, protestierte der

Schotte. »Ich weiß sehr wohl, wann ich mich zurückhalten muss und wann es statthaft ist, mal einen über den Durst zu trinken!«

»Das weiß ich. Aber darum geht es auch überhaupt nicht, sondern allein um dein Aussehen, Eisenauge!«, stellte Gerolt schnell klar. »Tut mir leid, aber du wirst doch wohl nicht behaupten wollen, mit deiner hünenhaften Statur, deiner Eisenklappe, dem silbrigen Haarsporn und der langen Narbe im Gesicht eine unauffällige Erscheinung abzugeben, die man später nicht sofort wiedererkennt, wenn man ihr beispielsweise im Gefängnis begegnet, oder?«

Verdrossen verzog McIvor das Gesicht, das Fremden Furcht einflößte und das wahrlich keiner so schnell vergaß, der es einmal gesehen hatte. »Mag sein, dass dem so ist«, knurrte er widerwillig. »Aber hier allein herumzuhocken und nichts Rechtes zu tun zu haben, während ihr euch da draußen herumtreibt und vielleicht in Situationen geratet, wo ihr jemanden wie mich bitter nötig habt, also das gefällt mir nicht!«

»Wir versprechen dir hoch und heilig, gut auf uns aufzupassen und uns nicht in Schwierigkeiten zu bringen, die dir Schande machen könnten, großer Bruder!«, frotzelte Maurice.

»Pah, das sagst gerade du! Du findest doch noch mit verbundenen Augen jedes Fettnäpfchen und trittst dann auch gleich noch mit beiden Füßen hinein!«, revanchierte sich McIvor sofort spitzzüngig.

»Es bleibt dabei!«, bekräftigte Gerolt noch einmal energisch. »Du bleibst hier, weil es nicht zu verantworten wäre und weil einfach zu viel auf dem Spiel steht! Sowie es dunkel ist, breche ich mit Raoul und Maurice auf, um uns drüben auf dem anderen Ufer umzuhören. Und es ist nicht gesagt, dass wir schon gleich am ersten Abend fündig werden!«

McIvor stöhnte gequält auf. Er sah sich schon Nacht für Nacht trübsinnig und allein in der Hinterstube sitzen, während seine Freunde von einer fröhlichen Zechrunde zur nächsten wandern.

So sollte es jedoch nicht kommen. Wie auch nicht ein einziges Silberstück in die Hände eines Wärters vom Petit Chatelet geraten sollte.

3

Nun war sie also gekommen, die Stunde der grauenhaften Prüfung! Gleich würde es sich zeigen, was er an Schmerzen zu ertragen fähig war und ob er die Kraft besaß, den Kelch des Martyriums bis zur bitteren Neige zu leeren!

Stumm betete Tarik um Leidensstärke und dass ihm der Herr keine Lasten aufbürdete, die er nicht zu tragen in der Lage wäre. Er verschloss seine Ohren für die üblichen Schmähungen und die von bösartiger Schadenfreude erfüllten Hinweise Tennards, was ihn gleich in der Folterkammer der Inquisition für entsetzliche Torturen erwarteten.

Er hatte sich vorgenommen, sich auf dem Weg zu dem Ort des Schreckens gegenüber den beiden Wärtern nicht die geringste Blöße zu geben. Wie es in seinem Innersten aussah und wie schnell sein Herz jagte, davon wollte er nichts preisgeben. Aufrechten Ganges und mit erhobenem Kopf ging er vor ihnen her. Mit keinem Laut reagierte er auf die Stöße, die Tennard ihm immer wieder mit dem Ende eines Prügels zwischen die Schulterblätter versetzte. Und seine nackten Füße mochten trippelnd über die kalten Steinplatten schlurfen, weil ihm die kurze Kette an den Beinen, die mit der eisernen Handfessel durch einen Strick verbunden war, keine normalen Schritte erlaubte. Aber dennoch gelang es ihm, Haltung zu bewahren. Sie sollten sehen, wie unerschrocken ein Tempelritter seinen Peinigern und dem Tod ins Auge sah.

»So, gleich sind wir am Ziel unserer kleinen Reise. Ich bin sicher, du kannst es gar nicht erwarten, dich mit den gelehrten Herrn von der Inquisition über Ketzerei und Götzendienst zu unterhalten, quasi von Ordensmann zu Ordensmann!«, höhnte Tennard und stieß ihm seinen Knüppel wieder einmal schmerzhaft ins Rückgrat. »Wird für einen edlen Ritter wie dich bestimmt eine hübsche Abwechslung von dem langweiligen Alltag sein, den wir euch zu bieten haben. Na ja, eigentlich könnten wir euch Hunden im Templermantel ja noch so allerlei Nettes bieten, darauf kannst du wetten! Aber leider lässt man uns ja nicht. Was sagst du dazu, Rutebeuf?«

»Ach, lass mich damit zufrieden, Tennard!«, grollte Rutebeuf. »Ich kapier's einfach nicht, dass du noch immer deinen Spaß daran hast, ewig dieselben Sprüche von dir zu geben. Mir kommen sie allmählich aus den Ohren raus. Außerdem haben wir schon längst keinen Dienst mehr. Den Kerl hätte doch auch unsere Ablösung zum Verhör bringen können! Dann wären wir jetzt schon aus dem verdammten Bau raus!«

»Von mir aus kannst du jetzt gehen, Rutebeuf. Wirklich, ist schon in Ordnung so!«, versicherte Tennard und blieb am Ende eines langen Gangs stehen, der in eine kleine Halle mündete. Dort führte auf der linken Seite ein breiter, von Lampen gut erhellter Treppenaufgang nach unten, während rechts von ihnen ein nur halb so schmaler, rund gewölbter Gang nach etwa anderthalb Dutzend Schritten in eine abwärtsführende Treppe überging. Von dort unten kam heller Fackelschein.

»Wir sollen doch aber immer zu zweit . . .«, wollte Rutebeuf einwenden.

»Blödsinn!«, fiel ihm Tennard ins Wort. »Die Fuß- und Handfesseln, die wir ihm angelegt haben, sind fest zugeschraubt. Mit den Eisen kann er gerade mal hüpfen wie ein flügellahmes Huhn, mir aber nicht an die Kehle springen! Hab den Hund schon gut an der Leine, da kann nichts passieren. Ist ja nur noch das Stück da und dann die Treppe hinunter.« Dabei wies er auf den rechten, kurzen Gang. »Vielleicht treffen wir uns gleich drüben bei André auf eine Kanne Starkbier? Ich geb einen aus! Es können auch zwei sein, wenn du so viel packst. Haben schon lange keinen mehr zusammen gehoben. Also, was ist?«

»Du lässt zwei Kannen Starkbier springen? Mann, was ist denn mit dir los?«, fragte Rutebeuf verwundert. »Hast du vielleicht endlich deinen Schwiegervater beerbt oder etwa noch was Wertvolles oben in den Einzelzellen der Tempelritter gefunden?«

»Ach was, die waren doch schon bis auf die Haut gefilzt, als wir sie in die Hände bekamen! Und was den Mistkerl Bertrand angeht, so hält meine Frau diesen zähen Hund mit ihrer Pflege nur unnötig am Leben«, erwiderte Tennard abfällig. »Viel ist da zwar gar nicht zu holen. Aber für ein paar ordentliche Besäufnisse wird der Hausrat schon reichen. Und warum sollen wir nicht jetzt schon ein paar lausige Sous davon auf den Kopf hauen?«

Es kam Tarik unwirklich vor, dass sich die beiden Männer über die nächste Zeche und den schäbigen Erlös aus einem bald erhofften Erbe unterhielten, während er kurz davor stand, auf die Folter gespannt und grausam gequält zu werden. Es war, als wäre er für die beiden schon so gut wie tot!

Dieser Gedanke ermahnte ihn, die kurze Zeitspanne besser zu nutzen, die ihm noch blieb, und im Stillen vor Gott Abbitte für all das zu leisten, was in seinem Leben nicht gottgefällig gewesen war. Sollte ihn in der Folterkammer der Tod erwarten, würde es für ihn keinen Priester geben, der ihm die letzte Beichte abnahm und die Absolution erteilte. Daher sollte es so geschehen, in stummer Zwiesprache mit Gott, seinem Herrn und Erlöser!

»Na, mir soll's recht sein!«, sagte Rutebeuf nun froh gelaunt.

»Dann zieh ab und besorg uns schon mal ein gutes Plätzchen am Feuer, Rutebeuf! Kannst auch gleich die erste Kanne bestellen. Sag André, dass es heute auf mich geht, falls er sofort Geld sehen will und du nichts im Beutel hast!«, trug Tennard ihm gönnerhaft auf. »Ich komm dann auch gleich nach.«

»Klar doch, das mit dem Platz am Feuer kriege ich schon hin!«, versicherte Rutebeuf beflissen und stiefelte den breiten Treppenaufgang hinunter.

»So, und nun zu dir! Beweg dich! Rüber da in den Gang!«, befahl der glubschäugige Wärter mit dem fauligen Atem. »Wird Zeit, dass ich dich da unten abliefere. Wollen doch den spendablen Herrn nicht warten lassen!«

Tarik schenkte den Worten des Wärters ebenso wenig Beachtung wie dem gemeinen Rippenstoß, mit dem Tennard seine Aufforderung begleitete. Er konzentrierte sich weiterhin ganz auf das stumme Gebet, das die priesterliche Abnahme seiner Beichte ersetzen sollte.

Es lag auch nichts Bemerkenswertes darin, dass die königlichen Kommissare und die Patres der Dominikaner die Kerkerknechte bei guter Laune zu halten versuchten, indem sie gelegentlich ein paar Münzen für Wein und Bier unter ihnen verteilten. Denn von den Wärtern erwarteten sie, dass diese ihre Opfer noch möglichst lange am Leben hielten, nachdem sie ihr schmutziges Handwerk verrichtet hatten. Das galt besonders für die Standhaften, die beim ersten Mal kein Geständnis abgelegt hatten und deren »peinliche Befragung« man so lange wiederholen wollte, bis sie endlich ihren Widerstand aufgaben – oder dabei den Tod fanden.

Tarik stolperte die Treppe hinunter, die vor einem Absatz endete. Vor ihnen war eine hohe Tür aus dicken, mit Eisenbändern beschlagenen Bohlen in das Mauerwerk eingelassen. Rechts und links davon brannten Pechfackeln in den Wandhalterungen.

»So, da wäre die gute Stube!«, höhnte Tennard, packte den schweren Griff der Tür und zog sie auf. Und während er Tarik vor sich herstieß, rief er über dessen Schulter hinweg: »Hier ist der Templer, nach dem Ihr verlangt habt, mein Herr. Ich werde meinen Kameraden oben Bescheid geben, dass sie ihn in einer Stunde abholen kommen, wenn es Euch recht ist.«

»Gut, du kannst gehen, Hugo Tennard!«, sagte der Mann kühl, der mit vor der Brust verschränkten Armen an der Streckbank lehnte. »Deinen Lohn hast du ja schon erhalten.«

»Ja, mein Herr, das habe ich. Seid noch mal gedankt, mein Herr! Möge Euch der Allmächtige Eure Großzügigkeit vergelten!«, sagte Tennard mit öliger Unterwürfigkeit, wich dabei unter dem kalten Blick seines Gönners rückwärts zur Tür zurück und schloss sie rasch.

Tarik stand wie erstarrt. Er hatte Angst vor der Folter gehabt und dass er womöglich nicht stark genug war, die Tortur bis zum Letzten zu ertragen. Angst, dass er dann in seiner Qual gestehen würde, was immer die Inquisition von ihm hören wollte.

Doch an die Stelle der Angst trat nun blankes Entsetzen. Denn es war nicht die Inquisition, die ihn in der Folterkammer erwartete, sondern der Mann in der teuren Garderobe eines adeligen Höflings war Sjadú, der Anführer der Iskaris, der Erste Knecht des Fürsten der Finsternis!

4

»Der Teufel soll das verdammte Sauwetter holen!«, fluchte Maurice, als sie im strömenden Regen durch den Morast der Straße flussaufwärts stapften und die nächste Schänke ansteuerten. Das war dann schon die vierte, die sie an diesem ungemütlichen Abend aufsuchten. »McIvor mag es vielleicht nicht glauben, aber meiner Meinung nach hat er eindeutig den besseren Teil erwischt. Er kann froh sein, dass er mit seinem breiten Hintern im Warmen sitzt und sich nicht unter dieses grobe Volk mischen muss!«

»Könnte mir auch was Angenehmeres vorstellen«, pflichtete Gerolt ihm bei und zog den Kopf ein, als der böige Wind umschlug und ihnen die Regenschauer von vorn ins Gesicht fegte. »Aber es muss nun mal sein. Lasst uns hoffen, dass wir in der nächsten Schänke mehr Glück haben.«

»Euer Wort in Gottes Ohr! Ein Quäntchen Glück wäre jetzt wirklich nicht schlecht«, sagte Raoul mit einem schweren Seufzer. »Ich muss gestehen, dass ich mir die Sache einfacher vorgestellt hatte!«

Maurice lachte spöttisch auf. »Ist es denn nicht immer so, dass ausgerechnet das, was einem anfangs als leicht zu meistern vorkommt, sich als eine harte Nuss herausstellt?«

»Und wennschon! Auch die hier werden wir schon noch knacken!«, gab sich Gerolt zuversichtlich. »Es wäre doch gelacht, wenn wir unverrichteter Dinge zu McIvor zurückkehren und uns zu allem Pech auch noch seinen bissigen Spott anhören müssten!«

»Das wäre wahrlich ein gefundenes Fressen für den Schotten! Aber den Gefallen werden wir ihm nicht tun!«, bekräftigte nun auch Maurice.

In den drei Tavernen, die sie auf der Rue de la Bucherie aufgesucht hatten, war es zugegangen wie in einem Taubenschlag. Bei dem Gedränge hätte man den Eindruck gewinnen können, dass es ausgerechnet an diesem Abend die halbe Bevölkerung des linken Seineufers in die Wirtsstuben rund um das Petit Chatelet getrieben hatte. Vermutlich verhielt es sich auch so. Denn an diesem letzten Tag der Woche hatten viele ihren Wochenlohn ausgezahlt bekommen. Und jeder schien wild entschlossen zu sein, möglichst viel davon in billigen Wein und Bier umzusetzen oder es beim Würfelspiel zu verlieren.

Jedenfalls hatten sie in keiner der drei Schankstuben einen freien Platz gefunden, schon gar nicht in der Nähe von einigen Gefängniswärtern. Deshalb war ihnen nichts anderes übrig geblieben, als sich mit einem gefüllten Becher in der Hand durch die Menge zu schieben, sich an den Tischen der Wärter kurz nach einem gewissen Loubet zu erkundigen, den natürlich niemand kannte, weil sie sich den Namen ausgedacht hatten, und dann noch eine Weile in der Nähe scheinbar ratlos herumzustehen, um etwas von den Gesprächen mitzubekommen. Aber bei dem Lärm, der sie umwogte, war es schwer, wenn nicht gar unmöglich, mehr als nur ein paar Satzfetzen aufzuschnappen. Zu laut war das Stimmengewirr, das Krachen von Fäusten und Würfelbechern auf den Tischen, das raue Gelächter und das lallende Gegröle der Betrunkenen, um einer ihrer Unterhaltungen wirklich folgen zu können und dabei auf einen Wärter zu stoßen, der ihnen für ihr Vorhaben geeignet schien. Auch konnten sie bei keinem der Tische allzu lange stehen bleiben, ohne den Argwohn der Männer auf sich zu ziehen.

In der Hoffnung, im nächsten Wirtshaus mehr Glück zu haben, näherten sich die drei Templer eiligen Schrittes ihrer vierten Taverne. Sie lag an der Ecke zur Seitengasse Rue d'Aras. Das blecherne Schild über dem Eingang verkündete in Schrift und Bild, dass sich die Schenke *Les Trois Hiboux** nannte.

»Herr, sei nachsichtig und erspar es uns, durch noch mehr als diese vier dreckigen Spelunken ziehen zu müssen!«, bat Maurice gen Himmel, als sie durch die Tür traten. Denn er und seine Gefährten hatten mit einem schnellen Blick erfasst, dass diese Schänke die übelste von den vieren war, die sie an diesem Abend zu Gesicht bekommen hatten.

»Was für ein entsetzliches Loch!«, flüsterte Maurice. »Hier kann man doch nur durch den Mund atmen! Eine Brandfackel müsste man reinwerfen und den ganzen Laden abfackeln!«

Küchenabfälle, abgenagte Knochen, verdrecktes Stroh, dicke Schlammklumpen, schleimiger Auswurf und Erbrochenes vermischten sich auf dem Boden zu einem ekelhaften Brei. Dazu gesellte sich ein Gestank, der sich aus einer Vielzahl übler Gerüche zusammensetzte: aus ranzigem Fett, angebranntem Kohl, Fischresten, verschüttetem Bier, wochenaltem Schweiß, der in den Kleidern der Zecher saß, regendurchweichter verdreckter Wolle sowie Asche und beißendem Rauch, wenn der Wind so stark auf den Kamin drückte, dass der Abzug versagte.

»Abfackeln? Mit Vergnügen! Aber weiterhelfen würde uns das auch nicht«, raunte Gerolt ihm zu. »Wenigstens ist es hier nicht so gerammelt voll wie in den anderen Tavernen. Das ist schon mal gut. Also tun wir unsere Arbeit!«

Wie schon in den anderen Spelunken, so begaben sie sich auch

---

* *»Die Drei Waldkäuze«*

hier zum Ausschank und sprachen den aufgeschwemmten, fetthaarigen Wirt an. Dieser war gerade damit beschäftigt, eine Reihe von Steinkrügen mit Bier aus einem großen, aufgebockten Fass zu füllen.

»Entschuldigt, guter Mann! Aber habt Ihr heute schon Jean-Paul Loubet bei Euch gesehen?«, erkundigte sich Raoul freundlich. Und damit der Wirt auch wusste, dass er Gäste vor sich hatte, die nicht nur auf einen flüchtigen Sprung bei ihm hereinschauen wollten, fügte er sogleich noch hinzu: »Zapft uns auch gleich eine Kanne, wo Ihr schon mal dabei seid! Wir können heute einen ordentlichen Schluck vertragen, nicht wahr, Kameraden?«

»Worauf du einen lassen kannst, Henri!«, versicherte Gerolt. »Und bei einer Kanne wird's weiß Gott nicht bleiben.«

»Wie soll der Mann noch mal heißen, den ihr sucht?«, fragte der Wirt über die Schulter hinweg.

»Jean-Paul Loubet«, wiederholte Raoul den fiktiven Namen und lieferte eine ebenso erfundene Beschreibung. »Wir bringen Nachricht von seiner Schwester Juliette Licorne aus seinem Heimatdorf Claireville. Er soll drüben im Petit Chatelet als Wärter Dienst tun, und man hat uns gesagt, dass wir ihn jeden Samstagabend hier bei Euch im *Les Trois Hiboux* antreffen können.«

Der Wirt schüttelte nach kurzem Nachdenken den Kopf, so wie es auch die anderen drei vor ihm getan hatten. »Jean-Paul Loubet? Noch nie gehört. Aber kann schon sein, dass er regelmäßig kommt. Kann mir nicht jeden Namen und jedes Gesicht behalten. Ihr fragt besser die Männer dort drüben am Tisch vor dem Feuer nach diesem Loubet! Von denen weiß ich, dass sie Wärter im Chatelet sind. Sie werden Euch mehr sagen können. So, und hier ist Eure Kanne! Die Becher nehmt Euch selber da drüben vom langen Wandbrett.«

Sie dankten ihm für seinen hilfreichen Hinweis, bezahlten die Kanne Bier, nahmen sich jeder einen klobigen Becher vom Wandbrett und begaben sich zum Tisch der Gefängniswärter. Die fünf groben Kerle, die sich nur ungern in ihrer lauten Unterhaltung stören ließen, kannten natürlich auch keinen Jean-Paul Loubet.

»Kennen wir nicht! Bei uns gibt es keinen Loubet!«, blaffte einer der Wärter, dem der speckige Nacken wie eine fette Wurst über den Rand seiner Jacke quoll und der die Glubschaugen einer aufgeblasenen Kröte hatte.

»Nichts für ungut, Männer. Müssen da wohl was falsch verstanden haben«, sagte Gerolt.

»Na, dann lasst uns wenigstens in aller Ruhe unser Bier trinken! Das mit Jean-Paul hat keine Eile. Also her mit euren Bechern, Kameraden!«, rief Maurice ihm und Raoul zu und belegte schnell einen der Schemel des Tisches, der gerade neben dem der Wärter frei geworden war.

Gerolt und Raoul setzten sich zu ihm, ließen sich die Becher füllen und gaben sich dann den Anschein, nicht auf das zu hören, was am Nachbartisch der Wärter gesprochen wurde. In Wirklichkeit jedoch lauschten sie aufmerksam jedem Wort, das dort fiel.

Aber so aufmerksam sie der Unterhaltung der Kerkerknechte auch folgten, nichts davon war für sie von Interesse. Ein Großteil der Unterhaltung bestand aus obszönen Witzen, gehässigem und leider völlig wertlosem Klatsch, hohlem Geprahle und anderem nichtigen Geschwätz.

Auf einmal nahm das Gespräch jedoch eine andere Wendung, als der Mann mit den Glubschaugen großspurig tönte, ganz sicher auf der Liste jener Männer zu stehen, die mit einer Beförderung zum Kerkermeister zu rechnen hätten. Worauf dann sein Gegenüber, ein kantiger Bursche mit einer Zinkennase wie ein Schürhaken, missgünstig erwiderte: »Das wird sich noch zeigen, ob du Kerkermeister wirst, Tennard!«

Glubschauge warf ihm ein verschlagenes Grinsen zu. »Wart's nur ab, Picard!«

»Kannst überhaupt froh sein, dass sie dich damals genommen haben!«, legte Zinkennase sofort bissig nach. »Glaube kaum, dass du bei uns untergekommen wärst, wenn nicht dein Schwiegervater sich für dich starkgemacht hätte! Dem müsstest du eigentlich eher die Füße küssen, als ihm bei jeder Gelegenheit den baldigen Tod an den Hals zu wünschen! Und der war noch ein Kerkermeister, der sein Geschäft verstand. Knüppelhart, aber gerecht! Ließ keinem was durchgehen, aber machte einem auch nicht das Leben sauer, wie so manch anderer!«

»Da sagst du ein wahres Wort, Picard! Der alte Bertrand Gisquet war zwar ein harter Hund, aber er hatte Zucht in seiner Truppe und ließ einen nicht die Knute spüren, das muss man ihm lassen!«, erinnerte sich ein anderer, der schon glatzköpfig und zweifellos der Älteste in der Runde war.

»Bleibt mir bloß mit den Geschichten vom Hals!«, polterte Tennard los. »Was wisst ihr denn schon, was für ein ausgemachtes Miststück der ist! Geschah ihm nur recht, dass der Obermeister ihn kurzerhand rausgeworfen hat, als er mit der verfluchten Husterei anfing! Soll er nun bald an seinem eigenen Blut ersticken! Ich werde dem alten Sack jedenfalls nicht eine lausige Träne nachweinen! Eher werde ich auf sein Grab pissen, damit ihr es nur wisst!«

»Mach nur weiter so, dann wird dir deine Leonie schon die passende Rechnung für deine Grobheiten und deine ewigen Verwünschungen ihres Vaters vor den Latz knallen, Tennard!«, prophezeite ein anderer.

»Was willst du damit sagen, Lesmont? Na los, sprich es schon aus! Bei mir brauchst du nicht zu buckeln wie bei deinem Meister! Nur heraus damit, du kriegst schon die passende Antwort von mir!«, fuhr

Tennard ihn an. Gleichzeitig griff er nach dem Henkel seines Bierkrugs, als wollte er ihm diesen gleich an den Kopf schlagen.

»Dass du ein ausgemachter Schwachkopf bist, so wie du mit deiner Frau umspringst!«, sagte der Mann namens Lesmont unbeeindruckt. »Ihr mal ab und zu ein paar kräftige Ohrfeigen zu verpassen, ist ja in Ordnung. So was muss einfach sein, damit ein Weib weiß, wo sein Platz ist.«

»Aber wie du sie behandelst und gegen ihren Vater hetzt, ist längst des Guten zu viel!«, sagte der Wärter Picard und hieb damit in dieselbe Kerbe. »Sowie der alte Bertrand unter der Erde ist, kannst du dir eine andere Frau suchen, die sich von dir tyrannisieren lässt. Dann wird deine Leonie nämlich bei der erstbesten Gelegenheit ihr Bündel schnüren und machen, dass sie wegkommt von dir!«

Zornesröte entflammte das Gesicht von Tennard. »Dir muss wohl jemand ins Hirn geschissen haben, dass du so einen Schwachsinn von dir gibst!«, fauchte er Picard an. »Das wagt sie nie! Wo sollte sie auch hin und mit welchem Geld, kannst du mir das mal verraten? Oder glaubst du vielleicht, ich lasse zu, dass sie das billige Gelumpe, das der Alte in seiner Kammer bei uns an der Place Maubert hinterlässt, hinter meinem Rücken versetzt und das Geld einstreicht? Da habe ich schon meine Hand drauf, verlass dich drauf!«

Der Wärter Rutebeuf bemühte sich nun, die erhitzten Gemüter zu beruhigen. Geschickt lenkte er ihr Gespräch auf die Plage der vielen unbotmäßigen Studenten auf dieser Seite des Flusses, die sich erdreisteten, Waffen zu tragen, und die sich immer wieder wüste Auseinandersetzungen mit Stadtbütteln und Soldaten lieferten, bei denen nicht selten auch Blut floss. Und das war ein Thema, bei dem sie alle etwas beizutragen hatten, ohne sich dabei gegenseitig in die Haare zu geraten.

»Habt dir das gehört?«, raunte Gerolt seinen Freunden zu, als es für sie am Nebentisch nun nichts Aufschlussreiches mehr zu belauschen gab.

Raoul nickte. »Ich denke, wir haben endlich gefunden, wonach wir gesucht haben! Machen wir also, dass wir schnellstens aus diesem stinkenden Loch der Waldkäuze herauskommen!«

»Und denkt daran, es gilt zwei Namen zu behalten!«, flüsterte Maurice, während sie sich von ihren Schemeln erhoben. Und jeder wusste, wovon er sprach. Es waren die Namen Bertrand Gisquet und Place Maubert!

5

»Ich hoffe, du bist nicht allzu enttäuscht, hier nicht auf die Herren der Inquisition zu treffen, Gralshüter. Obwohl ich zugeben muss, dass sie ganz vortreffliche Arbeit an euch Templern verrichten. Aber ich versichere dir, dass ich mir alle Mühe geben werde, es auf meine Art wettzumachen!«, begrüßte Sjadú ihn mit kaltem Hohn und rührte sich dabei nicht von der Stelle. Er vertraute auf die Macht seiner teuflischen Kräfte, der sein verhasster Feind nicht gewachsen sein würde. Um mit dem levantinischen Gralsritter fertig zu werden, bedurfte er noch nicht einmal der Hilfe seines Begleiters Guyot, der sich rechts von der Tür neben dem schweren Kasten der Eisernen Jungfrau verborgen hielt. »Der Ort für unser Wiedersehen ist doch recht passend ausgewählt, findest du nicht auch? Obwohl ich es natürlich vorgezogen hätte, dich und deine Freunde schon vor sechzehn Jahren zusammen mit dem alten Abbé in eurem Heiligtum unter den Mauern von Akkon über die Klinge springen zu lassen! Aber was bedeuten schon die paar Jahre, wenn es darum geht, euren Orden in den Untergang zu führen und euch Gralshütern den verfluchten Kelch zu entreißen!«

Tarik löste sich aus der Erstarrung, in die ihn das Entsetzen beim Anblick des höchsten Judasjüngers versetzt hatte. Trotzig reckte er das Kinn und funkelte ihn voller Todesverachtung an. »Niemals! Niemals werdet ihr sklavischen Speichellecker des Herrn der Unterwelt den Heiligen Gral in eure Hände bekommen!«, stieß er hervor und schleuderte ihm triumphierend ins Gesicht: »Ihr habt das Versteck nicht gefunden! Du stehst noch immer mit leeren Händen da, du aufgeblasene Brut der Hölle! Denn wenn es anders wäre, wärst du nicht hier, sondern mit deiner Beute schon längst auf dem Weg zu eurer schwarzen Abtei, um sie deinem Herrn – ewig verflucht soll er sein! – mit hündischem Sabbern vor die Füße zu legen!«

Sjadús Augenlider zuckten unmerklich.

Tarik sah das Zucken und auch das Flirren in der Luft, das plötzlich wie Hitzeglast im Raum hing und alle Konturen dahinter leicht verschwimmen ließ. Er wusste nur zu gut, was das bedeutete: Der Iskari verdichtete dank seiner magischen Kraft die Luft zu einem Ball, den er ihm mit der Wucht eines Hammerschlags entgegenschleuderte! Gerolt war dank seiner göttlichen Segensgabe zu ähnlich außergewöhnlichen Handlungen fähig. Der Teufel hatte seinem Ersten Knecht jedoch Gewalt über *alle* vier Elemente verliehen. Und der Teufelsknecht hatte zwei Jahrhunderte mehr Zeit gehabt als Tarik und seine Freunde, um sich in seinen besonderen Fähigkeiten zu üben und es darin zu einer entsetzlichen Meisterschaft zu bringen. Nur Abbé Villard war ihm bei der Beherrschung aller vier Naturelemente ebenbürtig gewesen.

In dem winzigen Moment, der Tarik noch blieb, versuchte er, durch einen Sprung zur Seite aus der Flugbahn des harten Luftgeschosses zu kommen. Aber selbst wenn er keine Fesseln getragen hätte, wäre es ihm nicht gelungen, dem wuchtigen Schlag noch rechtzeitig auszuweichen. Wie von einer Keule vor die Brust getroffen, wurde er rücklings gegen die Bohlentür geschleudert. Die eisernen Fesseln und Ketten krachten mit lautem Klirren gegen die metallenen Beschläge der Tür.

Schmerzen jagten Tarik durch die Brust, während er sich am Boden krümmte, und ihm war, als wären ihm alle Rippen gebrochen und pressten nun seine Lungen zusammen, sodass er nicht mehr atmen konnte.

»Was ist, Gralsritter? Hat es dir vielleicht die Sprache verschlagen?«, wollte Sjadú wissen. »Das wollen wir nicht hoffen, denn du wirst uns doch gleich erzählen wollen, wo ihr den Kelch versteckt habt. Aber bevor wir dazu kommen, haben wir noch ein wenig Zeit. Du hast noch etwas gut bei mir und sollst vor deinem Tod noch erfahren, was es bedeutet, sich mit einem erhabenen Ersten Knecht des Schwarzen Fürsten anzulegen. Also, nur hoch auf die Beine!«

Augenblicklich schienen unsichtbare Hände nach Tarik zu greifen und ihn hochzureißen. Er bekam jedoch keinen Boden unter die Füße, sondern die unsichtbaren Hände zerrten ihn, in der Luft schwebend, durch die Folterkammer und warfen ihn wie eine leichte Strohpuppe gegen die Wand hinter der Streckbank. Der harte Aufprall raubte ihm fast das Bewusstsein.

Sjadú hielt ihn dort mit enormem Druck gegen die Wand gepresst, als kostete es ihn nicht die geringste Anstrengung. Erst jetzt bemerkte Tarik den anderen Iskari, der die teure Kleidung eines adligen Lakaien trug – und einen Krug in den Händen hielt.

»Wo bleibt der Widerstand, Gralsritter?«, fragte Sjadú. »Du enttäuschst mich. Ich hatte mir mehr von dir erwartet. Dabei habt ihr Templer euch doch mit eurem Können und eurer Stärke stets allen anderen Kämpfern überlegen gefühlt. Aber davon sehe ich nichts, sondern nur einen Schwächling, den ich wie eine Laus zerquetschen kann, ohne auch nur Hand an dich zu legen.«

Und um Tarik einen weiteren Beweis seiner gewaltigen Macht zu geben, ließ er ihn spüren, wie sich etwas rund um seine Kehle legte und sie ihm langsam zuschnürte. Ihm war, als hätte man seinen Hals in einen Schraubstock gespannt, der nun immer fester zugedreht wurde. Er würgte und röchelte und vermochte dennoch nicht, Luft in seine Lungen zu saugen. Die Augen quollen ihm aus den Höhlen, und in seinem Kopf schien das Gehirn anzuschwellen und mit wütendem Schmerz gegen Stirn und Schädeldecke zu drücken, als wollte es die Knochen sprengen.

Als er kurz davor stand, das Bewusstsein zu verlieren, gab Sjadú seine Kehle so plötzlich wieder frei, wie er sie ihm zugedrückt hatte.

»Du verdirbst mir die Freude mit deiner jämmerlichen Unfähigkeit, mir etwas entgegenzusetzen!«, sagte er verächtlich und schleuderte ihn von der Wand auf das Gittergerüst der Streckbank. »Kommen wir also zu den wirklich wichtigen Dingen, und lass uns über den Kelch und sein Versteck reden. Danach darfst du zeigen, wie mannhaft du in den Tod zu gehen verstehst.«

Tarik konnte sich nicht der Kraft erwehren, die ihn auf die Folterbank niederdrückte. Doch durch seine schmerzende Kehle strömte nun endlich wieder Luft in seine brennenden Lungen. »Es wird ... dir nicht ... gelingen!«, stieß er hustend und würgend hervor.

»Bewahr dir deine törichte Illusion, Gralshüter! Ich werde alles erfahren, was ich von dir wissen will. Und dazu noch so manches andere, was du sogar vor dir selbst tief in deinem Innersten verschlossen hältst!«, versicherte Sjadú und machte eine knappe, herrische Geste, die seinem Begleiter galt. »Komm her und bring den Krug, Guyot!«

Der als Lakai verkleidete Iskari, dessen linke Gesichtshälfte von einer weit verästelten Hautflechte verunstaltet wurde, eilte zu ihnen an die Streckbank. Er hielt in der Linken einen Blechtrichter und in der Rechten einen rundbauchigen, schwarzen Krug, dessen Inhalt wohl ausreichen mochte, um gut ein halbes Dutzend Trinkbecher von durchschnittlicher Größe zu füllen.

Der schwarze Trank!

Sofort kehrte bei Tarik die Angst zurück, dass Antoine den Heiligen Kelch in jenem Versteck zurückgelassen hatte, das er kannte. In diesem Fall war die Wahrscheinlichkeit groß, dass er, allem inneren Widerstand zum Trotz, unter der teuflischen Wirkung der Substanz alles preisgab, was er über das Geheimnis wusste. Gerolt hatte zwar in einer ähnlichen Lage der Versuchung widerstehen können, aber auch nur im allerletzten Moment, als ihm die verräterischen Worte schon auf der Zunge gelegen hatten. Und woher sollte er wissen, ob auch er über die große innere Kraft und Glaubensstärke verfügte, die nach Gerolts Worten nötig war, um sich gegen die Einflüsterungen des Teufels aufbäumen zu können?

»Ich weiß, was dir jetzt durch den Kopf geht, Gralshüter«, sagte Sjadú mit einem geringschätzigen Lächeln. »Aber du wirst es nicht schaffen, was deinem Kameraden damals gelungen ist, weil er dummerweise nur wenig davon getrunken hatte. Diesmal liegen die Dinge anders. Du wirst den Krug bis auf den Grund leeren, und dann wird dich nichts davor retten können, mir alle Geheimnisse zu verraten.« Damit wandte er sich an seinen Gefolgsmann. »Hör genau zu, was ich dir sage, Guyot!«

»Ja, erhabener Erster Knecht!«

»Ich reiße ihm den Kopf in den Nacken und sorge dafür, dass er die Zähne schön weit auseinanderkriegt, damit du ihm den Trichter in den Mund stecken kannst! Und dann flößt ihm nach und nach alles aus dem Krug ein!«, trug Sjadú ihm auf. »Und zwar bis auf den letzten Tropfen! Aber ersäuf ihn mir nicht, verstanden? Lass seiner Kehle Zeit, den edlen Tropfen hinunterzuschlucken. Er kann gar nicht anders, auch wenn er die Luft anzuhalten versucht. Früher oder später schluckt er, dafür sorgt schon der Reflex. Und wenn er erst mal einen halben Becher davon im Magen hat und sich die Wirkung einzustellen beginnt, wird es mit dem Schlucken schon gar keine Probleme mehr geben. Er wird gar nichts anderes mehr wollen als trinken!«

Guyot versicherte, dass er alles so tun werde.

Sjadú ließ seine magische Kraft in Tariks Haare fahren, zerrte seinen Kopf weit nach hinten und riss ihm gleichzeitig den Mund auf.

Fieberhaft überlegte der Gralsritter, wie er das drohende Unheil bloß abwenden sollte. Und dann durchschoss ihn ein Gedanke, der die Rettung bringen konnte, wenn auch nicht für ihn selbst, aber doch für den Schutz des heiligen Kelches. Und nichts anderes war jetzt von Bedeutung.

Scheinbar von wilder, ohnmächtiger Verzweiflung gepackt, rollte er mit den Augen, als Guyot ihm den Trichter in den Rachen steckte und dann den ersten Schluck hineinkippte. Und in diesem Moment, als der Iskari sich über ihn beugte, um zu sehen, ob er auch schluckte, setzte er all sein Vertrauen in seine Gabe als Gralshüter.

Herr, du mein Gott und Erlöser, sei bei mir und lass es geschehen!, betete Tarik mit stummer Inbrunst. Und dann sammelte er seine Kräfte und Willensstärke, um sie zu bündeln und miteinander in sich zu verschmelzen. Er spürte, wie seine göttliche Segensgabe, die ihm alles Flüssige untertan machte, ihn bis in jede Faser seines Körpers erfüllte. Diese gewaltige Kraft richtete er nun mit aller Konzentration auf den schweren süßen Trank, der seinen Mund füllte.

Augenblicklich verwandelte sich die Flüssigkeit, zog sich blitzschnell zusammen und wurde zu einem grashalmdünnen Strang, der mit rasender Geschwindigkeit an Länge gewann und dabei gleichzeitig die Form von hartem, schwarzem Eis annahm. Wie eine lange Stricknadel schoss der zu Eis gewordene schwarze Trunk durch den Einfüllstutzen des Trichters zurück – und bohrte sich dem Iskari wie eine Pfeilspitze mitten ins linke Auge.

Guyot brüllte vor Schmerz auf, taumelte von der Streckbank zurück, presste entsetzt eine Hand vor sein ausgestochenes Auge und ließ dabei den Krug fallen. Er zerschellte auf dem Boden, und der teuflische Trank ergoss sich über die Steinplatten. Der Schock zwang den Iskari in die Knie, während sein gellendes Schreien in ein Wimmern überging.

Einen kurzen Moment starrte Sjadú fassungslos auf den verschütteten schwarzen Trank, der nun nicht mehr zu gebrauchen war, um dem Gralshüter den Ort des Versteckes zu entreißen. Der Templer hatte ihn und seinen Gehilfen übertölpelt und seinen Plan zunichtegemacht!

In maßloser Wut verzerrte sich das Gesicht des ersten Teufelsknechts. »Du hirnloser Trottel!«, schrie er und trat Guyot mit seinem Stiefel brutal ins Kreuz, sodass dieser in die schwarze Lache und zwischen die Scherben geschleudert wurde. »Dafür wirst du mit deinem Leben bezahlen!«

Tarik spürte, dass ihn nicht länger die magische Kraft Sjadús auf die Streckbank niederdrückte. Sofort schleuderte er mit einer raschen Kopfbewegung den Trichter aus seinem Mund und fuhr auf. Dem Tod, der ihm jetzt gewiss war, wollte er aufrecht ins Auge sehen. Er dankte Gott, dass ihm vorher noch dieser letzte Triumph über den Anbeter des Bösen vergönnt gewesen war.

»Du hast dich einmal mehr verrechnet, du Schlange!«, stieß er mit grimmiger Genugtuung hervor. »Dein Plan geht nicht auf! Weder heute noch an irgendeinem anderen Tag. Der Fürst der Finsternis mag dir noch so große teuflische Macht gegeben haben, sie wird dennoch nicht reichen, uns Gralshüter in die Knie zu zwingen. Und wenn es uns nicht mehr gibt, werden andere an unsere Stelle treten, dafür wird der Allmächtige schon sorgen!«

Mit einer Miene unbändigen Hasses fuhr Sjadú zu ihm herum. Die Demütigung, die diese Niederlage für ihn bedeutete, bohrte sich wie ein Messer in seine Eingeweide. Ihm war, als hätte auch ihn ein eisiger Dorn getroffen.

»Ich werde dir die Hände abhacken und dich wie einen verendeten

Fisch in Stücke schneiden!«, schrie er wie von Sinnen. »Die Gedärme werde ich dir aus dem verfluchten Leib reißen, sie dir um die Kehle wickeln und dich daran aufhängen, bis du krepierst, du Hund! Du wirst mich noch . . .«

Sjadú brach ab, denn im selben Augenblick wurde die Tür zur Folterkammer aufgerissen. Ein hochgewachsener Mann in erlesener, höfischer Kleidung und mit scharf geschnittenen Gesichtszügen erschien im Durchgang. Die aristokratische Abstammung und das entsprechende Selbstbewusstsein waren ihm sofort anzusehen. Wie eine Aura umgaben sie diese herrisch eintretende Gestalt. In seinem Rücken drängten sich zwei königliche Kommissare, zwei Dominikanerpatres im schwarz-weißen Ordenshabit, ein blassgesichtiger Schreiber mit einem Trageschreibpult unter dem Arm sowie zwei kräftige, einfach gekleidete Männer, bei denen es sich um Wärter oder Folterknechte handeln musste.

Tarik erkannte die aristokratische Gestalt auf den ersten Blick. Es war Wilhelm von Paris, der mächtige Großinquisitor von Frankreich, dem König Philipp das Verhör der Tempelritter übertragen hatte.

»Was geht hier vor sich?«, verlangte Wilhelm von Paris mit scharfer Stimme zu wissen, während die Männer hinter ihm erregt flüsterten, und fixierte Sjadú mit herrischer Miene. »Wer seid Ihr? Was habt Ihr hier zu schaffen? Und was ist mit diesem Kerl, der sich da am Boden krümmt und wimmert?«

Beim Anblick des höchsten Inquisitors von Frankreich flog für einen kurzen Moment ein Ausdruck des Erschreckens und der Wut über Sjadús Gesicht. Doch sofort gewann er die Kontrolle über sich zurück, und er zeigte ein reserviertes Lächeln, in dem eine gut dosierte Portion adliger Arroganz lag.

»Der Name, den Ihr zu erfahren wünscht, ist Jean-Mathieu von Carsonnac aus demselbigen altehrwürdigen Geblüt, Herr Wilhelm von Paris«, antwortete Sjadú mit einer nur leicht angedeuteten Verbeugung. Dabei gab er dem Inquisitor durch Wort und Haltung zu verstehen, dass er einerseits wusste, wen er vor sich hatte, sich aber andererseits nicht im Mindesten von ihm verunsichert fühlte.

Tarik schwieg, hielt er es doch für völlig sinnlos, Wilhelm von Paris und seine Begleiter über die wahre Identität des Iskaris aufklären zu wollen.

»Damit habt Ihr mir aber noch nicht halbwegs meine Fragen beantwortet, Herr von Carsonnac!«, kam es da auch schon harsch aus dem Mund des Inquisitors.

Um den Mund von Sjadú zuckte es bei dieser schroffen Zurechtweisung, doch er beherrschte den Zorn, der in ihm tobte. »Ich stehe mit dem königlichen Siegelbewahrer, Wilhelm von . . .«

Der Inquisitor fiel ihm grob ins Wort. »Ihr braucht mir nicht zu erklären, wer der Siegelbewahrer des Königs ist! Ich verlange eine Erklärung für das, was hier ohne mein Wissen geschieht, mein Herr!«

». . . auf gutem Fuß!«, beendete Sjadú dennoch seinen Satz. »Er hat mir die Erlaubnis erteilt, diesen levantinischen Tempelritter namens Tarik el-Kharim einem Verhör zu unterziehen. Und was meinen Lakaien betrifft, so ist der Nichtsnutz gestolpert und hat sich an einer der spitzen Gerätschaften das linke Auge ausgestochen.«

Zorn blitzte in den Augen des Inquisitors auf. Und mit einer knappen Handbewegung wischte er die Worte des Iskaris weg wie eine lästige Fliege.

»Niemand außer mir hat die Befugnis, eine solche Erlaubnis zu erteilen, auch nicht Herr von Nogaret! Wer befragt wird und wann das zu geschehen hat, entscheide ich allein!«, beschied er ihn. »Und schon gar nicht wird ein solches Verhör ohne Gegenwart königlicher Kommissare und Vertreter des Dominikanerordens vorgenommen!

Eine derartige Befragung und ein daraus resultierendes Geständnis ist nichtig und wertlos! So etwas dulde ich nicht!«

Die Mönche und Kommissare, deren Gesichter bei dem kurzen Wortwechsel harte und missbilligende Züge angenommen hatten, nickten nachdrücklich. Und einer der Mönche murmelte sogar vernehmlich und voller Empörung: »Diese Eigenmächtigkeit ist unerhört!«

»Erlaubt mir, dass ich Euch erkläre, warum mir in diesem Fall...«, begann Sjadú.

»Die Erklärung könnt Ihr Euch sparen, Herr von Carsonnac!«, schnitt ihm Wilhelm von Paris das Wort ab. »Ich sagte Euch doch schon, dass ich diese Eigenmächtigkeit nicht dulde – von keinem! Alle Verhöre werden nach dem geltenden Gesetz von Krone und Kirche vorgenommen! Ohne jede Ausnahme! Und wenn Ihr Euch bei Herrn von Nogaret beschweren wollt, so lasst Euch nicht aufhalten. Auch ich werde mit ihm reden, dessen seid versichert! Und nun geht! Wir haben schon genug kostbare Zeit vergeudet. Also nehmt Euren verletzten Lakaien und bringt ihn zum nächsten Wundarzt!« Und während er mit herrischer Geste unmissverständlich zur Tür wies, befahl er einem der Kerkerknechte: »Seht zu, dass der Herr von Carsonnnac mit seinem Bediensteten seinen Weg nach draußen findet!«

Tarik sah Sjadú, der hinter seinem Rücken die Hände zu Fäusten ballte, die ohnmächtige Wut an. Am liebsten hätte er den Inquisitor und wohl auch dessen Begleiter seine vernichtende Macht spüren lassen. Aber mit solch einem Ausbruch blindwütiger Gewalt hätte er sich und seinem Vorhaben, den heiligen Kelch zu erbeuten, mehr geschadet als genutzt. Nein, die Sache war an diesem Ort für ihn verloren.

Stumm und mit verbissener Miene packte er den noch immer wimmernden Guyot am Kragen, riss ihn hoch und zerrte ihn an den Männern vorbei aus der Folterkammer.

Nun wandte sich der Inquisitor an den graugesichtigen Schreiber und forderte ihn auf: »Seht nach, ob der Name dieses Templers auf der Liste der demnächst zu Verhörenden steht! Sucht nach Tarik el-Kharim!«

»Sehr wohl, mein Herr!« Der Schreiber holte eine Pergamentrolle aus seinem Kasten, rollte sie aus und überflog die Liste. Dann schüttelte er den Kopf. »Nein, mein Herr. Ein Ritter solchen Namens findet sich hier nicht.«

Der Inquisitor nickte. »Dann schaffe man ihn hier raus und lasse ihn zurück in seine Zelle bringen, bis er an der Reihe ist!«, befahl er ungeduldig. »Und dann will ich unverzüglich den Komtur hier sehen, der nicht gestehen will!«

Tarik vermochte sein Glück kaum zu fassen. Er war sowohl Sjadú als auch der Folter noch einmal entkommen! Er hatte das Versteck nicht verraten und wurde auch vorläufig nicht der Tortur unterzogen! Wie belanglos waren dagegen doch die Schmerzen, die der Iskari ihm zugefügt hatte und die sein malträtierter Körper ihn noch einige Zeit lang spüren lassen würde.

Ihm zitterten die Knie, als zwei Wärter kamen und ihn zurück in seinen Kerker brachten. Dort sank er in einer Ecke in sich zusammen, schlug die Hände vors Gesicht und ließ stumm den Tränen der Erlösung und Dankbarkeit freien Lauf.

6

Unter einer verknitterten Haube lugte ein schmales Frauengesicht mit übernächtigten, tränengeröteten Augen und kränklich fahler Haut misstrauisch durch den Türspalt. »Wer seid Ihr? Und was wollt Ihr?«

»Ihr müsst Leonie Tennard sein«, gab Gerolt mit einem freundlichen Lächeln zur Antwort, von dem er hoffte, dass es gewinnend wirkte und Vertrauen weckte. »Die tapfere Tochter des kranken Bertrand Gisquet.«

Die Frau nickte. »Ja, die bin ich«, bestätigte sie, und ihr Blick verlor bei dem Lob ihrer Tapferkeit viel von seinem Misstrauen. Doch ihr Gesicht blieb nicht ohne Wachsamkeit. »Und wer seid Ihr? Ich kenne Euch nicht.«

»Wir sind Freunde Eures Vaters, gute Frau«, richtete nun Maurice das Wort an sie, schenkte ihr ein entwaffnendes Lächeln und stellte Gerolt und sich unter falschem Namen vor. Sie waren nur zu zweit. Raoul war bei McIvor geblieben, den mitzunehmen es sich von vornherein verboten hatte. Der Schotte hätte die Frau des Kerkerwärters mit seinem wüsten Aussehen nur in Angst und Schrecken versetzt. »Wir haben Wichtiges mit ihm zu bereden. Daher wären wir Euch zu großem Dank verpflichtet, wenn Ihr uns hereinließet und uns zu ihm führt.«

Leonie Tennard zögerte. »Wenn Ihr Freunde meines Vaters seid, müsstet Ihr auch wissen, wie schwer krank er ist und dass er nicht mehr viel Kraft hat. Die Nacht war wieder schlimm.« Tränen entwichen ihren Augen und sie wischte sie schnell aus ihrem Gesicht.

Gerolt machte eine betrübte Miene. »Wir wissen sehr wohl, wie schlecht es um Euren Vater steht. Aber die Sache, die uns zu ihm führt, ist von höchster Dringlichkeit und erlaubt keinen Aufschub. Seid jedoch versichert, dass es nur zu seinem Guten ist, der barmherzige Herr im Himmel ist mein Zeuge!«

»Bei den sieben Engeln, die die Gebete der Heiligen in den Himmel emportragen, es ist so, wie mein Freund sagt!«, bekräftigte Maurice noch einmal.

Leonie Tennard fasste nun Vertrauen und gab die Tür frei. »Also gut, wenn es wirklich so wichtig ist, will ich Euch nicht wegschicken. Aber bleibt nicht zu lange und schont seine Kräfte, werte Herren!«, bat sie eindringlich und schloss hinter ihnen die Tür. »Der Allmächtige wird ihn schon bald zu sich rufen.«

»Ihr habt unser Wort!«, versprach Gerolt.

»Dann kommt. Er liegt ganz oben in der Kammer. Die Zugluft dort oben ist eigentlich Gift für ihn, aber mein Mann erlaubt es nicht, dass ich ihn für seine letzten Erdentage unten in unser Gemach bette«, sagte sie bitter und fügte dann noch leise hinzu: »Er hat ein hartes Herz, wenn es um meinen Vater geht. Es schmerzt, das sagen zu müssen, aber die Wahrheit wird man doch aussprechen dürfen, nicht wahr?«

Ernst nickte ihr Maurice zu. »Gewiss doch! Die Wahrheit ist ein zu kostbares Gut, als dass man es unter dem Unkraut von Beschönigungen und Ausflüchten verbergen dürfte. Die Welt ist auch so schon übervoll von Lug und Trug. Also sagt nur, was Euer redliches Herz Euch zu sagen aufträgt!«

Leonie seufzte dankbar und führte sie über die schmale Stiege nach oben unter das Dach. Behutsam öffnete sie die Tür. »Vater, es ist für dich Besuch gekommen. Zwei gute Freunde möchten dich sprechen. Es soll wichtig sein.«

»Wer ist es?«, drang eine schwache, hustende Stimme aus der Kammer.

Sanft drängte Gerolt sie nun zur Seite. »Es wird etwas dauern, bis er sich unserer entsinnt. Habt jetzt die Güte, uns allein zu lassen. Was wir zu bereden haben, ist erst einmal nur für Euren Vater bestimmt. Später wird er Euch über alles, was Ihr wissen müsst, ins Bild setzen.«

Ein leicht besorgter Blick trat in ihre Augen, doch sie ließ sie gewähren und an ihr vorbei ins Zimmer treten. Sogleich nickte ihr Maurice beruhigend zu und schloss die Tür.

In dem winzigen Zimmer, dessen kleines Fenster auf einen Hinterhof hinausging, lag Bertrand Gisquet in einem schweren Bett, in dem sein ausgemergelter Körper fast zu verschwinden schien. Der einstige Kerkermeister war nur noch Haut und Knochen. Eine Holzschüssel mit fadenscheinigen Tüchern, die mit blutigem Auswurf vollgespuckt waren, stand vor der Bettstelle. Ein Blick auf die blutig schleimigen Tücher und der Husten des Mannes genügten, um ihnen zu sagen, dass Bertrand Gisquet bald an der Schwindsucht sterben würde.

»Freunde?«, stieß Bertrand mit heiserer Stimme hervor. »Ich kenne Euch nicht! Habe Euch noch nie gesehen! Ihr müsst Euch im Haus geirrt haben.«

Gerolt schüttelte den Kopf. »Ihr irrt. Wir sind schon richtig. Wenn Ihr auch darin recht habt, dass wir uns noch nie begegnet sind. Aber dennoch kommen wir als Freunde zu Euch.«

Verwirrt sah der Todkranke sie an. »Was wollt Ihr von einem Mann, dem der Tod schon in der Brust sitzt?«

»Euch das Sterben und den Abschied von Eurer tapferen Tochter leichter machen, die Euch so liebt und so aufopferungsvoll pflegt, guter Mann«, antwortete Maurice. »Denn würdet Ihr nicht mit einem viel leichteren Herz aus dem irdischen Jammertal scheiden und Euch der Barmherzigkeit Gottes überantworten, wenn Ihr wüsstet, dass bei Eurem Tod ein schönes Erbe auf Eure Tochter wartet? Geld, von dem Euer hartherziger Schwiegersohn nichts weiß und das es Leonie ermöglichen würde, selbst zu entscheiden, wie ihr weiteres Leben aussehen soll? Wäre das nicht Balsam für Eure Seele und Vergeltung für all das Ungemach und den Kummer, den Hugo Tennard Euch und Eurer Tochter zugefügt hat?«

Die fiebrigen Augen des Mannes leuchteten auf. »Weiß Gott, das wäre es! Dieser undankbare Krakeeler und Wüterich hätte es tausendmal verdient! Verflucht sei der Tag, an dem ich mich von ihm täuschen ließ und ihm Leonie zur Frau gab!«, zürnte er. »Aber dieses Erbe, von dem Ihr gesprochen hat, wie soll sie dazu kommen?«

»Indem Ihr uns einen Gefallen tut, den Ihr hier an diesem Ort und zu dieser Stunde leicht erfüllen könnt – und der auch keinem einen Schaden zufügt«, sagte Gerolt und erklärte ihm nun, was er für sie tun sollte.

Bertrand Gisquet machte ein erschrockenes Gesicht und presste dann schnell ein Tuch vor den Mund, als ihn ein erneuter Hustenanfall schüttelte. »Ihr wollt, dass ich Euch einen Plan von allen Gängen und Kerkern des Gefängnisses zeichne?«, stieß er schließlich hervor, als er wieder sprechen konnte. »Das ist Verrat, was Ihr von mir verlangt!«

»Verrat an wem?«, fragte Maurice spöttisch. »Etwa an König Philipp, der Euch all die Jahre, die Ihr dort in dem finsteren Bau gewissenhaft Euren Dienst geleistet habt, nur einen Hungerlohn hat zahlen lassen und sich einen Dreck darum schert, dass die paar kleinen Münzen die Woche vorn und hinten nicht reichen? Oder an jenem herzlosen Obermeister, der Euch sofort die Anstellung aufgekündigt hat, als Ihr erkrankt seid? Wem also seid Ihr zur Treue bis in den Tod verpflichtet?« Er ließ die Anklage einen Augenblick einwirken, bevor er fortfuhr: »Doch wohl nur Eurer Tochter Leonie, Eurem einzigen Kind. Wer wird sich um sie kümmern, wenn Ihr im Grab liegt? Der König vielleicht oder der Mann, der Euch unbarmherzig den Stuhl vor die Tür gestellt hat?«

»Wir planen kein Verbrechen, sondern nur die Rettung eines unschuldig Eingekerkerten, der nie seine Unschuld wird beweisen können«, sagte Gerolt. Zwar mochte Bertrand Gisquet sterbenskrank sein, doch er hatte seinen Verstand noch zusammen und wusste auch ohne dieses Eingeständnis längst, welchem Zweck ein genauer Plan von den Gängen und Räumen des Petit Chatelet dienen sollte. »Ihr wisst doch nur zu gut, dass die Folter keine Unschuldigen kennt, sondern nur Geständige und Tote.«

»Gewiss . . .«, murmelte Bertrand Gisquet.

»Was zögert Ihr? Ihr habt nichts mehr zu verlieren, aber dreihundert Sous und damit eine Zukunft für Eure Tochter zu gewinnen!«, sagte Maurice, zog einen Lederbeutel hervor und legte die prall gefüllte Börse vor ihn auf die Bettdecke. »Hier, überzeugt Euch und zählt nach, wenn Ihr dem Braten nicht traut.«

»Dreihundert Sous? Selige Jungfrau Maria!«, entfuhr es dem Mann, und mit zitternder Hand griff er nach dem Beutel. »Dreihundert Sous!« Das war mehr, als ein Kerkermeister in anderthalb Jahren an Lohn erhielt! Mit einem solchen Erbe würde seine Tochter in der Tat ihre Freiheit gewinnen. Sie konnte der Tyrannei seines Schwiegersohns entkommen, Paris hinter sich lassen und sich irgendwo in einer Kleinstadt etwas Eigenes schaffen, eine kleine Nähstube vielleicht oder einen Handel mit Knöpfen, Kämmen, Bändern und Tüchern. Ein bescheidenes Geschäft zwar, aber es würde sie ernähren und ihr ermöglichen, eines Tages wieder einen Mann zu finden, der es wert war, dass sie Bett und Tisch mit ihm teilte!

»Nun, wie lautet Eure Antwort?«, fragte Gerolt ruhig und mit der Gewissheit, dass die Entscheidung längst gefallen war. Denn das sahen sie seinen leuchtenden Augen an.

»Ich will es tun!«, erklärte er nun geradezu eifrig. »Aber dazu brauche ich Tinte, Feder und Pergament!«

»Nichts, was wir erst noch besorgen müssten! Alles, was wir brauchen, haben wir wohlweislich gleich mitgebracht!«, sagte Maurice und deutete auf den Beutel, den Gerolt an einem Ledergurt über seiner Schulter hängen hatte. Er enthielt auch ein dünnes Brett als Schreibunterlage.

»Dann lasst uns an die Arbeit gehen!«, drängte Bertrand Gisquet, als fürchtete er, der Tod könne ihn noch vor Beendigung der Skizzen ereilen und Leonie um die dreihundert Sous bringen. »Es gibt viel aufzuzeichnen und zu erklären!«

Zweimal klopfte Leonie an die Tür und fragte besorgt, was die beiden Herren bloß so lange bei ihrem Vater wollten. Worauf dieser ihr jedes Mal zurief, sie möge sich keine Sorgen machen, es habe schon alles seine Richtigkeit und es gehe ihm gut.

Aufmerksam verfolgten Gerolt und Maurice, wie Bertrand Gisquet ein Pergament nach dem anderen mit Zeichnungen bedeckte und an manchen Stellen kurze Anmerkungen hinkritzelte, die auf ein abgeschlossenes Gitter hinwiesen, die Wachstuben der Wärter und Soldaten markierten, den Ort der Folterkammer kennzeichneten, den Gang mit den Einzelzellen hervorhoben und anderes mehr. Stockwerk für Stockwerk ging er mit ihnen durch, immer wieder von schweren Hustenanfällen unterbrochen, bei denen er Blut in sein Tuch spuckte. Aber nichts konnte ihn abhalten, seine Aufgabe gewissenhaft zu erfüllen und sie auf alle Gefahren aufmerksam zu machen, die jemanden erwarteten, der sich unbefugt Zugang zu den Gefangenen verschaffen wollte. Nichts sollte ihn und vor allem Leonie um die kostbaren dreihundert Sous bringen.

Schließlich war alles aufgezeichnet und alles gesagt, was er ihnen mit auf den Weg geben konnte.

»Ich kenne Euch nicht, meine Herren«, sagte er zum Abschied erschöpft, aber mit einem Ausdruck inneren Friedens auf dem ausgezehrten, knochigen Gesicht. »Aber mein Gefühl sagt mir, dass ich recht daran getan habe, Euch all das aufzuzeichnen und anzuvertrauen. Es wird Euch eine Hilfe sein. Aber denkt daran: Für einen schlauen Kopf, der auch noch über beachtliche Gelder verfügen kann, ist es nicht sonderlich schwer, *in* das Chatelet zu kommen. Doch es auch mit einem Gefangenen wieder zu verlassen, das wird Euch vor große, fast unlösbare Probleme stellen. Ich halte es für unmöglich. Dennoch: Ich wünsche Euch Glück für Euer gewagtes Vorhaben, und seid bedankt, dass ich nun in Frieden aus dem Leben gehen kann! Gott, der Beistand der seligen Jungfrau und alle Engel mögen mit Euch sein! . . . Ihr werdet sie brauchen!«

7

»Da habt ihr euren furchtlosen Tempelbruder wieder!«, rief Tennard höhnisch. »Nehmt euch ein Beispiel an seiner Tapferkeit! Er hat euch allen Ehre getan!« Damit stieß er den altgedienten Servienten Marcel Chocquet in den Kerker und ließ die schwere Tür im Zellengitter krachend hinter ihm zufallen. Zweimal drehte sich der Schlüssel im Schloss und dann verschwanden Rutebeuf und Tennard wieder nach oben.

Schweigend sahen seine Mitgefangenen zu ihm auf. Er war der Erste aus ihrem Kerker, den die Inquisition zum Verhör hatte kommen lassen. Vermutlich weil sein Name in Verbindung mit einem hohen Würdenträger des Ordens aufgetaucht war. Denn Marcel Chocquet hatte lange Jahre und bis zu ihrer Verhaftung wichtige Aufgaben für den Marshall erledigt. Alle anderen waren, bis auf Tarik, als Servienten in niederer Stellung zu unbedeutend, um schon in den ersten Wochen das Interesse der Inquisition zu wecken.

Tennard und Rutebeuf hatten Marcel Chocquet vor einer guten Stunde zur peinlichen Befragung abgeholt. Gefasst und still, ohne Zittern und ohne Geschrei, war er mit ihnen gegangen. Und nun war er wieder zurück. Aufrecht, wenn auch mit hängenden Schultern, stand er noch immer am Gitter. Nicht eine Spur von Folter konnten sie an ihm entdecken. Nicht ein einziger Kratzer im Gesicht. Nirgendwo Blut, das seine Kleidung tränkte. Unversehrt kehrte er aus der Folterkammer zu ihnen zurück.

Niemand sagte etwas.

Schließlich war es Marcel Chocquet selber, der das Schweigen brach.

»Was starrt ihr mich so an? Warum sagt denn keiner was?«, rief er trotzig und herausfordernd gegen die stumme Anklage seiner Ordensbrüder an. »Ich sehe doch, was ihr alle denkt! Ja, ich habe gestanden! Alles habe ich bezeugt, jede abscheuliche Schandtat, die man uns vorwirft und von der ich nie zuvor etwas gehört, geschweige denn daran teilgenommen habe! Und nicht ein Haar hat man mir gekrümmt. Sie mussten mir nicht einmal die Folterinstrumente zeigen. Ja, ich habe unseren Orden verraten, um meine Haut zu retten und nicht auf die Folter gespannt zu werden! Das ist es doch, was ihr hören wolltet, nicht wahr?«

Der Mann tat Tarik leid, und er schämte sich, dass auch er ihm im ersten Moment insgeheim Feigheit vorgeworfen hatte. Nur zu gut war ihm noch die eigene Angst in Erinnerung, die er erst am Tag zuvor in der Folterkammer ausgestanden hatte. Keinem Menschen durfte man vorwerfen, angesichts der entsetzlichen Folterinstrumente alles gestanden zu haben, was nötig war, um der Tortur zu entgehen!

»Niemand hat das Recht, dir einen Vorwurf zu machen, geschweige denn den Stab über dir zu brechen, Marcel!«, sagte er ruhig, aber bestimmt in das anhaltende Schweigen. »Wer ohne Sünde ist, der werfe den ersten Stein! Also, wer von euch möchte den Anfang machen?« Auffordernd blickte er in die Runde seiner Leidensgefährten.

Die abweisende Stille im Kerker verwandelte sich augenblicklich in betretenes Schweigen, und jeder vermied es, Tarik in die Augen zu sehen.

Marcel warf Tarik einen gequälten, dankbaren Blick zu. »Was hätte es denn auch für einen Sinn gemacht, mich erst foltern zu lassen, wo ich doch genau wusste, dass ich es nicht ertragen würde, Brüder?«, fragte er in die Runde, und sein herausfordernder Trotz sank dabei zu Resignation herab, die um Verständnis und Nachsicht bettelte. »Und haben denn nicht schon so viele andere Ordensobere genau dasselbe getan? Sogar unser Großmeister hat ein umfassendes Geständnis unterzeichnet.«

»Aber erst, *nachdem* sie Jacques von Molay die Haut unter den Achseln und an den Beinen abgezogen und ihn wie ein Tier gebrannt haben!«, zischte ein Servient namens Gerard, der im Waffenarsenal des Templerbezirks gearbeitet und an Schlachten im Heiligen Land teilgenommen hatte. »Und jeder weiß, was solch ein herbeigefoltertes Geständnis wert ist – nämlich nicht einmal die Tinte, mit der es niedergeschrieben wurde!«

»Genug! Und das ist ein Befehl!«, beendete Tarik diese Vorhaltungen sofort mit scharfer Stimme und kehrte damit zum ersten Mal in ihrer Gefangenschaft seinen Rang als Ritter heraus. »Ich will kein weiteres Wort mehr davon hören! Von keinem! Marcel Chocquet ist unser Bruder und keiner hat ihn mit Verachtung zu strafen! Habt ihr etwa vergessen, dass der heilige Petrus, auf den die Kirche gegründet ist, Jesus Christus dreimal verleugnet und Reißaus genommen hat, als sie unseren Erlöser ans Kreuz genagelt haben? Wollt ihr den vielleicht gleich mit verdammen?« Zur besseren Wirkung seiner Worte legte er eine kurze Pause ein, bevor er seine Strafpredigt fortsetzte. »Wer hier Zwietracht unter uns sät, ist ein Feind unseres Ordens wie der König, der Papst und die Inquisition! Reicht es euch denn nicht, dass *sie* schon nichts unversucht lassen, um uns auch noch unseren letzten Rest Würde zu nehmen?«

Das darauf folgende Schweigen war voller Scham und Betroffenheit. Einige von ihnen murmelten dann etwas, das sich nach einer Entschuldigung anhörte.

Tarik winkte den Servienten heran. »Komm, Marcel! Setz dich und trink einen Schluck Wasser.«

Die harschen Worte erzielten die erhoffte Wirkung, und zwar nicht nur für wenige Stunden. Es sollte nie wieder ein spitzes Wort oder gar ein Vorwurf in dieser Sache fallen. Es war, als hätte es den Vorfall nicht gegeben.

Dass die Ordensbrüder nun doch wieder zusammenhielten, hellte Tariks düstere Stimmung ein wenig auf. Aber die Sorge, ja Angst um das ungewisse Schicksal seiner Freunde von der Bruderschaft der Gralshüter und insbesondere des heiligen Kelchs überwog doch alles andere, auch dass er Sjadús heimtückischen Plan noch im letzten Augenblick hatte zunichtemachen können. Denn er gab sich keinen falschen Hoffnungen hin. Der Teufelsknecht würde nicht so leicht aufgeben und es immer wieder versuchen. Die Macht dazu besaß er, zumal er sich offenbar das Vertrauen eines so hohen Königsgetreuen wie dem Siegelbewahrer Wilhelm von Nogaret erschlichen hatte. Wenn es ihm gelang, einen von Tariks Freunden in seine Gewalt zu bringen und diesmal mit Erfolg unter die Wirkung des schwarzen Trankes zu setzen, welches unvorstellbare Unheil würde dann seinen Lauf nehmen?

Diese und andere Ängste hielten ihn wie der übermächtige Sog eines Mahlstroms gefangen, aus dessen Wirbeln es kein Entkommen gab, und er zog ihn tiefer und tiefer in seinen dunklen Schlund.

Am nächsten Tag nahm das Kerkerleben für Tarik eine unerwartete Wendung, als Rutebeuf und Tennard etwa zwei Stunden nach Sonnenaufgang wieder zu ihnen heruntersteifelten. Sofort schreckten alle im Kerker zusammen, konnte das doch nur Böses bedeuten. Denn Brot und Wasser hatte man ihnen schon längst gebracht.

Furchtsam hielten sie den Atem an, auch Tarik, und lauschten den Stimmen der Wärter. Sie vernahmen jedoch noch ein anderes, schleifendes Geräusch, das sich anhörte, als würden sie etwas über den Boden ziehen.

Augenblicke später kamen die Wärter in den grauen, von Schattenstäben zerteilten Lichtschein, der durch das Fenster am anderen Ende des Ganges fiel. Und nun war zu erkennen, was sie da über den Boden schleiften. Es war ein Tempelritter. Die Wärter trugen ihn, mit dem Gesicht nach unten, wie ein umschnürtes Stück Fleisch, an seinem Ledergurt. Arme und Beine schleiften dabei wie leblos über die Steinplatten. Und es genügte ein einziger Blick auf seine zerfetzte, blutdurchtränkte Kleidung, um zu wissen, dass er grausam gefoltert worden war!

Sie ließen ihn vor dem Gitter einfach wie einen Kadaver zu Boden fallen. Wie tot lag der Tempelritter auf den Steinplatten. Doch ein schwaches Stöhnen verriet, dass noch Leben in ihm war.

Tennard schloss die Zellentür auf. Dann rissen sie den Tempelritter wieder hoch und warfen ihn wie einen nassen Sack in den Kerker.

»Verrecke hier bei deinen Ordensbrüdern, Templer! Dein hübsches Privatgemach wird für andere, erlauchte Ehrengäste aus eurem Ketzerorden gebraucht!«, rief Tennard ihm noch höhnisch zu, schloss wieder ab und verschwand mit Rutebeuf.

Als Tariks Blick auf das lange graue Haar des Ritters gefallen war, das ihm blutverkrustet am Kopf klebte, war ihm eine entsetzliche Vermutung gekommen. Und kaum hatten sich die beiden Wärter entfernt, als er auch schon aus dem Dreck hochschnellte und mit einem Sprung an der Seite des Gefolterten war.

»Antoine?«, stieß er mit erstickter Stimme hervor und drehte den Mann behutsam auf den Rücken. Er hatte sich nicht geirrt. Es war wirklich der alte Gralshüter Antoine von Saint-Armand, vom Kopf bis zu den Füßen auf das Entsetzlichste von der Tortur gezeichnet.

»Könnt Ihr mich hören, Antoine? . . . Ich bin es, Tarik!« Er wollte nach der Hand des Gralshüters greifen, zuckte jedoch sofort davor zurück, als er sah, was Daumenschrauben und andere Folterinstrumente angerichtet hatten. Ihn schauderte, als er sich vorzustellen versuchte, was für schreckliche Qualen der Freund und Obere ihrer geheimen Bruderschaft erlitten haben musste.

Die Lider von Antoine hoben sich nur schwerfällig, als müsste er seine letzte Kraft aufbieten, um die Augen zu öffnen. »Tarik?«, kam es schwach aus seinem Mund. »Du lebst! . . . Dem Himmel . . . sei Dank!«

Tarik würgte es in der Kehle, und er hatte Mühe, die Tränen zurückzuhalten. »Mein Gott, was haben Euch diese Tiere nur angetan! Verflucht bis in alle Ewigkeit sollen sie sein!«

Antoine bewegte kaum merklich den Kopf von links nach rechts, als wollte er ihm widersprechen. Seine zerschundenen, aufgeplatzten Lippen bewegten sich und murmelten etwas. Doch Antoines Stimme fehlte die Kraft, um Tarik zu erreichen.

»Was habt Ihr gesagt?«, fragte dieser und beugte sich ganz nahe zu ihm hinunter, um das Geflüster verstehen zu können.

»Der Herr hat mir die Kraft gegeben . . . unserem heiligen Amt . . . treu zu bleiben . . . und die Prüfung zu ertragen . . . Sie haben ihr Geständnis . . . nicht bekommen«, hauchte Antoine ihm ins Ohr und rang zwischen den Worten immer wieder um Kraft. »Doch verhärte nicht dein Herz . . . und verfluche sie auch nicht, mein Bruder! . . . Denk immer an das . . . was unser Herr am Kreuz erleiden musste . . . und was er dennoch . . . in seinem Leiden gebetet hat: ›Herr, vergib ihnen . . . denn sie wissen nicht . . . was sie tun!‹« Damit war seine Kraft erschöpft. Die Augenlider fielen wie schwere Vorhänge herab, und gnädige Bewusstlosigkeit entführte ihn in eine Welt, die frei von Schmerzen war.

8

Der Himmel über Paris war wolkenverhangen, aber zumindest hatte der heftige Regen in den Nachtstunden aufgehört. Hier und da wagte sich sogar ein wenig Sonne durch vereinzelte Löcher in der Wolkendecke.

Ein Stück oberhalb der Petit Pont hockten die drei Gralshüter mit Raoul am linken Ufer der Flussinsel. Schräg hinter ihnen erhob sich die ehrfurchtsgebietende Kathedrale Notre-Dame in den grauen Novemberhimmel.

Ihre Aufmerksamkeit galt jedoch einzig und allein dem trutzigen, dreistöckigen Gefängnisbau, der vor ihren Augen jenseits des Flussarmes am linken Seineufer und dort unmittelbar über den eisigen Fluten aufragte. In dem nach Osten weisenden, abgerundeten Teil des dreistöckigen Gebäudes war ein spitz gewölbtes Torhaus eingelassen, dessen tiefer Durchgang unter dem Gefängnis hindurch und direkt auf die beidseitig mit schmalen Giebelhäusern bebaute Brücke über den Fluss führte.

Keinem von ihnen war nach Essen zumute. Doch um vorzutäuschen, sich hier am Ufer zu einer kleinen Stärkung niedergelassen zu haben, schnitten sie gelegentlich ein Stück von dem mitgebrachten Brot und Wildschweinschinken ab und kauten darauf herum.

Sie hatten die halbe Nacht im *Au Faisan Doré* damit verbracht, die Zeichnungen zu studieren, die der schwindsüchtige Bertrand Gisquet angefertigt hatte. Nun galt es, diese Planskizzen eine nach der anderen mit dem vor ihnen liegenden Gebäude in Einklang zu bringen und sich all das räumlich vorzustellen, was bis dahin nur krakelige Federstriche auf teurem Pergament gewesen waren.

»Das dort muss das Gangfenster sein, das dem Kerker, in dem Tarik einsitzt, am nächsten liegt«, sagte Maurice leise und deutete verstohlen auf das vergitterte Fenster, das am nordwestlichen Ende des Gefängnisses und hoch über dem Fluss in das dicke Mauerwerk eingelassen war.

»Und darüber befindet sich der Trakt mit den Einzelzellen«, fügte Gerolt hinzu.

Mit finsterer Miene starrte McIvor über den Fluss. »Ich wünschte, wir könnten wenigstens einige unserer Ordensoberen befreien!«

»Das könnt ihr gleich vergessen!«, sagte Raoul sofort. »Denn da oben werden die Gefangenen noch strenger bewacht als unten in den Gemeinschaftszellen. Da sind gleich mehrere verriegelte Trenngitter zu überwinden. Nein, das wäre glatter Wahnsinn und der sichere Tod, Freunde!«

Gerolt nickte. »Recht hast du. Also konzentrieren wir uns erst einmal auf die wichtigste Frage, nämlich wie wir es schaffen, in das Gefängnis zu gelangen und dann durch all die Gänge und verschlossenen Gittertüren bis zu Tariks Kerkerzelle.«

Maurice spuckte ein Stück Sehne aus. »Da fallen mir gleich drei Möglichkeiten ein. Erstens könnten wir versuchen, irgendeine wichtige Persönlichkeit der Inquisition als Geisel zu nehmen, und sie dazu zwingen, uns überall Zugang zu verschaffen.«

Maurice schüttelte den Kopf. »Zu riskant, nicht nur was den Überfall auf solch eine Person betrifft. Außerdem würde es uns vermutlich viele Tage kosten, um erst einmal auszukundschaften, wen wir da als Geisel nehmen könnten.«

»Das sehe ich auch so«, stimmte ihm Gerolt zu.

»Dann bleiben noch zwei andere Möglichkeiten«, fuhr Maurice fort. »Wir könnten uns als königliche Kommissare ausgeben, indem wir uns die entsprechende Kleidung verschaffen und vor den Wachen ein gefälschtes Dokument als Legitimation vorweisen.«

»Der Gedanke ist mir auch schon gekommen«, sagte Raoul. »Aber es würde nicht funktionieren, auch wenn es nicht allzu schwierig sein sollte, an ein gefälschtes Dokument zu kommen. Paris hat genügend zwielichtige Gestalten zu bieten, die einem alles beschaffen können, wie verrucht es auch sein mag. Aber wir würden auf der Stelle Verdacht erregen, wenn wir als königliche Kommissare verlangen, zu einem Gefangenen geführt zu werden. Denn mittlerweile weiß doch jeder noch so einfältige Wachmann oder Kerkerknecht, dass Verhöre nur in Anwesenheit von Vertretern der Inquisition geführt werden dürfen. Das ist der eine Haken . . .«

»Wir könnten vorgeben, gar kein Verhör vorzunehmen, sondern nur die Identität eines gewissen Gefangenen überprüfen zu wollen«, wandte Maurice ein. »Da wird uns schon noch eine überzeugende Geschichte einfallen, etwa dass sich gewisse hohe Ordensobere als einfache Ritter oder gar Servienten ausgegeben haben sollen, um unerkannt und von der Tortur verschont zu bleiben.«

McIvor nickte. »Klingt nicht schlecht. Das hat Hand und Fuß, wenn ihr mich fragt.«

»Das mag sein«, räumte Raoul ein. »Aber das viel größere Problem bei der Sache wird es sein, an die Kleidung von zwei oder gar drei königlichen Kommissaren zu kommen.«

»Aber hast du nicht eben erst gesagt, in Paris könne man sich alles besorgen, wie verrucht es auch sein mag?«, erinnerte ihn McIvor stirnrunzelnd.

»Stimmt ja auch«, erwiderte Raoul. »Aber solche Sachen kann man bei all dem Zierrat, der dazugehört, nicht einfach über Nacht schneidern. Auch müssen die besonderen Gürtel, Stiefel und Hüte besorgt werden. Das kann dauern.«

»Wie lange?«, fragte Gerolt knapp.

Raoul zuckte die Achseln. »Fünf Tage, vielleicht eine Woche. Kommt ganz darauf an, ob ich jemanden ausfindig machen kann, der gute Verbindungen zu einem bestechlichen Mann in der entsprechenden Kleiderkammer hat.«

»Unmöglich!«, kam es sofort von Maurice und Gerolt wie aus einem Mund.

McIvor nickte. »Nein, so viel Zeit haben wir nicht!«

»Dann bleibt uns meines Erachtens nichts anderes übrig, als uns als Dominikanerpatres auszugeben, die ja dort auch ein- und ausgehen«, kam Maurice zu der dritten Möglichkeit.

»Der Vorschlag gefällt mir schon erheblich besser«, sagte Gerolt. »An den Habit der Dominikaner wird leicht heranzukommen sein! Und dann können wir auch die Geschichte verwenden, die Maurice sich gerade als Grund unseres Besuches ausgedacht hat.«

»Niemand wird mir abnehmen, ein Mönch zu sein«, brummte McIvor missmutig, der schon fürchtete, auch diesmal von der Unternehmung ausgeschlossen zu werden, und das gefiel ihm gar nicht.

Sein Einwand blieb jedoch unbeachtet. Denn Raoul wandte sofort ein: »Aber dann muss dein frecher Bart am Kinn fallen, wenn du mit von der Partie sein willst, Maurice! Denn kein Mönch läuft so herum.«

Maurice winkte mit einem breiten Grinsen ab. »Und wennschon! Haare wachsen nach, treue Freunde nur ganz selten! Tarik ist mir mehr wert als mein Bart!«

»Und wie sieht es mit der Tonsur aus, die wir uns dann auf dem Kopf rasieren müssen?«, wollte Raoul wissen.

Für einen kurzen Moment herrschte verdutztes Schweigen.

»Uns gegenseitig eine Tonsur verpassen zu müssen, ist zwar wirklich keine erhebende Vorstellung«, sagte Gerolt dann. »Aber wenn es nicht anders geht, muss es eben sein.«

»Vielleicht geht es auch ohne eine Verschandelung unserer edlen Häupter, obwohl einer von uns dabei gar nicht so viele Haare zu verlieren hätte«, sagte Maurice mit einem spöttischen Seitenblick auf den recht kahlen Schädel von McIvor. »Wir könnten doch versuchen, die Haare irgendwie so einzufärben, dass es wie eine Tonsur aussieht, und die Kapuzen einfach auflassen. Zudem wird das Licht schon schlecht sein, denn wir sind uns doch darüber einig, dass wir Tarik bei Einbruch der Dunkelheit befreien wollen, damit wir bei unserer Flucht den Schutz der Nacht auf unserer Seite haben.«

Gerolt pflichtete ihm bei. »Ich bin auch dafür, dass wir uns – mit oder ohne Tonsur – als Dominikanermönche ausgeben. Zumal es bestimmt auch weniger Schwierigkeiten und Gefahren mit sich bringen wird, sich ein falsches Siegel des örtlichen Klosters zu besorgen als das eines der königlichen Kommissare.«

Sie beredeten die Idee noch eine ganze Weile und kamen schließlich zu dem Ergebnis, dass sie es so und nicht anders versuchen wollten. Alle anderen Ideen erwiesen sich untauglich, weil sie mit viel höheren Risiken behaftet waren oder weil ihre Umsetzung viel zu viel Zeit in Anspruch genommen hätte.

»Wie wir ins Gefängnis reinkommen wollen, hätten wir also geklärt«, sagte Maurice und fuhr sich mit der Hand unwillkürlich über das Kinn, dessen Zierde schon bald unter dem Rasiermesser fallen würde. »Aber jetzt müssen wir die verdammt harte Nuss knacken, wie wir da bloß wieder lebend herauskommen wollen! Erinnere dich nur, was uns der alte Bertrand Gisquet beim Abschied gesagt hat, Gerolt.«

»Er mag es für unmöglich halten, doch wir werden einen Weg finden«, erwiderte Gerolt. »Wir *müssen* einfach!«

»Wir müssen aber auch damit rechnen, dass Tarik nach den Wochen im Kerker nicht mehr die Kraft hat, sich allein auf den Beinen zu halten«, merkte McIvor an. »Er dürfte mittlerweile schon recht verdreckt und zerlumpt sein. Auch können wir nicht ausschließen, dass er . . . von der Folter gezeichnet ist!«

Die Erwähnung der Folter brachte harte Mienen auf die Gesichter der Männer.

»McIvor hat wohl leider recht«, sagte Raoul besorgt. »Es dürfte unmöglich sein, einen geschwächten, verdreckten und gar von der Folter gezeichneten Mann unbehelligt aus dem Gefängnis zu schleppen, ohne dass man uns schon bei den ersten Wachen aufhält. Und heimlich noch Schwerter mitzubringen und dann mit Gewalt ausbrechen zu wollen, darüber brauchen wir wohl erst gar nicht zu reden.«

Niemand widersprach ihm. Sie alle kannten die Zeichnungen des Bertrand Gisquet und wussten, dass ein gewaltsamer Ausbruchsversuch nicht den Hauch einer Chance auf Erfolg besaß.

»Pest und Krätze über alle, die uns Templern ans Zeug wollen! Und ob uns das gelingt, Freunde!«, stieß McIvor plötzlich hervor und ließ dabei seine Prankenfaust auf seinen Oberschenkel niedersausen. »Ja, schaut mich nicht so entgeistert an! Auch Schotten haben Grips im Kopf! Ich sage euch, wir werden aus dem verfluchten Kasten da drüben ausbrechen – und zwar buchstäblich!«

9

Die Servienten hatten Mitleid mit dem alten, grauhaarigen Tempelritter, der seine schweren Verletzungen nicht lange überleben würde. Auch Tarik litt mit ihm. Es zerriss ihm das Herz, mit ansehen zu müssen, wie Antoine von Saint-Armand langsam, aber unabänderlich dem Tod entgegendämmerte.

In den Stunden der ersten Bewusstlosigkeit hatte Tarik die schrecklichen Wunden des Gralshüters behutsam ausgewaschen und die allerschlimmsten von ihnen zu verbinden versucht. Jeder der Servienten hatte sich ohne besondere Aufforderung Stoffstreifen von der eigenen Kleidung gerissen, damit er ihm notdürftige Verbände anlegen konnte.

Aber viel war damit nicht gewonnen. Nicht einmal der beste Wundarzt hätte mit seiner Kunst bei diesem Gequälten noch etwas zum Guten wenden können. Es gab Tarik jedoch das Gefühl, wenigstens *etwas* für ihn getan und vielleicht dadurch für ein klein wenig Linderung der Schmerzen gesorgt zu haben. Was ihm jetzt noch zu tun blieb, war, über ihn zu wachen und leise für ihn zu beten, dass der Tod bald kommen und ihn von seinem Leid erlösen möge.

Antoines Tod konnte stündlich eintreten. Auch mit weniger schweren Foltermalen hätte er nicht überlebt. Denn in diesem dreckigen, mit Ungeziefer verpesteten Kerkerloch trat unvermeidlich und schnell der Wundbrand ein.

Die Stunden des Tages und der Nacht wurden Tarik jetzt noch qualvoller und länger, als sie es vorher schon gewesen waren. Antoine war die meiste Zeit nicht ansprechbar. Er trieb in einer fernen Welt aus Bewusstlosigkeit und Fieberdelirium. Nur sein schwerer, stoßartiger Atem und gelegentliches leises Stöhnen verrieten, dass sein Ringen noch kein Ende gefunden hatte.

Es gab jedoch auch kurze Spannen, in denen Antoines Bewusstsein wiederkehrte. Und als er das erste Mal kurz seine geistige Klarheit zurückgewann, wollte er von Tarik wissen, was er über seine Freunde, die anderen drei Gralshüter wusste.

»Nichts, was ich Euch zum Trost mit Gewissheit sagen könnte«, antwortete Tarik. »Ich habe jedoch die Hoffnung, dass McIvor noch immer auf der Insel ist und sich dort hat in Sicherheit bringen können. Denn in England, so sagt das Gerücht, ist man offenbar nicht gewillt, König Philipps Aufforderung Folge zu leisten, alle Templer im Land zu verhaften. Und auch für Maurice habe ich Hoffnung, dank des Bußgangs, auf den Ihr ihn geschickt habt.«

Antoine versuchte, ein Lächeln zustande zu bringen. »Es muss eine Fügung . . . des Herrn gewesen sein. Manchmal erwächst auch aus einem Fehltritt . . . etwas Gutes. . . Und Gerolt?«

»Um ihn mache ich mir die größten Sorgen. Wenn er Köln vor dem 13. Oktober verlassen hat und an jenem Tag schon auf französischem Boden gewesen ist, wird er der Verhaftung wohl nicht entgangen sein«, antwortete Tarik und sah dann, dass Antoine schon nicht mehr zuhörte, weil er wieder in den Dämmerzustand zurückgesunken war.

Erst gegen Abend hatte er wieder einige klare Momente. »Komm . . . ganz nahe!«, hauchte er und wartete, bis Tariks Ohr über seinem Mund lag. »Der Kelch ist nicht dort, wo . . .«

Erschrocken unterbrach Tarik ihn sofort. »Sprecht nicht davon!«, flüsterte er ihm beschwörend zu. »Verratet mir nicht, wo Ihr ihn versteckt habt! Die Iskaris stecken mit den Männern, die unseren Orden vernichten wollen, unter einer Decke!«, sprudelte er hastig hervor. »Sjadú war schon hier und wollte mir unter dem Einfluss des schwarzen Tranks das Versteck entlocken! Nur einer glücklichen Fügung verdanke ich es, nichts verraten zu haben. Doch er wird wiederkommen. Er wird alles versuchen. Ihr kennt diese Teufel in Menschengestalt. Behaltet Euer Wissen für Euch! Wenn es mir vergönnt sein soll, diesem Vorhof der Hölle zu entkommen, wird Gott mir schon den Weg zum Versteck weisen!«

»Gut, so soll es denn sein«, gab Antoine kraftlos zur Antwort und schloss wieder die Augen.

Irgendwann spät in der Nacht spürte Tarik die Hand von Antoine. Sie stieß ihn kaum merklich an. Es war nur ein Zittern des kleinen Zeigefingers an seinem äußeren Handballen. Doch augenblicklich war er hellwach, beugte sich zu ihm hinunter und fragte leise: »Was wollt Ihr mir sagen?«

»Der Schatz unserer Bruderschaft ist . . . nicht hier in Paris!«, teilte er Tarik mit, dessen Überraschung und Verstörung nicht hätte größer sein können.

»Von was für einem Schatz sprecht ihr? Seit wann häufen Gralshüter, die doch nur ein heiliges Amt kennen, weltliche Schätze auf?«, raunte er ihm zu.

Antoine erklärte ihm mühsam, was es mit diesem scheinbaren Paradox auf sich hatte. »Und dann, als Akkon fiel, konnte ein Gutteil davon rechtzeitig gerettet werden! . . . Doch das meisterliche Vermächtnis der Männer . . . die vor uns das Gralsschwert getragen haben, es wurde nicht nach Paris gebracht . . . sondern an einem geheimen Ort versteckt . . . Für diese lange Geschichte reicht meine Kraft nicht mehr. Nein, warte! . . . Unterbrich mich nicht! . . . Zu kostbar ist die wenige Zeit . . . die mir noch bleibt.«

Sprachlos hörte Tarik zu, als Antoine nach einer Weile fortfuhr: »Nur ich kenne ihn . . . den geheimen Ort . . . und ich habe seine Lage auf vier kostbaren, kleinen Goldtafeln beschrieben, jedoch . . . verschlüsselt, sodass nur ein Gralshüter die Zeichen . . . richtig zu deuten vermag . . . Ihr braucht dafür zwei . . . gewölbte Spiegel . . . und den richtigen Winkel! . . . Wenn der Allmächtige dich an den Ort des heiligen Kelches führen sollte, dann wirst du dort auch eine . . . kleine Schatulle finden . . . in der sich die Tafeln befinden. Nimm sie an dich, und wenn ihr zu mehreren seid – möge der Allmächtige es so fügen! – dann . . . dann teilt sie unter euch auf . . . Holt ihn nur gemeinsam . . . aus seinem Versteck . . . und nutzt ihn zum Schutz des Heiligen Grals! . . . Ihr werdet in der Schatulle auch ein . . . versiegeltes Dokument finden. Bewahrt es gut auf, denn . . . denn es ist kostbarer als alles andere! . . . Öffnet und lest das Schreiben aber nur dann, wenn . . . wenn ihr nirgendwo einen wirklich sicheren Ort für den Heiligen Gral wisst! . . . Nur dann allein sucht Rat und den rechten Mut . . . in dem versiegelten Dokument!«

Tarik versprach ihm, dass er sich an seine Anweisung halten werde, wenn es ihm denn wirklich vergönnt sein sollte, eines Tages wieder in Freiheit zu sein.

»Und noch etwas musst du mir versprechen!«

»Sagt, und ich werde es tun, wenn es in meiner Macht steht, Antoine!«

Antoine brauchte einen Moment, um wieder Kraft für das zu schöpfen, was er ihm noch auftragen wollte. »Falls du deine Freiheit wiedererlangst . . . musst du das Leben als . . . Kriegermönch aufgeben, hörst du? . . . Ihr alle müsst euch . . . zu gegebener Zeit eine gute Frau nehmen . . . und Söhne zeugen!«, trug er ihm stockend und mit rasselndem Atem auf.

»Aber warum?«, fragte Tarik verstört. »Unser Gelübde als Tempelritter und der Schwur bei unseren Weihen . . .«

Antoine ließ ihn nicht ausreden. »Auch die Ehe ist ein heiliges Sakrament! . . . Und es wird keinen Orden der Templer . . . mehr geben, wenn das verlogene Tribunal gegen uns . . . sein schändliches Ende gefunden hat! . . . Und damit werden wir Hüter des heiligen Kelches . . . auch keine neuen Gralsritter mehr aus den Reihen der Templer berufen können! . . . Dann muss ein jeder von euch . . . das heilige Geheimnis und das heilige Amt . . . auf andere Art und Weise weitergeben . . . am besten an sein eigen Fleisch und Blut, wenn er sieht . . . dass es wohlgeraten und dieses hohen Amtes . . . würdig ist! . . . Sag es auch jedem . . . anderen Bruder unserer Gemeinschaft, wann immer . . . du auf einen triffst!« Immer leiser wurde seine Stimme. Und die letzten Worte kamen noch abgehackter und bildeten keine Sätze mehr: »In Spanien . . . dort Juan Francisco Montoya! . . . Und der Engländer . . . Tempel . . . London . . . Alistair von Galloway.« Seine Stimme erstarb und der Kopf kippte zur Seite.

Im ersten Moment glaubte Tarik, der Tod hätte ihn nun erlöst. Aber als er ihm die Hand vor den Mund hielt, spürte er den schwachen Hauch seines Atems. Und er lebte auch noch, als der neue Tag anbrach.

10

Seit dem Nachmittag ging wieder ein hartnäckiger Nieselregen über Stadt und Land nieder, und wohl nur die beiden Dominikanermönche, die im letzten Licht des grauen Tages mit hochgeschlagener Kapuze auf das Petit Chatelet zustrebten, hielten das miserable Wetter für ein wahres Gottesgeschenk.

Wer ihnen auf ihrem Weg begegnete, brauchte nur einen kurzen Blick auf die beiden rundlichen Gottesmänner zu werfen, um zu wissen, dass es sich bei ihnen um Dominikaner von Rang und Namen handelte. Zwar trugen auch sie den schlichten, schwarz-weißen Habit des Ordens. Aber ihren Kutten war anzusehen, dass sie aus feinstem Tuch gearbeitet waren und nicht aus dem rauen Stoff, den einfache Mönche gewöhnlich trugen. Auch der Strick, den sie um ihre füllige Leibesmitte gebunden hatten, war nicht aus billigen Hanfsträngen gedreht, sondern bestand aus edelster, seidiger Kordel. Und was bei ihrem Anblick schon aus einiger Entfernung ins Auge stach, war das Kruzifix, das bei jedem der beiden Mönche über der Brust die Kutte schmückte. Statt eines schlichten Holzkreuzes trugen sie um den Hals eine kostbare Goldkette, an deren Ende ein prachtvolles Kruzifix aus massivem Gold hing, wie man es nur bei hochrangigen Ordensmitgliedern von adligem Geschlecht sah.

Diese beiden teuren Kreuze beschäftigten Maurice gerade, als sie über die Brücke Petit Pont kamen und auf den Tordurchgang des Gefängnisses zuhielten. »Hoffentlich bekommen wir später bei einem

Schmuckhändler auch nur annähernd das wieder, was wir für die Kruzifixe bezahlt haben«, sagte er. »Wir haben in den letzten beiden Tagen eine Menge Geld ausgegeben. Viel ist uns von deiner goldgefüllten Keule nicht mehr geblieben!«

»Alles zu seiner Zeit«, erwiderte Gerolt ebenso leise. »Ich mache mir im Augenblick ganz andere Sorgen, nämlich ob Raoul und McIvor auch mit dem alten Lastkahn zurechtkommen werden. Und ob nachher die Winde die Belastung aushält!«

»Die beiden werden den Kahn schon nicht auf Grund setzen!«, sagte Maurice zuversichtlich. »Und oben vom Kai am Ende der Rue de Bievre ist es doch bis zum Gefängnis nur ein kurzes Stück den Flussarm hinunter. Was soll da also mit so einem trägen Kahn schon groß passieren?«

Dazu fiel Gerolt mehr ein, als ihm selber lieb war. »Sie könnten die Geschwindigkeit des Lastkahns falsch einschätzen, den Anker zu spät auswerfen oder mit einer unbedachten Ruderdrehung den Kahn zu weit vom Ufer bringen.«

»Ach was, das kriegen sie schon hin! Sie wissen, was auf dem Spiel steht und dass Tarik und auch wir verloren sind, wenn sie einen Fehler machen«, beruhigte Maurice ihn, blieb im Tordurchgang stehen und hob kurz seine Kapuze an. »Und jetzt sag mir lieber, ob mein hübscher Mönchsdeckel noch an Ort und Stelle sitzt.«

Gerolt warf einen schnellen Blick auf das flache Käppchen aus schwarzem Filz, das sie beide auf ihrem Kopf trugen und mit Nadeln festgesteckt hatten. Was der Volksmund spöttisch und respektlos als »Mönchsdeckel« bezeichnete, trugen die Ordensleute im Winter über der Tonsur, um ihre kahlen Köpfe in den eisigen Mauern ihrer Klöster vor der Kälte zu schützen. Maurice und er hatten nach reiflicher Überlegung beschlossen, sich nicht die Köpfe zu rasieren, sondern sich nur etwas größere Käppchen zu besorgen, die das Fehlen der Tonsur gut verbergen. Der pechschwarze Kinnbart von Maurice hatte jedoch dran glauben müssen. »Sitzt alles prächtig an Ort und Stelle.«

»Bei dir auch.« Maurice atmete noch einmal tief durch. »Also dann, wagen wir uns in die Höhle des Löwen, mein Freund. Gebe Gott, dass wir nichts unbedacht gelassen haben und gleich ein Rädchen ins andere greift.«

Gerolt nickte stumm.

Augenblicke später traten sie mit gewichtiger Miene und gemessenen Schrittes, wie es selbstgefällige und hochwohlgeborene Ordensmänner gemeinhin an sich hatten, aus dem Tordurchgang und wieder hinaus in den Regen, der stärker geworden war. Das kleine, vorspringende Wachhaus mit dem spitzen Giebeldach vor dem Eingang des Gefängnisses wirkte vor der hohen dunkelgrauen Fassade wie ein unpassendes, nachträglich hinzugefügtes Anhängsel, dessen zwergenhafte Proportionen in keinem Verhältnis zum Rest des trutzigen Gebäudes standen.

Zwei Wachsoldaten mit den Milchgesichtern frischer Rekruten hatten in dem Vorbau Schutz vor dem Regen gesucht und traten dort missmutig von einem Bein auf das andere, um sich ein wenig warm zu halten. Als sie die beiden Dominikanermönche kommen sahen, nahmen sie jedoch Haltung an, richteten ihre Spieße auf und stellten sich, wie es die Vorschrift verlangte, in den Eingang.

»Was ist Euer Begehr?«, sprach einer der Wachsoldaten, der runde Pausbacken hatte, Gerolt und Maurice an.

»Gott zum Gruße, mein Sohn! Und möge der Barmherzige Euch bald eure Ablösung schicken, denn ihr seht mir kalt von langem Wachdienst aus«, antwortete Maurice mit salbungsvoller Stimme.

»Da sagt Ihr was«, brummte der andere, und sein Blick richtete sich mit kurzem, neidvollem Blick auf das schwere goldene Kruzifix, mit dem Maurice scheinbar gedankenlos spielte. »Aber sagt, wer seid Ihr und wie können wir Euch Herren zu Diensten sein?«

»Maurice von Beauvais, Visitator unseres ehrwürdigen Ordens«, stellte sich Maurice mit nasalem, leicht herablassendem Tonfall vor. »Und wen ihr an meiner Seite seht, das ist mein getreuer Adlatus, der Subprior Antoine von Chartres. Wir stehen im Dienst der heiligen Inquisition und kommen in Erfüllung eines wichtigen Auftrags, der keinen Aufschub duldet.«

»Wenn die ehrwürdigen Herren gekommen sind, um eine Befragung vorzunehmen . . .«, setzte der pausbäckige Soldat etwas zögerlich zu einem Einwand an.

»Es geht nicht um ein Verhör, mein Sohn! Mit diesem gottgefälligen, aufopferungsvollen Dienst in der unerbittlichen Niederringung der Ketzerei haben wir und der Großinquisitor von Frankreich andere, sehr fähige und glaubensfeste Ordensbrüder beauftragt«, schnitt Maurice ihm mit einem leichten Anflug von Ungeduld das Wort ab. »Wir wollen nur die wahre Identität eines inhaftierten Templers von Rang überprüfen, der uns vom Ansehen her bekannt ist und der hier unter dem Namen eines anderen, gänzlich unbedeutenden Servienten wohl glaubt, der peinlichen Befragung entgehen zu können. Hier, lest selbst!« Damit zog er nun das Dokument mit dem gefälschten Ordenssiegel hervor, rollte das Pergament aus und hielt es ihm hin.

Die beiden Wachen schenkten dem Dokument so gut wie keine Beachtung. Vermutlich waren sie des Lesens auch gar nicht fähig. »Darüber haben wir nicht zu befinden, hochwürdige Herren«, sagte der Pausbäckige. »Ihr wendet Euch mit Eurem Anliegen besser an Hubert Corberon. Er ist der Obermeister des Kerkers und wird wissen, was zu tun ist. Kommt, ich bringe Euch zu ihm!«

Maurice schenkte ihm ein huldvolles Nicken. »So geht denn voran, guter Mann, und weist uns den Weg!« Und als der Wachsoldat sie nun ins Gefängnis führte, warf er Gerolt einen triumphierenden Blick zu.

Gerolt antwortete darauf mit einem knappen Nicken. Auch er war erleichtert, dass sie das erste Hindernis erfolgreich überwunden hatten. Aber die beiden noch sehr unerfahrenen Wachen mit ihrem Auftreten und ihrer Erscheinung zu täuschen und zumindest erst einmal eingelassen zu werden war wohl auch der leichteste Teil ihres Unternehmens. Bevor sie zu Tarik gelangen konnten, warteten bestimmt noch viel höhere und schwerer zu nehmende Hürden auf sie.

Doch zu ihrer großen Verwunderung war dem ganz und gar nicht so. Auch die nächsten Wachen, an die der Pausbäckige sie in der Eingangshalle weiterreichte und die schon mehr Dienstjahre im Wachregiment aufzuweisen hatten, unterzogen sie keiner scharfen Prüfung. Die Erklärung ihres Kameraden, dass es sich bei den Dominikanern um den hochgestellten Visitator des Ordens und um den ehrwürdigen Subprior Antoine von Chartres handelte, nahmen sie ohne Nachfragen für bare Münze.

Wenig später standen Maurice und Gerolt dann in der großen Wachstube vor Hubert Corberon. Der Obermeister der Wärter, ein grobschlächtiger Mann mit dem breiten Kreuz eines Ochsen, hatte sich gerade von einem seiner Kerkerknechte als Abendessen einen Krug Bier und einen Topf dicker Graupensuppe mit vielen Wurststücken bringen lassen. Er ließ sich nur ungern beim Essen stören und zeigte auch keinerlei Interesse daran, das Dokument der beiden hochrangigen Dominikaner zu studieren. Dass sie vor ihm standen, war für ihn Beweis genug, dass die Wachsoldaten ihre Aufgabe getan hatten und alles seine Richtigkeit hatte.

»So, Ihr wollt also einen Blick auf diesen Tarik el-Kharim werfen, der wohl gar nicht so heißt«, sagte er mit vollem Mund und nickte grimmig. »Das erklärt einiges! Der Kerl hat schon vor einigen Tagen für Schwierigkeiten gesorgt. Der Inquisitor hätte ihn besser gleich auf die Folter binden lassen. Nun, das lässt sich ja leicht nachholen. Ich werde mir gleich eine entsprechende Notiz auf die Tafel machen.«

Dann rief er herrisch über die Schulter in den Gang hinaus: »Tennard! . . . Tennard, wo steckst du? Beweg gefälligst deinen faulen Arsch her!« Und mit einem schiefen Lächeln zu Maurice und Gerolt hin fügte er hastig hinzu: »Verzeiht, aber eine andere Sprache verstehen diese Burschen nicht. Ihr wisst gar nicht, mit was für groben Kerlen sich jemand wie ich tagtäglich plagen muss, um für Zucht und Ordnung hier im Chatelet zu sorgen!«

Maurice nickte verständnisvoll. »Ja, die Welt ist des Teufels und voller Plagen, guter Mann. Aber der Herr, gelobt sei seine Barmherzigkeit, wird Euch am Tage des Jüngsten Gerichts gewiss alles vergelten, was Ihr hier im Dienste unseres Königs und unserer heiligen Mutter Kirche auf Euch genommen habt«, versicherte er ebenso huldvoll wie hintersinnig.

»Ja, Lob und Preis seinem gerechten Urteil!«, ergänzte Gerolt und schlug mit frommer Miene das Kreuz, während er in Gedanken hinzufügte: Möge Gott dich für all deine Grausamkeiten und Untaten, die du auf dem Gewissen hast, mit dem ewigen Fegefeuer strafen!

Im nächsten Moment erschien der glubschäugige Wärter in der Tür der Wachstube. »Ihr habt mich gerufen, Obermeister Corberon?«, fragte er beflissen und beäugte die beiden hochgestellten Ordensmänner.

»Führe die beiden Abgesandten des Großinquisitors zu diesem verschlagenen Templer Tarik el-Kharim!«, befahl ihm Hubert Corberon barsch. »Sie wollen nur einen Blick auf ihn werfen und sich davon überzeugen, ob er derjenige ist, als der er sich ausgibt.«

Der Wärter öffnete den Mund, vielleicht weil er einen Einwand vorbringen wollte.

Aber das unterband der Obermeister sofort. »Was stehst du da noch herum?«, blaffte er ihn an. »Hast du was auf den Ohren, Tennard? Na los, tu endlich, was ich dir aufgetragen habe. Aber ein bisschen flott! Die hohen Herren werden Besseres zu tun haben, als sich die Zeit hier bei uns zu vertreiben!«

»Sehr wohl!«, beeilte sich Tennard nun zu sagen, wandte seinem obersten Vorgesetzten mit rotem Kopf rasch den Rücken zu, holte eine brennende Pechfackel und bat Gerolt und Maurice dann unterwürfig, doch bitte die Güte zu haben, ihm zu folgen.

Wortlos und mit herablassender Huld nickten sie ihm zu. Doch der gleichmütige Ausdruck auf ihren Gesichtern täuschte, als sie nun im Schein der Fackel immer tiefer in den Gefängnisbau vordrangen. Ihr Herz schlug schneller, als der Wärter sie eiligen Schrittes durch finstere Gänge und dann hinauf in das nächste Stockwerk führte. Sie passierten auf ihrem Weg zwei weitere Wachposten. Ein schweres Eisengitter nach dem anderen schloss er ihnen auf. Und jedes Mal machte er eine tiefe Verbeugung, wenn er sie durch die Tür ließ.

Schließlich kamen sie hinter einem rechtwinkligen Knick zu einem weiteren, letzten Sicherheitsgitter. Am Ende der Treppe erstreckte sich ein sehr kurzer Gang, der vor einer Wand mit einem vergitterten Fenster endete.

»So, hier ist der Kerker, in dem der verfluchte Hund von einem Templer mit seinen Ketzerbrüdern einsitzt!«, sagte Tennard und steckte die Fackel in den Mauerring neben der Gitterwand. »Ich werde ihn zu Euch ans Gitter rufen!«

»Das wird nicht nötig sein!«, erwiderte Maurice, der vorher schon seine rechte Hand unter die Kutte geschoben und in der Polsterung seiner falschen Leibesrundung ein kurzes Schlagholz gelockert hatte. Und diesen Prügel riss er nun unter dem Habit hervor und zog dem Wärter das Ende hart über den Hinterkopf. Wie ein gefällter Baum sackte Hugo Tennard in sich zusammen und blieb bewusstlos auf den Steinplatten liegen.

Sofort bückte sich Gerolt zu dem besinnungslosen Wärter hinunter und nahm ihm das Schlüsselbund ab. Dabei rutschte ihm die Kapuze vom Kopf.

Jetzt kam ein erstickter Aufschrei aus dem Kerker. »Gerolt? . . . Bist du es wirklich?«, stieß Tarik hervor, sprang auf die Füße und stürzte zusammen mit den anderen Gefangenen ans Gitter. »Mein Gott, da ist ja auch Maurice! Fast hätte ich dich ohne deinen Ziegenbart nicht erkannt! Dick seid ihr geworden! . . . Männer, es sind meine Freunde! Tempelbrüder wie wir! . . . Allmächtiger, träume ich das nur, oder ist es wirklich wahr, dass ihr uns hier herausholen kommt?«

Maurice streifte sich nun auch die Kapuze vom Kopf. »Wenn du mir nicht wieder mit deinem verdammten Koran kommst, Levantiner, bin ich gern bereit, dich die köstliche Luft der Freiheit schnuppern zu lassen!«, rief er ihm zu. »Siehst aus, als könntest du eine gute Prise davon vertragen!«

Gerolt hielt sich derweil nicht lange mit Reden auf, sondern suchte nach dem Schlüssel, der in das Schloss passte. Schnell hatte er den richtigen gefunden und sperrte die Gittertür auf. Jetzt galt es, keine Zeit zu verlieren!

11

Die Servienten stürzten hinaus auf den Gang. Und bevor Gerolt oder Maurice es verhindern konnte, hatte einer von ihnen dem Wärter das Messer aus dem Gürtel gerissen und ihrem sadistischen Quälgeist die Kehle durchgeschnitten.

Es war Gerard, der einstige Waffenmeister, der nun die Führungsrolle bei den Servienten übernahm. Er hob das Schlüsselbund auf, das Gerolt achtlos hinter sich geworfen hatte, weil es nicht mehr gebraucht wurde.

»Los, Brüder! Bewaffnen wir uns!«, rief er den anderen mit wild entschlossener Miene zu. »Bestimmt ist irgendwo im Gang eine Waffenkammer!«

»Nein! Versucht das erst gar nicht! Ihr werdet auch mit Waffen in der Hand nicht weit kommen!«, rief Gerolt ihnen zu. »Es gibt eine andere Möglichkeit, dem Gefängnis zu entkommen – und zwar lebend!«

Für einen kurzen Moment hatte er die Aufmerksamkeit der Servienten. »Und wie sieht die aus?«, fragte Marcel Chocquet.

Während Maurice die Kutte abwarf und hastig ein fingerdickes Seil abwickelte, das er sich unter der Polsterung seines falschen Bauches um die Hüften gewickelt hatte, deutete Gerolt auf das zum Fluss hinausgehende Fenster. »Wir werden dort hindurch fliehen!«

Die Blicke der Servienten gingen erst zu den dicken Gitterstäben, mit denen die Fensteröffnung im dicken Mauerwerk versperrt war, und dann wieder zurück zu Gerolt. Dabei sahen sie ihn an, als zweifelten sie an seinem Verstand.

»Unmöglich!«, rief einer sofort.

»Doch!«, beharrte Gerolt. »Wir reißen die Gitterstäbe aus der Wand und . . .«

Gerard ließ ihn nicht ausreden. »Das ist doch verrückt! Das schafft ihr nie im Leben! Und ich denke nicht daran, darauf zu warten, dass ein Wärter Alarm schlägt! Kommt, Männer!«

»Gerard hat recht!«, stieß ein anderer hervor. »Noch haben wir das Überraschungsmoment auf unserer Seite. Und lieber sterbe ich mit einer Waffe in der Hand, als mich auf die Folter spannen oder auf den Scheiterhaufen führen zu lassen!«

»Ja, lieber aufrecht und ehrenvoll im Kampf sterben, als so zu krepieren!«

»Wartet! Was ihr vorhabt, ist der reine Selbstmord! Wir haben Hilfe von draußen! Es ist alles sorgfältig geplant!«, versuchte Gerolt noch, die kopflosen Servienten davon abzuhalten, in den sicheren Tod zu laufen. Doch es hörte längst keiner mehr hin, was er sagte, während er sich Kutte und falschen Bauch vom Leib zerrte, der zum größten Teil aus einem dunklen Umhang aus leichtem Stoff bestand. Sie stürzten schon mit Gerard an ihrer Spitze den Gang hoch, um zu der Waffenkammer zu kommen.

»Lass sie! Sie sind verloren!«, kam es von Maurice. Er war inzwischen zu der quadratischen Maueröffnung gerannt, deren Seitenmaß etwa anderthalb Armlängen betrug, und warf die Seilrolle kraftvoll und in weitem Bogen in die regnerische Nacht hinaus, die inzwischen über der Stadt lag. »Ihnen ist jetzt nicht mehr zu helfen. Und wir haben auch nicht die Zeit, sie davon zu überzeugen, dass sie ihr Leben retten können, wenn sie bei uns bleiben. Betet besser zu Gott, dass McIvor und Raoul den Lastkahn in Position gebracht haben!«

Tarik fragte nicht erst lange, wie sie es bloß anstellen wollten, das schwere Gitter aus der Mauer zu brechen, und was es mit dem Kahn auf sich hatte, den Maurice soeben erwähnt hatte. Er vertraute darauf, dass seine Freunde wussten, was sie taten. Und zu hören, dass auch der Schotte und Hauptmann Raoul am Leben und in Freiheit waren, ließ sein Herz höher schlagen.

Er packte Gerolt an der Schulter und deutete auf die zerlumpte Gestalt, die hinten reglos an der Wand des Kerkers lag. »Das ist Antoine! Sie haben ihn bestialisch gefoltert, aber er hat das Geständnis bis zuletzt verweigert!«, stieß er hastig hervor. »Es ist nicht mehr viel Leben in ihm, aber wir *müssen* ihn mitnehmen! Wenn er schon sterben muss, dann soll es in Freiheit geschehen!«

»Allmächtiger!« Entsetzen schnürte Gerolt die Kehle zu, als er Augenblicke später mit Tarik neben dem alten Gralshüter kniete und sah, was die Folterknechte ihm angetan hatten.

Kurz hoben sich die Lider ihres Oberen. »Gerolt, du lebst?«, flüsterte er, und ein schwaches Leuchten trat in seine fiebrigen Augen.

»Ja, ich bin mit Maurice, McIvor und Hauptmann Raoul von Liancourt gekommen, um Euch und Tarik hier herauszuholen! Halte durch, Antoine!«, beschwor er ihn. »Wir sind alle der Verhaftung entkommen.«

»Der Herr sei gepriesen! . . . Nun ist der Heilige Gral sicher!«, hauchte Antoine, während die Lider schon wieder zufielen.

»Ich habe Zug an der Leine! Das Seil mit den Eisenhaken kommt!«, rief Maurice vom Fenster her. »Sie haben den alten Kahn also nicht auf Grund gesetzt, dem Himmel sei Dank! Aber einer von euch muss mit anpacken. Das Tau ist verteufelt schwer! Und vergiss bloß nicht, die Handschuhe zu verteilen, die wir mitgebracht haben. Sonst reißt uns das Seil gleich die Haut von den Händen!«

Schnell trugen Tarik und Gerolt ihren Gralsbruder aus der Zelle und legten ihn vorsichtig in der Nähe des Fensters auf den Gang. Dann warf Gerolt dem Levantiner Lederhandschuhe und Umhang zu, streifte sich selbst ein Paar Handschuhe über und nahm das dritte Paar zwischen die Zähne, während er zu Maurice an die Maueröffnung lief und ihm half, das schwere Bootstau hochzuziehen, das ans Ende der Leine geknotet war.

Als der Jutesack vor dem Fenster auftauchte und sich in Reichweite befand, streckte Maurice beide Arme durch das Gitter und zerrte den nur locker umgebundenen Sack von den drei dicken Eisenhaken, die darunter zum Vorschein kamen. Er klemmte je einen der Haken, von denen zwei an ihrem Endstück eine starke Krümmung nach innen aufwiesen, während der andere in eine klauenartige Dreizackspitze auslief, hinter einen der Längsstäbe des Gitters und nahm Gerolt das für ihn gedachte Paar Handschuhe aus den Zähnen.

»Passt gut auf, dass uns das Verbindungsseil nicht durch die Hände fliegt, wenn das Mauerwerk aufbricht und mit dem Gitter in die Tiefe poltert! Dann sind wir geliefert!«, rief Maurice seinen Gefährten zu, gab McIvor und Raoul das verabredete Handzeichen und sprang vom Fenster weg.

Gerolt hatte sich das Ende des Seils, das nun schlaff und in weiten Schlingen vor dem Fenster auf den Bodenplatten lag, um die Hüften gelegt und hielt es zu beiden Seiten mit behandschuhten Händen fest. Tarik stand ein Stück vor ihm und hatte ebenfalls das Seil gepackt. Im selben Augenblick drang aus den Tiefen der Gefängnisgänge lautes Gebrüll, dem sofort das metallische Klirren von aufeinandertreffenden Klingen folgte. Der ebenso heldenmütige wie sinnlose Kampf der Servienten gegen Kerkerknechte und Wachsoldaten hatte begonnen.

Fast gleichzeitig spannte sich das dicke Tau, als McIvor und Raoul sich unten auf dem Lastkahn mit aller Kraft in die Speichen der Winde legten. Jetzt hingen Gedeih und Verderben davon ab, ob die Zugstärke der Winde sowie die Muskelkraft von McIvor und Raoul ausreichten, um das Gitter herauszubrechen.

Am frühen Nachmittag hatten sie die schwere Winde mithilfe eines Flaschenzuges auf das Deck des Flussschiffes geladen. Sie hatten dem Flussschiffer und seinem Sohn, aus denen die ganze Besatzung des Lastkahns bestand, bei der Anmietung ihres Bootes erzählt, sie müssten die Winde, bestimmt für einen Küstenkutter, in den Hafen von Le Havre bringen. Nur zu gern hatten die beiden Schiffer diesen Auftrag übernehmen wollen, als sie hörten, was die Herren für die Fahrt bezahlen wollten. Und bereitwillig hatten sie sich dazu einladen lassen, die vereinbarte Fahrt mit einem ordentlichen Schluck zu begießen. Sie hatten auch kräftig dem Wein zugesprochen – nicht wissend, dass der schwere Rote, der ihnen reichlich nachgeschenkt wurde, einen betäubenden Zusatz enthielt. Sie lagen jetzt in tiefem Schlaf unten im Bauch des Kahns und waren gut gefesselt, damit man ihnen später, wenn man sie dort fand, keine Mittäterschaft anhängen konnte. Und die Gralshüter hofften, dass die Goldstücke, die sie ihnen in die Stiefel gesteckt hatten, sie für den unvermeidlichen Ärger reichlich entschädigen würden. Zumal ihnen auch noch die Winde zum Verkaufen blieb, deren Eisenplatte inzwischen auf den Decksplanken fest verankert war.

Ein Ächzen und Knirschen ging durch das Mauerwerk, als McIvor und Raoul das Seil immer fester spannten. Die ersten Risse bildeten sich um die Fenstereinfassung, Mörtel bröckelte aus den sich weitenden Spalten, und die ersten Steine begannen sich zu bewegen, leisteten jedoch beharrlich Widerstand.

»Fester!«, stieß Maurice beschwörend hervor, denn der Waffenlärm schien näher zu kommen, als würden die Soldaten die Servienten zurücktreiben. »Fester! Das reicht noch nicht! Stemmt euch in die Speichen! . . . Nicht nachgeben! . . . Um Himmels willen, beeilt euch, sonst sind auch wir verloren!«

Auch Gerolt hielt es nicht länger aus, stumm darauf zu warten, dass die Steine rund um das Gitter endlich nachgaben. Er ballte die Fäuste und fiel in die Anfeuerungsrufe von Maurice mit ein. »Legt euch ins Zeug! . . . Raus mit dem verdammten Gitter! . . . Zeig, was du in den Armen hast, Eisenauge!«

Es war, als hätten der Schotte und Raoul ihre Rufe gehört. Denn plötzlich gab es ein lautes Bersten, feiner Staub stiebte nach allen Seiten weg, und das Gitter flog aus der Wand, begleitet von einem guten Dutzend Steinen. Das dünne Verbindungsseil auf den Steinplatten zuckte wie eine aus dem Schlaf hochfahrende Schlange und sauste sirrend mit dem Tau durch die Öffnung hinaus in die regendurchtränkte Dunkelheit.

Maurice beugte sich sofort weit hinaus. Als er sah, dass McIvor unten an Deck die drei Haken aus dem verbogenen Gitter gelöst hatten, rief er: »Hoch mit dem Tau! Schnell!«

Hastig zogen Gerolt und Tarik das Tau wieder hoch.

»Kümmere du dich darum, aus einem Teil des Seils eine Schlinge für Antoine zu machen! Leg es ihm dreimal unter den Achseln hindurch um die Brust. Dann mach an den Enden zwei weite Schlaufen, dass ich meine Arme hindurchstecken kann. Ich werde ihn mir auf den Rücken legen!«, trug Gerolt ihm auf. »Und nimm eine der Kutten, schlitz sie auf und wirf sie ihm über!«

»Und vergesst die beiden goldenen Kruzifixe nicht! Die sind ein kleines Vermögen wert!«, rief Maurice noch, während er das Tauende zu fassen bekam. Schnell prüfte er, wo der Haken mit der Dreizackklaue an der Innenseite der Wand festen Halt finden konnte, entdeckte eine solche Stelle und gab dann Raoul unten das Zeichen, dass McIvor das Seil leicht unter Spannung bringen sollte.

Gerolt kletterte zuerst in die Öffnung, ging mit dem Rücken zum Abgrund in die Hocke und legte sich mit dem Bauch auf das breite, aufgerissene Mauerwerk.

»Beeilt euch!«, drängte er und streckte seine Arme aus. »Legt ihn mir auf den Rücken!«

Tarik und Maurice gaben sich Mühe, trotz aller Eile Antoine möglichst wenige zusätzliche Schmerzen zu bereiten, als sie ihn, notdürftigt bedeckt mit einer der Kutten, ihrem Gefährten auf den Rücken legten und ihm dabei die Schlaufen über die Arme streiften.

Gerolt vergewisserte sich schnell, dass die Schlaufen auch fest unter seinen Achseln lagen. Dann schob er sich mit der Last auf dem Rücken und mit den Beinen voran ins Freie. Doch kaum war er von der sicheren Unterlage des Mauerwerks gerutscht, als ihn das Gewicht mit einem Ruck in die Tiefe zog. Seine Hände schlossen sich mit aller Kraft um das Tau, doch er konnte nicht verhindern, dass er mit der Stirn gegen die Kante eines halb herausgebrochenen, verkanteten Steins stieß. Er spürte, wie Blut aus der Platzwunde unter dem Haaransatz strömte, ihm über das Gesicht lief und sich mit dem Regen vermischte. Den Schmerz sollte er erst später wahrnehmen. Denn in diesem Augenblick beherrschte ihn nur ein einziger Gedanke – sich nämlich so schnell wie möglich mit Antoine abzuseilen, die Planken des Kahns unter seine Füße zu bekommen und das Tau für Tarik und Maurice freizugeben. In Windeseile und ohne weitere Probleme ließ er sich in die Tiefe hinunter, und dann war auch schon McIvor zur Stelle, um ihm die scheinbar leblose Gestalt auf seinem Rücken abzunehmen.

»Es ist Antoine. Man hat ihn gefoltert und er ist dem Tode nahe!«, rief Gerolt ihm leise zu, während oben schon Tarik am Seil hing und behände abwärtsglitt.

»Du blutest!«, stellte McIvor erschrocken fest.

»Nichts als eine dumme Platzwunde«, wehrte Gerolt ab. »Und die nehme ich gern für Tariks und Antoines Freiheit in Kauf! Meinen rechten Arm würde ich für sie hergeben!«

Augenblicke später landeten erst Tarik und dann auch Maurice bei ihnen auf dem Deck.

Raoul stand längst bereit, die Leine loszuwerfen und ans Ruder zu springen, um den Kahn nahe am Ufer zu halten, wenn er von der Strömung flussabwärts gezogen wurde.

»Es ist gelungen, Freunde!« Maurice konnte seinen Jubel, den er am liebsten lauthals in die Nacht hinausgebrüllt hätte, nur schwer bändigen. »Jetzt kann nicht mehr viel schiefgehen, wenn Pierre nur pünktlich mit dem Pferdewagen aufgebrochen ist und jetzt unten am Ufer bei der Rue Abbé St. Denis auf uns wartet! Und ist das Sauwetter nicht prächtig? Hätte gar nicht besser sein können!«

Die Brücke zur Ile de la Cité und das Gefängnis waren schon ein gutes Stück hinter ihnen in der regennassen Dunkelheit entschwunden, als sie lautes, wuterfülltes Geschrei hörten. Die Stimmen klangen, als kämen sie aus größerer Höhe und nicht vom Ufer. Man hatte im Chatelet jetzt wohl das herausgebrochene Gitter entdeckt und festgestellt, dass die beiden Tempelritter entkommen waren, die mit den fünf sicherlich längst toten Servienten in einem Kerker eingeschlossen gewesen waren. Sonst jedoch gab es keinen Hinweis darauf, dass jemand sie gesehen und die Verfolgung aufgenommen hätte. Der dichte Regen und die nächtliche Dunkelheit waren ihre besten Verbündeten bei ihrem schnellen Ausbruch und auf ihrer Flucht.

Paris auf dem Kahn zu verlassen war ihnen zu dieser Stunde leider nicht möglich. Schiffsverkehr in die Stadt oder aus ihr heraus war nach Sonnenuntergang bei schwerer Strafe verboten und zudem ohne Gewalt auch gar nicht möglich. Denn unten am düsteren Wehrturm Tour de Nesle, wo die Umfassungsmauer der Stadt nach ihrem weiten Bogen um das linke Seineufer bis an den Fluss reichte, versperrten schwere Ketten über dem Strom die Durchfahrt. Und die Wachen hätten sofort Alarm geschlagen und für ihre Verfolgung gesorgt, wenn sie versucht hätten, diese Sperre irgendwie zu überwinden.

»Auf meinen Neffen ist Verlass!«, versicherte Raoul.

Tarik, der hinter dem plumpen, kastenförmigen Decksaufbau bei Antonie kniete, rief plötzlich mit leiser, aufgeregter Stimme: »Kommt schnell! Antoine will uns noch etwas sagen! . . . Aber es klingt reichlich wirr! . . . Ihr müsst mithören!«

Sofort umlagerten die vier Gralshüter den Mann, der in den letzten sechzehn Jahren die geheime Bruderschaft angeführt hatte, und lauschten angestrengt seiner kaum noch vernehmbaren Stimme. Der Tod zog ihn schon mit unerbittlich strenger Hand. Doch er bäumte sich ein letztes Mal gegen ihn auf. Er durfte nicht aus dem Leben scheiden, ohne seinen Gralsbrüdern nun, da sie sich in Freiheit befanden, alles mitgeteilt zu haben, was sie wissen mussten, um den heiligen Kelch zu finden und dabei nicht in den Tod zu laufen. Aber die Kraft wollte einfach nicht reichen, um die Sätze über die Lippen zu bringen, die wie letzte Irrlichter seines verlöschenden Lebens in ihm aufblitzten. Es reichte nur noch für einige wenige, beschwörend geflüsterte Worte.

»Der Kelch . . . anderes Versteck . . . nur durch Gang . . . der alte Wohnturm . . . einst Feld vor Mauer«, kam es abgehackt und mit verzweifeltem Ringen aus seinem Mund. »Osten . . . Kellergewölbe . . . gemauert . . . die Rose weist euch . . . doch hütet euch . . . die Rosette im Boden! . . . Rosette . . . Tod! . . . Hoch . . . Dritter Gang.« Und dann brachte er doch noch einen vollständigen Satz heraus, der ihm den letzten Funken Leben raubte: »Stecht . . . dem Teufel . . . die Augen aus, Brüder!« Dann verstummte er und seine Augen brachen. Noch einmal hob sich seine Brust, dann entwich der letzte Atem seinem gequälten Körper.

Sanft schloss Tarik ihm die Lider. »Das werden wir, Bruder Antoine! Ruhe in Frieden, und mögest du Gottes Herrlichkeit sehen. Aber das wirst du ganz gewiss, treuer Diener unseres Herrn!«, flüsterte er, und Tränen schossen ihm und seinen Gefährten in die Augen.

»Es ist so weit!«, meldete Raoul aufgeregt. »Da kommt der Ufervorsprung. Und da wartet auch schon Pierre mit dem Pferdewagen! Haltet Bug- und Heckleine bereit und sichert sie an Land mit den Pflöcken!«

Wenige Augenblicke später schabte der Rumpf des Lastkahns über sandigen Flussgrund und saß dann im seichten Wasser vor der vorspringenden Ufernase fest.

Raoul verschwand kurz unter Deck, um sich davon zu überzeugen, dass es den beiden gefesselten Schiffern den Umständen entsprechend gut ging. Maurice und Gerolt übernahmen indessen die rasche Sicherung des Flussschiffes, während McIvor ihren toten Gralsbruder so leicht wie eine Feder aufhob, mit ihm an Land sprang und den Leichnam auf die Ladefläche des Fuhrwerks legte.

Sofort und ohne zu fragen, wer der Tote war, legte Pierre mehrere mit Stroh gefüllte Säcke auf den Leichnam, wartete dann einen Moment, bis McIvor sich dazugelegt hatte, drückte ihm einen weiteren Sack zwischen die Stiefel und den letzten auf die Brust und warf dann eine alte, dreckige Segeltuchplane über beide.

Auf die Idee mit dem Pferdewagen waren sie gekommen, weil sie nicht gewusst hatten, in welcher körperlichen Verfassung sich Tarik bei seiner Befreiung befinden würde. Wenn er sich nicht mit eigener Kraft hätte aufrecht halten können, wäre es nicht ratsam gewesen, ihn durch die Straßen zu schleppen oder auf ein Pferd zu binden. Das hätte Aufmerksamkeit und Argwohn erregen können. Doch wer achtete schon darauf, was ein müder Fuhrmann in einer regnerischen Nacht auf seiner Ladefläche hatte.

»Wir trennen uns hier kurz! Du fährst mit Pierre mit!«, raunte Gerolt dem Levantiner zu. »Es ist besser, wenn wir nicht zusammenbleiben, denn das könnte auffallen oder man könnte sich an uns erinnern, wenn bekannt wird, was sich im Chatelet ereignet hat. Aber ich hoffe, dass es den Verantwortlichen an höchster Stelle zu peinlich sein wird, um es an die große Glocke zu hängen. Also, bis gleich!«

Dann lief er zu Maurice hinüber, um sich mit ihm so schnell wie möglich auf den Weg zur Taverne zu machen.

12

Unbehelligt trafen sie keine halbe Stunde später und kurz hintereinander im *Au Faisan Doré* ein. Raoul bestand sogleich darauf, zusammen mit seinem Neffen im Stall einen Sarg für Antoine zu zimmern und den Tempelritter erst einmal an der Hinterwand unter den Heuvorräten zu begraben, bis sich in den nächsten Tagen eine Gelegenheit fand, ihn in geweihter Erde und unter einem falschen Namen zu bestatten.

»Und ihr bleibt jetzt erst mal eine Weile unter Euch«, sagte er und ließ keinen Widerspruch gelten. Er schien zu ahnen, dass seine vier Ordensbrüder etwas noch viel Tieferes als bloße Kameradschaft verband – wovon er selbst immer ausgeschlossen bleiben würde. »Ihr vier habt immer wie Pech und Schwefel zusammengeklebt und habt Euch bestimmt so einiges zu erzählen. Also hockt nur zusammen und nehmt Euch Zeit. Ich werde meinem Neffen auch noch ein wenig in der Schenke zur Hand gehen müssen. Aber ich sorge dafür, dass Ihr hier nicht auf dem Trocknen sitzt und auch etwas zwischen die Zähne bekommt! Und was von Eurem Gespräch auch meine Ohren hören dürfen, das könnt Ihr mir ja morgen erzählen.« Und damit ließ er sie allein.

Für einem Moment herrschte betretenes Schweigen. Ohne Raoul wäre Tariks Befreiung kaum möglich gewesen. Schon gar nicht in so wenigen Tagen. Zudem hatte er sein Leben und das seiner Verwandten für sie aufs Spiel gesetzt. Und es schmerzte sie sehr, dass sie ihn ausschließen mussten. Aber ihr heiliges Amt verpflichtete sie dazu, sosehr es sie auch bedrücken mochte.

Dann brach Gerolt das Schweigen. »Wir haben allen Grund sowohl zum Feiern als auch zum Trauern, Freunde«, sagte er. »Aber wir haben auch eine Menge zu bereden. Vor allem die Frage, wo in der Ordensburg der Heilige Gral versteckt ist, wie wir ihn dort unbemerkt herausholen können – und wie uns dabei Antoines letzte Worte helfen können. Denn so rätselhaft manches auch geklungen haben mag, so sind wir uns doch wohl einig, dass er uns den Weg zum Versteck weisen wollte! Also, lasst uns reden, Brüder!«

Sie setzten sich in der Ecke an den Tisch, und Maurice machte den Vorschlag, eines von den restlichen Pergamenten zu holen, die sie gekauft hatten, sowie Tinte und Feder. »Am besten schreiben wir auf, was ein jeder von uns sich von Antoines letzten Worten gemerkt hat. Damit wir nichts vergessen oder falsch in Erinnerung behalten.«

»So machen wir es!«, bekräftigte McIvor. »Ich hol den Schreibkram von oben aus der Kammer!«

Die Liste war schnell erstellt. Und nur bei zwei von Antoines Satzfetzen stimmten sie kurzzeitig nicht überein.

»Mir war, als hätte er ›Wehrturm‹ und nicht ›Wohnturm‹ gesagt«, wandte Gerolt ein, und auch McIvor glaubte, »Wehrturm« verstanden zu haben.

Doch Tarik beteuerte, ganz zweifellos gehört zu haben, dass Antoine von einem Wohnturm gesprochen hatte. Und da er dem Mund des Sterbenden am nächsten gewesen war, wurde der Wehrturm auf dem Pergament ausgestrichen.

Bei dem zweiten rätselhaften Satzfetzen ging es um das Feld vor der Mauer, von dem Antoine gesprochen hatte. Diesmal war es Maurice, der nicht »einst«, sondern »ein« verstanden haben wollte. Gerolt war sich in diesem Fall seiner Sache nicht sicher, während McIvor und Tarik jedoch Stein und Bein darauf schworen, dass der alte Gralshüter »einst« gesagt hatte.

»Also gut, es wird wohl ›einst‹ gewesen sein, aber lassen wir für alle Fälle mal beide Versionen stehen«, beschloss Maurice. »Mal sehen, wohin uns das alles führt.«

»Natürlich zu einem Keller und von dort in einen unterirdischen Gang«, sagte Tarik. »Was wohl keinen von uns verwundern dürfte. Denn dass es unterirdische Gänge gibt, die von der Templerburg jenseits der Ummauerung ins Freie führen, ist ja für keinen von uns eine Neuigkeit.«

Alle nickten, und Maurice sagte: »Ich weiß von dem Gang, der vom Kellergewölbe der Ordensburg unter dem Templerbezirk verläuft und in Richtung der Abtei St. Martin wieder ans Tageslicht führt. Aber ich glaube nicht, dass er den gemeint hat. Zumal der doch seit Langem verschüttet sein soll.«

»Außerdem hat Antoine von ›Osten‹ und einem Feld oder einem einstigen Feld gesprochen«, fügte McIvor hinzu. »Und die Abtei St. Martin liegt von der Ordensburg aus gesehen eindeutig im Westen!«

»Dann wird er etwas anderes gemeint haben«, pflichtete auch Gerolt ihnen bei. »Ein unterirdischer Gang, der auch anderen Tempelrittern bekannt ist, kann unmöglich der geheime Zugang sein, den die Gralshüter beim Bau der Anlage vorsorglich angelegt haben. Denkt doch nur an Akkon, wie raffiniert sie dort das unterirdische Heiligtum gebaut und mit geheimen Zugängen gesichert haben.«

Sie stimmten darin überein, dass der geheime Gang nur im Osten zu suchen war. Und in ihn gelangte man, wenn sie Antoines Satzfetzen nicht falsch auslegten, durch den Keller eines Wohn- oder Wehrturms. Auch gab es keine Unstimmigkeit darüber, dass eine Rose ihnen verraten würde, wo im Keller der Eingang zu diesem Gang verborgen lag. Was sie nicht zu enträtseln vermochten, war die Frage, was es mit der Rosette im Boden auf sich hatte, vor der er sie gewarnt hatte. Das würde ihnen hoffentlich früh genug klar werden, wenn sie den unterirdischen Tunnel erst gefunden hatten und ihm folgten, und zwar zu einem »dritten Gang« – wo und was dieser auch immer sein mochte.

»Und was glaubt ihr, hat er mit seinem letzten Satz ›Stecht dem Teufel die Augen aus!‹ gemeint?«, fragte McIvor schließlich und kratzte sich grübelnd die Kopfhaut hinter seinem Haarsporn. »Wollte er es vielleicht wortwörtlich verstanden wissen?«

Gerolt schüttelte sofort den Kopf. »Diese Macht ist uns nicht gegeben, nicht einmal als Gralshüter. Nein, das war wohl auf die Iskaris und ihren Anführer gemünzt, wenn ihr mich fragt.«

Tarik nickte mit grimmiger Miene. »So sehe ich das auch! Er hat bestimmt von Sjadú gesprochen, diesem Ersten Knecht des Schwarzen Fürsten. Antoine wusste nämlich, dass Sjadú hinter dem Komplott des Königs gegen unseren Orden steht. Ich habe ihm von meiner Begegnung mit Sjadú in der Folterkammer berichtet und dass ich um ein Haar alles verraten hätte, was ich weiß . . .«

Maurice, Gerolt und McIvor machten bestürzte Gesichter, doch bevor sie Gelegenheit bekamen, Tarik mit Fragen zu bedrängen, mussten sie sich einen Moment in Geduld üben. Denn es klopfte an die Tür. Es war Bernice, die ihnen Wein und reichlich zu essen brachte.

Nachdem alle Becher gefüllt waren und sie den ersten Trinkspruch auf Antoine ausgebracht und mit einem langen Schweigen seiner gedacht hatten, berichtete Tarik ihnen, was ihn davor bewahrt hatte, unter den Einfluss des schwarzen Tranks zu geraten.

»Diese Kreatur der Hölle! Er und seine Iskaribande haben also ihre Finger in dem dreckigen Spiel gegen uns Templer! Sjadú ist mit dem König im Bunde, zumindest aber mit diesem skrupellosen Wilhelm von Nogaret!«, stieß Maurice voller Wut hervor. »Ihm haben wir es also zu verdanken, dass unser Orden dem Untergang geweiht ist!«

»Ich glaube nicht, dass Sjadú das alles allein in Gang gesetzt hat«, sagte Gerolt. »Aber sicher hat er die feindselige Haltung des Königs uns Templern gegenüber und dessen Gier nach unseren Geldtruhen und Besitzungen teuflisch zu nutzen gewusst!«

»Dazu muss ich euch später noch etwas berichten, was Antoine mir anvertraut hat«, sagte Tarik in Erinnerung an den verborgenen Schatz, der noch früh genug aus Akkon hatte fortgeschafft werden können. »Aber jetzt seid ihr erst mal an der Reihe!«

Da gab es von McIvor, Gerolt und Maurice nun wirklich einiges zu berichten. Manches führte zu schallendem Gelächter, vor allem als Maurice von seinem Bußgang und der Zeit im Kloster erzählte, anderes stimmte sie nachdenklich und traurig. Ihr einstiger Zwist, der sich an Tariks Koranübersetzung entzündet hatte, spielte dabei jedoch keine große Rolle. Was es da zwischen Tarik, Maurice und Gerolt zu bereinigen und aus der Welt zu schaffen gab, bedurfte nicht vieler Worte. Dass sie ihr Leben für ihn aufs Spiel gesetzt hatten und nun alle vereint an diesem Tisch zusammensaßen, wog schwerer als jedes noch so gut gewählte, versöhnliche Wort.

Schließlich kam Tarik auf das zu sprechen, was Antoine ihm im Kerker anvertraut und ihnen für die Zukunft aufgetragen hatte. Er begann zuerst, ihnen von dem verborgenen Schatz der Bruderschaft zu erzählen, und erzielte damit, wie nicht anders erwartet, große Überraschung bei seinen Freunden.

»Tod und Teufel!«, stieß McIvor verblüfft hervor. »Ich hätte nie gedacht, dass Gralshüter Schätze anhäufen würden!«

»Das verwundert auch mich«, pflichtete Gerolt ihm bei.

»Ich halte das nicht für beklagenswert, sondern eher für eine überaus erfreuliche Überraschung, Freunde«, sagte Maurice mit einem breiten Grinsen. »Schätze haben doch die angenehme Eigenschaft, dass man mit ihnen so manche Probleme leichter als sonst in den Griff bekommen kann. Das hat doch Gerolts goldgefüllte Keule aus Kölner Eiche sehr eindrucksvoll bewiesen, findet ihr nicht?«

Seine Freunde lachten, sah es Maurice doch ähnlich, dass ihm solche Überlegungen zuerst in den Sinn kamen und er sehr gut mit dem Wissen von einem Gralshüterschatz leben konnte. Zumal sie Hoffnung haben durften, mit der Auffindung des Heiligen Grals zugleich auch dessen Versteck zu erfahren.

»So kann man es auch sehen«, sagte Tarik. »Ein Quäntchen Gold ist manchmal in der Tat besser als hundert Pfund Kraft, wie man in meiner levantinischen Heimat sagt. Aber es handelt sich bei diesem Schatz der Gralshüter nicht um schnöde, mit Gold und Juwelen gefüllte Truhen, wie Antoine mich hat wissen lassen. Es sind vielmehr kostbare Kleinode und Schmuckstücke mit religiösem Charakter wie Messkelche, Monstranzen, Kruzifixe, Kandelaber, Votivtafeln, Ikonen, Hostienbehälter, seltene Folianten, Schriftrollen und ähnliche Dinge, die in den langen Jahrhunderten von jenen Gralshütern angefertigt worden sind, die auch noch das Handwerk der Goldschmiedekunst und anderes meisterlich beherrschen.«

»Da dürfte in zwölf Jahrhunderten ja so einiges zusammengekommen sein«, sagte McIvor und wiegte seinen Kopf bedeutungsvoll.

»Und der Ort dieses Verstecks ist auf diesen vier kleinen Goldtafeln aufgezeichnet?«, fragte Maurice nach.

Tarik nickte. »Ja, nur mit allen vier Tafeln lässt sich der Schatz finden. Die Angaben über den Ort auf ihren Rückseiten sind jedoch so verschlüsselt, dass nur Gralshüter aus ihnen schlau werden und herausfinden können, wo all diese Pretiosen verborgen liegen.«

»Na, auf den Ort bin ich ja fast noch gespannter als auf das Versteck des Heiligen Grals!«, sagte Maurice, und man sah ihm an, dass er schon jetzt darauf brannte, sich auf die Suche zu machen.

»Aber da ist noch etwas, das Antoine mir im Kerker aufgetragen hat – und zwar mit großer Eindringlichkeit«, fuhr Tarik nun fort, nachdem er auch das versiegelte Dokument erwähnt hatte, das sie mit den vier Goldtafeln in der Schatulle finden würden und nur dann öffnen durften, wenn sie sich auch wirklich keinen Rat mehr auf der Suche nach einer neuen sicheren Heimat für den Heiligen Gral wussten. »Und ich bin sicher, das wird euch noch viel mehr verwundern als die Sache mit dem Schatz der Bruderschaft – und womöglich den einen oder anderen von uns reichlich in Verlegenheit bringen.«

Alle sahen ihn erwartungsvoll an. Und als sie hörten, dass Antoine ihnen die Ehe aufgetragen hatte, damit sie aus ihren Nachkommen neue Gralshüter berufen konnten, waren alle erst mal sprachlos.

»Das kann doch nicht sein Ernst gewesen sein!«, platzte es dann aus McIvor heraus. »Bei allem, was recht ist, und möge unser seliger Bruder mir meine Worte nachsehen! Aber Antoine scheint sich meiner nicht mehr erinnert zu haben! Denn andernfalls hätte er an mich kaum das unmögliche Ansinnen gestellt, dass ich mir eine Frau suche und Söhne mit ihr in die Welt setze! Eher finde ich heute Nacht noch und auf eigene Faust den Heiligen Gral, als dass ich eine Frau finde, die sich mit mir einlässt!«

»Liebreiz liegt allein im Auge des Betrachters, Eisenauge! Also nicht einmal du musst die Hoffnung aufgeben, dass eine Holde etwas in dir sieht, was anderen unsichtbar bleibt«, sagte Maurice mit freundschaftlichem Spott. »Zudem findet sich auch unter Frauen, die ihr Augenlicht verloren haben, so manch hübsche Blume, die nur darauf wartet, von einem redlichen Mann gepflückt zu werden!«

McIvor warf ihm einen verdrossenen Blick zu. »Was das Pflücken von Blumen betrifft, so dürftest du dich ja von uns allen am besten damit auskennen! Ich habe da weniger Erfahrung und auch nicht das Verlangen danach! Das war einmal!«

Alle wussten, dass er damit seine Jugendliebe Annot meinte, deren Andenken er so sehr hütete wie sein einziges Auge.

»Ich finde, darüber brauchen wir uns noch nicht den Kopf zu zerbrechen«, sagte Tarik. »Das hat noch viel Zeit, und wer weiß, was die Zukunft bringt. Jetzt müssen wir erst mal den geheimen Zugang in die Ordensburg finden. Also konzentrieren wir uns bitte wieder darauf, Freunde!«

Maurice schien das nicht gehört zu haben, denn mit einem Ausdruck großer Wehmut murmelte er auf einmal: »Mein Gott, was wäre möglich gewesen, wenn wir solche Worte schon von Abbé Villard bei unserer Flucht aus Akkon gehört hätten!«

»Du denkst dabei an Beatrice Granville, nicht wahr?«, fragte Gerolt mitfühlend.

Maurice nickte stumm.

Beatrice Granville, die Tochter eines französischen Kaufmanns, und ihre sehr viel jüngere Schwester Heloise, waren damals, beim Untergang von Akkon, mit ihnen aus der Stadt geflohen. Nach dem Tod ihres Vaters auf hoher See hatten sie sich der beiden Waisen angenommen und viele gefahrvolle Monate mit ihnen verbracht. Schon in Akkon hatte die bildhübsche Beatrice das leicht entflammbare Herz ihres Freundes entzündet. Und auch Gerolt hatte sich verwirrend heftig zu ihr hingezogen gefühlt. Doch auf dem langen, fürchterlichen Marsch quer durch die Libysche Wüste hatte sich bei Maurice die leidenschaftliche Versuchung in Liebe zu Beatrice verwandelt. Eine Liebe, die ihn bei ihrer Ankunft in Frankreich sogar ernsthaft mit dem Gedanken hatte spielen lassen, den weißen Mantel des Tempelritters abzulegen, sein heiliges Amt als Gralshüter aufzugeben und Beatrice zur Frau zu nehmen. Letztlich hatte er sich anders entschieden, aber diese Entscheidung hatte eine tiefe Wunde in sein Herz gerissen, wie sie alle wussten. Und es hatte lange gedauert, bis er darüber hinweggekommen war.

»Weißt du, was aus ihr und der kleinen Heloise geworden ist?«, fragte Gerolt in die Stille. »Sie hatten doch hier in Paris Verwandte, bei denen sie untergekommen sind.«

Maurice nickte und sagte, ohne von seinem Becher aufzublicken, mit einem bitteren Unterton in der Stimme: »Ja, einen Onkel. Soviel ich gehört habe, hat Beatrice recht bald einen Kaufmann aus dem Süden geheiratet und ihre kleine Schwester dorthin mitgenommen. Doch wie die Stadt heißt, in die sie gezogen sind, und wo genau sie liegt, das weiß ich nicht. Ich wollte es auch nie wissen. Dabei wollen wir es bewenden lassen!« Und etwas schroff, als wollte er einen nachdrücklichen Schlusspunkt unter das Thema Beatrice Granville setzen, forderte er McIvor auf: »Und jetzt gib endlich den Krug her, damit ich auch noch was davon abbekomme!«

Der Name Beatrice fiel dann auch nicht mehr. Keiner wollte nach so vielen Jahren alte Wunden aufreißen, die lange gebraucht hatten, um zu verheilen. Und dass Narben zurückgeblieben waren, hatte ihnen die Reaktion von Maurice deutlich vor Augen geführt.

Ihr Gespräch wandte sich nun gleich wieder der verzwickten Aufgabe zu, Antoines Satzfetzen richtig zu deuten und den geheimen Zugang zur Ordensburg zu finden. Sie grübelten noch lange darüber nach, um was für einen Wohn- oder Wehrturm es sich dabei bloß handeln mochte und ob er nun auf *einem* Feld oder auf einem *einstigen* Feld vor der Wehrmauer des Bezirks zu finden war.

Doch schon am nächsten Morgen, nach einer unruhigen Nacht, löste sich das Rätsel. Und es war ausgerechnet Raoul, der ihnen die dringend benötigte Antwort auf diese beiden Fragen lieferte.

13

»Im Osten von der Templermauer soll dieser Turm liegen, den Ihr sucht – und von dem Ihr mir nicht sagen könnt, warum er für Euch so wichtig ist?«, fragte Raoul, als sie ihn gleich nach dem Morgengebet um Rat ersuchten.

»Verzeiht, dass wir Euch darin nicht einweihen können«, sagte Gerolt mit ehrlichem Bedauern. »So gern wir es täten, aber wir haben einen heiligen Eid geleistet, unser Wissen mit keinem zu teilen, der nicht auch dazu berufen und diese hohe Verpflichtung eingegangen ist. Bitte nehmt es uns nicht krumm. Uns sind, das schwöre ich Euch auf die Bibel und bei meiner Ehre als Templer, sozusagen die Hände gebunden!«

»Schon gut. Ich habe schon seit Langem gewusst, dass Ihr zu einem höchst geheimem Dienst berufen seid. Reden wir also nicht mehr darüber«, erwiderte Raoul. »Tja, was nun den Turm angeht, so fällt mir da nur einer ein, der im Osten in unmittelbarer Nähe der Mauer liegt, und das ist der Turm des *Maison Madame Valois*[*]. Der hieß zu meiner Jugendzeit noch *Tour de Chevaliers*[**], obwohl damals schon längst keine Ritter dort mehr einquartiert waren, und es gab damals auch noch etwas freies Land rund um diesen quadratischen Wohnturm.«

»Und was ist dieses *Maison Madame Valois* jetzt?«, fragte Maurice.

---

[*] »Haus der Madame Valois«
[**] Haus der Ritter

»Und vor allem: Wisst Ihr auch, wer diese Madame Valois ist, die das Gebäude jetzt bewohnt?«

Ein leicht spöttisches Lächeln zuckte um Raouls Mundwinkel, als er ihm antwortete: »Sicher. Und ich würde mich nicht allzu sehr wundern, wenn Ihr dort die eine oder andere Person antrefft, der Ihr schon mal begegnet seid!«

Maurice furchte die Stirn, ahnte er doch, dass Raoul mit seiner rätselhaften Antwort etwas im Schilde führte, was ihm gar nicht gefallen würde. »Mein Freund, Ihr sprecht in Rätseln.«

»Ja, nun rückt schon mit der Sprache heraus!«, forderte McIvor ihn höchst gespannt auf.

Raoul räusperte sich. »Nun, den Wohnturm hat vor einigen Jahrzehnten ein Kaufmann und Pariser Ratsherr namens Laurent Valois aufgekauft und durch Anbauten zu einem größeren, recht stattlichen Anwesen erweitert. Tja, und als er vor etwa acht, neun Jahren gestorben ist, hat seine fromme Witwe Geneviève daraus ein Magdalenenhaus gemacht!«

Scharf sog Maurice den Atem ein, und auf seiner Stirn schwoll die Zornesader an. Jedem Straßenkind war bekannt, was ein Magdalenenhaus war. Dort fanden »gefallene junge Frauen« Asyl, die ein uneheliches Kind erwarteten und von ihren Familien verstoßen worden waren. Aber auch Freudenmädchen, die von Skrupeln befallen wurden und nicht mehr ihrer Arbeit als käufliche Liebesdienerinnen nachgehen wollten. Und nicht wenige dieser Heime standen in einem überaus schlechten Ruf. Denn viele Dirnen, die gerne die fromme Fürsorge annahmen, dachten gar nicht daran, sich auf den Pfad der Tugend leiten zu lassen, sondern gingen weiter ihrer alten Tätigkeit nach. Und dann geschah es, so auch in Paris, dass einige dieser Magdalenenhäuser zu den verruchtesten Bordellen der Stadt wurden.

»Das geht zu weit, Hauptmann Raoul von Liancourt!«, protestierte

Maurice wutschnaubend und sprang erregt auf. »Man mag mir ja manches vorwerfen können, aber das . . .«

Hastig fiel Gerolt ihm ins Wort und griff nach seinem Arm. »Maurice, um Himmels willen, beruhige dich und setz dich wieder! Ich bin sicher, dass Raoul es nicht als Beleidigung gemeint hat. Das war doch nur ein derber Scherz!«, redete er besänftigend auf ihn ein, denn er hielt seinen Freund für fähig, in der Hitze des Moments Raoul mit der Klinge zu fordern. Zum Glück hatten sie ihre Schwerter oben in den Kammern gelassen. Sonst hätte Maurice jetzt vielleicht schon blankgezogen. »Und du bist doch auch nicht gerade zimperlich, wenn es darum geht, mal auf Kosten anderer einen Witz zu machen!«

»So ist es! Es sollte wirklich nur ein Scherz sein!«, beteuerte Raoul eiligst und machte ein zerknirschtes Gesicht, als er sah, wie sehr er Maurice mit seiner spöttischen Bemerkung getroffen hatte. »Leider ein recht verunglückter, wie ich reumütig eingestehen muss. Es tut mir leid, dass Ihr meine dummen Worte so ernst genommen habt. Verzeiht, Ordensbruder!«

Maurice rang einen langen Moment mit seinem Temperament, das nach einer ganz anderen Antwort verlangte. Doch dann nahm er die Entschuldigung an, wenn auch sehr widerwillig. »Nun ja, es soll Euch verziehen sein, Raoul«, knurrte er und ließ sich mit noch immer zorngerötetem Gesicht von Gerolt wieder zurück auf seinen Platz ziehen.

Und auch Tarik wollte die beiden ablenken und rief betont frohgestimmt in die Runde: »Wenn also kein anderer derartiger Wohnturm östlich der Mauer infrage kommt, wie wir gerade gehört haben, dann sollten wir keine Zeit verlieren, sondern uns an die Arbeit machen.«

»Und die wäre?«, konnte sich Raoul nicht verkneifen zu fragen.

»Uns unauffällig in dieser Gegend umhören und alles in Erfahrung bringen, was es über das Magdalenenheim und über diese Witwe Geneviève Valois herauszufinden gibt«, antwortete Gerolt. »Und je schneller wir im Bilde sind, desto schneller können wir Paris hinter uns lassen.«

»Was sitzen wir dann noch hier herum, Kameraden!«, drängte auch McIvor und sprang auf. »Ich werde drei Kreuze schlagen, wenn wir endlich aus dieser Stadt des Verrats heraus sind! Und freiwillig wird mich dann nichts mehr hierhin zurückbringen, das könnt ihr mir glauben!«

»Freunde, wir ziehen am besten einzeln los«, schlug Gerolt vor. »Das wirkt unverdächtiger, und wir können in derselben Zeit bestimmt auch mehr erfahren, als wenn wir als Gruppe unterwegs sind. Lasst uns hier wieder am Mittag zusammentreffen und hören, was jeder herausbekommen hat.« Und an McIvor gewandt fuhr er fort: »Du wirst deinen Tatendrang jedoch leider zügeln und hier auf unsere Rückkehr warten müssen, mein Freund.«

»Nicht schon wieder!«, begehrte der Schotte auf.

»Es muss leider sein, Schotte!«, bekräftigte Maurice. »Von unauffälligem Auskundschaften kann nun mal keine Rede sein, wenn du irgendwo auftauchst und dich nach dem *Maison Madame Valois* und seiner Besitzerin erkundigst. Du würdest mehr Schaden anrichten als uns von Nutzen sein. Also mach es dir hier gemütlich und schone deine Kräfte. Wir werden bestimmt bald dringend auf sie angewiesen sein!«

Mit missmutiger Miene sank McIvor auf die Bank zurück. »Tod und Teufel, ich habe wahrlich schon bessere Tage als diesen gesehen!«, knurrte er vor sich hin, während seine Freunde ihn allein zurückließen. »Und zu allem Übel wollen sie mich auch noch unter die Haube bringen! Ausgerechnet uns, Eisenauge!« Und dabei klopfte er mit seinem Zeigefinger auf die verschrammte Kappe, als säße darunter ein eigenes Wesen, mit dem er Zwiesprache halten konnte. »Ich sage dir, die Welt ist wirklich aus den Fugen geraten!«

14

Die Stunden des Wartens wurden McIvor lang. Doch dann, um die Mittagszeit herum, kehrten seine Freunde wie versprochen zu ihm zurück ins *Au Faisan Doré*. Auf Maurice, der als Letzter eintraf und einen sehr gedankenversunkenen Eindruck machte, mussten sie jedoch erst noch eine Weile warten. Dann jedoch konnten sie einander berichten, was sie auf ihren Streifzügen auf der rechten Flussseite in Erfahrung gebracht hatten. Und Raoul hatte einmal mehr genug Feingefühl, um sie bei dieser Unterredung allein zu lassen.

Maurice, Gerolt und Tarik stellten schnell fest, dass sie in dem Viertel östlich des Templerbezirks in den Schenken und Gassen und auch aus dem Mund eines jungen Priesters in etwa dieselben Geschichten über das *Maison Madame Valois* und seine Besitzerin zu hören bekommen hatten.

»Das Magdalenenhaus genießt einen makellosen Ruf, daran dürfte es wohl keinen Zweifel geben. Es ist eine wirklich gottgefällige, wohltätige Einrichtung, die von der Witwe Geneviève Valois zwar mit strenger Hand, aber auch mit großer Hingabe für die gute Sache geführt wird«, fasste Gerolt schließlich die Beiträge der Freunde zusammen.

»Und was hat es mit ihrer Schrulligkeit auf sich, von der du vorhin gesprochen hast?«, wollte McIvor wissen. »Auch Tarik hat etwas von reichlicher Verschrobenheit und Aberglauben bei dieser Frau erwähnt.«

»Nun, einerseits wird diese sehr resolute Ratsherrnwitwe für ihre Frömmigkeit und Barmherzigkeit von den Leuten in ihrem Viertel hoch geachtet, doch andererseits macht man sich auch ein wenig über ihre abergläubischen Marotten lustig«, teilte Tarik ihm mit, und die anderen nickten dazu.

Gespannt beugte sich McIvor vor. »Erzählt!«

»So soll sie keine Frau in ihrem Heim aufnehmen, die schielt, weil sie ja vielleicht den bösen Blick haben könnte. Und wer eine Warze auf der Stirn, einen Stelzfuß oder rote Haare hat, der kommt bei ihr auch nicht unter. Solche Frauen dürfen bei ihr nicht mal über die Türschwelle, weil sie fürchtet, sie könnten sich als Hexen entpuppen. Sie schickt sie mit einem kleinen Handgeld schnell weg und zu einem anderen Heim.«

»Vergiss nicht zu erzählen, dass bei ihr keiner mit dem linken Fuß zuerst ins Haus treten darf!«, warf Maurice mit breitem Grinsen ein. »Und vergiss nicht ihre Angst vor Geisterwesen und die endlos langen Betstunden bei Vollmond!«

Fragend blickte McIvor in die Runde.

Gerolt erklärte es ihm, denn auch ihm hatte man davon erzählt. »Also bei Vollmond werden alle Schlagläden im Wohnturm und im Heim dicht verschlossen, mit Weihwasser besprengt und mit einem Kreidekreuz versehen. Und dann müssen sich all ihre Schäflein eine Stunde vor Mitternacht im großen Esszimmer des Heims versammeln und gemeinsam mit ihr Gebete sprechen – und zwar bis das erste Tageslicht am Himmel zu sehen ist.«

»Heiliges Gralsschwert! Da soll noch mal einer sagen, die Iren und die Schotten wären so abergläubisch wie kein anderes Volk!«, rief McIvor und wusste nicht, ob er über den Aberglauben der Witwe Valois schallend lachen oder bestürzt sein sollte. »Was muss die arme Frau für eine Furcht vor bösen Geistern, Hexen und Schimären haben!«

»Leider ist die Welt wahrlich nicht frei von Teufelsknechten und auch von Frauen, die sich dem Bösen mit Leib und Seele verschrieben haben«, sagte Gerolt düster. »Nur weiß diese Frau nicht, dass es keine Geister, sondern Menschen sind, die sich Judasjünger nennen und nicht erst auf Vollmondnächte warten müssen, um ihr teuflisches Werk zu verrichten!«

»Richtig«, sagte Maurice und fuhr dann mit einem belustigten Funkeln in den Augen fort: »Aber seien wir froh, dass die Witwe Valois so abergläubisch ist. Denn das werden wir prächtig zu nutzen wissen, um uns heute noch Zugang zu ihrem Wohnturm zu verschaffen – und zwar ohne jede Gewaltanwendung und ohne der guten Frau irgendwie Schaden zuzufügen! Zu dumm nur, dass wir unsere Mönchskutten nicht unbeschadet aus dem Gefängnis mitnehmen konnten. Aber neue sind ja schnell beschafft, und die beiden herrlichen Kruzifixe sowie die Kordeln haben wir gottlob noch nicht verkauft. Freunde, ich stelle mir unseren Besuch bei der Witwe Geneviève folgendermaßen vor . . .«

15

Der quadratische, dreistöckige *Turm der Ritter,* der zur Zeit seiner Errichtung noch auf freiem Feld gestanden hatte, wirkte mit seinem trutzigen Mauerwerk aus dicken, schiefergrauen Steinquadern und den wenigen Fensterschlitzen in dem längst mit Wohnhäusern zugebauten Gelände wie ein zu Stein gewordener Wachposten. Er erhob sich ein gutes Stück über die schmalen, umliegenden Häuser mit ihren spitzen Giebeldächern und fing mit seiner zinnenbewehrten Krone das Abendlicht ein. Das sich an der westlichen Seitenwand anschließende Gebäude, das der Kaufmann und Ratsherr Laurent Valois hatte erbauen lassen und das nach seinem Tod zu einem Magdalenenheim geworden war, schien sich trotz aller Geräumigkeit wie unterwürfig und um Schutz suchend an den kantigen Turm zu schmiegen. Eine mannshohe Mauer umschloss seinen Vorhof und hielt die einfachen Behausungen, die sich um das Anwesen drängten, auf ein Mindestmaß respektvoller Distanz, wie es ein vermögender Kaufmann und Mitglied des hohen Rates erwarten konnte.

Gerolt, Tarik und Maurice schritten im Habit von Dominikanermönchen durch das offen stehende Tor der Umfriedung und standen Augenblicke später auf dem Treppenabsatz vor der dunklen Eichentür des Wohnturms.

»Lasst uns zu Gott beten, dass wir ihren Aberglauben nicht überschätzt haben und sie uns auch wirklich auf den Leim geht«, flüsterte

Gerolt. Im Notfall blieb ihnen zwar immer noch die Möglichkeit, sie zu überwältigen und sich auf diese Weise ungehinderten Zugang zu den Kellerräumen des Wohnturms zu verschaffen. Aber es widerstrebte ihnen, einer so aufrichtig frommen und wohltätigen Frau Gewalt anzutun.

»Keine Sorge, sie wird!«, raunte Tarik zuversichtlich zurück, während Maurice den bronzenen Türklopfer betätigte, der einen Löwenkopf darstellte. »Du weißt doch: Mit süßen Worten, Sanftmut und Freundlichkeit führt man selbst einen Elefanten an einem Haar!«

»Aber übertreib es bloß nicht, Maurice!«, ermahnte Gerolt seinen Freund.

»Ich werde dem wohlmeinenden Rat meines geschätzten Adlatus und Subpriors die ihm gebührende Beachtung gewiss nicht versagen«, erwiderte Maurice leise und salbungsvoll.

Sie hörten, wie auf der anderen Seite des Portals zwei schwere Riegel zurückgezogen wurden. Die Tür öffnete sich, und vor ihnen stand Geneviève Valois.

Die Betreiberin des Magdalenenheims, die am Ende ihres fünften Lebensjahrzehnts stehen musste, war von recht breithüftiger und stämmiger Statur. Witwenschwarz und ohne jede Zier war ihr knöchellanges Kleid, das die Schneiderin schlicht im Schnitt, aber aus feinem Tuch gearbeitet hatte. Dasselbe galt für die schwarze Haube, die sie als Kopfbedeckung trug. Nur wenig lugte unter dem schwarzen, steifen Stoff von den eisengrauen Zöpfen hervor, zu denen ihr Haar geflochten und als strenger Stirnkranz hochgesteckt war. Darunter zeigte sich ein fülliges Gesicht mit lebhaften Augen und klaren energischen Zügen.

Sichtlich überrascht, drei Dominikanermönche vor ihrer Tür zu sehen, und das auch noch so kurz vor Einbruch der Nacht, ging ihr Blick rasch von einem zum anderen. Sie taxierte die drei Männer mit dem scharfen Augenmaß einer Frau, die geübt darin war, sich ein schnelles und zumeist sehr zutreffendes Bild von fremden Personen zu machen. Deshalb erfasste sie auch mit einem Blick die kostbaren goldenen Kruzifize, die an den seidigen Hüftkordeln baumelten, und das feine Material ihrer Kutten. All das ließ scheinbar darauf schließen, dass sie es mit hochgestellten Persönlichkeiten des Ordens zu tun hatte. Die etwas zu groß geratenen flachen Käppchen auf den Köpfen der drei vorgeblichen Gottesmänner fielen ihr nicht ins Auge. Denn die Männer hielten sich aufrecht und erhobenen Kopfes, wie es Abkömmlingen hochadligen Geschlechts schon im Kindesalter anerzogen wurde.

»Gott zum Gruße, werte Frau Valois! Und möge Gottes reicher Segen allzeit auf Euch und Eurem Heim der Barmherzigkeit ruhen!«, grüßte Maurice mit wohlgesetzten Worten, die von einem Mann seines Ranges und Namens erwartet werden durften. Gleichzeitig gab er ihr mit seiner Begrüßung auch zu verstehen, dass sie gut über sie und ihr Heim unterrichtet waren und aus triftigem Grund vor ihrer Tür standen.

Sie dankte ihm für seine segensreichen Worte mit einem freundlichen Lächeln und fragte dann zuvorkommend, welchem Anlass sie denn die Ehre solch hohen Besuchs zu dieser Abendstunde verdankte.

»Erlaubt erst einmal, dass ich Euch meine Begleiter und mich vorstelle. Denn dann werdet Ihr auch gleich besser verstehen, welch dringliche Aufgabe es unvermeidlich gemacht hat, Euch zu so unziemlicher Abendstunde aufzusuchen und Eure verdiente Ruhe zu stören«, sagte Maurice und gab sich nun wieder als Maurice von Beauvais, Visitator des Dominikanerordens, und Gerolt als seinen Adlatus und Subprior Antoine von Chartres aus. Tarik stellte er ihr unter dem wohlklingenden Namen Benedikt von Jerusalem und aus dem fiktiven Geschlecht derer von Mirabeau vor. »Wir stehen im Dienst der heiligen Inquisition und kommen in Erfüllung eines wichtigen Auftrags, der leider keinen Aufschub bis zur nächsten Morgenstunde duldet, werte Witwe Valois.«

Ein erschrockener Ausdruck trat auf ihr Gesicht. »Gütiger Gott!«, stieß sie hervor.

»Seid versichert, dass Ihr keinen Grund für Befürchtungen jedweder Art habt!«, beeilte sich Maurice schnell, sie zu beruhigen. »Wir kommen vielmehr mit einem Anliegen, bei dem Eure gottgefällige Hilfe vonnöten ist. Doch habt die Güte, uns zuerst einmal Einlass in Euer Haus zu gewähren, bevor wir Euch im sicheren Vertrauen auf Euren verschwiegenen Mund von gewissen Vorgängen und Erkenntnissen ins Bild setzen, die nur für Eure Ohren bestimmt sind und nach unserer Begegnung keinem anderen anvertraut werden dürfen!«

»Gewiss, gewiss! Tretet ein, Hochwürden!«, murmelte Geneviève Valois. Trotz der Versicherungen von Maurice war sie doch sichtlich beunruhigt. Und in ihrer Aufregung vergaß sie sogar die Aufforderung, nur ja mit dem rechten Fuß zuerst über die Türschwelle ihres Hauses zu treten. Dass die drei hochrangigen Dominikaner von sich aus mit dem rechten Fuß voran eintraten, nahm sie als gutes Zeichen.

Die drei Gralsritter folgten der Witwe, die sie in ihre recht karge Wohnstube führte und sie mit belegter Stimme aufforderte, doch bitte am Tisch Platz zu nehmen. Geneviève Valois hatte weiche Knie und wollte lieber im Sitzen anhören, was die Abgesandten der von allen gefürchteten Inquisition bloß von ihr wollten und was sie ihr so höchst Geheimes mitzuteilen hatten, das sie an niemanden weitergeben durfte.

In seiner Rolle als Visitator übernahm Maurice wieder das Reden, als sich alle gesetzt hatten. »Einer so frommen Frau wie Euch, die sich dank vieler Wohltaten zugunsten sündhafter und fehlgeleiteter Seelen schon zu Lebzeiten große Schätze im Himmelreich erworben hat, einer solch getreuen Dienerin unseres Herrn brauche ich sicherlich nicht erst lange davon zu erzählen, welch bedrückende Aufgabe die heilige Inquisition seit dem Morgen des 13. Oktobers zu erfüllen hat«, begann er schmeichlerisch.

Die Witwe nickte eifrig und musste erst schlucken, bevor sie antworten konnte. »Es ist entsetzlich, was da ans Tageslicht gekommen ist! Die Templer ein Orden von Ketzern und Götzenanbetern! Und das gleich dort hinter der Mauer, gerade mal einen Steinwurf von hier entfernt! Es übersteigt das Fassungsvermögen eines jeden gläubigen Christen!« Und schnell schlug sie das Kreuz.

»Ihr sagt es, gute Frau! Und die Last, die mit jedem mühseligen Tag weiterer, gewissenhafter Befragungen wächst, drückt wahrlich schwer auf uns!« Maurice gab einen tiefen Seufzer von sich, während Tarik und Gerolt mit ernster Miene dazu nickten. »Im Zuge dieser Verhöre sind uns abscheuliche, gar teuflische Umtriebe und Zeremonien gestanden worden, wie Ihr sicherlich wisst. Und nun erschreckt nicht, wenn ich Euch jetzt eröffne, dass es hier in diesem Wohnturm über lange Zeit zu ebensolchen teuflischen Messen, Dämonenbeschwörungen und heidnischer Götzenanbeterei gekommen ist!«

»Nein!«, stieß die Witwe mit geweiteten Augen hervor und griff sich ans Herz.

»Dieser Turm hier«, so fuhr Maurice fort, »war sogar eine bevorzugte Stätte jenes schändlichen Tuns. Hier haben sie ihren Götzen Baphomet beschworen, ihm geopfert und gewisse Handlungen vollzogen, die mir in Gegenwart einer frommen, gottesfürchtigen Frau wie Euch niemals über die Lippen kommen werden!«

Jetzt schlug Geneviève Valois gleich dreimal hintereinander das

Kreuz. »Heilige Gottesmutter Maria, hilf!«, keuchte sie, und mit wachsbleichem Gesicht sackte sie wie von aller Kraft verlassen auf ihrem Stuhl zusammen.

»Ja, der Leibhaftige, seine Dämonen und die Wesen der Schattenwelt, diese irrenden Seelen, die weder Himmel noch Hölle kennen, hatten in diesen Mauern für Generationen eine Wohnstätte, in der dem Bösen und der Hexerei gehuldigt wurde«, fuhr Maurice sogleich fort. »Und unsere langjährigen Erfahrungen im Dienst der heiligen Inquisition haben uns schmerzlich gelehrt, dass ein solcher Ort nach einer derart langen Zeit gottloser Zeremonien niemals die bösen Geister verliert, die hier sichere Zuflucht gefunden haben.«

Nun bekam Geneviève es richtig mit der Angst zu tun. »Ihr . . . Ihr glaubt wirklich, dass in meinem Haus . . . noch immer Geister und Dämonen wohnen?« Ihre Lippen zitterten.

»Ohne jeden Zweifel!«

»Allmächtiger Gott, stehe mir bei! Das Haus besessen von den teuflischen Heerscharen der Unterwelt? Deshalb also musste mein seliger Mann so lange vor seiner Zeit sterben!«, jammerte sie, hoffte jedoch noch, es könne sich trotz aller Beteuerungen der gelehrten Kirchenmänner um einen Irrtum handeln. »Aber seid Ihr Euch dessen auch wirklich ganz sicher? Wie wollt Ihr denn wissen, ob diese Geister und Dämonen nicht schon längst ausgefahren sind, wo es hier doch schon seit vielen Jahrzehnten keine dieser Zeremonien von Götzenanbetung mehr gibt? Und wie können die Geisterwesen und Dämonen in all den Jahren meinen zahllosen Gebeten und dem Weihwasser widerstanden haben?«

»Es bedarf mehr zu deren Austreibung als nur frommer Gebete. Und auch versprengtes Weihwasser jagt sie nicht davon«, teilte ihr Maurice mit. »Sie sitzen tief im Mauerwerk, das sich wie ein Schwamm vollgesogen hat.«

Und wieder nickten Gerolt und Tarik nur stumm und mit grabesernster Miene. Es war so abgesprochen, dass sie die ganze Zeit in völligem Schweigen verharren sollten. Das würde in den Augen der Witwe den angeblichen Ernst der Situation viel stärker betonen, als wenn sie sich an den Ausführungen von Maurice beteiligt hätten.

»Aber Ihr könnt ohne Sorge um Euer Seelenheil und Euer Anwesen sein«, fuhr dieser nun fort. »Denn um festzustellen, welche bösen Mächte hier noch wohnen, und um notfalls deren endgültige Vertreibung vorzunehmen, haben wir Euch aufgesucht.«

Die Witwe schöpfte sichtlich Hoffnung, dass der Schrecken ein gutes Ende nehmen könnte. »Doch wie wollt Ihr es denn bloß anstellen, Gewissheit über die Gegenwart von Geistern zu erlangen? Wollt Ihr sie beschwören?«

»Nein, wir werden Satans willfährige Geisterwesen zwingen, uns ihre Gegenwart zu verraten und sich zu zeigen! Und zu diesem Zwecke habe ich meine hochgelehrten Ordensbrüder mitgebracht, ist ihnen doch die seltene Gabe gegeben, derartige Geisterwesen und Dämonen aufzuspüren und sie auszutreiben«, sagte Maurice und wies auf seine beiden Gefährten. »Aber überzeugt Euch selbst, ob Euer Haus noch immer von dunklen Mächten besessen ist. Meine Ordensbrüder werden nämlich sofort die Probe machen. Dazu bringt uns geschwind einen Becher mit klarem Wasser! Gut gefüllt, aber nicht randvoll!«

Geneviève Valois hatte Mühe, sich von ihrem Platz zu erheben, so schwach vor Furcht und Schrecken fühlte sie sich. Und ihre Hände hatte ein heftiges Zittern befallen, sodass sie einiges von dem Wasser verschüttete, als sie zu ihnen an den Tisch zurückkehrte. Wie ein Mühlstein sackte sie auf ihren Stuhl, kaum dass sie den Becher auf der Mitte des Tisches abgestellt hatte.

Gerolt hatte indessen eine Phiole hervorgeholt. In dem gerade mal fingerlangen und daumendicken Behälter aus dünnem grünem Glas befand sich nichts weiter als mit Wurzelextrakt rot gefärbtes Wasser. Mit angespannter Miene und scheinbar überaus vorsichtig leerte er die rote Flüssigkeit in das klare Wasser des Bechers. Dabei bewegten sich seine Lippen tonlos, als begleitete er das Gießen mit einer Formel, die nicht für die Ohren Uneingeweihter bestimmt war. Als der letzte Tropfen in den Becher gefallen war, machte er wie ein Priester das Kreuzzeichen über dem Becher.

»Was hat es mit dieser . . .«, setzte die Witwe mit bebender Stimme zu einer Frage an.

Sofort hob Maurice die Hand. »Von jetzt an kein Wort mehr, gute Frau!«, trug er ihr streng auf. »Was immer gleich auch geschieht, rührt Euch nicht vom Fleck und sprecht nicht! Dann wird Euch auch nichts geschehen.«

Geneviève Valois machte den Eindruck, als wäre sie am liebsten aufgesprungen und aus dem Turmhaus gestürzt. Doch sie verharrte wie zur Salzsäule erstarrt auf ihrem Platz.

Maurice löste das goldene Kruzifix vom Gürtel, legte es vor den Becher mit dem rot gefärbten Wasser und schlug darüber nun wie ein Geistlicher das Kreuz.

»Lasst uns Gott um Beistand anrufen und dann die vorgeschriebenen Gebete zur Dämonenbezeugung sprechen, meine Brüder!«, forderte er nun seine Freunde mit gesenkter, feierlich ernster Stimme auf.

Gemeinsam und mit den Händen auf den Becher weisend, murmelten sie nun beschwörend und auf Latein mehrere Gebete. Und dann ließ Tarik seine göttliche Segensgabe auf das rötliche Wasser einwirken.

Ganz langsam begann sich die Oberfläche zu kräuseln. Schnell ging das Kräuseln in ein Brodeln über, als kochte es im Becher. Und dann setzte sich das Wasser links herum in Bewegung, um im Becher immer schneller zu kreisen, sodass in seiner Mitte ein Wirbel entstand und das Wasser dabei an seiner Innenwand bis an den Rand hochstieg.

Geneviève Valois stieß einen spitzen Schrei aus, schlug dann aber sofort beide Hände vor den Mund, als könnte sie ihn nur so daran hindern, ihr Erschrecken herausdringen zu lassen.

Und während Tarik noch immer das gefärbte Wasser im Becher kreisen ließ, machte sich Gerolt daran, ihr einen weiteren Beweis für die Gegenwart dämonischer Kräfte vorzuführen. Er verdichtete vor der Tür, die sich gut im Blickfeld der Witwe befand, die Luft zu zwei flirrenden, kegelförmigen Gebilden, die mit der Spitze nach unten wild hin- und herzuckten, als versuchten sie vergeblich, sich der Macht der Dämonenbeschwörer zu entziehen.

Blankes Entsetzen stand in den Augen der Witwe, als sie diese angeblichen Geisterwesen sah, die ihren wilden Tanz aufführten, um dann an die Wand zurückzuweichen und dort scheinbar ins Mauerwerk zu fliehen. Und um dem Ganzen noch die Krone aufzusetzen, richtete Maurice seine besondere Fähigkeit als Gralshüter auf ebenjene Steine in der Wand und brachte sie dazu, in den Fugen wenig, aber doch merklich vor- und zurückzurucken. Eine Leistung, die ihm bei Weitem mehr an Kraft und Konzentration abverlangte, als Tarik und Gerolt bei ihrem Einsatz hatten aufwenden müssen. Ihm stand der Schweiß auf der Stirn.

»Lasst es gut sein! Das genügt!«, rief er mit schwerem Atem, griff zum Kruzifix und hielt es mit dem Corpus nach unten über den Becher, in dem sich augenblicklich der Wirbel auflöste und das Wasser allmählich zum Stehen kam. »Wir haben erfahren, was wir wissen müssen!«

Dann wandte er sich an die Witwe, die nun wie Espenlaub zitterte und noch immer beide Hände vor den Mund gepresst hielt. »Ganz ruhig, werte Frau! Es ist vorbei. Aber nun werdet wohl auch Ihr überzeugt sein, dass Euer Wohnturm noch immer von einer Vielzahl dämonischer Wesen befallen ist.«

Sie nickte heftig, brachte in ihrem Entsetzen über das soeben Erlebte jedoch keinen Ton heraus. Ihr Gesicht unter der schwarzen Haube erschien wie blutleer.

»Fürchtet Euch nicht und habt Vertrauen! Ihr habt Euch tapfer gehalten, dafür verdient Ihr Bewunderung. Und nun fasst Euch wieder. Gott ist mit uns, und die Mächte des Bösen haben sich die längste Zeit an diesem Ort verkrochen! Denn wir werden nicht eher von hier weggehen, bis wir Gewissheit haben, alle Dämonen ausgetrieben und ihnen für immer die Rückkehr unmöglich gemacht zu haben!«, redete Maurice beruhigend auf sie ein. »Ich weiß sehr wohl, was jetzt in Euch vorgeht. Aber es wird sich alles zum Guten wenden, und zwar noch in dieser Nacht, das verspreche ich Euch auf die Heilige Schrift und die hohen Weihen, die wir empfangen haben. Morgen wird es hier nicht mehr ein einziges Geisterwesen geben! Der Turm wird restlos frei von allen dämonischen Wesen der Schattenwelt sein. Und dabei könnt Ihr uns helfen – nicht durch Eure Anwesenheit. Denn auch nur Zeuge des Kampfes zu sein, den wir in den kommenden Nachtstunden hier zu führen haben, würde Eure Kräfte maßlos überfordern.«

Mühsam würgte Geneviève Valois ihr Entsetzen hinunter und fand nun endlich ihre Sprache wieder. »Wie kann ich Euch denn sonst bei Eurer Dämonenaustreibung behilflich sein?«, fragte sie mit zittriger Stimme.

»Indem Ihr Euch unverzüglich hinüber in Euer Heim begebt, dort jeden Schlagladen fest verriegelt, all Eure Frauen zusammenruft und uns durch Eure frommen Gebete unterstützt! Damit wird uns sehr geholfen sein, wisst Ihr doch um die segensreiche Kraft des aufrechten Gebets. Aber sorgt unbedingt dafür, dass sich keine von Euren reumütigen Sünderinnen vor dieser gemeinsamen Nacht im Gebet zu drücken versucht und sich womöglich gar noch draußen im Hof herumtreibt. Das könnte Folgen haben, die ich Euch lieber nicht ausmalen möchte!«, betonte Maurice. »Und erschreckt nicht, wenn Ihr gleich Hufschlag und das Geräusch eines Fuhrwerks im Hof hört. Wir erwarten noch einen treuen Gehilfen, der uns die erforderlichen Gerätschaften bringt, um vom Keller bis unter die Mauerkrone der satanischen Mächte Herr zu werden, die sich hier eingenistet haben. Also lasst die Schlagläden geschlossen und widmet Euch weiterhin dem Lobpreis Gottes!«

»So soll es geschehen!«, versicherte sie.

Maurice nickte wohlwollend. »Gut! Seid also stark in Eurem Tun und haltet durch bis zur Morgendämmerung! Dann könnt Ihr unbeschwert wieder zurückkehren. Ihr werdet uns nicht mehr antreffen, jedoch auf der Tür über dem Löwenkopf ein Kreidezeichen aus drei Kreuzen und einigen Buchstaben vorfinden. Dieses Zeichen wird Euch sagen, dass Euer ganzes Anwesen von allen dämonischen und anderen Geisterwesen gereinigt ist und fortan von ihnen gemieden wird!«

»Ich werde alles so tun, wie Ihr es mir aufgetragen habt, und mit Freuden!«, beteuerte Geneviève Valois, und in ihr Gesicht kehrte wieder etwas Farbe zurück. Auch ihr Körper straffte sich, hatte sie doch nun eine Aufgabe, der sie sich gewachsen fühlte. »Dem Allmächtigen sei Dank, dass er mir Euch und Eure gelehrten Ordensbrüder geschickt hat!« Und in ihrer übergroßen Erleichterung und Dankbarkeit war sie drauf und dran, vor Maurice auf die Knie zu fallen und ihm die Hand zu küssen.

Maurice wusste das rasch zu verhindern. »Nicht doch, werte Frau!

Wir tun nichts als Gottes heiligen Willen! Eure Gebete und Fürsprachen sind uns Dank genug. Und nun geht besser, denn wir müssen sogleich mit den Vorbereitungen beginnen.« Damit fasste er sie an der Schulter und sorgte mit sanftem Druck dafür, dass sie den Wohnturm verließ und sich in ihr angrenzendes Magdalenenheim begab.

»Amen!«, sagte Maurice und nickte dann Tarik zu. »Ich glaube, die Luft ist jetzt rein. McIvor wird inzwischen schon mit dem Pferdewagen eingetroffen sein und ungeduldig darauf warten, dass du ihn holen kommst. Aber vergesst bloß nicht unsere Waffen, die Sturmlichter und den Beutel mit dem Werkzeug!«

»Vielleicht solltest du besser selber gehen, wenn du Bedenken hast«, erwiderte Tarik.

Maurice verzog das Gesicht zu einem breiten Grinsen. »Mein Vertrauen in dich ist grenzenlos, Levantiner! Darum lasse ich dir auch den Vortritt! Also geh schon. Und vielleicht kommt ihr ja noch rechtzeitig, um zu sehen, wie Gerolt und ich unten im Keller den geheimen Zugang öffnen, Mönchlein!«

»Untersteht euch!«, drohte Tarik, und seine Augen funkelten sie an wie dunkle, glühende Bernsteine. »Ihr wartet gefälligst auf uns, sonst bekommt ihr was zu hören, *Brüder!*« Mit dieser Warnung huschte er hinaus in die Dunkelheit, um McIvor in den Hof zu winken. Er fieberte dem Moment entgegen, in welchem sie den unterirdischen Zugang im Keller entdecken und vor allem den reich verzierten schwarzen Ebenholzwürfel mit dem Heiligen Gral wieder in ihrer Obhut wissen würden!

16

Im gelblichen Schein von Öllampen, die im schützenden Gehäuse von Sturmlaternen brannten, und mit umgegürtetem Schwertgehänge stiegen die vier Gralshüter die alte Steintreppe in den tiefen Keller hinunter. Die Gewölbe unter dem alten Turm waren hoch und von ungewöhnlich aufwendiger, baumeisterlicher Kunstfertigkeit. Alle Wände bestanden aus Sandstein und waren durch ein Gitterwerk aus daumenstarken Streben aus demselben Material in zahllose Kassettenfelder unterteilt. Und dass jeweils zwei waagerecht und vier senkrecht verlaufende Segmente in etwa der Breite und Höhe eines kräftigen Mannes entsprachen, war sicher alles andere als ein Zufall. Auch fielen den scharfen Augen der Gralshüter, die um das Geheimnis der Kellergewölbe wussten, sofort die tiefen Fugen zwischen den einzelnen Steinen auf.

»Wirklich raffiniert, was sich die Baumeister unserer Bruderschaft hier haben einfallen lassen!«, sagte Gerolt voller Bewunderung. »Alle Wände in ein Meer von Kassettenfeldern zu unterteilen, ist eine hervorragende Tarnung für die geheime Tür, die sich hier irgendwo im Mauerwerk verbirgt!«

McIvor hatte seinen Dolch aus dem Gürtel gezogen und setzte die Klinge in die Fuge zwischen zwei Steinen. Gut fingernageltief drang sie in den Schlitz ein, bevor sie auf harten Widerstand stieß. »Raffiniert ist das richtige Wort, Gerolt!«, pflichtete er ihm bei. »Ein bewegliches Kassettenfeld braucht Spiel, um sich öffnen zu können.

Und dass hier alle Fugen gleich breit und gleich tief sind, macht es unmöglich, auch bei scharfem Hinsehen ein Anzeichen für eine Tür zu finden. Man muss schon sehr genau wissen, wonach man hier sucht, um auf die Geheimtür zu stoßen!«

»Antoine hat von einer Rose gesprochen, die uns verraten wird, wo sich der geheime Zugang befindet«, sagte Tarik. »Also lasst uns danach suchen, Freunde! Leuchten wir die Wände ab!«

Sie verrückten bei ihrer Suche jedes Fass, jede Kiste, jedes Brettergestell und was sonst noch einen ungehinderten Blick auf das dahinterliegende Mauerwerk verwehrte. Jede Ecke leuchteten sie aus. Doch so gewissenhaft sie die ersten beiden Gewölbe auch absuchten, sie fanden das Zeichen der Rose nicht. Dafür sprang ihnen im dritten, hintersten der Kellerräume der geheime Hinweis umso rascher ins Auge.

Gerolt entdeckte ihn, als er durch den Rundbogen trat, der in das letzte, mit allerlei Gerümpel vollgestellte Gewölbe führte, und der Lichtschein seiner Öllampe auf die Kassettenwand zu seiner Linken fiel.

»Hier ist sie, die Rose!«, rief er aufgeregt und wies auf den Stein, der in Kopfhöhe über einem Mauerring in die Wand eingelassen war. Ein Steinmetz hatte die Umrisse einer fünfblättrigen Rose aus dem harten Gestein gemeißelt. »Es ist eindeutig das Zeichen unserer Bruderschaft, das auch die Vorderseite des Ebenholzwürfels schmückt!«

»Halleluja!«, rief Maurice und drängte sich mit seinen Freunden um diesen Mauerring. Er ragte an einer faustdicken und runden Steinstrebe eine gute Unterarmlänge aus der Wand hervor. Im Rund der Öffnung hatte jemand eine abgebrannte Pechfackel zurückgelassen.

»Gut, die Rose hätten wir gefunden«, sagte Tarik und betrachtete das Zeichen und den Mauerring mit gerunzelter Stirn. »Vermutlich befindet sich an dieser Stelle die Geheimtür. Fragt sich nur, was jetzt geschehen muss, damit sie sich öffnet. Hat jemand eine Idee?«

»Die Strebe mit dem Fackelring muss mit einem versteckten Mechanismus verbunden sein, so wie wir es vom unterirdischen Heiligtum in Akkon her kennen! Vielleicht müssen wir ihn herausziehen!«, schlug Maurice vor, zog die Fackel heraus, warf sie hinter sich zu dem Gerümpel, packte mit festem Griff in den Ring und zog mit aller Kraft an ihm.

Doch nichts geschah. Die Sandsteinstrebe mit dem Fackelring rührte sich nicht.

»Mist!«, murmelte Maurice enttäuscht. »Vielleicht versuchst du es mal mit deinen rohen Kräften, McIvor. Womöglich ist der Hebel schon lange nicht mehr bewegt worden und klemmt.«

»Das glaube ich nicht«, sagte Tarik. »Antoine ist ein zu gewissenhafter Gralshüter gewesen, als dass er sich so eine Nachlässigkeit erlaubt hätte! Nein, er hat ganz sicher regelmäßig dafür gesorgt, dass sich der Mechanismus stets in einem einwandfreien Zustand befindet und nicht ausgerechnet dann versagt, wenn Gefahr im Verzug ist und der Gang gebraucht wird.«

»Das meine ich auch«, sagte Gerolt. »Und die logische Folgerung daraus dürfte sein, dass der Mechanismus nicht durch Zugkraft am Mauerring in Gang gesetzt wird, sondern auf irgendeine andere Weise.«

»Dann versuchen wir es doch zur Abwechslung mal damit, ihn in die Wand zu drücken!«, sagte Maurice und stemmte sich nun mit aller Kraft gegen den Mauerring.

Vergeblich.

»Ich glaube, ihr habt da alle etwas übersehen«, sagte McIvor.

»So? Dann erleuchte uns mal mit deinem Geistesblitz, Eisenauge!«, forderte Maurice ihn auf. Er glaubte nicht, dass der Schotte mit seinem einen Auge etwas entdeckt hatte, was ihm selbst nicht aufgefallen war. »Was sollen wir denn übersehen haben?«

»Diese beiden Einkerbungen auf der rechten und linken Seite des inneren Kreises«, antwortete McIvor trocken. Dabei wies er auf die beiden Einschnitte im Sandstein, deren Tiefe ungefähr der Länge eines Fingerglieds entsprach. »Ich nehme mal an, dass der Steinmetz unserer Bruderschaft die Schlitze nicht aus dem Ring gemeißelt hätte, ohne damit etwas zu bezwecken.«

Und mit diesen Worten zog McIvor sein Schwert aus der Scheide.

»Was hast du vor?«, fragte Gerolt.

»Ich mag ja nur noch ein Auge haben, Brüder!«, antwortete McIvor mit breitem Grinsen. »Aber ich habe dennoch einen scharfen Blick für die Breite einer Schwertklinge. Und der Teufel soll mich holen, wenn das Blatt eines Gralsschwert nicht genau dort zwischen die beiden Einschnitte im Fackelring passt!« Und damit schob er die Klinge seines Schwertes von unten in den Mauerring und führte sie durch die beiden Schlitze. Nach einem Drittel des Blattes saß das Schwert fest in den Einkerbungen.

Gerolt schlug dem Schotten begeistert auf die Schulter. »Teufelskerl, es sitzt! Perfekt vom Steinmetz für ein Gralsschwert bemessen! McIvor, du hast wirklich was in deinem harten Schädel! Dass du das auf einen Blick gesehen hast!«

»Das war wirklich ein genialer Geistesblitz, Eisenauge!«, kam es von Tarik.

»Wirklich nicht schlecht«, rang sich nun auch Maurice zu einem Wort der Anerkennung durch. Und um seine Verlegenheit zu überspielen, versetzte er McIvor einen freundschaftlichen Rippenstoß.

»Der Ring wird sich vielleicht nach links oder nach rechts drehen lassen«, überlegte Gerolt laut. »Aber ich würde nicht zu viel Kraft in die Hebelwirkung deines Schwertes legen, McIvor. Falls der Mechanismus wirklich auf diese Weise betätigt wird, dann wird dafür keine große Kraftanstrengung nötig sein.«

McIvor nickte und versuchte, mithilfe des Schwerts die runde Sandsteinstrebe nach rechts zu drehen. Doch sie bewegte sich nicht.

»Dann also links herum«, murmelte er und übte Druck in die entgegengesetzte Richtung aus.

Nach einem kurzen Moment des Widerstands bewegte sich die runde Strebe in ihrer Einfassung. Gleichzeitig war ein gedämpftes, metallisches Klacken hinter dem Mauerwerk zu vernehmen – und die Strebe sprang etwa eine Handlänge aus dem Steinquader, in den sie eingelassen war.

»Hier, die Wand hat sich bewegt!«, rief Gerolt aufgeregt und deutete auf einen Teil der Kassettenfelder, der breit und hoch genug war, um einem Mann Durchlass zu gewähren. Aber dieser Ausschnitt hatte sich ihnen nicht geöffnet, sondern war nur eine Handlänge weit nach hinten in die Wand gerückt. Er stemmte sich sofort dagegen, doch die Tür gab nicht nach.

Jetzt hatte Maurice die Genugtuung, dem zweiten Mechanismus der Türverriegelung auf die Spur zu kommen, indem er als Erster das Abbild eines Pferdes bemerkte, das auf der anderen Seite der Strebe zum Vorschein gekommen war. »Seht doch, hier ist ein Pferd in den Stein gemeißelt! Kopf, Brust und Vorderhufe sind ganz deutlich zu erkennen. Und die Umrisse setzen sich noch fort! Sie sind aber noch in der Wand verborgen! Die Strebe muss weiter raus!«

»Manchmal hat deine Rede wirklich Hand und Fuß«, revanchierte sich McIvor für die spöttische Bemerkung, die Maurice vor wenigen Augenblicken über ihn gemacht hatte, zog das Schwert aus der Einkerbung und legte seine Pranke um den Mauerring. »Wollen doch mal sehen, ob du mit deiner nicht ganz unklugen Vermutung recht hast!«

McIvor zog am Ring, und er brauchte gar nicht viel Kraft aufzuwenden, um die Granitstrebe nun gut armlang aus der Wand zu ziehen. Der restliche Teil des Pferdebildes kam zum Vorschein. Die in den Stein geschlagenen Linien ergaben nun das allseits bekannte Zeichen des Templerordens, nämlich zwei Reiter auf dem Rücken eines Pferdes. Und nur wer als Gralshüter in die Geheimnisse der Bruderschaft eingeweiht war, deutete die kleine Einritzung zwischen den beiden Reitern nicht als Makel an einer ansonsten guten Steinmetzarbeit, sondern wusste, dass es sich dabei um die Andeutung der fünfblättrigen Rose handelte.

Es trat jedoch nicht nur die runde Strebe aus der Wand, sondern McIvors Muskelkraft wurde gleichzeitig von einem kunstfertigen System von in der Wand verborgenen Flaschenzügen vervielfacht, sodass die Tür noch weiter zurückglitt. Nun wurden im Boden gute vier Finger breite und ebenso tiefe Rinnen sichtbar, in denen glänzende Eisenkugeln von ebensolcher Stärke dicht aneinander und in einem Bett aus Öl lagen. Über diese mit Kugellagern gefüllten Rinnen hatte sich die geheime Tür, gezogen von einem rückwärtigen Flaschenzug, nach hinten in den Vorraum eines unterirdischen Gangs bewegt. Eine wahre bauliche Meisterleistung der Gralshüter!

Aber da sie seit ihrer ersten Weihe in Akkon mit derlei technischen Leistungen der Baumeister ihrer Bruderschaft vertraut waren, hielten sie sich nicht damit auf, sie lange zu bewundern und zu studieren. Es drängte sie, in den Tunnel zu kommen und den dritten Gang zu finden, wo der Heilige Gral in seinem Versteck ruhte.

»Wir zünden besser keine Fackeln an!«, schlug Gerolt vor, als er hinter dem kleinen, runden Vorraum den schmalen, gemauerten Gang erblickte, der einer Person gerade mal ausreichend Platz bot. Und noch knapper war seine Höhe bemessen. McIvor und er würden schon den Kopf einziehen müssen, um sich nicht an der gerundeten

Decke zu stoßen. »Wir müssten die Flamme sonst weit von uns weghalten, damit sie uns nicht Haare und Kleidung ansengt. Zudem treiben einem Fackeln in solch einem engen Tunnel den Ruß in die Augen und verzehren auch zu viel Luft! Aber zwei, drei sollten wir doch für alle Fälle mitnehmen.«

»Ich übernehme das und lasse dafür meine Ölleuchte zurück«, sagte McIvor und nahm drei Fackeln an sich.

»Dann lasst uns gehen und herausfinden, wohin uns der geheime Gang in der Templerburg führt!«, rief Maurice, der vor Ungeduld und Tatendrang brannte. »Und denkt an die Rosette, Kameraden! Worum immer es sich dabei auch handeln mag, Antoine hat uns davor gewarnt und uns unmissverständlich zu verstehen gegeben, dass sie den Tod bringt!«

17

Wer von ihnen vorweggehen und ihre kleine Kolonne anführen sollte, entschied Maurice ohne langes Nachfragen, indem er sich sogleich an Gerolt vorbeizwängte und mit seiner Öllampe in der Rechten in den Tunnel eindrang.

Während Wände und Decke aus schweren, dunkelbraunen Backsteinen gemauert waren, bedeckte ein dickes Kiesbett den Boden. Der Zweck lag auf der Hand. Auch ein noch so sorgfältig aus Ziegelsteinen errichteter unterirdischer Tunnelbogen vermochte nicht zu verhindern, dass Regen und anderes Sickerwasser durch das Gestein drang. Ein Boden aus Stein hätte dann unausweichlich zu großen Wasserlachen und nach starken Regenfällen sogar zu einer regelrechten Überschwemmung geführt. So jedoch vermochte alles Wasser durch das Kiesbett und in dem darunter liegenden Erdreich zu versickern.

Ein kühler Windhauch zog durch den Gang und ließ darauf schließen, dass sich an seinem Ende eine Art von Kamin oder Schacht befinden musste, der bei geöffneter Geheimtür für Zugluft sorgte.

Das Licht ihrer Lampen tastete sich über das Gestein. Hier und da hob der Schein Stellen aus der pechschwarzen Dunkelheit hervor, wo das Mauerwerk unter dem Druck der auf ihm lastenden Erdschicht nachgegeben und zu Rissen und Ausbeulungen geführt hatte. Aber nirgends waren Steine aus Decke oder Wand gebrochen. Es gab jedoch deutliche Hinweise, dass an einigen Stellen gravierendere Beschädigungen sorgfältig behoben worden waren. Das ließ sich an der sehr viel helleren Farbe der eingefügten Backsteine erkennen.

Eine Weile war nur das Knirschen der Kiesel unter ihren Stiefeln und ihr schneller Atem zu hören. Und jeder zählte in Gedanken die Schritte.

»Tod und Teufel, dieser Gang nimmt ja kein Ende!«, kam von hinten die Stimme des Schotten, als er im stummen Zählen bei hundert angelangt war. »Wenn das noch lange so weitergeht, bekomme ich noch einen schiefen Hals! Für das Leben von Tunnelratten bin ich wirklich nicht geschaffen.«

»Kannst dich ja in den Kies hocken und auf uns warten, bis wir mit dem Heiligen Gral zurückkommen, Schotte!«, rief Maurice gedämpft über die Schulter zurück.

»Das könnte dir so passen! Achte du lieber darauf, dass du die verdammte Rosette nicht übersiehst! Manchmal scheinst du ja was auf den Augen zu haben!«, konterte McIvor.

Tarik seufzte und bemerkte nun trocken: »Auch wenn nur zwei Körner auf einem Blech liegen, klappert es! Und manchem geht es so gut, dass er anfängt zu klagen!«

McIvor und Maurice wussten sofort, welcher der beiden Sprüche des Levantiners auf wen gemünzt war. Und danach fiel für weitere vierzig, fünfzig Schritte erst mal kein weiteres Wort.

Auf einmal vollführte der Gang, der sich bis dahin schnurgerade erstreckt hatte, einen scharfen Bogen nach rechts. Gerolt hatte den Eindruck, dass der Gang im Verlauf des Bogens seine Richtung um fast neunzig Grad änderte. Er rief sich die Lage des Wohnturms und der Ordensburg vor Augen, zog im Geiste eine Linie zwischen den beiden und kam zu dem Ergebnis, dass der unterirdische Gang auf die Hinterseite des mächtigen Gebäudes zuhalten musste.

Gerade wollte Gerolt seine Vermutung seinen Kameraden mitteilen, als Maurice vor ihm aufgeregt rief: »Gleich haben wir das Ende des Gangs erreicht, Freunde! Ich kann es schon sehen! Zumindest sieht es so aus, als öffnet sich dort der Gang!« Dabei beschleunigte er seine Schritte, denn er war begierig darauf, zu erfahren, wie es am Tunnelende weiterging.

Gerolt blieb ihm dicht auf den Fersen. Und während Maurice seine Öllampe in Kopfhöhe hielt, trug er selbst seine Lampe am herunterhängenden linken Arm, damit ihr Licht auf das Kiesbett fiel.

Im nächsten Moment hatte Maurice auch schon das Ende des Ganges erreicht. »Ihr werdet es nicht glauben!«, stieß er hervor und hielt seine Leuchte noch höher, um besser zu beleuchten, was sich vor ihm auftat. »Hier ist ein gewaltiger . . .«

Gerolt spähte seitlich an ihm vorbei. Im selben Augenblick fiel das Licht seiner Lampe auf die Steinplatte, auf die Maurice gerade seinen Fuß setzen wollte, und in diesen Stein war eine große Rosette gemeißelt, die fast die ganze Fläche ausfüllte.

»Nicht! Die Rosette!«, schrie Gerolt mit jähem Entsetzen, packte Maurice dabei geistesgegenwärtig an seinem Schwertgürtel und riss ihn zurück. Maurice fiel auf ihn und gemeinsam stürzten sie rücklings ins Kiesbett. Um ein Haar hätten sie auch noch Tarik zu Fall gebracht. Die Flammen beider Öllampen fielen flackernd in sich zusammen und schienen verlöschen zu wollen, erhoben sich jedoch gleich wieder zu voller Stärke.

»Heiliges Gralsschwert!«, keuchte Maurice, drehte sich auf die Seite und kam vorsichtig auf die Beine.

»Du hast recht! Das muss die Rosette sein, von der Antoine gesprochen hat! Himmel, das hätte wirklich böse ins Auge gehen können!« Und zerknirscht fügte er hinzu: »Danke, dass du das noch rechtzeitig gesehen hast, Gerolt. Ich könnte mich ohrfeigen, dass ich die Augen woanders gehabt habe!«

Nur Tarik und Gerolt hörten, was McIvor hinter ihnen ganz leise murmelte: »Nur zu! Notfalls kann das auch einer von uns übernehmen!«

»Komm, geh du besser voran! Von jetzt an übernehme ich das Schlusslicht«, sagte Maurice kleinlaut, presste sich am Ausgang des Tunnels an die Wand und trat zurück, damit Gerolt, Tarik und McIvor sich an ihm vorbeizwängen konnten.

Gerolt blieb auf dem breiten Granitstreifen stehen, der das Kiesbett am Gangende einfasste, und ließ seinen wachsamen Blick über den Boden wandern. Die dreieckige Platte mit der Rosette nahm den größten Teil der gleichfalls dreieckigen Grundfläche ein. Jede Seite dieses gleichschenkligen Dreiecks hatte das Maß von fünf guten, ausgreifenden Schritten. Nur ein schmaler Streifen, der gerade mal halb so breit wie eine Stiefellänge war, zog sich an den Wänden entlang und umschloss das Dreieck in der Mitte. Und als Gerolt Kopf und Leuchte hob, klappte ihm vor Staunen der Mund auf. Denn über ihm stieg ein Schacht, genauso dreieckig geformt wie die Grundplatte mit der Rosette, senkrecht in die Höhe. Das Licht der Leuchte reichte bei Weitem nicht, um bis an sein Ende in schwindelerregender Höhe hinaufzureichen. Die Ordensburg erhob sich fünf Stockwerke hoch über dem Templerbezirk, und bei der Vorstellung, dass sich auch der Schacht so hoch hinaufzog und sie ihn womöglich bis fast an sein Ende erklimmen mussten, wurde es Gerolt flau im Magen.

»Unglaublich!«, entfuhr es Tarik, der sich ein Stück vorgewagt hatte und jetzt auch nach oben blickte. »Dieser Schacht muss zu einer der vier Ecken der quadratisch angelegten Burg gehören, wo . . .«

»Tod und Teufel, mir ist es furzegal, zu welchem Teil der Burg der Schacht gehört!«, stieß McIvor hervor. »Ich möchte lieber wissen, wie wir da hinaufkommen sollen! Wir sind doch keine Salamander, die senkrecht die Wände hochsteigen können! Eine Leiter sehe ich jedenfalls nicht!«

»Vielleicht nicht eine in gewöhnlichem Sinn und schon gar keine aus Eisen, denn die wäre schon nach wenigen Jahren verrostet und nach und nach aus dem Stein gebrochen. Aber so etwas wie eine Leiter ist sehr wohl vorhanden«, erwiderte Gerolt. »Und sie kann notfalls Jahrhundert überdauern!«

»Und wo soll die sein!«

»Es sind diese Vertiefungen, die in den Wänden des Schachtes aus den Steinen gemeißelt sind!«, sagte Gerolt und zeigte auf diese Öffnungen, die breit und tief genug erschienen, um einen gewöhnlichen Männerstiefel bis zum Absatz aufzunehmen. Auch waren sie so im Winkel zweier Wände angebracht, dass man sie gut mit beiden Füßen erreichen konnte, ohne dabei zu einem Spagat gezwungen zu sein.

»Und wo sollen wir uns festhalten?«, kam sofort die nächste Frage von McIvor, dem es offenbar vor dem Aufstieg graute.

»Wartet, ich sehe mir diese Schlitze mal näher an«, sagte Gerolt und schob sich vorsichtig auf dem schmalen Streifen vor der Rosettenplatte dicht an der Wand entlang. Als er die erste Öffnung erreicht hatte, fasste er hinein und tastete sie aufmerksam ab. Dann nickte er. »Die Öffnungen dienen zugleich auch als Haltegriffe! Sie weisen eine Vertiefung auf, in die man gut hineinfassen und den nötigen Halt bekommen kann. Es hätte mich auch sehr gewundert. Wer immer diesen Schacht entworfen und gebaut hat, hat an alles gedacht.«

»Nur wohl nicht an mich«, knurrte McIvor.

»Ach was, das wird dich doch nicht schrecken, Highlander! Du hast schon viel Schlimmeres mit schottischer Bravour überstanden! Da wirst du dich doch von so einer Kletterpartie nicht erschüttern lassen«, versuchte Tarik, ihn aufzumuntern, und schlug ihm auf die

Schulter. »Also dann, lasst uns hochklettern und den dritten Gang suchen, Freunde! Was die Leuchten und Fackeln angeht, so schlage ich vor, dass wir die Pechfackeln im Gang zurücklassen und eine Leuchte hier unten am Fuße des Schachtes aufstellen. Zwei Öllampen werden für oben wohl reichen. Ich bin bereit, eine davon zu nehmen.«

»Und ich nehme die andere«, sagte Gerolt, weil er nicht erst warten wollte, ob Maurice sich anbieten würde. »Am besten hängen wir sie uns vorn an den Gürtel. Dann haben wir beide Hände frei.« Die Flamme hinter dem Schutzgitter der Sturmlaterne war nicht stark genug, um das Blech so stark zu erhitzen, dass bei Berührung Verbrennungsgefahr bestand. »Und dreht euer Schwert mit dem Gürtel nach hinten, damit die Waffen nicht gegen die Wände scheppern. Die Burg wird von Soldaten des Königs und Männern der Inquisition besetzt gehalten. Und ich möchte lieber nicht herausfinden, was geschieht, wenn wir uns durch beständiges Waffengeklirr verraten ... Also, ich bin bereit!«

»Dann lass dich nicht länger aufhalten, Gerolt!«, rief Tarik ihm zu, den die Höhe des Schachtes nicht im Mindesten zu beunruhigen schien. »Ich übernehme mit meiner Leuchte die Nachhut. Dann bekommen McIvor und Maurice Licht von oben wie von unten.«

»Wirklich sehr beruhigend, du levantinisches Leichtgewicht!«, brummte McIvor mürrisch. »Als ob das die Kletterei schon zu einem Vergnügen machen würde!«

Gerolt achtete nicht auf das Gebrumme des Schotten, sondern hängte den Haken der Laterne vorne hinter seinen Gürtel und machte sich an den Aufstieg. Er bereitete ihm viel weniger Schwierigkeiten, als er gedacht hatte. Die Öffnungen befanden sich genau im richtigen Abstand für eine leichte Trittfolge, und sie boten sowohl den Stiefeln wie auch den Händen sicheren Halt.

Rasch fand er in einen bequemen Rhythmus, der ihn zügig den

Schacht hinaufbrachte. Maurice blieb dicht hinter ihm, und auch McIvor verlor den Anschluss nicht. Er murmelte sogar etwas, das sich wie »Na ja, geht ja doch ganz gut!« anhörte. Tarik bildete mit der zweiten Leuchte das Ende ihrer Klettergruppe.

Die Öllampe unten auf dem Grund des Schachtes schrumpfte immer mehr in sich zusammen und wurde zu einem schwachen Leuchten in der Tiefe.

Nach etwa zwanzig Wandstufen schälte sich über Gerolt der dunkle Rundbogen des ersten Ganges ab. Ein steinernes Trittbrett führte zu ihm. Auch sollten zusätzliche Grifföffnungen einen ungefährlichen Übertritt in den Gang gewährleisten.

Als Gerolt mit seiner Lampe hineinleuchtete, gab die tiefe Dunkelheit den Blick auf bunte Mosaiken frei, welche die Wände und die gewölbte Decke vollständig bedeckten. Diese Mosaiken stellten zentrale Szenen aus den Evangelien dar. Das überraschte ihn ebenso wenig wie seine Freunde, denn dass die Bruderschaft die Gänge und Gewölbe ihrer geheimen Heiligtümer mit solchen Mosaiken schmückte, hatten sie in Akkon in reicher Fülle bewundern können. Hier jedoch genügte ein flüchtiger Blick, um sehen zu können, dass es sich zwar um ordentliche und gefällige Handwerkskunst handelte, die aber künstlerisch nicht mit den Meisterwerken von Akkon konkurrieren konnte.

»Das muss der erste der drei Gänge sein!«, sagte Maurice hinter ihm. »Zweifellos befinden wir uns jetzt auf einer Höhe mit dem ersten Stockwerk unserer Ordensburg. Was darauf schließen lässt, dass der Gang, den wir suchen, im dritten Stockwerk unseres Ordenshauses liegen dürfte!«

»Ob das hier der erste oder der dritte Geheimgang ist, hängt doch wohl davon ab, ob man von oben oder von unten kommt«, gab McIvor zu bedenken.

»Ach was, natürlich ist es der erste!«, widersprach Maurice. »Denk doch mal nach, Eisenauge! Antoine hat gewusst, dass wir erst vom Kellergewölbe des Wohnturms aus durch den unterirdischen Gang müssen und demnach von unten kommen! Das hier ist garantiert einer von den zwei Gängen, die für Verwirrung und Ablenkung sorgen sollen, falls hier wirklich einmal Uneingeweihte eindringen. Also lasst uns keine Zeit verlieren, sondern weiterklettern!«

Gerolt teilte seine Meinung und stieg weiter in die Höhe. Nach etwa dreißig Stufen gelangten sie zum zweiten Seitengang, der wie der erste mit Mosaiken ausgeschmückt war und wie dieser etwa vier, fünf Schritte tief reichte, um dort vor einer Wand mit einem Kruzifix über einem Weihwasserbecken zu enden.

Endlich war der dritte Geheimgang in schwindelerregender Höhe erreicht. Die Öllampe unten auf dem Schachtboden schickte nur noch ein zaghaftes Glimmen zu ihnen herauf.

Nur jetzt keinen Fehltritt!, schoss es Gerolt durch den Kopf, als er seinen rechten Stiefel auf die schmale Steinplatte stellte und sich dann an der Wand entlang bis zur Gangöffnung bewegte, immer darauf achtend, dass zumindest eine Hand für sicheren Halt in der Wand sorgte.

Einer nach dem anderen stiegen sie in den dritten Gang hinüber. Und nicht nur McIvors Gesicht zeigte Erleichterung, dass sie ihr Ziel nun endlich erreicht hatten – oder ihm doch zumindest zum Greifen nahe waren. Voll freudiger Erwartung, den heiligen Kelch endlich wieder in ihre Obhut zu bekommen und ihn außer Landes bringen zu können, leuchteten sie den schmalen Gang mit den beiden Lampen sorgfältig aus. Auch dieser endete nach knapp sechs Schritten vor einer Wand mit Kreuz und Weihwasserbecken. Und es fanden sich an diesem Ort auch dieselben biblischen Bilder wie in den beiden anderen Gängen. Doch so gründlich sie auch nach einer Tür oder einem Mechanismus suchten, mit dem diese sich öffnen ließ, ihre Suche blieb ergebnislos.

Nirgendwo war ein Hebel, ein Ring oder sonst etwas zu entdecken, was ihnen weitergeholfen hätte. Das Kreuz ließ sich abhängen und der Haken problemlos aus der Wand ziehen. Und die eingehende Untersuchung des Weihwasserbeckens brachte auch nichts zutage. Es ließ sich wie das Kruzifix abnehmen, und die Wand dahinter unterschied sich in nichts von dem Rest des Blindgangs. Nichts als bunte Mosaiken von mäßigem künstlerischen Wert umgaben sie.

Was nur hatte Antoine vergessen, ihnen mitzuteilen, damit sie sich Zugang zum Versteck des heiligen Kelches verschaffen konnten? Hatten sie vielleicht einen entscheidenden Hinweis überhört oder hier doch etwas übersehen? Waren sie mit Blindheit geschlagen?

Ratlos sahen sie sich an.

18

»Mir scheint, jetzt kann uns nur noch eine göttliche Offenbarung weiterhelfen!«, sagte McIvor betroffen. »Ich jedenfalls weiß mir wirklich keinen Rat! Oder hat einer von euch eine Idee, wie wir das Versteck finden können?«

Niedergeschlagen schüttelte Gerolt den Kopf. Die Vorstellung, so kurz vor dem Ziel zu scheitern und mit leeren Händen in die Stadt zurückkehren zu müssen, war bedrückend. Ein zweites Mal würden sie Geneviève Valois nicht mit ihrer Dämonenaustreibung kommen können. »Ich weiß auch nicht weiter, Freunde.«

»Ja, vergangen ist das Fest mit seinen Freuden und gekommen ist der Lehrer mit seinen Schlägen«, murmelte Tarik bitter. »Die Süßigkeit der Welt ist wahrlich mit Gift durchknetet!«

»Nein!«, stieß Maurice mit grimmiger Entschlossenheit hervor. »Dass wir unverrichteter Dinge wieder abziehen sollen, kann und werde ich nicht hinnehmen, Freunde! Ich steige den verdammten Schacht nicht wieder hinunter, ehe ich nicht den heiligen Kelch gefunden habe. Denn ich kann mir einfach nicht vorstellen, dass Antoine uns zwar den Weg hierhin gewiesen hat, dann aber vergessen haben soll, uns mitzuteilen, wie wir in das eigentliche Versteck gelangen können!«

»Maurice hat recht«, sagte Gerolt. »Antoine hat uns ganz sicher alles anvertraut, was wir wissen müssen. Und das bedeutet, dass der Fehler allein bei *uns* liegt. Irgendetwas haben wir nicht bedacht oder falsch verstanden! Also lasst uns noch einmal alles sorgfältig durchgehen, was er uns vor seinem Tod gesagt hat!«

Zweifel standen Tarik ins Gesicht geschrieben. »Ich möchte ja nur zu gern glauben, dass es sich so verhält, Gerolt. Nur fürchte ich, dass wir am Schluss noch immer mit leeren Händen dastehen.«

»Und wennschon! Schaden kann es bestimmt nicht, wenn wir noch mal alles Wort für Wort durchgehen!«, hielt McIvor ihm knurrig entgegen. »Was haben wir denn schon zu verlieren? Wir können doch nur gewinnen!«

Gerolts Blick glitt über die Mosaiken, die den Gang schmückten und deren biblische Szenen ihnen allen von Kindheit an vertraut waren. Es gab eine Darstellung mit Maria und dem Engel, der ihr die Frohe Botschaft ihrer Empfängnis durch den Heiligen Geist verkündete. Andere Mosaiken zeigten Jesus und seine Jünger während des Sturms auf dem See Genezareth, die Versuchung des Heilands durch den Teufel in der Wüste, die Erweckung von Lazarus, das letzte Abendmahl, die Kreuzigung und die Auferstehung.

Plötzlich zog ihn die Darstellung der Versuchung Jesu geradezu magisch an. Er starrte auf das Mosaik – und zuckte zusammen, als ihn wie ein Blitz aus heiterem Himmel die Erkenntnis traf, was sie übersehen und völlig falsch gedeutet hatten.

»Wir Dummköpfe! Ich weiß jetzt, wo unser Fehler liegt und wie der Mechanismus der Tür in Bewegung gesetzt werden kann!«, stieß er aufgeregt hervor.

Sprachlos vor Verblüffung sahen sie ihn an.

»Was waren seine letzten Worte, Männer?«, fragte Gerolt erregt in die Runde. »Was war der einzige vollständige Satz, den er sich so kurz vor seinem Tod noch abgequält hat?«

»Stecht dem Teufel die Augen aus, Brüder!«, kam es sofort und wie aus einem Mund von McIvor, Tarik und Maurice.

Gerolt nickte. »Wir haben das für eine Aufforderung gehalten, diesen ersten Teufelsknecht Sjadú bei unserer nächsten Begegnung mit ihm im Kampf zu besiegen und ihn dorthin zu schicken, wo er hingehört, nämlich ins ewige Fegefeuer!«, sprudelte es aus ihm hervor. »Aber daran hat Antoine in den letzten Augenblicken seines Leben nicht gedacht, dafür war ihm sein letzter Atem viel zu kostbar. Ihm ging es nur um den Heiligen Gral und die Gewissheit, dass wir ihn auch finden. Was er gemeint hat, sind die Augen dieses Teufels hier!« Und damit wies er auf die lebensgroße Darstellung des Satans und seiner Versuchung Jesu, die im vorderen Drittel der Gangöffnung als Mosaik die Wand bedeckte. »Seht euch doch nur die schwarzen Augen des Teufels an! Sie sind als einzige nicht aus eckigen Mosaiksteinen zusammengesetzt, sondern bestehen aus einem Stück und sind zudem auch noch kreisrund. Ich will nicht länger Gralshüter sein, wenn das nicht die Augen sind, die wir ausstechen ... besser gesagt, *eindrücken* müssen, um in das Versteck zu gelangen!«

Tarik schlug sich mit der flachen Hand an die Stirn. »Natürlich! So und nicht anders wollte er seinen letzten Satz verstanden wissen! Dem Himmel sei Dank, dass er wenigstens dir die Augen dafür geöffnet hat!« Er schüttelte den Kopf, dass sie das nicht eher erkannt hatten.

»Tod und Teufel! Ja, das ist es, Gerolt! Das nenne ich einen scharfen Verstand, der einem Gralshüter alle Ehre macht!«, rief auch McIvor begeistert. Und in seinem freudig erregten Überschwang schlug er ihm seine Pranke so herzhaft hart ins Kreuz, dass Gerolt einen Schritt nach vorn taumelte und sich schnell mit einer Hand an der Wand abstützen musste, um sich nicht den Kopf an den Mosaiken zu stoßen.

Gerolt verzog das Gesicht. »Es ist doch immer wieder erfrischend, eine Probe von deinem Feingefühl zu erhalten, McIvor!«

Maurice lachte kurz auf. »Ja, was braucht man noch Feinde, wenn man solche Freunde wie den Schotten hat, der dir mit einem Schlag das Kreuz brechen will!«, spottete er. »Aber genug der Reden und der Schläge, Freunde! Lasst uns sehen, ob die Augen des Teufels uns auch wirklich Zugang zum Versteck gewähren! Und wenn dem so ist, müssen hinter den runden Mosaiksteinen zweifellos Eisenstäbe liegen, die den Öffnungsmechanismus in Gang setzen! Du bist darauf gekommen, Gerolt. Also soll es dir auch überlassen sein, dem Satan zu Leibe zu rücken.«

Gerolt trat an das Mosaik und legte seine Daumen auf das schwarze Rund der Teufelsaugen, deren Fläche seinen Daumenkuppen ausreichend Platz boten. Er zögerte kurz und er spürte den schnellen Schlag seines Herzens bis zum Hals. Jetzt würde sich zeigen, ob er mit seiner Annahme richtig lag, dass Antoine diese und keine anderen Augen mit seinem letzten Satz gemeint hatte. Und dann drückte er kraftvoll zu.

Einen Herzschlag lang fürchtete er, auf unbeugsamen, steinernen Widerstand zu stoßen. Er spürte einen solchen auch, doch es handelte sich dabei nur um eine leichte Sperre, die bei einer zufälligen Berührung verhindern sollte, dass die schwarzen Mosaikscheiben durch allzu leichtes Nachgeben ihre geheime Bedeutung verrieten. Doch nach diesem kurzen Moment scheinbarer Verweigerung gaben die schwarzen Rundsteine in den Augenhöhlen des Teufels unter dem kräftigen Druck seiner Daumen nach und glitten zurück in die Wand. Sie ließen sich nur bis kurz hinter dem ersten Daumenglied versenken, was offensichtlich auch völlig ausreichte, um den verborgenen Mechanismus in Gang zu setzen.

Und kaum spürte Gerolt, wie die kurzen Eisenstäbe unter seinen Daumen in der Wand in irgendeinem Gestänge einrasteten, ihre Bewegung auf andere Teile des Systems übertrugen und dabei offensichtlich Verschlusshaken oder Riegel zurückzogen, als sich ihm und seinen Freunden auch schon der Zugang zum Gralsversteck offenbarte.

Dieser war zu ihrer Verblüffung jedoch nicht in die Darstellung der Versuchung Jesu eingelassen, sondern es öffnete sich weiter links davon, fast in der Mitte des Ganges, eine schmale Tür – und zwar genau jene Tür, die sich auf der Mosaikdarstellung des letzten Abendmahls hinter Jesus abzeichnete!

Dass selbst ihnen, die sie von der Existenz eines Zugangs gewusst und mit scharfem Blick nach ihm gesucht hatten, die Tür auf der Darstellung nicht als reale erschienen war, das konnte man wahrlich als eine meisterliche Täuschung jener Männer bezeichnen, die diese Mosaiken angefertigt hatten!

Mit dem erlösenden Wissen, endlich an ihr Ziel gelangt zu sein, drückten sie die Geheimtür eiligst auf und betraten den dahinterliegenden Raum. Zu ihrer Überraschung stellte er sich als eine recht kleine und schmale Kammer heraus, deren Wände jedoch eine mit Schnitzwerk reich verzierte Täfelung aus dunklem Holz trugen. Gleich rechts von der Tür, an der Stirnseite und in Richtung des Schachts, stand ein schlichter Altar aus grauem Granit, der den bescheidenen Dimensionen des Raumes Rechnung trug. Die Platte bedeckte ein weißes Damasttuch, das jeglicher Stickereien oder anderer Verzierungen entbehrte. Vor einem hölzernen Standkruzifix mit dem fein aus dem Holz herausgearbeiteten Corpus Jesu und eingerahmt von zwei gedrechselten Kerzenhaltern aus demselben Holz ruhte der Heilige Gral im Schutz des schwarzen Würfels.

Dieser Würfel aus fast schwarzem Ebenholz maß in Höhe, Breite und Tiefe nicht ganz zwei Handlängen. Aus Gold geschmiedete und mit Smaragden besetzte Winkel fassten die acht Ecken ein. Die vordere Seite dieses dunkel glänzenden Quaders schmückte eine kostbare Einlegearbeit aus Elfenbein in Form einer fünfblättrigen Rose.

Wie sich der Würfel öffnen ließ, um den heiligen Kelch aus seiner Behausung herausnehmen zu können, dieses Geheimnis kannte keiner von ihnen. Das hatte ihnen Antoine nicht einmal im Angesicht des Todes anvertraut. Und zweifellos hatte er dafür gute Gründe gehabt. Vermutlich hatte noch keiner von ihnen die genügende Reife als Gralshüter erreicht, um sich der göttlichen Strahlkraft des Heiligen Grals offenen Auges aussetzen zu können, ohne von ihr geblendet und um sein Augenlicht gebracht zu werden. Wann die Zeit dafür gekommen sein würde und wer ihnen dann sagen sollte, wie der Würfel zu öffnen war, das lag noch im Dunkel der Zukunft.

Ohne dass es einer Aufforderung bedurfte, beugten die vier Gralsritter vor dem Altar die Knie und versanken in ein langes, inniges Gebet. Zu ihrem Lobpreis Gottes gesellte sich tiefe Dankbarkeit, den Heiligen Gral unversehrt wiedergefunden zu haben. Nun konnten sie ihr heiliges Amt wieder wahrnehmen und dafür Sorge tragen, dass der heilige Kelch an einen Ort gelangte, wo er dem Zugriff ihrer Feinde entzogen war. Und derer gab es viele, seit sie nicht nur die Iskaris zu fürchten hatten, sondern auch die Inquisition und jeden, der sie als Tempelritter erkannte und an die Obrigkeit verriet!

Schließlich erhoben sie sich wieder. McIvor zog sofort den zusammengerollten, ledernen Schulterbeutel hinter seinem Gürtel hervor. Er hatte nur Augen für den Würfel und wollte ihn so schnell wie möglich in das Wolltuch einwickeln, das er zum Schutz der kostbaren Winkel und der elfenbeinernen Rose vorsorglich schon mitgebracht hatte.

Gerolt stand einfach nur andächtig da. Ihm gingen in diesem Augenblick viele Gedanken durch den Kopf. Bilder von den dramatischen Ereignissen der vergangenen Wochen blitzten in rasender Folge vor seinem geistigen Auge auf. Er staunte über die Fügungen, die ihn mit seinen Freunden wieder zusammengebracht hatten, und dass sie in diesem Wettlauf mit der Zeit den teuflischen Iskaris zuvorgekommen waren.

Tarik sah sich indessen nach der Schatulle um, von der Antoine ihm im Kerker erzählt hatte und in der sich die vier Goldtafeln mit dem verschlüsselten Hinweis auf das Versteck des Schatzes ihrer Bruderschaft sowie das geheimnisvolle Dokument befanden. Als McIvor den Würfel an sich nahm und ihn in das Tuch wickelte, fiel sie ihm sofort ins Auge, hatte sie doch gleich hinter dem Heiligen Gral auf dem Altar gestanden.

»Die Schatulle!«

Gerolt fuhr aus seinen Gedanken auf und trat zu ihm. »Mach sie auf und lass uns mal schnell sehen, wie die goldene Schatzkarte der Gralsritter aussieht!«

Es war ein äußerlich sehr unscheinbares Holzkästchen von gut doppelter Handgröße, das vom Boden bis zum Deckel etwa die Höhe von drei Fingern maß. Doch als Tarik die kleine Messingschließe öffnete und den Deckel aufklappte, sahen sie, dass die Schatulle mit dunkelblauem Samt ausgeschlagen war. Ganz oben lag ein mehrfach gefaltetes Dokument, das mit dem Wachssiegel der Bruderschaft verschlossen war. Darunter ruhten in diesem Bett aus feinstem, königsblauem Samt vier handtellergroße Goldtafeln, jeweils zwei aufeinander. Sie sahen auf den ersten Blick wie gewöhnliche Votivtafeln aus, wenn auch aus reinem Gold geschmiedet. Doch als Tarik eine der Tafeln herausnahm und sie umdrehte, zeigte sie ihm ihr wahres, geheimnisumhülltes Gesicht. Merkwürdig verkrümmte und lang gezogene Buchstaben zogen sich am Rand einer Schmalseite und der sich anschließenden Längsseite entlang und bildeten einen rechten Winkel. Der Rest der Fläche war mit Linien und Zeichen bedeckt.

»Hast du eine Idee, zu welcher Sprache diese seltsamen Buchstaben gehören könnten?«, fragte Tarik. »Vorausgesetzt, es handelt sich dabei um Schriftzeichen.«

Gerolt schüttelte den Kopf. »Ich habe nicht den blassesten Schimmer!«, gestand er. »So etwas habe ich noch nie zu Gesicht bekommen. Es muss sich um die Verschlüsselung handeln, von der Antoine gesprochen hat, der nur mit zwei besonderen Spiegeln beizukommen ist. Aber das soll uns jetzt auch nicht weiter beschäftigen. Später wird noch genug Zeit sein, um herausfinden, wie das Rätsel zu lösen ist. Steck die Schatulle gut weg, am besten jedoch getrennt vom Gralswürfel!«

Tarik nickte und verschloss die Schatulle wieder.

»Seht mal, was ich hier gefunden habe, Kameraden!«, rief in dem Moment Maurice in ihrem Rücken. »Jetzt kann ich mich wieder mit Fug und Recht als Gralsritter fühlen! Das hier muss das Gralsschwert von Antoine sein!«

Als sich seine Freunde zu ihm umblickten, hielt er in seinen Händen ein Gralsschwert, das ihrer geweihten Waffe auf den ersten Blick zum Verwechseln ähnlich war. Aber einen kleinen, jedoch bedeutsamen Unterschied gab es sehr wohl, und das war das Ende des Griffstückes. Wo bei ihnen der Griff in eine fünfblättrige Rose aus reinem Gold auslief, funkelte bei Antoines Schwert eine Rose aus dunkelrotem Rubin.

McIvor runzelte die Stirn. »Ich weiß nicht, ob du dir das Schwert umhängen solltest.«

»Und warum nicht?«

»Weil das offensichtlich ein Gralsschwert ist, das nur dem Oberen unserer Bruderschaft zusteht«, gab der Schotte zur Antwort.

Ein trotziger Zug legte sich um den Mund von Maurice. »Antoine ist nicht mehr unter uns, und damit gibt es im Augenblick auch keinen Oberen, der diese Waffe tragen könnte. Abbé Villard und auch Antoine haben gesagt, dass jeder Obere unserer Bruderschaft durch eine göttliche Offenbarung berufen und in sein Amt eingesetzt wird.

Und bis das geschieht, sehe ich keinen Grund, warum ich das Schwert nicht an mich nehmen und tragen soll. Denn wo Antoine mein Gralsschwert eingeschlossen hat, als ich den Bußgang auf mich nehmen musste, weiß der liebe Himmel.«

»Es wäre schon eine Schande, es hier zurückzulassen«, mischte sich Gerolt ein. »Wer weiß, ob wir noch jemals die Gelegenheit bekommen, hierhin zurückzukehren.«

McIvor zuckte die Achseln. »Also gut, nimm es. Aber du solltest immer daran denken, dass du es eines Tages wohl einem anderen Gralshüter aushändigen musst!«

Maurice grinste und tauschte das einfache Schwertgehänge, das er seit seiner überstürzten Abreise aus dem Kloster trug, durch das von Antoine aus.

»Aber dann müsst ihr auch mir die Chance geben, mein Gralsschwert zu holen!«, verlangte Tarik nun, und bevor jemand Einwände erheben konnte, fuhr er schnell fort: »Wir müssen uns im dritten Stock befinden, und da liegt auch mein Zimmer, wo ich meine Waffe gut versteckt habe.«

»Das ist zu riskant!«, hielt Gerolt ihm sofort entgegen. »Man könnte dich entdecken, und dann wären nicht nur wir, sondern auch der Heilige Gral in höchster Gefahr!«

Tarik schüttelte den Kopf. »Es ist Nacht, Gerolt! Wer sollte mich denn sehen, wenn ich mich schnell im Dunkeln in mein Zimmer schleiche? Es mag unten am Portal und oben auf den Zinnen jede Menge Wachen geben, aber unsere Ordensburg ist nicht mehr wie einst von Hunderten Servienten und Tempelrittern bewohnt. Also werden hier oben auch keine Lampen auf den Gängen brennen, und dass sich irgendwelche Königsgetreuen hier einquartiert haben, ist doch wohl reichlich unwahrscheinlich.«

»Das mag sein, aber . . .«, setzte Gerolt an.

Tarik ließ ihn nicht ausreden. »Gerolt, bitte! Lass mich nicht ohne mein Gralsschwert ziehen! Jedem von uns ist diese geweihte Waffe das Teuerste, was er besitzt – neben unserer Freundschaft!«, beschwor er ihn. »Außerdem kann diese geheime Kammer nur einen Sprung von meinem Zimmer entfernt sein, das doch gleich neben den Gemächern von Antoine liegt! Am Morgen unserer Verhaftung ging ja alles ganz schnell. Aber dennoch hat Antoine offensichtlich noch genug Zeit gehabt, sein Gralsschwert hier in Sicherheit zu bringen. Und ihr wisst, dass er es immer umgeschnallt trug. Lasst mich meine Waffe holen, Freunde!«

Maurice zeigte sogleich Verständnis für Tariks drängenden Wunsch, wieder in den Besitz seines Gralsschwerts zu kommen. »Ich denke, wir können es wagen«, sagte er. Dabei spielte vielleicht auch der Gedanke eine Rolle, dass sie andernfalls wohl das Los entscheiden lassen mussten, wer von ihnen beiden Antoines Waffe bekam.

McIvor zeigte sich unentschieden. »Schwer zu sagen, ob es vertretbar ist, dieses Wagnis einzugehen.« Doch als er Tariks fast flehentlichen Blick sah, fügte er achselzuckend hinzu: »Aber auch ich würde alles dransetzen, mir meine geweihte Waffe zurückzuholen. Teufel auch, holen wir es, bevor es einem verfluchten Parteigänger des Königs in die Hände fällt!«

Gerolt gefiel es ganz und gar nicht, was Tarik vorhatte, aber er wollte sich auch nicht querstellen und einen von ihnen damit betrüben, als Einziger kein geweihtes Schwert an der Seite zu tragen.

»Also gut, hol es dir!«, sagte er. »Aber erst mal müssen wir herausfinden, wo hier die andere Tür ist. Denn Antoine wird ja kaum durch den Schacht gestiegen sein, zumal er dafür auch gar nicht die Zeit hatte, wie du gesagt hast.«

Die Tür war schnell gefunden und der zu betätigende Hebel dafür auch, gab es doch keinen Grund, ihn auf dieser Seite der Kammer aufwendig zu verbergen.

Auf der dem Altar gegenüberliegenden Wand befand sich direkt vor der Täfelung eine recht klobige Holzbank mit kurzen Armlehnen aus dickem Eisen. Als Tarik die rechte Eisenlehne packte und hochzog, war keiner von ihnen sonderlich überrascht, als über der Bank ein Teil der Täfelung wie eine Tür aufsprang.

»McIvor, du bleibst mit dem Heiligen Gral hier! Maurice und ich geben Tarik Deckung, falls es doch eine böse Überraschung geben sollte. Du rührst dich aber nicht von der Stelle!«, raunte Gerolt dem Schotten zu. »Sollte irgendetwas passieren, was sich nach Kampf anhört, also Schreien oder Waffenklirren, dann kommst du uns nicht zu Hilfe, sondern machst, dass du so schnell wie möglich mit dem Würfel den Schacht hinunterkommst.«

McIvor reckte mit unwirscher Miene das kantige Kinn vor. »Wenn ihr in Gefahr seid, soll ich den Schwanz einziehen und . . .!«, begann er zu protestieren.

»Tu, was er sagt!«, schnitt Maurice ihm das Wort ab. »Egal, was ist, du rettest den Gral und machst, dass du von hier verschwindest, verstanden? Aber spring unten bloß nicht auf die Rosette!«

»Diese Warnung, und ausgerechnet aus deinem Mund, hat mir wahrlich noch gefehlt!«, knurrte McIvor ärgerlich, nickte dann jedoch widerwillig.

»Können wir jetzt?«, fragte Tarik ungeduldig.

»Geh voran!«, forderte Maurice ihn auf.

Gerolt atmete tief durch, rückte sein Schwertgehänge zurecht und schickte ein stummes Stoßgebet gen Himmel, als er hinter Tarik und Maurice auf die Bank stieg und durch den Türspalt in der Wandtäfelung trat: »Herr, lass es gut ausgehen!«

19

Hinter der Tür stießen sie auf einen kurzen schmalen Gang, der zwei Personen nebeneinander nicht genug Platz bot und der schon nach vier Schritten vor einer anderen Tür endete. Im Licht der Öllampe, die Maurice aus der Altarkammer mitgenommen hatte, war der Türhebel so wenig zu übersehen wie der auf der Holzbank.

Tarik legte seine Hand auf den Eisenhebel und flüsterte dann Maurice zu: »Die Lampe muss jetzt wieder zu McIvor zurück! Wer weiß, was hinter der Tür liegt. Der Lichtschein könnte bemerkt werden und uns verraten.«

»Bemerkt von wem? Ich denke, du bist dir so sicher, dass dies Stockwerk menschenleer ist?«, gab Gerolt leise, aber bissig zurück, während er sich die Lampe reichen ließ. Rasch brachte er sie zu McIvor, der schon vor der Bank wartete und sie ihm abnahm, zog die Tür in der Täfelung bis auf einen Spalt hinter sich zu und kehrte zu Maurice und Tarik zurück.

Tarik betätigte nun den Hebel, und die Tür sprang zu ihnen nach innen auf. Vorsichtig und nur so weit, dass er den Kopf hinausstrecken konnte, zog er sie weiter auf und spähte in das dahinterliegende Dunkel.

Im nächsten Moment hörten Maurice und Gerolt, wie ihr Freund leise auflachte.

Maurice stieß ihn an. »Warum lachst du? Was ist hinter der Tür so

Erheiterndes?«, fragte er gedämpft und rümpfte sogleich die Nase. Ein unverkennbarer Geruch wehte durch den Türspalt.

Tarik drehte sich zu ihnen um. »Ihr werdet es nicht glauben, aber dieser Zugang zum Versteck befindet sich in der Seitenwand von einem stillen Gemach!«, teilte er ihnen mit. »Oder riecht ihr es vielleicht noch nicht?«

»Allmächtiger, ein stinkender Abort als Zugang zum Versteck des Heiligen Grals!«, flüsterte Maurice, der wie Gerolt den eindringenden, üblen Geruch nun zuzuordnen wusste. »Auf so eine Idee muss man erst mal kommen!«

Nun musste sogar Gerolt hinter vorgehaltener Hand auflachen. »Und was für eine Idee, geradezu genial! Welcher Ort wäre denn besser geeignet als so ein enger Verschlag, in dem sich keiner auch nur eine Sekunde länger als nötig aufhält!« Was nicht übertrieben war. Urin und Kot fielen bei allen Latrinen einfach durch ein Loch in einer Steinplatte in die Tiefe und dort in eine Grube. Doch nicht jeder verrichtete seine Geschäfte zielsicher und mit der gebotenen Umsicht, schon gar nicht, wenn der Kopf schwer von Wein oder Bier war. Und so hafteten dem Gestein rund um das Loch stets noch genügend Reste an, die für einen andauernden Gestank sorgten.

»Passt mit den Schwertern auf! Die Tür ist schmal!«, warnte Tarik, drückte sie ganz auf und schob sich an dem steinernen Donnerbalken zur Tür, die hinaus auf den Gang führte. »Ich weiß jetzt auch ganz genau, wo wir sind! Am besten wartet ihr hier. Es reicht völlig, wenn nur ich mich da draußen herumdrücke. So ist das Risiko geringer, dass Geräusche nach unten dringen können!«

»In dieser engen Stinkbude sollen wir auf dich warten?«, zischte Maurice entrüstet. »Hast du noch mehr von solchen entzückenden Einfällen?«

»Von mir aus kannst du auch zu McIvor zurück! Eure Vorsicht ist sowieso übertrieben. Außerdem muss ich nur läppische drei Türen nach links, dann bin ich in meinem alten Zimmer – und im Nu wieder zurück!«, versicherte Tarik.

»Nein, wir bleiben hier!«, flüsterte Gerolt, und seine Stimme klang nasal, weil er nur durch den Mund atmete. »Für alle Fälle. Und jetzt mach schon, dass du dein Gralsschwert holst!«

Tarik öffnete die Tür. Einen Moment lang horchte und lugte er in den Gang hinaus. Nichts war zu vernehmen. Dann wagte er sich aus dem Verschlag.

Nicht eine der Wandlampen brannte, wie er es auch nicht anders erwartet hatte. Doch von unten drang ein schwacher Lichtschein durch den großen, quadratischen Schacht der breiten Treppenanlage herauf.

Tarik hätte den Weg zu seinem Zimmer auch bei tiefster Finsternis gefunden. Auf Zehenspitzen und sein Schwert fest an die Seite gedrückt, um jedes Geräusch zu vermeiden, huschte er Augenblicke später am Treppenaufgang vorbei, der in den vierten Stock hinaufführte. Dann hatte er auch schon die Gemächer ihres seligen Gralsbruders Antoine passiert und die Tür zu seinem Zimmer erreicht. Behutsam öffnete er sie.

Ausgestorben lag der Raum vor ihm. Er schlich hinein, wandte sich nach rechts, war mit drei lautlosen Schritten bei seiner einstigen Bettstelle und ging vor dem robusten Holzgestell in die Knie. Seine rechte Hand griff unter den Bettkasten und tastete nach seinem Gralsschwert, das er unter dem Bett zwischen die Latten geklemmt hatte.

Doch da war nichts!

Krachend schlug hinter ihm die Tür gegen die Steinwand, und eine höhnische Stimme rief: »Suchst du vielleicht das hier, Gralshüter? Dann hole es dir!« Und mit veränderter, gellender Alarmstimme brüllte er schon im nächsten Moment: »Die räudigen Hunde sind in der Burg!. . . . Hier im dritten Stock! . . . Und jemand soll Sjadù auftreiben! . . . Ich hab's doch geahnt, dass sie irgendwann hier auftauchen würden!«

Tarik warf sich herum und riss noch in der Drehung sein Schwert aus der Scheide.

Doch da stürmte der Mann auch schon mit blank gezogener Klinge heran. Gleichzeitig flog Tarik sein Gralsschwert entgegen, geriet ihm zwischen die Beine und brachte ihn zu Fall.

»Gebenedeit sei die stinkende Ratte, die sich heute Nachmittag hier vor mir unter dem Bett verkriechen wollte und mich dabei zu deinem Schwert geführt hat!«, stieß der Angreifer mordlüstern hervor. »Und so elendig wie die Ratte wirst jetzt auch du sterben, Gralshüter!«

Wäre Tarik nicht schon bei vielen Schlachten und erbitterten Zweikämpfen in ähnlicher Gefahr gewesen und hätte er zu der Erfahrung nicht auch über ein blitzschnelles Reaktionsvermögen verfügt, der Tod wäre ihm in diesem Augenblick gewiss gewesen. So aber schoss sein Schwert schräg nach oben und parierte den Stich, der seiner Brust gegolten hatte. Und jetzt, wo ihm der Angreifer so nahe war, gab es für ihn keinen Zweifel, dass er es mit einem Iskari zu tun hatte. Denn er roch ganz unverkennbar den eigentümlichen Geruch, der an Moder und Verwesung erinnerte und den fast alle Iskaris mit ihrem Schweiß ausströmten. Wobei es aber auch einige Judasjünger gab, die ihre Ausdünstungen durch Duftstoffe zu überdecken verstanden.

Der Teufelsknecht grunzte wütend und machte einen Satz nach links, um in Tariks Flanke zu kommen, ihn vor sich am Boden vor dem Bett festzunageln und ihm seine Klinge nun in die rechte Seite zu stoßen.

»Du entkommst mir nicht, Christenhund! Du wirst mein erster Gralsritter sein, den ich absteche!«

Geistesgegenwärtig stieß Tarik sich mit dem Stiefel am Bettpfosten ab, um sich aus der Linie der herabjagenden Iskariklinge zu bringen, und lenkte das gegnerische Blatt mit seinem Schwert noch im letzten Moment ab. Die Klingen schabten mit einem scharfen, metallischen Geräusch aneinander vorbei.

Der Iskari fluchte, wusste die Chance jedoch zu nutzen, dass der flach auf dem Rücken liegende Gralshüter in seiner Notlage gezwungen gewesen war, sein Schwert zur Abwehr tief über seinen eigenen Oberkörper senken zu müssen. Und bevor nun Tarik seine Waffe wieder hochreißen konnte, trat der Iskari ihm mit seinem Stiefel auf den rechten Unterarm.

»Jetzt friss meinen Stahl, verfluchter Gralsritter!«, rief der Judasjünger mit höhnischer Siegesgewissheit.

Tarik konnte nicht glauben, was er heraufbeschworen hatte und dass er seine Dummheit mit dem Leben bezahlen sollte. Und zugleich jagte ihm der irrwitzige Gedanke durch den Kopf, dass dieser Iskari in seiner blinden Mordlust völlig vergessen zu haben schien, dass ein abgeschlachteter Gralshüter auch sein Wissen über den Heiligen Gral mit in den Tod nahm.

»Daraus wird nichts, Hundesohn! Dafür wird dich mein Stahl zum Teufel schicken!«, donnerte da die Stimme von Gerolt, der in dem Moment mit der Waffe in der Hand in den Raum gestürzt war.

Gleichzeitig schien die Ordensburg aus ihrem trügerischen Schlaf zu erregtem Leben zu erwachen. Rufe hallten durch die Gänge und von den Treppen, und nicht weit vom Abort trafen Klingen in wilder Folge aufeinander.

Nun war es der Iskari, der unter dem Anruf erschrocken zusammenfuhr, herumwirbelte und sofort zum Hieb ausholte. Doch noch bevor er diesen ausführen konnte, traf ihn auch schon Gerolts Schwert. Wie eine Sense schnitt seine scharfe Klinge aus halber Höhe durch die Luft – und trennte dem Iskari den Schwertarm hinter dem Handgelenk mit einem glatten Schnitt vom Unterarm.

Der Judasjünger brüllte mehr vor Wut als vor Schmerz auf, als er Hand und Schwert vor seinen Füßen zu Boden fallen sah, denn Schmerzen vermochten die Knechte des Schwarzen Fürsten in einem ungewöhnlich hohen Maß zu ertragen und ohne dadurch in ihrem fanatischen Kampfeswillen merklich beeinträchtig zu werden. Die Dunkelheit verbarg das aus dem Armstumpf zäh hervorquellende Blut, das bei den Iskaris eine dunkle, fast schwarze Färbung hatte.

Gerolts zweiter Hieb, der augenblicklich folgte, fällte den Iskari wie ein geknicktes Rohr und brachte ihm den Tod. »Raus hier!«, rief Gerolt, kaum dass er seine Klinge zurückgezogen hatte. »Gleich wird es hier von Iskaris und Soldaten nur so wimmeln! Maurice hält schon zwei von diesen Bastarden in Schach!« Und damit rannte er auch schon hinaus. Denn das wirklich entscheidende Gefecht fand vor dem Geheimgang zur Altarkammer statt. Und wenn sie McIvor keinen genügend großen Vorsprung verschafften, würde der heilige Kelch nun doch in die Hände der Judasjünger fallen, und dann stand der Herrschaft des Fürsten der Finsternis über die Welt von Nacht zu ewiger Nacht nichts mehr im Wege!

20

Mit einem Fluch, der ihm selbst galt, stieß Tarik das gewöhnliche Schwert von sich, riss seine geweihte Waffe an sich und sprang auf die Füße. Sogleich flog der Stahl aus der Scheide, die er achtlos zu Boden fallen ließ. Sie würde ihn jetzt im Kampf mit den Iskaris nur behindern.

Als er hinaus auf den Gang rannte, erfasste er das Kampffeld mit einem Blick. Vor der Tür des stillen Gemachs schwang Maurice, der sich mittlerweile schon von drei Iskaris bedrängt sah, seine breite Klinge wie ein Derwisch, der einen wilden Tanz aufführte. Mit federnden Sprüngen wich er den Angriffen der drei Männer aus, wehrte mit rasanten Paraden ihre Hiebe und Stiche ab und schaffte es dabei sogar noch, selbst blitzschnell Treffer zu setzen. Doch für einen tödlichen Schlag hatte er in seiner argen Bedrängnis noch nicht den richtigen Moment gefunden. Der bot sich erst, als Gerolt ihm zu Hilfe kam.

Gleichzeitig registrierte Tarik die beiden Judasjünger, die links aus der Dunkelheit auftauchten und den Gang hochgerannt kamen, sowie die beiden Iskaris, die vor ihnen aus dem vierten Stockwerk die Treppe herunterstürmten. Beide waren neben ihren Schwertern noch mit Spießen bewaffnet. Der vordere, der schon fast den Treppenabsatz erreicht hatte, schleuderte seine Waffe aus dem Lauf heraus nach Gerolt.

»Gerolt! Spieß von links!«, brüllte Tarik.

Sein Freund hatte das Wurfgeschoss jedoch auch schon bemerkt und mit einer geschmeidigen Bewegung wich er dem heranfliegenden Wurfgeschoss aus. Es rammte mit der Spitze die Wand, schlug dabei Funken und schepperte zu Boden.

Der Werfer fand gerade noch Zeit, sein Schwert herauszureißen, aber für mehr reichte es nicht mehr. Denn da hatte Tarik sich ihm auch schon am Fuß des Treppenaufgangs in den Weg gestellt und schwang seine Klinge. Der erste Hieb raubte dem Mann die Kraft in seinem rechten Bein, das unter ihm wegknickte, und der zweite Streich kostete den Judasjünger buchstäblich den Kopf.

»Zurück, Männer!«, brüllte Gerolt, der Maurice indessen einen Angreifer vom Hals geschafft hatte. »Rückzug! . . . Rückzug! . . . Zurück ins Scheißhaus!«

Maurice rief ihn mit Galgenhumor zu: »Schon? Wo ich doch jetzt erst so richtig warm geworden bin!« Aber er wich dabei schon nach hinten zur Tür des Aborts zurück. Sie war halb aus ihren Scharnieren gerissen. Gerolt hatte sie mit einem wuchtigen Stiefeltritt aufgetreten, als die höhnische Stimme des Iskaris und sein Alarmschrei aus Tariks Zimmer zu ihnen gedrungen waren.

Die drei Gralshüter zogen sich nun Seite an Seite zum Abort zurück, damit ihnen niemand in die Flanke fallen konnte. »Los, in den Gang! Erst Tarik und dann du, Maurice! Ich decke euch!« Für Diskussionen, wer den Anfang machte und wer den Rücken der Freunde schützte, war jetzt keine Zeit. Und dann schrie er auch schon mit voller Lungenkraft, damit der Schotte in der Altarkammer ihn auch ja hören konnte: »Verschwinde, McIvor! . . . Runter! . . . Runter! . . . So schnell du kannst!«

Tarik wünschte, er hätte derjenige sein können, der die Deckung bei ihrem Rückzug übernahm. Er trug die Schuld, dass es zu ihrer Entdeckung und zum Kampf gekommen war, dessen Ende noch offenstand. Aber er begehrte nicht gegen Gerolts Entscheidung auf. Und so zog er sich eiligst durch die offene Tür zurück und hastete im nächsten Moment durch den Gang in den Altarraum, den McIvor zum Glück schon längst verlassen hatte.

Gerolt und Maurice wehrten vor dem Zugang gemeinsam einen letzten Angriff ab, dann verschwand auch Maurice im Abort, während Gerolt die Türöffnung mit seiner breitschultrigen Statur blockierte und seinem Freund einige kostbare Sekunden Vorsprung gewährte. Nun war der Bewegungsspielraum so eng, dass nur noch ein Iskari ihn angreifen konnte. Aber so gut er die Stiche und Hiebe des feindlichen Schwerts vor ihm auch zu parieren wusste, so hing sein Leben jetzt doch an einem immer dünner werdenden Faden. Denn er sah im Rücken der beiden Männer, die in den Abort drängten und wild nach ihm stachen, zwei weitere Iskaris. Diese kamen sich mit ihren Spießen gegenseitig in die Quere und brüllten ihren Kameraden unter Flüchen zu, doch den Weg freizugeben, damit sie dem verfluchten Gralsritter ihren Spieß in den Leib rammen konnten.

Gerolt hielt sich den vorderen Judasjünger mit scharfen Attacken vom Hals, während er langsam durch den schmalen Gang zwischen Abort und Altarkammer zurückwich. Seine Freunde sollten einen möglichst großen Vorsprung erhalten, bevor er den Schacht erreichte und sich an den Abstieg machte. Er verdrängte den Gedanken, in welch tödlicher Gefahr er dann schwebte. Er verschwendete auch keinen unnützen Gedanken daran, eine der beiden Gangtüren hinter sich schließen zu wollen. Es würde ihm nicht gelingen. Doch er wusste, dass er sich wenigstens einige kostbare Sekunden Vorsprung verschaffen musste, wenn er im Schacht eine Chance zum Entkommen haben wollte.

Als er den Eingang zur Altarkammer erreicht hatte, täuschte er deshalb vor, den Kampf aufgeben und die Flucht ergreifen zu wollen.

Doch als der Iskari ihm sogleich nachsetzte, fuhr er auch schon wieder zu ihm herum, riss sein Schwert hoch und versetzte ihm einen tödlichen Stich. Während der Iskari vor ihm röchelnd zusammenbrach und vor die Füße seiner nachdrängenden Kameraden fiel, sprang er auch schon zur Tür und riss mit der linken Hand den Hebel herunter, der den Verriegelungsmechanismus in Gang setzte. Er legte all seine Kraft in diesen Zug und hoffte, dadurch den Hebel zu verbiegen oder doch zumindest so stark zu verklemmen, dass ihm ein kleiner Aufschub in der Verfolgung vergönnt war. Es gelang ihm gerade noch rechtzeitig, seine Hand zurückzuziehen, als die Tür mit einem dumpfen Laut hinter ihm zufiel.

Gerolt stieß sein Schwert in die Scheide, rannte dabei schon ans Ende des Blindgangs und hatte so viel Schwung, dass es ihn beinahe über die Kante und in den gähnenden Abgrund gerissen hätte. Mit einem gefährlichen Schlidern kam er an der Ecke gerade noch zum Stehen, griff in die Wandschlitze und schwang sich auf das steinerne Trittbrett.

Ein hastiger Blick in die Tiefe verriet ihm, dass McIvor ihren Anweisungen auf der Stelle gefolgt sein musste. Denn der Schotte war nur noch als schattenhafter Umriss zu erkennen und hatte es bis zum Grund nicht mehr weit. Auch Tarik hatte schon mehr als die Hälfte des Abstiegs geschafft und Maurice war nicht allzu weit über ihm.

Gerolt musste all seine Selbstbeherrschung aufwenden, um nicht in fliegender Hast den Abstieg zu wagen, sondern zwar rasch, aber doch mit Umsicht abwärtszuklettern. Ein falscher Tritt oder ein zu hastiger Griff konnte den tödlichen Sturz in die Tiefe zur Folge haben.

Der Vorsprung, den er sich erhofft hatte, wurde ihm gewährt. Aber er fiel weit weniger großzügig aus, als er es sich gewünscht hatte. Die Iskaris hatten gerade mal eine Minute gebraucht, um die Tür zum Gang wieder zu öffnen. Und nun drang ihr Geschrei zu ihnen in den Schacht hinunter.

Glücklicherweise verstrichen aber noch einige wertvolle Sekunden, als die Judasjünger das Gangende erreichten und mit Erschrecken sahen, welch tiefer Granitschlund vor ihnen lag. Und bis sie die Öffnungen im Winkel der Wände bemerkt und die ersten sich zu einer Verfolgung entschlossen hatten, vergingen noch einmal gute zehn, fünfzehn Sekunden.

Für Gerolt bedeutete jeder Augenblick, den er dabei gewann, einen weiteren winzigen Vorsprung.

Aber dann kamen sie. Mit schrillem, gellendem Geschrei, das wie das scharfe Geheul eines Wolfsrudels beim Stellen seiner Beute klang, nahmen sie die Verfolgung auf.

Gerolt hörte, wie Tarik tief unter ihm dem Schotten zurief: »Verdammt, was wartest du noch? Lauf schon los und renn, was du kannst! Wir holen dich schon ein!«

Und genau das wird auch den Iskaris gelingen!, fuhr es Gerolt durch den Kopf. Unten angekommen, würde er den Zugang zum Tunnel heldenmütig verteidigen, doch irgendein Spieß oder ein geschleudertes Schwert würde ihn sehr bald treffen, und dann hielt nichts mehr die Bande auf, um in den unterirdischen Gang einzudringen und seinen Freunden dicht auf den Fersen zu bleiben. Dann konnten nur noch Maurice und Tarik ihr Leben im Kampf Mann gegen Mann opfern, damit McIvor die Flucht aus dem Wohnturm gelang und er einen ausreichenden Vorsprung erhielt.

Als Gerolt nur noch wenige Wandöffnungen bis zum Grund des Schachtes vor sich hatte, fiel ihm die Rosette ein, die er auf keinen Fall betreten durfte. Und im selben Moment wusste er, was er zu tun hatte. Wenn ihm der Tod schon gewiss war, durfte er nichts unversucht lassen, was möglicherweise zur Rettung seiner Freunde und des Heiligen Grals führen konnte. Zwar hatte er nicht einmal eine Ahnung, was geschehen würde, wenn er die Platte mit der Rosette betrat, aber er hegte doch keinen Zweifel daran, dass sie den Tod bringen würde – und zwar allen, die sich dann im Schacht aufhielten.

Er blickte kurz unter sich und sah Maurice, der zu ihm aufblickte. »Verschwinde!«, schrie er ihm zu. »Bring dich in Sicherheit! Du kannst hier nichts mehr tun! Rettet den heiligen Kelch! . . . Ich springe jetzt auf die Rosette!«

Im Licht der zweiten Öllampe, die Maurice in der Hand hielt, sah Gerolt den entsetzten Blick auf dem Gesicht des Freundes. »Gott sei mit dir . . . und mit uns!«, stieß er hervor und verschwand im nächsten Augenblick im Gang.

Gerolt verharrte in der Wand. Mit jagendem Herzen zählte er stumm bis fünf, diesen Vorsprung wollte er Maurice noch geben. Mehr konnte er jedoch nicht riskieren. Denn mittlerweile war sein Vorsprung bis zum ersten Iskari schon auf gerade mal zwanzig, fünfundzwanzig Wandstufen zusammengeschrumpft.

»Herr, mein Gott, in deine barmherzigen Hände gebe ich mich!«, flüsterte Gerolt, stieß sich von den Wänden ab und sprang hinunter auf die dreieckige Bodenplatte mit der Rosette.

Augenblicklich gab sie mit einem hellen, berstenden Laut unter ihm nach. Es klang, als hätte sein Gewicht unter der Platte eine ganze Reihe von schwachen Halterungen aus Glas und oder einem ähnlich dauerhaften, aber zerbrechlichen Material zersplittern lassen. Und er fiel mit der Platte nach unten in einen tiefen Hohlraum, als wäre er nicht auf Granit, sondern in eine Grube aus Treibsand gesprungen. Er warf sich nach vorn, streckte die Arme aus und bekam gerade noch die Steinkante vor dem Tunneleingang zu fassen.

Im selben Moment hörte Gerolt, wie die abwärts fallende Granitplatte in ihrem Sturz irgendwelche metallenen Hebel mit lautem

Klappen umlegte. Sofort ging ein leichtes Zittern durch den Schacht, als bebte die Erde. Darauf folgte aus der Höhe ein bedrohliches Knirschen, das sich steigerte und innerhalb weniger Augenblicke zu einem fast ohrenbetäubenden Donnern wurde.

Gerolt zog sich hoch auf den rettenden Vorsprung und erlaubte sich nur einen hastigen Blick hinauf in den Schacht. Und von dort oben sah er eine Steinplatte ... nein, dem Getöse nach einen mächtigen Granit*block* herabstürzen, der passgenau an den Wänden des dreieckigen Schachtes vorbeiglitt, immer schneller wurde und jeden der Iskaris mit sich in die Tiefe und in den Tod riss. Die Schreie der Judasjünger vermischten sich mit dem steinernen Donner, der immer lauter anschwoll.

Gerolt warf sich herum und rannte, so schnell er konnte, durch den Gang. Der schwache Lichtschein der Lampe, die Maurice mit sich führte, reichte gerade aus, damit er in der Krümmung des Tunnels nicht gegen die Wand lief und stürzte. Kaum hatte er den weiten Bogen hinter sich gebracht, als der Granitblock in der Tiefe der Grube vor dem Gangende aufschlug. Der Stoß, der den Boden erschütterte, brachte ihn zu Fall. Der Länge nach stürzte er in das Kiesbett. Und eine dichte Wolke aus feinem Granitstaub schoss durch den Gang und nebelte ihn ein.

Schnell rappelte er sich wieder auf, um hustend und mit brennenden Augen die Flucht durch den Gang fortzusetzen.

»Gerolt? ... Bist du es?«, kam die Stimme von Maurice aus dem staubigen Nebel, der noch immer im Gang waberte.

»Ja, sozusagen noch einmal auferstanden!«, rief Gerolt unter Husten zurück.

»Allmächtiger, was war dieses Kreischen und Gedonner? Hast du gesehen ...«

»Später!«, fiel Gerolt ihm keuchend ins Wort, er war fast blind vor

Tränen, die ihm der feine Staub in die Augen getrieben hatten. Mit einem Stoß drängte er Maurice weiter. »Nichts wie raus hier! Wir dürfen keine Zeit verlieren, müssen so schnell wie möglich zum Treffpunkt, wo Raoul mit unseren Pferden wartet. Die Iskaris und die Soldaten werden nicht nur im Tempelbezirk nach uns suchen, sondern auch in das Gelände vor der Mauer ausschwärmen!«

Maurice lachte im Laufen voll grimmiger Genugtuung auf. »Sie werden zu spät kommen, Gerolt! Wir haben ihnen den Heiligen Gral unter der Nase weggeschnappt! Sjadú, dieser Sohn der Hölle, wird toben, wenn er davon erfährt!«

»Mag sein«, gab Gerolt trocken zurück. »Aber ganz sicher ist, dass er und seine Teufelsknechte uns nun erst recht jagen werden!«

Dritter Teil
Im Land der Katharer

1

Knappe zwei Meilen südöstlich der von den Templern gegründeten Neustadt wartete Raoul mit ihren Pferden, einem Sack Proviant und ihrer einfachen, unauffälligen Kleidung in einem dunklen Waldstück. Über einen schmalen Weg, der von der Landstraße abzweigte, die Paris mit Reims verband, gelangten die vier Gralshüter mit dem Pferdewagen zu ihrem vereinbarten Treffpunkt mit dem Ordensbruder. Dem schnellen Atem des Tieres war das scharfe Tempo anzuhören, das sie ihm auferlegt hatten, um so schnell wie möglich aus dem bebauten Gebiet vor der Stadtmauer heraus und in den Schutz der nahen Wälder zu kommen.

»Endlich!«, rief Raoul erleichtert, als McIvor das Fuhrwerk vor dem kleinen halbmondförmigen Einschnitt im Waldsaum zum Stehen brachte und die Zügel um die Bremsstange wickelte. »Selten ist mir das stundenlange Warten schwerer gefallen als in dieser Nacht. Habt Ihr denn auch erreicht, was Euch so dringlich war?«

»Es ist gelungen, dem Herrn sei es gedankt! Aber um ein Haar wäre die Sache am Ende böse ins Auge gegangen, weil ich unbedingt noch etwas für mich sehr Kostbares wieder in meinen Besitz bringen wollte«, antwortete Tarik zerknirscht, während er mit seinen Freunden vom Wagen sprang. »Es war wohl die größte Torheit, die ich je begangen habe!«

Tarik machte sich noch immer heftige Selbstvorwürfe, dass er wegen seines Gralsschwerts ihre ganze Mission in Gefahr gebracht hatte. Die reumütige Abbitte, die er bei seinen Freunden während ihrer Fahrt zu Raoul geleistet hatte, war zwar nicht mit Vorwürfen beantwortet worden, sondern bei ihnen auf Nachsicht gestoßen. Die drohende Katastrophe sei ja noch mal abgewendet worden, der Heilige Gral in ihrer Obhut und die Flucht gelungen – und damit solle es gut sein.

Aber auch wenn keiner es ausgesprochen hatte, so war doch jedem von ihnen sonnenklar, dass sie jetzt nur einen geringen Vorsprung vor ihren Verfolgern hatten, bestenfalls einige Stunden. Wären sie jedoch unbemerkt aus der Ordensburg und durch den unterirdischen Gang zurück in den Wohnturm geschlichen, dann hätten Sjadú und seine Männer sie vermutlich noch Tage in Paris gewähnt und dort nach ihnen gesucht. Diesen unschätzbaren Vorsprung von mehreren Tagen hatte er nun durch seinen sträflichen Leichtsinn zunichtegemacht.

»Ich würde wirklich gern wissen, was Ihr da getrieben habt und weshalb Ihr noch einmal Euer Leben aufs Spiel gesetzt habt! Es muss zweifellos etwas ungeheuer Wichtiges sein!«, entfuhr es Raoul. Doch sogleich versicherte er: »Ach, vergesst mein neugieriges Gerede! Wie einfältig von mir, überhaupt davon anzufangen. Ich weiß ja, dass Ihr mich nicht in Euer Geheimnis einweihen dürft.«

»Nicht weil wir nicht wollen, sondern weil unser heiliges Gelübde es uns verbietet, guter Freund!«, erinnerte Gerolt ihn noch einmal und legte ihm seine Hand mit freundschaftlicher Geste auf den Arm. »Glaubt mir, dass es uns schmerzt, vor Euch Geheimnisse zu haben. Für das, was Ihr für uns getan habt, werden wir ewig in Eurer Schuld stehen. Und nur Gott allein kann Euch gerecht für das entlohnen, was Ihr in den letzten Wochen für uns riskiert habt!«

»Und er wird es, dessen könnt Ihr gewiss sein!«, warf McIvor mit Nachdruck ein.

Raoul lächelte. »Nun denn, möge der Herr mir aber noch etwas Zeit auf Erden lassen, bevor ich vor ihn treten muss und er meine treuen Dienste gegen meine weniger rühmlichen Werke aufwiegt«, sagte er bemüht scherzhaft. »Leicht wird es mir die Inquisition jedoch nicht machen, wie ich fürchte.«

»Was sind Eure Pläne?«, erkundigte sich Maurice.

»Ich werde den Pferdewagen zu einem Bauern und guten Freund hier in der Gegend bringen, der sich darum kümmern wird, dass mein Neffe ihn schnellstmöglich zurückerhält«, teilte Raoul ihnen mit. »Dort wartet auch schon mein Pferd auf mich. Und dann werde ich mich zur Küste der Normandie durchschlagen. In dem Fischernest, wo ich geboren bin, hegt man nicht viel Sympathie für den König. Und es gibt dort einige aufrechte Männer, denen ich mich anvertrauen kann und die mich über den Kanal bringen werden.«

»Ihr wollt also in England Zuflucht suchen!«, sagte McIvor und warf Maurice einen verstohlenen Seitenblick zu. »Kein schlechter Ort für einen Tempelritter in diesem dunklen Kapitel unserer Ordensgeschichte! Vermutlich zurzeit sogar der sicherste.«

Raoul nickte. »Hoffen wir, dass König Eduard standhaft bleibt und sich auch weiterhin weigert, Templer in seinem Land verhaften und einkerkern zu lassen. Zumindest scheint es mir so, als ob der Arm der Inquisition so schnell nicht über den Kanal reichen wird.«

Für einen Moment stellte sich betretenes Schweigen ein. Denn unter gewöhnlichen Umständen wäre es jetzt an den vier Gralsrittern gewesen, ihm auch von ihren Plänen zu erzählen und wohin sie sich wenden wollten. Aber das durften sie nicht, und er wusste es, weshalb er auch nicht fragte.

»Lasst uns Abschied nehmen, Kameraden!«, sagte er in die verlegene Stille und schenkte ihnen ein Lächeln. »Es war gut, gemeinsam mit Euch dem heimtückischen Hund von einem König und seinen Lakaien noch einmal beweisen zu können, wozu Tempelritter fähig sind!«

»Wir werden immer mit Stolz daran zurückdenken, dass wir die Ehre hatten, als Tempelritter unter Eurem Kommando zu dienen, Hauptmann Raoul von Liancourt!«, erklärte Gerolt und hatte Mühe, seine innere Bewegung zu verbergen. Wie gern hätten seine Freunde und er ihn aufgefordert, mit ihnen zu ziehen. Doch ihr heiliges Amt verwehrte ihnen dieses Angebot.

Es folgte eine letzte kameradschaftliche Umarmung, dann trennten sich ihre Wege. Raoul sprang auf den Kutschbock und rumpelte schon mit dem Wagen auf dem Waldweg davon, während die vier Gralsritter noch in großer Hast die Mönchskutten gegen ihre einfache Kleidung austauschten. Dann schwangen sie sich in ihre Sättel und beeilten sich, zurück auf die Landstraße zu kommen. Die Kutten ließen sie jedoch nicht am Waldsaum zurück, sondern nahmen sie mit. Wer wusste zu sagen, ob sie ihnen auf ihrem langen Weg, der jetzt vor ihnen lag, nicht noch einmal von Nutzen sein würden?

2

»Wir sollten bereden, wohin es nun gehen soll«, sagte Tarik, als sie schon ein Stück Landstraße hinter sich gebracht hatten.

»Warum machen wir es nicht wie Raoul, reiten zur Kanalküste und setzen bei Nacht und Nebel nach England über?«, schlug McIvor vor.

»Weil es ein Fehler wäre, Eisenauge!«, kam sofort die Antwort von Maurice. »Ich bin für Aragon! Nur da liegt für uns und den Heiligen Gral die Rettung. Wenn wir von dort aus nach England segeln, habe ich nichts dagegen. Sofern sich irgendwann herausstellt, dass wir dort wirklich sicher sind, was ich allerdings nicht glaube. Aber auf keinen Fall auf dem direkten Weg über die Normandie und den Kanal!«

So leicht ließ sich McIvor jedoch nicht von seiner Überzeugung abbringen, dass sie so schnell wie möglich auf englischen Boden gelangen mussten. »Nun mal langsam, Maurice! Die Politik von König Eduard im Prozess gegen unseren Orden garantiert uns . . .«

»Gar nichts!«, fiel Maurice ihm ins Wort. »Eduard II. ist gerade mal vierundzwanzig Jahre jung und bei Weitem zu schwach, um sich lange dem Druck von König Philipp, dem Papst und der Inquisition widersetzen zu können. Er wird einknicken wie ein Rohr im Sturmwind, darauf verwette ich mein Schwert gegen deine Eisenkappe. Schon weil er dann in seinem Land all die Burgen und anderen Besitztümer unseres Ordens mit einem Federstrich an sich bringen kann. Kein König lässt solch eine günstige Gelegenheit zur schnellen Bereicherung ungenutzt verstreichen, und auch Eduard wird all unser Hab und Gut in Windeseile für die Krone einziehen, darauf kannst du Gift nehmen, mein Freund! Und dann wird auch in England die Falle für uns Templer zuschnappen.«

»Die Schotten werden das schmutzige Spiel aber bestimmt nicht mitmachen, da hast du mein Wort drauf!«, erwiderte McIvor.

»An dem, was Maurice vorgebracht hat, ist leider viel Wahres«, bemerkte Tarik. »Ich hätte auch kein gutes Gefühl, wenn wir an die Kanalküste reiten und uns übersetzen lassen. Vergesst nicht, dass Eduard im Januar nächsten Jahres Philipps fünfzehnjährige Tochter Isabella heiraten wird. Wie kann er sich da seinem zukünftigen Schwiegervater in der Frage der Templer verweigern?«

Gerolt pflichtete ihm und Maurice bei. »Ich bin auch gegen England. Schon aus dem einfachen Grund, weil die Iskaris genau damit rechnen werden. Deshalb wird Sjadú seine Teufelsknechte in alle kleinen und großen Häfen der Atlantikküste schicken, dort noch weitere Spione anwerben lassen und bestimmt ein fettes Kopfgeld auf uns aussetzen. Die Chance, ihnen dennoch durch die Maschen ihres Netzes zu schlüpfen, dürfte daher sehr gering sein – zu gering, um den Heiligen Gral solcher Gefahr auszusetzen.«

Das war ein Einwand, den auch McIvor gelten ließ. »Dann also nicht England, sondern Spanien oder Portugal. Aber wisst ihr, was das bedeutet? Der Winter steht vor der Tür! Und wenn wir auf dem Landweg nach Spanien wollen, müssen wir über die Pyrenäen! Wir haben sie ja schon mehrfach bei unseren Einsätzen für die Reconquista[*] überquert, aber noch nie, wenn die Bergketten unter Schnee und Eis liegen!«

---

[*] Kampf der Christen in Spanien gegen die Araber, der im Jahr 722 begonnen hatte und erst 1492 mit der Eroberung Granadas enden sollte

»Es gibt auch Pässe, die selbst im tiefen Winter die Überquerung erlauben«, sagte Gerolt. »Spanien wäre auch deshalb gut, weil wir dann unseren Gralsbruder Juan Francisco Montoya in Aragon wiedersehen und uns mit ihm beraten können, wo der Heilige Gral sein neues Versteck finden soll.«

»Montoya wird wohl der neue Obere unserer Bruderschaft werden – wenn erst die Offenbarung erfolgt, von der Abbé Villard und Antoine gesprochen haben«, vermutete Tarik.

»Ja, er hat dafür nicht nur das richtige Alter, sondern auch die nötige natürliche Autorität«, stimmte ihm Maurice bei. »Alistair von Galloway, unser englischer Bruder, wird dagegen wohl kaum dieses Amt übertragen bekommen, ist er doch nur ein paar Jährchen älter als McIvor.«

»Nichts gegen Montoya, aber was hat denn das Alter damit zu tun, ob jemand fähig ist, so ein schweres Amt zu tragen?«, wollte McIvor wissen, der es immer noch nicht ganz verwunden hatte, dass es nicht hinüber auf die Insel ging, sondern den elend langen Weg quer durch Frankreich und dann über die wilden, zerklüfteten Bergreihen der Pyrenäen nach Spanien.

»Freunde!«, griff Gerolt ein und mahnte: »Wer unser neuer Obere wird, ist doch jetzt wirklich nicht von Bedeutung. Lasst uns lieber besprechen, welche Route wir einschlagen sollen.«

Sogleich war Maurice mit einem Vorschlag zur Stelle. »Ich habe mir Folgendes überlegt: Da die Iskaris vermutlich verstärkt im Westen an der Atlantikküste nach uns Ausschau halten, schlage ich vor, dass wir erst mal einen großen Bogen nach Osten bis nach Troyes schlagen, dann mitten durch die Bourgogne und die Auvergne ziehen, im Westen Okzitanien und das Languedoc...«

»Was? Durch das Land der Katharer?«, brummte McIvor wenig erfreut und erinnerte damit an den blutigen Kreuzzug, den die katholischen Fürsten in den dortigen Gebieten im letzten Jahrhundert gegen die Anhänger der strengen katharischen Glaubenslehre geführt hatten. Eine christliche Lehre, die den Papst als Antichrist verurteilte und auch vieles andere nicht gelten ließ, was der katholischen Kirche heilig war.

»... Okzitanien und das Languedoc durchqueren und uns von dort an die Überquerung der Pyrenäen machen«, fuhr Maurice unbeirrt fort. »Ich glaube, diese Route ist sicherer, als geradewegs nach Süden zu reiten.«

Tarik zog die Luft ein. »Das ist aber ein höllisch langer Weg! Und wir werden uns beeilen müssen, wenn wir nicht schon am Fuß der Pyrenäen in die ersten, schweren Winterstürme geraten wollen!«, gab er zu bedenken.

Eine ganze Weile besprachen sie noch andere alternative Wegstrecken und wogen ihr Für und Wider ab. Maurice hatte jedoch für seinen Vorschlag die besseren Argumente auf seiner Seite und verfocht sie auch beharrlich. Und so fiel die Entscheidung, die sie sich nach einigem Hin und Her einmütig abrangen, schließlich auf die von ihm favorisierte Reiseroute.

»Ich sage euch, England – das wär's gewesen«, brummte McIvor fast trotzig und verfiel dann in Schweigen. Gerolt, Maurice und Tarik taten es ihm gleich. Es gab genug, was ihre Gedanken beschäftigte. Und so ritten sie schweigend durch die Nacht nach Osten.

3

Im Wissen um die vor ihnen liegenden Strapazen ins ferne Aragon teilten sie ihre Kräfte und die ihrer Pferde umsichtig ein. Was jedoch nicht bedeutete, dass sie sich schonten und es ein geruhsamer Ritt in den Süden wurde. Jeden Morgen erhoben sie sich beim ersten zaghaften Licht der Dämmerung von ihrem Lager, das sie so manche Nacht in einer einsamen Feldhütte oder auch unter freiem Himmel aufschlugen, und ritten bis in die Dunkelheit hinein. Nur selten einmal gönnten sie sich den Luxus, in Gasthöfe einzukehren und dort die Nacht zu verbringen.

Mit je weniger Menschen sie in Kontakt kamen, desto geringer war die Gefahr, dass die Iskaris ihre Spur aufnehmen und ihnen eine Falle stellen konnten. Deshalb mieden sie in den ersten Tagen auch die großen Landstraßen zwischen den Städten, um sich auf abgelegenen Nebenstraßen und Feldwegen den Blicken Neugieriger zu entziehen. Und sooft es ging, schlugen sie nicht nur einen großen Bogen um die Städte entlang ihres Weges, sondern auch um Dörfer und andere kleine Ansiedlungen, wo vier fremde Reiter der besonderen Aufmerksamkeit der Einheimischen gewiss sein konnten.

Aber nicht immer bot sich ihnen die Möglichkeit zu solch einem verschwiegenen Umgehen von Ortschaften. Zudem zwang sie die Notwendigkeit, ihren Reiseproviant aufzufüllen und Futter für die Pferde zu beschaffen, immer wieder dazu, in Dörfern und bevorzugt in kleineren Städten diese Geschäfte zu tätigen.

Doch auch die Nebenstraßen hatten sie nicht immer für sich allein, sondern begegneten dort Bauernvolk, anderen Reisenden, Bettelmönchen und so manches Mal auch Gruppen von zwielichtigen Gestalten. Zu allen Zeiten trieben heimatlose Halunken und Galgenstricke aller Art ihr Unwesen auf den Straßen des Landes und waren auf schnelle Raubzüge aus. Aber auch wenn sich ihnen solche Banden in den Weg stellten, kühlte deren Mut doch sehr rasch ab und verwandelte sich in Schrecken und jähe Flucht, wenn die Schwerter der vier Gralsritter aus ihren Scheiden flogen und sie eine blutige Kostprobe ihrer Kampfkraft gaben.

Zum Glück machte ihnen das Novemberwetter die Reise nicht noch mühseliger, als sie auch so schon war. Zwar gab es so manchen Regenschauer und kalten Wind zu ertragen, der das letzte Laub von den Bäumen zerrte und ihnen unter die Umhänge fuhr, aber von schweren Stürmen blieben sie verschont. Und gegen Ende des Monats setzte sich die Sonne sogar noch einmal mit herrlich sonnigen, fast warmen Tagen gegen die niederdrückend grauen, nasskalten Gesellen des Winters durch.

Was sich in den Wochen ihrer Reise nach Süden derweil in Paris zutrug, davon schnappten sie so einiges bei ihren Einkäufen auf Märkten und bei ihren gelegentlichen Übernachtungen in den Gasthöfen auf. Zumeist waren es schlechte Nachrichten, die auch ihren letzten Funken Hoffnung erstickten, ihr Orden könne durch irgendeine glückliche Fügung vielleicht doch noch vor der Zerschlagung und Auflösung bewahrt werden. Aber dann und wann kam ihnen auch etwas zu Ohren, das sie zumindest mit Genugtuung und Stolz auf ihre Ordensbrüder erfüllte, die den Fängen der gnadenlos folternden Inquisition ausgeliefert waren und sich dennoch nicht ihrer Ehre berauben ließen.

Stille Zuhörer eines solches Gesprächs wurden sie im Schankraum eines Gasthauses, das eine gute Tagesstrecke südlich von Clermont im bergigen Landstrich der Auvergne an der Landstraße nach Aurillac lag. Da der älteste Sohn des Gastwirtes gleich neben dem Stall der ehrbaren Herberge eine Schmiede betrieb und zwei ihrer Pferde dringend neu beschlagen werden mussten, hatten die vier Freunde entschieden, in diesem Gasthof die Nacht zu verbringen.

Im Schankraum herrschte wenig Betrieb, doch in Hörweite ihres Tisches hatten sich drei Kaufleute aus dem Fränkischen niedergelassen, die sich auf dem Weg nach Toulouse befanden. Einer von ihnen, ein Mann von großer, stattlicher Statur und mit schon ergrauten Schläfen, war wohl erst an diesem Abend zu den beiden anderen Franken gestoßen. Und er brachte Neuigkeiten, die Gerolt, Maurice, Tarik und McIvor sofort aufhorchen ließen.

»Habt ihr schon das Neueste aus Paris gehört?«, fragte der Kaufmann, kaum dass er sich zu ihnen an den Tisch gesetzt und den verlangten Wein vom Wirt erhalten hatte.

»Kommt ganz darauf an, um was es sich handelt, Remigius«, gab einer der beiden anderen zur Antwort und fügte sarkastisch hinzu: »Aber Gutes kann es wohl kaum sein. Jedenfalls ist mir seit dem Oktober aus dem Schandloch Paris nichts zu Ohren gekommen, was mich fröhlich stimmen könnte.«

Die vier Gralshüter warfen sich bedeutsame Blicke zu. Endlich hörten sie einmal eine Stimme, die nicht dem König und der Inquisition das Wort redete und kübelweise Schmutz und Verleumdungen über ihren Orden ausschüttete.

»Man hat Jacques von Molay im Kapitelsaal von Notre-Dame mit sechzig Rittern vor die päpstlichen Legaten geführt!«, teilte ihnen der Kaufmann namens Remigius mit. »Dort hat der Großmeister ein erhöhtes Pult besteigen müssen, um vor den Abgesandten des Papstes sein Geständnis zu wiederholen.«

»Und? Hat er?«

Remigius nickte und lachte trocken auf. »Oh ja, das hat er in der Tat. ›Ihr Herren, was die königlichen Räte Euch gesagt haben, dass ich und viele andere Templer gestanden haben, ist die Wahrheit. Wir alle haben gestanden.‹ Das waren seine ersten Worte an die erlauchte Versammlung gewesen.«

»Was soll denn daran neu sein?«

»Wartet! Das war nicht alles. Jetzt kommt es!«, versicherte Remigius, nahm aber erst noch einen Schluck Wein, um die Spannung seiner Freunde zu steigern. »Und dann hat Jacques von Molay seinen weißen Mantel zurückgeschlagen, sich das Untergewand von der Brust gezerrt und sich mit folgenden Worten an die glotzenden päpstlichen Legaten gewandt: ›Seht her, Ihr Herren! Sie ließen uns sagen, was sie von uns zu hören gewollt haben! Durch die Martern schrecklicher Folter! Und hiermit widerrufe ich mein Geständnis! So wie Ihr mich seht, so sind auch alle anderen ohne Schuld!‹ Und dabei zeigte er ihnen, dass die Folterknechte ihm an den Armen und Rippen und auch anderswo die Haut und sogar nicht wenig Fleisch herausgerissen hatten!«

Mit Erschütterung, aber auch mit Stolz nahmen die Gralsritter auf, was sie soeben gehört hatte. Das Geständnis ihres Großmeisters hatte sie in all den Wochen, die sie davon wussten, zutiefst betrübt. Sie hatten sich von ihm ein anderes Vorbild gewünscht. Doch durch den Widerruf seines Geständnisses vor den päpstlichen Legaten hatte er diesen Makel wiedergutgemacht. Und was das für ihren Großmeister und jeden anderen Ordensbruder, der widerrief, für Konsequenzen haben würde, wusste jeder, der mit den Vorgehen der Inquisition vertraut war.

»Damit hat er sein eigenes Urteil gesprochen!«, rief denn auch sofort einer der beiden anderen Kaufleute. »Jetzt wird ihm der Gang auf den Scheiterhaufen nicht mehr erspart bleiben!«

Daran hegten auch die Gralshüter nicht den geringsten Zweifel.

»Wer von der Inquisition angeklagt wird, ist doch schon im Voraus gerichtet!«, kam es vom Nebentisch. »Und der Papst gibt dazu blind Siegel und Unterschrift, ganz egal, was ihm seine Legaten auch berichten werden!«

»Dieses ganze Tribunal gegen die Templer ist nichts als eine Farce!«, erregte sich nun Remigius.

»Nicht so laut!«, ermahnte ihn einer seiner Tischgenossen.

»Ach was, als Bürger einer fränkischen Reichsstadt stehen wir nicht unter der Gerichtsbarkeit des französischen Königs und können sagen, was wir von diesem Skandal halten!«, erinnerte sie ihr Landsmann voller Ingrimm. »Und ein Skandal ist es fürwahr, was diesen Männern angetan wird, die als Zeichen ihres lauteren Herzens den weißen Mantel und als Ausweis ihrer Treue zum christlichen Glauben das blutrote Kreuz tragen! Nie haben sie als Streiter Christi den Sieg von eigener Kraft erwartet, sondern nur vom Heiland! Nie haben sie nach der Zahl der Feinde gefragt, sondern immer nur, wo er zu suchen sei! Im Krieg waren sie Löwen, im Frieden Lämmer! Mönche im Kriegsgewand, die keine Herrschaft über sich anerkannten als die des Heiligen Stuhls, der sie jetzt schändlichst verrät! Was jetzt geschieht, stinkt doch zum Himmel! Der Teufel soll mich holen, wenn ich mir das Maul von einem hinterlistigen Hund verbieten lasse – egal, ob er eine Krone auf dem Haupt trägt oder auf dem Petristuhl sitzt!«

Diese Worte waren Balsam für die Ohren der Gralsritter. Aber solche aufrechten Männer, die das verabscheuungswürdige Treiben von König und Papst durchschauten *und* es auch noch offen auszusprechen wagten, waren so selten zu finden wie eine kostbare Perle in einem Meer von gewöhnlichen Muscheln.

Es stärkte sie jedoch auf ihrer Weiterreise am nächsten Morgen, dass ihr Großmeister den Tod auf dem Scheiterhaufen nicht scheute, um die Ehre ihres Ordens zu retten. Und da sie schon so weit nach Süden gekommen waren, ohne mit Iskari zusammengestoßen sein, sahen sie eine gute Chance, auch die restliche Wegstrecke unentdeckt bewältigen zu können.

Nur Tarik behielt seine Skepsis. »Manch einem scheint sein Weg der rechte zu sein, doch am Ende sind es meist Wege des Todes!«, sorgte er sich.

»Hör bloß mit solch finsteren Sprüchen auf!«, wies ihn Maurice zurecht, womit er jedoch zeigte, dass sie ihm sehr wohl unter die Haut gingen und eigene, verdrängte Befürchtungen ansprachen. »Man kann das Unglück auch mit üblen Unkenrufen herbeireden, Levantiner!«

»Und du scheinst zu vergessen, hochwohlgeborener Ritter, dass wir es mit Iskaris, mit den Knechten des Teufels zu tun haben. Und die werden es uns nicht so leicht machen, aus Frankreich zu entkommen! Dass wir bisher keinem von ihnen begegnet sind, bedeutet nicht, dass sie uns nicht schon längst im Nacken sitzen, geschweige denn die Jagd auf uns aufgegeben hätten! Wir werden schon noch auf sie treffen, verlasst euch drauf!«, erwiderte Tarik. »Gewohnheiten ändert nur das Leichentuch!«

4

Am selben Abend hielten sie im letzten Sonnenglühen Ausschau nach einem geeigneten Lagerplatz für die Nacht. Der sollte wie gewohnt abseits der Landstraße liegen und gut geschützt sein. Und so verließen sie das steinige, von den Wagenrädern schwerer Fuhrwerke tief eingefurchte Band der Straße an der nächsten Abzweigung und folgten dem engen Weg, der sich über eine buschbestandene Hügelkette wand und in Richtung eines Einschnitts zwischen zwei felsigen Bergrücken führte.

Diesen Weg hatten an jenem Abend schon andere Reisende auf der Suche nach einem sicheren Platz für ihr Nachtlager eingeschlagen, wie sie bald bemerkten. Denn kaum hatten sie die Kuppe der höchsten Anhöhe erreicht, da bot sich ihnen ein ungehinderter Blick auf die dahinterliegende Senke, und sie entdeckten dort drei bunt bemalte Kastenwagen, die vor einem Lagerfeuer einen Halbkreis bildeten.

»Fahrendes Volk!«, stellte Maurice sogleich fest und verzog dabei das Gesicht, als hätte man ihm Essigwaser zu trinken gegeben. »Zigeuner oder Zirkusleute, vermutlich beides zusammen!«

»Die sind mir zehnmal lieber als das Lumpenpack, das sich nur darauf versteht, einem aus einem Hinterhalt hinterrücks einen Spieß in den Leib zu rammen und einem wegen ein paar Sous die Kehle durchzuschneiden«, sagte McIvor. »Was ist? Wenden wir unsere Pferde oder gesellen wir uns zu ihnen, Freunde?«

»Wie Strauchdiebe sehen sie mir nicht aus. Ich glaube nicht, dass wir von ihnen etwas zu befürchten haben«, meinte Tarik mit einem schnellen Blick auf die gut fünfzehnköpfige Gruppe, zu der auch drei halbwüchsige Jungen und zwei Mädchen gehörten.

»Fragt sich nur, ob sie dasselbe auch von uns Schwertträgern denken«, erwiderte Gerolt.

»Ich bin dafür! Die Leute haben schon ein hübsches Feuerchen gemacht, was uns eine Menge Arbeit erspart, und der dicke Eisentopf darüber sieht mir auch recht einladend aus!«, meldete sich McIvor zu Wort, der sich offensichtlich schon auf eine deftige, warme Mahlzeit nach dem langen Tag im Sattel freute. »Die werden sich schon hüten, sich an uns zu vergreifen, sogar wenn sie Böses im Sinn hätten.«

»Ja, da reicht ein Blick auf dich, Schotte!«, frotzelte Maurice.

»Also dann, bemühen wir uns um einen freundlichen, friedfertigen Eindruck!«, sagte Gerolt und ließ sein Pferd wieder antraben.

Die Männer unter den Zirkusleuten hatten bei ihrem Erscheinen sofort zu den Waffen gegriffen, während die Frauen mit den Halbwüchsigen vom Feuer aufgesprungen waren und sich hastig in den Schutz der Wagen begeben hatten.

Noch aus einiger Entfernung hob Gerolt die Hand zu einer freundlichen Geste und rief ihnen mit einem selbstsicheren Lächeln zu: »Kein Grund, zu den Spießen und Schwertern zu greifen, werte Leute! Wir reisen in Gottes Namen und führen nichts Böses im Schilde, bei Jesus Christus unserem Herrn! Meine Männer und ich sind müde nach einem beschwerlichen Reisetag und wir suchen nichts als ein gutes Lager für die Nacht. Erlaubt Ihr, dass wir diesen Platz mit Euch teilen und uns an Eurem Feuer wärmen? Die Nacht wird wohl wieder kalt werden, so klar wie der Himmel ist!«

Die starke Anspannung unter dem fahrenden Volk wich bei seinen gewinnenden Worten sichtlich, wenn auch die Männer nicht daran dachten, jetzt schon ihre Waffen aus den Händen zu legen. Aber es trat doch ein Mann hervor, dem langes schwarzes Haar wie eine Löwenmähne bis auf die Schultern wallte und der es von der Statur her fast mit der von McIvor aufnehmen konnte.

»Wenn Euch friedliche Absichten an unser Feuer führen, sollt Ihr uns willkommen sein, Fremde!«, rief er ihnen zu, und dabei glitt sein wachsamer Blick über die Schwertgehänge mit den kostbar verzierten Waffen, die unter den eingestaubten Umhängen der Gralsritter hervorschauten. Offensichtlich trugen die ungewöhnlichen Schwerter einiges dazu bei, dass sich sein anfänglicher Argwohn noch mehr verflüchtigte. Denn nun fügte er mit dem Anflug eines Lächeln überaus freundlich hinzu: »So steigt denn von Euren Pferden und kommt zu uns ans Feuer! Wir haben ausreichend Fleisch und Graupen im Kessel, sodass auch Ihr noch davon satt werden dürftet, Ihr Herren Ritter!«

»Der Herrgott möge Euch für Eure Gastfreundschaft segnen, guter Mann!«, bedankte sich Tarik. »Und was wir aus unseren Proviantsäcken anzubieten haben, werden auch wir gern mit Euch teilen!«

Indessen raunte Maurice beim Absteigen Gerolt zu: »Der Bursche scheint einen scharfen Blick zu haben, dass er gleich weiß, mit wem er es zu tun hat! Ich wünschte, ich wüsste, was ihm jetzt durch den Kopf geht!«

»Wir werden auf der Hut sein«, gab Gerolt leise zurück, während auch er sich aus dem Sattel schwang. »Aber ich nehme nicht an, dass solch fahrendes Volk auf der Seite von König und Papst steht. Sie haben selbst oft unter der bösen Knute der Obrigkeit zu leiden, egal wo sie auftauchen. Also mach nicht so ein finsteres Gesicht, Maurice. Ich glaube nicht, dass wir von ihnen etwas Hinterhältiges zu befürchten haben.«

»Ich bin dennoch dafür, dass heute Nacht immer einer von uns für einige Stunden wach bleibt und ein scharfes Auge auf diese Gesellen wirft!«, verlangte Maurice.

Gerolt nickte. »So machen wir es. Wenn du dich dann sicherer fühlst . . .«

»Ha, ich rieche fetten Speck, Zwiebeln und Hammelfleisch, wenn mich meine Nase nicht sehr täuscht!«, rief McIvor mit funkelndem Auge und rieb sich in freudiger Erwartung die Hände.

Und Tarik erwiderte: »Vor den Genuss hat der Herrgott die Arbeit gesetzt! Komm, pack mit an, Schotte!« Gemeinsam machten sie sich daran, ihre Pferde zu versorgen und sie nahe des Lagerplatzes anzupflocken.

Gerolt holte indessen aus einem ihrer Proviantsäcke einen dicken Kanten Käse sowie Brot, einen Beutel mit saftigen Birnen und zwei Flaschen Wein, die sie am Morgen im Gasthof hatten auffüllen lassen. All das brachten Maurice und er mit ans herrlich warme Feuer, über dem unter einem eisernen Dreibein ein großer, bauchiger Kessel aus schwarzem Gusseisen hing. Und in diesem Kessel blubberte eine wahrlich köstlich riechende, dickflüssige Fleischsuppe.

Dass sich die vier Reiter auch nicht lumpen lassen und sogar ihren guten Wein mit ihren Gastgebern teilen wollten, entspannte die Situation vollends. Bald saß man in einem Kreis um das Feuer herum, löffelte die gut gewürzte Suppe aus einfachen Holzschalen und ließ fröhlich die Flaschen kreisen, zu denen sich bald ein irdener Krug gesellte, der mit einem scharfen und nach Pflaumen schmeckendem Gebräu gefüllt war. Dabei entspann sich zwischen den Gralsrittern und den Zirkusleuten eine angeregte, fröhliche Unterhaltung, bei der jedoch beide Seiten geflissentlich die Politik von Krone und Kirchenfürsten sowie auch alles andere mieden, was ihrem harmlosen Gespräch eine gefährliche Wendung ins Persönliche hätte geben können.

Gerolt fiel dabei auf, dass eine der Frauen, die sich kaum an der Unterhaltung beteiligte, den Blick ihrer dunklen Augen immer von einem zum anderen wandern ließ. Ihm war, als studierte sie ihre Gesichter und als versuchte sie, in ihnen zu lesen. Mit ihren sicherlich schon fünfzig Jahren war sie die älteste Frau in der Gemeinschaft. Ein weites, faltenreiches Kleid, dessen Wollstoff ein Muster aus schwarzen, roten und goldenen Karos trug, umhüllte einen korpulenten, aber doch kraftvoll wirkenden Körper. Ein halbes Dutzend Ketten baumelte um ihren Hals und versank zu einem guten Stück in der klaffenden Schlucht ihres beachtlichen Busens. Auf den dünnen Lederschnüren waren bunte Perlen und Muscheln aufgezogen, kleine, rund gewaschene Kieselsteine von unterschiedlicher Farbe, gebleichte Knochenteile von Kleintieren und münzengroße Holzplättchen, auf denen fremdartige Zeichen aufgemalt waren. Ähnliche Gebinde trug sie um ihre Handgelenke. Und von den durchstochenen Ohren hingen feine, dünngliedrige Ketten herab, an deren Enden aus Kupfer gefertigte Sterne, Viertelmonde und gezackte Blitze hingen. In einem tiefen Kupferton glänzte auch ihr langes, lockenreiches Haar, in dem noch kein Grau zu entdecken war und das ihr südländisches Gesicht im Licht des Feuers wie mit einem Vorhang aus Flammenzungen umgab.

Zhahir war ihr Name. Und als sich schon die ersten Männer und Frauen mit den Kindern zur Nachtruhe in die Zirkuswagen begaben und die vier Gralshüter sich noch einen letzten Schluck von dem scharfen Gebräu aus dem Krug gönnten, kam sie zu ihnen herüber.

»Wollt Ihr, dass ich Euch die Karten lege, Rittersleut?«, fragte sie mit einer Stimme, die so dunkel war wie ihre Augen, und zog einen Stapel handgroßer, bemalter Karten aus den Falten ihres Kleides hervor. »Glaubt Ihr an das, was die Karten des Tarot jemandem zu sagen haben, der sich ihrer uralten Weisheit zu stellen wagt?«

»Wir glauben an Gott, unseren Herrn und Heiland, Kartenlegerin«, antwortete Gerolt höflich, aber bestimmt. »Dennoch habt Dank für Euer freundliches Angebot. Zudem wird es langsam Zeit, dass wir unsere Decken holen und uns schlafen legen. Euer Essen war köstlich und Euer gebranntes Pflaumenwasser hat es in sich.«

»Warte!«, sagte Maurice nun schnell. »Warum sollen wir uns von der guten Frau nicht die Karten legen lassen, wo sie sich doch offenbar bestens darauf versteht? Ich hatte noch nie die Gelegenheit dazu und bin zudem immer für uralte Weisheiten zu haben, wie ihr wisst.« Damit zwinkerte er Gerolt zu, als wollte er sagen: »Lass uns doch mal den Spaß machen!«

Tarik verdrehte die Augen, als Maurice behauptete, begierig auf Weisheiten zu sein, und murmelte spöttisch: »Manch eine Zunge ist wie die Schere eines Flickschneiders!«

Aber auch McIvor war von der Idee ganz angetan, sich von der Zigeunerin die Karten legen zu lassen. »Lasst uns ruhig einen Blick in die Karten werfen, Freunde! Mal sehen, was bei jedem von uns dabei herauskommt!«

Gerolt zuckte die Achseln und nickte der Zigeunerin zu. »Meinetwegen. Gebt uns eine Probe Eurer Kunst, wenn es nicht zu lange dauert.«

Zhahir nickte. »Für jeden nur eine Karte«, sagte sie, begann die Tarotkarten zu mischen und fächerte sie dann vor ihnen zu einem Bogen auf. »Zieht eine Karte!«

Maurice beugte sich sofort vor, zog aus dem rechten Drittel des Fächers eine Karte heraus und drehte sie um. Das Bild zeigte im Hintergrund ineinander verschmolzene, wie zu Stein erstarrte, zahnlose Gesichter. Davor kreuzten sich in einem wilden Durcheinander mehrere Schwerter.

Zhahir nahm die Karte und legte sie vor sich auf den Boden. »Sieben der Schwerter!«, sagte sie und teilte ihnen damit den Namen der Tarotkarte mit.

Maurice grinste. »Gleich sieben? Nicht schlecht! Da habe ich wohl gleich die richtige Karte gezogen, Freunde! Obwohl mir ein Schwert eigentlich genug ist«, sagte er vergnügt und berührte kurz das Griffende seiner Waffe mit der Rosenknospe aus Rubin. »Und was sagt sie Euch, Kartenlegerin?«

»Den steten Wechsel von Licht und Dunkelheit, die Welt des Schmerzes mit all ihrer Verderbtheit«, kam die überraschende Antwort. »Euch fehlt etwas und ihr fühlt Euch betrogen und . . .«

»Da seht Ihr aber Dinge, die ich schlecht mit mir in Einklang bringen kann!«, fiel Maurice ihr ungehalten ins Wort.

»Sieben der Schwerter ist eine schwer zu deutende Karte, Ritter«, antwortete Zhahir gelassen. »Zumal wenn sie von keiner anderen begleitet wird. Ich sage Euch nur, wofür sie steht, nämlich für die Schattenseiten des Magiers und für Betrug. Wobei dieser je nach der Folge der sie umgebenden Karten sowohl betrügen als auch betrogen werden bedeuten kann. Und die zahnlosen Gesichter im Stein weisen . . .«

Maurice winkte mit verdrossener Miene ab. »Ich denke, das reicht! Soll jetzt ein anderer sein Glück versuchen«, sagte er, nahm die Karte vom Boden auf und warf sie ihr in den Schoß.

Tarik lachte. »So viel also zu deinem unbändigen Streben nach Weisheit!«, spottete er und zog als Nächster eine Karte. Sie zeigte einen Mann, der kopfüber am linken Fuß aufgehängt von einem Balken hing, in dieser Stellung sein rechtes Bein hinter dem linken kreuzte und dabei noch lächelte.

»Der Gehängte!«, verkündete Zhahir.

»Da sei Gott vor!«, entfuhr es Tarik unwillkürlich.

Maurice nahm die Gelegenheit wahr, sich für den Spott von eben zu revanchieren.«Jetzt scheinen wir zur Sache zu kommen! Sieht dir ähnlich, dass du sogar als Gehängter noch dieses hintersinnige Lächeln auf dem Gesicht hast!«

»Das beste Mittel gegen Gram ist Gleichmut!«, gab Tarik zur Antwort. »Und nun lass sie reden!«

Zhahir sah, dass die Männer das Auslegen der Karten nicht allzu ernst nahmen, und hielt sich in ihrer Deutung nun kürzer, wahrte dabei jedoch Würde.

»Das Bild der Prüfung, die zum Allerbesten herausfordert. Vertrauen auf die Kraft des Wachsens und der Reifung. Wer im Zeichen des Gehängten steht, ist ein Mann vollkommener Opferbereitschaft und Hingabe mit offenem Herzen und Geist. In ihm wohnt innerer Frieden.« Und damit nahm sie die Karte, steckte sie wieder in den Fächer zurück, um neu zu mischen und dem Nächsten Gelegenheit zu geben, seine Karte zu ziehen.

Gerolt machte ein überraschtes Gesicht. »Da habt Ihr wirklich viel in unserem Freund gesehen, was auch wir an ihm schätzen«, sagte er anerkennend. »Jetzt habt Ihr mich wirklich gespannt gemacht, was Euch zu mir in den Sinn kommt!« Und damit zog er eine Tarotkarte aus dem Fächer. Als er sie umdrehte, fiel der Blick auf eine Gestalt mit Narrenkappe. Im Hintergrund war ein verwundeter Schwan zu sehen, dessen Hals in Schmerzen verdreht war und sich in einer Spirale dem Himmel entgegenwand.

»Der Narr!«, sagte die Kartenlegerin und nickte, als hätte sie damit gerechnet, dass nun diese Karte vor ihr liegen würde.

Maurice lachte auf. »Der Narr? Gütiger Gott, du scheinst ja noch weniger Glück mit den Karten zu haben als ich!«

Zhahir schenkte ihm und seinem spöttischen Einwurf nicht die geringste Beachtung. Ihr Blick schien sich in das Narrenbild zu versenken. »Der Narr ist der Herold der Großen Arkana. Der Narr rührt an

Dinge, die tiefer gehen als gewöhnliche Dinge. Er spricht Wahrheiten aus, die andere nicht sehen oder nicht auszusprechen wagen.«

McIvor nickte. »Der Narr am Hofe der Mächtigen, der das Privileg genießt, im Schutz der Narrenkappe Dinge auszusprechen, die jeden anderen wohl den Kopf kosten würden«, murmelte er.

»Der Narr berührt die senkrecht verlaufende Wunde des Schwans«, fuhr Zhahir fort. »Sie weist sowohl zum Himmel auch als nach unten ins Dunkel. Denn der Narr weiß, dass sich die Liebe dem Menschen erst dann unverhüllt offenbart, wenn wir den Weg des Leidens gegangen sind. Die Narrenkarte zeigt eine Zeit an, in der neue Erfahrungen warten, die beherztes Handeln und das Vertrauen verlangen, dass alles gut gehen wird.«

Gerolt schmunzelte über die positive Botschaft, die er wahrlich gebrauchen konnte, auch wenn sie nur von einer Kartenlegerin kam.

Dann war McIvor an der Reihe. Er erwischte eine nicht weniger merkwürdige Karte. Denn auf ihr war ein Ritter in voller Rüstung auf einem schwarzen Pferd zu sehen, der etwas Rundes mit einem Stern in der Mitte in seiner geharnischten Hand hielt. Vor ihm erstreckte sich fruchtbares Ackerland.

Der Schotte grinste. »Ein Ritter in voller Rüstung! Das lass ich mir gefallen – wenn denn auch Eure Deutung dazu passt, Kartenlegerin! Welchen Namen trägt die Karte überhaupt?«

»Ritter der Münzen«, antwortete Zhahir. »Sie ist die Karte der Verlässlichkeit, der Stabilität und der Hartnäckigkeit. Wer in ihrem Zeichen steht, erweist sich als gelassen, nützlich und langsam, aber ausdauernd. Doch je nach Begleitkarten liegen beim Ritter der Münzen hinter der schwarzen Trennungslinie auch Kummer, Schmerz und Reue, die auf den Schritt der Befreiung warten.« Damit sammelte sie die Karten wieder ein. Und bevor sie zu ihrem Wagen ging, sagte sie noch: »Ihr habt es mir mit nur einer Karte nicht leicht gemacht. Aber selbst bei so wenig Anhaltspunkten täuschen sich die Bilder der Arkana nur selten. Die Welt birgt mehr Kräfte, die sich den Sinnen des gewöhnlichen Menschen entziehen, als Ihr glauben mögt. Und nun habt einen guten Schlaf, Ihr Herren Ritter!« Mit diesen Worten schritt sie würdevoll vom Feuer und verschwand in ihrem rollenden Heim.

»Sieben der Schwerter, der Gehängte, der Narr und der Ritter der Münzen! Was geben wir doch für ein eindrucksvolles Viergespann ab! Wirklich alle Achtung!«, witzelte Maurice. »Diese Zhahir kann sich mit der Witwe Valois die Hand reichen!«

McIvor zuckte die Achseln. »Na ja, ganz so falsch hat sie mit ihrer Deutung aber nicht gelegen.«

»Ja, bei dir hat sie wahrlich einen Volltreffer gelangt, du Schotte der Nützlichkeit und Langsamkeit!«, sagte Maurice und erhob sich, um seine Decke zu holen.

»Vergiss nicht die Verlässlichkeit und die Ausdauer!«, erinnerte ihn McIvor mit breitem Grinsen und folgte ihm.

Gerolt konnte in dieser klaren, sternenglitzernden Nacht lange keinen Schlaf finden, obwohl der Wein und der Schnaps ihm schwer in den Gliedern saßen. So manches hielt ihn wach, und einiges davon hatte auch mit der Deutung der Karten zu tun. Wie sehr die Wahrsagerin doch damit recht hatte, dass die Welt von Kräften erfüllt ist, die sich dem gewöhnlichen Begreifen und Wahrnehmen des Menschen entziehen!

5

Der folgende Tag beschenkte sie mit einem fast wolkenlosen Himmel und die Sonne beglückte sie noch einmal mit überraschend wärmender Kraft.

Sie kamen auf ihrem Weg durch das bergige Gelände der Auvergne gut voran. Die fröhliche Zecherei am Feuer sowie die recht kurze Nacht waren jedoch nicht ganz spurlos an ihnen vorbeigegangen. Müdigkeit stand in ihren Gesichtern geschrieben, und keiner verspürte das Verlangen, sich die langen Stunden im Sattel durch Reden kurzweiliger zu gestalten.

So war Gerolt denn auch froh, als sie am Mittag in einem stillen Tal übereinkamen, sich hier eine längere Rast zu gönnen und ein wenig Schlaf nachzuholen. Die grasbewachsene Mulde zwischen zwei kleineren Bergrücken, auf die sie ein Stück abseits der Landstraße gestoßen waren, lud geradezu dazu ein, sich im Wintergras auszustrecken, sich von der Sonne bescheinen zu lassen und in den Schlaf zu sinken.

Gerolt war derjenige, der in der Nacht wohl am wenigsten erholsame Ruhe gefunden. Erst hatten ihn seine unruhig hin- und herspringenden Gedanken um den Schlaf gebracht, und dann war es an ihm gewesen, die nächsten beiden Stunden Wache zu halten. Denn Maurice hatte darauf bestanden, dass sie nicht auf die Friedfertigkeit des fahrenden Volks vertrauten, sondern sich allein auf ihre Wachsamkeit verließen, um jederzeit zu ihren Waffen greifen und einer wie auch immer gearteten Gefahr unverzüglich begegnen zu können.

Und kaum hatte Gerolt nun sein Pferd angebunden, sich mit einem wohligen Seufzer ins Gras gelegt, sein Schwertgehänge in die richtige Position gerückt und sich seine Deckenrolle unter den Nacken geschoben, als ihm auch schon die müden Augenlider zufielen und er in einen tiefen Schlaf fiel.

»Schaut ihn euch an, unseren ritterlichen Narren!«, rief Maurice belustigt. »So schnell habe ich Gerolt ja noch nie zu Boden sinken sehen! Wie gefällt von einer Sarazenenklinge!«

»Wen wundert's! Mir sitzt die letzte Nacht auch gehörig in den Gliedern, Freunde«, gab McIvor freimütig zu und gähnte herzhaft. »Der Ritt heute ist mir verteufelt schwergefallen. Manchmal dachte ich, gleich fallen mir die Augen zu!«

»Ist ja wohl auch kein Wunder, dass wir nach der langen Reise, die schon hinter uns liegt, nicht mehr ganz taufrisch sind«, erwiderte Maurice und konnte ein Gähnen nicht unterdrücken. »Tag für Tag von morgens bis abends im Sattel zu sitzen fordert nun mal seinen Tribut. Und ich halte es für nötig, dass wir vor der anstrengenden Überquerung der Pyrenäen uns erst mal . . .«

Tarik fuhr plötzlich zusammen, zog die Luft mit einem kurzen scharfen Laut ein und fiel ihm ins Wort. »Maurice! . . . McIvor!«, rief er aufgeregt und ließ seine Decke achtlos vor seine Füße fallen.

»Was ist?«, stieß Maurice alarmiert hervor und legte seine Hand sofort auf den Griff seines Schwertes. Auch McIvor reagierte augenblicklich mit einem Griff zur Waffe. »Reiter? Gefahr im Verzug?«

»Nein! Seht doch nur! . . . Da oben!« Tariks Stimme sank zu einem andächtigen Flüstern herab, als er den Arm ausstreckte und gen Himmel wies, als wären laute Worte diesem Moment nicht angemessen.

Maurice und McIvor drehten sich um und folgten mit ihren Blicken der Richtung, in die ihr Freund wies. Und dann sahen auch sie, was Tarik im Osten hoch über den Bergrücken bemerkt hatte.

Ein Vogel, der schnell die Gestalt eines schneeweißen Falken annahm, schoss wie ein Pfeil aus der blauen Tiefe des Himmels und in einer Säule aus Licht zu ihnen herab. Sie wussten sofort, was ihre Augen erblickten.

»Das Auge Gottes!«, raunte McIvor, und ein Schauer lief durch seinen Körper.

Tarik bekreuzigte sich.

Das Auge Gottes – so hatte Abbé Villard diesen geheimnisvollen weißen Greifvogel genannt, der ihnen in den Jahren als Gralshüter nur wenige Male erschienen war, und zwar stets in Zeiten besonderer Ereignisse. Aber nicht mal er, der uralte Obere ihrer geheimen Bruderschaft, hatte ihnen sagen können, was es mit diesem überirdischen Wesen genau auf sich hatte und was es bewog, sich ihnen zu zeigen. In Ermangelung einer besseren Erklärung hatte der Abbé dem Falken deshalb den Namen »Das Auge Gottes« gegeben, und so benutzten auch sie ihn für diese Erscheinung. Alles, was sie über den weißen Falken wussten, war, dass er über magische Kräfte verfügte, die von ihnen Besitz ergriffen, sie wie körperlos zu anderen Orten trugen und sie dabei Dinge sehen ließen, die ihnen ohne sein Eingreifen verborgen geblieben wären. Oft hatten sie über das Wesen des weißen Greifs spekuliert und sich gefragt, ob es sich bei ihm vielleicht um die Manifestation der magischen Kräfte ihrer verstorbenen Gralsbrüder handeln konnte. Vieles sprach dafür. Aber weil auch das letztlich nur eine Vermutung war, blieben sie dabei, diese Erscheinung wie der Abbé und Antoine »Das Auge Gottes« zu nennen.

»Er kommt zu uns!«, flüsterte Maurice.

Der weiße Falke, der bei Tariks Ausruf kaum mehr als ein herabfallender weißer Punkt mit einem Schweif aus hellstem Licht gewesen war, hatte die Weite des Himmels so rasend schnell durchmessen, wie es auch der schnellste irdische Vogel im steilsten Sturzflug nicht vermochte.

In Kirchturmhöhe endete der rasende Abstieg. Nun glitt der königliche Falke mit ausgebreiteten Schwingen über die Wiesenfläche, wie getragen von der gleißenden Woge des Lichtes, und verlor dabei immer mehr Höhe. Sein Gefieder leuchtete so weiß wie frisch gefallener Schnee.

»Allmächtiger, er kommt direkt zu uns!«, stieß McIvor erschrocken hervor. Noch nie war der Greif einem von ihnen so nahe gekommen. Das Auge Gottes war stets in einiger Höhe und mit einigen hundert Ellen Abstand vor ihnen schwebend verharrt.

»Nein«, hauchte Tarik, und seine Haare stellten sich auf. »Er kommt nicht zu uns!«

Und fassungslos beobachteten sie, was dann, keine vier Schritte von ihnen entfernt, vor ihren Augen geschah.

6

Als Gerolt erwachte, stand er noch ganz unter dem Bann des Traumes, der ihn im Schlaf heimgesucht hatte. Er brauchte erst einen Moment, um sich innerlich zu sammeln und sich klar zu werden, ob er den Bildern und Eingebungen trauen und sie für das nehmen durfte, was sie womöglich sein mochten. Es erschien ihm jedoch so unglaublich, dass er nicht wusste, ob er mit seinen Freunden darüber sprechen sollte. Doch mit jedem weiteren wachen Moment wuchsen in ihm Gewissheit und Erkenntnis, dass er es tun musste und es sogar seine Pflicht war. Es würde sich dann schon zeigen, welcher Natur dieser Traum war.

Er schlug die Augen auf, und als nun sein Blick in den Himmel ging, stellte er zu seiner Verwunderung fest, dass sich die Sonne inzwischen nur wenig von ihrem höchsten Punkt entfernt und auf ihrer absteigenden Bahn nach Westen geneigt hatte. Mehr als eine Stunde hatte er dem Sonnenstand nach nicht geschlafen. Dabei fühlte er sich mit einem Mal so erfrischt, als hätte er in dieser Stunde den Schlaf einer ganzen Nacht nachgeholt.

Auf der Stirn kitzelte ihn etwas. Wohl ein letztes Stück Schorf, das die verheilte Platzwunde abstieß. Mit einer schnellen Bewegung wischte er es von seiner Stirn, setzte sich auf und sah zu seiner Überraschung, dass auch seine Freunde schon wieder wach waren. Sie saßen vor ihm im Gras und blickten ihn mit ernsten, irgendwie verstörten Gesichtern an, als wäre ihr Schlaf alles andere als erholsam gewesen.

»Seid ihr schon lange wach?«

McIvor und Maurice schüttelten nur stumm den Kopf, während Tarik mit belegter Stimme antwortete: »Schlaf war uns nicht vergönnt, weil wir einfach nicht einschlafen konnten. Und du? Was war mit dir?«

Gerolt glaubte, Tariks Frage entnehmen zu können, dass er wohl im Traum wirres Zeug gesprochen haben musste, und er rückte deshalb auch sofort damit heraus. »Freunde, ihr werdet es mir kaum glauben wollen, aber ich habe einen verrückten Traum gehabt.«

»Das können wir uns denken«, murmelte McIvor.

Gerolt zögerte kurz. »Mir ist der weiße Falke erschienen, das Auge Gottes, wie der Abbé und Antoine ihn immer genannt haben.«

Keiner von ihnen zeigte sich überrascht, sondern sie nickten nur wortlos, als hätten sie das längst gewusst, und warteten, was er ihnen noch von seinem Traum zu erzählen hatte.

»Lacht jetzt nicht, aber der weiße Greif ist mir nicht auf große Entfernung erschienen, wie wir das bisher ja schon einige Male erlebt haben, sondern er ist in meinem Traum ganz herabgeschwebt – und hat sich mir mitten auf die Stirn gesetzt, ohne mir mit seinen Klauen auch nur einen Kratzer zuzufügen«, fuhr Gerolt fort. »Und dann hat er mich zu einer kleinen, einsam gelegenen Kapelle geführt, die in meinem Traum gleich dort drüben hinter dem Wald liegt. In der Kapelle stand der Ebenholzwürfel auf dem Altar. Und ich hörte eine Stimme, die mir sagte, dass unsere Kräfte für das, was uns erwartet, bei Weitem nicht ausreichen . . .«

McIvor nickte. »Damit muss die Überquerung der Pyrenäen gemeint sein«, warf er leise ein.

». . . und dass wir den Heiligen Gral in dieser Kapelle anbeten sollen, damit wir bei den vor uns liegenden Prüfungen nicht in unserem heiligen Amt scheitern.«

Angespannt beugte sich Maurice ein wenig vor und schluckte erst, bevor er fragte: »Du meinst, wir sollen den Heiligen Gral *in* seinem schützenden Gehäuse anbeten, nicht wahr?«

Gerolt schüttelte den Kopf. »Nein«, antwortete er und hoffte, sich mit seinen nächsten Worten nicht lächerlich zu machen. »Wir sollen ihn aus dem Würfel holen und uns zum ersten Mal direkt und offenen Auges der göttlichen Kraft des heiligen Kelches aussetzen. Denn in diesem Traum sah ich, wie der Ebenholzwürfel zu öffnen ist. Ich weiß, es klingt haarsträubend, ja völlig verrückt, aber so ist es gewesen.«

Keiner von seinen Freunde lachte oder machte auch nur ein skeptisches Gesicht. Sie saßen einfach nur stumm da und schienen ihren Blick nicht von ihm nehmen zu können.

»Was habt ihr? Warum sagt ihr denn nichts?«, fragte Gerolt beunruhigt und lachte gezwungen auf. »Ich habe doch nicht behauptet, dass ich es wirklich kann. Es ist doch nur ein Traum gewesen!«

»Nein, es ist kein Traum gewesen, Gerolt«, sagte McIvor mit feierlichem Ernst. »Das Auge Gottes ist tatsächlich hier gewesen. Wir alle haben ihn gesehen. Und der Greif ist diesmal nicht über uns am Himmel stehen geblieben, sondern ist herabgeschwebt und hat sich dir auf die Stirn gesetzt.«

»Es war . . .«, begann Maurice, brach jedoch sofort wieder ab, als fehlten ihm die Worte.

Ungläubig starrte Gerolt von einem zum andern. Im ersten Moment glaubte er, sie wollten ihn auf den Arm nehmen. Doch als er den Ernst und die Ergriffenheit in ihren Gesichtern las, begriff er, dass es so und nicht anders gewesen war, und ihn überlief eine Gänsehaut. Der weiße Falke, das Auge Gottes, war auf ihn herabgeschwebt und hatte auf seiner Stirn gesessen!

»Hast du nicht bemerkt, was du dir gerade von der Stirn gewischt hast, als du aufgewacht bist?«, fragte Tarik und wies in das Gras neben Gerolt. »Da ist sie, die kleine weiße Feder. Sie ist aus seinem Gefieder gefallen und auf deiner Stirn liegen geblieben, als der Greif seine Schwingen wieder ausgebreitet und sich von dir erhoben hat, um wie ein Blitzstrahl in die unsichtbaren Höhen des Himmels zurückzukehren.«

Gerolt wandte den Kopf zur Seite, und da lag tatsächlich eine kleine, daumenlange Feder. Noch nie hatte er etwas so strahlend Weißes gesehen. Seine Hand zitterte, als er nach der Feder griff und sie aus dem Gras hob. Wie benommen richtete er sich auf, ohne den Blick von der Falkenfeder in seiner Hand zu nehmen.

Plötzlich sprang Tarik auf und rief: »Das ist die Offenbarung, von der Abbé Villard und auch Antoine gesprochen haben. Die Offenbarung, wer von uns verbliebenen Gralshütern der nächste Obere unserer geheimen Bruderschaft sein wird! . . . Es ist Gerolt!«

Nun waren auch McIvor und Maurice auf den Beinen.

»Tarik hat recht! Das Auge Gottes hat die Offenbarung gebracht und Gerolt sozusagen die Weihe gegeben!«, erklärte der Schotte, trat zu Gerolt und beugte vor ihm das Knie. Er legte die linke Hand auf sein Schwert und die rechte auf sein Herz. »Du bist jetzt unser Oberer, dir schwöre ich Gefolgschaft bis in den Tod! Gib mir deinen Segen!«

»Ihr seid verrückt!«, entfuhr es Gerolt bestürzt und er wich zurück. »Das kann nicht euer Ernst sein! Los, komm sofort wieder auf die Beine, McIvor!«

Und auch von Maurice kam nun ein Einwand. »Langsam, Freunde! Ich gebe ja zu, dass wir Zeuge eines ganz außergewöhnlichen Ereignisses geworden sind. Aber dass damit auch entschieden sein soll, wer der neue Obere ist, scheint mir doch ein bisschen voreilig zu sein! Immerhin ist Gerolt der jüngste von uns Gralsrittern, und noch ist nicht gesagt, ob er auch wirklich den Würfel zu öffnen vermag! Also lasst uns nichts überstürzen!«

»Du ungläubiger Thomas!«, sagte Tarik kopfschüttelnd. »Was willst du denn noch, damit du die Offenbarung als das begreifst, was sie ist – nämlich Gerolts Einsetzung als Oberer aller Gralshüter?«

»Vielleicht, dass Gott selbst herabsteigt und es dir noch einmal ausdrücklich ins Ohr flüstert?«, fragte auch McIvor bissig. »Kannst du es nicht ertragen, dass nun ausgerechnet er, der jüngste unserer Bruderschaft, im Zweifelsfall das letzte Wort hat und du dich ihm fügen musst? Oder passt es dir nicht, dass du jetzt das Schwert von Antoine abgeben und es Gerolt überlassen musst?«

Maurice schoss das Blut ins Gesicht.

»Nicht, McIvor!«, mahnte Tarik und warf dem Schotten einen kurzen, missbilligenden Blick zu. Dann legte er schnell seine Hand in einer Geste freundschaftlicher Zuneigung auf die Schulter von Maurice, bevor dieser entrüstet auffahren und etwas Unüberlegtes von sich geben konnte, das er später bereuen würde. »Warte, Bruder! Sag jetzt nichts! Geh nur einen Moment in dich und frage dein Herz, was die Erscheinung zu bedeuten hat, Maurice! Und bedenke: Noch nie hatte sich uns der weiße Falke näher als bis auf einige hundert Ellen genähert. Und nun saß er dort vor uns auf Gerolts Stirn und hat ihm diesen Traum geschenkt! Nicht eine Sekunde zweifele ich daran, dass Gerolt den Würfel öffnen kann, wenn wir die Kapelle gefunden haben, zu der ihn das Auge Gottes geführt hat. Aber sogar ohne diesen letzten Beweis wirst auch du in deinem Innersten ohne jeden Zweifel wissen, dass es die Offenbarung ist, von der Abbé Villard und Antoine gesprochen haben.«

Einen Augenblick stand Maurice still da. Dann senkte er beschämt den Kopf und öffnete den Gürtel seines Schwertgehänges mit dem Gralsschwert von Antoine. »Verzeiht, es war wohl alles ein bisschen zu viel auf einmal«, murmelte er betroffen, nahm das Schwert von der Hüfte, legte es sich auf die offenen Handflächen – und hielt es Gerolt hin, während er an der Seite von McIvor nun gleichfalls vor ihm das Knie beugte. Und dann versprach er mit fester Stimme: »Gefolgschaft bis in den Tod, mein Freund und . . . Oberer unserer Bruderschaft! Erteile uns deinen Segen!«

Im nächsten Augenblick gesellte sich auch Tarik zu ihnen und wiederholte den Gefolgschaftsschwur.

Überwältigt von der Offenbarung und dem Kniefall seiner Freunde, traten Gerolt plötzlich die Tränen in die Augen. Und er zögerte lange, bis er endlich die Hände ausstreckte, sie jedem auf den Kopf legte und ihnen den erbetenen Segen erteilte. Nie hatte er sich unwürdiger gefühlt als in diesem Augenblick. Wie sollte er bloß der ungeheuren Verantwortung für ihre Bruderschaft und für den Heiligen Gral gerecht werden? Und das in einer Zeit, in der ihnen nicht einmal mehr der starke militärische Arm des Templerordens zur Verfügung stand! Warum hatte es ausgerechnet ihn treffen müssen? Würde er der erdrückenden Aufgabe gewachsen sein, den heiligen Kelch zu schützen und die Bruderschaft aus dieser finsteren Zeit in eine Zukunft zu führen, die ihre Existenz sicherte?

»Die Vorsehung mag mich zum Oberen unserer Bruderschaft bestimmt haben«, sagte er schließlich und hatte Mühe, seine starke innere Bewegung unter Kontrolle zu halten. »Aber es wird immer nur die Stellung eines *primus inter pares* sein, eines Ersten unter Gleichen, Brüder! Was immer es zu entscheiden gibt, werden wir nach gewissenhafter Beratung gemeinsam entscheiden, so wie wir es auch bisher getan haben. Und nun erhebt euch, sonst fange ich wirklich noch an, mir etwas darauf einzubilden. Wir müssen die Kapelle finden! Außerdem liegt heute noch ein gutes Stück Weges vor uns!«

Er umarmte einen jeden von ihnen, tauschte mit einem verlegen grinsenden Maurice das Schwert und nahm dann sein Pferd am Halfter, um sie zu der Stelle zu führen, wo ihm sein Traum den Ort der kleinen Kapelle offenbart hatte.

Schon wenige Minuten später stießen sie auf das kleine gedrungene Gotteshaus. Es stand am Ende eines Feldweges unweit des Waldes. Seine rauen Mauern, in deren Längsseiten je ein schmalbrüstiges Fenster Licht ins Innere ließ, waren aus dunklen, unregelmäßig geformten Steinen errichtet, die wohl aus den Schotterflächen der nahen Berghänge kamen. Das Dach war mit Sorgfalt, aber mit grauen aneinandergestückelten Brettern gedeckt, die wohl schon vor ihrer hiesigen Verwendung viele Jahre Wind und Wetter ausgesetzt gewesen waren und aus dem Abriss einer zusammengefallenen Scheune oder Feldhütte stammen mochten. Das Innere der Kapelle war so schlicht wie ihr Äußeres. Ein steinernes Weihwasserbecken neben der Tür, auf dem winzigen Altar ein grob geschnitztes Kruzifix, darüber ein von ungelenker Hand gemaltes Bild der Muttergottes und in den beiden Wandnischen der Stirnseite Talgstummel in primitiven Holzschalen – das war alles. Weder Betstuhl noch Holzbank.

Sie vergewisserten sich, dass sich kein Landmann oder Waldarbeiter in der Nähe aufhielt. Dann schlossen sie die Schlagläden vor den Fenstern, zogen die Tür hinter sich zu und stellten den schwarzen Ebenholzwürfel auf den kleinen Altar.

»Lasst uns beten und Gott um Beistand bitten«, sagte Gerolt mit belegter Stimme. Ihm machten Zweifel zu schaffen, ob er die Anweisungen zum Öffnen des Würfels auch richtig verstanden hatte.

Es war Tarik, der sie im Gebet führte. Er stimmte ohne langes Zögern das *Tedeum* an, das die Kirche seit dem vierten Jahrhundert zu ihren geistlichen Schätzen zählte.

Dann war der Moment gekommen, dass Gerolt an den Würfel trat und ihnen nun endlich, nach sechzehn Jahren als Gralshüter, das Geheimnis des heiligen Kelches enthüllen sollte.

Sein Herz raste, als er seine Hände auf das dunkel glänzende, geschmeidige Holz legte. Er verharrte einen Moment, sprach noch ein weiteres, diesmal stummes Gebet und wagte es schließlich. Er hob die hintere rechte Kante leicht an und legte die Spitzen von Daumen, Zeige- und Mittelfinger der rechten Hand in die Ausbuchtungen der bronzenen Zierecken. Die drei Finger seiner linken Hand fassten in die Bögen der linken, oberen Bronzezier auf der Vorderseite, wo die fünfblättrige Rose aus Elfenbein eingelassen war. Zum ersten Mal nahm er dabei die feinen Schlitze in den inneren Winkelecken bewusst wahr, in die seine Fingernägel ein Stück weit eindringen konnten. Noch einmal atmete er tief durch, dann zog er gleichzeitig an den Winkeln. Und kaum spürte er, dass sie sich unter dem Zug seiner Finger bewegten, drehte er sie in entgegengesetzte Richtung, den oberen linken auf der Vorderseite nach rechts, den unteren rechten auf der Rückfront nach links. Eine winzige Linie zeichnete sich ab. Sie verlief parallel zur Vorderseite durch die Mitte des Würfels und rund um ihn herum, teilte ihn in zwei Hälften.

Doch damit war der Verschluss noch nicht gänzlich entriegelt. Gerolt legte nun Daumen und Zeigefinger der linken Hand so auf die Elfenbeinarbeit, dass sie auf den beiden äußeren Blättern zum Liegen kam. Mit den drei Fingern der rechten Hand fasste er in den bronzenen Winkel, der auf der Rückseite die obere rechte Ecke umschloss. An diesem zog er nun, während er im selben Moment Druck auf die beiden Rosenblätter ausübte.

Augenblicklich lösten sich im Innern Federn und ließen den Würfel in seinem verborgenen Scharnier zwei, drei Fingerbreit aufspringen. Und sowie sich der Ebenholzwürfel öffnete, drang eine ungeheure

Woge gleißender Helligkeit aus ihm hervor und erfüllte im Bruchteil eines Wimpernschlags die Kapelle.

Gerolt taumelte zurück.

Die vier Gralsritter schrien auf. Und ihr erstickter Aufschrei kam wie aus einem Mund. Denn einen jeden durchzuckte in diesem Moment die jähe Angst, nun doch von dieser unermesslichen Strahlkraft geblendet zu werden und für den Rest ihres Lebens zu Blindheit verurteilt zu sein. Nur zu gut hatten sie in Erinnerung, dass sie bei ihrer zweiten Weihe, als sie zum ersten Mal aus dem heiligen Kelch getrunken hatten, trotz fest geschlossener Augen die Helligkeit als schmerzhaft empfunden hatten. Und das hatte sich wiederholt, als sie Monate nach dem Fall von Akkon endlich in Paris eingetroffen waren und Antoine ihnen noch zweimal bei fest geschlossenen Augen den heiligen Kelch an die Lippen gesetzt hatte.

Die Zerstörung ihres Augenlichts blieb jedoch wundersamerweise aus, obwohl die Strahlkraft, dieses unendlich pure Weiß, alles um ein Vielfaches an Helligkeit übertraf, was sie jemals gesehen hatten. Und in diesem immer noch stärker anschwellenden Licht lösten sich alle Konturen um sie herum auf, als hätte sich die Kapelle mit allem, was sich in ihr befand, in diesem göttlichen Blendschein einfach aufgelöst.

Als Gerolt begriff, dass seine Augen die Strahlkraft ertragen konnten, und zwar ohne jeden Schmerz, fasste er sich ein Herz, trat wieder an den Altar zurück und schob die Würfelhälften nun vorsichtig weiter auf, um den Blick auf den heiligen Kelch in seinem Innern freizugeben.

Und dann sahen sie ihn, eingefasst von einem rundum weich gepolsterten Bett aus weißem Damast, den Heiligen Gral!

Der Laut der Überraschung, der ihnen entfuhr, kam wieder wie aus einer Kehle.

Sie hatten den Kelch bislang nur mit ihren Händen ertasten können, den runden Fuß, den schlanken geriffelten Hals und den sich öffnenden Kelch. Und das Material hatte sich unter ihren Fingern nach Metall angefühlt, sodass sie sich den Heiligen Gral all die Jahre als einen kostbaren goldenen Pokal von schlanker Form vorgestellt hatten.

Nun jedoch sahen sie, dass es sich bei dem heiligen Kelch des letzten Abendmahls Jesu mit seinen Jüngern um einen Kelch aus rubinrotem Glas handelte, das mit feinen Goldfäden durchzogen war!

Sprachlos und zutiefst ergriffen, knieten sie am Boden und bestaunten das schlichte und zugleich doch unvergleichlich edle und kostbare Gefäß, aus dem Jesus Christus, der Heiland und Erlöser, und seine Jünger am Abend vor seinem Tod am Kreuz getrunken hatten.

»Sollen wir auch aus ihm trinken?«, fragte Maurice, der kaum zu sprechen wagte, mit Flüsterstimme.

»Nein, wir wollen uns nur seinem göttlichen Licht aussetzen und im Gebet verharren«, antwortete Gerolt ebenso leise, sank auf die Knie und gab sich wie seine Kameraden und Gralsbrüder, ohne den Blick auch nur eine Sekunde von dem wundertätigen Kelch zu nehmen, ganz dem gleißenden Licht hin, das wie ein heißer Strom in sie hineinfloss und sie bis in die letzte, tiefste Faser ihres Körper erfüllte.

7

Die erste Dezemberwoche war angebrochen und hatte den Himmel mit tristem Grau überzogen, als die vier Gralsritter in das bergige Oberland des Sabarthès im Languedoc vordrangen und damit im Südwesten Frankreichs die Ausläufer der Pyrenäen erreichten. Wie eine hohe Wand aus gezackten, felsigen Palisaden wuchsen die Bergketten in der Ferne empor. Die höchsten Gipfel am fernen Horizont trugen weiße Schneekappen. Doch was aus der Distanz wie eine gewaltige Bergmauer erschien, die sich vom Mittelmeer bis an den Atlantik erstreckte und als natürliche Barriere Spanien von Frankreich trennte, bestand in Wirklichkeit aus einer wild zerklüfteten Wildnis tief gestaffelter Bergzüge mit zahllosen Schluchten. Über diese abweisenden Bergketten mussten sie hinüber, um in die relative Sicherheit Spaniens zu gelangen!

Das fruchtbare Roussillon lag schon einige Tage hinter ihnen. Sie waren über Carcassonne geritten, hatten die Stadt mit ihrer mächtigen Festungsanlage, die sich auf einem felsigen Bergrücken weithin sichtbar erhob, jedoch in einem großen Bogen umgangen. Südlich der Stadt waren sie dem munter rauschenden Flüsschen Aude gefolgt, hatten das Plateau de Sault passiert, die Nacht in Montaillou verbracht und erklommen nun auf dem Weg in das Tal der Ariège den vorgelagerten Pass Col de Marmare. Zu ihrer Rechten ragte der Bergzug des Coulobre mit seinen schroffen Gipfeln auf.

Als sie den Pass überwunden hatten, nun auf der schmalen Straße abwärts in eine schmale, dicht bewaldete Schlucht hinunterritten und dem kleinen, aber kraftvoll rauschenden Flusslauf der Marmare folgten, fragte sich Gerolt, was das göttliche Licht während ihrer Anbetung des heiligen Kelches in der Kapelle wohl bei ihnen bewirkt und welche ihrer Kräfte es gestärkt haben mochte.

»Ich möchte wirklich mal wissen, warum wir ausgerechnet diesen beschwerlichen Weg durch das Tal der Ariège nehmen müssen«, brummte McIvor hinter ihm. »Wir hätten doch auch hinter Carcassonne die sehr viel bessere Straße über Tarascon nehmen und dann an der Vicdessos entlang in die Vorberge der Pyrenäen reiten können! Noch besser wäre es gewesen, wir wären weiter nach Südwesten an die Küste geritten und hätten uns dort um die Berge herumgedrückt. Diese dunklen, engen Schluchten und Täler gefallen mir gar nicht!«

»Von denen werden wir noch jede Menge zu sehen bekommen, also gewöhne dich besser dran, Schotte. Diese Nebenwege abseits der bevölkerten Überlandstraßen sind nun mal sicherer als alles andere«, antwortete Maurice, der diese Route vorgeschlagen und durchgesetzt hatte. »Und so ein großer Umweg ist das nun wahrlich nicht.«

»Wir sollten die Pferde im nächsten größeren Dorf verkaufen und uns Maultiere zulegen«, schlug Tarik vor. »Zu Pferd kommen wir auf den schmalen Saumpfaden und Graten der Berge nicht weit. Da sind einheimische, trittsichere Maultiere angebracht.«

Maurice verzog das Gesicht. »Als Ritter auf einem Maultier! Das wird ja ein prächtiges Bild abgeben! Aber leider hast du recht, Tarik. Es wird uns wohl nichts anderes übrig bleiben, als uns in Unac oder Luzenac von unseren treuen Tieren zu trennen und auf den Rücken solch störrischer Kreaturen umzusteigen.«

Der Wasserlauf vollführte eine scharfe Biegung nach rechts, und dahinter rückten die steilen und dicht bewaldeten Hänge noch näher heran, sodass sich die Schlucht fast zu einem Hohlweg verengte. Kaum hatten sie die Biegung hinter sich gelassen und waren in diese Verengung hinuntergeritten, als plötzlich von allen Seiten Männer und mit einigem Abstand auch Frauen aus dem Dunkel des Waldes hervorbrachen. Die Männer trugen Spieße, Schwerter und Armbrüste. Es mochten gut und gern zwanzig Bewaffnete sein, die sich vor ihnen mit erhobenen Waffen aufbauten und ihnen auch den Rückweg abschnitten.

»Tod und Teufel!«, fluchte McIvor. »So viel zu deinen verschwiegenen und sicheren Nebenwegen, Maurice!«

»Wartet! Lasst die Schwerter stecken!«, rief Gerolt seinen Freunden zu. »Kein unnötiges Blutvergießen! Wir haben es nicht mit Soldaten oder Schergen der Inquisition zu tun.«

»Und wenn es Iskaris sind?«, raunte Maurice, der sein Schwert auch schon ein Stück aus der Scheide gezogen hatte.

»Dann hätten sie uns heimtückisch aus dem Hinterhalt überfallen und gnadenlos niedergemacht, statt sich uns so offen in den Weg zu stellen!«, erklärte Tarik. »Also tut, was Gerolt gesagt hat, und nehmt die Hände von den Waffen! Lasst uns erst versuchen, dass sie uns friedlich den Weg freigeben!«

Ein älterer Mann von sehniger, aufrechter Gestalt und mit ergrauten Haaren löste sich aus der Gruppe, die vor ihnen auf dem Weg mit erhobenen Waffen Aufstellung genommen hatte, und kam ihnen entgegen. Er trug über einem grünen Hemd aus Kambrik einen blauen Umhang, jedoch keine Waffe. Die Kleidung ließ den Schluss zu, dass es sich bei ihm nicht um einen einfachen Bauern handelte, sondern um eine Person, die in der Bevölkerung des Sabarthès einen besonderen Rang einnahm und die ihn damit jetzt auch zum Sprecher der Bewaffneten machte.

»Wer seid Ihr?«, verlangte er zu wissen und musterte sie eindringlich. »Was führt Euch in diese Gegend? Ihr seid Fremde und tragt die Schwerter von Männern, deren Handwerk der Krieg ist! Schickt Euch der Bischof Geoffroy d'Ablis von Carcassonne?«

»Wir haben mit diesem Mann nichts zu schaffen!«, antwortete Gerolt schnell, dem der Name Geoffroy d'Ablis nicht unbekannt war. Sie hatten den Namen in einer Herberge der Aude aufgeschnappt und wussten, dass es sich dabei um einen Dominikaner handelte. Dieser Mönch hatte vor wenigen Jahren in Carcassonne das Amt des Inquisitors übernommen und sogleich mit blutigem Eifer damit begonnen, den im Languedoc wieder auflebenden Glauben der Katharer unnachsichtig zu verfolgen. Regelmäßig schickte er seine Männer in die Dörfer, um nach Anhängern der katharischen Lehre zu fahnden und diese vor das Gericht der Inquisition zu bringen. Gerolt fuhr fort: »Wir sind nur auf der Durchreise auf unserem Weg nach Spanien. Unsere Absichten sind friedlich, der Herr ist mein Zeuge! Unsere Schwerter dienen nur zu unserem persönlichen Schutz und stehen nicht im Dienst eines weltlichen Herrn!«

»Das lässt sich leicht sagen!«, rief jemand mit bitterem Argwohn. »Und am Ende fließt doch unser Blut von ihren Klingen! Ich sage euch, das sind Schergen aus Carcassonne, die uns dieser mordbrennende Teufel im Dominikanerhabit Geoffroy d'Ablis als Verstärkung für seinen geifernden Spürhund Bernard Bayard und seine Begleiter geschickt hat!«

»Ihr irrt!«, rief Gerolt so laut, dass ihn jeder im Hohlweg verstehen konnte. Denn die Situation wurde brenzlig, das sah er den verhärteten Gesichtern der Männer vor ihnen an. Sie machten nicht den Eindruck, als glaubten sie seinen Worten. Sie sahen vielmehr so aus, als warteten sie nur darauf, dass ihr Anführer das Zeichen gab, die Spieße zu schleudern und sie mit Armbrustbolzen aus den Sätteln zu holen. »Es verhält sich so, wie ich es Euch gerade versichert habe! Bewahrt Ruhe, Männer, und versündigt Euch nicht, indem Ihr uns einen Kampf aufzwingt, nach dem uns nicht verlangt, bei dem aber viel Blut fließen wird – und gewiss auch das Eure!« Sein Blick richtete sich wieder auf den Grauhaarigen, um weiter mit beschwörender Stimme fortzufahren: »Und was Ihr und Eure Männer mit diesem Geoffroy d'Ablis auszutragen habt, ist allein Eure Angelegenheit, in die wir uns nicht einzumischen gedenken! Ich sage es Euch noch einmal: Bei allem, was uns heilig ist, wir kennen Eure Peiniger nicht und stehen auch nicht in ihren Diensten! Wir sind vielmehr in Eile, um möglichst schnell über die Berge zu kommen!«

»Heilig? Was ist diesen Blutsäufern und Folterknechten denn schon heilig?«, rief jemand. »Nicht mal unseren Toten lassen sie ihren Frieden auf den Friedhöfen, sondern diese Leichenfledderer zertrümmern deren Grabsteine und graben sie aus, um unsere Verstorbenen sogar noch als Leichname in die Flammen ihrer verfluchten Scheiterhaufen zu werfen!«

»Jetzt wird es eng, Freunde«, raunte McIvor. »Wir sollten anreiten und im Galopp durch die Gruppe preschen. Das wird am wenigsten Blut kosten.«

Die Frauen, die sich anfangs noch ein Stück oberhalb am linken Hang im Schutz der Bäume gehalten hatten, waren mittlerweile nähergekommen. Die Übermacht ihrer Männer wiegte sie offensichtlich in Sicherheit.

Plötzlich stieß nun eine junge, gertenschlanke Frau, deren honigblonde Haarpracht in all dem Schwarz und Dunkelbraun der anderen Frauen des Sabarthès hervorstach, die beiden vor ihr Stehenden zur Seite, sprang durch die Lücke und lief zu ihnen herüber. Und dabei rief sie mit vor Freude sich fast überschlagender Stimme: »Tut ihnen nichts! Azéma, befehlt, dass sie die Waffen sinken lassen! Das sind

Gerolt von Weißenfels und seine Freunde! Sie haben mir und meiner Schwester mehr als einmal das Leben gerettet! Ich kenne keine tapfereren und aufrichtigeren Menschen als diese vier Ritter!«

In sprachloser Verblüffung hatten sich die Blicke der Gralshüter auf die heraneilende, blond gelockte Frau gerichtet. Sie kannten sie nur als kleines, gerade achtjähriges Mädchen. Aber dennoch wussten sie sofort, wer da zu ihrer Ehrenrettung mit gerafften Rockschößen herbeistürzte.

»Bei allen Mooren meiner Heimat, jetzt kapiere ich endlich, warum Maurice unbedingt auf diesem Weg und nirgendwo sonst zu den Pyrenäen wollte!«, stieß McIvor grimmig hervor.

Es war Heloise, die kleine Schwester von ebenjener Beatrice Granville, zu der Maurice auf ihrer Flucht aus Akkon und auf ihrer Wüstenwanderung so heftig in Liebe entflammt war!

8

Gerolt war nicht der Einzige von ihnen, der sich vornahm, ein ernstes Wort mit Maurice zu reden, sowie sich eine Gelegenheit dazu ergab. Es ärgerte und betrübte ihn, dass er ihnen seine wahren Beweggründe verschwiegen hatte, warum er unbedingt die Route durch das Tal der Ariège zu den Pyrenäen nehmen wollte. Aber das musste bis später warten. Erst einmal überwogen die Freude über das unverhoffte Wiedersehen mit Heloise, die inzwischen zu einer anmutigen Frau von vierundzwanzig Jahren herangewachsen war, und die große Erleichterung, dass ihr Erscheinen noch im letzten Moment einen blutigen Kampf verhindert hatte.

Sie stiegen von den Pferden, und Heloise ließ es sich bei ihrer überschwänglichen Begrüßung nicht nehmen, einen jeden von ihnen zu umarmen und ihnen Küsse auf die Wangen zu drücken. Dann setzte sie sich mit ihnen sowie dem Grauhaarigen, dessen Name Pierre Azéma war, und drei weiteren Männern aus dessen Gefolge auf einen Felsvorsprung am Rand des Weges.

»Was hat das alles zu bedeuten?«, fragte Maurice recht hastig, kaum dass sie sich niedergelassen hatten. Er fürchtete wohl, seine Freunde könnten ihn sofort zur Rede stellen und ihn vor Heloise und den vier fremden Männern beschämen. »Warum habt Ihr Euch bewaffnet und hier einen Hinterhalt gelegt?«

»Bevor ich dazu komme, sollt Ihr gleich wissen, dass wir hier alle Katharer sind, zumindest fast alle«, ergriff Pierre Azéma das Wort und sah bei seiner Einschränkung kurz zu Heloise hin, doch es lag kein Vorwurf in seinem Blick, sondern Nachsicht und väterliche Zuneigung. »Und wer unsere Lehre noch nicht angenommen hat, der sympathisiert doch mit uns und steht auf unserer Seite. Dies sei vorausgeschickt, damit unser Gespräch nicht auf Lügen aufbaut und Ihr Euch von uns getäuscht fühlt. Das Wort von Heloise, dass wir Euch uneingeschränktes Vertrauen schenken und uns Eurer Verschwiegenheit sicher sein können, lässt mich so frei zu Euch sprechen.«

»Sie hat Euch nicht zu viel versprochen«, bekräftigte Gerolt.

»Und wenn ich mit meiner Annahme nicht ganz falsch liege, so seid auch Ihr daran interessiert, dass *wir* Verschwiegenheit über Eure Gegenwart in unserem Landstrich wahren. Nicht immer macht der Mantel den Mann, doch bei manchen braucht man ihn nicht wehen zu sehen, um zu wissen, mit wem man es zu tun hat«, fügte der Grauhaarige noch vielsagend hinzu.

»Ihr habt scharfe Augen und einen wachen Verstand«, sagte Tarik mit einem anerkennenden Lächeln auf den Lippen. »So werden wir denn alle Verschwiegenheit wahren. Denn das Wohlergehen des Menschen beruht auf dem Bewahren seiner Zunge.«

Pierre Azéma erwiderte das Lächeln und nickte. »Gut, damit ist schon viel gewonnen, für jeden von uns.«

»Und nun erzählt, was es mit Eurem Aufgebot auf sich hat und wem Ihr hier auf der Lauer gelegen habt!«, drängte Maurice.

Das Gesicht von Pierre Azéma wurde hart. »Es ist der Fluch der Inquisition, der schwer auf dem Languedoc und auch sonst überall auf den Menschen lastet, die doch nichts anderes wollen, als in Frieden zu leben und mit ehrlicher Arbeit ihr Brot zu verdienen. Aber die verblendeten Eiferer der Inquisition, die sich für Männer Gottes halten, wollen uns diesen Frieden nehmen und uns unseren Glauben wieder einmal mit der Folterbank und dem Feuer austreiben!«, klagte er. »Es ist ihnen nicht genug, dass der Papst im letzten Jahrhundert zum heiligen Kreuzzug gegen uns aufgerufen und damit einen apokalyptischen Vernichtungsfeldzug in Gang gesetzt hat, für den es in der bisherigen Geschichte wohl kaum etwas Vergleichbares gibt. Ich weiß nicht, was Ihr darüber wisst, deshalb lasst mich Euch einen kurzen Überblick geben: Es war ein riesiges, übermächtiges Heer, das in unser Land einfiel. Doch es bestand nicht aus ehrenhaften Rittern, sondern fast ausschließlich aus mordlustigem Gesindel, das auf den päpstlichen Aufruf hin von überall zusammengeströmt ist und nur auf Beute und Zerstörung aus war. Und dieses Heer überzog mit päpstlichem Segen das ganze Land mit Folter, Mord und Brand, stürmte all unsere Burgen und Festungen, nachdem den Belagerten das Wasser ausgegangen war, mordete, vergewaltigte und brandschatzte und schickte Tausende Katharer, die lieber in den Flammen sterben als ihren Glauben verleugnen wollten, auf die Scheiterhaufen! Doch unseren Glauben haben sie damit nicht ausrotten können. Es hat jedoch lange gedauert, bis sich unser Land ganz langsam von diesem entsetzlichen Vernichtungsfeldzug erholt hat. Und seit einiger Zeit haben sie aufs Neue damit begonnen, ihre päpstlichen Legaten, Spione und Dominikaner übers Land zu schicken, um ihren Terror gegen uns fortzusetzen.«

»Und nun ist einer dieser Dominikanermönche, ein Mann namens Bertrand Bayard und Abgesandter von Geoffroy d'Ablis, mit einigen Schergen in unser Dorf Unac gekommen, um auch uns wieder das Zittern vor der Inquisition zu lehren«, warf Heloise ein, als Pierre Azéma kurz nach Atem schöpfte. Es drängte sie offenbar, ihnen etwas Wichtiges mitzuteilen. Und das wurde auch sofort offenbar, als sie hastig fortfuhr: »Er will zwei Frauen und einen Mann aus unserem Dorf der Häresie überführen und vor die Inquisition bringen – und eine der beiden Frauen ist Beatrice!«

»Das kann nicht sein!«, stieß Maurice entsetzt hervor, und auch seine Freunde reagierten bestürzt auf diese Nachricht. »Niemals ist Beatrice eine Häretikerin! Sie ist immer eine Frau frommen Glaubens gewesen.«

Ein müdes Lächeln glitt über das Gesicht von Pierre Azéma. »Ihr Glaube hat sich in den Jahren, seit Ihr einander zuletzt begegnet seid, gewandelt. Und sie ist wohl frommer als zuvor, nur nicht mehr in jenem Glauben, der unter dem Schutz des Kreuzes und des Papstes steht.«

»Sie ist Katharerin geworden?«, kam es ungläubig von McIvor.

Heloise wollte etwas darauf erwidern, aber sie besann sich und zuckte nur stumm die Achseln. Was sie hatte sagen wollen, schien ihr wohl in diesem Moment nicht angebracht, aus welchen Gründen auch immer.

»Wie Heloise schon erwähnt hat, haben wir diesen Bertrand Bayard im Dorf«, ergriff Pierre Azéma wieder das Wort. »Dieser Wolf in der schwarz-weißen Kutte ist neu in dem blutigen Geschäft und will bei seinem ersten Einsatz seinem Herrn in Carcassonne wohl zeigen, dass er hart durchzugreifen versteht. Jedenfalls hat er gestern drei aus unserem Dorf verhaftet und von seinen Schergen im Pfarrhaus einschließen lassen. Er muss irgendeinen Spitzel in Unac haben, denn erschreckenderweise weiß er mehr über den Lebenswandel und die Anschauungen der drei Verhafteten, als er als Fremder eigentlich wissen dürfte. Für heute Mittag hat er alle Einwohner in die Kirche befohlen, damit sie Zeuge des Verhörs werden. Und weil wir befürchtet haben, dass er aus Angst vor dem Zorn des ganzen Dorfes einen seiner Männer in der Nacht nach Carcassonne geschickt und Verstärkung für seine Schergentruppe angefordert hat, haben wir uns hier in den Hinterhalt gelegt. Denn wir denken nicht daran, den Mann mit unseren Leuten nach Carcassonne zurückkehren zu lassen, wenn er meint, sie im

Verhör überführt zu haben! Wir werden ihn und seine Bande zum Teufel jagen! Deshalb also seid Ihr hier auf uns gestoßen.«

»Ihr seid Euch also gar nicht sicher, ob mit einer Verstärkung aus Carcassonne zu rechnen ist«, stellte Gerolt fest.

»Sicher sind wir uns nicht«, bestätigte Pierre Azéma. »Aber wir wollen das Risiko nicht eingehen. Wie dem auch sei, das Verhör nachher wird einen völlig anderen Verlauf nehmen, als es sich dieser Bernard Bayard vorstellt!«

Seine Kameraden nickten dazu. »Statt sie nur zu verjagen, sollten wir die ganze geifernde Bande in Stücke schlagen und ihre Leichen in die nächste Schlucht werfen!«, schlug einer von ihnen vor.

Die vier Gralshüter tauschten einen kurzen fragenden Blick miteinander und nickten sich dann zu. Ihnen war fast im selben Moment der gleiche Gedanke gekommen. Noch vor wenigen Minuten hatten sie geglaubt, sich aus den Angelegenheiten der Dörfler heraushalten zu können. Aber auch wenn es dabei nicht um Heloise und insbesondere um das Leben von Beatrice gegangen wäre, hätten sie jetzt nicht einfach unbekümmert weiterreiten können.

»Ich glaube, hier sind der Visitator und sein Adlatus noch einmal gefragt«, sagte Maurice mit einem breiten Grinsen.

»Ja, dein neuer Spitzbart wird wohl unter dem Rasiermesser fallen müssen!«, bemerkte McIvor spöttisch. »Und wie ich es sehe, werden noch viel mehr Haare als nur die Kinnzier unseres hintersinnigen Routenplaners fallen!«

Der kurze Wortwechsel zwischen Maurice und McIvor bewirkte mit seinen rätselhaften Worten bei Pierre Azéma und seinen Gefährten Stirnrunzeln und verständnislose Gesichter.

»Ihr solltet weder das eine noch das andere tun«, sagte Gerolt nun zu den Katharern. »Denn wenn Ihr sie verjagt, wird die Inquisition sehr schnell wieder zurück sein, und zwar mit einem viel stärkeren

Aufgebot, dem Ihr dann nicht gewachsen sein werdet. Und wenn Ihr sie umbringt, wird Euer ganzes Dorf darunter zu leiden haben und womöglich dem Erdboden gleichgemacht. Es gibt jedoch eine dritte Möglichkeit, mit der sich beides vermeiden und die Anschuldigung der Häresie aus der Welt schaffen lässt.«

»Ich wüsste nicht, wie diese dritte Möglichkeit aussehen sollte, Herr von Weißenfels«, sagte Pierre Azéma. »Bei Eurer Schwester, Heloise, bin ich mir der Sache ja nicht so sicher, aber was Alamande Cressoc und Pathau Pourcel betrifft, so werden sie ihren katharischen Glauben um keinen Preis der Welt verleugnen! Sie suchen den Scheiterhaufen nicht, aber ebenso wenig fürchten sie ihn.«

»Ihren Glauben zu verleugnen wird auch nicht nötig sein, wenn wir nur schnell genug handeln, sodass es erst gar nicht zu diesem Verhör kommt«, versicherte Gerolt. »Meine Freunde und ich werden dafür sorgen, dass dieser Dominikaner mit seinen Schergen abzieht – und zwar freiwillig und mit dem unschlagbaren Beweis für die Unschuld der drei Angeklagten!«

Ungläubige Blicke trafen ihn und seine Freunde.

»Gibt es eine Möglichkeit, dass du wenigstens für einen kurzen Augenblick mit deiner Schwester und den beiden anderen Verhafteten reden und sie beschwören kannst, sich unbedingt auf das einzulassen, was wir nachher in der Kirche tun und von ihnen verlangen werden?«, fragte Gerolt an Heloise gewandt.

Sie nickte. »Das Fenster der Kammer, in die sie eingeschlossen sind, ist vergittert, geht aber nach hinten zur Seitenstraße hinaus. Da kann ich mich anschleichen und ihnen von Euch berichten. Nach allem, was wir von Euch wissen, wird Beatrice alles tun, damit auch Alamande und Pathau tun, was immer Ihr verlangt!«

»Gut, dann mach dich sofort auf den Weg und überbring ihnen die Botschaft!«, trug Gerolt ihr auf.

»Gott hat Euch zu unserer Rettung geschickt! Wieder einmal!«, sagte Heloise dankbar und mit einem strahlenden Lächeln, bevor sie in Richtung Dorf davoneilte.

»Eure Worte klingen mehr als nur rätselhaft. Doch für das, was unserem Dorf droht, gibt es nur die Wahl zwischen zwei Übeln! Also macht uns keine Hoffnungen, die nach festem Fels klingen, in Wirklichkeit aber auf Sand gebaut sind!«, beschwor Pierre Azéma sie.

»Ihr werdet die Wahl zwischen zwei Möglichkeiten haben, von denen die eine die Rettung Eures Dorfes und die Freiheit der Verhafteten bedeutet, während die andere Euch zwingt, wieder zu den beiden Übeln zurückzukehren und sich für eines davon zu entscheiden«, antwortete Gerolt. »Doch wenn Ihr Euer Dorf und die drei Inhaftierten retten wollt, werdet Ihr Euch auf unser Wort und das von Heloise verlassen müssen. Denn einiges von dem, was wir später zu tun beabsichtigen, werden wir Euch verschweigen müssen.«

»Und fragt besser nicht nach dem Warum, weil wir Euch auch darauf keine Antwort geben dürfen«, fügte Tarik hinzu. »Seid jedoch versichert, dass wir wissen, was wir tun, und nicht mit dem Leben von Euch teuren Menschen und der Zukunft Eures Dorfes spielen.«

Pierre Azéma blickte forschend von einem zum anderen. Dann atmete er tief durch und nickte. »Ihr seid geheimnisvolle Männer. Aber gut, stellt uns also auf die Probe und sagt, was Ihr vorhabt und was Ihr uns von Eurem Plan anvertrauen könnt!«

9

McIvor hatte den Kleidersack und einen zweiten, kleineren Beutel von seinem Pferd gebunden und begab sich mit seinen Gralsbrüdern ein Stück oberhalb des Weges in den Schutz von einigen dichten Sträuchern, die am Waldrand zwischen den Bäumen standen.

Pierre Azéma schickte indessen einen Teil seiner Männer wieder auf ihre erhöhten Wachposten und zum Col de Marmare zurück, diesmal jedoch mit dem ausdrücklichen Befehl, keine Waffengewalt anzuwenden und sich nicht zu erkennen zu geben, falls doch noch Verstärkung aus Carcassonne für Pater Bernard Bayard eintreffen sollte. Ihre einzige Aufgabe lautete jetzt, Pass und Hohlweg im Auge zu behalten und frühzeitig im Dorf zu melden, falls sich bewaffnete Reiter Unac näherten. Die anderen Männer sollten mit den Frauen wieder ins Dorf zurückkehren. Scharf ermahnte Azéma sie, strengstes Stillschweigen über das zu bewahren, was hier im Hohlweg vorgefallen war und was der Plan der Tempelritter vorsah. Er gab ihnen auch eine glaubhafte Geschichte mit auf den Weg, die sie als Grund für ihre Rückkehr angeben sollten. Und als das geschehen war, stand er mit Heloise am Bach und hörte sich an, was diese ihm an wundersamen Dingen über die vier Tempelritter zu berichten hatte.

»Würdest du uns jetzt mal verraten, was du dir dabei gedacht hast?«, polterte McIvor sofort los, kaum dass sie sich hinter dem Gestrüpp und außer Hörweite von Heloise und den Katharern aus Unac befanden. »Das ist ja wirklich ein starkes Stück, uns die ganze Zeit vorzumachen, es ginge dir nur um den sichersten Weg zu den Pyrenäen! Dabei hast du bestimmt schon in Paris gewusst, dass du nichts unversucht lassen würdest, um uns in diese Ecke zu locken!«

»Du hast uns etwas vorgemacht«, sagte auch Tarik, nahm jedoch nicht das Wort Lüge in den Mund. »Vorsätzlich hast du uns deine wahren Beweggründe vorenthalten und uns Sand in die Augen gestreut. Ich muss sagen, dass ich das nicht von dir erwartet hätte.«

»Du hättest offen mit uns darüber reden sollen!«, stimmte auch Gerolt in die Vorwürfe ein. »Hast du so wenig Vertrauen in uns, dass du deinen Wunsch, Beatrice wiederzusehen, vor uns geheim halten musstest?«

Schamvolle Verlegenheit rötete das Gesicht von Maurice. »Ich habe mir eigentlich gar nicht viel dabei gedacht...«, begann er lahm.

»Von wegen nichts dabei gedacht!«, knurrte McIvor sofort. »Das hast du ganz geschickt eingefädelt, mein Freund! Und jetzt weiß ich auch, warum du in Paris so spät von deinen Erkundungen über Geneviève Valois in die Schenke zurückgekommen bist! Du hast heimlich den Onkel von Beatrice aufgesucht und dir sagen lassen, wohin sie mit ihrem Mann gezogen ist! Und dann hast du uns all die Wochen an der Nase herumgeführt!«

»Gut, ich gebe ja zu, dass es nicht ganz anständig von mir gewesen ist«, räumte Maurice ein. »Aber für so wichtig habe ich die Sache nicht gehalten. Und im Vergleich zu der Geschichte, in die ich im Kloster von St. Michel geschliddert bin, ist das doch wirklich harmlos.« Dabei versuchte er ein entschuldigendes Lächeln, das jedoch mehr so aussah, als hätte er einen Scherz gemacht, den sie nur leider nicht verstanden hatten. »Und es stimmt, ich habe ihren Onkel aufgesucht und mir ihren Wohnort sagen lassen. Aber ich....«

»Nicht ganz anständig ist wohl kaum die passende Bezeichnung für dein Verhalten!«, fiel ihm Tarik ins Wort.

Gerolt nickte nur wortlos. Es prasselten auch so schon genug Vorhaltungen auf Maurice nieder, die dieser wie Ohrfeigen zu empfinden schien.

»Es tut mir leid, und ich hätte euch das nicht antun dürfen, das ist wohl wahr«, murmelte er zerknirscht. »Es war dumm von mir. Aber mit dem Verschweigen wollte ich euch wirklich nicht verletzen. Ich hatte einfach die Befürchtung, ihr würdet euch über mich lustig machen, mir sonst was erzählen und es mir ausreden wollen.«

»Worauf du Gift nehmen kannst!«, grollte McIvor. »Hast du vielleicht geglaubt, nach Antoines Aufforderung, uns eine gute Frau zu nehmen und Nachkommen in die Welt zu setzen, wäre nun die Zeit gekommen, das nachzuholen, was du dir vor sechzehn Jahren so schweren Herzens versagt hast? Mein Gott, Beatrice ist verheiratet! Hast du das vergessen? Oder willst du dem Mann vielleicht auch Hörner aufsetzen, so wie du es mit diesem Charles Dampierre getan hast?«

»Nein, denn Beatrice ist schon seit einigen Jahren verwitwet«, teilte Maurice ihnen kleinlaut mit. »Und ich hatte überhaupt keine Pläne, das schwöre ich bei meiner Ehre als Gralsritter! Ich wollte sie einfach nur wiedersehen. Und da es doch keinen großen Unterschied gemacht hat, welche Route wir hier unten im Süden nehmen . . .« Er ließ den Satz offen und schüttelte bedrückt den Kopf. Doch dann fügte er leise hinzu: »Ich habe sie nie vergessen können. Es ist wohl kein Tag vergangen, an dem ich nicht an sie gedacht und sie in mein Gebet aufgenommen habe.«

Schweigend sahen sich Gerolt, Tarik und McIvor an. So wütend sie auch noch auf ihn gewesen waren, so sehr rührten sie seine Worte jetzt an, aus denen schmerzlich große Sehnsucht und unerfüllte Liebe herausklangen. Und damit, nicht mit Ausflüchten und kalkuliertem Charme, hatte er sie entwaffnet.

Im ersten Moment wusste keiner von ihnen etwas darauf zu erwidern. Dann sagte Tarik versöhnlich: »Wer die Rose verloren hat, dem bleibt doch immer noch der Dorn.«

»Oder wie die Griechen sagen: Lieben und vernünftig sein, gelingt kaum einem Gott«, fügte Gerolt hinzu und atmete tief durch. »Also gut, wollen wir es dabei bewenden lassen. Ich glaube, Maurice hat verstanden, warum wir so ungehalten gewesen sind, und wird es sich das nächste Mal reiflich überlegen, ob er so etwas noch einmal machen will. Und mehr Worte brauchen wir wohl auch nicht darüber zu verlieren. Machen wir uns an die Arbeit, damit wir nicht zu spät in diesem Dorf Unac eintreffen.« Damit wandte er sich an den Levantiner. »Tarik, du übernimmst das Rasieren. Denn McIvor hat leider recht, dass bei Maurice mehr als nur der Bart fallen muss. Ohne richtige Tonsur bei ihm und mir kann die Sache böse ins Auge gehen. Also hol das Messer heraus und spiel den Klosterbarbier!«

»Und was ist mit Tarik und mir?«, wollte McIvor wissen.

»Zwei hochrangige Kleriker sind genug. Du und Tarik, ihr spielt die Rolle unserer Handlanger, die unterwegs über unsere Sicherheit wachen«, schlug Gerolt vor.

Schweigend und ohne einem seiner Freunde in die Augen zu blicken, ließ sich Maurice unter Tariks Rasiermesser den Kinnbart abnehmen und den Kopf zu einer Mönchstonsur kahl scheren. Dann setzte sich Gerolt unter die scharfe Klinge. Um die Rötung der frischen Rasur zu überdecken, rieben sie sich anschließend ein wenig Dreck über die haarlose Fläche.

McIvor hatte indessen schon die Kutten aus dem Kleidersack geholt, Staub von dem feinen Stoff gewischt, die Gewänder über die Äste eines Strauches gehängt und das Knäuel Seidenkordel entwirrt.

Die goldenen Ketten mit den Kruzifixen baumelten von seinem linken Unterarm, die Pergamentrolle mit dem gefälschten Ordensdokument hielt er in der Rechten.

»Du würdest keinen schlechten Kammerdiener abgeben, Eisenauge«, frotzelte Gerolt, um die noch immer gedrückte Stimmung ein wenig zu heben.

»Stets gern zu Diensten, hochwürdiger Subprior Antoine von Chartres«, antwortete der Schotte und verbeugte sich steif. Dann drehte er sich zu Maurice um, der ein wenig abseits auf einer Baumwurzel hockte. »Und wenn der hochwohlgeborene Visitator Maurice von Beauvais mir die Ehre geben würde, sich zu mir zu begeben, damit ich ihn in sein edles Gewand kleiden und mit Gold behängen kann, wäre das der guten Sache überaus dienlich, wenn ich mir diese Bemerkung erlauben darf!« Dabei zwinkerte er ihm mit seinem Auge zu, als Zeichen, dass ihr Zwist beigelegt war und er ihm nichts mehr nachtrug.

Ein schwaches Lächeln flog über das Gesicht von Maurice, als er sich nun erhob und sich zu ihnen gesellte. »Die Ehre ist ganz meinerseits, Eisenauge. Ich weiß zwar nicht genau, was mir fehlen würde, wenn du nicht mehr an meiner Seite wärst, aber irgendetwas wird es wohl sein, habe ich das Gefühl. Werde mir mal bei Gelegenheit den Kopf darüber zerbrechen«, murmelte er und tauschte einen Blick mit McIvor.

Damit verflog die gedrückte Stimmung. Und es war auch nötig, dass jetzt nichts mehr zwischen ihnen stand und sie wieder das unbedingte Vertrauen spürten, sich in jeder noch so kritischen Situation blind aufeinander verlassen zu können. Denn wer es mit Abgesandten der Inquisition aufnehmen wollte, die ihre Krallen schon in ihre Opfer geschlagen hatten, der spielte ein riskantes Spiel, bei dem es immer auch um den eigenen Kopf ging!

10

Die Ortschaft Unac lag in einem Talbecken, das sich Val de Caussou nannte, und nicht weit entfernt von der Stelle, wo ein kräftiger Bachlauf sich in die Ariège ergoss. Die Kirche mit ihrem hohen Glockenturm stach schon von Weitem aus den sie umgebenden Häusern und Gehöften empor.

Es handelte sich um eine größere Ansiedlung mit mehreren hundert Einwohnern. Und die Häuser aus grauem, verputztem Naturstein, die sich bis auf die Berghänge hinaufzogen, machten einen recht ansehnlichen Eindruck. Sie ließen darauf schließen, dass die Bewohner in diesem Tal von den Früchten der Landwirtschaft, der Schaf- und Ziegenzucht und der Weberei ein gutes Auskommen hatten. Niedrige Trockensteinmauern umgaben die sorgfältig parzellierten Felder und Wiesen und grenzten sie von denen der Nachbarn ab. Bei einigen der Häuser konnte man mit Fug und Recht von stattlichen Anwesen sprechen, wiesen sie doch Obstgärten, ein Obergeschoss mit Sonnenterrasse und auf der Vorderseite eine überdachte Vorhalle sowie große ummauerte Höfe auf, deren Tore und Pforten auf die Dorfstraße hinausgingen. Manche schützten sich zudem noch durch hohe Hecken vor Wind und Staub und allzu neugierigen Blicken. Aber selbst unter den ärmeren Häusern war nicht eines zu finden, das auf der Vorderseite nicht einen Gemüse- und Kräutergarten aufzuweisen hatte.

Die vier Gralsritter wurden bei ihrem Eintreffen in Unac von Pierre

Azéma und einem guten Dutzend seiner Männer begleitet. Mit finsteren Gesichtern, als ob die Ankunft von zwei weiteren Dominikanern mit ihren Schergen für ihr Dorf noch mehr Unheil befürchten ließ, ritten sie vorweg.

Maurice und Gerolt saßen mit den hochmütigen Mienen von selbstgefälligen, hochrangigen Klerikern im Sattel und schienen die verbitterten, zornigen Blicke der Dörfler, die zu dieser Stunde auf Befehl des Inquisitors zur Kirche strömten, mit Missachtung zu strafen.

Schnell hatten sie den weiträumigen Dorfplatz erreicht, wo hohe, Schatten spendende Ulmen die Kirche wie mit einem Spalier umgaben, als wollten sie die an den Platz grenzenden Häuser auf demutsvolle Distanz halten. Vor dem Eingang des Gotteshauses hatten zwei bewaffnete Männer Aufstellung genommen, deren verächtlichen Mienen unschwer zu entnehmen war, dass sie zu den Schergen des Inquisitors Bernard Bayard gehörten.

»Hier soll das Verhör durch Euren Ordensbruder stattfinden!«, rief Pierre Azéma ihnen laut zu. Dabei ließen der grobe Ton und sein verkniffenes Gesicht keinen Zweifel darüber aufkommen, wie schwer es ihm und seinen Männern gefallen war, ihnen nicht im Hohlweg den Hals durchzuschneiden, sondern ihnen das Geleit ins Dorf zu geben. Und drohend fügte er hinzu: »Aber glaubt nicht, dass wir es einfach tatenlos hinnehmen, wenn hier Willkür statt Recht gesprochen wird!«

»Hüte deine Zunge, Bauer!«, zischte Maurice warnend und sah, dass nun einer der Schergen in die Kirche eilte, wohl um seinem Herrn ihr unerwartetes Eintreffen zu melden. »Dein dreckiger Hals ist schnell verwirkt, wenn du wider die heilige Kirche und ihre einzig rechtmäßigen Vertreter lästerst!«

Pierre Azéma spuckte als Antwort geringschätzig in den Dreck, saß mit seinen Männern ab und verschwand mit ihnen in der Kirche.

Eingedenk der Rolle, die er zu spielen hatte, sprang McIvor nun eilfertig von seinem Pferd, um Maurice beim Absteigen den Steigbügel zu halten. Er trug wie Tarik zwei Gralsschwerter, je eines rechts und links. Das gab ihnen beiden ein sehr martialisches Aussehen und erweckte den Eindruck, als könnten sie beide Schwerter zur selben Zeit führen.

Die Kirche war schon fast bis auf den letzten Platz gefüllt, als die Gralsritter sie betraten. Es drängten sich jedoch noch immer einige Dorfbewohner im Mittelgang. McIvor schob sich rücksichtslos hindurch. Er verschaffte seiner scheinbar hochrangigen Herrschaft auf dem Weg zum Altarraum Platz, indem er die Menge vor sich einfach mit seinen bärenstarken Armen wie ein Feld aus leichtem Rohr teilte und sie zu beiden Seiten wegstieß.

»Zum Teufel, macht gefälligst Platz, ihr dummes Bauernvolk!«, bellte er und pflügte förmlich durch die Männer, Frauen und Kinder, die sich nach einem Platz auf den Bänken umsahen. »Aus dem Weg, Gesindel! Oder es setzt Hiebe! Hat man euch keinen Respekt gelehrt?«

Gerolt und Maurice schritten gemessenen Schrittes hinter ihm her, den Blick mit unbewegtem Gesicht auf den Altarraum gerichtet.

Dort stand Bernard Bayard mit der Witwe Beatrice Garon und den beiden anderen verhafteten Dorfbewohnern. Sie wurden flankiert von je zwei Schergen, die mit Schwert und Spieß bewehrt waren. Bei dem Inquisitor handelte es sich um einen noch recht jungen Mann von hagerer Gestalt, dem sein fanatischer Eifer für die Sache der Inquisition ins Gesicht geschrieben stand. Sein vorstehendes Gebiss ließ Gerolt unwillkürlich an ein Kaninchen denken. Doch dahinter verbarg sich ohne jeden Zweifel ein wölfischer Charakter, der nach dem Blut und dem verbrannten Fleisch hingerichteter Katharer lechzte.

»Dieser scheinheilige Knecht der Inquisition!«, raunte Maurice, als sein Blick auf Beatrice fiel. »Gebe Gott, dass er heute zu Fall kommt!«

Sichtlich von Angst erfüllt und mit schreckensbleichem Gesicht, duckte sich Beatrice zwischen einer fülligen, gedrungenen Frau in ärmlicher Kleidung und einem gut aussehenden, kräftigen Mann mittleren Alters. Im Gegensatz zu Beatrice standen sie mit erhobenem Kopf vor dem Altar. Den Inquisitor und seine Schergen würdigten sie keines Blickes. Und es fand sich auch kein Anzeichen von Angst auf ihrem Gesicht, sondern man las dort nur ihre Verachtung für das schandbare Verhör, das sie erwartete, und den Stolz unerschütterlicher Katharer.

Aber so bleich und geduckt Beatrice auch zwischen ihnen stand, so deutlich war es doch, dass sie auch mit Anfang dreißig noch immer eine bildhübsche Frau war und dass sie es verstand, die schimmernde Flut ihres blonden, lockigen Haars und die reizvollen Formen ihres schlanken Körpers vorteilhaft zur Geltung zu bringen.

»Gelobt sei Jesus Christus, lieber Bruder!«, grüßte Maurice den Inquisitor, als er mit Gerolt an seiner Seite die drei Stufen zum Altarraum der Apsis hochschritt.

»In Ewigkeit, Amen«, antwortete Bernard Bayard, noch bevor er dazu kam, seine Ordensbrüder nach dem Grund ihres überraschenden Eintreffens in Unac zu fragen.

Maurice gab die Initiative auch nicht aus der Hand, indem er sofort mit einem huldvollen Lächeln fortfuhr: »Wir sind uns noch nicht begegnet, werter Mitbruder. Ich bin Maurice von Beauvais, erst jüngst zum Ordensvisitator der Normandie und der Champagne ernannt.« Er wies flüchtig auf die Pergamentrolle, die Gerolt zur Legitimation bereits in der Hand hielt, und zwar so, dass der Inquisitor das aufgebrochene Ordenssiegel gar nicht übersehen konnte. »Und wen Ihr in meiner Begleitung seht, das ist mein geschätzter Adlatus, der Subprior Antoine von Chartres, ein Mann edlen Geblüts und gottgefälliger Gesinnung, der in unserem Orden noch eine große Zukunft vor sich hat, wie ich schon jetzt prophezeien kann. Er war mir bei meiner schweren Arbeit in Paris, die mir der Orden in diesen Zeiten abscheulicher Enthüllungen übertragen hatte, glaubensstarker Beistand und unersetzliche Hilfe. Aber lasst uns nicht von der Fratze des Teufels reden, die sich alle die Jahre hinter dem Gewand der Templer verborgen hat und nun endlich entlarvt worden ist!« Dabei hatte Bernard Bayard bisher noch gar keine Gelegenheit erhalten, auch nur ein Wort von sich zu geben. Maurice überrollte ihn förmlich mit dem Redestrom eines Mannes, der es gewohnt war, das Wort zu führen und sich dabei der geduldigen und demütigen Aufmerksamkeit seiner Zuhörerschaft gewiss zu sein.

»Ihr werdet nun sicher überrascht sein, uns hier am Ort Eures gottgefälligen Wirkens zu sehen, werter Bruder Bernard Bayard«, fuhr Maurice fort und vereitelte damit jeden Versuch des Inquisitors, zu Wort zu kommen. »Nun, unser Heiland und Erlöser wird in seinem göttlich wundersamen Ratschluss wohl schon gewusst haben, warum er meine Schritte ausgerechnet zu dieser Stunde nach Unac geführt hat. Wie dem auch sei, wir haben auf unserem Weg nach Tarascon, wo uns wichtige Ordensbelange erwarten, Kunde erhalten, dass Ihr als eifriger Streiter des rechten Glaubens in diesem Dorf wohl auf verstocktes Volk gestoßen seid, das im Verdacht steht, sich der Häresie schuldig gemacht zu haben. Und da erschien es uns angebracht, sofort zu Euch zu eilen, um Euch mit Rat und Tat zur Seite zu stehen, lieber Bruder. Sagt, sind das die drei dort, die Ihr dem Verhör und gegebenenfalls der heiligen Inquisition zuführen wollt? Was habt Ihr gegen diese Leute in der Hand? Und wo sind die Zeugen? Nun redet schon, damit ich weiß, wie wir am besten verfahren sollen!«

Nun endlich durfte auch Bernard Bayard etwas von sich geben. Aber für alle in der Kirche Versammelten war deutlich geworden, wer hier von nun an das Heft in der Hand hatte.

Bernard Bayard hatte denn auch alle Mühe, seine Verstimmung darüber zu verbergen, dass ihn nun ein höherrangiger Ordensbruder in den Schatten stellte.

»Es ist mir eine große Ehre, Bruder Visitator, dass Ihr Euch die Mühe gemacht hat, mich aufzusuchen, und ich danke für Eure Güte, mir Euren Beistand andienen zu wollen!«, sagte er. »Aber lasst Euch nicht von Euren wichtigen Geschäften abhalten, von denen Ihr gesprochen habt. Eure Zeit dürfte in Tarascon besser genutzt sein als in diesem häretischen Dorf. Ihr könnt versichert sein, dass Eure Gegenwart und Eurer Beistand hier nicht vonnöten sind und ich . . .«

Mit einer lässigen Geste schnitt Maurice ihm das Wort ab. »Nicht doch, werter Bruder! Und redet nicht von Dank! Gottes Weinberg zu hegen, faule Triebe abzuschneiden und sie dem Feuer zu überantworten, wo immer man auf sie stößt, hat für mich stets Vorrang vor allem anderen, auch in dem armseligsten Dorf!«, beschied er ihn huldvoll. »Aber jetzt kommt zur Sache und meldet, was Ihr gegen die drei Gestalten dort vorzubringen habt!«

Dass sein Versuch gescheitert war, den Visitator loszuwerden, behagte Bernard Bayard gar nicht, wie seiner grimmigen Miene unschwer zu entnehmen war. Aber ihm blieb nichts anderes übrig, als diese Kröte widerspruchslos zu schlucken. »Die Liste dessen, was diesen verstockten Irregeleiteten zur Last gelegt wird, die sich erdreisten, sich die ›Reinen‹ und ›Menschen guten Glaubens‹ zu nennen, ist wahrlich lang und lässt das Schlimmste befürchten«, begann er weitschweifig, und sofort begann es in den Kirchenbänken zu zischeln und zu rumoren, ganz wie die Gralsritter es Pierre Azéma und seinen Männern aufgetragen hatten.

»Ruhe in den Bänken!«, donnerte Maurice und schickte drohende Blicke in die Menge.

Das zornige Aufbegehren erstarb zwar nicht, sank jedoch zu einem dunklen Gemurmel herab.

»Weiter!«, drängte Maurice den Inquisitor.

»Diese Häretikerin dort«, Bernard Bayard wies dabei anklagend auf Beatrice, »hat nicht nur eine mangelnde Begeisterung für den Messbesuch an den Tag gelegt, sondern auch ketzerische Bemerkungen über die Hostie und den Heiligen Vater gemacht.«

Wieder schwoll der Zorn der Dorfbewohner hörbar an. Hier und da wurden Verwünschungen laut, und einige von Pierre Azémas Leuten klapperten vernehmbar mit ihren Waffen.

»Nun lasst Euch doch nicht jedes Wort aus der Nase ziehen!«, zischte Maurice unwirsch. »Seht Ihr denn nicht, was hier vorgeht? Das kann für uns alle reichlich ungemütlich werden, wenn die Angelegenheit nicht zu einem raschen Ende kommt. Also weiter, weiter!«

Das bedrohliche Grollen, das der Menge entstieg, trieb dem Inquisitor nun die ersten Schweißperlen auf die Stirn. Doch er bewahrte Haltung und verkündete mit trotzig lauter Stimme: »Der Kerl an ihrer Seite, der hier eine Schmiede betreibt, steht im dringenden Verdacht, geistigen Führern der Katharer, die seit Langem gesucht werden, in seinem Haus Unterschlupf zu gewähren. Und das zweite Weib ist wie das erste bei ketzerischen Bemerkungen und anderen häretischen Umtrieben ertappt worden! Und wer von ihnen sich nicht wieder in den allein selig machenden Schoß der heiligen Mutter Kirche zurückbegibt, seine Sünden bekennt und dem Ketzerglauben abschwört, wird sich auf der Glut des Scheiterhaufens wiederfinden!«

»Verfluchter Bluthund! Am nächsten Baum sollte man den Kerl aufhängen!«, rief jemand, und die Menge brach in große, unheilvolle

Unruhe aus. Das Geklirre der Waffen wurde lauter. Männer wandten sich einander zu und tuschelten, als beredeten sie, was sie unternehmen sollten.

Die Schergen warfen sich besorgte Blicke zu und fassten ihre Spieße fester.

»Ihr habt zweifellos gute Arbeit geleistet, indem Ihr in diesem Dorf geistiges Unkraut ausfindig machtet, das unbarmherzig und zum Ruhme Gottes ausgerissen und verbrannt gehört!«, schmeichelte Maurice dem Inquisitor nun. »Aber mir scheint, Ihr habt die Folgen nicht bedacht, als Ihr das ganze Dorf in die Kirche zum Verhör befohlen habt, statt mit den drei Häretikern sofort nach Carcassonne abzurücken.«

»Sie werden es nicht wagen, gegen einen Mann der Inquisition die Hand zu erheben!«, erwiderte Bernard Bayard, schluckte jedoch heftig.

»Nun, das sehe ich anders, lieber Bruder. Und es wäre, dem Allmächtigen sei es geklagt, nicht das erste Mal, dass einer unserer Brüder für seinen treuen Dienst mit seinem Leben bezahlen muss«, erklärte Maurice. »Zudem ist mir auf unserem Ritt nach Unac einiges von dem Getuschel der bewaffneten Männer zu Ohren gekommen, auf die wir kurz hinter dem Col de Marmare gestoßen sind. Ich habe etwas von einem ›Gottesurteil‹ aufgeschnappt und dass sie wohl nicht gewillt sind, Euch einfach so mit Euren drei Verhafteten abziehen und nach Carcassonne zurückkehren zu lassen. Das sollten wir nicht aus dem Auge verlieren. Ein treuer Soldat Christi, der für den wahren Glauben sein Leben lässt, kann sich im Angesicht Gottes seines Lohnes gewiss sein. Doch einen noch größeren Dienst erweist jener unserer heiligen Kirche, der in gefährlichen Situationen die Umsicht und Klugheit besitzt, um am Leben zu bleiben, damit sein Wirken auf Erden nicht von kurzer Dauer ist, sondern er noch viele

Jahre gegen die Häresie und für das rechte Glaubensbekenntnis kämpfen kann.«

Bernard Bayard presste grimmig die Lippen zusammen, ohne dass dabei jedoch seine Kaninchenzähne gänzlich verschwanden. Man sah ihm an, dass er unschlüssig war, wie er in dieser Situation handeln sollte.

»Heureka! Ich hab's!«, rief Maurice. »Sie wollen ein wahres Gottesurteil und kein Verhör? Bei Gott, das können sie haben! Sie werden gar nicht anders können, als sich diesem Spruch zu beugen. Damit hätten wir dann auch geschickt vermieden, dass es hier zu einem Blutvergießen kommt und Ihr ein allzu frühes Ende findet. Meine Begleiter, denen offenbar der Teufel das Kriegerhandwerk beigebracht hat, werden gewiss dafür sorgen, dass mir und meinem Adlatus nicht ein Haar gekrümmt wird. Aber für Eure Schergen würde ich nicht mal meinen kleinen Finger ins Feuer legen. Sie machen mir den Eindruck, dass ihr erster Gedanke ihrer eigenen Haut gilt und sie auf und davon sind, bevor Euch auch nur der erste Streich getroffen hat.«

Der kräftige Adamsapfel des Inquisitors sprang bei den Worten von Maurice hektisch auf und ab, als vermochte er den Kloß nicht hinunterzuwürgen, der ihm in der Kehle saß. »Gottesurteil?«, stieß er mit belegter Stimme hervor. »Was, in Gottes Namen, schwebt Euch vor, Herr Visitator?«

»Lasst mich nur machen, Bruder. Ich weiß, wie mit diesem Gesindel umzuspringen ist und wie man sie mit ihren eigenen Waffen schlägt. Ich glaube, Ihr könnt davon noch einiges für Eurer zukünftiges Wirken lernen«, sagte Maurice herablassend und forderte ihn wie einen Bediensteten auf: »Bringt mir eine der Altarkerzen! Nun macht schon! Wir haben keine Zeit zu verlieren!«

Widerspruchslos beeilte sich Bernard Bayard, ihm das Gewünschte zu bringen.

Mit der brennenden Kerze in der Hand trat Maurice nun zu den drei Angeklagten. Dabei warf er Beatrice einen verschwörerischen Blick zu.

»Streck deinen rechten Arm aus und entblöße ihn, Weib!«, herrschte er sie an.

Beatrice tat, wie ihr geheißen – und riss ihren Arm augenblicklich und mit einem schmerzerfüllten Aufschrei zurück, als Maurice ihr die Flamme kurz an den Unterarm hielt und ihr die Haut verbrannte.

Maurice nickte zufrieden. »Gut, so wissen wir, dass wir es nicht mit einer Hexe zu tun haben, die von teuflischen Kräften besessen ist!«, rief er über das laute Gelärm der Dorfbewohner hinweg und fuhr, an die drei Angeklagten gerichtet, mit erhobener, schneidender Stimme fort: »Ihr wisst, dass euch die Glut des Scheiterhaufens gewiss ist, auch wenn ihr heute noch mal der strafenden Hand Gottes, zu der er uns bestellt hat, entkommen solltet! Und jetzt sagt, ob ihr demnächst vor der heiligen Inquisition stehen oder lieber heute bereit seid, euch hier in eurem Dorf und vor den Augen aller dem Gottesurteil durch die Feuerprobe zu stellen! Wenn ihr unschuldig seid, werdet ihr leben! Doch wenn das Feuer euch verschlingt, ist eure Schuld bewiesen und das Urteil vollstreckt!«

Der Schmied namens Pathau Pourcel bedachte ihn mit einem kühlen Blick und rief sofort voller Verachtung, sodass ihn jeder in der Kirche hören konnte: »Ich fürchte weder das Feuer deines Gottesurteils noch die Flammen eurer Scheiterhaufen!«

Alamande zeigte dieselbe Verachtung für das, wofür die schwarzweißen Kutten der drei Mönche standen, und für den drohenden Tod: »Tu, was dir beliebt, Dominikaner!«

»Und du?«, verlangte Maurice von Beatrice zu wissen. »Wofür entscheidest du dich? Sprich! Und zwar laut, sodass dich jeder hören kann! Niemand soll sagen können, wir hätten euch nicht die freie Wahl gelassen!«

Beatrice nickte. »Ich nehme das Gottesurteil durch die Feuerprobe an«, sagte sie mit zitternder Stimme. Und in ihren Augen lag ein inständiges stummes Flehen, dass er hoffentlich das Wunder auch wirken könne, das allein sie retten konnte.

Maurice wandte ihr und den beiden anderen abrupt den Rücken zu und richtete das Wort an die erregte Menge. »Ihr alle habt gehört, was eure Mitbürger soeben aus freiem Willen erklärt haben! Sie werden sich einem Gottesurteil stellen – auf eurem Dorfplatz hier vor der Kirche! Und dann wird der Allmächtige, der einzige wahre Gott, entscheiden, ob sie der Ketzerei für schuldig befunden oder von allen Anklagepunkten freigesprochen werden!«

11

Es dauerte bis in den späten Nachmittag, bis alle für das Gottesurteil notwendigen Vorbereitungen auf dem Dorfplatz abgeschlossen waren. Die Bewohner von Unac weigerten sich, dabei Hand anzulegen. Nicht einen Stein und nicht ein Stück Reisig wollten sie herbeischaffen. Denn die Furcht war groß, dass keiner der Angeklagten die Feuerprobe bestehen und sie alle Opfer der Flammen würden. Und dazu wollte niemand beitragen.

Maurice ließ es sich nicht nehmen, die Schergen von Bernard Bayard zu beauftragen, vor dem Dorf körbeweise Steine aufzusammeln und diese dann vor der Kirche gut zwei Handbreit hoch als Einfassung eines lang gestreckten Rechtecks aufzuschichten. Dieses Feld maß zwei Schritte in der Breite und zehn in der Länge. Als das getan war, mussten sie Holz zusammentragen, das eingegrenzte Feld damit doppelt so hoch wie die steinerne Einfriedung auffüllen und das Ganze dann in Brand setzen.

Sie kamen bei all den Arbeiten gehörig ins Schwitzen und ließen so manch einen unterdrückten Fluch vernehmen. Doch ihr Schweiß begann erst richtig in Strömen zu fließen, als die Flammen aus dem Holz auflodert en und Maurice sie herrisch und unnachgiebig antrieb, mit ihren Spießen in den brennenden Ästen, Zweigen und dicken Scheiten zu stochern, damit das Holz zusammenfiel und sich das Bett endlich mit einer dicken Schicht Glut füllte. Er gab sich den Anschein, es nicht erwarten zu können, dass die Ketzer sich dem

Gottesurteil stellten und sich vor aller Augen in wandelnde Fackeln verwandelten.

Wer es beim Anblick dieses langen Feldes aus feuriger Glut ebenfalls mit der Angst zu tun bekam, war McIvor. »Verdammt, übertreib es nicht!«, raunte ihm der Schotte zu, als er sicher war, dass ihn sonst niemand hören konnte. »Ich weiß überhaupt nicht, ob ich das wirklich kann! Ich hatte an ein viel schmaleres und kürzeres Glutbett gedacht und nicht an einen halben Dorfplatz voll davon!«

»Ich bin sicher, dass deine göttliche Segensgabe nicht versagt, Eisenauge«, erwiderte Maurice ungerührt. »Immerhin geht es auch darum, das Leben von Beatrice zu retten, sodass ich eines Tages vielleicht Antoines Auftrag mit ihr zusammen erfüllen kann. Und außerdem sollten wir dem Schweinehund von Inquisitor keine halben Sachen bieten. Die Vorstellung muss so überzeugend ausfallen, dass bei ihm nicht der geringste Zweifel an der Eindeutigkeit des Gottesurteils aufkommt.«

»Gerade deshalb bin ich ja besorgt«, sagte McIvor. »Mir ist ja schon manches mit meiner Segensgabe gelungen, aber an solch eine Aufgabe habe ich mich noch nie zuvor gewagt!«

»Vertraue auf Gottes Beistand und auf das Licht des heiligen Kelchs, mein Freund!«, beruhigte Maurice ihn. »Unsere Anbetung in der Kapelle wird in uns nicht ohne Wirkung geblieben sein. So, und jetzt treib die Burschen noch einmal an, dass sie kräftig in der Glut wühlen! Sie sollen schon mal einen kleinen Vorgeschmack auf das Fegefeuer erhalten, das sie nach ihrem Tod erwartet! Und sei unbesorgt, ich vertraue darauf, dass Beatrice und die beiden anderen Dorfbewohner bei ihrer Feuerprobe nicht ein einziges versengtes Härchen davontragen!«

McIvor gab nur ein gequältes Stöhnen von sich und tat, was Maurice ihm aufgetragen hatte.

Da die Sonne schon tief über den Bergkuppen stand und die Dunkelheit zu dieser Jahreszeit schlagartig über das Tal hereinbrechen würde, brüllte Gerolt den vielen Männern und Frauen zu, die mit finsterer Miene die Vorbereitungen verfolgten: »Schafft Fackeln herbei! Seine Hochwürden der Visitator wünscht den Platz rund um das Feld der Feuerprobe erleuchtet!«

Erst wollte man auch diesem Befehl des Dominikaners nicht Folge leisten. Pierre Azéma sorgte jedoch dafür, dass ein Dutzend Fackeln in mit Sand gefüllten Körben rund um den Ort der Feuerprobe aufgestellt wurden und ihn gut beleuchteten.

»Nun, was sagt Ihr dazu, Bruder Bernard?«, fragte Maurice den Inquisitor gegen Ende der Vorbereitungen.

Bernard Bayard nickte. »Eine ordentliche Strecke, Herr Visitator!«, sagte er anerkennend.

»In der Tat, für Ketzer ein Weg geradewegs in die Hölle! Beten wir, dass zumindest ihre Seelen Gnade vor Gott finden, wenn die Glut ihre Leiber verzehrt. Obwohl ich meine Zweifel habe, ob Katharer auf die Barmherzigkeit unseres Erlösers hoffen dürfen«, erwiderte Maurice. »Aber sagt, habt Ihr denn überhaupt schon mal verbranntes Menschenfleisch gerochen? Sollte dem nicht so sein, dann rate ich Euch, ein Tuch für Eure Nase bereitzuhalten, werter Bruder. So, und nun wollen wir zur Tat schreiten und sehen, wie das Gottesurteil ausfällt!«

Die Einwohner von Unac brauchten nicht erst aus ihren Häusern gerufen zu werden. Sie hatten sich schon längst wieder vollzählig auf dem Dorfplatz eingefunden und bildeten vor dem Glutbett einen dicht gedrängten Halbkreis. Im Licht der Fackeln schienen ihre Gesichter zu einer unheilvollen Mauer aus Zorn, Angst und mühsam gezügelter Gewaltbereitschaft zu verschmelzen.

Die Schergen holten Alamande Cressoc, Pathau Pourcel und die

Witwe Beatrice Garon aus der Kirche und führten sie zu den drei Mönchen vor das Glutfeld. In den Gesichtern der beiden glaubensfesten Katharer zuckte nicht ein Muskel, als sie nun zum ersten Mal sahen, was sie erwartete. Doch Beatrice riss die Augen auf und knickte vor jähem Entsetzen beinahe in den Knien ein, als sie die zehn Schritte lange rot glühende Strecke erblickte.

»Muttergottes, erbarme dich!«, entfuhr es ihr unwillkürlich.

»Mir scheint, Ihr habt mit dieser Frau einen bedauerlichen Fehlgriff getan, Bruder Bernard«, sagte Maurice leise, als er hörte, wie Beatrice in ihrer Angst das Erbarmen der seligen Jungfrau anrief. »Todesangst bringt stets den wahren Kern in einem Menschen zutage.«

Ohne eine Antwort des Inquisitors abzuwarten, wandte er sich von ihm ab und richtete das Wort an die versammelte Dorfgemeinschaft. Er betonte noch einmal, dass die drei Angeklagten sich aus freien Stücken zu der Feuerprobe bereiterklärt hätten und dass nun Gott allein über Tod oder Leben entscheiden würde.

Dann trat er zu Beatrice. »Du beginnst, Weib!«, entschied er, griff zu dem schweren, goldenen Kruzifix, das ihm vor der Brust baumelte und hielt es ihr hin. »Wenn du deine Sünden bereust, wirst du jetzt das Kreuz hier küssen!«

Sofort ging Beatrice vor ihm in die Knie und presste ihre zitternden Lippen auf das Kruzifix. Dieser Kniefall kam bei vielen Dörflern nicht gut an. Ein missfälliges Gemurmel ging durch die Menge.

Alamande Cressoc und Pathau Pourcel verweigerten Kniefall und Kuss des Kreuzes.

»Wir haben keine Sünden zu bereuen, die es nötig machen würden, Euer Kreuz zu küssen!«, erklärte der Schmied und wählte damit doppeldeutige Worte, die seinen katharischen Glauben nicht verleugneten, ihm aber auch nicht als Ketzerei ausgelegt werden konnten.

»Wie ihr wollt! Und nun stell dich dem Gottesurteil, Beatrice Garon!«, befahl Maurice.

Augenblicklich legte sich eine angespannte, fast atemlose Stille über den Dorfplatz.

Gerolt warf einen schnellen Blick zu McIvor hinüber, der sich nahe an der steinernen Umfriedung und etwa auf der Mitte des Feldes aufgestellt hatte. Dieser bekreuzigte sich und starrte mit konzentrierter Miene auf die Glut.

»Geh!«, rief Maurice, als Beatrice noch immer zitternd vor Angst am Ende des Feldes stand. »Und versuche nicht zu rennen!«

Nun endlich fand Beatrice den Mut, sich ihrem Schicksal und den geheimnisvollen Kräften der Tempelritter auszuliefern. Sie raffte ihr Kleid bis über die Knie hoch und setzte dann mit verzerrtem Gesicht ihren nackten rechten Fuß über die niedrige Steineinfassung auf die Glut.

Doch kein brennender Schmerz verbrannte ihr die Fußsohle. Sie spürte nichts als ein leichtes Nachgeben des Glutbettes unter ihrem Fuß. Ein ungläubiger erlöster Ausdruck vertrieb die Todesangst von ihrem Gesicht, und sie setzte nun zügig einen Schritt vor den anderen. Nur mit Mühe hielt sie sich zurück, nicht über die Strecke zu rennen.

Ein erregtes, von Staunen erfülltes Raunen ging durch die Menge, als sie sah, dass die Glut ihr Fleisch nicht verbrannte und keine Flammen hochzüngelten, um nach ihrem Kleid zu greifen und es in Brand zu setzen. Die ersten triumphierenden Rufe wurden laut. »Ein Gottesurteil! . . . Ein Gottesurteil!«

Als Beatrice das Ende des Glutweges erreicht hatte, verließ sie die Kraft. Sie taumelte noch zwei, drei Schritte hinter die Steingrenze und ging dann schluchzend zu Boden. Sofort war Heloise bei ihr, half ihr auf die Beine und führte ihre noch immer hemmungslos weinende Schwester aus dem Rund der Fackeln.

Pathau Pourcel wartete den Befehl von Maurice erst gar nicht ab. Mit Todesverachtung trat er auf die Glut. In seinem Gesicht rührte sich nichts, als der zu erwartetende feurige Schmerz auch bei ihm ausblieb. Mit hoch erhobenem Kopf und mit ruhigem Schritt durchmaß er das glühende Feld. Als er das Ende erreicht hatte, drehte er sich kurz zu dem Inquisitor und dessen vermeintlichen Mitbrüdern um, warf ihnen einen verächtlichen Blick zu und ging davon, ohne die Erlaubnis dazu abzuwarten. Die Menge öffnete sich ihm zu einer Gasse, durch die er sich ohne Eile entfernte.

Gerolt hörte, wie McIvor ein unterdrücktes Aufstöhnen von sich gab und sich den Schweiß von der Stirn wischte. Jeder, der mit den göttlichen Segensgaben der Gralshüter nicht vertraut war, musste seinen Schweiß der Nähe des Glutbettes zuschreiben. Gerolt wusste jedoch, was dem Schotten den Schweiß in Strömen über das Gesicht laufen ließ. Und in Gedanken flehte er zu Gott, dass McIvor durchhielt und auch Alamande Cressoc unversehrt über die Strecke brachte.

Die Frau folgte dem Schmied mit derselben Unerschrockenheit. Doch nach fünf Schritten, zuckte sie plötzlich zusammen und begann zu wanken. Ihr Gesicht verzerrte sich im Schmerz, und sie presste die Lippen zusammen, um den Aufschrei zu unterdrücken, der sich ihr entringen wollte.

Der Aufschrei, den sie sich mit aller Willenskraft versagte, kam jedoch aus der Menge. Voller Entsetzen starrten die Dörfler zu ihr. Jeden Moment musste ihre tapfere Alamande Cressoc in die Glut stürzen und sich in eine menschliche Fackel verwandeln.

Gerolt und auch Tarik und Maurice stockte der Atem vor Erschrecken. Maurice musste sich zwingen, nicht zu McIvor herumzufahren und ihm zuzurufen, sich um Gottes willen zu konzentrieren und jetzt nicht der Schwäche nachzugeben, die ihn zu überfallen drohte.

Eine solche beschwörende Ermahnung wäre auch nicht nötig gewesen. Denn McIvor wusste selbst, dass er das drohende Unheil nicht zulassen durfte, und hatte diesen kurzen Moment nachlassender Konzentration sogleich überwunden. Mit aller Kraft zwang er der Glut wieder seinen Willen auf.

Alamande Cressoc fing sich und setzte ihren Gang über die Glut fort, ohne dass ihr noch einmal ein brennender Schmerz in die Füße fuhr. Mit einer leichten Verbrennung, die rasch wieder verheilen würde, trat auch sie Augenblicke später am Ende des Feldes aus der Glut und entfernte sich ebenso wortlos und aufrechten Ganges, wie es der Schmied Pathau Pourcel getan hatte.

Nun brach Jubel in der Menge auf. Und hundertfach schallte der triumphierende Ruf »Gottesurteil! Gottesurteil! Gottesurteil« über den Dorfplatz, über dem mittlerweile die Dunkelheit hereingebrochen war.

Das Gesicht von Bernard Bayard hatte mit jedem Angeklagten, der unversehrt über die Glut schritt, einen ungläubigeren Ausdruck angenommen. Es fiel ihm sichtlich schwer zu begreifen, dass er sich so geirrt haben sollte und dass er mit eigenen Augen Zeuge eines solch unglaublichen Gottesurteils geworden war.

»Gott hat gesprochen! Die Angeklagten sind für unschuldig befunden worden und frei!«, verkündete Maurice und gab seiner Stimme einen grimmigen Ton, als hätte auch er ein völlig anderes Urteil erwartet und die drei Bewohner von Unac am liebsten vor aller Augen brennen gesehen. »Damit ist alles gesagt und geschehen! Doch lasst euch das eine Warnung sein!« Und an den Inquisitor gewandt, fuhr er leise fort: »Ihr tut besser daran, so schnell wie möglich zurück nach Carcassonne zu kommen. Auch wir werden uns beeilen, schnellstmöglich noch einige Meilen hinter uns zu bringen. Es wäre keine sehr bekömmliche Idee, die Nacht hier verbringen zu wollen. Auch seid Ihr gut beraten, in Carcassonne mein Eingreifen besser für Euch zu behalten. Es würde kein allzu gutes Licht auf Euch und Eure Urteilsfähigkeit werfen, wenn Ihr den ganzen Vorgang getreu berichten würdet. Da ist es klüger, wenn Ihr die Sache so berichtet, dass Ihr auf die Idee mit dem Gottesurteil gekommen seid, um Leib und Leben Eurer Schergen vor Schaden zu bewahren und keinen unnötigen Aufstand hier in Unac heraufzubeschwören. Dafür wird man Euch gewiss großes Lob zollen und Euch für befähigt erachten, in Zukunft noch größere Aufgaben zum Ruhme Gottes zu übernehmen.«

Bernard Bayard nickte. »Wenn das Euer Rat ist, will ich ihn gern beherzigen, Herr Visitator«, versprach er eilfertig, und sein Gesicht verlor sofort den verbiesterten Ausdruck. Es gefiel ihm offenbar nicht schlecht, die Idee mit dem Gottesurteil sich selber zuschreiben und sich damit bei seinen Oberen in ein günstiges Licht stellen zu können. Und nach hastig gemurmelten Worten des Dankes und Wünschen für eine gute Weiterreise nach Tarascon beeilte er sich, auf sein Pferd zu kommen.

»Das war knapp, Eisenauge!«, sagte Maurice mit einem Stoßseufzer der Erleichterung, kaum dass Bernard Bayard und sein Gefolge im Galopp die Dorfstraße in Richtung des Col de Marmare hinunterpreschte.

»Ich habe Blut und Wasser geschwitzt, als diese Alamande plötzlich zusammenfuhr und ins Wanken geriet!«, sagte Gerolt, der mit Tarik nun ebenfalls zu Maurice und McIvor getreten war.

»Kommt mir bloß nicht mit euren paar Schweißtropfen, die ihr vergossen habt, Freunde! Ich bin schweißnass!«, stieß McIvor grollend und mit heftigem Atem hervor. »Das war mehr als Schwerstarbeit, so ein riesiges Glutbett unter Kontrolle zu halten – und das gleich dreimal hintereinander! Gewaltige Flammen daraus zu entfachen, wäre dagegen ein Klacks gewesen! Ihr wisst ja gar nicht, was mich das an

Kraft gekostet hat, so viel Glut zu zähmen und kalt werden zu lassen! So etwas habe ich noch nie erzwingen müssen!«

Gerolt klopfte ihm auf die Schulter. »Das hast du prächtig hingekriegt, alter Schotte. Und der kleine Moment der Unaufmerksamkeit fällt jetzt gar nicht mehr ins Gewicht. Danken wir Gott, dass die Sache ein so gutes Ende genommen hat.«

In dem Moment drängte sich Heloise durch die Menge der Dorfbewohner. Viele harrten noch immer auf dem Platz aus und ließen sich mit freudiger Erregung über das wundersame Geschehen aus, dessen Zeuge sie geworden waren und das ihren drei Mitbürgern die Rettung vor dem Tod gebracht hatte. Auch Beatrice gehörte zu ihnen, entfernte sich jedoch nun, gestützt von einem Mann, der ein Maultier mit einem vorgespannten Wagen hinter sich herführte.

»Ich wusste, dass Ihr zu Eurem Wort stehen und sie alle retten würdet! Gott hat Euch mit der Kraft der Wunder gesegnet! Wir werden Euch nie genug danken können, so lange wir auch leben mögen!«, rief Heloise mit Tränen der Dankbarkeit auf ihrem Gesicht und umarmte sie alle der Reihe nach.

Als Gerolt ihren Körper an den seinen geschmiegt und ihre Lippen auf seiner Wange spürte, schlug sein Herz schneller. Fast war er versucht, seine Arme um sie zu legen und sie so zu halten. Doch er widerstand der Versuchung und löste sich behutsam aus ihrer innigen Umarmung. »Der Dank gebührt Gott allein«, sagte er und schenkte ihr ein warmherziges Lächeln. »Aber warum sprichst du uns so förmlich an, Heloise? Auch wenn wir uns viele Jahre nicht gesehen haben, so bist du uns doch immer noch die teure Freundin, deren Mut wir schon in dem kleinen Mädchen bewundert haben, aus dem nun eine so reizvolle, anmutige Frau geworden ist. Wir sind und bleiben, was wir damals schon waren, nämlich deine Freunde Gerolt, Maurice, McIvor und Tarik.«

Heloise errötete bis unter die Haarspitzen. »Und es sind die treusten und tapfersten, die sich ein Mensch nur wünschen kann, Gerolt!«, versicherte sie mit strahlenden Augen. »Aber nun kommt mit mir hinüber ins Haus von Arnaud Gardell! Er hat mich sofort losgeschickt, damit ich euch hole und euch seine Einladung zu einem Festessen überbringe. Auch könnt ihr so lange in seinem Haus zu Gast bleiben, wie es euch beliebt, lässt er ausrichten. Und wagt bloß keine Widerworte! So schnell lassen wir euch nicht wieder ziehen! Zudem haben wir heute gleich zwei Wunder zu feiern, nämlich die Rettung von Beatrice, Alamande und Pathau sowie unser Wiedersehen!«

12

Dem Weinhändler Arnaud Gardell gehörte eines der stattlichsten Anwesen von ganz Unac. Das zweistöckige Eckhaus mit seinem ummauerten Hof und dem rückwärtigen Garten, der in einen großen Obsthain am Hang überging, lag am ansteigenden Westrand des Dorfes. Auf dem Weg dorthin erfuhren die Gralsritter, dass Heloise bei ihm und seiner Frau Brune schon seit vielen Jahren in fester Anstellung stand. Die Gardells waren mit Kindern, sieben an der Zahl, reich gesegnet. Und Heloise ging der Hausherrin nicht nur bei den vielfältigen Arbeiten im Haushalt zur Hand, sondern man hatte ihr auch einen Gutteil der Erziehung der Kinder übertragen. Dazu gehörte, dass sie ihnen das Lesen und Schreiben und die Grundzüge des Rechnens beibrachte. Dazu kam noch für die vier Mädchen die Anleitung in allerlei Handarbeiten.

»Wie kommt es, dass ein so hübsches Ding wie du nicht schon längst unter der Haube ist und einen eigenen Stall voller Kinder hat?«, wollte McIvor auf seine direkte Art wissen.

Verlegen zuckte Heloise die Achseln. »Kommt mir bitte nicht mit dieser Frage! Das muss ich mir schon oft genug von Brune und ihrem Mann anhören. Obwohl die mich wohl ungern verlieren würden, wo ihre beiden Kleinsten doch gerade erst drei und fünf sind. Aber ich denke nicht daran, mich verheiraten zu lassen, nur weil ich längst das Alter dazu erreicht habe und jemand eine gute Partie abgibt! Jedenfalls bin ich hier noch auf keinen getroffen, der mich in die Ehe hätten locken können. Und mehr gibt es dazu nicht zu sagen, McIvor!«, schloss sie ihre Antwort sehr bestimmt.

»Und wieso lebt auch Beatrice bei den Gardells im Haus?«, fragte Maurice nun.

»Weil Arnaud und Brune die große Güte hatten, sie bei sich aufzunehmen, als Beatrice nach dem Tod ihres Mannes vor vier Jahren mit dem Stoffhandel und der kleinen Landwirtschaft nicht zurande kam, die Etienne ihr hinterlassen hatte, zumal da auch noch einige Belastungen zu tilgen waren«, teilte Heloise ihnen mit. »Aber das ist kein Leben für meine Schwester. Und deshalb wollte sie sich auch wieder verheiraten. Beatrice hatte gehofft, dass Pathau, der Schmied, sie zur Frau nehmen würde.«

»Ah, deshalb auch ihre erstaunliche Bekehrung zur Lehre der Katharer«, sagte McIvor spöttisch.

Heloise nickte. »Für Pathau käme jemand, der seinen Glauben nicht teilt, niemals als seine Frau infrage. Aber diese Hoffnung kann Beatrice jetzt wohl endgültig begraben«, sagte sie mit einem Seufzer und spielte zweifellos auf den Kniefall und den Kuss auf das Kruzifix an. »Aber ihr müsst nicht glauben, dass hier in Unac alle Katharer sind. Ich habe nie meinen Glauben verloren, auch wenn der Papst und die Teufel der Inquisition es einem manchmal sehr schwer machen. Es gibt noch viele gläubige Christen im Dorf und in den Nachbargemeinden, doch wir leben in Frieden mit allen anderen. Nichts ist den Katharern fremder, als anderen ihre Lehre aufzwingen zu wollen, geschweige denn andere zu verfolgen und Gewalt anzuwenden. Und ich wünschte, unsere Kirchenfürsten und Ordensleute würden nur halb so viel Friedfertigkeit, Sanftmut und Güte aufbringen wie sie.«

Maurice räusperte sich. »Und . . . und hat Beatrice Kinder?«

Heloise verneinte. »Etienne und sie haben sehr darunter gelitten, dass ihnen kein Kindersegen vergönnt gewesen ist. So, da wären wir auch schon! Und nun lasst uns von erfreulicheren Dingen reden! Ihr müsst uns alles erzählen, was ihr in all den Jahren, die wir uns nicht gesehen haben, erlebt habt.«

Der Weinhändler Arnaud Gardell, ein Mann von schlanker, kraftvoller Gestalt mit einnehmenden Gesichtszügen, und seine überraschend zierliche Frau Brune begrüßten sie in der Vorhalle mit großer Herzlichkeit und wiederholten ihre Einladung, Gäste ihres Hauses zu sein, so lange sie dies wünschten. Ihre vorbehaltlose Gastfreundschaft ließ darauf schließen, dass sie wussten, wer sich unter den schwarz-weißen Kutten der Dominikaner in Wirklichkeit verbarg. Und als sie dann im Haus auch auf Pierre Azéma mit zweien seiner Männer stießen, versicherte ihnen dieser, dass ihre Gastgeber wie auch seine Freunde ihre wahre Identität mit der Verschwiegenheit eines Grabes hüten würden.

Heloise zeigte ihnen die beiden geräumigen Kammern, die man in großer Eile für sie als Unterkunft vorbereitet hatte und wo sie ihre Waffen sowie ihr anderes Reisegepäck ablegen konnten. Es waren die Schlafräume der vier ältesten Kinder der Gardells, die von ihren Eltern kurzerhand ausquartiert und bei benachbarten Verwandten untergebracht worden waren.

Während McIvor unter einem Vorwand in dem Zimmer zurückblieb, das er sich mit Tarik für zumindest eine Nacht teilen würde, führte Heloise die drei anderen Gralsritter sogleich hinunter in die *Foghana*, wie die okzitanische Bezeichnung für den zentralen Raum im Erdgeschoss lautete. Diesen schlicht als Küche zu bezeichnen, wäre der Bedeutung im Leben der Menschen im Sabarthès nicht gerecht geworden. Hier befanden sich nicht nur der Ofen zum Brotbacken und die Feuerstelle, und in diesem Raum saß man an dem lang gezogenen massiven Holztisch nicht nur zum Essen zusammen, sondern in diesem Kernbereich spielte sich das ganze häusliche Leben ab, insbesondere in der Winterzeit. Und hier in der Foghana wurden ebenso die Feste gefeiert wie auch die Toten aufgebahrt.

Beatrice war zusammen mit Brune Gardell schon emsig damit beschäftigt, ein wahres Festessen für die Gäste auf den Tisch zu bringen. Mittlerweile hatte Beatrice ihre Fassung wiedergefunden und holte nun wortreich den Dank nach, der ihren Rettern gebührte. Und als sie Maurice nun zum ersten Mal fern von den aufmerksamen Blicken der Bürger von Unac gegenüberstand, überzog eine flammende Röte ihr Gesicht.

»Maurice, wie oft sind meine Gedanken zu dir gegangen«, sagte sie bewegt und schien seine Hand nicht mehr freigeben zu wollen. »Ich habe nicht mehr zu hoffen gewagt, dich jemals wiederzusehen. Und nun ist es doch geschehen – und du bist gekommen, um mein Leben zu retten! Oh, Maurice!«

Gerolt und Tarik hatten genug Feingefühl, um sich schnell auf die andere Seite der Foghana zu begeben, damit die beiden wenigstens für einige Minuten ungestört reden konnten. Und dann kehrte auch McIvor zu ihnen nach unten zurück.

»Und?«, fragte Gerolt ihn leise.

»Ich habe auf der Seite meines Bettes mit dem Messer zwei Wandbretter gelöst und im Hohlraum der Wand ein prächtiges Versteck für ihn gefunden«, teilte der Schotte ihm und Tarik mit. »Da ruht er sicher.«

»Da hättest du auch gleich noch die Schatulle verstecken können«, raunte Tarik. »Zu dumm, dass ich nicht daran gedacht habe!«

Gerolt winkte ab. »Die ist unten im Futtersack für die Pferde auch gut aufgehoben. Zudem haben wir hier im Haus der Gardells nun wahrlich nichts zu befürchten.«

So sah es auch McIvor, dessen Blick schon mit Wohlgefallen auf die großen Weinkrüge gefallen war, die Arnaud Gardell soeben anschleppte und auf den Tisch stellte. »Gäste bei einem Weinhändler, das lass ich mir gefallen!«, flüsterte er seinen Freunden zu und rieb sich die Hände. »Heute kann ich einen ordentlichen Schluck gut gebrauchen, das könnt ihr mir glauben! Der Teufel soll mich holen, wenn das nicht ein höllisches Stück Arbeit war, das ihr vorhin von mir verlangt habt!«

Lachend schlug Gerolt ihm auf die Schulter. »Ich denke, du kannst ganz unbesorgt sein, dass der Vorrat an gutem Wein in diesem Haus selbst deinen beachtlichen Durst bei Weitem übertreffen wird!«

Arnaud Gardell winkte sie dann auch schon heran, wies ihnen die besten Plätze zu und schenkte ihnen den ersten Becher ein. »Lasst es Euch nach Herzenslust schmecken und munden! Und habt keine Hemmungen, bei allem kräftig zuzulangen, werte Freunde! Es gibt wahrlich nicht jeden Tag Anlass, ein solches Fest zu feiern! Und nun lasst Euch nicht lange bitten. Die Hauptspeisen dauern noch etwas, aber da sind geräucherte Würste, frisches Brot, Schinken, Käse und Oliven, mit denen Ihr Euren Magen schon mal anregen könnt!«

»Nun, da wollen wir Eure großherzige Gastfreundschaft nicht mit gezierter Zurückhaltung beschämen!«, erklärte McIvor fröhlich, kippte den ersten Becher Wein mit einem Schluck hinunter und griff nach einer der Räucherwürste, die sich vor ihm in einer Schale verlockend hoch auftürmten.

Als Beatrice sich widerstrebend darauf besann, dass ihre Hilfe an der Kochstelle benötigt wurde, gesellte sich Maurice wieder zu ihnen, und als McIvor ihm einen Becher mit Wein füllte, ließ er sich von ihm versichern, dass der Heilige Gral im Hohlraum der Kammerwand gut versteckt war.

Heloise setzte sich schon bald zu ihnen und wählte dabei den Platz an Gerolts Seite. »Brune und Beatrice haben die Vorbereitungen für das Essen gut im Griff, da werde ich heute mal nicht gebraucht«, sagte sie fröhlich. »Und allzu viele Köche verderben nur den Brei.«

Gerolt war aufgefallen, dass Pierre Azéma auch am Kochfeuer stand und aufmerksam verfolgte, wie Brune zwei Forellen in einer Pfanne briet. Und obwohl in der anderen großen Eisenpfanne noch gut Platz für zwei weitere Fische gewesen wäre, benutzte sie für sein Essen eine gesonderte Pfanne, die sie aus einer Truhe geholt und aus einem schützenden Tuch gewickelt hatte.

»Hat es damit eine besondere Bewandtnis, Heloise?«, fragte Gerolt.

Sie nickte. »Pierre steht kurz davor, die Ordination zum Parfait zu erhalten. So heißen die geistlichen Führer der Katharer. Und die Ordination nennen sie *Consolamentum.*«

»Was Tröstung bedeutet«, übersetzte Maurice.

»Ja, aber das Consolamentum der Ordination hat nichts mit der Tröstung Sterbender zu tun«, erklärte Heloise. »Und wer sich für das Leben eines Parfaits berufen fühlt, der muss ein Leben in strenger Enthaltsamkeit und Reinheit führen, auch was das Essen angeht. Parfaits wie auch schon die Novizen verzichten auf jede Art von Fleisch und nehmen auch weder Milch und Käse noch Eier zu sich. Allein Fisch essen sie gelegentlich, weil die sich im Wasser vermehren. Zumeist ernähren sie sich von Nüssen, Obst, Brot, Honig, Gemüse und Ähnlichem. Und es ist ihnen ganz wichtig, dass ihr Essen ausschließlich in Töpfen und Pfannen zubereitet wird, die noch nie mit Schmalz oder Fett in Berührung gekommen sind. Oft bringen sie sogar ihre eigenen Utensilien mit, wenn sie irgendwo zu Gast sind. Hier bei den Gardells ist das nicht nötig. Denn Brune hält für Katharer gesonderte Töpfe und Pfannen bereit, die deren Reinheitsgebot entsprechen. Aber dennoch wacht Pierre auch jetzt noch darüber, dass die Zubereitung seines Essens den strengen Vorschriften entspricht und dass auch ja kein Tropfen Fett aus den anderen Töpfen und Pfannen in sein Essen spritzt.«

»Das ist ja ein noch härteres und enthaltsameres Leben, als es sich sogar Mönche auferlegen, die sich der Regel des heiligen Benedikt unterwerfen«, staunte Tarik.

»Und wie jene haben sie sich auch der Ehelosigkeit verpflichtet«, fügte Heloise noch hinzu und errötete, als sie dabei Gerolts Blick auffing, der sich nicht genug wundern konnte, was für eine reizvolle Frau aus dem kleinen Mädchen geworden war, das er einst gekannt hatte.

»Aber guten Wein verschmähen sie nicht, wie ich gesehen habe«, warf McIvor trocken ein.

»Erzähl uns noch etwas mehr über ihren katharischen Glauben!«, forderte Gerolt sie schnell auf, als auch ihm das Blut ins Gesicht stieg. »Denn so ganz vertraut mit ihrer Lehre sind wir wohl nicht. Zumindest kann ich das von mir nicht behaupten.«

Heloise verzog das Gesicht. »Das ist alles ein wenig kompliziert, aber ich will versuchen, euch ihre wichtigsten Glaubenslehren grob zu erklären. Also zuerst einmal glauben sie, dass es einen *Demiurgen* gibt, der allein über eine grundböse Welt herrscht, und einen Erlöser, den sie den *Parakleten* nennen, der mit dieser Welt jedoch nichts zu schaffen und auch keine Einwirkung auf sie hat. Der Demiurg hat die Erde mitsamt der alles zerstörenden Zeit, dem Leid und der Gewalt geschaffen und ist bestrebt, das Gute zu vernichten.«

»Wie der Teufel«, warf McIvor ein.

»Ja, aber er ist es auch, der das wahre Leben, nämlich die Seele, in die materielle Hülle eines Körpers einsperrt, und nicht etwa Gott.«

»Sie halten den Menschen also nicht für von Gott geschaffen?«, vergewisserte sich Gerolt.

»Nein«, bestätigte Heloise. »Für sie sind alle Menschen die Vervielfachung des gefallenen Engels und Urverführers Luzifer, der bei seinem Sturz aus dem Himmel unzählige Seelen mit sich gerissen hat.

Ursprünglich war der von Gott geschaffene Mensch kein Wesen aus Fleisch und Blut, sondern eine Lichtgestalt mit einem wunderbaren Körper nach dem Abbild Gottes. Durch den Sturz aus dem Reich des Parakleten hat der Mensch jedoch nicht nur seine Lichtgestalt verloren, sondern auch die geistige Verbindung zu seinem göttlichen Ursprung. Deshalb treffen nach der Lehre der Katharer im Menschen zwei gegensätzliche Prinzipien aufeinander, wobei seine Seele als sein wahrer reiner Kern dem Reich Gottes und dem Licht angehört, während sein Körper allein den Mächten des Demiurgen unterworfen ist.«

Maurice runzelte die Stirn. »Und wie lösen sie das Dilemma, dass sie sozusagen zweigeteilt sind und von diesem Parakleten keine Hilfe gegen die Macht des Demiurgen erwarten dürfen?«

»Für einen Katharer liegt das Heil darin, sich von dieser materiellen Welt und ihrer Körperhülle zu lösen, um den Weg zurück in das Lichtreich Gottes zu finden«, antwortete Heloise. »Das Leben auf der Erde ist für sie ein bloßer Zwischenzustand, um durch Leiden und Buße zur Läuterung zu gelangen. Die Ewigkeit sehen sie dagegen als Wiedererlangung der reinen Existenz in einer Welt, die sie ›jenseits der Sterne‹ nennen und die eine Welt des Geistes ist, geschaffen vom wahren Gott des Lichtes und der Liebe.«

»Eigentlich nicht sehr viel anders als das, was auch wir glauben«, warf Gerolt ein.

»Aber einer der vielen und bedeutenden Unterschiede ist, dass Katharer vom Tod nicht zwangsläufig die Befreiung der Seele erwarten«, fuhr Heloise fort. »Sie kann erst in das Reich Gottes gelangen und wieder zur Lichtgestalt werden, wenn der Mensch zur wahren Erkenntnis seines eigenen göttlichen Ursprungs gelangt ist. Fegefeuer und Hölle sind ihnen fremd. Für sie ist das Erdenleben die Hölle, die der Demiurg geschaffen hat. Der Seele ist es jedoch erlaubt, sich so lange in seiner Welt aufzuhalten, bis sie Sehnsucht nach ihrer wirklichen Heimat verspürt und den Wunsch, dorthin zurückzukehren, was sogar selbst für Luzifer gilt. Und das kann lange dauern, nämlich viele Menschenleben.«

»Was? Sie glauben an die mehrfache Wiedergeburt hier auf Erden?«, stieß Tarik verblüfft hervor.

Heloise nickte. »Ja, sie glauben daran, dass sie mehrmals in die materielle Welt zurückkehren müssen, bis ihre Reinigung vollkommen ist und sie als Lichtgestalt endgültig in das Reich Gottes zurückkehren können. Sie sprechen von bis zu siebenhundert Jahren, die ein Mensch im schlimmsten Fall auf Erden durchleiden muss, ohne sich dabei jedoch seiner vorherigen Leben erinnern zu können. Diese einfachen Gläubigen, die den Reizen der materiellen Welt noch nicht entsagen können oder wollen, werden von ihnen *Credentes* genannt.«

»Siebenhundert Jahre? Tod und Teufel, das ist ja ein Mehrfaches von dem, was . . .«, entfuhr es McIvor und ertappte sich noch rechtzeitig dabei, dass er drauf und dran war, das Lebensalter von Abbé Villard zu nennen. Ein Alter, das womöglich auch sie als Gralshüter erreichen konnten, wenn sie vorher nicht eines gewaltsamen Todes starben.

Maurice rettete die Situation, indem er schnell sagte: »Wenn die Katharer alles auf dieser Welt für böse und für ein Werk dieses Demiurgen halten, ist es kein Wunder, dass sie nicht an ihrem Leben hängen und so furchtlos die Scheiterhaufen der Inquisition besteigen.«

»Und dass sie nichts mit der katholischen Kirche zu tun haben wollen«, fügte Gerolt hinzu. »Denn wer alles für von Grund auf böse hält, der kann auch nicht daran glauben, dass Jesus Christus als Gottessohn Mensch geworden ist und das Heil bringt.«

»So ist es!«, bestätigte Heloise. »Jesus ist für sie nichts weiter als ein

Mensch mit höherer geistiger Erkenntnis. Doch die Welt ist in ihren Augen nicht im Geringsten verbesserungsfähig. Somit ist dann auch die Anbetung des Kreuzes und die heilige Eucharistie in ihren Augen nichts als ein fauler Zauber, weil dem Kreuz keine göttliche Kraft innewohnen kann und auch Wein und Brot sich in nichts anderes verwandeln können, weil doch auch sie zum Werk des Demiurgen gehören. Aber sie lesen die Bibel, wenn auch auf ihre ganz eigene Weise, wobei sie besonders die Schriften des heiligen Johannes in hohen Ehren halten und sie als Fundament ihres Glaubens ansehen.«

Für weitere Erklärungen blieb keine Zeit mehr, trugen doch nun Beatrice und Brune allerlei köstliche Speisen in dampfenden Schüsseln und Pfannen heran. Jetzt setzten sich auch ihre Gastgeber sowie Pierre Azéma und seine Männer zu ihnen an den großen Tisch, und das fröhliche Festessen begann.

Nichts ließ in der ausgelassen feiernden Runde darauf schließen, dass es zwischen ihnen große Glaubensunterschiede gab. Der Großmut und die Friedfertigkeit, mit der die Gardells und die anderen Katharer akzeptierten, dass die vier Tempelritter sowie Heloise und nun wieder auch Beatrice ein völlig anderes Glaubensverständnis von Gott, dem Erdenleben, Jesus Christus und der Rettung der Seele besaßen, beeindruckten die Gralshüter sehr – und es beschämte sie, dass es den verblendeten, gewaltbereiten Mächtigen ihrer katholischen Kirche an wahrem christlichem Glauben fehlte. Die Kirche mochte ihre Religion ja als Mission in die Welt hinaustragen und sie treu bekennen, aber nie durfte sie diejenigen mit Mord und Brand und erbitterter Verfolgung überziehen, die sie nicht annehmen wollten. Und niemals durfte das Kreuz des Erlösers, der Friedfertigkeit und Nächstenliebe unter allen Umständen gepredigt hatte, zu einer Mordwaffe werden! Was hatten die Kirchenfürsten und auch zahllose Gläubige noch für einen langen Weg der Erkenntnis vor sich, um wirklich das zu lehren und selbst vorzuleben, was die Evangelien lehrten und von jedem aufrichtigen Christen forderten!

Beatrice schenkte der lebhaften Unterhaltung kaum Beachtung. Sie hatte sich Maurice gegenübergesetzt und nahm kaum einmal ihren Blick von ihm. Ihr Sinnen und Trachten bestand ganz offensichtlich allein darin, in ihm wieder das Feuer zu entflammen, das schon einmal, vor vielen Jahren, in ihm gebrannt hatte. Sie entfernte sich sogar kurz nach dem Auftischen der warmen Speisen für eine geraume Weile. Und als sie zu ihnen in die Foghana zurückkehrte, trug sie nicht mehr ihr einfaches, wenig ansehnliches Hauskleid aus schwarzer Wolle, sondern präsentierte sich ihnen in einem wunderschönen, smaragdgrünen Kambrikgewand, das ihre Reize und ihr frisch gekämmtes honigblondes Haar nachdrücklich zur Geltung brachte. Sie strahlte über das ganze Gesicht und sah wie verjüngt aus, als sie sich wieder zu ihnen setzte, Maurice zulächelte und mit einer langen, lockigen Haarsträhne spielte.

Gerolt tauschte mit McIvor einen vielsagenden Blick. Der Schotte gab einen schweren Seufzer von sich, als wollte er ihm zu verstehen geben, dass ihre Weiterreise wohl mit einigen Komplikationen verbunden sein würde. Einen ähnlichen Gedanken hatten auch Gerolt und Tarik.

Die Feier zog sich bis spät in die Nacht hin und alle sprachen kräftig dem Wein zu. Immer wieder wurden die Kannen neu gefüllt und kreisten auf dem Tisch. Die Tempelritter machten an diesem Abend ihrem Ruf, einer ordentlichen Zecherei nie abgeneigt zu sein und einen ordentlichen Zug am Leib zu haben, alle Ehre. Aber auch die anderen hielten kräftig mit. Niemand wollte der Erste sein, der die Tafel aufhob, schon gar nicht ihre Gastgeber.

Und so war es denn auch nicht verwunderlich, dass sie alle redlich Mühe hatten, sich mit noch halbwegs aufrechtem Gang nach oben in ihre Kammer zu begeben, als es schließlich doch allerhöchste Zeit wurde, vor dem neuen Tag noch einige Stunden Schlaf zu finden.

»So und nicht anders bewirtet man Gäste und feiert Feste, werter Adlatus Antoine von Chartres!«, lallte McIvor in fröhlicher Trunkenheit und musste sich auf Gerolt stützen, um ohne Sturz über die Treppe nach oben zu ihren Kammern kommen.

»Darüber reden wir morgen noch mal, wenn wir mit einem Riesenbrummschädel und höllischem Nachdurst aus den Betten zu kriechen versuchen, Eisenauge«, erwiderte Gerolt und musste große Anstrengungen aufbieten, um eine einigermaßen verständliche Artikulation über die Lippen zu bekommen und sich auf den schwankenden Beinen zu halten. Keiner von ihnen ahnte jedoch, dass Kopfschmerzen und eine ausgedörrte Kehle am nächsten Morgen die geringsten ihrer Sorgen sein würden!

13

Gerolt erwachte aus schweren, dunklen Träumen und vermochte nur mit Mühe die Augen aufzumachen, als jemand ihn an der Schulter rüttelte und mit zitternder Stimme seinen Namen rief. Die Schwere des Weins saß ihm wie Blei in den Gliedern, und sein Körper wehrte sich dagegen, die letzten Fäden des Schlafs loszulassen und sich aufrichten zu müssen.

»Um Gottes willen, wach auf, Gerolt! . . . Und auch du, McIvor! . . . Ich bitte euch, kommt hoch! . . . Es ist etwas Schreckliches passiert! . . . Heilige Muttergottes, stehe uns bei!«

Stöhnend schlug Gerolt die Augen auf und sah im ersten grauen Licht des Morgens eine Gestalt über sich gebeugt. Er blinzelte, um seinen trüben Blick zu klären.

»Heloise?«, krächzte er mit einer Stimme, die selbst in seinen Ohren wie ein Reibeisen klang.

Sie war nur mit ihrem langen Nachthemd bekleidet. Und so wenig ansehnlich Stoff und Schnitt ihres Nachtgewands auch waren, so vermochte es doch nicht den jungen, anmutigen Körper darunter zu verbergen. Zumal sie ihm in ihrer herabgebeugten Haltung durch den aufklaffenden Halsausschnitt einen tiefen Blick auf das gewährte, was sonst ein Mieder züchtig umschloss und alles andere der Vorstellungskraft seines Betrachters überließ.

»Was immer es auch ist, kann es nicht bis später warten? Bitte lass uns noch etwas schlafen«, murmelte er schläfrig, und aus dem weichenden Dunkel des Schlafes flackerten Bilder und Erinnerungen wie schnell verlöschende Lichter in ihm auf, von denen einige auch mit Heloise zu tun hatten. Ja, sie war Teil seiner Träume gewesen. Doch welche Rolle sie in seiner Traumwelt gespielt hatte, diese Erinnerung entzog sich im selben Moment, als er nach ihr greifen und sie hinüber in sein wacher werdendes Bewusstsein ziehen wollte.

Von McIvor kam ein lang gezogenes Stöhnen, als er sich nicht weniger benommen im Bett herumwälzte und aufrichtete, um zu sehen, was die Aufregung zu so früher Stunde zu bedeuten hatte. Mit beiden Händen umfasste er seinen Schädel.

»Tod und Teufel, jemand muss mir heute Nacht eine Keule über den Kopf gezogen haben!«, klagte er. »So hat mir der verdammte Schädel noch nach keiner Zecherei gebrummt!«

»Ich flehe euch an, kommt hoch!«, beschwor Heloise sie, das Gesicht blass wie der Tod und von Entsetzen gezeichnet. »Es ist etwas Grauenhaftes passiert ... mit meiner Schwester! ... Und wenn ihr jetzt noch jemand helfen kann, dann nur ihr! ... Oh Gott, oh Gott, oh Gott, was ist nur geschehen?« Mit diesem verzweifelten Anruf hastete sie aus der Kammer, um auch Tarik und Maurice nebenan aus dem Schlaf zu reißen.

Nun endlich begriffen Gerolt und McIvor, dass Beatrice wirklich etwas Entsetzliches zugestoßen sein musste. Denn Heloise war, wie sie sehr wohl wussten, nicht so leicht aus dem Gleichgewicht zu bringen und neigte schon gar nicht zu Übertreibungen und schnellem Klagen, wenn es irgendein Ungemach zu ertragen gab. Und so ignorierten sie ihre schweren Glieder und das bösartige Hämmern im Kopf, quälten sich aus dem Bett, warfen sich hastig etwas über und wankten hinaus in den Gang, wo sie auf Tarik und Maurice trafen, die mit schlafverklebten Augen und nicht weniger benommenem Ausdruck aus ihrer Kammer auftauchten. Von unten kam kein

Laut. Arnaud und Brune Gardell lagen noch in tiefem, seligem Schlummer. Und auch den festen Schlaf ihrer kleineren Kinder, deren Zimmer hinter dem Knick des Ganges auf der anderen Seite lagen, vermochte nichts zu stören.

»Was, um alles in der Welt, ist denn bloß passiert?«, stieß Maurice hervor und zerrte sich sein Obergewand zurecht.

»Ich kann es euch nicht sagen! Ich weiß nicht wie! . . . Oh Gott, kommt und seht selbst!«, forderte Heloise sie mit zitternder, brüchiger Stimme auf und lief schon ans andere Ende des Flurs, wo sie sich mit ihrer Schwester eine Kammer teilte.

Die vier Gralshüter folgten ihr, jetzt höchst beunruhigt, auf den Fersen. Als Heloise die Tür öffnete und Gerolt sich mit seinen Freunden ins Zimmer drängte, tönte ihnen eine merkwürdig schrille, zugleich doch erstickt klingende Stimme entgegen. Hätten sie es nicht besser gewusst, sie hätten diese Stimme im ersten Moment nicht als die von Beatrice erkannt.

»Nein! . . . Bleibt, wo ihr seid! . . . Weg von mir! . . . Bleibt weg!« Und sofort ging ihr gedämpftes Kreischen in ein Schluchzen und Wimmern über.

Beatrice kauerte, wie Heloise noch in ihrem langen Nachthemd, in der hintersten Ecke der Kammer am Boden und hatte sich ein großes Wolltuch über den Kopf geworfen, das sie mit zitternden Händen vor ihr Gesicht hielt. Vor ihr auf dem Boden lagen die Scherben eines zersplitterten Spiegels.

»Was zum Teufel geht hier vor?«, wollte McIvor wissen, der die ganze Aufregung nicht verstand. »Habt ihr denn beide den Verstand verloren? Wenn ihr Streit um einen verdammten Spiegel habt, dann ist das wahrlich kein Grund, uns um diese Zeit . . .«

»Warte!«, fiel Gerolt ihm ins Wort, während ihn eine Gänsehaut überlief. Denn sein Blick war auf die Hände von Beatrice gefallen.

Und was er da sah, erfüllte ihn mit einer fürchterlichen Ahnung. »Seht euch ihre Hände an!«

Maurice gab einen erstickten Laut von sich. »Allmächtiger, das . . . das kann nicht sein!«, stieß er hervor. »Was wird hier gespielt?«

»Das sind die Hände einer alten Frau!«, stellte Tarik fast im selben Moment fassungslos fest.

»Es sind nicht nur ihre Hände!«, rief Heloise gequält, und Tränen liefen ihr über das Gesicht. »Sie . . . sie ist über Nacht zu einer alten Frau geworden! Wie kann so etwas Grauenvolles nur möglich sein? . . . Was ist mit ihr geschehen? Wer hat ihr so etwas Schreckliches angetan? Ihr müsst ihr helfen!«

»McIvor!« Gerolt fuhr zu ihm herum.

Doch der Schotte, der eben noch hinter ihm gestanden hatte, stürzte schon aus dem Raum und rannte zurück in ihre Kammer. Denn auch ihn hatte dieselbe schreckliche Ahnung ergriffen.

Mit einem Satz war Maurice bei Beatrice, riss ihr mit einer rücksichtslosen Bewegung das Wolltuch vom Gesicht – und taumelte im nächsten Augenblick entsetzt zurück.

Anstelle eines Gesichtes von reifer, weiblicher Schönheit, das Maurice vor wenigen Stunden unten am Tisch der Foghana noch verzaubert und ihn in Gedanken zu kühnen Zukunftsplänen hingerissen hatte, blickten sie in das eingefallene, faltenreiche Gesicht einer alten Frau. Und das einst honigblonde Lockenhaar hatte sich in schüttere, graue Strähnen verwandelt.

»Weg! . . . Geht alle weg!«, wimmerte Beatrice und schlug die runzeligen Altfrauenhände vor ihr Gesicht. »Er hat mich getäuscht! . . . Er hat mich getäuscht und mit seinem Teufelswerk alles zerstört! . . . Ich will sterben! . . . Geht, geht! . . . Keiner darf mich so sehen! Verschwindet! . . . Alle!« Sie riss das Tuch wieder an sich, presste es sich vors Gesicht und dann ging ihr Wimmern in ein verzweifeltes Schluchzen über.

»Was hast du getan, Beatrice? Sag, was hast du getan? Hör auf zu jammern und zu schluchzen, sondern steh uns Rede und Antwort!« Maurice ballte die Fäuste, als wollte er die Antwort notfalls aus ihr herausprügeln. »Was hast du uns *und* der Welt angetan?«

Die Antwort darauf gab McIvor, der mit kalkweißem Gesicht zu ihnen zurück ins Zimmer getorkelt kam. Er hielt sich am Türrahmen fest, als kämpfte er gegen einen Schwindel an, der ihn von den Beinen zu holen drohte.

»Der Herr stehe uns bei! Sie muss uns an die Iskaris verraten haben! Wie sie das gemacht hat, weiß ich nicht, aber er ist weg! Das Versteck ist leer!«, teilte er ihnen mit und bestätigte damit ihren fürchterlichen Verdacht.

Man hatte sie in der Nacht des Heiligen Grals beraubt! Das unvorstellbare Unheil, das die Bruderschaft der Gralshüter über zwölf Jahrhunderte hinweg im Kampf gegen die Teufelsknechte zu verhindern gewusst hatten, war eingetreten – zur Zeit ihres heiligen Amtes!

Sie waren wie vor den Kopf geschlagen von der vernichtenden Nachricht, und ihnen schauderte bei dem Gedanken, dass die Iskaris mit dem heiligen Kelch schon seit Stunden auf dem Weg zu jener schwarzen Abtei waren, wo das teuflische Werk vollzogen werden sollte.

Gerolt empfand Übelkeit, und es hätte nicht viel gefehlt und all das, was sich von dem Festessen und ihrer Zecherei noch in seinem Magen befand, wäre ihm in einem bitteren Schwall in die Kehle gestiegen und aus ihm herausgebrochen.

»Der Wein!«, stieß Tarik heiser hervor. »Es muss der Wein gewesen sein! Nie zuvor habe ich so wie gestern das Gefühl gehabt, nicht genug davon kriegen zu können. Es muss unglaublich viel, viel mehr als nur ein kleiner Krug voll von dem schwarzen Trank der Teufelsknechte in dem Roten gewesen sein!«

»Dann ... dann muss einer von uns in der Nacht unter dem Einfluss des Teufelstranks das Versteck verraten haben«, flüsterte McIvor, und sein entsetzter Blick verriet, dass er sich fragte, ob er wohl derjenige gewesen war.

Jeder fragte sich das und versuchte voller Angst, in sich zu forschen, ob tief in seinem Innersten die Erinnerung an solch einen Verrat verborgen lag.

Gerolt zwang sich mit großer Willensanstrengung, sein bodenloses Entsetzen unter Kontrolle zu bringen und einen klaren Gedanken zu fassen. »Wem diese Teufel das Geheimnis entlockt haben, ist jetzt nicht von Bedeutung. Es kann jeder von uns getan haben. Also halten wir uns jetzt nicht damit auf!«, stieß er hervor. »Wir müssen erfahren, was geschehen ist! Noch dürfen wir die Sache nicht verloren geben. Wer immer in das Haus eingedrungen ist, kann noch keinen großen Vorsprung haben. Aber erst mal muss Beatrice uns sagen, was vorgefallen ist! Und zwar alles!«

Maurice sagte kein Wort. Von der grenzenlosen Wut, mit der er Beatrice das Tuch vom Gesicht gezerrt hatte, fand man keine Spur mehr in seinem Gesicht. Wie kraftlos war er auf das nächste Bett gefallen und starrte mit leerem Blick auf die Frau, die er wie keine andere geliebt und die sie nun an die Knechte des Schwarzen Fürsten verraten hatte. Tränen liefen ihm über das Gesicht. Was seine Freunde sagten, schien er nicht mitzubekommen.

Tarik und Gerolt übernahmen es, Beatrice aus der Ecke zu ziehen und zum Reden zu bringen. Es dauerte jedoch lange, bis sie das wimmernde Häufchen Elend dazu gebracht hatten, ihnen alles von Anfang an zu berichten. Obwohl von einem eigentlichen Bericht keine Rede sein konnte. Vielmehr waren es nur zerstückelte Teile eines solchen, die sich erst nach und nach zu einem Ganzen zusammenfügten, und zwar zu einer schauerlichen Geschichte von teuflischer Heimtücke und verblendeter, anmaßender Eitelkeit. Demnach hatte sich folgendes Geschehen zugetragen:

Nachdem Beatrice und die anderen beiden Angeklagten die Feuerprobe bestanden hatten, war einer der Zuschauer des Gottesurteils zu ihr getreten und hatte sie angesprochen. Der Mann war ihr kein Unbekannter. Er hörte auf den Namen Arente Askabe und tauchte regelmäßig in Unac auf. Im Haus der Gardells war sie ihm schon oft begegnet. Denn Arente Askabe verdiente sich seinen Lebensunterhalt als herumziehender Weinhändler und machte auch mit Arnaud Gardell Geschäfte. Der Landstrich der Sabarthès und der Aude waren das Gebiet seiner Kundschaft. Der Mann nun sagte ihr auf den Kopf zu, dass es sich bei den beiden angeblichen Dominikanermönchen und ihren Gehilfen um Tempelritter handelte, weil er McIvor mit seiner Eisenkappe von einer genauen Beschreibung her kannte. Er versicherte ihr jedoch, dass keinem von ihnen auch nur ein Haar gekrümmt werde und dass er ihr jeden Wunsch zu erfüllen in der Lage sei, wenn sie ihm nur dabei helfe, zwei Fässchen von seinem Wein in jenes Fass zu schütten, aus dem Arnaud Gardell später den Trank für seine Gäste zapfen würde. Erst wollte sie nichts davon wissen, doch fragte sie mehrmals nach, ob er wirklich die Macht habe, ihr jeden Wunsch zu erfüllen. Und als Arente Askabe das bejahte, verriet sie ihm, dass sie nur einen einzigen Wunsch habe, für den sie alles zu tun bereit sei. Sie liebe Maurice und wolle ihn nicht noch einmal verlieren. Doch sie habe Angst, dass er sie mit fast Mitte dreißig nicht mehr hübsch und anziehend genug finde, um erneut sein Herz an sie zu verlieren. Denn während sie doch in den vergangenen Jahren viel von ihrer einstigen Schönheit verloren habe, habe er sich sein attraktives, jugendhaftes Aussehen fast unverändert bewahren können.

Wenn Arente Askabe ihr ihre einstige Schönheit wiedergeben könne, wolle sie sich auf den Handel einlassen.

Daraufhin versicherte ihr Arente Askabe, dass er das sehr wohl könne. Beatrice verlangte vorher jedoch einen Beweis für seine Behauptung. Diesen wollte er ihr auch bringen. Sie verabredeten, sich später hinten im Schutz des Obsthains zu treffen. Dann könne sie sich mit eigenen Augen davon überzeugen, dass er seinen Teil des Handels erfüllen werde. Als sie sich dann dort wiedertrafen, reichte er ihr einen großen Tiegel mit einer Salbe. Als sie sich ein wenig davon auf ihren linken Handrücken strich, wo sie eine kleine weißliche Narbe hatte und sich auch schon die ersten winzigen Altersflecken zeigten, da verschwanden diese wundersamerweise, und ihre Haut wurde wieder so glatt und straff wie zu ihrer Zeit als junge Frau. Und Arente Askabe versicherte ihr einmal mehr, dass sie mit dieser magischen Salbe über Nacht mehr als nur ein paar Jahre verlieren würde. Und genau das waren seine Worte: »Du wirst mehr als nur ein paar Jahre verlieren!« Das nahm sie jedoch nicht wortwörtlich, sondern dachte nur an ihre Hoffnung, dass sie durch diese Salbe wieder zu ihrer einstigen bezwingenden Schönheit zurückfinden würde. Und so trug sie dann die beiden Fässchen in den Keller und kippte sie in das Fass, das Arnaud Gardell zur Beköstigung seiner Gäste bestimmt hatte. Später in der Nacht, als alle volltrunken in ihren Betten lagen, ließ Beatrice ihn heimlich ins Haus und führte sie in die Zimmer der vier Tempelritter.

Sie beobachtete von der Tür aus, wie er sich über jeden von ihnen beugte und leise mit ihnen zu sprechen schien. Doch was genau er da murmelte und als Antwort erhielt, wusste sie nicht zu sagen. Das tat er bei jedem. Dann machte er sich an der Wand zu schaffen, zog einen Beutel aus einer Öffnung heraus und verschwand mit den Worten: »Nun reibe dich mit der Salbe von Kopf bis Fuß gut ein, schöne

Frau! Und wenn du morgen in den Spiegel schaust, wirst du deinen eigenen Augen nicht trauen!« Und genau das war dann auch geschehen, jedoch auf eine grauenvolle Weise!

Als Gerolt und Tarik all das aus ihr herausgebracht hatten, kniete Beatrice wimmernd vor ihnen, klammerte sich an Gerolts Beine und bettelte ihn an, doch endlich etwas zu unternehmen, auf dass sie von dem teuflischen Fluch erlöst und wieder zu der werde, die sie vor wenigen Stunden noch gewesen sei.

»Das steht nicht in unserer Macht. Wir sind Diener Gottes und nicht allmächtige Magier, die das Werk des Teufels rückgängig machen können«, antwortete Gerolt ihr und hatte Mühe, Mitleid für sie zu empfinden. In den Monaten, die Beatrice nach dem Fall von Akkon mit ihnen verbracht und in denen sie mehr als einmal selbst miterlebt hatte, wer ihre erbitterten Todfeinde waren, in dieser langen Zeit musste sie begriffen haben, dass ihr heiliger Dienst darin bestand, ein unermesslich wertvolles Gut zu schützen, das auch nicht mit allem Silber, Gold und Geschmeide der Welt aufzuwiegen war. Und dennoch hatte sie sich in ihrer maßlosen Eitelkeit und Selbstsucht mit dem Teufelsknecht eingelassen. Nicht einmal das, was sie Liebe nannte, konnte da als Entschuldigung gelten. Wahre Liebe hatte ein anderes Gesicht, nämlich das der Sorge um das Wohl des geliebten Menschen, der vorbehaltlosen Hingabe bis hin zur Aufopferung des eigenen Lebens und nötigenfalls auch des Verzichtes, so herzzerreißend groß der Schmerz dabei auch sein mochte. Nein, Mitleid hatte Beatrice nicht verdient, und er konnte auch weder bei McIvor noch bei Tarik eine solche Regung erkennen.

»Warum hast du uns das angetan?«, fragte er mit gebrochener Stimme und tränenfeuchtem Gesicht. »Ich habe dich so geliebt, wie du warst, Beatrice! Und alles, was ich gesehen habe, als du gestern nach so vielen Jahren wieder vor mir standest, war eine in Schönheit gereifte Frau, deren Anblick all die Bilder, die ich mir jahrelang von dir gemacht habe, verblassen ließ, wie das strahlende Licht der Sonne den Schein des Mondes vergessen lässt!« Er machte eine kurze Pause und setzte dann leise hinzu: »Ich wollte dich fragen, ob du mit mir kommen magst. Denn nun bin ich frei, mich an eine Frau zu binden. Doch du hast alles zerstört und entsetzliches Unheil heraufbeschworen.«

Wie von einer unsichtbaren Folter gequält, schrie Beatrice schrill auf und fuchelte mit den ausgestreckten Armen, als wollte sie alle verscheuchen.

Von tiefem Gram gezeichnet, schüttelte Maurice den Kopf. »Wie hast du nur glauben können, der Teufel und seine Knechte könnten auf dieser Welt auch nur irgendetwas Gutes wirken? In ihrer Macht steht einzig und allein das Böse, das Heimtückische und Zerstörerische! Jetzt nimm eine der Scherben auf und sieh, was dein Judaslohn ist, Beatrice!« Seine Stimme wurde hart. »Ich habe geglaubt, mir deiner Liebe immer gewiss sein zu können. Doch jetzt weiß ich, dass es nicht selbstlose Liebe war, sondern nur selbstsüchtige Liebelei aus Eigennutz! Möge Gott sich deiner erbarmen!«

Damit erhob er sich von der Bettkante, wandte ihr den Rücken zu und wollte aus dem Zimmer gehen.

Doch da schrie Beatrice erneut auf. Diesmal war es jedoch kein Aufschrei der Verzweifelung, sondern der eines heftigen körperlichen Schmerzes. Sie fasste sich an die Brust, stürzte zur Seite auf den Boden und krümmte sich. Ein schreckliches Röcheln drang aus ihrer Kehle. Ihre Glieder zuckten wie unter einem Anfall von Fallsucht. Dann kam ihr Körper jäh zur Ruhe und jeder Laut aus ihrer Kehle erstarb.

Tarik trat sofort zu ihr, beugte sich hinunter und legte zwei Finger auf ihre Halsschlagader. »Sie ist tot«, sagte er leise, zögerte kurz und schloss ihr dann die Augen. »Den schnellen Verfall ihres Körpers müssen ihr Herz oder andere Organe nicht verkraftet haben. Vielleicht ist es gut so, dass sie nicht noch Jahre mit ihrer Schuld und dem Aussehen einer alten Frau leben musste. Jetzt ist sie in Gottes Hand! Möge er sie richten oder Erbarmen mit ihrer gequälten Seele haben!«

Heloise ging vor dem hingestreckten Körper ihrer Schwester in die Knie und strich ihr mit einer sanften Bewegung die Haare aus dem Gesicht. »Gott wird dir das Himmelreich nicht verwehren, meine Schwester«, sagte sie unter Tränen. »Was immer du auch angerichtet hast, er wird dich von der Schuld erlösen und dich seine Herrlichkeit sehen lassen.«

Mit versteinerter Miene blickte Maurice auf die leblose Frau hinunter, der er alles zu geben bereit gewesen war – und die ihm durch ihren Handel mit den Mächten der Unterwelt nun fast alles genommen hatte, was seinem Leben einen tiefen Sinn gegeben hatte.

»Wie könnte er sie von der Schuld erlösen?«, murmelte er düster und voller Verbitterung. »Nicht wenn den Iskaris nun das Große Werk gelingt und der Fürst der Finsternis seine Weltherrschaft antritt!«

14

Arnaud Gardell saß mit den vier Gralsrittern am Tisch der Foghana, raufte sich die Haare und murmelte immer wieder voller Bestürzung und Beschämung: »Meine Gäste beraubt unter meinem Dach! Beraubt unter meinem Dach! Nach allem, was Ihr für uns getan habt! Was für eine Schande!«

»Beruhigt Euch, Arnaud. Macht Euch keine Vorwürfe. Euch trifft nicht die geringste Schuld!«, redete Gerolt auf ihn ein. Jetzt galt es, einen kühlen Kopf zu bewahren und nicht in hektische Betriebsamkeit zu verfallen. »Lasst uns lieber überlegen, wie wir die Spur dieses Verbrechers aufnehmen und wieder in unseren Besitz bringen können, was er uns gestohlen hat.«

Sie hatten sich genötigt gesehen, Arnaud und seine Frau aus dem Schlaf zu holen und sie in groben Zügen in das einzuweihen, was in der Nacht geschehen war. Denn nur er konnte ihnen jetzt mit Rat und Tat helfen, damit sie bei der Verfolgung von Arente Askabe nicht ziellos und ortsunkundig durch die zerklüftete Bergwelt irrten und dabei noch mehr kostbare Zeit verloren. Die Chance, den Teufelsknecht noch rechtzeitig einholen und stellen zu können, bevor er mit dem Heiligen Gral die schwarze Abtei erreichte, war auch so schon verschwindend gering.

Was genau man ihnen geraubt hatte, darüber hatten sie jedoch nur vage Andeutungen gemacht. Zudem stand Arnaud auch noch unter dem Schock, in den ihn die Mitteilung versetzt hatte, dass Beatrice an einem Herzschlag gestorben war. Den körperlichen Verfall, der Beatrice über Nacht zu einer alten Frau hatte werden lassen, hatten sie ihm und Brune jedoch verschwiegen. Dass sie von einem Herzschlag getroffen worden war, genügte völlig. Heloise hatte den Leichnam ihrer Schwester in ein Bettlaken gewickelt und den Gardells das Versprechen abgenommen, dafür Sorge zu tragen, dass niemand ihren verfallenen Körper zu sehen bekam, sondern dass Beatrice gut verhüllt zu Grabe getragen wurde.

»Wir müssen so schnell wie möglich in Erfahrung bringen, in welche Richtung dieser Arente Askabe mit seiner Beute verschwunden ist«, sagte Tarik, während sich Brune Gardell hinten am Herd zu schaffen machte und eine Hühnerbrühe aufwärmte. »Dabei sind wir auf Eure Hilfe angewiesen. Denn Euch wird man nichts verheimlichen, wenn jemand etwas darüber zu berichten weiß.«

»Und die Zeit drängt, werter Herr Gardell!«, fügte McIvor hinzu. »Wir müssen so schnell wie möglich die Verfolgung aufnehmen und dabei auch die richtige Richtung einschlagen, wenn wir noch eine Chance haben wollen, diesen Arente Askabe rechtzeitig einzuholen.«

»Wenn nicht schon längst alles verloren ist«, murmelte Maurice mit dunkler Vorahnung.

Der Weinhändler nickte und sprang sofort auf. »Ich werde alles tun, was in meiner Macht steht, Ihr habt mein Wort!«, versicherte er und stürzte kurz darauf aus dem Haus.

Brune brachte den Topf mit der Hühnerbrühe zu ihnen an den Tisch und füllte vier Schalen. »Ich weiß, Euch wird kaum nach Essen zumute sein. Aber diese herzhafte Brühe wird Euch guttun. Sie ist die beste Rezeptur gegen die Nachwehen einer durchzechten Nacht!« Sie versuchte dabei ein aufmunterndes Lächeln, doch es kam gegen den Kummer und die große Bedrückung auf ihrem Gesicht nicht an.

»Wir werden Eurem Rat folgen, auch wenn uns wahrlich nicht der Sinn nach einer Mahlzeit steht. Seid bedankt für Eure Güte«, sagte Gerolt, um ihr das Herz ein wenig leichter zu machen. »Und jetzt seid so gut, zu Heloise zu gehen und ihr in ihrem Kummer Euren Beistand zu geben. Tut alles so, wie sie es sich für das Begräbnis ihrer Schwester von Euch erbittet, und stellt keine Fragen. Glaubt mir, dass es so besser ist für uns alle.«

»Das werde ich«, versprach Brune und begab sich nach oben zu Heloise und der Toten.

Schweigend löffelten sie die scharf gewürzte Suppe, und sie tat ihnen so gut, wie ihre Gastgeberin gesagt hatte. Sie vertrieb ein wenig die bleierne Schwere in ihren Gliedern und sorgte allmählich dafür, dass sich ihre Kopfschmerzen legten.

»Was ist, wenn der heilige Kelch schon längst in Sjadús Händen oder gar schon in der schwarzen Abtei ist?«, brach Maurice das bedrückte Schweigen.

»Darüber will ich erst gar nicht nachdenken!«, murmelte McIvor.

»Ich kann und werde nicht daran glauben, dass schon alles verloren sein soll!«, wehrte sich auch Gerolt gegen diese vernichtende Vorstellung. »So nahe kann diese Abtei der Judasjünger gar nicht liegen, sonst wüsste man in dieser Gegend schon lange von solch einem Ort. Nein, das Versteck der Iskaris muss irgendwo tief in den Pyrenäen liegen, vielleicht sogar jenseits der Berge. Und wenn es uns gelingt, die Fährte von Arente Askabe noch rechtzeitig aufzunehmen, bleibt uns vielleicht noch eine Chance, das Große Werk zu verhindern und das Unheil abzuwenden.«

»Gebe Gott, dass es so ist und wir wirklich noch eine Chance erhalten, den Heiligen Gral und unsere Ehre als Gralshüter zu retten«, erwiderte Tarik mit gequälter Miene. »Ich wüsste nicht, wie ich sonst damit leben sollte, dass wir versagt haben.«

Wieder versanken sie in ein düsteres, schwer lastendes Schweigen.

»Lasst uns unsere Pferde satteln und alles zum Aufbruch bereit machen!«, schlug Gerolt nach wenigen Minuten vor. Er ertrug es nicht länger, untätig herumzusitzen und auf Arnauds Rückkehr zu warten.

»Und lasst uns nicht vergessen, Abschied von Heloise zu nehmen«, sagte McIvor mit einem schweren Seufzer, war sie ihm doch schon auf ihrem Wüstenmarsch wie ein eigenes Kind ans Herz gewachsen. Nur zu gern hätte er sich noch länger an ihrer Gegenwart erfreut. »Für sie wird jetzt eine schwere Zeit anbrechen, die viel Tapferkeit von ihr fordern wird. Aber sie wird auch das so bewunderswert überstehen wie all das andere, was sie mit uns so klaglos ertragen hat.«

Der Gedanke an den Abschied von Heloise versetzte auch Gerolt einen schmerzlichen Stich. Er wünschte, es müsste nicht sein. Doch er durfte jetzt nur Gedanken für ihre verzweifelte Aufholjagd haben. Was sonst in seinem Innersten war, musste ungesagt und verborgen bleiben.

Gerade hatten sie ihre Pferde im Stall gesattelt und ihre Säcke festgebunden, in denen auch reichlich Proviant steckte, den Brune ihnen rasch zusammengestellt hatte, als auch schon Arnaud zurückkehrte. Zu ihrer Erleichterung brachte er die Informationen, die sie brauchten, um ihre Suche nach dem Iskari in die richtige Richtung zu lenken.

»Der Schäfer Nicolas Higounet, der die Nacht draußen vor dem Dorf bei seiner Herde verbracht hat, er hat Arente Askabe heute Nacht gesehen!«, teilte er ihnen mit. »Er kam aus der Richtung, wo mein Obsthain an das Buschwerk des aufsteigenden Hangs grenzt. Er führte ein Maultier hinter sich her, jedoch ohne seinen üblichen Wagen, den er sonst immer vor das Tier gespannt hat. Dem Schäfer fiel er besonders deshalb auf, weil Arente sich offensichtlich alle Mühe gab, keinen Lärm zu machen. Und er hatte einen Lederbeutel über der Schulter hängen.«

Maurice nickte mit finsterem Blick.

»Aber er war nicht allein«, fuhr Arnaud rasch fort. »Oben am Talausgang haben drei Männer auf ihn gewartet. Einer von ihnen ist sofort nach Arentes Rückkehr losgeritten und hat die Straße nach Carcassonne genommen. Die anderen drei sind zusammen hoch in die Berge geritten.«

»Und welchen Weg haben sie eingeschlagen?«, wollte Gerolt sofort wissen. »Hat der Schäfer das auch beobachtet?«

Arnaud nickte. »Nicolas ist die ganze Sache sehr merkwürdig vorgekommen und er ist ihnen deshalb heimlich ein Stück gefolgt, wenn auch nicht allzu weit, weil er seine Herde nicht zu lange sich selbst überlassen wollte. Aber er hat doch gesehen, dass sie sich am Ende des Seitentals, in dem sie verschwunden waren, an der Gabelung getrennt haben. Einer der Männer hat den linken Weg eingeschlagen, während Arente Askabe mit dem anderen auf dem rechten verschwunden ist.«

»Arente hat Boten losgeschickt, um die Nachricht von seinem gelungenen Raub zu verbreiten und Sjadú zu informieren!«, folgerte Gerolt sofort, und seine Freunde teilten seine Vermutung.

»Und wohin führt diese linke Abzweigung?«, kam sofort die nächste Frage, diesmal von Maurice.

»Das ist ein recht gewundener Bergpfad, den die Einheimischen nehmen, wenn sie auf dem kürzesten Weg in das Dorf Boucan oder hoch in die Bergkette hinter l'Artigue und hinüber nach Spanien wollen«, erklärte Arnaud. »Auf der Landstraße ist der Weg zwar weniger anstrengend, aber die führt erst hoch nach Tarcason, bevor sie dort scharf nach Süden abknickt und über Vicdessos nach Boucan führt, und das ist doch ein ziemlich großer Umweg. Nicolas erwartet Euch am Talausgang und wird Euch den Weg weisen, den die Schurken des Demiurgen genommen haben.«

»Ist diese Abkürzung zu Pferd begehbar?«, wollte Gerolt wissen.

»Nun, Ihr seid erfahrene Reiter und habt verlässliche Pferde, wie ich annehme«, sagte Arnaud nach kurzem Zögern. »Ihr solltet deshalb nicht allzu große Schwierigkeiten haben. Allerdings werdet Ihr auf zwei, drei recht ungemütliche Strecken stoßen, wo ihr absitzen und die Tiere hinter Euch herführen müsst. Aber wenn ihr weiter als nur bis nach Boucan in die hohen Berge vorstoßen und gar hinüber nach Spanien wollt, dann rate ich Euch doch sehr, Eure Tiere in Boucan gegen trittfeste einheimische Maultiere einzutauschen. Denn danach wird das Gelände zu schwierig für Pferde, vor allem wenn Ihr nach verschwiegenen Pfaden durch die Bergketten sucht.«

McIvor verzog das Gesicht bei der Vorstellung, dass er seine hünenhafte Gestalt dem Rücken eines Maultieres anvertrauen sollte. »Das werden wir dann wohl tun müssen.«

»Am besten besorgt Ihr Euch die Maultiere in Boucan. Dort hält sich zurzeit auch ein guter Freund von mir auf, der Euch notfalls eine große Hilfe sein kann, etwa wenn Ihr einen erfahrenen Bergführer braucht«, sagte der Weinhändler. »Fragt nach Pierre Mateau. Jeder kennt ihn diesseits und jenseits der Pyrenäen. Wer sein Vertrauen genießt, hat auch das aller anderen, sofern sie sich zu unserem Glauben bekennen.«

Tarik hob leicht die Augenbrauen. »Ist er einer von Euren Priestern, Euren Parfaits?«

Arnaud nickte. »Das ist er, und einer der mutigsten. Nehmt das hier mit und weist Euch damit bei Pierre Mateau aus.« Er zog dabei ein ledernes Halsband unter seiner Kleidung hervor und hob es sich über den Kopf. Am Ende der Lederschnur hing eine kleine, kreisrunde Scheibe aus engem Geflecht, das auf der einen Seite grün und auf der anderen blau gefärbt war. Dies waren die Farben der Parfaits, wie die Gralsritter von Heloise wussten. »Pierre Mateau hat es geweiht und mir vor vielen Jahren zum Geschenk gemacht. Er wird es sofort wiederkennen und wissen, dass Ihr meine Freunde seid und er Euch vertrauen kann.« Er gab einen schweren Stoßseufzer von sich. »Ich wünschte, ich könnte mehr für Euch tun!«

»Es ist viel mehr, als wir zu erhoffen wagten, guter Freund! Gott segne Euch und Eure Familie! Und gebt gut acht auf Heloise, sie ist uns sehr teuer!«, sagte Gerolt zum Abschied und schwang sich dann, ebenso wie seine Kameraden, in den Sattel, um nun unverzüglich die Verfolgung von Arente Askabe und seinem Begleiter aufzunehmen.

Als sie durch das Tor hinaus auf die Dorfstraße ritten, stand Heloise vor dem Zugang zum Haus. Mit tränengeröteten Augen sah sie zu ihnen herüber, sie rief ihnen jedoch kein Lebewohl nach und hob auch nicht die Hand, um ihnen zuzuwinken. Reglos stand sie da und blickte ihnen so lange nach, bis sie hinter dem ersten Berghang entschwanden.

Vierter Teil
Die schwarze Abtei

1

Der Schäfer Nicolas begleitete sie bis ans Ende des nächsten Seitentals, wies ihnen an der Gabelung den Weg, den die beiden Männer zu nächtlicher Stunde eingeschlagen hatten, wünschte ein gutes Gelingen und nahm freudig die beiden Silbermünzen an, bevor er wieder zu seiner Herde zurückkehrte.

Sie folgten dem Pfad so schnell, wie es ihnen die tiefen Tannenwälder, die zahllosen Windungen, engen Kehren und steilen Abstiege erlaubten. Und oft genug trieben sie die Pferde zu einem wahrhaft halsbrecherischen Tempo an und jagten über den schmalen Weg, sodass weniger todesmutigen Reitern angst und bange geworden wäre.

Rücksicht auf Leib und Leben war ihnen in ihrer Lage nicht gestattet. Verlor eines ihrer Pferde den sicheren Tritt und stürzte mit seinem Reiter in eine der Schluchten, an deren steil abfallenden Hängen sich der Pfad streckenweise entlangschlängelte, dann war das der sichere Tod. Aber das Risiko, dass einer von ihnen bei dieser waghalsigen Aufholjagd sein Leben ließ, mussten sie eingehen, wenn sie noch eine Chance haben wollten, die beiden Teufelsknechte einzuholen. Und das musste geschehen, bevor jene auch nur in die Nähe der schwarzen Abtei gelangten. Denn dort würden sie mit Sicherheit auf vorgeschobene Wachposten stoßen, die bei ihrem Auftauchen sofort Alarm schlagen, Verstärkung heranführen und sie mit großer Übermacht angreifen würden. Sie mussten den Vorsprung wettmachen, koste es, was es wolle! Und ihre einzige Hoffnung lag in der Annahme, dass die schwarze Abtei tief in den Bergzügen der Pyrenäen versteckt war und dort in einem Gebiet lag, das schwer zugänglich war.

Arente Askabe hatte nicht versucht, sie umzubringen. Das wäre für einen Judasjünger wie Sjadú und Urakib und deren Gefolgschaft das Nächstliegende gewesen. Nicht eine Sekunde hätten sie überlegt und sich die einmalige Gelegenheit entgehen lassen, gleich vier verhasste Gralshüter auf einen Streich in den Tod zu schicken. Dass Arente Askabe das aber nicht getan hatte, ließ darauf schließen, dass er nicht zu der Kriegertruppe der Teufelsknechte gehörte, denen solch ein Mord so leicht von der Hand gegangen wäre wie einem Schäfer das Scheren seiner Schafe. Es war deshalb anzunehmen, dass er nur zu dem weit gesponnenen Netz aus Zuträgern und Spionen zählte, zu Sjadús einheimischen Augen und Ohren.

»Was für ein Pech, dass wir mit dem Gottesurteil so viel Aufmerksamkeit erregen mussten, während sich dort in Unac gerade dieser Zuträger Arente aufhielt!«, zürnte Maurice, als der Pfad gute vier Stunden nach ihrem Aufbruch an einer Bergflanke so eng wurde, dass sie absitzen und ihre Pferde am Halfter hinter sich herführen mussten.

»Was hätten wir denn anderes tun sollen? Beatrice und die beiden anderen Angeklagten vielleicht einfach seelenruhig der Inquisition überlassen?«, wandte McIvor sofort ein.

»Vielleicht wäre das sogar besser gewesen«, erwiderte Maurice grimmig. »Für den Heiligen Gral allemal! Früher oder später wird die Inquisition sowieso mit der Schärfe des Schwertes und mit ihren Scheiterhaufen jeden vernichten, der sich zur Lehre der Katharer bekennt!«

»Du bist verbittert und das können wir dir gut nachfühlen. Aber das setzt dich deshalb noch lange nicht ins Recht, mein Freund«, wies

Gerolt ihn sanft zurecht. »Wir haben getan, was getan werden musste, um Beatrice und die anderen zu retten. Mehr gibt es dazu nicht zu sagen und schon gar nicht zu beklagen. Und wer weiß, ob wir diesem Kerl oder einem anderen Iskari nicht auch aufgefallen wären, wenn es die Feuerprobe nicht gegeben hätte.«

»Du sprichst mir aus der Seele!«, pflichtete der Schotte ihm bei. »Mich hätte er wohl so oder so von der Beschreibung her erkannt.«

Hinter der engen Kehre weitete sich der Pfad wieder, führte über einen sanft geneigten Hang abwärts in ein kleines, oval geschnittenes Tal und auf der anderen Seite fast schnurgerade durch Wiesenflächen zu einem Bergeinschnitt hinauf. Die Strecke war bis zum Pass gut zu übersehen, sie war menschenleer und barg keine sonderlichen Gefahren. Sofort sprangen sie wieder in den Sattel und trieben die Pferde zu wildem Galopp an. Denn dies war eines jener seltenen Teilstücke, auf denen sie gegenüber behäbig dahintrottenden Maultieren viel Zeit gutmachen konnten.

Ihre Hoffnung, auch hinter dem Bergsattel auf einen ebenso breiten Weg zu stoßen und ihm weiter im Galopp folgen zu können, erfüllte sich jedoch nicht.

»Tod und Teufel, das sieht mir aber verdammt ungemütlich aus!«, rief McIvor und zügelte schnell sein Pferd, als sie auf die Passhöhe kamen und im nächsten Moment die enge, stark gekrümmte Bergschlucht vor sich liegen sahen, die es nun zu passieren galt. Und sarkastisch fügte er hinzu: »Schöner Galopp ade, würde ich mal sagen! Hier zwingt uns Mutter Natur, zu Fuß zu gehen. Und das wohl für einige Zeit, wenn mich mein Adlerauge nicht sehr täuscht!«

»Wäre ja auch zu schön gewesen!«, sagte Maurice und tätschelte seinem Pferd den Hals, das die kurze Ruhepause mit einem Schnauben begrüßte. »Trösten wir uns damit, dass die beiden Iskaris hier bestimmt auch nur sehr langsam vorangekommen sind.«

Auch Tarik machte ein betrübtes Gesicht. »Ja, wenn die Hoffnung nicht wäre, dann würde das Leben aufhören. Also dann, gehen wir es an, Kameraden!«

»Du sagst es, Levantiner! Also runter von den Pferden und weiter im Gänsemarsch an der Felswand entlang«, sagte Gerolt mit einem schweren Seufzer und schwang sich aus dem Sattel. Er warf einen kurzen Blick nach Nordwesten, wo sich der Himmel bedrohlich zuzog und Regen verhieß. Und wenn sie jetzt etwas gar nicht gebrauchen konnten, dann war das ein Wolkenbruch, der die Wege und Pfade unter Wasser setzte und das Felsgestein rutschig werden ließ. Er hoffte, dass der Regen ausblieb oder wenigstens erst dann fiel, wenn sie diese höchst gefährliche Strecke hinter sich gebracht hatten.

Die Schlucht, die mit mehreren scharfen Windungen durch die Berge schnitt und deren Länge deshalb auch nicht zu überblicken war, mochte an ihrer breitesten Stelle etwa zweihundert Ellen messen. Doch die rissigen Felswände, die zum Teil fast lotrecht in die Tiefe fielen, rückten an mehreren Stellen bis auf vierzig, fünfzig Ellen aneinander heran. Von unten drang das Rauschen eines Wildbaches zu ihnen herauf.

Der Pfad, der sich zu ihrer Rechten an der Flanke der Schlucht hinzog, war zwar gangbar, aber doch kaum mehr als ein besserer Felsgrat. Nur im Schritt konnten sie ihre Tiere hinter sich herführen, und sogar bei diesem Tempo mussten sie achtgeben, wohin sie traten. Immer wieder lösten sich Steine unter den Hufen der Pferde, die zum ersten Mal Furcht zeigten, und polterten in die Tiefe.

Hinter der zweiten Windung erwartete sie ein überraschender Anblick, der jedoch alles andere als Freude bei ihnen weckte. Etwa hundert Ellen vor ihnen spannte sich eine Hängebrücke über die Schlucht, deren Breite an dieser Engstelle etwa zwanzig Ellen betrug und es den Bergbewohnern erlaubt hatte, hier einen Übergang zu schaffen. Eine vorspringende Felsplatte schob sich von der gegenüberliegenden Seite ein gutes Stück weit in die Schlucht hinaus. Jenseits der Hängebrücke zeigte sich ein breiter Einschnitt im Berg, dessen Tannenwald sich bis fast an das Ende des Stegs erstreckte.

McIvor stöhnte gequält auf. »Auch das noch! Reicht es denn nicht, dass wir uns schon über solch schmale Felsgrate quälen müssen? Diese Konstruktion sieht alles andere als vertrauenserweckend aus!« Und mit verkniffener Miene musterte er die Hängebrücke. Ein grobmaschiges Netz aus längs gespannten und quer verknoteten Seilen ragte zu beiden Seiten der leicht durchhängenden Brücke etwa hüfthoch auf und hielt einen Boden aus dicken Brettern.

»Wenn sich die Einheimischen diese Brücke gebaut haben und sie regelmäßig benutzen, dann dürfte sie auch sicher zu überqueren sein«, erwiderte Gerolt zuversichtlich, konnte sich angesichts dieses schwankenden Stegs über dem schwindelerregenden Abgrund jedoch eines flauen Gefühls in der Magengegend nicht erwehren.

»Du hast gut reden!«, knurrte McIvor, der mit seinem Pferd auf dem Felspfad vorangegangen war. Und ihre Reihenfolge zu ändern, erlaubte der Grat nicht. »Ich werde mich wohl als Erster auf das verfluchte Ding wagen und darauf vertrauen müssen, dass es nicht nur das Gewicht von Maultieren und kleinwüchsigen Gestalten trägt!«

»Stirb als Löwe und lebe nicht als Lämmlein!«, rief Tarik ihm spöttisch zu. »Niemals wird Gefahr ohne Gefahr besiegt!«

»Deine Ratschläge sind so hilfreich wie die, die der Kater der Maus gibt!«, rief McIvor bissig über die Schulter zurück. Dann jedoch gab er sich einen Ruck und wagte sich nun auf den Steg hinaus. Mit der rechten Hand hielt er sich oben am Seil fest, während er sein Pferd mit der linken hinter sich herzog. Bei jedem Schritt prüfte er erst, ob das Brett unter seinem Stiefel nicht morsch war und ihn möglicherweise durchbrechen ließ. Das Tier schnaubte nervös, als der Steg schon nach wenigen Schritten leicht zu schwanken begann. Unter allerlei Verwünschungen setzte er seinen zögerlichen Gang fort. Doch die wahre Gefahr lauerte nicht auf der Brücke über der schwindelerregenden Tiefe, sondern drüben im Tannenwald!

2

Als er den tiefsten Punkt in der Mitte der Hängebrücke erreicht hatte und nun die zweite Hälfte anging, bewegten sich die Zweige auf der anderen Seite. Mehrere scharfe Laute, bei denen es sich um das typische Geräusch von vorschnellenden Armbrustspannungen handelte, kamen aus dem Unterholz. Fast gleichzeitig sirrten eisengespickte Bolzen über die Schlucht. Einer davon verfehlte McIvor nur um eine halbe Armlänge und bohrte sich in den Sattel seines Pferdes, das unter schrillem Wiehern aufzusteigen versuchte.

»Wir sind unter Beschuss!«, brüllte McIvor und wurde von seinem scheuenden Pferd zur Seite gestoßen. Er taumelte rücklings gegen das Seil und geriet dabei mit seinem Oberkörper weit über den Abgrund. Hätte er das Halfter nicht mit festem Griff gepackt gehabt, er wäre in die Tiefe gestürzt.

»Iskaris!«, schrie Maurice, dem einer der Bolzen rechts am Kopf vorbeisirrte. Das Geschoss prallte hinter ihm gegen die Felswand und riss als Querschläger ein Loch in Tariks Mantel. Der Bolzen hatte jedoch nicht mehr genug Wucht, um ihm dabei eine Verletzung zuzufügen.

Aus dem Unterholz des Tannenwalds stürmten jetzt sieben Männer hervor, die dort auf der Lauer gelegen hatten. Arente Askabe musste in dem Dorf Boucan, das nicht mehr weit entfernt sein konnte, auf bewaffnete Gefolgsleute gestoßen sein und sie davon unterrichtet haben, dass die Gralsritter bei Tagesanbruch zweifellos seine Verfolgung aufnehmen würden. Und diese Hängebrücke war der perfekte Ort für einen Hinterhalt!

Fünf der Teufelsknechte hatten sich zusätzlich zu ihren Schwertern mit Armbrüsten bewaffnet und legten nun hastig neue Bolzen in die Schussrinnen. Indessen sprangen die beiden anderen Iskaris, bewehrt mit schweren Äxten, auf die dicken Pfähle zu, an denen die Spannseile der Hängebrücke gesichert waren.

Gerolt wusste, dass er McIvor, ja sie alle jetzt nur mit seiner Segensgabe retten konnte. Rasch richtete er Kraft und Willen auf das verborgene Zentrum in seinem Innern und rief Gott um Beistand an.

Gerade noch rechtzeitig gelang es ihm, vor dem Schotten die Luft zu einem Schutzschirm zu verdichten, als auch schon die nächsten Bolzen pfeilschnell von den Armbrüsten flogen. Die Geschosse trafen keine Pferdelänge von McIvor entfernt auf eine unsichtbare Wand, prallten von ihr ab und fielen in die Tiefe.

Indessen hatten die beiden Judasjünger mit den Äxten die Pfähle erreicht und wollten auf die dicken Seile einschlagen.

Gerolt schickte zwei gewaltige Bälle aus verdichteter Luft über die Schlucht, die sie wie Keulenschläge trafen und mehrere Schritte nach hinten schleuderten. Einer von ihnen schlug dabei so hart auf dem felsigen Boden auf, dass er reglos liegen blieb. Es überraschte Gerolt, wie leicht es ihm gefallen war, innerhalb weniger Augenblicke so viel magische Kraft zu entwickeln und über diese Entfernung ins Ziel zu setzen. Nie zuvor war ihm auch nur Ähnliches gelungen. Und er wusste, dass die Anbetung im gleißenden Licht des unverhüllten heiligen Kelches in der kleinen Kapelle dafür verantwortlich war. Sie hatte seine göttliche Segensgabe um ein Vielfaches gesteigert. Und wie gut er sie jetzt gebrauchen konnte!

»Nichts wie über die Brücke!«, schrie Maurice und rannte los. »Sie dürfen uns nicht entkommen!«

Sie hatten alle denselben Gedanken. Wenn sich Arente Askabe unter den Iskaris befand, konnte sich dieser Hinterhalt mit ein wenig Glück als Segen herausstellen und sie wieder in den Besitz des Heiligen Grals bringen!

McIvor hatte inzwischen sein Gleichgewicht wiedergefunden und riss schon sein Schwert aus der Scheide, während er noch die letzten Schritte auf der Hängebrücke mit seinem Pferd hinter sich brachte. Kaum hatte er ihr Ende erreicht, ließ er das Halfter los und stürzte auf den Iskari zu, der beim Sturz seine Axt verloren hatte, aber sogleich wieder auf die Beine gekommen war und blankgezogen hatte.

»Hier findet dein erbärmliches Leben ein Ende, du Hund der Unterwelt!«, schrie McIvor voller Wut und Verachtung, parierte den überstürzt angesetzten Stich des Mannes, packte das Gralsschwert mit beiden Händen und führte einen gewaltigen Hieb, mit dem er dem Iskari die Klinge aus der Hand schlug. »Willkommen in der Hölle!« Und mit diesen Worten ließ er die Klinge auf ihn niedersausen. Todesangst sprang dem Judasjünger in die Augen, dann löschte der Tod jegliche Regung in ihm aus.

Gerolt gab Maurice und Tarik mit dem Einsatz seiner Gabe als Gralshüter Deckung und Unterstützung, als sie sich nun beeilten, auf die andere Seite der Schlucht zu McIvor zu kommen, der wie ein Racheengel über die Armbrustschützen herfiel. Dabei konzentrierte sich Gerolt insbesondere auf zwei Judasjünger. Entsetzt über den Fehlschlag ihres Hinterhalts, dachten diese beiden Männer nicht daran, sich einem Kampf Mann gegen Mann zu stellen. Sie ließen einfach ihre Armbrüste fallen und versuchten, zurück in den Wald und zu ihren Reittieren zu flüchten. Und das durfte ihnen nicht gelingen.

Mit ausgestreckter Hand holte Gerolt sie aus dreißig, vierzig Ellen

Entfernung mühelos von den Beinen. Sie schrien in panischer Angst, als sie merkten, dass eine unsichtbare Kraft sie beharrlich festhielt, wie sehr sie sich auch dagegenzustemmen versuchten, und ihre Flucht in den nahen Tannenwald vereitelte.

Erst als Maurice und Tarik sicher über die Brücke gekommen waren und dort mit tödlicher Schwertkunst in den Kampf eingriffen, gab Gerolt die beiden Iskaris aus seinem magischen Griff frei. Denn jetzt würden sie ihnen nicht mehr entkommen.

Das kurze, blutige Gefecht war schon entschieden, noch bevor Gerolt zu seinen Freunden auf die andere Seite der Schlucht gelangt war. Er kam jedoch gerade noch rechtzeitig, um McIvor in seiner unbändigen Kampfeswut vor einem möglicherweise verhängnisvollen Fehler zu bewahren. Denn der zweite axtbewehrte Iskari, der zu Boden geschleudert worden und benommen liegen geblieben war, hatte sich wieder aufgerappelt, zur Klinge gegriffen und es sogleich mit dem Schotten zu tun bekommen, der ihm nun den tödlichen Hieb versetzen wollte.

»Nicht, McIvor!«, schrie Gerolt ihm zu. »Wir brauchen ihn vielleicht noch – und zwar lebend!«

Geistesgegenwärtig drehte McIvor die Klinge seiner Waffe mitten in der zuschlagenden Bewegung, sodass der Hieb dem Iskari nicht den Kopf vom Rumpf trennte, sondern ihn mit der Breitseite des Schwertes traf.

Es lag jedoch noch viel Kraft in dem Schlag, dass Gerolt fürchtete, der Schotte hätte dem Mann den Schädel zertrümmert und ihn trotz allem vom Leben in den Tod befördert. »Verdammt, mit so einem Schlag könntest du sogar einen Ochsen in die Knie zwingen! Lebend, habe ich gesagt!«, rief er bestürzt und lief zu dem am Boden liegenden Iskari.

»Was willst du? Das hier ist doch kein Kinderreigen!«, verteidigte sich McIvor. »Hättest eher sagen sollen, dass einer von ihnen am Leben bleiben soll!«

»Ist mir ja auch gerade erst durch den Kopf geschossen«, erwiderte Gerolt und stellte im nächsten Moment zu seiner Erleichterung fest, dass der Mann lebte. »Los, hilf mir, ihn gut zu fesseln und zu knebeln. Du kennst ihren Fanatismus und weißt, wozu Iskarikrieger fähig sind. Eher bringen sie sich selbst um, als einem Gralshüter lebend in die Hände zu fallen! Und soweit ich weiß, ist es auch noch keinem von unserer Bruderschaft gelungen, einen Judasjünger als Gefangenen zu nehmen. Tarik und Maurice, ihr sucht indessen nach ihren Pferden oder Maultieren. Möge das Glück auf unserer Seite sein und der Heilige Gral sich in ihrem Gepäck befinden!«

Tarik und Maurice säuberten schnell ihre Klingen an der Kleidung der Toten und machten sich dann auf die Suche nach den Reittieren, die irgendwo oberhalb im Tannenwald angebunden sein mussten.

Gerolt und McIvor fesselten indessen den bewusstlosen Iskari. Dabei achtete Gerolt mit größter Sorgfalt darauf, dass sie ihm einen festen Knebel verpassten. Nur zu gut erinnerte er sich daran, was Abbé Villard ihnen einmal über einen gefangenen Iskari erzählt hatte. Dieser hatte es trotz fester Fesseln geschafft, sich selbst umzubringen, indem er sich mit den Zähnen einen Zipfel seines Umhangs in den Mund gezerrt und so lange den Stoff in seine Kehle gewürgt hatte, bis er daran erstickt war. Manche Iskaris sollten sogar fähig sein, ihre eigene Zunge weit in den Rachen zu legen oder ihre Kehle mit Erbrochenem zu füllen, um auf diese Weise den Tod durch Ersticken herbeizuführen.

Und wie gut sie daran getan hatten, einen lebenden Judasjünger in ihre Hände zu bekommen, zeigte sich wenig später, als Maurice und Tarik zurückkehrten – mit leeren Händen und enttäuschten Gesichtern.

»Die Tiere haben wir gefunden, alles Maultiere«, berichtete Maurice niedergeschlagen. »Aber den Würfel mit dem Heiligen Gral hatten sie nicht dabei. Wir haben alles gründlich durchsucht, auch die Gegend nach einem Versteck abgesucht. Nichts!«

»Das wäre wohl auch zu viel Glück auf einmal gewesen«, sagte Tarik. Dann deutete er auf ihren gefesselten und geknebelten Gefangenen. »Wir müssen alles aus ihm herausbekommen, was er über den Heiligen Gral und die schwarze Abtei weiß!«

»So ist es!«, bestätigte Gerolt. »Aber nicht hier. Wir binden ihn auf eines der Maultiere und nehmen ihn mit. Verhören werden wir ihn, wenn wir diesen Pierre Mateau gefunden haben und . . .«

Der Schotte machte eine skeptische Miene. »Ich habe noch nie davon gehört, dass jemals ein Iskari zum Verräter am Fürsten der Finsternis geworden wäre. Weder von Abbé Villard noch von Antoine. Und die hätten uns mit Sicherheit davon berichtet, wenn das den Gralshütern schon einmal gelungen wäre! Also wie, in Gottes Namen, sollen ausgerechnet wir solch einen Teufelsknecht dazu bringen, erste Verräter seiner Höllenbande zu werden?«

»Wie du es gerade schon gesagt hast, McIvor«, antwortete Gerolt. »Nämlich buchstäblich in Gottes Namen und unter Verwendung von reichlich Weihwasser und geweihten Hostien! Und die werden wir uns hoffentlich in diesem Dorf Boucan beschaffen können!«

3

Das Bergdorf Boucan verdankte seinen bescheidenen Wohlstand überwiegend der Wollweberei, der Schaf- und Ziegenzucht sowie dem Transport von allerlei Waren über die Berge nach und von Spanien. Es fehlte in der Ansiedlung auch nicht die Kirche, auf die die vier Gralshüter gehofft hatten. Zwar hätten sie notfalls auch selber Wasser weihen können, aber Gerolt war sich nicht sicher, ob es dann auch dieselbe Wirkung erzielen würde wie das Weihwasser, das seinen Segen von einem ordinierten Priester in einem Gotteshaus erhalten hatte.

Der Iskari hatte auf dem Weg nach Boucan sein Bewusstsein wiedererlangt und nichts unversucht gelassen, um durch Selbstmord der Gefangenschaft und einem Verhör zu entgehen. Zuerst wollte er seinen Tod durch Ersticken herbeiführen.

Doch sowie Gerolt sah, dass er seinen Magen mehrmals heftig zusammenzog und würgte, zerrte er ihn zusammen mit Maurice vom Maultier und riss ihm den Knebel aus dem Mund. Und während Maurice ihm mit einem Stück Holz die Kiefer auseinanderbog, presste Gerolt dem Teufelsknecht beide Hände mit pumpenden Stößen immer wieder in den Magen, bis der Iskaris nicht anders konnte, als sich zu übergeben und alles auszuspucken, was er im Magen hatte. Er heulte dabei wie ein angestochener Wolf vor Hass und ohnmächtiger Wut.

Kaum hatten sie ihn wieder im Sattel des Maultiers und einen Hang erklommen, als er auch schon den nächsten Versuch unternahm. Er trat dem Tier mit aller Kraft in die Flanken, wollte es vom Weg abbringen und über den Rand der Böschung lenken, die zwar nicht lotrecht, aber doch steil genug in die Tiefe abfiel. Der Sturz hätte ihm und dem Maultier den sicheren Tod gebracht.

»Jetzt reicht es! Du wirst dich nicht so einfach davonmachen, verfluchter Judasknecht!«, donnerte McIvor, der ihm sofort den Weg abschnitt. Dann hieb er ihm die Faust an die Schläfe und schickte ihn wieder zurück in die Bewusstlosigkeit.

»Himmelherrgott, ging das nicht auch ein wenig feinfühliger, Schotte? Du schlägst ihm noch den Schädel ein!«, rief Maurice erschrocken, als er den Iskari im Sattel zusammenfallen sah.

»Was hast du? Ich habe ja noch nicht mal mit voller Kraft zugeschlagen! Der Kerl hat einen harten Schädel, lass dir das gesagt sein! Und soll ich diesen feigen Meuchelmörder vielleicht wie ein rohes Ei behandeln?«, knurrte McIvor, der an seinem Verhalten nicht das Geringste auszusetzen fand.

»Bei großen Unternehmungen allen zu gefallen ist wahrlich schwierig«, bemerkte Tarik spöttisch.

Als kurz darauf das Dorf vor ihnen in Sicht kam, blieb McIvor mit Tarik und ihrem Gefangenen in einem Waldstück zurück. Ein gefesselter und geknebelter Mann in ihrer Mitte würde in Boucan nur zu unliebsamen Fragen führen. Deshalb übernahmen Gerolt und Maurice allein die Aufgabe, den Parfait ausfindig zu machen und ihn um ihre Hilfe zu bitten.

Erst wollte niemand, den sie im Dorf ansprachen, diesen Pierre Mateau kennen, ja nie zuvor einen solchen Namen gehört haben. Als Gerolt jedoch das lederne Halsband mit dem blau-grünen Anhänger hervorholte und sagte, dass der Weinhändler Arnaud Gardell aus Unac sie zu ihm geschickt hatte, da verschwand der finstere, abweisende Ausdruck von den Gesichtern, und mit einem Schlag funktionierte auch das Gedächtnis der Einheimischen wieder.

»Kommt, ich bringe Euch zu ihm«, erbot sich sofort ein älterer, stämmiger Mann, der das Amt des Dorfvorstehers innehatte, den Beruf des Töpfers ausübte und als seinen Namen Jacques Bourret angab. Er zog sie schnell von der Straße, die das Dorf teilte und zu einem hochgelegenen Bergpass führte, bei dem es sich um den l'Artigue handeln musste. »Er ist Gast meines Hauses!«

Das Haus von Jacques Bourret mit der Töpferei lag am Südhang des Talkessels. Und wenn es auch nicht annähernd so stattlich und geräumig war wie das Anwesen von Arnaud Gardell, so gehörte es doch sichtlich zu den ansehnlichsten des Dorfes. Es verfügte sogar über einen ummauerten Hof, durch den man zu seiner Werkstatt und dem Stall gelangte.

Wenige Minuten später standen sie in der Foghana dem Parfait Pierre Mateau gegenüber. Der Katharer beeindruckte sie vom ersten Augenblick ihrer Begegnung an, noch bevor er auch nur ein Wort gesprochen hatte.

Er war ein eher kleiner Mann, jedoch von sehnig schlanker, fast hagerer Gestalt und mit klaren durchgeistigten Gesichtszügen. Er strahlte eine unglaubliche Ruhe und innere Ausgeglichenheit aus, der sie sofort anmerkten, dass kein Folterknecht der Inquisition und kein Scheiterhaufen sie zu erschüttern vermochte.

Als der Parfait das Halsband mit dem blau-grünen Anhänger in Gerolts Hand sah, trat ein Lächeln auf sein Gesicht, das jedoch mehr freudiges Wiedererkennen als Überraschung ausdrückte.

»Wenn sich Arnaud davon getrennt und Euch damit zu mir geschickt hat, dann muss er nicht nur tief in Eurer Schuld stehen, sondern Euch auch so vorbehaltlos vertrauen wie seinem eigenen Fleisch und Blut«, sagte Pierre Mateau mit einer wohlklingenden

Stimme, die für den schmächtigen Körper erstaunlich dunkel und kräftig war. Es war zweifellos die durch langjährige Praxis gereifte Stimme eines leidenschaftlichen Predigers. Eines Predigers jedoch, der nicht mit fanatischem Eifer der unbarmherzigen Vernichtung Andersgläubiger das Wort redete, sondern dessen Botschaft die Güte war, die Friedfertigkeit und der harte Weg zur Erleuchtung, der den Menschen eines Tages zu ihrer ursprünglichen Lichtgestalt jenseits der Sterne in Gottes Reich verhelfen sollte.

»Ein Vertrauen, das wir als Auszeichnung wertschätzen«, versicherte Gerolt. »Wodurch Arnaud Gardell meint, es uns schenken zu dürfen, soll er Euch besser selber erzählen, wenn Ihr wieder auf ihn trefft. Es steht uns nicht an, große Worte darüber zu verlieren, was wir für Eure Anhänger haben tun können.«

»Eure Bescheidenheit ehrt Euch und bestätigt mir, dass Arnaud triftige Gründe gehabt hat, Euch mein Geschenk anzuvertrauen«, erwiderte Pierre Mateu. »Doch nun setzt Euch und sagt mir, wobei Ihr meiner Hilfe bedürft.«

Das taten Gerolt und Maurice. In Gegenwart eines Parfaits sahen sie keinen Anlass, das wahre Wesen ihrer Todfeinde zu verschweigen. Ganz offen redeten sie von den Knechten des Teufels, gegen die sie kämpften und die durch Heimtücke im Haus des Weinhändlers etwas in ihren Besitz gebracht hatten, was sie ihnen um jeden Preis wieder abnehmen mussten. Worum es sich dabei jedoch genau handelte, das erwähnten sie nicht.

Pierre Mateu zeigte nicht den geringsten Anflug von Überraschung, als sie von den Teufelsknechten sprachen, die das Böse anbeteten und sich ihm mit Leib und Seele verschrieben hatten. Dass die irdische Welt das alleinige Werk des Teufels war, des Demiurgen, und damit von Grund auf schlecht und niemals verbesserungsfähig, diesen zentralen Glaubenssatz der katharischen Religion lehrte er seit vielen Jahren der rastlosen Wanderschaft als Parfait. Und ohne sie durch Fragen zu unterbrechen, hörte er ihnen zu.

Nur eine einzige Frage hatte er, als sie ihm alles erzählt hatten, was er wissen musste, und sie galt dem geplanten Verhör ihres Gefangenen. »Habe ich Euer Wort, dass Ihr dabei keine Gewalt anwendet und Euch mit den Schergen der Inquisition gemein macht?«, vergewisserte er sich.

»Das habt Ihr, bei allem, was uns heilig ist!«, versicherte Maurice.

»Sie würde auch völlig sinnlos sein«, fügte Gerolt erklärend hinzu. »Diese Teufelsknechte fürchten weder Schmerzen noch Tod. Die einzige Möglichkeit, sie gegen ihren Willen zum Sprechen zu bringen, liegt in der Kraft von Weihwasser und geweihten Hostien. Und nichts weiter werden wir anwenden.«

Pierre Mateau runzelte leicht die Stirn, da er seinem Glauben nach in Weihwasser und Hostien nichts anderes sah als schlicht Wasser und Mehl. Er untersagte es sich jedoch, das auszusprechen. »Wenn das Eure Methode ist, um das Gewünschte von dem Mann zu erfahren, dann habe ich nichts dagegen einzuwenden«, sagte er. »Ihr könnt das Verhör unten im Keller vornehmen. Er ist tief in den Hang gebaut, denn er gehört zu den Verstecken, in die wir Parfaits und andere Katharer immer wieder Zuflucht vor der Verfolgung nehmen müssen. Am besten bringt ihr Euren Gefangenen auf einem Maultierkarren hierher. Dann könnt Ihr ihn unter Stroh oder Sackleinen verbergen. Jacques Bourret hat so einen Karren und wird Euch dabei sicherlich zur Hand gehen.«

So machten sie es dann auch. Und damit sich der Iskari trotz Fesseln und Knebel unter den alten Säcken nicht doch irgendwie bemerkbar machen konnte, setzte sich Gerolt kurzerhand auf ihn und hielt ihn durch sein Gewicht am Bretterboden der Ladefläche. Die Gefahr, dass er noch einmal versuchen könnte, den eigenen

Erstickungstod zu erzwingen, bestand glücklicherweise nicht mehr.

Während Gerolt, Tarik und McIvor ihren Gefangenen in den Keller schafften und dort alles für das Verhör vorbereiteten, begab sich Maurice mit einem großen Wasserkrug zum Dorfpfarrer, begleitet von Jacques Bourret. Er nahm auch eines der goldenen Kruzifixe mit, die sie in Paris für ihre Verkleidung erstanden hatten, damit der Pfarrer es mit seinem priesterlichen Segen versah.

Als Maurice schließlich wieder zu ihnen in den Keller heruntersiefelte und die stark gedämmte Tür hinter sich schloss, lag ein breites Grinsen auf seinem Gesicht. »Freunde, ihr hättet das Schafsgesicht des Pfarrers sehen sollen, als er hörte, was ich von ihm wollte – und das auch noch in Gesellschaft des Dorfvorstehers, über dessen katharischen Glauben der Mann offensichtlich nicht den Schatten eines Zweifels hatte. Womöglich hat Jacques Bourret heute zum ersten Mal den Fuß in eine christliche Kirche gesetzt!«, rief er ihnen fröhlich zu. »Er hat wohl befürchtet, das Weihwasser und die geweihten Hostien könnten für irgendein Teufelswerk der Katharer gedacht sein. Er hat mich deshalb erst einmal das Ave Maria und das Vaterunser herunterbeten lassen, bevor er gewillt war, das Gewünschte herauszurücken und das Kreuz zu segnen. Natürlich ist meine erfolgreiche Mission auch den Münzen zu verdanken, die ich ihm für seine Kirche in die Hand gedrückt habe und die höchstwahrscheinlich in seiner Tasche stecken bleiben werden. Aber sei's drum, wir haben nun alles, was wir brauchen, um den Kerl da zum Reden zu bringen!«

»Ob uns das gelingt, muss sich erst noch zeigen. Also häng nicht jetzt schon den Kranz des Sieges auf, Maurice! Für Jubel ist später immer noch Zeit«, sagte McIvor, der keine allzu große Hoffnung darauf setzte, dass sie den Iskari zum Reden bringen konnten.

Der Iskari lag mit weit gespreizten Armen und Beinen rücklings auf dem Boden des Kellergewölbes. Die Enden der straff gespannten Fesseln um Hand- und Fußgelenke waren um die dicken Stützbalken von zwei Vorratsgestellen gebunden. So kräftig der Teufelsknecht auch an den Stricken zu ziehen versuchte, den Widerstand der Balken würde er nicht überwinden können.

»Fangen wir an«, sagte Gerolt und befreite ihn vom Knebel.

Der Iskari versuchte, ihn anzuspucken, doch es misslang ihm. »Verreckt, ihr Gralshüter!«, stieß er hervor. »Bald ist euer Ende gekommen! Wenn das Große Werk vollendet ist und der Fürst der Finsternis alle Macht über die Welt errungen hat, wird keiner von euch verfluchten Christenhunden am Leben bleiben, wenn ihr euch ihm nicht unterwerft! Jetzt wird man schon dabei sein, alles für das Große Werk vorzubereiten und alle Judasjünger aus der Umgebung zusammenzutrommeln! Das ist euer Ende, ihr Christenhunde!«

»Du kannst geifern, bis dir der Schaum vor dem Mund steht, du Knecht der Hölle! Es wird nichts daran ändern, dass du uns dabei helfen wirst, genau das zu verhindern«, entgegnete Gerolt.

»Verrecke!«, gellte der Iskari.

»Du wiederholst dich«, sagte Maurice und griff zum Weihwasserkrug. »Sehen wir doch mal, ob du auch eine andere Melodie trällern kannst, die uns besser in den Ohren klingt.« Er tauchte zwei Finger in das geweihte Wasser und spritzte es ihm ins Gesicht.

Der Teufelsknecht brüllte auf, als hätten ihn spitze Nadeln getroffen.

Mit grimmiger Genugtuung grinste Maurice in die Runde seiner Freunde. »Na, das gefällt uns schon besser! Ist das nicht die muntere Musik, die wir von dem Kerl hören wollen?«

»Wo ist der Heilige Gral?«, fragte Gerolt, ohne auf den Hohn seines Freundes einzugehen.

Der Iskari antwortete mit einer Verfluchung.

Gerolt gab Maurice einen Wink. »Gieß ihm das Weihwasser auf die Stirn, damit er das Maul aufmacht und antwortet!«

Maurice hob den Krug an und goss dem Gefangenen einen Schwall auf die Stirn.

Nun schrie der Teufelsknecht, als hätten sie ihm ein Messer in den Kopf gestoßen. Er versuchte, sich aufzubäumen, während ihm das Weihwasser über die Stirn lief.

»Wo ist der Heilige Gral?«, wiederholte Gerolt seine Frage. Als er keine Antwort erhielt, ließ Maurice einen zweiten Schwall Weihwasser auf ihn niedergehen.

Und nun brach der Widerstand des Iskaris, und wimmernd gab er die verlangte Antwort: »Arente Askabe bringt ihn zur schwarzen Abtei!«

»Und wo liegt die Abtei?«, fragte Gerolt sofort.

In wildem Schmerz warf der Iskari den Kopf von links nach rechts und rang nach Atem.

»Sag es! Oder wir brennen dir mit dem Weihwasser das Hirn aus dem Schädel!«, drohte Gerolt, fürchtete insgeheim jedoch genau das. Sie mussten umsichtig damit umgehen, um ihren Gefangenen nicht in die Bewusstlosigkeit oder gar in den Wahnsinn zu stürzen.

»Tief in . . . den . . . Bergen!«, kam es keuchend über die Lippen des Judasjüngers.

»Wo genau in den Bergen?«

Der Iskari presste mit verzerrtem Gesicht den Mund zusammen. Und auch ein dritter Guss Weihwasser brachte ihn nicht dazu, den Ort der schwarzen Abtei zu verraten.

»Hostie!«, befahl Gerolt knapp.

Maurice zog einen kleinen Leinenbeutel hervor, entnahm ihm eine geweihte Hostie und legte sie dem Judasjünger auf die Stirn.

Augenblicklich erfüllte ein markerschütternder Schrei das Kellergewölbe. Der Körper des Iskaris zuckte und erzitterte wie unter heftigen inneren Krämpfen.

»Weg . . . Nehmt sie weg!«, kreischte er. »Ich brenne!«

»Du wirst noch schlimmer brennen, wenn du nicht endlich sagst, was wir wissen wollen!«, herrschte Gerolt ihn an. »Wo genau liegt eure schwarze Abtei?«

»Im Südwesten . . . einen guten Tagesmarsch von hier . . . vielleicht auch anderthalb!«, stammelte der Iskari.

»Wie gelangt man dorthin?«

»Ich komme aus Pamiers und kenne mich . . . im Gebirge . . . nicht gut aus! . . . Ich war bisher nur einmal dort . . . mit einem Führer!«, stieß der Iskari gequält hervor und zitterte wie von Schüttelfrost befallen.

»Damit kommst du bei uns nicht durch! Wir wollen Einzelheiten wissen! Eine Wegbeschreibung!«, verlangte Gerolt. »Streng dich an, sonst legen wir dir gleich noch eine zweite Hostie auf!«

»Man hat uns durch einen Graben geführt, der . . . *Comba del Ginesta* genannt wird! . . . Dann ein tiefer, felsiger Pfad und dahinter kam das *Prado lonc* . . . und später dann der *Pla del Angle*«, stieß der Judasjünger hastig hervor, als er sah, dass Maurice zu einer zweiten Hostie gegriffen hatte. »Danach irgendwie um den hohen Berg herum . . . und von der Kuppe durch einen . . . versteckten Hohlweg zum Eingang! . . . Es war Nacht! Mehr weiß ich nicht!«

»Wie kommt man in die Abtei hinein?«

»Durch diesen Hohlweg! Aber ihr werdet es niemals schaffen, dort einzudringen!«, rief er. »Es gibt mehrere Tore, die alle schwer bewacht sind! Und es ist ein langer Weg bis hinunter . . . in die schwarze Halle!«

»Ist das der einzige Zugang?«, wollte Gerolt wissen.

»Ja!«

Gerolt glaubte ihm nicht. »Du verschweigst uns etwas! Aber das kriegen wir schon noch aus dir heraus, verlass dich drauf. Leg ihm die zweite Hostie auf, Maurice!«

»Nein!«, schrie der Iskari sofort. »Da ist noch der Ausgang . . . vom . . . vom Labyrinth der Sühne . . . auf der anderen Seite!«

»Und was ist dieses Labyrinth der Sühne?«

»Kein wirkliches Labyrinth, sondern mehrere Höhlen . . . Eine grausame Strafe, die jeden trifft, der . . . der sich dem Fürsten der Finsternis widersetzt und große Schuld . . . auf sich geladen hat!«, erklärte der Iskari. »Im Labyrinth warten tödliche Gefahren . . . Niemand von uns einfachen Judasjüngern weiß genau, was das für Gefahren sind . . . Wer sie besteht und den Ausgang erreicht, findet Gnade . . . vor dem Schwarzen Fürsten . . . Aber bisher ist noch keiner lebend . . . aus dem Labyrinth der Sühne wieder herausgekommen.«

»Wie gelangt man zu diesem Ausgang?«

Darauf konnte ihnen der Iskari keine Antwort geben. Er wusste nur noch, dass der Ausgang in einen engen Talkessel mündete und dass jenseits davon ein Wildbach mit einem Wasserfall liegen sollte. Aber wie man zu diesem Ausgang gelangen konnte, wusste er offenbar wirklich nicht. Denn nicht einmal das Auflegen der zweiten Hostie, das ihn an den Rand der Bewusstlosigkeit brachte, vermochte ihm darüber auch nur eine vage Angabe zu entlocken.

Doch auf eine letzte Frage mussten sie unbedingt die Antwort wissen. »Für wann ist das Große Werk geplant? Wird der Herr der Unterwelt bis zur nächsten Sonnenfinsternis warten, so wie wir es gehört haben?«

»Nein, das hat er schon lange verworfen. Es soll beim nächsten Vollmond geschehen . . . Und heute wird der Mond voll! . . . Heute Nacht in der dunkelsten Stunde wird das Große Werk geschehen, wenn der Vollmond seinen höchsten Stand am Himmel erreicht hat!«, verriet der Iskari mit brechender Stimme und kämpfte mit der Bewusstlosigkeit.

Als Maurice ihm die beiden Hostien von der Stirn nahm, blieben auf der Haut zwei dunkle Flecken zurück, die wie Verbrennungen aussahen. »So ist es recht: gezeichnet für den Rest seines Lebens!«

»Heute Nacht schon!«, stieß McIvor bestürzt hervor. »Tod und Teufel, wie sollen wir es in der kurzen Zeit bloß schaffen, den geheimen Ort der verfluchten Abtei zu finden? Denn was der Iskari da gerade als Wegbeschreibung geliefert hat, ist ja wohl mehr als dürftig.«

»Stimmt, wir können nicht viel damit anfangen«, pflichtete ihm Tarik bei. »Aber ich bin sicher, dass irgendeiner der Einheimischen diese drei Angaben mit einem ganz bestimmten Ort in den Bergen in Verbindung bringen kann.«

»Richtig!«, stimmte Maurice ihm zu. »Und den müssen wir finden! Schnellstens!«

Gerolt nickte. »Lasst uns mit dem Parfait reden. Wenn uns einer helfen kann, den richtigen Bergführer zu finden, dann ist er es!«

Tarik, Maurice und Gerolt verloren keine Zeit mit weiteren Reden, sondern beeilten sich, aus dem Kellergewölbe zu kommen und Pierre Mateau um Rat zu fragen. In ihrer Eile fiel ihnen gar nicht auf, dass Maurice ihnen nicht folgte. Erst als sie schon den obersten Treppenabsatz erreicht hatten und ein kurzer gellender Schrei von unten zu ihnen hochdrang, fuhren sie herum und bemerkten, dass Maurice fehlte.

Augenblicke später tauchte er auf der Treppe auf.

»Was hast du mit ihm gemacht?«, stieß Gerolt hervor, und ihm kam ein schrecklicher Verdacht. »Sag um Gottes willen nicht, dass du ihn abgestochen hast!«

Maurice erwiderte ihre bestürzten Blicke mit grimmiger Miene. »Wirklich reizend, was ihr mir zutraut. Dabei hätte er den Tod verdient. Oder zumindest hätten wir ihm die Schwerthand und ein, zwei Sehnen durchtrennen und ihm auch noch das Kreuz auf die Stirn brennen sollen! Aber auch so wird er fortan als irdischen Teil seiner Strafe das erbärmliche Leben eines Bettlers fristen!«

»Was hast du ihm angetan?«, wollte Tarik wissen.

»Ich habe ihm die beiden Hostien auf die Augen gelegt!«, teilte Maurice ihnen mitleidlos mit. »Jetzt ist er blind und lebt von nun an in der völligen Finsternis, der er sich ja schon verschrieben hat! Möge er noch Jahrzehnte in dieser Dunkelheit leben, bevor er in das Fegefeuer wandert!«

4

Aufmerksam hörte sich Pierre Mateau an, was sie dem Teufelsknecht an Informationen über den geheimen Ort, den sie suchten, entrungen hatten. Er überlegte eine Weile, schüttelte dann zu ihrer großen Enttäuschung jedoch den Kopf und sagte: »Nein, mit diesen Angaben kann ich nichts anfangen. So gut kenne ich mich mit der Bergwelt abseits der Pfade, die wir Parfaits bei der Überquerung der Pyrenäen benutzen, auch nicht aus. Selbst wir sind stets auf mutige Schäfer angewiesen, die uns über die Berge bringen, zumal wir fast immer auf den Schutz der Dunkelheit angewiesen sind.«

»Kennt Ihr denn jemanden hier in Boucan, der sich in den Bergen gut auskennt?«, fragte Gerolt. »Und zwar auch mit der Region weiter im Südwesten?«

»Es gibt einige Einheimische, die hervorragende Führer sind«, antwortete der Parfait. »Aber am besten kennt sich wohl Galcerand Salgues in den Bergen aus, und zwar nicht nur hier in den Corbières, sondern auch auf der spanischen Seite. Er war früher der bevorzugte Führer für jeden, der bei Nacht über die Berge musste, vor allem wenn das Wetter schlecht oder es gar Winter war. Noch heute erzählt man sich davon, dass er noch Pfade gefunden hat, wo andere erfahrene Schäfer und Führer nichts als unbegehbaren Fels gesehen haben. Er soll wahrlich den sechsten Sinn einer Katze gehabt haben.«

Besorgt runzelte McIvor die Stirn. »Dieser Mann soll ihn *gehabt* haben? Wieso sprecht Ihr in der Vergangenheitsform? Habt Ihr denn nicht gerade gesagt, dass dieser Galcerand Salgues genau der Mann ist, denn wir jetzt brauchen?«

»Das hat seinen guten Grund«, erwiderte der Parfait. »Denn Galcerand übt schon lange nicht mehr den Beruf des Schäfers aus und führt auch keinen von uns mehr über die Berge. Er ist ein alter Mann, der sich schon vor vielen Jahren von der Welt zurückgezogen hat und seitdem ein gutes Stück außerhalb des Dorfes als Eremit in einer Berghöhle lebt. Man bekommt ihn nur noch ganz selten zu Gesicht.«

»Aber wäre er noch rüstig genug, um uns zu führen?«, wollte Maurice wissen.

Pierre Mateau nickte bedächtig. »Den Eindruck macht er schon noch. Nur bin ich mir nicht sicher, ob er gewillt ist, Euch als Führer zu dienen. Er ist sehr eigen geworden, seid er damals seine beiden Söhne bei einem Unglück in den Bergen verloren hat.«

»Aber Ihr kennt ihn gut und er gehört zu Euren Leuten?«, fragte Gerolt sofort nach.

Pierre Mateau nickte erneut. »Oh ja, und er könnte längst selber ein Parfait sein, wenn er es nur wollte. Aber er will sich nicht mehr unter Menschen begeben, wenn es nicht unbedingt nötig ist, sondern den Rest seines Lebens in Einsamkeit verbringen.«

»Würde er denn in unserem Fall eine Ausnahme machen, wenn Ihr ihn darum bittet und ihm versichert, dass es um eine Sache von Leben und Tod geht?«, fragte Maurice eindringlich.

»Das kann ich nicht sagen, denn Leben und Tod bedeuten einem erleuchteten Katharer wie ihm nichts. Aber einen Versuch wäre es wohl dennoch wert.«

»Dann bitten wir Euch darum, uns umgehend zu ihm zu führen und alles zu versuchen, was in Eurer Macht steht, Parfait Mateau!«, bat Gerolt und sah ihn dabei beschwörend an.

Und Pierre Mateau erklärte sich nun bereit, sie zu dem Einsiedler Galcerand Salgues zu führen und nichts unversucht zu lassen, um ihn als Führer für sie zu gewinnen.

Keine halbe Stunde später folgten sie dem Parfait über einen schmalen Pfad, der vom Weg hinter der Ansiedlung nach links abzweigte, durch dichtes Buschwerk führte und sie nach einer Biegung zur Höhle des Eremiten brachte.

»Wartet hier«, sagte Pierre Mateau, als es nur noch zwei Dutzend Schritte bis zum Felseingang der Einsiedlerklause waren. »Lasst mich erst allein mit ihm reden.«

»Tut, was Ihr könnt!«, bat Gerolt noch einmal inständig.

Der Parfait nickte, rief dann den Namen des Eremiten und blieb zwei Schritte vor der Höhle abwartend stehen. Nun trat eine fast spindeldürre Gestalt aus der dunklen Öffnung, der die zerlumpte Kleidung um den mageren Körper schlotterte. Galcerand Salgues musste weit über siebzig Jahre alt sein, seinem verwitterten Gesicht und den grauen, struppigen Augenbrauen nach zu urteilen. Sein Schädel war kahl und grindig, und statt Schuhe oder wenigstens Sandalen zu tragen, hatte er sich Stoffstreifen um die nackten Füße gebunden. Er hielt sich jedoch aufrecht und auch sonst ließ nichts auf körperliche Gebrechen schließen.

Mit großer Anspannung sahen die Gralsritter zu den beiden Katharern hinüber. Aus dieser Entfernung bekamen sie kein Wort mit. Es redete auch nur Pierre Mateau, während Galcerand Salgues stumm zuhörte. Mehrmals schwieg der Priester für einige Augenblicke, als wollte er dem anderen Gelegenheit geben, das Gehörte in Ruhe zu bedenken. Nach einer dieser kurzen Pausen sahen sie den Eremiten kurz nicken.

Daraufhin kehrte Pierre Mateau zu ihnen zurück. »Zugestimmt hat er nicht. Aber zumindest ist er bereit, Euch anzuhören. Jetzt liegt alles Weitere in Euren Händen. Also macht Eure Sache gut – und seid offen! Galcerand spürt falsche Worte hinter einer Rede so leicht auf, wie ein gewöhnlicher Sterblicher einen Haufen Mist vor seiner Nase riecht!«

»Wir werden so offen und aufrichtig zu ihm sein, wie es uns erlaubt ist«, versicherte Gerolt und ging nun zusammen mit Maurice zur Höhle hinauf.

Schweigend musterte der Einsiedler sie. Er ließ den Blick seiner außergewöhnlich blauen Augen auf jedem Gesicht mehrere Sekunden ruhen. Und ebenso schweigend ließen sie die Prüfung über sich ergehen. Ihr Gefühl sagte ihnen, dass Hast jetzt das Falscheste war, was sie tun konnten. Dann bedeutete er ihnen mit einem knappen Nicken zu sprechen.

Gerolt übernahm es, ihm einen kurzen Überblick über das zu geben, was ihnen in Unac widerfahren war und was sie über den gesuchten Ort herausbekommen hatten. Wie schon gegenüber dem Parfait, so bezeichneten sie auch jetzt die Männer, denen sie auf der Spur waren, als Knechte des Teufels und den geheimen Ort, wo diese sich zu einer schwarzen Messe versammelten, als Anbetungsstätte des Bösen.

Ohne sie zu unterbrechen, hörte sich der Eremit alles an. Und er schwieg noch immer, als Gerolt alles gesagt hatte, was sie ihm guten Gewissens anvertrauen konnten.

Maurice wurde ungeduldig, als sich das Schweigen scheinbar endlos hinzog, und wollte zu einer Frage ansetzen. Doch Gerolt fasste schnell seinen Arm und warf ihm dabei einen Blick zu, dass er still sein und warten sollte, bis Galcerand Salgues das Wort an sie richtete.

In die Augen des Eremiten war ein seltsam abwesender Ausdruck getreten, als sähe er durch sie hindurch auf etwas, das in der Ferne lag oder nur in seiner Erinnerung existierte. Denn für einen Moment stand unverhohlener Schmerz oder eine Art von tiefem Kummer auf seinem Gesicht. Und er schloss die Augen, als könnte er kaum ertragen, was er dort jenseits von ihnen und dem Tal von Boucan sah. Dann jedoch beendete er selbst den Zustand der Entrückung. Er öffnete die Augen und brach endlich sein Schweigen.

»*Comba del Ginesta*, der Ginsterkamm; *Prado lonc*, die lange Wiese; *Pla del Angle*, Ecke des tiefen Tals«, wiederholte er die drei okzitanischen Ortsbezeichnungen mit leiser Stimme. »Für jeden dieser Namen gibt es mehrere zutreffende Stellen in den Bergen, doch nur einen Ort, der gleichzeitig auf alle drei zutrifft. Und dieser Ort liegt weit drüben im Südwesten.«

Gerolt nickte. »So haben wir es auch verstanden, Galcerand Salgues. Doch ohne Eure Hilfe werden wir ihn niemals finden, schon gar nicht rechtzeitig genug, um eine Katastrophe verhindern zu können. Werdet Ihr uns dorthin führen? Das Schicksal zahlloser Menschen liegt in Eurer Hand.«

»Ich habe nicht einmal zwei Menschen, die mir das Teuerste auf der Welt waren, vor dem Verderben durch den Demiurgen bewahren können. Und nun soll es mir gegeben sein, gleich zahllose Menschen vor den bösen Kräften zu retten?« Er fragte das nicht etwa spöttisch, sondern mit der Illusionslosigkeit eines Katharers, der das Böse in der Welt für nicht besiegbar hielt.

»Zumindest könntet Ihr uns dabei helfen, dass wir tun können, was in unserer Macht steht. Und es ist nicht der Demiurg, den wir zu schlagen hoffen, sondern Menschen aus Fleisch und Blut, die sich als Knechte des Teufels dem Bösen verschrieben haben und entsetzliches Unglück und Verderben über diejenigen bringen, die das Licht und das Reich Gottes suchen«, stellte Gerolt klar.

Wieder bedachte Galcerand Salgues sie mit einem langen, nachdenklichen Schweigen, als überlegte der Katharer, ob es der grundverdorbenen Welt wirklich auch nur ein Quäntchen Gutes brachte, wenn er sich auf die Sache einließ. Und dieses erneute lange Schweigen beunruhigte die Gralsritter mehr als zuvor, glaubten sie seiner skeptischen Miene doch entnehmen zu können, dass er nicht die geringste Hoffnung hegte, auch nur einem Menschen das Leid ersparen zu können, das nach katharischem Glauben die im Körper gefangene Lichtgestalt im irdischen Leben unabänderlich zu erdulden hatte.

Umso überraschender fiel seine Antwort aus: »Ich führe Euch zu diesem Ort. Doch seid gewarnt! Es ist ein wildes, zerklüftetes Land, in das Ihr wollt. Und es wird kein leichter Weg sein, vor allem wenn das Wetter umschlagen sollte.«

Die Gralsritter waren wie erlöst und mussten an sich halten, in ihrem Dank nicht zu überschwänglich zu werden. Sie versicherten, nur rasch ihre Maultiere zu holen und in weniger als einer Stunde zurück zu sein.

Der Eremit nickte ihnen wortlos zu und kehrte in seine Höhle zurück.

Eiligst kehrten sie mit Pierre Mateau ins Dorf und zum Haus von Jacques Bourret zurück, um ihr Gepäck auf die Maultiere umzuladen. Gerolt machte den Vorschlag, sich vor ihrem Aufbruch noch mit reichlich Weihwasser auszurüsten, hatte sich dieses doch als wirksame Waffe gegen die Iskaris erwiesen.

Jacques Bourret hatte auch schnell vier kleine Fässer und Tragegestelle zur Hand, die sie auf zwei Packeseln festzurren konnten. In großer Hast wurden die Fässer gefüllt, zum Pfarrer in die Kirche getragen und ebenso rasch mit seinem Segen versehen, als sie ihm diesmal zwei Goldstücke anstelle von Silbermünzen für seine Dienste anboten. Dann ging es im Eilschritt zurück zum Haus des Dorfvorstehers. Dort machte Maurice den Vorschlag, das Weihwasser in möglichst viele kleine und mittlere Tongefäße umzugießen, weil sich diese später im Kampf besser und wirksamer einsetzen ließen. Ein Vorschlag, der bei seinen Freunden sofort Zustimmung fand.

Jacques Bourret schleppte sofort aus seiner Werkstatt mehrere Dutzend verschieden große Tongefäße an, in die sie das Weihwasser umfüllten und auf deren Bezahlung sie bestanden. McIvor wählte sich statt vieler kleiner Tongefäße vier größere, amphorenähnliche Behälter für seinen Weidenkorb. Alle wurden gut verschlossen und in den Körben so mit Stroh verstaut, dass sie nicht gegeneinanderschlagen und zu Bruch gehen konnten. Gewachstes Tuch kam als Abdeckung zum Schutz vor möglichem Regen über die Körbe, deren Öffnung gut verschnürt wurde. Dann banden sie die Körbe auf Tragegestelle und diese den beiden überzähligen Maultieren auf den Rücken. Ihre Pferde überließen sie dem Parfait und Jacques Bourret zu deren freier Verfügung. Sie erbaten sich vom Dorfvorsteher jedoch einen letzten Gefallen. Er betraf den blinden Iskari in seinem Keller.

»Wenn es keine zu große Zumutung für Euch ist, wären wir Euch dankbar, wenn Ihr ihn noch bis kurz vor dem Morgengrauen dort unten eingesperrt behaltet, ihn dann hinausführt und ihn irgendwo im Freien sich selbst überlasst. Dann kann er uns nicht mehr schaden, dürfte dann doch schon alles entschieden sein.«

Der Dorfvorsteher versprach, es so und nicht anders zu tun.

Als die Gralsritter auf dem Hof bei ihren Maultieren standen und dem Parfait noch einmal für seine Fürsprache bei Galcerand Salgues dankten, übergab Gerolt ihm das Halsband mit dem katharischen Anhänger.

»Es wäre nicht recht, es jetzt noch zu behalten. Es gehört an den Hals eines Mannes, der dieses Geschenkes würdig ist *und* Euren Glauben teilt«, sagte er. »Gebt es wieder Arnaud Gardell, wenn Ihr ihn auf Eurer Wanderschaft trefft. Und möge der Segen Gottes allzeit auf Euch ruhen!«

Der Parfait lächelte. »Und Euch Männern werde die Erleuchtung zuteil, die Euch den Weg jenseits der Sterne ins Reich des Parakleten weist!«, erwiderte er den christlichen Abschiedsgruß mit dem Segenswunsch eines tiefgläubigen Katharers.

Dann brachen sie auf, um mithilfe des spindeldürren Eremiten Galcerand Salgues in der Felswildnis nach der schwarzen Abtei der Judasjünger zu suchen.

5

Hohe Tannenwälder füllten die Täler und zogen sich die Hänge hinauf, aber auch Ulmen und knorrige Eichen behaupteten sich noch in den unteren Bergregionen. In nicht allzu weiter Ferne hoben sich jedoch schon die hohen, wild gezackten Gipfel mit ihren weißen Schneefeldern in den Himmel.

Sie mochten noch keine Stunde geritten sein und kamen gerade aus einem schmalen, bewaldeten Tal auf einen mit hohen Felsbrocken übersäten Berghang, als Galcerand Salgues das Zeichen zum Anhalten gab.

»Jemand folgt uns!«, sagte er, den Blick auf den hinter ihnen liegenden Waldsaum gerichtet.

»Seid Ihr Euch sicher?«, fragte Tarik verwundert, der wie seine Freunde nichts dergleichen bemerken konnte.

»Ganz sicher«, erwiderte der Einsiedler. Und wie zum Beweis flatterte im selben Augenblick ein Schwarm Vögel mit lautem Flügelschlag aus den Bäumen auf, zog einen Halbkreis über dem Wald und entschwand in östlicher Richtung.

Sofort sprangen die Gralsritter von ihren Maultieren, führten sie eiligst vom Weg in den Sichtschutz einer Senke und verteilten sich dann mit blanker Waffe hinter den Felsenblöcken, durch die sich der Pfad bergauf schlängelte. Angestrengt spähten sie zum Wald hinunter, wer sich da an ihre Fersen geheftet hatte.

»Wenn sich in Boucan noch mehr Iskaris aufgehalten haben, wird die Sache für uns verteufelt eng!«, raunte Maurice. »Es braucht bloß einer von ihnen einen anderen Weg zur Abtei einzuschlagen und die Bande dort warnen, dass wir ihrem Hinterhalt an der Hängebrücke entkommen sind. Dann sieht es düster für uns aus!«

Im nächsten Moment tauchte eine Gestalt aus dem Wald auf, die auf einem Maultier saß und dieses mit Stockhieben und Zurufen zu höchster Eile antrieb. Es genügte ein Blick auf das blonde, wehende Haar, um zu wissen, wer da den Pfad hochgeritten kam.

»Donnerschlag, das ist doch Heloise!«, entfuhr es McIvor ungläubig und er ließ sein Schwert wieder in die Scheide zurückgleiten. »Was hat sie bloß hier zu suchen?«

Auch Gerolt, Maurice und Tarik hätten nicht damit gerechnet, sie so schnell wiederzusehen.

»Eine gute Frage. Vielleicht will sie uns eine wichtige Nachricht überbringen«, sagte Tarik stirnrunzelnd. Er klang jedoch nicht so, als hielte er das für wahrscheinlich.

»Heloise hat etwas ganz anderes im Sinn«, sagte Maurice sofort ahnungsvoll. »Und wenn es das ist, was ich vermute, wird sie was zu hören bekommen!«

Auch Gerolt hatte eine derartige Ahnung, verkniff sich jedoch jeden Kommentar. Denn so bitterernst ihre Lage auch sein mochte, so war seine erste Reaktion auf ihren Anblick doch nichts als pure Freude. Er verbarg sie jedoch vor seinen Freunden, die dieses Gefühl offensichtlich ganz und gar nicht teilten.

Sie traten jetzt hinter ihrer felsigen Deckung hervor. Und kaum befand sich Heloise in Rufweite, als Maurice auch schon ungnädig die Stimme erhob: »Kannst du uns mal verraten, warum du hinter uns hergeritten kommst, Heloise? Ich hoffe, du hast dafür eine gute Erklärung!«

»Und ob ich die habe!«, rief sie zurück, ließ ihr Maultier in einen

Trab fallen und brachte es dann vor ihnen zum Stehen. Dann verkündete sie ein wenig außer Atem, aber selbstbewusst: »Ich komme mit euch!«

»Das kann nicht dein Ernst sein!«

»Und ob es das ist!«

Maurice schüttelte den Kopf. »Das kommt gar nicht infrage!«, beschied er sie kategorisch. »Bei dem, was wir vorhaben und um jeden Preis wagen müssen, können wir dich wahrlich nicht gebrauchen! Also sieh zu, dass du wieder zurück nach Unac kommst!«

»Bei aller Freundschaft, aber Maurice hat leider recht, Heloise«, stimmte Tarik ihm zu, wenn auch sehr viel freundlicher im Ton. »Vor uns liegen Gefahren, die nicht mal wir richtig einschätzen können. Es wäre unverantworlich, dich auf unserem Weg mitzunehmen, der wahrlich ins Ungewisse, ja womöglich in den Tod führt.«

Trotzig reckte Heloise ihnen das Kinn entgegen. »Gefährlicher und ungewisser als unsere Flucht aus Akkon? Gefährlicher und ungewisser als unsere Gefangenschaft in al-Qahira? Gefährlicher und ungewisser als der Marsch durch die Wüste und das Leere Viertel?«, hielt sie ihnen vor.

Verdutzt blickten sich die vier Gralshüter an. Was konnten sie ihr darauf antworten, war ihnen in diesen gemeinsamen Monaten doch oft genug scheinbar der Tod gewiss gewesen. Und keinmal hatte sich Heloise in dieser Zeit als Last und Behinderung erwiesen.

McIvor kratzte sich am Kopf. »Mhm, dem lässt sich schwer etwas entgegenhalten.«

»Von wegen!«, widersprach Maurice unwirsch. »Eine ganze Menge lässt sich dem entgegenhalten, aber unsere Zeit ist dafür zu kostbar.«

»Du kannst sagen, was du willst, aber mein Entschluss steht fest, und davon wird mich keiner abbringen, auch du nicht, mein lieber

Maurice«, erwiderte Heloise entschlossen. »Ich hatte schon lange vorgehabt, Unac zu verlassen. Und ich bin nur geblieben, weil Beatrice mich nach dem Tod ihres Mannes angefleht hat, nicht wegzugehen. Aber mit ihrem schrecklichen Tod, den ich mir wahrlich nicht gewünscht habe, bin ich endlich frei, das zu tun, was ich möchte. Und das ist keineswegs ein Leben in Unac! Mir ist es gleich, wohin ihr zieht, wenn es mich nur endlich weg aus dieser Gegend bringt! Ich werde euch auch bestimmt nicht aufhalten. Mit einem Maultier weiß ich sicherlich besser umzugehen als ihr! Und wart ihr nicht immer unsere treuen Gefährten und Beschützer? Wollt ihr mich jetzt einfach wegschicken, als würde ich euch nichts mehr bedeuten?« Ihr Blick ging von einem zum anderen und verharrte dann bei Gerolt.

Galcerand Salgues stand schweigend abseits und wartete mit unbeteiligter Miene, wohin dieser Wortwechsel wohl führen mochte. Ihm schien es gleichgültig zu sein, ob er vier Ritter oder zusätzlich auch noch eine entschlossene, willensstarke Frau in die zerklüftete Bergwelt führen sollte.

Gerolt spürte unter ihrem eindringlichen bittenden Blick, wie sein Herz schneller zu schlagen begann, und er räusperte sich. »Heloise ist uns nie Ballast und Behinderung gewesen, nicht einmal als kleines Mädchen.«

McIvor nickte. »Immer tapfer und klaglos, das war sie!«, pflichtete er ihm bei und warf ihr einen anerkennenden Blick zu.

»Daran wird sich auch kaum etwas geändert haben«, fuhr Gerolt fort. »Wenn sie also die Gefahr offenen Auges auf sich nehmen will, in die wir uns begeben müssen, dann sollte die Entscheidung darüber auch nur bei ihr allein liegen. Zudem habe ich den Eindruck, dass wir sagen können, was wir wollen, ohne sie dadurch jedoch von ihrem Entschluss abbringen zu können. Wer sollte sie auch daran hindern, uns einfach zu folgen? Wir befinden uns hier wahrlich nicht in offenem Gelände und auf dem Rücken schneller Pferde, um sie im Galopp abhängen zu können. Also, will vielleicht einer von euch Heloise mit Gewalt zur Umkehr zwingen?«

Maurice machte ein betretenes Gesicht und schwieg. Nicht einmal er würde auch nur auf den Gedanken kommen, ihr so etwas antun zu wollen.

»Vielleicht können wir sie mit Galcerand Salgues in irgendeinem Versteck zurücklassen, wenn wir in die Nähe des Ortes gelangt sind, zu dem wir uns Einlass verschaffen müssen«, bot Gerolt an. »Sollte die Vorsehung es so wollen, dass wir scheitern und dabei unser Leben verlieren, kann sie noch immer mit unserem Führer nach Boucan und von dort nach Unac zurückkehren.«

»Das ist ein kluger Vorschlag! So sollten wir es machen!«, stimmte der Schotte ihm sofort zu.

Auch Tarik nickte und sagte mit einer guten Portion Selbstironie: »Was nutzt vier Hunden das Kläffen, wenn der Löwe schon seine Pranke auf der Beute hat?«

Maurice gab sich geschlagen. »Also gut, in Gottes Namen, soll sie mitkommen!«, grummelte er. »Aber vernünftig kann man das wahrlich nicht nennen, was wir da tun!«

»Seit wann lässt du dich denn von der Vernunft leiten, Maurice?«, fragte Heloise schlagfertig. »Das sähe dir doch so wenig ähnlich wie einem Dominikaner der Besuch eines katharischen Gottesdienstes!«

McIvor, Tarik und Gerolt lachten.

Maurice schien kurz zu zögern, ob er sich gekränkt fühlen oder ihre Bemerkung mit Humor nehmen sollte, und er entschied sich für Letzteres. »Bei deinem Dickschädel und deiner spitzen Zunge ist es wirklich kein Wunder, dass du noch nicht unter die Haube gekommen bist!«, konterte er, doch dabei zuckte ein Lächeln um seine

Mundwinkel. »So, und jetzt nichts wie weiter! Wir haben schon genug Zeit verloren!«

Heloise warf Gerolt einen warmherzigen Blick zu, voller Dank, dass er zu ihr gehalten hatte.

Gerolt erwiderte ihr Lächeln mit leichtem Erröten. Denn ihm war, als könnte sie ihm ansehen, wie freudig sein Herz schlug. Dann wandte er seinen Blick schnell ab und beeilte sich, zu seinem Maultier zurückzukehren. Doch das Lächeln wich lange nicht von seinem Gesicht.

6

Ohne eine Rast einzulegen, drangen sie Stunde um Stunde immer tiefer in die Wildnis der Pyrenäen ein. Die letzten tiefen Wälder mit ihren hohen Nadelbäumen lagen längst weit unter ihnen, als das trübe Licht der sinkenden Sonne nur noch auf die Granitspitzen und Schneefelder der höchsten Gipfel fiel. Jetzt krallten sich fast nur noch Farne, dichtes, dornenreiches Gestrüpp sowie kleinwüchsige, windgeneigte Tannen und andere zähe Gewächse in das Erdreich, das ihnen zwischen den Felsen und dem Geröll kargen Lebensraum bot. Mit dem schwindenden Licht zogen Nebelfelder auf und trieben wie milchige Schleier über glatt gefegte Bergkuppen und Felsklippen hinweg, die sich in dem Gewoge wie Riffe in schwerer Dünung ausnahmen.

Mit einer zähen Ausdauer, die keiner der Gralsritter in dem spindeldürren Körper ihres Führers vermutet hätte, ging Galcerand Salgues voran. Ein Reittier hatte er bei ihrem Aufbruch in Boucan verschmäht, sei er doch zu Fuß schneller.

Als der Weg für die Maulesel zu schmal und unbegehbar wurde, ließen sie die Tiere in einem kleinen Höhental zurück, wo sich um eine Quelle ein kleiner Teich mit einigem Buschwerk gebildet hatte. Jetzt galt es, sich die aus Ästen geflochteten Tragegestelle mit den Weihwassergefäßen auf den Rücken zu schnallen. Heloise bestand darauf, den Sack mit den Pechfackeln und den zwei Seilen zu tragen, die sie vorsorglich mitgenommen hatten. Den Beutel, in dem sich neben den

Kutten und anderen Dingen auch die Schatulle mit den vier Votivtafeln und dem versiegelten Dokument befand, hängte sich McIvor noch zusätzlich zu seiner großen Last über die Schulter.

War der Marsch bisher schon nicht gerade eine Erholung gewesen, so forderte er nun noch mehr Anstrengung und Aufmerksamkeit von ihnen. Der Einsiedler führte sie stundenlang weiter über scheinbar endlose steile Serpentinen und Pfade, die im Zwielicht kaum zu erkennen waren.

Es ging durch eine abweisend kalte, unwirtliche Landschaft, die von grauschwarzen Felsen und einem Labyrinth von Seitentälern und Schluchten beherrscht wurde. Wie tiefe schartige Wunden klafften sie in der nur noch spärlich bewachsenen Ödnis, als hätte ein Zyklop mit seinem gewaltigen Schwert in wilder Vernichtungswut auf die Bergketten eingeschlagen und sie zu zerstückeln versucht. In manch einer Klamm schäumte ein Wildbach durch sein gewundenes Bett, schoss über rund gewaschenes Gestein, umwirbelte vorspringende Felskanten und erfüllte die Schlucht mit seinem Tosen.

»Wäre ich jetzt allein, würde ich wohl niemals wieder hier herausfinden«, murmelte Maurice beklommen, als sie sich in nächtlicher Finsternis und klammer Kälte eine schmale Schotterrinne aufwärtskämpften.

»Tod und Teufel, hier kann man als Fremder auf der Suche nach einem Weg zur nächsten Ansiedlung wirklich alt und grau werden!«, pflichtete ihm McIvor bei.

»Und sich beim Sturz in eine dieser Schluchten schneller den Tod holen, als man das Ave-Maria beten kann«, fügte Tarik hinzu. »Kein Wunder, dass die Iskaris ausgerechnet diese Bergregion für ihre schwarze Abtei gewählt haben!«

Diese Bemerkung lenkte ihr leises Gespräch wieder einmal auf das, was sie erwartete, wenn sie den gesuchten Ort gefunden hatten und die Aufgabe vor ihnen lag, irgendwie in die Abtei der Teufelsknechte einzudringen und das Große Werk zu verhindern. Und jeder stellte sich im Stillen die Frage, ob das überhaupt zu schaffen sei und wer von ihnen dabei wohl den Tod finden werde.

»Einen Sturmangriff auf den Haupteingang der Abtei können wir wohl gleich vergessen. Da werden wir bestimmt sofort aufgerieben, auch wenn wir das Überraschungsmoment anfangs auf unserer Seite haben sollten«, sagte Gerolt. »Der Iskari hat von starker Bewachung und mehreren Pforten gesprochen, die zu überwinden sind, um in diese schwarze Halle zu kommen, wo das Teufelswerk seinen Lauf nehmen soll.«

»Das halte auch ich für ein Himmelfahrtskommando«, sagte Tarik. »Wir müssen den Zugang zu diesem Labyrinth der Sühne finden, von dem er gesprochen hat. Denn nur da werden wir auf keine Wachen stoßen.«

»Und das wird seinen guten Grund haben, den ich lieber gar nicht wissen möchte. Sonst ziehe ich vielleicht doch noch das Himmelfahrtskommando vor«, warf Maurice trocken ein. »Denn wenn es noch keinem Teufelsknecht gelungen ist, da lebend herauszukommen, wird es auch für uns kein Spaziergang werden.«

»Wir sind Gralsritter und keine Schergen des Teufels!«, verkündete McIvor. »Wir werden der Bande schon zeigen, was *wir* unter Sühne verstehen!«

»Dein Wort in Gottes Ohr!«, erwiderte Tarik. »Aber den Ausgang von diesem Teufelslabyrinth müssen wir erst mal finden!«

»Ich rede noch mal mit unserem Führer. Denn wenn einer den Weg dorthin finden kann, dann ist er das«, sagte Gerolt und zwängte sich an seinen Freunden vorbei an die Spitze.

Abrupt blieb Galcerand Salgues stehen, als Gerolt ihn fragte, ob es wohl in der Nähe des Ortes, auf den die drei okzitanischen Bezeichnungen zutrafen, auch einen kleinen Fluss und einen Wasserfall sowie in unmittelbarer Nähe einen versteckten kleinen Talkessel gab.

»Ja, gleich hinter dem *Pecol!«,* stieß der Eremit hervor und klang plötzlich erschrocken. Es war das erste Mal, dass er seinen scheinbar unerschütterlichen Gleichmut verlor. »Dort gibt es hinter einem großen Felsvorsprung, der wie der Fuß eines Riesen aussieht, ein schmales, kurzes Tal mit einem Bachlauf, der am Talende von einem Wasserfall gespeist wird. Aber dort könnt Ihr nicht hin!«

»Warum nicht?«, fragte Gerolt verwundert.

»Weil über diesem Tal der Atem des Todes liegt!«, antwortete Galcerand Salgues. »Er hat meinen beiden Söhnen den Tod gebracht.«

»Und was soll dieser Atem des Todes sein?«

»Ich weiß es nicht, ich weiß nur, dass jeder den Tod findet, der sich dorthinein wagt«, sagte der Einsiedler. »Als ich selbst noch ein Kind war, habe ich dieses Tal erkundet, ohne dass mir dabei etwas zugestoßen wäre. Doch als ich vor nun gut zwanzig Jahren zufällig mit meinen Söhnen in dieses Gebiet kam und ihnen das Geheimnis des Wasserfalls zeigen wollte und sie mir dabei vorausliefen, da brachen sie schon nach wenigen Schritten zusammen. Ich konnte ihnen zwar noch ein Seil zuwerfen und sie daran herausziehen, aber ihren Tod konnte ich nicht abwenden. Sie starben wenige Minuten später in meinen Armen.«

Alle hatten gehört, was Galcerand Salgues gesagt hatte. Und sie wussten sofort, was sich hinter dem Atem des Todes verbergen musste – das Werk des Schwarzen Fürsten und seiner Teufelsknechte!

»Sie müssen dieses Tal auf irgendeine Weise vergiftet haben, um ihren Versammlungsort vor Entdeckung zu schützen!«, sagte Maurice und sprach damit aus, was ihnen allen durch den Kopf ging. »Aber davon werden wir uns nicht aufhalten lassen. Oder sehe ich das falsch, Kameraden?«

»Du liegst goldrichtig!«, bekräftige McIvor grimmig. »Denen werden wir ihren Atem des Todes austreiben! Fragt mich nicht, wie, aber irgendetwas wird uns schon einfallen!«

»Welches Geheimnis birgt der Wasserfall?«, wollte Gerolt nun von ihrem Führer wissen.

»Man kann in der Felswand so etwas wie einen Grat finden. Wenn man den erklimmt und der Rundung der Felswand folgt, gelangt man hinter den Wasserfall und stößt dort auf eine Felsspalte, die den Berg durchschneidet und auf der anderen Seite in den Talkessel mündet«, erklärte Galcerand Salgues. »Aber glaubt mir, wenn ich Euch sage, dass . . .«

»Wir glauben Euch, dass dort tödliche Gefahren lauern. Aber wir müssen es dennoch wagen! Wir haben gar keine andere Wahl und uns läuft die Zeit davon«, fiel Gerolt ihm ins Wort. »Führt uns zu diesem Tal, über dem der Atem des Todes liegt!«

7

Dem Stand des Vollmondes nach zu urteilen, der immer nur kurz hinter dunklen Wolkenfeldern auftauchte und wie eine fleckige Silberscheibe am Nachthimmel aufstieg, musste es eine Stunde vor Mitternacht sein, als sie den felsigen Riesenfuß *Pecol* und damit den Zugang zu dem Tal des Todes erreichten.

Sie lagerten kurz an der Stelle, wo der rauschende Bergbach am Pecol vorbeifloss, um dann einer Biegung zu folgen und kurz dahinter in einer steil abwärtsführenden Klamm zu verschwinden. Das vor ihnen liegende schmale Tal, in dem die Söhne ihres Führers den Tod gefunden hatten, maß in seiner Länge etwa zwei- bis dreihundert Ellen, war weniger als ein Drittel davon breit und endete vor dem engen Bogen der Hinterwand, wo ein gischtender Wasserfall aus gut dreißig, vierzig Ellen Höhe herabfiel. Ein Dickicht aus fast brusthohen Sträuchern bedeckte den Talboden und zog sich sogar noch ein Stück die Hänge hinauf. Die Dunkelheit ließ jedoch nicht erkennen, um was für Gewächse es sich dabei handelte.

»Müsst ihr euch denn wirklich dort hineinbegeben, Gerolt?«, fragte Heloise mit Angst in der Stimme. »Gibt es keine andere Möglichkeit als dieses verfluchte Tal?«

Gerolt schüttelte den Kopf. »Glaub mir, dass wir nicht hier stehen würden, wenn es einen weniger gefährlichen Weg zur Abtei der Teufelsknechte gäbe! Du wirst hier mit Galcerand zurückbleiben. Wenn ihr bis zum Morgengrauen kein Lebenszeichen von uns bekommen habt, wird er dich nach Boucan zurückbringen. So haben wir es besprochen. Und genau das wirst du auch tun, Heloise!«

Er wollte sich abwenden und zu seinen Kameraden gehen, die sich schon etwas näher an den Taleingang herangewagt hatten. Doch sie griff schnell nach seiner Hand und hielt ihn fest. »Gerolt, versprich mir, dass du zurückkommst!«, flüsterte sie beschwörend. »Ich könnte es nicht ertragen, dich zu verlieren! . . . Bei McIvor, Tarik und Maurice, bei jedem von ihnen würde es mich tief schmerzen, wenn ihnen etwas zustoßen würde. Aber bei dir ist es anders, Gerolt. Da schnürt mir allein schon der Gedanke, dass es geschehen könnte, das Herz auf unerträgliche Weise zu!«

Die Berührung ihrer Hand ging ihm durch und durch. Ihm war, als hätte sie in seinem Innern eine Saite angeschlagen, deren Schwingungen sich in seinem ganzen Körper ausbreiteten, seine Brust füllten und sein Herz in einen schnellen Rhythmus versetzten.

»Heloise, ich . . .« Er verspürte einen Kloß im Hals und schluckte schwer, bevor er weitersprechen konnte. »Nichts wünschte ich mehr, als dir ein solches Versprechen geben zu können. Aber was geschieht, liegt jetzt in Gottes Hand und bei den Kräften, die uns beistehen. Bete für uns, dass unser gewagter Vorstoß gelingt und wir das Werk des Schwarzen Fürsten noch rechtzeitig verhindern. Wenn uns das vergönnt ist, dann wird es für all die Hoffnungen und Wünsche, die wir im Herzen tragen und besser nicht aussprechen, eine Zukunft geben und dann . . .« Er brach rasch ab, weil ihm bewusst wurde, wie unverantwortlich es war, jetzt an eine gemeinsame Zukunft zu denken, geschweige denn davon zu sprechen. »Ich muss jetzt gehen, Heloise. Gott segne dich!«

»Er soll auch dich segnen – und dich mir wieder zurückbringen, Gerolt!« Und bevor er es noch verhindern konnte, nahm sie sein Gesicht in beide Hände und küsste ihn auf den Mund. Es war ein langer, leidenschaftlicher und zugleich verzweifelter Kuss, der es ihm für ebendiesen köstlich langen Moment unmöglich machte, sich ihren Lippen und ihren Händen zu entziehen.

»Damit du weißt, wofür es sich zu überleben lohnt, Geliebter!«, sagte sie leise und mit tränenerstickter Stimme, als sich ihre Lippen schließlich von seinem Mund lösten.

Stumm strich er über ihr Haar, ließ seine Hand kurz auf ihrer Wange ruhen und wischte ihr eine Träne aus dem Gesicht. Und weil er zu aufgewühlt war und nicht wusste, was er sagen sollte, beließ er es bei dieser zärtlichen Geste und wandte sich dann schnell von ihr ab.

Während Tarik und Maurice mit dem Gesicht zum Wasserfall standen und sich von Galcerand Salgues genau erklären ließen, wo der Grat in der Felswand zu finden war, hatte sich McIvor zu Gerolt und Heloise umgeblickt.

Als Gerolt nun zu ihm trat, legte ihm der Schotte seinen Arm um die Schulter. »Na, wenigstens bei dir werden wir nicht lange Rätselraten müssen, wer die Glückliche sein wird, mit der du der Welt Nachkommen bescheren wirst, von denen womöglich einer eines Tages dein Nachfolger als Gralshüter wird!«

Gerolt schoss das Blut ins Gesicht. »Rede nicht von Nachkommen, wo der Tod uns in dieser Nacht wohl näher ist als das Leben!«

»Recht hast du«, erwiderte der Schotte. »Und deshalb tust du jetzt auch gut daran, all das zu verdrängen und irgendwo tief in dir unter Verschluss zu halten, was da eben zwischen euch gewesen ist! Du musst deinen Kopf frei von allem anderen haben, wenn wir den Heiligen Gral retten wollen! Wir müssen uns alle absolut aufeinander verlassen können – vor allem auf dich, denn du bist der Obere unser Bruderschaft, vergiss das nicht!«

Gerolt nickte. »Du hast mein Wort, dass es so und nicht anders sein wird. Ich weiß, was ich euch und unserem heiligen Amt schuldig bin.«

Wenige Minuten später war es für die Gralsritter so weit, sich der tödlichen Gefahr des finsteren Tals zu stellen. Galcerand hatte sich mit Heloise in den Schutz eines Felsvorhangs begeben. Und sie hatten noch einmal geprüft, ob die Tragegestelle fest auf den Schultern saßen und sich die Gurte um die Körbe nicht gelockert hatten. Auch hatte McIvor Feuer gemacht, eine der dicken, handlangen Kerzen entzündet und sie in eine ihrer Laternen gestellt.

»Also dann, Gott mit uns!«, gab Gerolt nach einer letzten, kurzen Beratung das Zeichen zum Aufbruch.

Wie sie es abgesprochen hatten, ging Gerolt vorneweg und mit fünf Schritten Abstand zu seinen nachfolgenden Freunden. Ganz langsam näherte er sich der ersten Barriere hoher Sträucher und achtete mit höchster Anspannung, ob sich der Atem des Todes irgendwie bei ihm bemerkbar machte. Vorsichtig atmete er die Luft ein. Als er bis auf sechs, sieben Schritte an die vordere Reihe der Gewächse herangekommen war, sah er, dass von den Zweigen der Sträucher seltsam große und weit geöffnete Trichter hingen, die Ähnlichkeit mit den Blütentrichtern von Trompetengewächsen besaßen, aus denen man einen geistesverwirrenden, giftigen Extrakt gewinnen konnte. Die Trichter hier waren jedoch größer, anders geformt und zudem mit Dornen gespickt.

»Kannst du schon irgendetwas riechen?«, rief Maurice ihm zu.

»Nein, aber ich bin sicher, dass diese Trichter . . .« Weiter kam Gerolt nicht, der langsam auf die ersten Sträucher zugegangen war. Denn in diesem Moment stieg ihm ein schwacher Geruch nach Bittermandeln in die Nase. Und kaum hatte er ihn wahrgenommen, als ihm auch schon die Sinne schwanden. Er begann vorwärtszutaumeln und drohte dabei, noch näher in den Wirkungsbereich der Sträucher zu kommen, die diesen bitteren, betäubenden und letztlich tödlichen Duft absonderten.

Bevor er jedoch, niedergedrückt von dem Gewicht auf seinem Rücken, zu Boden stürzen und dabei noch tiefer in diese hochgiftige Wolke geraten konnte, die unsichtbar über dem Tal hing, war Maurice auch schon bei ihm. Mit angehaltenem Atem bekam er gerade noch eine Strebe des Tragegestells zu fassen und riss Gerolt mit aller Kraft zurück.

Benommen wankte Gerolt, gestützt von Maurice, zu McIvor und Tarik zurück. Er sank erst einmal auf den nächsten Gesteinsbrocken, hustete und füllte seine Lungen mit frischem Atem.

Der Schotte sah, wie Heloise unter dem Felsvorsprung aufsprang und wohl zu Gerolt laufen wollte. Doch Galcerand packte sofort ihren Arm und zog sie zu sich zurück.

»Geht es dir wieder besser? Spürst du noch was von dem Zeug?«, fragte Tarik in großer Sorge. »Um Himmels willen, das muss ja enorm giftig sein, dass es dich schon aus solcher Entfernung fast aus den Stiefeln gerissen hätte!«

Die Benommenheit wich allmählich von Gerolt. »Viel hat da wirklich nicht gefehlt, aber es ist ja noch mal gut gegangen. Es geht schon wieder. Bin gleich wieder auf den Beinen.«

»Und was machen wir jetzt?«, fragte Maurice.

»Diesen teuflischen Gewächsen kurz und bündig den Garaus!«, antwortete McIvor und zerrte zwei Pechfackeln aus seinem Sack. »Und zwar brennen wir eine große Schneise durch das verdammte Feld! Und wenn die Anbetung des Heiligen Grals bei mir auch so große Wirkung gehabt hat wie bei Gerolt, dann werde ich euch gleich einen Flammenzauber vorführen, wie ihr ihn noch nie gesehen habt!«

»Und ich werde dafür sorgen, dass diese Schneise frei von Giftwolken bleibt!«, fügte Gerolt hinzu. »Ich werde zu beiden Seiten eine

Mauer erzeugen, die hoffentlich hoch genug ist, um nichts von den diabolischen Duftstoffen eindringen zu lassen. Am besten tue ich das, indem ich als Letzter gehe, dann habe ich euch und den Korridor voll im Blick. Aber bleibt dicht zusammen!«

McIvor steckte die beiden Fackeln in Brand und stellte sich an die Spitze. Ein kurzer Moment tiefster Konzentration und dann entfesselte er seine göttliche Gnadengabe und richtete sie auf die Flammen der Fackeln.

Augenblicklich verwandelten sich die Pechfackeln in mächtige Feuerspeier. Wie aus einem Höllenschlund schossen die Flammen auf einer Breite von zehn, zwölf Schritten nach vorn, fächerten sich nach oben und unten hin zu einer wahren Feuerwalze auf und griffen kurz über dem Boden nach den Sträuchern mit ihren Gifttrichtern. Die Gewächse loderten auf, wurden wie ein trockenes Unterholz in der Glut einer Esse vom Feuer verzehrt und verwandelten sich in Asche.

Indessen machte sich Gerolt die Luft untertan, ließ einen starken Wind aufkommen, den er durch diese Feuerschneise schickte, und verdichtete sie dann beiderseits zu einer flirrenden Mauer von doppelter Manneshöhe.

Langsam bewegten sie sich vorwärts. Als sie jedoch schon zwei, drei Schritte hinter jener Stelle waren, wo Gerolt beinahe das Bewusstsein verloren hätte, und noch immer keiner von ihnen etwas von dem Gift merkte, wussten sie, dass sie in diesem Korridor sicher waren.

»Jetzt im Eilschritt hindurch und dann die Wand hoch, wo der Einstieg beginnt!«, rief McIvor ihnen zu. »Ich weiß nämlich nicht, wie lange ich das durchhalte. Mir beginnt schon der Schweiß auszubrechen, und das wahrlich nicht nur wegen der Hitze, die die Fackeln abgeben.«

»Du sprichst mir aus der Seele, McIvor!«, rief Gerolt zurück, der ebenfalls merkte, wie sehr seine Kräfte beansprucht waren. Und sie mussten mit ihren Segensgaben haushalten, hatten sie doch noch nicht einmal das Labyrinth der Sühne erreicht, geschweige denn waren sie in der Abtei der Iskari dorthin vorgestoßen, wo sich der Heilige Gral befand! Auf keinen Fall durften sie sich vorher schon völlig verausgaben.

Sie rannten, so schnell es ihnen ihre Last erlaubte, durch die breite Schneise verbrannter Giftbüsche. Und dann rief auch schon Maurice: »Jetzt nach rechts! Dort zum Einstieg in der Wand, Eisenauge! Und mach das verfluchte Teufelskraut drum herum nieder, so weit du kannst!«

Der Schotte blieb kurz vor der aufragenden Felswand stehen, schwenkte seine Feuerspeier in einem großen Halbbogen über das teuflische Gestrüpp und brannte es bis zur Wand nieder. Er ließ die Flammenzungen sogar ein gutes Stück am Felsgestein hochlecken.

Nun übernahm Tarik die Spitze. Mit dem Gesicht zur Wand stieg er auf den schräg nach oben führenden Felssims und arbeitete sich langsam höher und näher an den Bogen mit dem Wasserfall heran, dicht gefolgt von McIvor, Maurice und Gerolt. Jeder achtete darauf, wo sein Vordermann sicheren Tritt in der Felswand gefunden hatte und wo Spalten im Gestein den Händen Halt boten. Wie sie jedoch *hinter* den Wasserfall und dort zu jenem Durchlass gelangen sollten, den Galcerand Salgues als kleiner Junge gefunden hatte, blieb ihnen rätselhaft. Denn von einem Vorsprung und einem Zurückweichen der Felswand vermochten sie noch nichts zu entdecken.

Erst als ihnen die ersten feinen Gischtschleier ins Gesicht wehten und sie nur noch wenige Schrittlängen von den weißen Kaskaden trennten, sahen sie den dicken Felswulst, der sich unterhalb der zurückspringenden Wand vorwölbte und den Zutritt hinter den Vorhang des Wasserfalls erlaubte. Dort klaffte dann auch tatsächlich ein breiter Spalt, der nach oben spitz zulief und gerade breit genug war, um sich hindurchzwängen zu können. Ihre Tragegestelle mussten sie dabei jedoch vom Rücken nehmen und sie in dem gewundenen, finsteren Durchlass hinter sich herziehen. Gute dreißig Schritte hinter dem Wasserfall mündete er schließlich, wie der Einsiedler es ihnen beschrieben hatte, in einen fast kreisrunden Talkessel. Sein Durchmesser betrug nicht mehr als dreihundert Ellen, und er wurde von hohen, rissigen Felswänden umschlossen, die fast senkrecht aus dem Talboden aufstiegen – bis auf die Felswand zu ihrer rechten Seite. Diese bog sich erst weit nach innen und schaffte einen tiefen Innenraum, bevor sich dann in etwa sechzig, siebzig Ellen Höhe die obere Hälfte des scharfen, sichelförmigen Bogens wieder nach vorn neigte und einen weiten Felsenüberhang schuf. Erst von dort ragte der Fels wieder so lotrecht in den Himmel wie die restlichen Wände des tiefen Talkessels.

»Allmächtiger!«, stieß Tarik erschrocken hervor. »Seht doch nur dort rechts oben! Da ist sie, die schwarze Abtei der Iskaris . . . die Teufelsburg des Fürsten der Finsternis!«

8

Ein Schauer ging Gerolt durch den Körper, als er seinen Blick auf das Furcht einflößende Gebilde richtete, das wie ein zu Stein gewordener Albtraum in diesem gewaltigen Felsbogen klebte. Oft hatten sie darüber Vermutungen angestellt, wo die schwarze Abtei der Judasjünger wohl versteckt liegen und wie sie aussehen mochte. Doch ein solches Bild, wie es sich ihnen jetzt darbot, war ihnen dabei nie vor ihr geistiges Auge getreten.

Das Gebilde bestand aus pechschwarzem Gestein, das jedoch mit irgendeiner Art von Quarz oder Kristallen durchsetzt sein musste. Denn ein seltsames, schwaches Glitzern drang aus seiner Oberfläche. Die Abtei besaß die Form eines vielzackigen Himmelskörpers oder eines riesigen, mit Eisendornen gespickten Morgensterns, der sich mit einer unvorstellbaren Kraft zur Hälfte in diesen Felsenbogen gebohrt zu haben schien. Schmale, fast mannshohe Schlitze durchzogen in unregelmäßiger Folge die Seitenwände der hervorspringenden, spitz zulaufenden Felszacken. Durch einige dieser Öffnungen drang feuriger Lichtschein. Das Licht reichte nicht weit, aber es genügte doch, um einige der grässlichen steinernen Fratzen aus der Dunkelheit zu heben. Diese entstellten, scheinbar im Todesschrei erstarrten Gesichter fanden sich überall dort in den Winkelecken, wo die Seitenwände der weit herausragenden Felszacken aufeinandertrafen.

»Grauenvoll!«, flüsterte Maurice. »Ein einziger Albtraum aus Felsgestein!«

McIvor spuckte in den Sand zu seinen Füßen. »Tod und Teufel, davon werden wir uns nicht abschrecken lassen!«, stieß er grimmig hervor. »Tun wir, was unser heiliges Amt von uns verlangt, Freunde! Das dort drüben muss der Ausgang des Labyrinths der Sühne sein!« Damit deutete er auf die Öffnung, die weit unter dem grässlichen Gebilde in der Felswand klaffte und von innen beleuchtet wurde.

»Sieht so aus, als hätten sie den Ausgang zu unserer Begrüßung hübsch beleuchtet«, sagte Maurice sarkastisch. »Also dann, sehen wir uns das Teufelsloch mal näher an!«

Sie schulterten ihre Lasten und zogen vorsorglich ihre Schwerter blank, falls sie in der Höhle auf Teufelsknechte stoßen sollten. Vorsichtig näherten sie sich der Öffnung. Doch kein Teufelsknecht stürzte heraus oder gab Alarm. Und dann standen sie im hohen und breiten Felseingang.

Vor ihnen lag die letzte der Höhlen, aus denen das Labyrinth der Sühne bestand. Und nichts deutete daraufhin, dass hier irgendwelche Gefahren lauerten. Die Höhle hatte eine hohe Decke und eine ovale Form. An ihrer breitesten Stelle trennten etwa zwanzig Ellen die Längswände. Wenige Schritte vom Ausgang entfernt bedeckte ein braungrüner Teppich aus Moos und einem efeuähnlichen Geflecht den Boden in seiner ganzen Breite und reichte bis auf vier, fünf Schritte an den schmalen Durchgang heran, der in die dahinterliegende Höhle führte. Das Licht, das die Höhle erhellte, kam von zwei großen Tonamphoren, die halb in den Boden versenkt und, den gelblichen Flammen ihrer Dochte nach, mit Öl gefüllt waren.

»Der grüne Teppich der Freiheit!«, spottete Maurice. »Wer als Iskari diese Höhle erreicht, hat wohl das Wunder geschafft, alle Gefahren der Sühne zu überleben. Nur ist das wohl bisher noch keinem gelungen.«

»Seht mal da oben!«, raunte Tarik und deutete zur Mitte der felsigen Decke.

Dort klaffte ein großes, kreisrundes Loch von gut zwei Schritten Durchmesser, das mit einem Gitter dicker Eisenstäbe versehen war.

»Hat jemand eine Idee, wozu das gut sein soll?«, fragte McIvor beklommen.

Maurice zuckte die Achseln. »Was weiß ich, was in den Köpfen dieser Teufelsbrut vor sich geht.«

Gerolt jedoch wusste eine Erklärung. »Es könnte zur Beobachtung dienen, wenn sie einen ihrer Leute in das Labyrinth schicken, und um zu sehen, ob er es schafft.«

McIvor nickte. »Verdammt, das kann sein, Gerolt! Aber dann müssen wir damit rechnen, dass es da oben einen Gang gibt. Und wenn sich dort gerade jetzt einer von den Iskaris herumtreibt, sind wir geliefert, bevor wir auch nur eine Höhle hinter uns gebracht, geschweige denn den Zugang nach oben gefunden haben!«

Gerolt schüttelte den Kopf. »Ich glaube nicht, dass sich jetzt einer der Judasjünger dort aufhält. Durch das Gitter zu spähen bringt doch nur dann etwas, wenn jemand durch dieses Labyrinth muss. Und ich kann mir nicht vorstellen, dass sich der Fürst der Finsternis ausgerechnet in dieser Nacht mit so etwas beschäftigt. Wenn ein Fürst kurz vor seiner Krönung steht, hält er dann noch schnell Gericht, um jemanden abzuurteilen? Nein, das halte ich für sehr unwahrscheinlich.«

Seine Freunde stimmten ihm zu.

»Dann lasst uns sehen, was in der nächsten Höhle auf uns wartet!«, drängte McIvor und ging los.

»Bleib sofort stehen!«, warnte ihn Tarik im nächsten Moment. »Keinen Schritt weiter! Es sei denn, du hast vor, in den Tod zu laufen, Eisenauge.«

Verblüfft blieb McIvor stehen. »Was hast du denn? Das ist doch nichts als Moos und irgendein komisches Rankenzeug!«

»Dann sieh mal genauer hin, Schotte!«, forderte Tarik ihn auf und trat an seine Seite. »Diese Höhle scheint mir alles andere als einen grünen Teppich der Freiheit zu bieten, Kameraden! Und offenbar hat sehr wohl einer der Judasjünger es geschafft, bis hierhin zu kommen. Nur ist er dann der Täuschung erlegen, auf die auch du beinahe hereingefallen wärst, McIvor!« Dabei deutete er mit seinem Schwert leicht nach links auf den braungrünen Bodenbelag. »Was da zwischen den Ranken zu sehen ist, sieht mir ganz wie das Knochenskelett einer Hand aus!«

Erschrocken starrte McIvor in die Richtung, in die Tarik zeigte. »Verflucht, du hast recht! Das ist das Skelett einer Hand!«

Tarik kniete sich an den Rand des Teppichs, fuhr mit der Klinge hinein und riss ihn auf. Sofort zeigte sich, welch tödliche Falle sich unter dem Moos und den Ranken verbarg – nämlich senkrecht stehende, daumendicke Eisenpfähle mit dünnen, scharfen Spitzen, die in einem Abstand von etwa halber Armlänge aus der Tiefe aufragten! An einer dieser pfeilscharfen Spitzen hingen die Knochen einer aufgespießten Hand. Schnell riss er die dünne trügerische Decke aus Moos- und Rankengeflecht noch weiter auf.

»Heilige Engelschar!«, murmelte McIvor. Immerhin wäre er beinahe ahnungslos in diese Eisenpfähle hineingelaufen. »Das ist ja eine riesige, lanzengespickte Grube von Wand zu Wand! Und da unten auf dem Boden liegt noch mehr Gebein! Dem Himmel sei Dank, dass du das noch rechtzeitig bemerkt hast, Tarik!«

Der Levantiner grinste. »Schreib es gelegentlich auf meine Guthabenliste, Schotte!«

»Wie kommen wir da bloß hinüber?«, überlegte Gerolt laut. »Über die Grube zu springen, schafft keiner von uns. Bis auf die andere Seite müssen es mindestens sieben, acht Ellen sein, vielleicht sogar noch mehr.«

»Wir bräuchten einen Steg, aber ohne einen Haufen Bretter oder dicke Äste kriegen wir den nicht hin«, sinnierte Tarik.

»Ich habe eine bessere Idee«, sagte Maurice, dessen Blick prüfend über die Decke rund um das Gitter gegangen war. »Wir spielen Affe und schwingen uns am Seil auf die andere Seite hinüber!«

»Klingt nicht nach etwas, das meinen Neigungen entgegenkommt«, brummte McIvor. »Aber noch entscheidender dürfte die Frage sein, wie wir das Seil befestigen sollen. Ans Gitter da oben kommen wir jedenfalls nicht, das steht fest!«

»Lasst mich nur machen, Freunde«, antwortete Maurice regelrecht heiter. »Mal sehen, wie es inzwischen um *meine* Gnadengabe bestellt steht. Wenn sie mich nicht im Stich lässt, werde ich uns schnell einen hübschen Felshaken da oben schaffen!«

Fasziniert sahen Gerolt, Tarik und McIvor zu, wie ihr Freund seine Konzentration auf eine der spitzen Felskanten unter dem runden Gitter richtete – und wie diese Spitze sogleich armdick aus der Decke wuchs und sich dann zu einem Haken krümmte.

»Ich denke, damit ist das Problem gelöst!« Stolz blickte Maurice in die Runde seiner Freunde.

Gerolt schlug ihm begeistert auf die Schulter. »Das hast du prächtig hingekriegt, du Steinbieger!«

McIvor holte eines ihrer Seile aus dem Sack und verknotete ein Ende zu einer Schlaufe. »Du kannst mir helfen, dass ich den Haken auch treffe, Gerolt!«, fordert der Schotte ihn auf.

Und als er das Seil zur Deckenmitte hochwarf, führte Gerolt die Schleife mithilfe seiner magischen Kraft geradewegs zum Felshaken und legte sie darüber. Ein fester Zug, und die Schlaufe schloss sich um die Felskrümmung.

Maurice schwang sich als Erster über die pfahlgespickte Todesgrube, jedoch ohne Tragegestell auf dem Rücken. Er hatte gut Schwung genommen und das Seil trug ihn sicher über die Grube hinweg. McIvor folgte als Nächster. Dann banden sie erst einmal die Tragegestelle sowie die Fackeln und ihren Kleiderbeutel nacheinander an das Seil und schickten alles hinüber. Als sich alles unbeschadet auf der anderen Seite befand, hängte Tarik sich an das Seil. Gerolt bildete den Abschluss.

»Das hätten wir geschafft. Aber das war ja wohl erst der Anfang«, sagte Maurice, während er sich sein Tragegestell wieder auf den Rücken lud. »Wenn wir nur wüssten, was für teuflische Fallen sich in den nächsten Höhlen verbergen!«

»Ich kann es kaum erwarten, das herauszufinden!«, knurrte McIvor. »Deshalb überlasse ich gern einem von euch den Vortritt. Aber bitte nur kein Gedränge!«

Tarik zuckte die Achseln. »Ich mach's, Freunde. Einmal muss ja der Esel doch auf die Straße hinaus, wie mein seliger Vater jetzt gesagt hätte«, erklärte er fatalistisch und betrat den gekrümmten Durchgang, der tiefer in das Labyrinth führte. Doch kaum war sein Blick auf den Zugang zur nächsten Höhle gefallen, als sein Schwert aus der Scheide fuhr.

»Was siehst du?«, rief Gerolt alarmiert und griff ebenfalls sofort zu seiner Waffe.

»Metallene Netze!«, antwortete Tarik. »Damit ist der Eingang verhängt, als wollte man irgendetwas daran hindern, aus der Höhle herauszukommen.«

»Tod und Teufel, das hört sich nach einem schauerlichen Biest an, das die Judasjünger dort gefangen halten!«

»Richtig. Aber ein ausgewachsenes Raubtier kann es nicht sein, dafür sind diese Netze zu dünn und zu feingliedrig«, kam es von Tarik. »Was immer dahinten lauert, kann jedenfalls nicht sehr groß sein.«

»Umso diabolischer!«, knurrte der Schotte.

Gleich darauf sahen auch Tariks Gefährten diese dünnen Metallnetze, die den Durchgang verhängten. Sie waren so feingliedrig, wie Tarik gesagt hatte. Und als sie durch die Öffnung in den Netzen traten, die Tarik für sie zurückhielt, fanden sie sich in einer Höhle wieder, deren Ausmaß sie nicht einmal grob schätzen konnten.

Denn vor ihnen lag ein undurchdringlicher Wald aus feucht glänzenden Stalagtiten, die von der hohen Decke bis fast an den Boden herabreichten, und nicht weniger zahllosen und hohen Stalagmiten, die von unten nach oben gewachsen waren. Nirgendwo reichte der Blick weiter als zwei, drei Schritte. Die steinernen Tropfgewächse hingen und standen so zueinander, dass es nirgendwo eine tiefe Lücke gab, durch die man weiter vorausschauen konnte. Von irgendwo jenseits dieses Labyrinthes innerhalb des Labyrinthes drang schwacher Lichtschein.

»Wohin des Weges?«, flüsterte Maurice unschlüssig und hielt nun auch seine Klinge in der Hand.

Gerolt zuckte die Achseln. »Ob links oder rechts, schräg oder geradeaus, jede Richtung scheint mir so richtig und so falsch wie alle anderen zu sein. Versuchen wir einfach, näher an die Lichtquellen heranzukommen.«

»Vorausgesetzt, die Lichter führen uns auch tatsächlich in die richtige Richtung und nicht noch mehr in die Irre«, schränkte Maurice ein.

Gerolt zögerte nicht länger, sondern schritt einfach auf die nächste Lücke zu, wo die Stalagmiten und Stalagtiten Platz zum Passieren boten. Doch schon nach zwei, drei Schritten musste er gleich wieder die Richtung ändern. Mal schienen sie dem Licht näherzukommen, und schon im nächsten Moment blieb ihnen in diesem Irrgarten wieder keine andere Möglichkeit, als einen Weg einzuschlagen, der das Licht schwächer werden ließ.

Schweigend und in höchster Anspannung, wann denn wohl der Feind über sie herfallen würde, der hier irgendwo lauerte und sich vielleicht schon lautlos anschlich, suchten sie nach der richtigen Passage durch diesen Wald steinerner Gitterstäbe. Wann würde *es* sie anfallen?

Plötzlich gab Maurice einen leisen, warnenden Laut von sich und alle blieben stehen.

»Hört ihr das?«, raunte er.

»Ja!«, kam es ebenso leise zurück.

Ein leises Geräusch, das zwischen Zirpen und Zischen lag, drang an ihre Ohren.

»Es kommt von oben! Aus der Decke!«, flüsterte Tarik. Aber die Decke lag zu hoch, als dass sie bei dem schwachen Licht etwas hätten erkennen können. Sicherlich gab es dort auch ein Beobachtungsgitter, aber der schwache Lichtschein erreichte es nicht.

»Verdammt, wir hätten doch besser eine Fackel entzündet!«, stieß Maurice hervor. »Besser noch zwei!«

»Bin schon dabei!«, entgegnete McIvor, riss eine Fackel aus dem Sack und kniete sich auf den Boden, um die Kerze aus ihrem Sturmgehäuse zu holen.

Andere zirpend-zischende Laute antworteten von anderen Teilen der Decke, und mit einem Mal schwoll das Geräusch zu einem schrillen Kreischen an, das die Höhle erfüllte. Gleichzeitig war das Flattern von Hunderten von Flügeln zu vernehmen.

»Sie kommen!«, schrie Maurice, packte sein Schwert und starrte nach oben.

Die Pechfackel flammte auf, und die hoch auflodernde Flamme

warf ihren Schein auf einen Schwarm von fledermausartigen Vögeln mit schmalen knochenbleichen Flügeln, die aus der Höhe herabstürzten. Ihre Körper waren nicht größer als eine Faust, doch aus diesem Körper wuchsen lange Füße mit jeweils drei Krallen. Und aus dem platten Gesicht ragte ein ebenso spitzer Hornschnabel hervor.

»Auf den Boden!«, schrie McIvor und schleuderte dem herabfallenden Schwarm auch schon den ersten Feuerstoß entgegen. »Schützt Nacken und Kopf!«

Gerolt, Tarik und Maurice ließen ihre Schwerter fallen, warfen sich eng aneinander zu Boden, rissen ihre Arme über den Kopf und schoben die Hände im Nacken unter Mantel und Tragegestell. Keinen Augenblick zu früh, denn da fielen die blutgierigen Teufelsgeschöpfe auch schon über sie her.

Schnäbel und Krallen hackten in ihre Wollumhänge, fetzten den Stoff an ihren Armen auf und suchten am Kopf freie Stellen, um ihnen dort die Schädelhaut aufzureißen. Die Tragegestelle erwiesen sich in diesem Moment als Segen, schützten sie doch einen Großteil ihres Rückens. Dennoch vermochten sie nur mit größter Willenskraft dem Drang zu widerstehen, diese raubtierhaften, schrill zirpenden Vögel abschütteln und von sich schlagen zu wollen. Sie wussten jedoch, dass sie dadurch nur noch mehr verwundbare Körperstellen entblößen würden. Und wenn es nur zweien oder dreien von diesen Biestern gelang, sich in ihrer Kehle zu verbeißen, würde das ihren Tod bedeuten. Nur McIvor konnte sie mithilfe des Feuers vor einem schrecklichen Ende bewahren.

Sie hörten ihn brüllen, hörten das Prasseln der Flammen und das Sausen der Fackel, die er in wilden Kreisen durch die Luft schwang. Das Kreischen der Vögel nahm nun einen anderen Ton an. Es wurde so schrill, dass es in den Ohren schmerzte. Und sie spürten, wie einige Vögel leblos auf sie herabfielen. Gleichzeitig zog sich das Kreischen und wilde Flügelschlagen nach oben zurück. Dann fauchte zweimal ein kurzer, heißer Flammenstrahl über sie hinweg und befreite sie von den Tieren, die ihnen gerade noch mit ihren Krallen und Schnäbeln zugesetzt hatten.

Und dann wurde es schlagartig wieder still.

»Es ist vorbei!«, hörten sie McIvor mit schwerem Atem sagen. »Sie haben sich verzogen. Ihr könnt hochkommen!«

Benommen kamen Gerolt, Tarik und Maurice wieder auf die Beine. Gerolt hatte mehrere blutige Risse auf der kahlen Schädeldecke seiner Tonsur und auf den Armen. Maurice und Tarik sahen nicht viel besser aus. Ihre Umhänge wiesen so viele Löcher und Risse auf, als wären ihnen Dutzende Lanzen in den Rücken geschleudert worden.

»Das war knapp!«, keuchte Maurice. »Die hätten uns bei lebendigem Leib in Stücke gerissen, wenn du nicht noch rechtzeitig die Fackel entzündet hättest!«

McIvor nickte nur wortlos. Er lehnte sich gegen einen der Stalagmiten, und der Schrecken stand ihm deutlich ins Gesicht geschrieben. Auch er war nicht ohne blutige Blessuren davongekommen. Einer der Vögel hatte ganz nahe an seinem einzigen Auge die Haut tief aufgerissen. Hätte ihn der Schnabel oder die Kralle nur ein Stück weiter links getroffen, wäre er jetzt völlig erblindet.

»Wir müssen weiter!«, drängte Gerolt und bückte sich nach seinem Schwert. »Wer weiß, wann sie es wieder versuchen. Wir müssen so schnell wie möglich aus der Höhle raus!«

»Ja, wollen uns doch die anderen Überraschungen nicht entgehen lassen, die unserer noch harren!«, stieß Maurice finster hervor.

So schnell es eben ging, liefen sie nun durch das Gewirr. Doch es dauerte noch eine entsetzlich lange Zeit, bis sie endlich das Licht und damit den anderen Zugang erreicht hatten, der ebenfalls mit Eisennetzen verhängt war.

»Schau an, hier erwartet uns also ein stilles Gewässer!«, stellte Gerolt sarkastisch fest, als sie in der dahinterliegenden Felsenhöhle unter einer hohen Decke mit einem Sichtgitter in der Mitte eine große Wasserfläche vor sich erblickten.

Es handelte sich dabei um ein künstlich geschaffenes, fast rechteckiges Becken, das mehr als doppelt so breit war wie der Graben mit den spitzen Eisenstangen. Und auf dem dunklen, spiegelglatten Gewässer schwammen runde Holzplatten, gerade groß genug, um seinen Fuß darauf setzen zu können. Sie waren in ihrem Abstand zueinander jedoch so angeordnet, dass man die nächste Scheibe nur erreichte, wenn man einen weiten Schritt, fast einen Sprung wagte. Das machte es unmöglich, mit einem Fuß festen Stand zu wahren und mit dem nächsten vorsichtig zu testen, welche der umliegenden Platten das Gewicht eines Menschen zu tragen vermochte.

»Den Trick mit dem Seil wie in der ersten Höhle können wir vergessen!«, stellte Maurice mit einem Blick fest. »Das schaffen wir bei der Deckenhöhe nicht mal mit zwei Seilen.«

»Verflucht!«, knurrte McIvor. »Schwimmen ist nicht gerade meine Stärke!«

»Stärke? Bei dir kann man bezüglich Schwimmen doch nicht mal von einer Schwäche reden, Eisenauge! Du verhältst dich doch im Wasser wie ein Klumpen Blei!«, spottete Maurice.

Gerolt trat an die Kante des Beckens, beugte sich mit dem Schwert in der Hand vor und übte mit der Klingenspitze Druck auf eine der nächstliegenden runden Holzplatten aus. Sofort versank sie senkrecht im Wasser, als ruhte sie auf einer Stange, die nun unter der Oberfläche in einer Führungsschiene oder einer Röhre abwärtsglitt.

»Dachte ich es mir doch!«

Im selben Moment begann das Wasser um die sich absenkende

Platte zu brodeln. Schwarze Leiber, dick und lang wie ein Arm, schossen von allen Seiten heran und peitschten zuckend das Wasser auf. Und mit ihren scharfen Zähnen bissen die Aale in blinder Fresswut nach Gerolts Klinge, ungeachtet, dass sie sich dabei das Maul aufschlitzten. Sie wurden sofort von ihren Artgenossen angefallen und zerfleischt, sowie ihr Blut das Wasser tränkte.

Als Gerolt sein Schwert herausriss, hingen noch immer zwei der Aale an der Klinge. Er schüttelte sie vom Blatt und schlug sie in Stücke. Die Kiefer der Aale, oben und unten mit doppelten Reihen nach innen gebogener Zähne besetzt, schlugen auch jetzt noch mehrmals klirrend auf und zu, als könnte sie nicht einmal die Zerstückelung ihrer Leiber am Fressenwollen hindern. Dann jedoch erstarrten die grauenhaften Mäuler.

»Nicht gerade die Fische, die man sich in einem Zierteich hält«, murmelte Maurice. »Aber gewiss würde die Inquisition Gefallen an diesen regen Tierchen finden.«

Voller Eckel stieß Gerolt die zerstückelten schwarzen Leiber zurück ins Becken, wo sie sogleich unter Wasser gezerrt und gefressen wurden. Dann wandte er sich Tarik zu. »Ich glaube, jetzt bist du gefordert, damit wir heil über das Becken kommen.«

Der Levantiner nickte. »Der Gedanke liegt wohl nahe«, sagte er, trat zu ihm an den Rand, schloss kurz die Augen zur Konzentration und ließ seine Kraft als Gralshüter auf das Wasser einwirken.

Vor ihm bildete sich nun ein handbreiter Streifen Eis, der immer länger wurde und geradewegs der gegenüberliegenden Seite zustrebte. Als er dort gegen die Wand stieß, begann sich der Eisbalken seitlich zu vergrößern, bis er etwa die Breite eines guten Schrittes erreicht hatte.

»Los, beeeilt euch!«, forderte Tarik sie auf.

»Bist du dir auch sicher, dass uns das Eis mit dem Gestell auf dem

Rücken trägt?«, wollte McIvor wissen. »Ich verspüre hier nämlich wenig Lust auf ein Bad.«

»Könntest aber eins gebrauchen«, spottete Maurice.

»Redet nicht so lange, sonst bricht es wirklich noch, bevor wir alle drüben sind!«, warnte Tarik.

Beherzt trat Gerolt vom Beckenrand auf den Eisstreifen. Es knirschte unter ihm, brach jedoch nicht ein. Vorsichtig setzte er einen Fuß vor den anderen, um auf der glatten Eisfläche nicht ins Rutschen zu kommen. Er konnte einen Seufzer der Erleichterung nicht unterdrücken, als er schließlich wieder festen Boden unter den Füßen hatte.

Auch Maurice und McIvor kamen sicher über den eisigen Steg. Doch als Tarik das Eis als Letzter betrat, barst es an mehreren Stellen. Tiefe Risse spalteten das Eis. Noch hielt es zusammen, aber jeden Augenblick konnte es auseinanderbrechen und Tarik ins Becken stürzen lassen.

Tarik keuchte, blieb jedoch ruhig und schritt langsam weiter.

»Um Gottes willen, halte durch!«, rief Gerolt ihm zu. »Konzentrier dich! Gleich hast du es geschafft! Streck deine Hand aus!«

Der dicke Eisbalken brach im Rücken von Tarik, löste sich in Stücke auf und ließ nur noch einen Stumpf zurück, der gleich hinter seinen Stiefeln endete und auch dort zu bröckeln begann.

»Halte mich am Schwertgurt fest!«, rief Gerolt dem Schotten zu, und sowie er McIvors Hand im Rücken an seinem Gürtel spürte, beugte er sich Tarik entgegen. »Deine Hand!«

Tarik wankte auf dem nachgebenden Eisbalken, warf sich schließlich nach vorn und bekam gerade noch Gerolts Handgelenk zu fassen. Auch Gerolts Hand schloss sich blitzschnell um das Handgelenk seines Freundes und riss ihn zu sich. Im Sprung brach der Rest des Eises unter ihm und verwandelte sich augenblicklich wieder in dunkles

Wasser. Mit den Stiefelspitzen pflügte er noch durch das Wasser, schlug mit ihnen gegen den Beckenrand und stürzte dann mit Gerolt auf harten Felsgrund.

»Allmächtiger, das war knapp! Um ein Haar wärst du Fischfutter geworden!«, stieß Gerolt hervor und rappelte sich auf. Ihm saß noch der Schrecken in den Gliedern. Beinahe wäre sein Freund ein Opfer der beißwütigen Aale geworden. »Warum gelang es dir nicht, das Eis länger hart zu halten?«

Tarik rückte sein verrutschtes Tragegestell zurecht und stemmte sich hoch. »Weil die Kraft wohl nicht für das ausreicht, was in meinem Rücken liegt. Ich muss das Wasser offenbar vor Augen haben, um ihm meinen Willen aufzuzwingen, dann fällt es mir leichter«, vermutete er und atmete tief durch. »Gut, das für die Zukunft zu wissen!«

»Immerhin . . .«, setzte Maurice zu einer Bemerkung an, sprach jedoch nicht weiter. Denn plötzlich waren Stimmen zu vernehmen, die allerdings noch recht weit entfernt waren. Es waren aber unverkennbar die Stimmen von zwei Männern, die sich mürrisch etwas zuriefen.

»Lösch die Fackel und dann nichts wie in Deckung!«, zischte Gerolt.

McIvor sprang zurück an den Beckenrand, tauchte die brennende Fackel ins Wasser und machte sich erst gar nicht die Mühe, sie wieder herauszuziehen zu wollen. Denn sofort hatten Dutzende von Aalen ihre Zähne in den Pechkopf und das Holz geschlagen. Sollten sie sich daran die Zähne ausbeißen! In seinem Sack steckten noch drei Fackeln, die wohl für den Rest ihres Weges durch das Labyrinth reichen sollten.

Tarik und Maurice hatten sich indessen mit blankgezogenem Schwert auf der rechten Seite des Durchgangs flach auf den Boden gelegt. Gerolt hatte die andere Seite gewählt. Schnell begab sich der

Schotte an seine Seite und zog langsam sein Schwert aus der Scheide.

»Kannst du was sehen?«, flüsterte er.

Gerolt spähte um den Felsen herum. »Noch nicht!«

Im nächsten Moment rasselten Ketten in der vor ihnen liegenden Höhle. Metall klirrte und dieses Geräusch mischte sich mit einem merkwürdigen Grunzen und Fauchen.

Und dann sah Gerolt zwei riesenhafte Gestalten im Durchgang auf der anderen Seite der Höhle auftauchen. Es dauerte einen Moment, bis er begriff, was es mit ihnen auf sich hatte. Es waren zwei Männer auf gut brusthohen, dicken Stelzen, die rundum mit Blech verkleidet waren. Und sie trugen wie gepanzerte Ritter metallenen Beinschutz bis hoch zur Hüfte. Ober- und Unterkörper steckten in einem dicken Lederwams. Aber das war noch nicht alles, was es an ihnen Merkwürdiges zu beobachten gab. Denn einer von ihnen zog einen kleinen Wagen hinter sich her, der unten auf Höhe des Radgestells sehr schmal war, bis auf Hüfthöhe der Stelzenmänner so schmalbrüstig blieb, um sich dann zu einer breiten Ladefläche zu weiten. Die hohen Räder und Seitenwände waren ebenfalls mit Eisenblech verkleidet.

Die Frage, was die Stelzen und der Eisenschutz zu bedeuten hatten, stellte sich Gerolt und seinen Freunden erst gar nicht. Denn fast gleichzeitig mit dem Erscheinen der beiden Stelzenmänner jagten von rechts und links aus dem hinteren Dunkel der Höhle angekettete Wesen hervor, bei denen es sich nur um Geschöpfe des Teufels handeln konnte! Ihr Unterleib war der eines gepanzerten Reptils, ähnlich einem Krokodil. Dagegen erinnerten der behaarte Oberkörper und die menschenähnlichen Arme an einen Affen. Und der gestreckte Kopf mit seinem starken Gebiss hätte einer Hyäne gehören können. Ihre Hinterbeine steckten in Manschetten, an denen dicke Eisenketten befestigt waren, doch ihre Arme konnten sie frei bewegen – und jedes dieser Furcht einflößenden Wesen, das sich etwa bis auf Brusthöhe eines mittelgroßen Mannes aufrichten konnte, war mit einem kurzen Spieß bewaffnet, dessen drei Spitzen zu Widerhaken gekrümmt waren.

Kreischend und fauchend sprangen sie den beiden Stelzenmännern entgegen, fuchtelten wild mit ihren Spießen und stießen nach Stelzen, Rädern und blechverkleideten Seitenwänden des Wagens.

»Zurück, verdammte Brut! Ihr kriegt ja euer Fressen!«, rief der Stelzenmann auf der linken Seite. Er hielt einen großen Fleischerhaken in der Hand, mit dem er nun hinter sich in den Kasten griff, während der andere Teufelsknecht mit einer langen Lanze nach den albtraumhaften Raubtieren stieß, um sie einigermaßen auf Distanz zu halten. Ein großes, bluttriefendes Fleischstück kam im nächsten Moment am Haken zum Vorschein und flog in die Tiefe der Höhle. Sofort sprangen die Tiere auf dieser Seite der Höhle dem Fressen nach. Es folgten noch sechs, sieben weitere Fleischbrocken, die der Iskari nach rechts und links schleuderte.

»Sparen wir uns heute das Wasserbecken«, hörten die Gralsritter den Teufelsknecht mit der Lanze zu seinem Begleiter sagen. »Sollen die ekeligen Biester sich doch selber fressen, wenn sie es vor Hunger nicht aushalten. Ich will so schnell wie möglich nach oben zurück. Es wird nicht mehr lange dauern, bis unser Fürst auf seinem Thron Platz nimmt und Sjadú den verfluchten Kelch bringt, damit das Große Werk beginnen kann!«

»Kommt nicht infrage!«, widersprach der andere. »Wenn Urakib oder Sjadú dahinterkommen, dass wir die Biester nicht gefüttert haben, sind wir die Nächsten, die in das Labyrinth der Sühne müssen – aber ohne Stelzen und Blechschutz und nur mit einem lausigen Messer bewaffnet! Und Sjadú hat einen verfluchten Riecher für so was, das weißt du!«

»Pest und Krätze!«, fluchte der Lanzenmann. »Also gut, bringen wir es hinter uns!«

Und damit setzten sie sich auf ihren Stelzen wieder in Bewegung, den Wagen mit den blutigen Fleischstücken hinter sich herziehend und begleitet vom lauten Schmatzen und Reißen der angeketteten Höllentiere.

Es bedurfte nicht einmal eines Blickes zwischen den Gralsrittern, um sich darüber einig zu sein, was jetzt zu tun war. Tarik und Maurice würden den Mann auf ihrer Seite angreifen, während Gerolt und McIvor den anderen von den Stelzen holten.

Rasch zogen sie sich etwas vom Eingang zurück, streiften sich die Trageriemen ihrer Gestelle ab, setzten sie lautlos zu Boden und spannten die Muskeln zum Sprung an. Der erste Hieb musste sitzen und es musste schnell gehen. Keiner von ihnen durfte entkommen!

Zwei lange schwarze Schatten kündigten ihr Kommen an. Und sowie die beiden Iskaris aus dem Durchgang traten, stürzten die Gralsritter von beiden Seiten hervor und griffen sie an.

McIvor holte den linken Knecht mit einem wuchtigen Schlag von den Stelzen, bevor dieser noch wusste, was die Stunde geschlagen hatte. Und schon im Fallen versetzte Gerolt ihm den ersten Streich, der ihm den Arm mit der Lanze vom Rumpf trennte. Es blieb ihm gerade noch Zeit für einen Schrei, dann bohrte sich auch schon McIvors Klinge geradewegs in seine Brust und brachte ihm den Tod.

Der Kampf auf der anderen Seite war ebenfalls innerhalb weniger Sekunden entschieden. Zwei schnelle Stiche und ein Hieb, dann lag der Teufelsknecht mit dem Fleischerhaken tot in seinem eigenen Blut.

Ohne langes Reden packten sie die Leichen, zerrten sie in die Höhle mit den angeketteten Teufelsgeschöpfen und warfen sie ihnen zum Fraß vor. Tarik hob rasch die Lanze auf, zog auch noch den Wagen hinein und stürzte ihn seitlich um. Das verschaffte ihnen Zeit genug, um ungehindert mitten durch die Höhle und zu deren anderem Ausgang zu laufen.

Dahinter stießen sie auf einen Gang, der sie nach zehn, zwölf Schritten offensichtlich in die letzte der Höhlen brachte. Und dies war die höchste von allen, hatte die hintere Hälfte, die von der vorderen durch ein Eisengitter mit einer Tür abgetrennt war, doch fast die Deckenhöhe einer Kathedrale. Im vorderen Teil dagegen erreichte das Felsgewölbe über ihnen nur eine Höhe von zehn, zwölf Ellen.

»Dahinten geht es also nach oben ins Innere der Abtei!«, stellte Maurice fest und ließ einen Seufzer der Erleichterung hören, als er die steile Steintreppe bemerkte, die an der Rückwand nach oben führte. »Endlich haben wir es geschafft, heil durch dieses verfluchte Labyrinth der Sühne zu kommen!«

»Tod und Teufel, das war ein hartes Stück Arbeit! Aber ich will nicht wissen, was uns gleich noch oben in der Abtei erwartet«, murmelte McIvor.

»Ganz haben wir das Labyrinth noch nicht hinter uns«, widersprach Gerolt der Bemerkung von Maurice. »Ich glaube nämlich nicht, dass dieser Teil vor der Gitterwand dazu gedacht ist, dass sich der Verurteilte hier erst einmal ausruht, bevor er seinen tödlichen Gang antritt. Schaut euch den Sand an, der den Boden bis zum Gitter bedeckt! Und diese Gerätschaften hier sind wohl kaum dazu gedacht, um für Sauberkeit und einen schönen Anblick zu sorgen.« Er deutete dabei auf die beiden Reisigbesen und den Rechen, die zu seiner Linken an der Wand lehnten.

Nun widmeten auch seine Gefährten der Sandschicht ihre Aufmerksamkeit. Vollkommen gleichmäßig erstreckte sie sich bis zur Gitterwand. Und ebenso gleichmäßig und gradlinig zogen sich die Linien durch den Sand, die Besen und Rechen hinterlassen hatten. Da gab es nicht eine krumme Furche.

»Du hast recht«, sagte Maurice. »Darunter verbirgt sich eine Falle. Aber diesmal weisen uns die Spuren der Iskaris den richtigen Weg durch das Sandfeld.« Seine Hand wies nach rechts zur Felswand. Dort war das makellose geometrische Muster von den Eindrücken der Stelzen und der Räder des Wagens zerstört.

Die Spuren der beiden Teufelsknechte markierten deutlich den einzig sicheren Weg durch diese Höhle. Der Weg führte direkt hinter der Tür am Gitter entlang zur Wand, machte dann nach vier, fünf Schritten einen rechtwinkligen Knick, drang etwa sechs Schritte bis fast in die Mitte des Sandfeldes vor, knickte dort erneut im rechten Winkel ab, kehrte zur Wand zurück und endete dann auf felsigem Boden.

Und diesen Spuren folgten sie nun.

Tarik ließ es sich jedoch nicht nehmen, mit der Lanze im Sand herumzustochern, als sie die Gittertür erreicht hatten. »Wollen doch mal sehen, was für eine Falle hier unter dem Sand verborgen liegt!«

Wie auf Kommando sackte plötzlich der Sandboden unter dem Druck der Lanze ab. Eine quadratische Platte mit einer Seitenlänge von anderthalb Ellen fiel in eine ebenso große mannstiefe Grube. Und kaum war die Platte auf dem Boden aufgeschlagen, als auch schon aus jeder der Grubenwände vier fingerdicke angespitzte Eisenstäbe hervorschnellten und aufeinanderzuschossen. Mit ihren pfeildünnen Spitzen nur eine Handlänge voneinander entfernt, kamen die Lanzen in der Mitte der Grube leicht nachfedernd zum Stehen.

»Reizende Idee. Da hineinzugeraten dürfte einiges Unbehagen bereiten!«, kommentierte Maurice mit trockenem Sarkasmus und beeilte sich, durch die Gittertür zu kommen und damit endlich auf sicheren Boden zu gelangen.

Bei allen war die Erleichterung groß, dass sie das teuflische Labyrinth heil hinter sich gebracht hatten. Aber zugleich war jedem von ihnen bewusst, dass sie sich gleich dem Fürsten der Finsternis, Sjadú und womöglich Hunderten von Iskaris stellen mussten!

9

Die vier Gralsritter versammelten sich am Fuße der steilen, aus der Felswand gehauenen Treppe, die gerade breit genug für eine Person war. Etwas seitlich davon hing ein dickes Seil herab, das oben auf einer Plattform aus schwerem Balkenwerk über die Trommel einer Winde lief. Das Ende des Seils war um den Eisenbügel einer Holzwanne geknotet, in der fingerhoch Blut stand. Und blutige Fleischreste klebten am Wannenrand.

Sie hatten sich gegenseitig dabei geholfen, die Verschnürung über der Öffnung der aufgeschnallten Körbe mit ihren Dolchklingen zu durchtrennen, das schützende Wachstuch zu entfernen und einen Teil des stoßdämpfenden Strohs herauszuzerren, damit die mit Weihwasser gefüllten Tonbehälter locker im Korb saßen und sich gleich ohne langes Gezerre herausholen ließen. Den Beutel, der auch die Schatulle enthielt, hängte sich McIvor quer vor die Brust.

Jeder wusste, welche Aufgabe er dank seiner besonderen Gnadengabe als Gralshüter nun gleich haben würde. Ihre größte Stärke waren das Überraschungsmoment, das es mit größtmöglicher Angriffswucht auszunutzen galt, und ihre Segensgaben als Gralshüter.

»Freunde, gleich werden wir dem Teufel, Sjadú und einer großen Versammlung von Iskaris gegenüberstehen«, sagte Gerolt, der es für seine Aufgabe als Oberer ihrer Bruderschaft hielt, noch ein letztes Wort an seine Gefährten zu richten. »Wir werden alles tun, was in unserer Macht steht, um das teuflische Große Werk zu verhindern und den Heiligen Gral zu retten.«

McIvor, Tarik und Maurice nickten stumm und mit zu allem entschlossenen Gesichtern.

»Ob uns das gelingt, weiß allein Gott«, fuhr Gerolt ernst fort. »Wir müssen damit rechnen, dass der Tod auch unter uns einen bitteren Tribut fordert. Deshalb ist dies die vielleicht letzte Möglichkeit, um euch noch einmal zu sagen, dass es keine heldenhafteren und treueren Kameraden und Freunde gibt als euch! Mit euch das heilige Amt des Gralsritters ausüben zu dürfen ist mehr, als ich jemals zu erträumen gewagt hätte. Für jeden von euch würde ich meinen Schwertarm ... nein, mein Leben geben! Und ich weiß, dass auch ihr füreinander mit Leib und Leben einsteht.«

»Tod und Teufel, darauf kannst du Gift nehmen, Gerolt!«, versicherte McIvor mit belegter Stimme. »Durch die Hölle und zurück, wenn es sein muss!«

»Dem ist nichts hinzuzufügen«, sagte Tarik.

Maurice nickte und streckte seine Hand aus. »Füreinander in fester Treue, Freunde!«

Tarik, Gerolt und McIvor folgten seinem Beispiel. Ihre Hände legten sich aufeinander. Und dann bekräftigten sie noch einmal ihren Schwur, der sie seit sechzehn Jahren begleitet und ihre Gemeinschaft geprägt hatte, wie aus einem Mund: »Füreinander in fester Treue!«

Für einen letzten Augenblick standen sie so im Kreis und sahen sich an, als hieße es, mit einem stummen Blick Abschied von den anderen zu nehmen.

Dann zog Gerolt als Erster seine Hand zurück, ließ das Schwert aus der Scheide fahren und gab den Befehl zum Aufbruch. »Tun wir mit ganzer Hingabe, wozu wir als Gralsritter berufen worden sind,

Freunde! Möge Gott mit uns sein!« Mit einer abrupten Bewegung, die seine starke innere Bewegung vor seinen Kameraden verbergen sollte, wandte er sich ab und erklomm die Stufen.

Schnell hatte er die Plattform erreicht. Er wartete, bis alle oben bei ihm standen. Dann öffnete er vorsichtig die schwere Bohlentür und spähte in den Gang, auf den sie führte. Er sah Lichtschein, und bis auf einen monotonen Gesang, der aus einiger Entfernung zu ihnen drang, war es still. Und was sie bis dahin nur als einen schwachen unangenehmen Geruch wahrgenommen hatten, schlug ihnen nun wie eine stinkende Wolke entgegen. Es war ein durchdringender Gestank, der sich aus Schwefel, Moder und Verwesung zusammensetzte und in dieser Konzentration nur von einer großen Menge Iskaris hervorgerufen werden konnte.

»Sie scheinen sich schon alle in dieser schwarzen Halle für ihre Teufelszeremonie versammelt zu haben«, raunte Gerolt seinen Freunden über die Schulter hinweg zu und trat auf den Gang hinaus. »Jetzt ist keine Zeit mehr zu verlieren!«

»Tod und Teufel, was für ein ekelhafter Gestank!«, raunte McIvor. »Davon kann einem ja übel werden!«

So leise wie möglich liefen sie den langen Gang hoch, dem monotonen Gesang und dem Zentrum des Gestanks entgegen. Wände und Decke bestanden aus jenem merkwürdigen schwarzen Gestein, das wie die Außenwände der Abtei wie von Quarz durchsetzt glitzerte. Sie kamen an mehreren Türen vorbei. Einige bestanden aus Gittern und mussten Kerkerzellen sein. Doch niemand befand sich in ihnen.

Nach etwa dreißig Schritten machte der Gang einen rechtwinkligen Knick nach links und endete zehn Schritte weiter vor einem hohen Rundbogen. Er wurde links und rechts von vierteiligen Säulen getragen, die einen schauerlichen Anblick boten. Denn die aus dem Stein gehauenen Gestalten zeigten jeweils vier von Ketten umschlungene Menschen, die Rücken an Rücken gebunden waren. Ihre Gesichter waren wie von Schmerz und Todesangst verzerrt und die Münder weit aufgerissen. Jeder trug ein zersplittertes Kreuz auf der Brust, was sie wohl als Christen ausweisen sollte. Und die schweren Kapitelle ruhten nicht auf ihren Köpfen, sondern hatten den Figuren den Schädel halb eingedrückt.

»Verflucht soll diese Höllenbrut sein!«, zischte Maurice hinter Gerolt, griff in dessen Korb und drückte ihm von hinten einen der Tonbehälter in die linke Hand.

Gerolt nahm das Gefäß und wagte sich weiter vor. Er erblickte hinter der hohen Öffnung des Gangs eine riesige Steinschüssel, die sein ganzes Sichtfeld einnahm. Denn sie hatte einen Durchmesser von mehreren Ellen und wurde von drei mannshohen Säulen getragen. Ein Feuer mit hoch auflodernden Flammen brannte im Steinbecken. Es war eines von sieben derartigen Riesenbecken, die in einem sichelförmigen Bogen und mit gut zehn Schritten Abstand voneinander angeordnet waren, wie er gleich sehen sollte.

Denn als er aus dem Rundbogen schlich, hinter dem Feuerbecken in Deckung ging und sich dann vorsichtig um die äußere Säule schob, lag die schwarze Halle frei von jeglichen Hindernissen vor seinen Augen. Er konnte sich des Staunens nicht erwehren, als er das Bild in sich aufnahm, das sich ihm und seinen Freunden nun darbot.

Die gewaltig aufsteigende, schwarz glitzernde Decke, auf die aus den Feuerbecken der Schein der Flammen und irgendwo aus der Tiefe ein Glutschein fielen, wölbte sich über einem gewaltigen Halbrund, das die Form eines Amphitheaters hatte und sich um die hintere, senkrecht aus der Tiefe aufsteigende Wand herumzog. Dutzende von halbrunden, aus dem Stein geschlagene Sitzreihen boten Hunderten von Iskaris Platz. Jeder trug einen nachtschwarzen Umhang mit blutrotem Kragen. Vom unteren Rand der Kragen zogen sich mehrere rote Schlieren bis auf Hüfthöhe durch das Schwarz der Mäntel, die man ebenso gut als Feuerzungen wie auch als Blutrinnsale deuten konnte. Die Iskaris wiegten sich in ihrem eintönigen, dunklen Singsang mit dem Oberkörper unablässig vor und zurück. Es sah aus, als würden sich schwarze, von Feuer oder Blut durchzogene Wogen in endlosen Kaskaden über die abfallenden Reihen des Halbrunds in den tiefen Schlund ergießen.

In der Wand, die vor dem Amphitheater aufragte, war ein Schädelrelief aus dem Felsgestein gehauen. Eine klauenartige, steinerne Hand trat darüber aus der lotrechten Wand hervor und krallte sich in die aufgebrochene Schädeldecke. Aus den Augenhöhlen des Kopfes wanden sich züngelnde Schlangen.

Zwei, drei Ellen unterhalb des grässlichen Abbilds und mit einem etwas größeren Abstand zur Wand schien eine halbrunde dreistufige Plattform aus schwarzem Fels zu schweben. Sie ruhte jedoch auf einer mächtigen Säule, die aus der rot glühenden Tiefe aufstieg. Auf der höchsten der drei Plattformen stand eine Art von Thron aus schwarzem Fels, der wie das Wandrelief die Form eines aufgebrochenen Menschenschädels besaß. Ein schmaler, gut zwanzig Ellen langer Felssteg führte von der obersten Reihe des Amphitheaters zur untersten Scheibe der Plattform mit seinem Thron.

Die Gestalt, die dort die Anbetung der Iskaris entgegennahm, war jedoch nur sehr schemenhaft zu erkennen. Denn ein Wirbel, der aus feinstem schwarzen Staub zu bestehen schien und sich zur Decke hin immer mehr zu einer Spitze verjüngte, umwirbelte den Schädelthron wie ein gewaltiger Bienenschwarm. Es konnte kein anderer als der Fürst der Finsternis sein, der Herr der Unterwelt, der dort die Anbetung seiner Judasjünger entgegennahm!

Gerolt fand keine Zeit, Einzelheiten hinter dem schwarzen Wirbel ausmachen zu wollen. Denn da war sein Blick schon auf den Iskari gefallen, der am Anfang des Felsstegs zur Thronplattform ausgestreckt und mit dem Gesicht nach unten am Boden lag, um seine vorbehaltlose Ergebenheit zu bekunden. Gerolt brauchte dessen Gesicht nicht zu sehen, um zu wissen, dass es Sjadú war, der Anführer der Teufelsknechte. Denn vor ihm ruhte auf einem karmesinroten Kissen der schwarze Ebenholzwürfel mit dem Heiligen Gral!

Neben dem Würfel lag eine seltsame Waffe, deren Großteil eindeutig aus einem großen Knochen bestand. Die obere Verdickung, bei der es sich um das obere Ende eines Oberschenkelknochens handeln konnte, war aufgespalten. Eine breite Axtklinge ragte aus der Eisenfassung hervor, die das obere Drittel des Knochens umschloss. Welchem Zweck diese Knochenaxt dienen sollte, lag auf der Hand.

Das Große Werk war noch nicht vollzogen!

Rasch tauschte Gerolt Blicke mit seinen Freunden. Stumm nickten sie ihm zu. Jeder hielt in der Rechten sein Gralsschwert und in der Linken einen Tonbehälter mit Weihwasser. McIvor hatte sich sogar eine seiner größeren Amphoren aus dem Korb geholt. Wilde Entschlossenheit stand auf ihren Gesichtern. Sie waren bereit, es mit dieser Menge von Iskaris und – wenn es sein musste – auch mit dem Fürsten der Unterwelt persönlich aufzunehmen! Sie waren Gralsritter und fürchteten buchstäblich weder Tod noch Teufel!

Nun sollte das Schicksal seinen Lauf nehmen!

10

Mit einem gellenden Kriegsschrei, wie sie es als Templer gelernt und oft genug bei Angriffen praktiziert hatten, stürzten sie nun hinter der Feuerschüssel hervor und schleuderten ihre Tongefäße.

Die Geschosse von Maurice und Tarik schlugen in den ersten oberen Reihen zwischen den Teufelsknechten ein, zerbarsten und versprühten ihr Weihwasser in alle Richtungen. Der monotone Gesang schlug augenblicklich in wildes Schreien und Brüllen um, als wären die Iskaris von feuriger Glut getroffen und verbrannt worden. Panik brach unter der Menge aus.

Gerolt und McIvor warteten etwas länger als ihre Gefährten, um ihre Tonbehälter zu schleudern. Der Schotte schwang den Krug in einem großen Bogen und zielte auf den Thron. Er verfehlte ihn um eine knappe Schrittlänge. Er zerschellte jedoch auf der oberen Stufe und schickte immer noch einige ordentliche Weihwasserspritzer zum Schädelsitz hoch.

Augenblicklich übertönte ein unmenschlicher, ohrenbetäubender Laut, der halb nach Schmerzschrei und halb nach unbändiger Wut klang, den Tumult seiner Knechte. So könnte sich das Fauchen von tausend Löwen anhören, in deren Leiber sich Lanzen gebohrt hatten, schoss es Gerolt durch den Kopf. Und dieser fürchterliche Laut, der kein Ende nehmen wollte und sicherlich bis in die entfernteste Ecke der Abtei drang, übertönte alles andere. Sofort verlor der schwarze Wirbel seine geometrische, kegelartige Form, wurde zu einer gigantischen formlosen Wolke, die sich verdunkelte und sich zugleich ruckartig von der Plattform erhob. Wie ein schwarzer Wirbelsturm, der sich für keine Richtung entscheiden konnte, taumelte er über dem Abgrund und stieg dann der hohen Felsendecke entgegen.

Der infernalische Lärm, der aus der schwarzen Wolke kam, erfüllte noch immer die Halle, als Gerolt kurz nach McIvor sein Tongefäß warf. Es landete genau zwischen Sjadú, der gerade aufgesprungen war, und dem Ebenholzwürfel.

Und sofort flogen schon die nächsten Gefäße mit Weihwasser. Sie trieben die Menge auf dem Halbrund auseinander. Dabei stürzten viele von den Iskaris, von anderen aus dem Weg gestoßen, die Steinstufen hinunter und in die gluterfüllte Tiefe.

Ein wahres Inferno brach aus, indem vieles gleichzeitig geschah. Ein Teil der Teufelsknechte suchte in heilloser Panik die Flucht. Sie drängten zur anderen Seite hinüber, wo ein riesiges Portal einen breiten Treppenaufgang einrahmte, der zweifellos zum oberen Ausgang der Abtei führte. Dutzende jedoch, die nicht von Weihwasser getroffen waren, griffen zu ihren Schwertern und stürmten die Reihen hoch, um sich den Gralsrittern zum Kampf zu stellen.

Sie wurden jedoch nicht nur von weiteren Weihwassergeschossen auseinandergetrieben, sondern ihnen schlugen plötzlich auch gewaltige Flammenbahnen entgegen, die Mvlcor, der mittlerweile alle vier Amphoren von sich geschleudert und sich dann das Gestell von den Schultern gerissen hatte, aus den Feuerbecken entfesselte. Und er hüllte nicht nur die heranbrandende Welle der Iskaris in Flammen, sondern jagte auch gleich gewaltige Feuerstöße aus den hinteren Feuerbecken in den Treppenaufgang, der sich augenblicklich in eine Flammenhölle verwandelte, aus der es kein Entkommen gab. Andere wurden von steinernen Nadeln durchbohrt, die Maurice überall aus den Wänden hervorspringen ließ.

Zur selben Zeit verlor das entsetzliche Brüllen und Kreischen, das aus der Höhe kam, an Kraft. Die Wolke verdichtete sich dabei und schoss auf eine Art von Kamin in der Decke oberhalb des Schädelthrones zu. Der Fürst der Finsternis trat den Rückzug an! Dabei ging ein Zittern durch den Berg und ließ die Abtei erbeben.

Indessen rannte Gerolt auf Sjadu zu, dessen Gesicht sich zu einer Maske verzerrt hatte, als wäre der Teufel persönlich in ihn gefahren. Erst wollte er auf den Heiligen Gral zuspringen, zuckte jedoch sofort wie unter einem unsichtbaren Prankenschlag zurück. Das Weihwasser, das sich über den Steinsteg und zum Teil auch über den Würfel ergossen hatte, verwehrte ihm den Zugriff.

Mit einem sich überschlagenden, hasserfüllten Schrei fuhr Sjadú nun zu Gerolt herum und streckte ihm beide Hände mit weit gespreizten Fingern entgegen. »Stirb, verfluchter Gralshüter!«, gellte er.

Gerolt, den nun weniger als ein Dutzend Schritte von dem Anführer der Iskaris trennte, erzeugte mit seiner magischen Kraft augenblicklich ein Schutzschild, dennoch war er auf einen ungeheuren Schlag gefasst.

Doch dieser Schlag blieb aus. Er verspürte nicht einmal einen Stoß, der gegen seinen Schild aus verdichteter Luft prallte. Unwillkürlich blieb er stehen. Konnte es sein, dass Sjadú seine teuflische Kraft verloren hatte, dass der Fürst der Finsternis ihn für sein Versagen durch Entziehung aller übermenschlichen Fähigkeiten strafte?

Diese Vermutung wurde zur Gewissheit, als Sjadú es mit sichtlicher Bestürzung hastig ein zweites und drittes Mal versuchte, ohne dass etwas geschah.

Gerolt hielt die flirrende Luftmauer, die ihn hatte schützen sollen, nicht länger aufrecht und gab die verdichtete Luft frei, worauf die eben noch verschwommene Gestalt des ersten Teufelsknechts vor ihm wieder scharfe Konturen annahm. »Hat dich alle Kraft verlassen, du Speichellecker des Teufels? Wo bleibt denn deine Erhabenheit?«, rief er ihm zu. »Nichts mehr mit Großem Werk! Das einzige große Werk, das du jetzt noch erleben wirst, ist dein Tod durch die Klinge eines Gralshüters!«

Sjadú riss sein Schwert heraus. »Du wirst derjenige sein, in dessen Blut ich gleich waten werde!«, schrie er zurück.

»Und wie willst du das anfangen?«, rief Gerolt und riss ihm kraft seiner göttlichen Segensgabe das Schwert aus der Hand. Er drehte es blitzschnell in der Luft, legte es senkrecht und stieß es ihm gegen die Kehle, ohne dabei jedoch mehr als die Haut zu ritzen.

Sjadú erstarrte und wurde bleich wie der Knochen, der neben dem Heiligen Gral lag.

Ein rascher Blick zu seinen Gefährten gab Gerolt die Sicherheit, dass er keine Gefahr in seinem Rücken zu fürchten hatte. McIvor, Tarik und Maurice hielten tapfer ihre Stellung, sie brachten Tod und Verderben über die Judasjünger, die den Kampf noch nicht verloren gegeben hatten. Doch deren Reihen lichteten sich in rasender Schnelle unter den Klingen sowie in dem Inferno aus Feuer und Felsnadeln.

Sofort wandte er sich wieder Sjadú zu. »Nun zeig, ob du Teufelsknecht wenigstens als Schwertkämpfer etwas taugst!«, rief er und schlug seinem Gegner dessen eigenes Schwert mit der Breitseite vor die Brust.

Sofort packte Sjadú die Waffe am Griff und stürzte mit einem wilden Schrei auf ihn zu.

Gerolt parierte den Hieb. Der Judasjünger verstand mit dem Schwert umzugehen, doch schon nach kurzem Klingenkreuzen stand für Gerolt fest, dass er ihm nicht gewachsen war. Ihm fehlte die Finesse, die aus Finten und blitzschneller Schwertdrehung Treffer machte. Der Iskari war kein Krieger, der jahrelang in vorderster Front erbitterte und stundenlange Gefechte mit Feinden ausgetragen hatten, die so heldenhaft zu kämpfen verstanden wie die Sarazenen und die Mameluken. Worauf er sich verstand, waren Hinterhalte und blutige Massaker, wenn er sich mit seinen Gefolgsleuten in erdrückender Überzahl befand. Doch in diesem Schwertkampf Mann gegen Mann konnte er sich höchstens durch einen glücklichen Treffer vor dem Tod bewahren. Aber eine Chance zu solch einem Treffer würde Gerolt ihm nicht geben.

Das erkannte auch Sjadú, als Gerolt ihm die erste Verwundung zufügte, indem seine Klinge ihm seitlich die linke Gesichtshälfte aufriss und ihm dabei das Ohr abschlug. Und kaum hatte er mit Mühe den nächsten Hieb abgewehrt, als Gerolt ihm das Schwert in die linke Schulter rammte und schon wieder zurückgesprungen war, bevor der Judasjünger Gelegenheit hatte, seinerseits einen Stich zu setzen.

»Jetzt kannst du schon mal anfangen, dich auf das Fegefeuer zu freuen!«, rief Gerolt ihm zu, und in seiner kalten Stimme lag das Versprechen, dass der nächste Stich seinem Leben ein Ende bereiten würde.

Erneut ging ein gewaltiger Stoß durch die Abtei, als wäre oben ein Meteor vom Himmel gestürzt und in den Berg eingeschlagen. Gerolt hatte Mühe, das Gleichgewicht nicht zu verlieren, was zum Glück auch für seinen Feind galt. Der Fels um sie herum begann zu kreischen, als rissen unvorstellbare Mächte an ihm.

»Der Berg bricht auseinander!«, brüllte McIvor über das Schreien und Kreischen des Gesteins hinweg. »Der Teufel reißt sein eigenes, verfluchtes Werk ein! Hol den Heiligen Gral, Gerolt! Schnell!«

Ein riesiger Riss zuckte gleich einem Blitz von oben durch die hintere Wand und fächerte sich in zahllose andere Risse auf. Einer davon fuhr mitten durch die Krallenhand und das Schädelrelief und spaltete es. Riesige Felsbrocken brachen aus der Wand, krachten auf Thron und Plattform und stürzten in den glutroten Schlund. Auch aus der Decke fielen die ersten Steine herab.

Sjadú wusste, dass das Ende gekommen war – für ihn und für die schwarze Abtei. Er schleuderte Gerolt sein Schwert entgegen, der sich mit einem schnellen Sprung zur Seite aus der Flugbahn brachte. Diesen kurzen Moment nutzte Sjadú für einen Versuch, wenigstens doch noch den Heiligen Gral zu vernichten.

Mit einem fürchterlichen Schrei rannte er auf den ächzenden Felssteg hinaus, auf dem sich schon die ersten Sprünge zeigten. Mit vorgestreckten Armen warf er sich auf den Ebenholzwürfel, um ihn mit sich in die Tiefe zu reißen, wo sie beide in das dort brodelnde Glutbecken stürzen und zu Asche verbrennen würden.

Im selben Moment und mit einem ohrenbetäubend berstenden Laut öffnete sich ein breiter Spalt unten in der Säule, weitete sich innerhalb eines Wimpernschlags nach oben hin immer mehr und brachte die Plattform mit dem Schädelthron endgültig zum Einsturz.

Gerolt vereitelte das drohende Unheil. Mit magischer Kraft packte er die Knochenaxt, ließ sie durch die Luft fliegen und trennte Sjadús Hand ab, die schon auf dem Ebenholzwürfel lag, riss den Heiligen Gral an sich und presste ihn mit der linken Hand an seine Brust.

Mit einem grässlichen Schrei stürzte Sjadu mit dem wegbrechenden Felssteg in den rot glühenden Schlund.

Die vier Gralsritter rannten auf das Ausgangsportal zu. Fest drückte Gerolt den Heiligen Gral an seine Brust.

»Das ist auch unser Ende! Hier kommen wir nicht mehr lebend heraus!«, schrie Maurice, als sich nun auch an der Decke die Spalten immer mehr verzweigten, weiter aufklafften und das Felsgestein auseinanderrissen. »Der Berg wird uns begraben – und den Heiligen Gral!«

»Aber das Große Werk des Teufels haben wir verhindert!«, brüllte McIvor. »Begeben wir uns in Gottes Hand! Ihm sei Lob und Preis auf ewig!«

Und dann geschah ein Wunder.

Gerolt sah ihn zuerst. »Der weiße Greif!«, schrie er, und eine Gänsehaut überlief ihn, als der schneeweiße Vogel aus dem Schacht in der Decke herabschwebte. »Das Auge Gottes! . . . Das Auge Gottes!«

Die Decke löste sich in Tausende von einzelnen Felsbrocken auf, die in einem tödlichen Felshagel niederstürzten. Doch nicht der kleinste Stein traf die vier Gralsritter. Denn da spannten sich über ihnen die Flügel des Vogels, wurden größer und größer und bildeten mit ihrem blendend weißen Gefieder ein schützendes Dach, das nichts zu durchdringen vermochte.

»Raus!«, schrie Gerolt. »Das Auge Gottes wird uns hier herausbringen und retten! Lauft, was ihr könnt, Freunde!«

Und sie rannten um ihr Leben.

Über ihnen schwebend, glitt der weiße Greif, der nur aus Licht zu bestehen schien, mit ihnen auf den Torbogen des Ausgangs zu. Das Kreischen des berstenden Gesteins, das Donnern der herabstürzenden Felsen und gewaltige Staubwolken umgaben sie, als sie fast blind den breiten Treppenaufgang hochhasteten. Jedes bewusste Denken und Empfinden schien in ihnen auszusetzen. Wie in Trance eilten sie Treppen und Gänge entlang, die immer höher hinaufführten, während der Berg um sie herum wie in Todesqualen schrie und die Abtei mit unvorstellbaren Gesteinsmassen unter sich begrub. Das Einzige, was sie wahrnahmen, war das Licht, das sie schützend umgab und sie vor dem Tod bewahrte.

Und dann taumelten sie aus einem steinernen Tor, das hinter ihnen krachend einstürzte. Mit tränenden Augen wankten sie durch eine Wolke von hochschießender Erde und Felsstaub, die wie eine Fontäne aus dem zufallenden Loch aufstieg.

Und dann sahen sie über sich den Nachthimmel. Wolkenlos und klar spannte sich über ihnen das glitzernde Firmament, in dessen unendlicher Weite der weiße Greif so schnell verschwand wie eine verlöschende Sternschnuppe. Benommen sanken sie zu Boden.

Sie waren gerettet – und mit ihnen der Heilige Gral!

Epilog

Ein milder ablandiger Wind kam von den Hügeln, die sich im Rücken von Lissabon erhoben. Sanft wie die spielerische Hand eines Kindes, das durch ein Feld von Pusteblumen fährt, verwirbelte er ein wenig die aus den Kaminen aufsteigenden Rauchfahnen der frühmorgendlichen Kochfeuer, stieg hinunter in die noch dunklen Gassen und Straßen der Stadt und strich schließlich über den Hafen hinweg. Und bevor er sich auf den Weg hinaus auf das Meer machte, zupfte er auf den Schiffen noch an den Zipfeln der eingeholten Segel, als wollte er sich vergewissern, dass ihr Tuch auch einem Wind standzuhalten vermochte, der weitaus kräftiger und fordernder war als seine friedliche Brise.

Gerolt spürte den Wind sofort in den Haaren, als er den Kopf aus dem Niedergang steckte und sich an Deck der Galeere begab, die sie auf den Namen *Esperanca*[*] getauft hatten. Er nickte einigen Männern der Besatzung freundlich zu, die seinen Weg über das Deck kreuzten und sich beeilten, die Befehle des Bootsmanns auszuführen. Tief sog er die salzige Morgenluft ein, in die sich auch der Geruch von Segeltuch, Teer, Werg und Seetang mischte.

Er brauchte nicht lange nach Heloise zu suchen. Sie stand, wie nicht anders erwartet, vorn am Bug auf der Steuerbordseite, weil man von dort den besten Blick über das Hafenbecken und vorbei an der weit ausschwingenden Hafenmole hinaus auf das Meer hatte.

---
[*] Portugiesisch für Hoffnung

Seit sie an Bord lebten, was nun schon einige Wochen der Fall war, wartete sie dort jeden Morgen kurz vor der Dämmerung darauf, dass die Sonne im Osten über die Hügel stieg und ihr erstes Licht über die See warf. Sie stand auch dann dort und harrte unbeirrt aus, wenn der Himmel grau blieb und es stürmte, dass die Wellen donnernd gegen die Mole brandeten und sie mit weißem Schaum überschütteten.

Er trat an ihre Seite und legte seinen Arm mit zärtlicher Geste um ihre Schulter, worauf sie sogleich ihren Kopf an seine Brust schmiegte, ohne jedoch den Blick von der noch dunklen Linie des Horizonts zu nehmen. Gott hatte ihn mit Geschenken reich gesegnet, doch das größte war und blieb die Liebe.

Eine Weile blickten sie schweigend auf das Meer hinaus. Dann atmete Heloise tief durch und sagte nachdenklich: »Dies ist also der Morgen, auf den wir so lange gewartet haben!«

»Ja, gute zwei Jahre«, sagte Gerolt und konnte selbst nicht glauben, dass seit jener fürchterlichen und zugleich doch so wundersamen Nacht in den Bergen der Pyrenäen schon so viel Zeit vergangen war.

»Manchmal fällt es mir schwer zu glauben, dass all das Wirklichkeit ist«, sagte sie versonnen. »Dass alles so gekommen ist, dass ich deine Frau bin und wir vor dieser unglaublichen Reise ins Ungewisse stehen. Es kommt mir wie ein Traum vor, und ich fürchte, ich könnte gleich erwachen und mich in Unac wiederfinden!«

»Die Wirklichkeit übertrifft eben manchmal den kühnsten Traum«, sagte er und küsste sie auf ihr Haar, dessen seidige Fülle ihn sogleich an die Leidenschaft der vergangenen Nacht denken ließ.

»Und was ist, wenn . . . wenn das, was in dem Dokument geschrieben steht, nichts als ein Hirngespinst, eine faszinierende Legende ist?«

»Daran glaube ich nicht«, erwiderte Gerolt. Er musste sich keinen Zwang zur Verschwiegenheit mehr auferlegen, denn die Umstände hatten es nach den Ereignissen in der schwarzen Abtei unvermeidlich gemacht, Heloise in das Geheimnis ihres heiliges Amtes einzuweihen. »Die Männer, die unsere geheime Bruderschaft gegründet haben, waren keine Träumer und Fantasten, sondern tatkräftige, nüchterne und klarsichtige Ritter, die sich Gott auf ganz bestimmte Weise geweiht haben und sich ihrer außerordentlichen Verantwortung bewusst gewesen sind. Alles, was sie in den nun fast dreizehn Jahrhunderten getan und geschaffen haben, ist stets lange und gut durchdacht worden. Und niemals hätte ein Ordensoberer solch ein Dokument verfasst und zu den Votivtafeln mit den Hinweisen auf den Schatz gelegt, wenn er nicht absolut davon überzeugt gewesen wäre, dass es sich bei den Quellen nicht um ein Hirngespinst oder eine Legende handelt. Und niemals hätte Antoine uns aufgetragen, das Dokument zu öffnen und uns darin Rat zu suchen, wenn er sich seiner Sache nicht ganz sicher gewesen wäre.«

Sie nickte und wieder schwiegen sie eine Weile.

Gerolts Gedanken gingen kurz zurück zu jenen Monaten, die ihrer wundersamen Rettung aus der schwarzen Abtei gefolgt waren. Die Suche nach einem wirklich sicheren Versteck für den Heiligen Gral war ergebnislos geblieben. Die politische Lage war durch das Tribunal gegen den Tempelritterorden, das sich noch immer quälend hinzog, obwohl sein Ausgang längst feststand, in ganz Europa immer gefährlicher geworden. Der englische König hatte mittlerweile auch in seinem Land alle Templer verhaften und einkerkern lassen. Auch die gekrönten Häupter in Spanien hatten erkannt, wie lukrativ es für sie doch war, sich dem französischen König und dem Papst anzuschließen. Allein König Diniz von Portugal hatte Charakter bewiesen und sich geweigert, dem Beispiel der anderen zu folgen. Zwar hatte auch er nach außen hin den Templerorden aufgelöst, aber angeblich hatte er in seinem Reich trotz der vielen Burgen und Komtureien keine Templer ausfindig machen können, um sie zu verhaften. Und das lag auch nicht in seinen Absichten. Aus höfischen Kreisen hatten sie nämlich erfahren, dass er zu gegebener Zeit, wenn der Prozess gegen den Orden der Vergangenheit angehörte, die Stiftung eines neuen Ordens plante, der den Namen Christusorden bekommen sollte. Und seine Mitglieder sollten keine anderen als die einstigen Tempelritter sein, die dann auf ihre Burgen und Besitztümer zurückkehren würden. Aber so weit waren die Dinge noch nicht gediehen, und es würden wohl noch viele Jahre vergehen, bis es diesen Orden gab[*].

Deshalb war Gerolt mit seinen Freunden schließlich zu dem Schluss gekommen, dass die Lage für die Zukunft unüberschaubar blieb. Zudem glaubte keiner von ihnen, dass mit der Vernichtung der schwarzen Abtei und dem Tod von Sjadú die Gefahr durch die Iskaris ein für alle Mal gebannt war. Die Judasjünger würden schon bald einen neuen erhabenen Ersten Knecht haben und rasch zu alter Stärke und Gefährlichkeit zurückfinden. Und so hatten die vier Gralshüter denn nach langem Zögern und vielen Beratungen das versiegelte Dokument geöffnet, um in diesem geheimnisvollen Schreiben den Rat zu finden, den sie jetzt dringend nötig hatten.

Keiner von ihnen hätte jemals mit dem gerechnet, was ihnen das Dokument mitgeteilt hatte. Anfangs hatten sie es nicht glauben wollen. Doch schnell waren Fassungslosigkeit und Unglauben gewichen, und an ihre Stelle waren Zuversicht und fester Glaube getreten, dass das scheinbar Unmögliche sehr wohl möglich sein konnte, ja sein musste. Denn sonst hätte es dieses Dokument nicht gegeben.

Die vier goldenen Votivtafeln zu entschlüsseln und den Schatz der Bruderschaft zu heben hatte einiges an Mühe und Zeit gekostet.

---
[*] König Diniz gründete den Christusorden im Jahr 1318 und ließ ihn sich von Papst Clemens' Nachfolger bestätigen. Seine Mitglieder waren zum Teil tatsächlich »wiederaufgetauchte« Templer, die in ihre alten Ämter und Besitztümer zurückkehrten.

Aber der unermessliche Reichtum, den sie vorgefunden hatten, hatte sie durch den Verkauf eines kleinen Teils der Schätze in die Lage versetzt, die besten Schiffsbauer unter Vertrag zu nehmen und die *Esperanca* auf Kiel legen zu lassen. Kein Templerschiff war jemals größer, sorgfältiger und seetüchtiger gebaut worden als ihre stolze Galeere mit ihren zwei Masten.

In den vielen Monaten, die der Bau des Schiffes gedauert hatte, waren sie nicht untätig gewesen, sondern hatten eine handverlesene Mannschaft aus den Reihen der besten Seeleute und Ritter zusammengestellt. Und es gab nicht einen Mann an Bord der *Esperanca*, der nicht am 13. Oktober 1307 dem Templerorden angehört hatte. Jeder von ihnen war bereit, das große Wagnis einzugehen, dessen Ziel ihnen jedoch erst bekannt gegeben würde, wenn sie sich schon lange auf offener See befanden. In den großen Frachträumen lagerten nicht nur Hunderte von Kisten, Tonnen und Säcken mit Proviant, Waffen, Saatgut, Werkzeuge, Gerätschaften aller Art und vieles andere mehr, was sie brauchen würden, um in diesem fremden Land ihr Überleben sichern und letztlich eine neue Existenz aufbauen zu können, sondern zu ihrer Fracht gehörten auch viele Kisten mit der Kleidung und den Mänteln von Tempelrittern!

Nein, es war der richtige Entschluss gewesen, den Heiligen Gral an einen beinahe unvorstellbar fernen Ort zu bringen, wo ihn kein Judasjünger je vermuten würde, weil keiner von ihnen Kenntnis von dem Inhalt des Dokumentes besaß! Und was waren die Gefahren eines unbekannten Meeres gegen die viel größeren Gefahren, die schon hinter ihnen lagen! Und hatten die mehr als tausend Templer, die dem Dokument nach in der Nacht des 13. Oktobers in La Rochelle mit einem Großteil des Templerschatzes mehrere Galeeren bestiegen und gen Westen in See gestochen waren, nicht denselben Mut bewiesen?

»Was mir noch immer Kopfzerbrechen bereitet, ist die Frage, warum bisher noch kein anderer in all den Jahrhunderten von den Aufzeichnungen der Normannen erfahren hat«, sagte Heloise und holte Gerolt damit aus seinen Gedanken.

»Weil diese Aufzeichnungen in die Hände der Gründer unserer Bruderschaft geraten und zu deren Geheimnis geworden sind, das sie so gut gehütet haben wie den Heiligen Gral«, erwiderte Gerolt. »Vergiss nicht, dass sie alle aus der Normandie stammten, die nicht von ungefähr diesen Namen trägt, haben die Wikinger, die Normannen, doch lange dort gelebt und geherrscht. Und sie waren eine Seefahrernation, deren schon legendärer Mut noch von keiner anderen übertroffen worden ist!«

Heloise nickte. »Was für ein Wagnis und was für ein Abenteuer, sich auf die Reise zu einem Land zu machen, das irgendwo auf der anderen Seite des Ozeans liegt und von dem in der ganzen Christenheit nur eine Handvoll Menschen weiß!«

»In der Tat, das ist es!«, pflichtete Gerolt ihr bei und hörte in seinem Rücken die Stimmen seiner Freunde, die nun auch an Deck gekommen waren. Er vernahm auch die lebhafte Frauenstimme, die Raphaela Silvarro gehörte, der ebenso hübschen wie mutigen Tochter ihres verschwiegenen Schiffsausrüsters Eduardo Silvarro. Raphaela war seit vier Monaten die angetraute Ehefrau von Maurice und hatte nicht einen Moment gezögert, als dieser sie damals gefragt hatte, ob sie ihn heiraten und mit ihm auf eine Reise gehen wolle, deren Ziel er ihr aber nicht nennen könne. Auf beide Fragen hatte sie ihm ohne zu zögern mit einem Ja geantwortet. McIvor und Tarik waren dagegen mehr als zufrieden damit, dass sie die Seereise ohne Frau antreten würden.

»Ob wir jemals wieder von dort, wo immer dieses Dort auch ist, zurückkehren werden?«, fragte Heloise, jedoch nicht besorgt oder gar ängstlich, sondern fast träumerisch versonnen.

»Ich glaube es nicht, schon aus Eigenschutz. Nein, es kann für uns kein Zurück geben«, gab Gerolt ehrlich zur Antwort. Dass sie das Schiff verbrennen würden, wenn sie glaubten, ihr endgültiges Ziel erreicht zu haben, darüber war er sich mit seinen Freunden von Anfang an einig gewesen. »Manchmal liegt es im ureigenen Wesen einer Reise, dass man nie wieder dorthin zurückkehren kann, von wo man aufgebrochen ist.«

Sie lächelte. »Ja, so wie im Leben. Auch da gibt es keine Rückkehr in die Zeit, die man schon gelebt hat«, sagte sie und löste sich aus seinem Arm, denn Maurice war zu ihnen getreten.

Gerolt drehte sich zu ihm um, während Heloise weiter ihren Blick in die Ferne richtete. »Es ist so weit?«, fragte er und sah über die Schulter seines Freundes hinweg, dass McIvor und Tarik mit dem Kapitän redeten.

Maurice nickte, und seine Augen leuchteten vor Abenteuerlust und unbändigem Tatendrang. »Die Flut hat ihren höchsten Stand erreicht, und der Wind steht gut. Der Kapitän wartet nur noch auf deinen Befehl, die Leinen loszuwerfen und die Männer an die Ruder zu schicken!«, teilte er ihm mit. »Die Stunde des Aufbruchs ist gekommen, Ordensoberer!« Er zwinkerte ihm zu.

Gerolt lächelte, und er spürte, wie die freudige Erregung seines Gralsbruders auch ihn ansteckte. »Gut, dann lass uns auf die Reise gehen«, sagte er und legte ihm in einer Geste tiefer Verbundenheit seine Hand auf die Schulter. »Und lass uns jenseits des Meeres einen sicheren Ort für den größten aller irdischen Schätze suchen, mein Freund!«

Nachwort

1. Das Tribunal gegen den Templerorden

Der rasante Aufstieg des Templerordens und ebenso sein Untergang haben in der Folgezeit Generationen von Historikern beschäftigt.

Fünfhundert Jahre nach der Aufhebung des Ordens beurteilte der deutsche Kirchenhistoriker Döllinger die Ereignisse mit den folgenden Worten: »Wenn man mich fragen würde, welches der schwärzeste Tag der Weltgeschichte sei, in seinem vollen Sinn als *dies nefastus*, würde mir kein anderer in den Sinn kommen als der 13. Oktober 1307.« Und der französische Wissenschaftler Boutaric nannte die Ereignisse »eines der dunkelsten Mysterien der Geschichte«. Bis in die heutige Zeit haben die zwei Jahrhunderte der Templergeschichte und der rätselhafte widerstandslose Untergang des Ordens nichts von ihrer Faszination verloren.

Auf einige der scheinbaren Rätsel und ungeklärten Hintergründe, die mit dem 13. Oktober 1307 und dem folgenden Tribunal zusammenhängen und die Wissenschaftler bis heute beschäftigen, soll hier kurz eingegangen werden.

Sofern man nicht der irrwitzigen Theorie anhängt, die Templer hätten zweihundert Jahre lang Glauben und Hingabe nur geheuchelt und ihr Leben für einen Gott gelassen, an den sie gar nicht glaubten, wird man die Gründe für den Untergang des Ordens bei dem französischen König Philipp dem Schönen suchen müssen.

Die Motive, die den König zu seinem Vernichtungsschlag gegen die Templer bewegt haben, dürften auf der Hand liegen. Seine Staatsfinanzen waren zerrüttet und er hatte enorme Schulden beim Tempel. Erst kurz vor der Verhaftungswelle hatte er sich wieder einmal ein »Darlehen« in Höhe von 400 000 Gulden vom Schatzmeister des Ordens auszahlen lassen, ohne sich in der Lage zu sehen, diesen Betrag und alle anderen Schulden jemals wieder begleichen zu können. Zudem spielte bei seinem Plan, den Orden zu vernichten, sicherlich auch die Furcht des Königs vor der ungeheuren Macht der Tempelritter eine große Rolle.

Was die Anklagepunkte betrifft, so war Philipp der Schöne zu intelligent und zu erfahren in politischen Intrigen, um nicht zu wissen, dass nicht einer davon gerechtfertigt war. Alle Vorwürfe gehörten zum geläufigen Standardrepertoire von Kirche und Thron, mit dem man unter anderem auch den Vernichtungsfeldzug gegen die Katharer/Albigenser begründet hatte. Bezeichnend ist in diesem Zusammenhang, das sich in einer der frühen königlichen Anklageschriften genau dieselben Formulierungen und Beschuldigungen wiederfinden, mit denen Philipp der Schöne schon Jahre vorher den ihm verhassten Papst Bonifazius VIII. angegriffen hatte: »Himmel und Erde sind bewegt durch den Atem eines so großen Verbrechens, und die Elemente sind durcheinandergeraten . . . Gegen eine so verbrecherische Pest muss sich alles und jeder erheben; die Gesetze und die Waffen, die Tiere und die vier Elemente.« Und in einem anderen Schreiben, das Papst Bonifazius verleumden sollte, wurden genau dieselben Anklagen aufgelistet, die man später gegen den Templerorden vorbrachte. Dort heißt es: »Der Papst ist ein wahrer Ketzer, denn er glaubt nicht an die Unsterblichkeit der Seele, auch nicht an ein ewiges Leben . . . Er glaubt nicht an die wirkliche Gegenwart Gottes im Abendmahl. Er behauptet, dass Unzucht keine Sünde sei. Er besitzt einen Hausdämon, den er um Rat fragt. Er zieht Wahrsager zurate. Er ist Knabenschänder. Er hat Morde befohlen...« Ketzerei, Verleugnung Christi und der Wandlung beim Abendmahl, Unzucht, Dämonenanbetung – all das, was man den Templern vorwarf, findet sich hier Wort für Wort. Und da es damals so gut funktioniert hatte, holte man dieselben Schriftzüge wieder hervor und polierte sie nur ein wenig auf, um nun den allzu mächtigen Ritterorden ins Verderben zu stürzen.

Dass die verhafteten Templer keinen fairen Prozess zu erwarten hatten, sondern schon im Voraus gerichtet waren, beweist neben vielen anderen Belegen auch die päpstliche Bulle *Faciens misericordiam* vom 12. August 1308, die an alle Fürsten, Könige und Prälaten der Christenheit erging und ein Fazit der Verhöre in Chinon zog. Nur wenige Sätze daraus sollen als Zitat reichen: »Wir haben 72 Templer verhört... Da haben jene Ordensmeister und die Präzeptoren vor eben den drei Kardinälen in Gegenwart von vier öffentlichen Notaren und vielen anderen glaubwürdigen Männern unter Berührung der heiligen Evangelien den Eid geleistet, die reine und volle Wahrheit zu sagen, und dann frei und freiwillig ohne irgendwelche Schreckmittel umstürzende Aufnahmeriten, Ableugnung des Gekreuzigten, Bespeien des Kreuzes und andere schreckliche und unehrenhafte Dinge bekannt, die Wir aus Scham lieber übergehen wollen.«

Scham war in der Tat angebracht, aber aus einem ganz anderen Grund. Denn diese Bulle, die das Schicksal von Tausenden betraf, ist vom 12. August datiert. Doch was in diesem öffentlichen Protokoll über die Verhöre berichtet wird, fand erst in der Zeit vom 17. bis 20. August statt! Ihr Ergebnis stand also schon eine Woche vor der »Befragung« fest.

Was nun die Art der Verhöre angeht, so stößt man immer wieder auf die Behauptung, die Geständnisse seien ohne Folter zustande gekommen. Dabei weiß man inzwischen mit Bestimmtheit, dass in den Jahrhunderten der Inquisition die Folter nicht etwa das Mittel der letzten Wahl bei einer »Befragung« war, sondern vielmehr das alltägliche, geläufige Handwerk. Der Folter vermochte nur derjenige zu entgehen, der sofort alles gestand, was man ihm vorwarf. Wer leugnete und seine Unschuld beteuerte, wurde so lange auf bestialische Weise bis zur Bewusstseinsauslöschung gequält, bis er alles zugab, was man von ihm hören wollte. Und bei den Dutzenden von Tempelrittern, die angeblich in den Kerkern Selbstmord begangen haben, handelte es sich eindeutig um Templer, die diese Martern nicht überlebt haben, wie es auch genügend Dokumente aus der Zeit der Verhöre belegen. Dazu ist noch die erhaltene Instruktion des Inquisitors anzumerken, in der er den Befehl erteilt, nur die Abschriften solcher Zeugenaussagen öffentlich zu machen, »die die genannten Fehler zugaben, insbesondere die Verleugnung unseres Herrn Christus«.

Sehr aufschlussreich beschreibt der Historiker Heinrich Finke, wie ein solcher »Prozess« in der Zeit der Inquisition aussah und welche Optionen die Angeklagten hatten: »Der Angeklagte war im Voraus schon gerichtet. Nachdem er einmal vor Gericht gezogen war, gab es für ihn nur eine Möglichkeit, wieder freizukommen: das Geständnis, die Abschwörung der Ketzerei, die Übernahme der Buße. Leugnete er dagegen hartnäckig und behauptete trotz des schweren Verdachtes seine Unschuld, so harrte seiner ewiger Kerker. Hatte er aber einmal gestanden, so war nur das eine möglich, nämlich dass er bei seinem Geständnis blieb, sonst erwartete ihn der Feuertod.«

Was hätten die Tempelritter denn auch gestehen sollen? Dass sie alles andere als Ketzer und Götzenanbeter waren, beschreibt zum Beispiel M. J. Krück von Poturzyn in seinem Buch *Der Prozess gegen die Templer*, in dem es etwa heißt:

»Alle Welt konnte an jedem Karfreitag in den zahllosen Kirchen und Kapellen des Ordens die Ritter barfuß erscheinen sehen, um Christi Kreuz zu verehren, konnte erleben, wie der Großmeister an jedem Gründonnerstag dreizehn Armen die Füße wusch in der Nachfolge des Gottessohnes und in sichtbarer Spiegelung des christlichen Einweihungsweges, der mit der Fußwaschung beginnt, dem Sich-Neigen des Höheren zum Niederen, so wie Christus sich zu den zwölf geneigt, obwohl einer unter ihnen war, dem der Teufel ins Herz geschrieben hatte, dass er ihn verraten würde. Die Tempelritter waren Christen – oder abgrundtiefe Heuchler. Jeder mag für sich entscheiden, ob Tausende von kampferprobten Männern aus den edelsten Geschlechtern sich durch fast zweihundert Jahre einer sinnlosen Heuchelei verschrieben hätten und für sie gestorben wären. ›Es heißt die Menschen schlecht zu kennen‹, meinte selbst der Spötter Voltaire, ›zu glauben, dass es Gemeinschaften geben könnte, die sich mit schlechten Sitten aufrechterhalten und aus der Unzucht ein Gesetz machen!‹«

Dass trotz der Verhaftung fast aller Templer in Frankreich an einem einzigen Tag in keiner der zahllosen Kirchen, Komtureien und Besitzungen des Ordens auch nur ein einziger Baphomet-Götzenkopf gefunden und der Öffentlichkeit gezeigt werden konnte, wirft ein bezeichnendes Licht auf die Absurdität dieses Anklagepunktes. Nicht einmal eine auch nur annähernd übereinstimmende Beschreibung dieses Kopfes findet sich in den Hunderten von Verhörprotokollen derjenigen, die unter der Folter »gestanden« hatten. Sie widersprachen sich bis zur Lächerlichkeit. Alles, was an Mythen und abergläubischen Vorstellungen über Götzenköpfe in der Gedankenwelt des Mittelalters existierte, findet sich in diesen »Geständnissen« wieder. Die einen wollten einen erzenen Kopf mit funkelnden Augen und vier Beinen gesehen haben. Andere beschrieben ihn als hölzernes Haupt mit weißem Bart. Es gab Schilderungen von vergoldeten Schultern und Karfunkeln als Augen. Manche gaben an, man hätte ihn nicht ansehen können, ohne ins Zittern zu verfallen. Wieder andere schworen Stein und Bein darauf, dass er mehrere Gesichter hatte. Bei anderen war es eine teuflische Katze, eine Art Säule mit drei menschlichen zusammengewachsenen Köpfen, ein Kalb, eine weibliche Figur, ein Knabe, ein Menschenrabe, ein Gemälde, ein goldener Dämon, der sich in schöne Frauen verwandeln konnte ... und so fort.

Es ist anzunehmen, dass es sich bei der Bezeichnung Baphomet wohl um eine Verballhornung von Mohammed, dem Propheten der Muslime, handelt. Die Mächtigen hatten es den Templern seit eh und je verübelt, dass diese, trotz aller erbitterten Kämpfe gegen die Muslime in zwei Jahrhunderten, sich mit offenem Geist intensiv auf die arabische Kultur eingelassen, viel an ihr geschätzt und viel von ihr übernommen hatten.

Fest steht, dass Philipp dem Schönen der Orden nicht nur aus finanziellen, sondern auch aus handfesten politischen Gründen im Weg stand, denn sein Bestreben war es, einen straffen, von ihm allein beherrschten Nationalstaat aufzubauen. Da stellte eine mächtige Organisation, die auf schon höchst moderne Weise überstaatlich und vielsprachig strukturiert war und keine weltlichen Könige als Herrscher über sich gelten ließ, eine große Gefahr für seinen nationalistischen Ehrgeiz dar. Was Europa erst im 20. Jahrhundert durch den Staatenbund der Europäischen Union unter schweren, noch andauernden Geburtswehen an überstaatlichem Denken und Zusammenleben erreicht hat, das hatte sich der Orden der Templer schon siebenhundert Jahre vorher auf seine Fahnen geschrieben und in dem ihm damals möglichen Maße praktiziert.

Hier stellt sich die Frage, wie die Geschichte Europas verlaufen wäre, wenn es nicht zur Zerschlagung des Templerordens gekommen wäre. Dazu noch ein letztes Zitat aus dem Buch von M. J. Krück von Poturzyn: »Hätte der Templerorden, der auf der Höhe seiner Macht stand, sich in der neuen Phase seiner Entwicklung mit aller Inbrunst und geistigen Kraft der Neugestaltung des christlichen Abendlands, der Vermittlung zwischen Ost und West hingeben können, wäre die Geschichte Europas andere Wege gegangen. 140 Jahre nach der Vernichtung des Ordens fielen die Kreuze von Konstantinopels Kirchen, 125 Jahre lang war Budapest türkisch, Sofia und Zypern bis 1878, Athen bis 1829 – und danach war das entvölkerte Griechenland ein Trümmerfeld. Jene Ritterschaft fehlte, nicht nur auf politischem Gebiet, die fähig und bereit war, Europas Kultur über Fürstenstreitigkeiten und Religionswirren hinweg zu verteidigen. Und jene blutigen Gräuel um das mexikanische Gold wären nicht geschehen, hätte Templerdisziplin die Züge nach Westen geleitet wie die Entdeckungsfahrten nach Afrika unter den Augen des Großmeisters des Christusordens. Durch tiefe Wellentäler geht die Evolution der Menschengeschichte.«

2. Templer auf den Spuren der Wikinger zweihundert Jahre vor Kolumbus?

Einem Autor, der seinem Roman zur Geschichte des Templerordens auch eine kräftige Prise Fantasy beimischt, ist von vornherein die schriftstellerische Freiheit gegeben, auch die europäische Wiederentdeckung Amerikas, der Neuen Welt, nach freier Fantasie in seine Geschichte einzubauen. In diesem Fall hat mich jedoch weniger meine Fabulierlust zu dem Epilog verführt, sondern die Lektüre überaus faszinierender Forschungsergebnisse.

Dass nicht Kolumbus und seine Begleiter die ersten Europäer gewesen sind, die ihren Fuß an die Küsten Amerikas gesetzt haben, ist seit Langem eine gesicherte Erkenntnis der Wissenschaft. Bereits um 985 n. Chr. landeten Wikinger an der nordamerikanischen Küste. Und um 1000 n. Chr. gründeten sie eine erste Kolonie, die den Namen Vinland trug. (Eine Karte mit solchem Namen stand auch im Mittelpunkt meines Romans *Das Geheimnis des Kartenmachers*.) Ausgrabungen an der Mündung des Black Duck Brook in Neuengland haben im 20. Jahrhundert aus Theorien wissenschaftlich beweisbare Tatsachen gemacht. Dass die Wikinger im mittelalterlichen Europa auch »Nordmänner« oder »Normannen« genannt wurden und der Normandie in Frankreich ihren Namen gegeben haben, sei an dieser Stelle noch einmal erwähnt.

Aber nicht nur Wikinger haben die Neue Welt lange vor Kolumbus erreicht, sondern allen Hinweisen nach wohl auch Engländer, etwa der Waliser Prinz Madoc, der in den Jahren 1166 bis 1183 erfolgreiche Expeditionen nach Amerika geführt haben soll. Der nordamerikanische Indianerstamm der Mandan, der im 19. Jahrhundert von einer Seuche ausgelöscht wurde, soll aus einer Vermischung von seinen Männern mit den Eingeborenen hervorgegangen sein. Dass sie in ihren technischen Fähigkeiten anderen Indianerstämmen weit überlegen gewesen sind, europäisch anmutende Gebräuche gepflegt haben und eine hellere Hautfarbe hatten, all das sollen Folgen der Vermischung gewesen sein.

Dass die Überquerung des Atlantiks sogar mit primitivsten Booten machbar ist, hat Thor Heyerdahl vor einigen Jahrzehnten mit seinem Schilfboot RA II sehr überzeugend bewiesen.

Unstrittig ist, dass die Schiffe der Templer zu den besten ihrer Zeit zählten und sogar schon nach chinesischem Vorbild mit Magnetkompassen ausgerüstet waren. Insbesondere die Schiffe der Westflotte waren von außergewöhnlicher Seetüchtigkeit. Der französische Historiker Jacques de Mathieu wagt sogar die These, diese

Westflotte hätte von ihrem Heimathafen La Rochelle aus den Atlantik regelmäßig überquert und Handelsbeziehungen mit den Völkern Mittel- und Südamerikas unterhalten und im heutigen Mexiko Silber- und Goldminen ausgebeutet. Nur so sei ihr unvorstellbarer Reichtum erklärbar. Das mag dahingestellt sein.

Was mich vielmehr bei meinen Recherchen faszinierte und zu meinem Epilog anregte, ist die aztekische Chronik der Geschichte eines mexikanischen Volkes, das den schwer auszusprechenden Namen *Nonohualca Teolixca Tlacochcalca* trug. Verfasst hat die Chronik Francisco de San Anton Munon Chimpalpahin Chuauhtlehuanitzin, ein im 17. Jahrhundert zum Christentum übergetretener Azteke. Er schreibt, dass die Angehörigen dieses Stammes aus einem Land mit dem Namen *Tlapallan Nonohualco* kamen. Dieser Name wird von den Wissenschaftlern unterschiedlich übersetzt, nämlich mit »Land im Osten«, »Land der Morgenröte«, »Land jenseits des Meeres«, »Osten inmitten des Wassers«, doch in ihrer Bedeutung sind sie sich alle einige: Das Volk der *Nonohualca Teolixca Tlacochcalca* kam aus einem Land jenseits des Atlantiks, also aus Europa.

Der erste französische Übersetzer, René Simeon, erwähnt zudem, dass die Fremden »auf Muscheln« (*sur le coquillages*) fuhren. Das klingt nur im ersten Moment merkwürdig. Doch wenn man sich in Erinnerung ruft, dass auch wir Schiffe als »Nussschalen« bezeichnen und der Begriff »Kogge« für die mittelalterlichen Handelsschiffe verwandt wurde, ist die Bezeichnung Muscheln für ein Volk, das selbst bis dahin keine Schiffe kannte, alles andere als verwunderlich.

Richtig interessant wird es aber erst bei der Übersetzung der einzelnen Teile des Stammesnamens jenes Volkes, das aus Osten über das große Meer gekommen ist. Hier finden sich Hinweise auf die Templer zuhauf. Was viele Seiten füllen könnte, soll hier nur im groben Überblick angerissen werden:

Tlacochcalca ist ein Wort, das sich aus drei aztekischen Wortstämmen ableitet, von denen jeder eine eigenständige Bedeutung hat. Erstens aus *tlacochtli*, was »Pfeil« oder »Waffe« bedeutet. Zweitens aus *calli*, was mit »Haus« übersetzt wird. Und drittens aus *ca*, der Mehrzahl von *catl*, womit »Personen« gemeint sind. In der Übersetzung zusammengefasst ergibt das »Personen vom Haus der Waffen« – kurz Soldaten.

Teolixca leitet sich gleichfalls aus drei Wortstämmen ab: aus *tèotl*, was »Gott« bedeutet, aus *ixtli*, dem Wort für »Antlitz«, aber auch für »Bote« und »Gesandter«, sowie *ca* für »Personen«. Damit lautet die Übersetzung von *Tlacochcalca* zusammen mit *Teolixca*: »Von Gott gesandte Soldaten aus einem Land jenseits des östlichen Meeres«.

Diese Personen werden in der Chronik aber auch noch als *Tecplantlaca* bezeichnet. Auch diese Vokabel ist aus drei Wortstämmen abgeleitet: *tecpan* heißt »Tempel«, *pantli* bedeutet »Mauer« und *tacatl* weist wiederum auf die »Personen« hin. Da fällt es nicht schwer, *Tecplantlaca* als »Personen vom Haus des Herrn« oder »Leute vom Tempel« zu übersetzen – also als Templer!

Es gibt noch zahlreiche weitere Hinweise in der Chronik, die Soldaten beschreiben, die ein Leben als Mönche führen, aber diese Ausführungen würden wohl für die Mehrzahl der Leser, die nicht an einem Mini-Crashkurs in der aztekischen Sprache interessiert sind, doch sehr ermüdend ausfallen. Zum Abschluss soll daher ohne Nennung der aztekischen Wörter und ihrer Übersetzungsmöglichkeiten noch einiges aus der Chronik in geläufiger Sprache zitiert werden, etwa folgende Stelle: »Sie erreichten festes Land an einem Punkt, wo sich die Mündung eines sehr großen Flusses befand, dem sie an seinen Ufern bis dorthin folgten, wo der Fluss seine erste Biegung hat. Dann verließen sie das Ufer des Flusses und marschierten in östlicher Richtung weiter...«

Diese Passage hat in Verbindung mit La Rochelle, dem Heimathafen der templerischen Westflotte, manchen zu der Vermutung angeregt, bei diesem Fluss könne es sich um den Mississippi handeln. Denn an einem seiner Nebenflüsse, dem Arkansas, existiert ein Ort, der Little Rock heißt und damit dieselbe Bedeutung hat wie La Rochelle, nämlich »kleiner Felsen«. Wie die Templer später von dort in das Reich der Azteken gekommen sind, dazu gibt es noch zahlreiche Theorien, von denen manche gewagter sind als andere.

Denkt man diese Mutmaßungen weiter, stößt man natürlich unweigerlich auf die Frage, warum man in Nord- und Mittelamerika bislang noch nicht auf archäologische Funde gestoßen ist, die eine Existenz von Templern dort belegen. Eine Erklärung dafür könnte die Tatsache sein, dass die Templer gelobt hatten, ehelos zu leben. Daraus folgt, dass ihr Einfluss oder gar ihre Herrschaft nur von kurzer Dauer gewesen sein kann. Und ihr Tross von Begleitern, die kein Gelübde monastischen Lebens geleistet hatten, war zweifellos nicht zahlreich genug, um in der Kultur der Azteken über Jahrhunderte hinweg präsent zu bleiben, geschweige denn sie prägen zu können. Selbst die Wikinger, deren Kolonie in Nordamerika immerhin rund vierhundert Jahre bestanden hat, haben in der Kultur der Einheimischen keine erkennbaren Spuren hinterlassen. Aber das Kreuz der Conquistadoren war den Azteken bekannt, wenn auch nicht in seiner gewöhnlich christlichen Form, sondern als Tatzenkreuz, wie es die Tempelritter trugen. Mayas und Azteken nannten es das »Kreuz der vier Weltgegenden«. Aber einen Beweis kann man das nicht nennen, und das trifft mit Einschränkungen auch auf die Chronik des Francisco de San Anton zu. Aber sie gibt Anlass zu berechtigten Spekulationen – und beflügelt manchmal eben auch die Fantasie eines Romanautors, der einen nicht ganz gewöhnlichen Schluss für den dritten Band seiner Trilogie über *Die Bruderschaft des Heiligen Grals* sucht!

3. Danksagung

Da ein Autor historischer Romane, der sich der gewissenhaften Recherche verpflichtet fühlt sowie seine Geschichten in immer neuen Kulturen und Epochen ansiedelt, nicht über ein enzyklopädisches Fachwissen verfügt, sondern nur auf das zugreifen und auf dem aufbauen kann, was Generationen von Forschern und Wissenschaftlern in mühsamer Tätigkeit erarbeitet und veröffentlicht haben, gebührt diesen Verfassern nicht nur mein Dank, sondern auch meine Hochachtung für ihre beeindruckende Arbeit. Die Sachbücher und anderen Publikationen, die für meine Trilogie die fachliche Grundlage bilden und ohne die ich kläglich gescheitert wäre, finden sich im Quellenverzeichnis. Es erfährt bei jedem neuen Teilband der Trilogie eine Ergänzung, da ich ständig auf weitere wichtige Veröffentlichungen stoße.

Was die namentliche Danksagung an Personen angeht, deren Hilfe und Ermutigung viel dazu beigetragen haben, dass ich dieses gewaltige Schreibpensum bewältigen konnte, so muss die erste Erwähnung meiner Frau Helga gelten, auch wenn mein Dank schon in der Widmung zum Ausdruck kommt. Sie ertrug es nicht nur ohne Klagen fern von mir in Georgia, USA, sondern bestärkte mich sogar darin, wieder einmal einen Großteil des Manuskriptes hier im Zisterzienserkloster Himmerod zu schreiben. So verbrachte ich dann von den vergangenen zwölf Monaten erneut drei in der völligen Abgeschiedenheit des Klosters und konnte mich, völlig frei von den üblichen alltäglichen Verpflichtungen sowie von ablenkenden reizvollen Verlockungen, von morgens bis nachts auf die Arbeit am Roman konzentrieren. Ich lebte im jahrtausendealten Rhythmus der kontemplativen Mönche, begann den frühen Morgen bei der Laudes mit ihnen im Chorgestühl, nahm unter Schweigen mit ihnen die Mahlzeiten ein und fühlte mich, wie schon seit fünfzehn Jahren, von ihrer Freundschaft und ihrer Fürsorge getragen, in meiner Kreativität gestärkt und zu einer täglichen Arbeitsleistung befähigt, wie ich sie zu Hause in Amerika nie auch nur halbwegs erreicht hätte.

Deshalb sei an dieser Stelle wieder einmal dem ganzen Konvent von Himmerod unter Abt Bruno Fromme von Herzen für ihre Aufnahme, ihren geistlichen Beistand, ihr Verständnis und die vielen kleinen Hilfestellungen gedankt.

Und was wäre ich in den langen Wochen und Monaten ohne die Mühen von Frau Rob und ohne die herzliche Betreuung von Frau Sigrid Alsleben von der *Himmeroder Kunst- und Buchhandlung* gewesen, deren Bürotelefon und Internetanschluss ich stets benutzen durfte, um Buchbestellungen aufzugeben und Verbindung mit der Außenwelt, insbesondere mit meiner Frau zu halten! Danke Ihnen beiden!

Eine wichtige Recherchenhilfe, die Paris und Frankreich zwischen 1290 und 1310 betrifft und überwiegend erst in diesem letzten Band der Trilogie zum Tragen gekommen ist, leistete mir der frankophile Doktorand Markus Bodler mit seinen exzellenten Sprachkenntnissen und im Kontakt zu Historikern und Bibliotheken in Paris. Er war so freundlich, seine wissenschaftliche Arbeit über den französischen Historiker Jean-Baptiste Duroselle (1917–1994) immer wieder zu unterbrechen, um mir mit wichtigen Recherchen zur Seite zu stehen. Ihm sei an dieser Stelle herzlich dafür gedankt. Von mir erhältst Du schon jetzt ein *Summa cum laude*!

Rainer M. Schröder
6. Dezember 2006, Abtei Himmerod

Zeittafel

1099 Jerusalem wird von fränkischen Rittern unter Gottfried von Bouillon erobert und damit Hauptstadt eines selbstständigen Kreuzritterreiches.

1118 Gründung des Tempelritterordens in Jerusalem durch Hugo von Payens und sieben französische Ritter.

1187 Der ägyptische Sultan Saladin schlägt das Kreuzritterheer und erobert Jerusalem zurück.

1212 Der »Temple« wird Ordenssitz der Tempelritter in Paris.

1285 Philipp IV. der Schöne wird König von Frankreich.

1291 Eroberung der Hafenfestung Akkon durch die Mameluken.

1293 Jacques von Molay wird Großmeister der Templer.

1305 Clemens V. wird Papst.

1307 Am 13. Oktober Verhaftung aller Templer in Frankreich auf Befehl Philipps des Schönen. Erste Verhöre durch den Generalinquisitor von Frankreich.

1308 Verfolgung des Ordens im gesamten christlichen Abendland mit wenigen regionalen Ausnahmen. Von Mai bis August Verhöre in Poitiers und Chinon vor dem Papst und seinen Kardinälen.

1308 Papst Clemens verlegt seine Residenz nach Avignon.

1308 54 Templer, die unter der Folter abgepresste Geständnisse widerrufen haben, werden in Paris auf Scheiterhaufen verbrannt.

1308 Papst Clemens löst den Templerorden durch offiziellen Rechtspruch auf.

1314 Im März wird Jacques von Molay auf der Seine-Insel verbrannt.
Am 20. April stirbt Clemens V.
Am 29. November stirbt König Philipp der Schöne.

1319 Gründung des Christusordens in Portugal durch König Diniz.

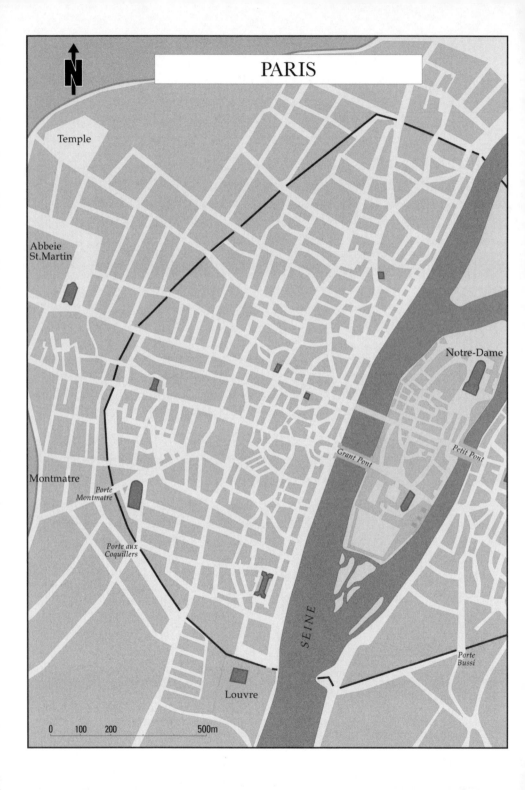

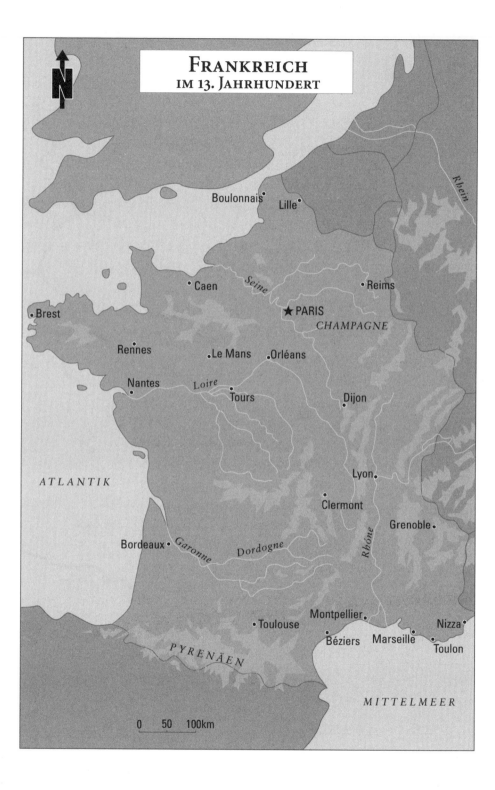

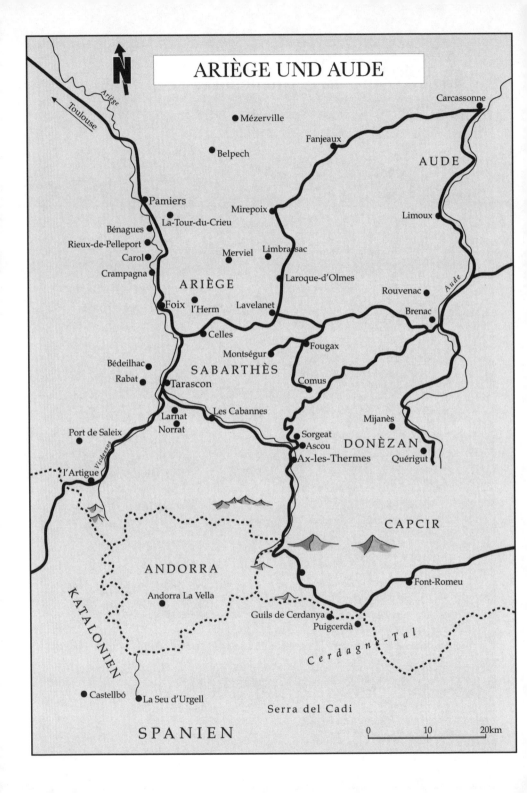

Quellenverzeichnis

Die Bibel – Altes und Neues Testament, Einheitsübersetzung, Herder Verlag, Freiburg 1993

Der Koran – Das heilige Buch des Islam, Goldmann Verlag, München 1959

Arabische Sprichwörter – Das Kamel auf der Pilgerfahrt, VMA-Verlag, Wiesbaden 1978

Beim Barte des Propheten – Arabische Sprüche und Geschichten, Artemis Verlag, Zürich 1984

Karl-Heinz Allmendinger: Die Beziehung zwischen der Kommune Pisa und Ägypten im Hohen Mittelalter, Vierteljahrschrift für Sozial- und Wirtschaftsgeschichte, Beiheft 54, Franz Steiner Verlag, Wiesbaden 1967

Ladislaus E. Almasy: Schwimmer in der Wüste, Deutscher Taschenbuch Verlag, München 1998

Ursula Assaf-Nowak (Hrsg.): Arabische Märchen, Fischer Taschenbuch Verlag, Frankfurt am Main 1977

Richard Barber/Juliet Barker: Die Geschichte des Turniers, Artemis & Winkler Verlag, Düsseldorf 2001

Heinrich Barth: Im Sattel durch Nord- und Zentralafrika, Edition Erdmann im Thienemann Verlag, Stuttgart 2002

Martin Bauer: Die Tempelritter – Mythos und Wahrheit, Heyne Verlag, München 1997

Carlo Bergmann: Der letzte Beduine – Meine Karawanen zu den Geheimnissen der Wüste, Rowohlt Verlag, Reinbek 2001

Walter Beltz: Sehnsucht nach dem Paradies – Mythologie des Korans, Buchverlag Der Morgen, Berlin 1979

Jörg-Dieter Brandes: Geschichte der Berber – Von den Berberdynastien des Mittelalters zum Maghreb der Neuzeit, Casimir Katz Verlag, Gernsbach 2004

Hartmut Boockmann: Der Deutsche Orden – Zwölf Kapitel aus seiner Geschichte, C. H. Beck Verlag, München 1994

Jacques Boussard: Nouvelle historie de Paris. De la fin du siège de 885–886 à la mort de Philippe Auguste, Paris 1997

Georges Duby: Historie de la France urbaine, Bd. 2, La ville médiévale des Carolingiens à la Renaissance, Paris 1981

Jörg-Dieter Brandes: Geschichte der Berber, Katz Verlag, 2004

Dieter Breuer: Sterben für Jerusalem – Ritter, Mönche, Muselmanen und der Erste Kreuzzug, Gustav Lübbe Verlag, Bergisch Gladbach 1997

Reinhild von Brunn: KulturSchlüssel Ägypten, Max Hueber Verlag, München 1999

Raymond Cazelles: Nouvelle historie de Paris. De la fin du règne de Philippe Auguste à la mort de Charles V, 1223–1380, Paris 1972

Pierre Courthion: Paris – Geschichte einer Weltstadt, Bertelsmann Verlag

Henri de Curzon: La maison du Temple. Historie et description, Paris 1888, erweiterte Auflage 2004

Anne-Marie Delcambre: Mohammed – die Stimme Allahs, Otto Maier Verlag, Ravensburg 1990

Alain Demurger: Die Templer – Aufstieg und Untergang, 1120–1314, C. H. Beck Verlag München 1997

Alain Demurger: Der Letzte Templer – Leben und Sterben des Großmeisters Jacques de Molay, C. H. Beck Verlag, München 2004

B. Dichter: The Maps Of Acre – An Historical Cartography, Published by the Municipality of Acre, Israel 1973

Christina Deggim: Hafenleben im Mittelalter und Früher Neuzeit, Convent Verlag, Hamburg 2005

Peter Dinzelbacher: Die Templer – Ein geheimnisumwitterter Orden?, Herder Verlag, Freiburg 2002

Georges Duby: Die Ritter, Carl Hanser Verlag, München 1999

Michel Dumontier: Au pas des Templiers à Paris et en Ile-de-France, Paris 1979

Charles Le Gai Eaton: Der Islam und die Bestimmung des Menschen, Diederichs Verlag, Köln 1987

Joachim Ehlers: Geschichte Frankreichs im Mittelalter, Kohlhammer Verlag, Stuttgart 1987

Edith Ennen: Frauen im Mittelalter, C. H. Beck Verlag, München 1999

Hansjoachim von der Esch: Weenak – die Karawane ruft/Auf verschollenen Pfaden durch Ägyptens Wüsten, F. A. Brockhaus Verlag, Leipzig 1943

John L. Esposito: The Oxford History of Islam, Oxford University Press, New York 1999

Joan Evans: Das Leben im mittelalterlichen Frankreich, Phaidon Verlag, Köln 1960

Felix Fabri: Galeere und Karawane, Pilgerreise ins Heilige Land, zum Sinai und nach Ägypten 1483, Edition Erdmann im Thienemann Verlag, Stuttgart 1996

Brian M. Fagan: Die Schätze des Nil, Rowohlt Verlag, Reinbek 1980

Jean Favier: Frankreich im Zeitalter der Lehnsherrschaft 1000–1515, Deutsche Verlags-Anstalt, Stuttgart 1989

Franz Maria Feldhaus: Die Maschine im Leben der Völker – Ein Überblick von der Urzeit bis zur Renaissance, Verlag Birkhäuser, Stuttgart & Basel 1954

Feldstudien aus Ägypten, Bertelsmann Fachzeitschrift »Bauwelt« 6/7, 73. Jahrgang, 1982

Josef Fleckenstein: Rittertum und ritterliche Welt, Siedler Verlag, Berlin 2002

Maik Girouard: Die Stadt, Campus Verlag, Frankfurt am Main 1987

Alexander von Gleichen-Russwurm/Friedrich Wencker (Hrsg.): Die Welt der Gotik – Die geistige Entwicklung Europas vom 14. bis 16. Jahrhundert, Band 11 der Kultur- und Sittengeschichte aller Völker, Gutenberg Verlag Christensen & Co, Hamburg

Malcolm Godwin: Der Heilige Gral – Ursprung, Geheimnis und Deutung einer Legende, Heyne Verlag, München 1994

Hans-Werner Goetz: Leben im Mittelalter, C. H. Beck Verlag, München 1996

Richard Gramlich: Islamische Mystik – Sufische Texte aus zehn Jahrhunderten, Verlag W. Kohlhammer, Stuttgart 1992

Christopher Gravett/Brett Breckon: Die Welt der Ritter, Carlsen Verlag, Hamburg 1997

Romano Guardini: Psalter und Gebete, Matthias Grünewald Verlag, Mainz 1998

Günther Haensch/Paul Fischer: Kleines Frankreich-Lexikon, C. H. Beck Verlag, München 1987

Heinz Halm: Das Reich des Mahdi – Der Aufstieg der Fatimiden, C. H. Beck Verlag, München 1991

Heinz Halm: Die Kalifen von Kairo – Die Fatimiden in Ägypten 973–1074, C. H. Beck Verlag, München 2003

Peter C. Hartmann: Geschichte Frankreichs, C. H. Beck Verlag, München 1999

Monika Hauf: Der Mythos der Templer, Albatros Verlag, Düsseldorf 2003

Monika Hauf: Wege zum Heiligen Gral – Der abendländische Mythos, Langen Müller Verlag, München 2003

Monika Hauf: Die Templer und die Große Göttin, Patmos Verlag, Düsseldorf 2000

Franz Herre: Paris – Ein historischer Führer vom Mittelalter bis zur Belle Epoque, Kiepenheuer & Witsch, Köln 1972

Michael Hesemann: Die Entdeckung des Heiligen Grals – Das Ende einer Suche, Pattloch Verlag, München 2003

Ernst Hinrichs (Hrsg.): Kleine Geschichte Frankreichs, Philipp Reclam Verlag, Stuttgart 1994

Barbara Hodgson: Die Krinoline bleibt in Kairo, Gerstenberg Verlag, Hildesheim 2004

Hans-Christian Huf/Werner Fitzthum: Söhne der Wüste – Expedition in die Stille, Econ Verlag, München 2002

Rolf Johannsmeier: Spielmann, Schalk und Scharlatan – Die Welt als Karneval: Volkskultur im späten Mittelalter, Rowohlt Verlag, Reinbek 1984

Ulrike Keller (Hrsg.): Reisende in Arabien – 25 v. Chr.–2000 n. Chr., Promedia Druck- und Verlagsgesellschaft, Wien 2002

Richard Kieckhefer: Magie im Mittelalter, C. H. Beck Verlag, München 1992

Hermann Kinder/Werner Hilgemann (Hrsg.): dtv-Atlas zur Weltgeschichte, Deutscher Taschenbuch Verlag, München 1991

Leben in Paris im Hundertjährigen Krieg – Ein Tagebuch, Insel Verlag, Frankfurt am Main 1992

Bruce Kirby: Im leeren Viertel, Piper Verlag, München 2003

Iwan E. Kirchner: Der Nahe Osten – Der Kampf um Vorderasien und Ägypten vom Mittelalter bis zur Gegenwart, Rudolf M. Rohrer Verlag, Brunn 1941

Ernst Klippel: Der weiße Beduine, Gustav Wenzel & Sohn Verlag, Braunschweig 1940

Manfred Kluge: Die Weisheit der alten Ägypter, Wilhelm Heyne Verlag, München 1980

Angus Konstam: Die Geschichte der Kreuzzüge – Vom Krieg im Morgenland bis zum 13. Jahrhundert, Tosa Verlag, Wien 2002

Wolfgang Kraus (Hrsg.): Mohammed – die Stimme des Propheten, Diogenes Verlag, Zürich 1987

William Langewiesche: Sahara – Reise durch eine unerbittliche Landschaft, Kindler Verlag, München 1998

Jean Lassus: Frühchristliche und Byzantinische Welt – Architektur, Plastik, Mosaiken, Fresken, Elfenbeinkunst, Metallarbeiten, C. Bertelsmann Verlag, München 1974

R. C. Lee: Die schönsten Oasen in Algerien, Verlag: ohne Angabe, ca. 1932

Johannes Lehmann: Die Kreuzfahrer – Abenteurer Gottes, C. Bertelsmann Verlag, München 1976

Hans Leu: Hocharabisch – Wort für Wort, Reise Know How Verlag, Bielefeld 2005

Lincoln/Baigent/Leigh: Der Heilige Gral und seine Erben – Ursprung und Gegenwart eines geheimen Ordens. Sein Wissen und seine Macht, Bastei Lübbe Verlag, Bergisch Gladbach 1984

Pierre Loti: im Zeichen der Sahara, Deutscher Taschenbuch Verlag, München 2000

Pierre Loti: Die Wüste, Deutscher Taschenbuch Verlag, München 2005

Volker Loos: Die Armen Ritter Christi vom Tempel Salomonis zu Jerusalem – Eine ausführliche Chronik der Templerzeit, Frieling & Partner, Berlin 1997

Emil Ludwig: Geheimnisvoller Nil, Verlag Kurt Desch, München 1952

Amin Maalouf: Der Heilige Krieg der Barbaren – Die Kreuzzüge aus der Sicht der Araber, Deutscher Taschenbuch Verlag, München 2003

Gabriele Mandel: Gemalte Gottesworte – Das Arabische Alphabet, Geschichte, Stile und kalligrafische Meisterschulen, Marix Verlag, Wiesbaden 2004

Volker Mertens: Der Gral – Mythos und Literatur, Reclam Verlag, Stuttgart 2003

Paul Morand: Paris, Verlag C. J. Bucher, Frankfurt am Main 1970

Wolfgang Niemeyer: Ägypten zur Zeit der Mameluken – Eine Kultur-Landeskundliche Skizze, Verlag von Dietrich Reimer, Berlin 1936

Allan Oslo: Die Geheimlehre der Tempelritter – Geschichte und Legende, Königsfurt Verlag, Klein Königsförde 2001

Georg Ostrogorsky: Byzantinische Geschichte 324–1453, C. H. Beck Verlag, München 1996

Helmut Pemsel: Weltgeschichte der Seefahrt Band 1 – Geschichte der zivilen Schifffahrt von den Anfängen der Seefahrt bis zum Ende des Mittelalters, Verlag Österreich, Wien 2000

Tom Poppe (Hrsg.): Schlüssel zum Schloss – Weisheiten der Sufis, ausgewählt für Menschen, die nicht nur suchen, sondern auch finden wollen, Schönbergers Verlag, 1986

M. J. Krück von Poturzyn: Der Prozess gegen die Templer, Verlag Freies Geistesleben, Stuttgart 1963

Hermann Fürst von Pückler-Muskau: Aus Mehemed Alis Reich – Ägypten und der Sudan um 1840, Manesse Verlag, Zürich 1985

Samir W. Raafat: Cairo, the glory years – Who built what, when, why and for whom . . . , Harpocrates Publishing, Alexandria 2003

André Raymond: Cairo, Harvard University Press, Cambridge 2000

Lore Richter: Inseln der Sahara – Durch die Oasen Libyens, Edition Leipzig, Leipzig 1970

Jonathan Riley-Smith: Illustrierte Geschichte der Kreuzzüge, Campus Verlag, Frankfurt am Main 1999

Francis Robinson: Islamic World – Cambridge Illustrated History, Cambridge University Press, New York 1996

Max Rodenbeck: Cairo – The City Victorious, Random House, New York 1998

Steven Runciman: Geschichte der Kreuzzüge, C. H. Beck Verlag, München 1995

Malise Ruthven: Der Islam – Eine kurze Einführung, Reclam Verlag, Stuttgart 2000

Sheikh Saadi: Gulistan – Der Rosengarten, Edition Peacock im Verlag Das Arabische Buch, Berlin 1997

Adam Sabra: Poverty and Charity in Medieval Islam, Mamluk Egypt, 1250–1517, Cambridge University Press, Cambridge 2000

Waley-el-dine Samah: Alltag im alten Ägypten, Verlag Georg D. W. Callwey, München 1963

Walter Schicho: Handbuch Afrika, Band 3 Nord- und Ostafrika, Brandes & Apsel Verlag, Frankfurt am Main 2004

Hermann Schlögl (Hrsg.): Weisheit vom Nil – Altägyptische Weltsicht, Artemis & Winkler Verlag, Düsseldorf 2001

Andreas Schlunk/Robert Giersch: Die Ritter – Geschichte, Kultur, Alltagsleben, Konrad Theiss Verlag, Stuttgart 2003

Wolfgang Schmale: Geschichte Frankreichs, UTB für Wissenschaft, Eugen Ulmer Verlag, Stuttgart 2000

Herbert Scurla (Hrsg.): Reisen im Orient, Verlag der Nation, Berlin 1962

Ferdinand Seibt: Glanz und Elend des Mittelalters – Eine endliche Geschichte, Siedler Verlag, Berlin 1987

Indries Shah: Die Sufis – Botschaft der Derwische, Weisheit der Magier, Diederichs Verlag, München 1976

Indries Shah: Die Karawane der Träume – Lehren und Legenden aus dem Orient, Diederichs Verlag, München 2001

Heinz Otto Siegburg: Geschichte Frankreichs, Kohlhammer Verlag, Stuttgart 1975

Alberto Siliotti: Ägypten – Entdeckungsreisen ins Land der Pharaonen, Karl Müller Verlag, Erlangen

Hartwig Sippel: Die Templer – Geschichte und Geheimnis, Bechtermünz Verlag, Wien 2001

Carl Schuchhardt: Die Burg im Wandel der Weltgeschichte, Aula Verlag, Wiesbaden 1991

Georg Schwaiger (Hrsg.): Mönchtum, Orden, Klöster – Von den Anfängen bis zur Gegenwart, C. H. Beck Verlag, München 1994

Lothar Stein/Walter Rausch: Die Oase Siwa – Unter Berbern und Beduinen der Libyschen Wüste, F. A. Brockhaus Verlag, Leipzig 1978

Franz Taeschner: Geschichte der arabischen Welt, Alfred Kröner Verlag, Stuttgart 1964

Tausendundeine Nacht, Nach der ältesten arabischen Handschrift in der Ausgabe von Muhsin Mahdi erstmals ins Deutsche übertragen von Claudia Ott, C. H. Beck Verlag, München 2004

Wilfred Thesiger: Im Brunnen der Wüste, Malik Verlag, 2002

Wilfred Thesiger: Mein Leben in Afrika und Arabien, Piper Verlag, München 2005

Désirée von Trotha: Heiße Sonne, kalter Mond – Tuaregnomaden in der Sahara, Verlag Frederking & Thaler, München 2001

Barbara Tuchmann: Bibel und Schwert – Palästina und der Westen, Vom frühen Mittelalter bis zur Balfour-Declaration 1917, Fischer Verlag, Frankfurt am Main 2004

Erika Uitz: Die Frau im Mittelalter, Tosa Verlag, Wien 2003

Llewellyn Vaughan-Lee: Die Karawane der Derwische – Die Lehren der großen Sufi-Meister, Fischer Taschenbuch Verlag, Frankfurt am Main 1997

E. Verniquet: Atlas du plan général de la ville de Paris, Paris ohne Jahresangabe

Oleg V. Volkoff: 1000 Jahre Kairo – Die Geschichte einer verzaubernden Stadt, Philipp von Zabern Verlag, Mainz 1984

Andrew Wheatcroft: Infidels – A History of the Conflict Between Christendom and Islam, Random House, New York 2005

Yüksel Yücelen: Was sagt der Koran dazu?, Deutscher Taschenbuch Verlag, München 1986

Dieter Zimmerling: Der Deutsche Ritterorden, Econ Verlag, Düsseldorf 1988

Liebe Leserinnen, liebe Leser,

seit vielen Jahren biete ich meinem Publikum an, mir zu schreiben, weil es mich interessiert, was meine Leserinnen und Leser von meinem Buch halten. Auch heute noch freue ich mich jedes Mal riesig über das Paket mit den Zuschriften, die mir einmal im Monat nachgesandt werden. Dann machen meine Frau und ich uns einen gemütlichen Tee-Nachmittag und lesen beide jeden einzelnen Brief. Und daran wird sich auch in Zukunft nichts ändern.

In den letzten Jahren erreichen mich jedoch so viele Briefe, dass sich in meine große Freude über diese vielen interessanten Zuschriften ein bitterer Wermutstropfen mischt. Denn auch beim besten Willen komme ich nun nicht mehr dazu, diese Briefflut individuell zu beantworten; ich käme sonst nicht mehr zum Recherchieren und Schreiben meiner Romane. Und jemanden dafür einzustellen, der in meinem Namen antwortet, würde nicht nur meine finanziellen Möglichkeiten weit übersteigen, sondern wäre in meinen Augen auch unredlich.

Was ich jedoch noch immer tun kann, ist, als Antwort eine Autogrammkarte zurückzuschicken, die ich persönlich signiere und die neben meinem Lebenslauf im anhängenden farbigen Faltblatt Informationen über circa ein Dutzend meiner im Buchhandel erhältlichen Romane enthält.

Wer mir also immer noch schreiben und eine von mir signierte Autogrammkarte mit Info-Faltblatt haben möchte, der soll bitte nicht vergessen, das Rückporto beizulegen (bitte nur die Briefmarke schicken und diese nicht auf einen Rückumschlag kleben!). Wichtig: Namen und Adresse in Druckbuchstaben angeben. Gelegentlich kann ich auf Zuschriften nicht antworten, weil die Adresse fehlt oder die Schrift nicht zu entziffern ist, was übrigens auch bei Erwachsenen vorkommt!

Da ich viel auf Recherchen- und Lesereisen unterwegs bin, kann es manchmal Monate dauern, bis ich die Karte mit dem Faltblatt schicken kann. Ich bitte daher um Geduld.

Meine Adresse:
Rainer M. Schröder
Postfach 1505
D-51679 Wipperfürth

Wer Material für ein Referat braucht oder aus privatem Interesse im Internet mehr über mein abenteuerliches Leben, meine Bücher (mit Umschlagbildern und Inhaltsangaben), meine Ansichten, Lesereisen, Neuerscheinungen, aktuellen Projekte, Reden und Presseberichte erfahren oder im Fotoalbum blättern möchte, der möge sich auf meiner Homepage umsehen.

Die Adresse: www.rainermschroeder.com

Herzlichst
Ihr/Euer

Rainer M. Schröder

Die Bruderschaft vom Heiligen Gral

Der Fall von Akkon

Palästina im Jahr 1291, die Herrschaft der Kreuzfahrer im Heiligen Land steht vor ihrem Untergang. Letzte christliche Bastion ist die Hafenstadt Akkon. Unter den todesmutigen Verteidigern der Festung befinden sich auch vier junge Ritter, die fest entschlossen sind, bis zum letzten Atemzug zu kämpfen – doch der Orden hat ihnen eine andere Pflicht bestimmt: Die Rettung des heiligen Grals! Ausgerechnet im belagerten Akkon befindet sich der Kelch des letzten Abendmahls, in dem Joseph von Arimathäa am Kreuz Christi Blut aufgefangen haben soll.

488 Seiten. Gebunden. Schutzumschlag mit Stanzung und Glanzfolienprägung.
ISBN 978-3-401-05878-8

www.arena-verlag.de

Rainer M. Schröder

Die Bruderschaft vom Heiligen Gral

Das Amulett der Wüstenkrieger

Kairo – von hier aus brechen die vier Ritter nach ihrer abenteuerlichen Befreiung Richtung Paris auf, wo sie den Heiligen Gral der Obhut der Bruderschaft übergeben sollen. Die wochenlange Reise wird für die jungen Gralshüter zur vielfachen Bewährungsprobe – dabei sind Hunger, Durst und Erschöpfung die harmlosesten Gegner und mehrfach scheint der Gral schon unwiderruflich verloren. Doch die größte Gefahr sind die Iskaris, die blutdürstigen Diener des Bösen. Die magischen Fähigkeiten der jungen Templer sind noch nicht annähernd weit genug ausgebildet, um den Kräften der Finsternis auf Dauer zu trotzen ...

554 Seiten. Gebunden. Schutzumschlag mit Stanzung und Glanzfolienprägung.
ISBN 978-3-401-05879-5

www.arena-verlag.de

Rainer M. Schröder

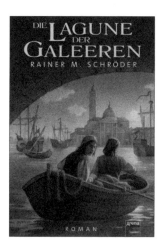

Die Lagune der Galeeren

Venedig, 1570. Der junge Matteo gerät mitten in eine gefährliche Intrige im Venezianischen Arenal, der größten und geheimsten Schiffswerft Europas. Doch nicht nur er befindet sich bald in großer Gefahr. Sondern auch seine große Liebe.
Spannende Abenteuer, große Gefühle: »Die Erzählkunst Schröders und nicht zuletzt der Schauplatz Venedig garantieren ein Lektürerlebnis, das sich manches Mal bis in die Nacht hineinziehen dürfte«, urteilte der Spiegel über den Roman, der 2005 mit dem renommierten Jugendbuchpreis »Buxtehuder Bulle« ausgezeichnet wurde.

464 Seiten. Gebunden.
ISBN 978-3-401-05324-0

www.arena-verlag.de

Rainer M. Schröder

Land des Feuers, Land der Sehnsucht

Südafrika, 1899. Die burische Farmerstochter Lena van Rissek muss ihren Weg finden: in den politischen und gesellschaftlichen Konflikten ihres Landes, angesichts von Krieg und Bedrohung. Als Lena den britischen Leutnant Lionel Faulkner kennenlernt, werden ihre Gefühle auf eine harte Probe gestellt. Eigentlich müsste sie ihn verabscheuen, denn er gehört zu den verhassten Engländern, die auch Lenas Familie zwischen die Fronten des grausamen Krieges reißen. Doch Lena fühlt sich immer stärker zu Lionel hingezogen ...

Arena

416 Seiten. Gebunden.
Mit Schutzumschlag.
ISBN 978-3-401-05624-1

www.arena-verlag.de